Andreas Brandhorst
Das Netz der Sterne

PIPER

Zu diesem Buch

Die junge Tess Velazca ist eine begnadete Sängerin und wünscht sich nichts mehr, als an der Musikakademie des Planeten Harmonie zu studieren. Doch ihre Familie ist hoch verschuldet und Tess' Schwester Anita, die sich verpflichtet hat, die Schulden abzuarbeiten, ist abtrünnig und verschwunden. Es bleibt Tess nichts anderes übrig, als Anitas Platz bei Interkosmika einzunehmen, einem Konzern, der die interstellaren Reisen zwischen den Sternen kontrolliert. Um alle Schulden zu begleichen, entscheidet sich Tess für die gefährlichste Arbeit: Als Kartografin will sie viele Lichtjahre weit ins Unbekannte vorstoßen, um für Interkosmika fremde Regionen zu erkunden. Doch für viele Kartografen ist es eine Reise ohne Wiederkehr …

Andreas Brandhorst, geboren 1956 im norddeutschen Sielhorst, schrieb mit seinen futuristischen Thrillern und Science-Fiction-Romanen wie »Das Schiff« und »Omni« zahlreiche Bestseller. Spektakuläre Zukunftsvisionen sind sein Markenzeichen. Der SPIEGEL-Bestseller »Das Erwachen« widmet sich dem Thema Künstliche Intelligenz, sein Wissenschaftsthriller »Ewiges Leben« zeigt Chancen und Gefahren der Gentechnik auf. Zuletzt erschienen im Piper Verlag die Romane »Mars Discovery« und »Sleepless«.

Andreas Brandhorst

DAS NETZ DER STERNE

Roman

PIPER

Von Andreas Brandhorst liegen im Piper Verlag vor:
Das Netz der Sterne
Das Schiff
Omni
Das Arkonadia-Rätsel
Das Erwachen
Das Flüstern
Die Tiefe der Zeit
Ewiges Leben
Seelenfänger
Eklipse
Die Kantaki-Saga (Reihe)
Die Eskalation
Mars Discovery
Sleepless

Ungekürzte Taschenbuchausgabe
ISBN 978-3-492-28250-5
Februar 2023

Umschlaggestaltung: Guter Punkt, München
Umschlagabbildung: Arndt Drechsler
Satz: Fotosatz Amann, Memmingen
Gedruckt von ScandBook in Litauen
Printed in the EU

»Wie auch immer der Wind weht,
wir lassen uns nicht beirren.«

Credo von Rosengarten

Inhaltsverzeichnis

ZWEITER TEIL
Gesänge von Unendlichkeit 253

ERSTER TEIL
An dunklen Gestaden

Unerwarteter Besuch

1

Die Dämmerung kroch über den Himmel und kündigte eine lange Nacht an, die zweiunddreißig Jahre dauern würde. Tess ging über den steinigen Weg den Hang hinab, zum Obsidian, wie so oft während des fast drei Jahrzehnte langen Tages, der nun zu Ende ging und ihre Kindheit und Jugend gesehen hatte. Der Ozean – er verdankte seinen Namen dem tiefschwarzen Kolorat, einem Licht absorbierenden Mineral – schien mit dem fernen, dunkler werdenden Horizont zu verschmelzen. Noch lag er glatt wie Glas, aber ein scharfer Geruch in der Luft wies darauf hin, dass bald die Stürme beginnen würden, wie zu Beginn jeder langen Nacht.

Ein letztes Lied, dachte Tess. Ein letzter Gesang, um Abschied zu nehmen von den Oktopoden und ihrer Welt.

Am Ufer blieb sie stehen, bei den kleinen runden Steinen, wie stets seit ihrer Kindheit. Einige Meter hinter ihr setzte sich Sinclair auf einen Felsen und wartete stumm – dies war allein ihr Moment. Schon als Kinder hatten sie diesen besonderen Ort gemeinsam besucht. Tess erinnerte sich an sein Staunen, mit großen Augen und offenem Mund, als er zum ersten Mal ihren Gesang gehört hatte. Damals, zu Beginn des jetzt zu Ende gehenden langen Tages, war etwas zwischen ihnen entstanden und über die Jahre gewachsen, erst eine zarte Verbindung, dann eine feste Brücke und schließlich ein Wir. Es war ein großes Wir, groß genug für Opferbereitschaft und Selbstlosigkeit.

Sinclair hatte beschlossen, seinen Vertrag als Hyperschiffpilot vorzeitig zu kündigen, um Tess nach Harmonie im Ophiuchus-Sektor zu begleiten. Die Einladung von der Musikakademie lag bereits vor. Als Kind hatte er sich nichts sehnlicher gewünscht, als eines Tages Raumschiffe durchs All zu steuern, erst interplanetare Lichtschiffe innerhalb von Sonnensystemen, dann Hyperschiffe, die den von Kartografen und Einrichtern erforschten Gleisen des Hyperons folgten und viele Lichtjahre innerhalb weniger Tage oder Wochen zurücklegten. Sein größter Wunsch war in Erfüllung gegangen, doch er war bereit, darauf zu verzichten, damit sie zusammenbleiben konnten.

Einige Sekunden stand Tess reglos, nahm die Stille in sich auf und spürte, wie sie tief in ihrem Innern zu einer Art Resonanzboden wurde. Erste Sterne funkelten – die heranrückende lange Nacht würde noch viel mehr von ihnen an den Himmel bringen. Ein mehrmaliges Flackern wies auf die Position der Hyperon-Station hin – vielleicht stammte es von dem Schiff, mit dem Anita kam.

Tess lächelte bei diesem Gedanken. Ihre Schwester hatte sich angekündigt, kurz nach der Einladung nach Harmonie. Interkosmika hatte ihren Antrag auf eine Dienstpause genehmigt, damit sie hier auf Rosengarten feiern und Abschied nehmen konnten.

Die Stille schien sich auszudehnen, weit über das Obsidian hinweg. Die Dämmerung schwieg und wartete.

Tess holte tief Luft und begann zu singen.

Sie sang in der alten Sprache, die sie von ihrer Mutter gelernt hatte, vom Tag und von der Nacht, die einander abwechselten, von Wäldern, grün wie Smaragd, und Meeren, blau wie Opal. Sie sang von Leben, Hoffnung und Freude, und wie immer fühlte sie, wie sie dabei wuchs und ihre Stimme in allem Lebendigen widerhallte, das sie umgab.

Erste Oktopoden erschienen. Das Obsidian war nicht mehr glatt und unbewegt. Die schwarze Oberfläche kräuselte sich, kleine Wellen entstanden, und rundliche Geschöpfe mit langen Fangarmen stiegen auf, blickten mit verblüffend menschenähnlichen Augen zum Ufer, erst einige wenige, dann Dutzende, schließlich Hunderte. Rostbraun und dunkelgrau, je nach Alter und Geschlecht, ragten sie aus dem Wasser und neigten sich langsam von einer Seite zur anderen. So war es immer, wenn Tess sang, obwohl die Oktopoden angeblich gar keine Ohren hatten.

Tess beobachtete den Tanz im Meer, weiterhin singend, bis eine kurze Vibration des Signalbands an ihrem Handgelenk darauf hinwies, dass es Zeit wurde – die Familie rief sie.

Das Ende des Gesangs beendete auch den Tanz. Die Oktopoden verschwanden im schwarzen Ozean, einer nach dem anderen.

Sinclair näherte sich. »Ich kann mir kaum vorstellen, dass du jemals noch besser singen wirst.«

»An der Musikakademie auf Harmonie werde ich viel lernen.«

»Vielleicht haben sie dich eingeladen, damit du anderen das Singen beibringst.«

Tess lächelte und nahm seine Hand. »Wir werden sehen, wir werden sehen. Komm, die Familie hat gerufen.«

2

Als sich die Familie Velazca vor mehr als vierhundert Jahren auf Rosengarten im Joumis-System niedergelassen hatte – im Sagittarius-Sektor, mehr als tausend Lichtjahre von der Erde entfernt –, war sie reich und mächtig gewesen. An diesen früheren Status erinnerte das Haupthaus auf dem Hügelplateau: die grauen Mauern dick und wuchtig bis hinauf zu den Zinnen, die allein ästhetischen Zwecken dienten; die runden Türme hoch, als wollten sie den dunkler werdenden Himmel erreichen; die Dächer steil, als erwarteten sie Schnee; in der Mitte die goldene Kuppel des alten Observatoriums mit den Familienarchiven und dem Hyperskop, eingerichtet vom Kartografen, der Rosengarten – damals noch ein Planet ohne Namen, nur mit der Bezeichnung NSK1284-B – ans Netz angeschlossen hatte, ans Hyperon. Über dem wie eine Burg oder Festung wirkenden Hauptgebäude leuchtete hell und bunt das holografische Symbol der Velazca: eine offene Hand, über deren Handfläche die Erde schwebte.

Zwei Bedienstete in blauen Livreen standen beim offenen Tor, aber wenige Meter vor ihnen wandte sich Tess nach links. Es gab noch etwas anderes, auf das sie einen letzten

Blick werfen wollte, bevor sie die Reise nach Harmonie antrat.

»Wohin?«, fragte Sinclair hinter ihr. »Wohin willst du?«

Tess lief, als wollte sie den Wind spüren, den jene Nacht brachte, die sie nicht mehr miterleben würde. Sie schlüpfte durch die Lücke zwischen den Nebenhäusern, deren Fenster bereits hell erleuchtet waren, und als sie den großen Werkzeugpavillon an der Ecke des Gartens erreichte, bemerkte sie die Lichter in der Ebene hinter den Hügeln am Rand des Obsidians. Dort bereitete sich die Stadt auf die Nacht vor – die Dormitorien für all jene, die die kommenden zweiunddreißig Jahre im sicheren Schlaf verbringen wollten, waren bereits geöffnet.

Hinter dem Haupthaus erstreckte sich jener Rosengarten, dem der Planet seinen Namen verdankte: ein weiter Park mit Erde von der Erde, großen, alten Eichen und Buchen und zahlreichen Rosen in allen Farben, einige von ihnen fast so schwarz wie das Obsidian.

Das Signalband vibrierte erneut, aber Tess beschloss, sich noch etwas mehr Zeit zu nehmen. Dies war wichtig, sie wusste nicht, wann – in wie vielen Jahren oder vielleicht sogar Jahrzehnten – sie Gelegenheit bekommen würde, den Park erneut zu besuchen.

Hinter den beiden größten Eichen, die eine Art Portal bildeten, lag der Friedhof der Familie Velazca. Tess ging langsam an den Gräbern vorbei, las die Inschriften, dachte an vergangenen Ruhm und fragte sich, ob auch sie irgendwann hier liegen würde.

»Wir waren einmal mächtig«, sagte sie und blieb am Grab ihres Großvaters stehen. Auf einer Marmorplatte weiß wie Schnee stand sein Name in goldenen Buchstaben: Frederik Ibrahim Velazca, Letzter der terranischen Velazca-Dynastie.

»Ihr seid noch immer sehr angesehen«, sagte Sinclair. Er stand neben Tess, schlank und feingliedrig, das dunkle Haar kurz, die Brauen geschwungen. Aus dem Jungen von damals war ein Mann geworden, aber es gab ihn noch, den staunenden Knaben. Sie sah ihn in seinem Gesicht, in seinen Augen.

»Wir leben von vergangenem Ruhm, das weißt du«, erwiderte Tess. »Mit dem Tod von Großvater Frederik begann unser Niedergang. Er war nicht nur der Letzte der terranischen Dynastie, er hat sich auch Interkosmika gegenüber behaupten können. Inzwischen haben wir fast alle unsere Niederlassungen an Interkosmika verloren. Es ist uns kaum mehr geblieben als dieses Haupthaus. Wir sind längst keine Gouverneure und Administratoren mehr, nur noch einfache Bürger.«

»Mir ist gleich, wer ihr seid, ob reich oder arm, ob groß oder klein.« Sinclair sprach in seiner ruhigen, gelassenen Art. »Du bist du. Nur das ist wichtig.«

Tess belohnte seine Worte mit einem Lächeln. »Und wir sind wir. Wir stehen am Anfang unseres Weges. Wer weiß, wohin er uns führen wird.«

»Zweifellos zu Glanz und Glorie. Du wirst die beste Sängerin in der bekannten Galaxis werden, da bin ich mir sicher.«

»Und du?«

»Oh, vielleicht werde ich der Vater deiner Kinder.«

Tess lächelte erneut, aber nur kurz. »Du solltest Raumschiffpilot sein. Das hast du dir immer gewünscht. Ich weiß noch, wie wir dort unten auf den Steinen gesessen haben, die Sonne noch nicht ganz im Zenit, und du von fernen Sternen und Galaxien erzählt hast. Du wolltest durchs Hyperon reisen, weiter als alle anderen vor dir. Du wolltest neue Welten entdecken.«

»Ja«, sagte Sinclair. »Und dann habe ich *dich* entdeckt.« Er fügte hinzu: »Wir haben Zeit, Tess, wir sind jung. Erst kommt deine Ausbildung auf Harmonie. Eine Einladung der Musikakademie schlägt man nicht aus. Und wenn du dort fertig und zur besten Sängerin in der Milchstraße geworden bist ... Dann werde ich wieder Pilot, und wir gehen gemeinsam auf Reisen.«

Wir haben Zeit, wir sind jung. Es klang gut und richtig, und trotzdem fröstelte Tess plötzlich. Es lag nicht an der sinkenden Temperatur. Etwas Bedrohliches ragte auf, dunkel wie die kommende Nacht, etwas, das einen tiefen Schatten warf auf Sinclair und sie. Ein Missklang in einer ansonsten perfekten Melodie. Doch die Vision – wenn es wirklich eine Vision gewesen war, geschaffen vielleicht von ihrem Esprit – verschwand sofort wieder.

»Ich bedauere, die Nacht nicht zu erleben«, sagte sie, um sich abzulenken.

»Ich glaube, wir können froh sein, dass wir sie nicht erleben müssen.« Etwas in Sinclairs sanftem Gesicht verriet: Er hatte gemerkt, dass etwas nicht stimmte, aber er stellte keine Fragen. »Meine Eltern haben mir davon erzählt. Die letzte Nacht muss sehr schlimm gewesen sein. Die Stürme wollten kein Ende nehmen, und es wurde so kalt, dass das Obsidian gefror.«

Tess deutete auf die Rosen, die aus fruchtbarem Boden von der Erde wuchsen. »Ich hoffe, sie überstehen die Nacht.«

»Eure Gärtner werden Lampen aufstellen, damit die Pflanzen genug Licht bekommen, und Schilde werden sie vor Kälte und Wind schützen.«

Das Signalband an Tess' Handgelenk vibrierte zum dritten Mal, länger als die beiden Male zuvor.

»Meine Familie wird ungeduldig.« Tess seufzte, ergriff Sinclairs Hand und ging mit ihm über den Weg, vorbei an Rosen, Eichen und Buchen. »Wie auch immer der Wind weht …«, zitierte sie das Credo von Rosengarten.

»Wie auch immer der Wind weht, wir lassen uns nicht beirren.«

3

Als Tess den Großen Saal mit den Ahnenporträts an den hohen Wänden betrat, begriff sie, dass sie tatsächlich eine Vision vom Esprit empfangen hatte – die Präsenz des Mannes in der schiefergrauen Uniform von Interkosmika war Beweis genug.

Begleitet von Sinclair ging sie am langen Tisch vorbei, und mit jedem Schritt verstärkte sich ihr Unbehagen.

Das Gesicht des Mannes von Interkosmika verriet nichts, es war steinern, eine Maske. Seine Augen blickten streng und abschätzend. Unbehagen war darin nicht auszumachen, obwohl ihm klar sein musste, dass er hier, an diesem Ort, bei den Velazca, auf Ablehnung stieß.

Die beiden jüngeren Brüder von Tess, Asgard und Trenkor – beide einen halben Tag alt, vierzehn und sechzehn Normjahre –, standen vorn neben ihrer Mutter, die im Helfer saß, dem mobilen Ektoskelett, das sie bewegte und trug. Mutter Amandea, einen vollen Tag-Nacht-Zyklus von Rosengarten alt – vierundsechzig Jahre –, verdankte ihre Lähmung einer Drehwurm-Infektion. Die zu späte Diagnose und die dadurch ebenfalls zu späte Behandlung der Krankheit waren eine direkte Folge der Verarmung der Familie gewesen.

Vater Solomar, siebenundsechzig Jahre, stand dürr und hoch aufgerichtet neben Amandeas Ekto. Sein gebräuntes Gesicht, das in der kommenden Nacht die Farbe verlieren würde, wirkte fast so steinern wie die Miene des Interkosmika-Mannes.

»Wo ist Anita?«, fragte Tess, ohne einen Gruß an den Mann in der dunkelgrauen Uniform zu richten. »Ich habe ein Hyperschiff kommen sehen.«

»Anita ist nicht da.« Trenkor warf dem Uniformierten einen finsteren Blick zu.

Tess war stehen geblieben. »Sie hat sich angekündigt. Wir haben ihre Nachricht erhalten. Was ist geschehen?«

Die Ekto-Motoren summten leise. Amandeas Lippen zitterten, und eine synthetische Stimme erklang: »Es tut mir leid, Tochter.«

»Was tut dir leid?« Als Tess keine Antwort bekam, wandte sie sich an ihren Vater. »Wo ist Anita? Und was macht dieser ... Mann hier?«

Der Gesandte von Interkosmika trat vor. »Mein Name ist Tirell Wayfare. Ich bin als Exekutor hier.«

»Was wollen Sie noch von uns?«, fragte Tess scharf.

»Es geht um Ihre Schwester Anita«, sagte Wayfare. »Und es geht um Sie.«

»Was ist mit Anita?«

»Glauben Sie bloß nicht, Sie könnten uns Tess einfach so wegnehmen, wie Sie es mit Anita gemacht haben!«, zischte der impulsive, manchmal jähzornige Asgard.

Vater Solomar räusperte sich. »Trenkor, Asgard ...«, mahnte er.

Die beiden Jungen, einer von ihnen fast schon ein Mann, senkten die Köpfe.

Tess fröstelte wie zuvor beim Rosengarten. Da war sie wieder, die Präsenz von etwas Bedrohlichem. »Anitas Antrag auf eine Dienstpause wurde von Interkosmika genehmigt«, sagte sie. »Sie wollte herkommen, vor meiner Abreise nach Harmonie Ophiuchus.«

»Ihre Schwester hat die genehmigte Dienstpause genutzt, um abtrünnig zu werden«, entgegnete Wayfare, und Tess fühlte sich von seinem Blick wie durchbohrt. »Mit anderen Worten: Sie hat sich davongemacht.«

Davongemacht, dachte Tess. Und hier bin ich.

»Interkosmika nimmt Sie in Regress, so wie es die Vereinbarungen vorsehen«, fuhr Wayfare fort. »Sie werden den Vertrag erfüllen, den Ihre Schwester unterschrieben hat.«

Ihr Hals schien plötzlich in einer Schlinge zu stecken. Tess brachte keinen Ton mehr hervor.

»Ich werde nicht zulassen, dass Sie Tess mitnehmen!«, rief Sinclair. Er stand so dicht neben ihr, dass sie seine Körperwärme fühlte.

Der Mann von Interkosmika richtete den Blick auf ihn. »Wer sind Sie?«

»Sinclair Van Groote. Meine Familie gehört zu den Unabhängigen und ist schuldenfrei.«

Für zwei oder drei Sekunden erweckte Wayfare den Eindruck, einer inneren Stimme zu lauschen, vielleicht dem Datenflüstern eines Implantats, dann sagte er völlig emotionslos: »Ich empfehle Ihnen, sich nicht in Dinge einzumischen, die Sie nichts angehen, Van Groote.«

»Das hier geht mich sehr wohl etwas an«, entgegnete Sinclair in einem herausfordernden Ton. »Tess und ich ...« Er zögerte, und Tess bemerkte, wie er kurz zu ihren Eltern blickte. »Wir sind ... gebunden.«

»Gebunden?«, wiederholte Amandea in ihrem Ekto. Solomar stand steif, gerade und stumm, sein Gesicht ohne sichtbare Veränderung.

»Die Schulden der Familie Velazca betreffen nicht Sie, Van Groote.« Wayfare ging zum Tisch, legte einen kleinen Holoprojektor auf das alte Holz und schaltete ihn ein. Eine Interkosmika-Bilanz erschien, eine Debit-Kredit-Waage mit roten und schwarzen Zahlen. »Ich stelle fest: Die Familie Velazca ist mit vierzig Millionen Debitpunkten bei Interkosmika verschuldet«, verkündete der Uniformierte mit offiziell klingender Stimme. »Ich stelle fest: Anita Velazca hat sich bereit erklärt, für zwanzig Jahre in die Dienste von Interkosmika zu treten, ein Jahr für jeweils zwei Millionen Debitpunkte. Ich stelle fest: Anita Velazca hat ihren Dienstbereich verlassen und ist abtrünnig geworden.« Wayfare legte eine Pause ein und musterte die Versammelten der Reihe nach. »Ich stelle fest: Das Obligat bestimmt Tess Velazca zur Vertragsnachfolgerin. Sie muss die Verpflichtungen von Anita Velazca übernehmen.«

»Zwanzig Normjahre?«, fragte Tess tonlos.

»Achtzehneinhalb Jahre sind von der ursprünglichen Verpflichtung übrig«, erklärte Tirell Wayfare. »Doch für Abtrünnigkeit ist eine Vertragsstrafe von zehn Millionen Debitpunkten vorgesehen.« Er zeigte auf die betreffende Stelle im Hologramm. »Das entspricht sechs weiteren Jahren. Die Laufzeit des Vertrages beträgt also vierundzwanzigeinhalb Jahre.«

»Ich habe eine Einladung erhalten«, sagte Tess mühsam. »Von der Musikakademie auf Harmonie Ophiuchus. Sie verliert ihre Gültigkeit, wenn ich sie nicht innerhalb von drei Normmonaten annehme.«

Der Mann von Interkosmika deutete erneut ins Hologramm, das über dem Holz des alten Tisches schwebte. »Dies ist die Situation. Dies sind Ihre Pflichten. Sie werden mit mir kommen, Tess Velazca.«

»Wann?«, ächzte Tess.

»Jetzt sofort.« Wayfare deaktivierte das Holo, nahm den kleinen Projektor vom Tisch und steckte ihn ein.

Amandeas Lippen zitterten wieder. Speichel rann ihr aus den Mundwinkeln. In Solomars Augen lag tiefe Trauer.

»Das können Sie nicht tun!«, platzte es aus Sinclair hervor.

Wayfare hob Brauen, so grau wie seine Uniform. »Ich bin Exekutor. Ich habe die Befugnis.« Er sah Tess an. »Wenn Sie nicht mit mir kommen, wenn Sie sich weigern, wird das Obligat Ihrer Familie neu bewertet. Dann gehen auch die restlichen Ländereien auf Rosengarten Sagittarius sowie dieses Haupthaus mit allen Nebengebäuden ins Eigentum von Interkosmika über.«

»Es wäre unser endgültiger Ruin«, sagte Solomar leise.

Tess begriff, dass es um mehr ging als ihre eigene Zukunft. »Ich komme mit.«

4

Der Orbiter kletterte in die Höhe, und unter ihm wurde Rosengarten zu einer Kugel, die eine Hälfte, das Obsidian, schwarz wie der Weltraum, die andere braun, grün und grau wie die Uniform des Mannes von Interkosmika.

»Wohin bringen Sie mich?«, fragte Tess.

»Wohin bringen Sie *uns?«*, korrigierte Sinclair. Er hatte darauf bestanden, Tess zu begleiten.

»Kommt darauf an.« Tirell Wayfare saß zurückgelehnt in einem Sessel weiß wie Schnee. Hinter ihm steuerte der Pilot – ein jüngerer Mann, dessen Uniform ein helleres Grau zeigte als die des Exekutors – den Orbiter zur großen Raumstation, die Rosengarten in einer Höhe von zweitausend Kilometern umkreiste. Der Zylinder des Hyperon-Rezeptors, Teil der Station, ragte als zwei Kilometer langer Dorn ins All.

»Worauf?«, fragte Tess.

»Darauf, wie Sie sich entscheiden.«

»Hat sie eine Wahl?«, fragte Sinclair scharf.

Wayfare seufzte leise. »Ja, die hat sie durchaus.« Er beugte sich vor, sah Sinclair direkt ins Gesicht. »Sie aber ... Sie sollten nicht hier sein. Sie sollten nicht hier vor mir sitzen, an Bord dieses kleinen Schiffes. Denn Ihre Wahl ist größer als die von Tess Velazca, die von jetzt an Tess Rosengarten Sagittarius sein wird, bis sie hierher zurückkehrt, in vierundzwanzigeinhalb Jahren.«

Sinclair holte tief Luft. »Wie auch immer der Wind weht, wir bleiben zusammen.«

Er streckte die Hand aus, aber Tess ergriff sie nicht und schüttelte den Kopf.

»Nein, nein«, sagte sie matt, hin- und hergerissen zwischen dem Wunsch, dass er bei ihr blieb, und dem Wissen, dass er einen großen Fehler machte.

Sie blickte durchs Fenster und beobachtete die Welt, auf der sie geboren war. Die Grenze zwischen Tag und Nacht ließ sich deutlich erkennen: die eine Seite hell und warm, die andere kalt und dunkel. Weiße Wirbel deuteten auf Stürme hin, die sich dort bildeten, wo die Temperaturunterschiede starke Luftströmungen verursachten. Sie dachte an den Rosengarten hinter dem Haupthaus ihrer Familie und hoffte, dass die wärmenden Lampen und Schilde rechtzeitig installiert wurden.

»Welche Entscheidung muss ich treffen?«, fragte Tess. Sinclair sah sie an, das fühlte sie, sein Blick war heiß in ihrem kalten Gesicht. »Zwischen was muss ich wählen?«

»Nicht hier«, wehrte Wayfare ab. »Sie werden Ihre Wahl an Bord des Cruisers treffen, des Hyperschiffs, mit dem ich gekommen bin. In der Gegenwart von zwei Notaren, die als juristische Zeugen alles aufzeichnen. Wie es das Gesetz verlangt.«

Das Gesetz von Interkosmika, dachte Tess.

Noch immer mied sie Sinclairs Blick. Das nahe Fenster zeigte ihr die Raumstation über Rosengarten, zusammengesetzt aus zahlreichen kantigen Modulen und den Oktaedern von insgesamt drei Reaktoren. Tess zählte siebzehn interplanetare Lichtschiffe an den Auslegern und Gravitationsankern. Zwei von ihnen legten gerade ab und fuhren ihre Segel aus, was ihnen das Erscheinungsbild von Lilien oder Orchideen gab. Auf der anderen Seite, beim langen Dorn des Rezeptors, schwebte ein Hyperschiff an einem rubinroten Gravanker: das Schiff, mit dem Wayfare gekommen war, ein silberner Keil, der Bug spitz, das Heck breit und mit den kerbenartigen Öffnungen der Transtatoren, die es dem Schiff ermöglichten, dem

Verlauf eines Hyperon-Gleises zu folgen, mit einem Vielfachen der Lichtgeschwindigkeit.

»Sie machen einen großen Fehler«, sagte Sinclair.

Wayfare reagierte nicht darauf. Er hatte sich wieder zurücksinken lassen, saß stumm da und musterte Tess, die weiterhin aus dem Fenster sah.

»Sie nehmen der Galaxis eine begnadete Sängerin«, fügte Sinclair hinzu.

Wayfare hob die Brauen. »Höre ich da die Stimme eines verliebten jungen Mannes?« Ein dünnes Lächeln erschien kurz auf seinen Lippen und verschwand sofort wieder.

Tess wandte den Blick vom Fenster ab.

»Welche Arbeit haben Sie Anita gegeben?«, fragte sie. »Wozu haben Sie sie gezwungen? Warum ist sie abtrünnig geworden?«

»Wir zwingen niemanden«, entgegnete Wayfare. »Jeder kann sich frei entscheiden. Jeder hat die Wahl. Auch Sie werden entscheiden und wählen können. Gleich.«

Ein kleiner, kaum merklicher Ruck ging durch den Orbiter. Wayfare nickte dem Piloten zu und stand auf.

»Wir sind da. Kommen Sie, mein Schiff wartet auf uns.«

Der Raum an Bord des Cruisers sah aus wie eine kleine Version der Gerichtssäle, die Tess in den holografischen Aufzeichnungen ihrer Familie gesehen hatte und in denen über die Geschicke der Velazca entschieden worden war: vorn ein breiter Tisch auf einem Podest, mit dem Exekutor Wayfare wie als Richter dahinter; zu beiden Seiten und etwas tiefer kleinere Tische mit den Notaren, die ihre holografischen Protokollanten bereits eingeschaltet hatten; und schließlich, hinter einem trennenden Geländer, ein niedriger Tisch mit zwei Stühlen, auf denen Tess und Sinclair saßen.

Die beiden Notare – offiziell Repräsentanten der terranischen Gerichtsbarkeit, in Wirklichkeit aber in Diensten von Interkosmika – trugen anthrazitfarbene Uniformen und waren jung, kaum älter als Sinclair, der Tess zuflüsterte: »Es wird alles gut.«

Nein, das waren dumme Worte, es wurde nicht alles gut, sie spürte es deutlich. Der Esprit teilte es ihr mit. Hier, an diesem Ort, gab es keine Hoffnung.

Tirell Wayfare beugte sich vor und legte beide Hände auf den Richtertisch. »Sind die Zeugen bereit?«

»Wir sind bereit«, meldeten die beiden Notare. »Wir sehen und hören.«

»Gut.« Wayfare betätigte einen verborgenen Schalter. »Ich stelle fest: Tess Rosengarten Sagittarius, geborene Velazca, wird in Regress genommen für Schuldenflucht und Abtrünnigkeit ihrer Schwester Anita. Es sind zu tilgen: siebenundvierzig Millionen Debitpunkte, davon zehn Millionen Strafe wegen Abtrünnigkeit. Ich stelle fest: Daraus folgt eine Dienstverpflichtung von vierundzwanzigeinhalb Jahren.«

Die beiden Notare nickten. »Zur Kenntnis genommen.«

Tess hob die Hand.

Wayfare richtete einen fragenden Blick auf sie.

»Wäre es möglich, die Dienstverpflichtung auf später zu verschieben? Auf die Zeit nach meinem Studium an der Musikakademie von Harmonie?«

»Ich stelle fest: Die Dienstverpflichtung beginnt sofort, hier und jetzt.«

Ein Hologramm erschien vor Tess und Sinclair. Unter dem Zeichen von Interkosmika – den stilisierten Buchstaben I und K vor dem Hintergrund der Milchstraße – zeigte sich eine Auflistung von Tätigkeiten.

»Tess ist Sängerin«, betonte Sinclair. »Wie soll sie als Lichtschiff-Ingenieurin oder Botanikerin in einer hydroponischen Anlage arbeiten?«

»Man kann alles lernen«, meinte Wayfare ungerührt.

Tess las die Liste, die vor allem aus technischen Berufen bestand. Hinter den meisten Einträgen war die Dienstzeit mit vierundzwanzigeinhalb Jahren angegeben. Nur ganz unten, am Ende der Liste, gab es Auswahlmöglichkeiten mit reduzierter Anzahl von Dienstjahren: zwanzig, siebzehn und fünfzehn.

»Sanitäterin bei den Koloniekonflikten im Eridanus-Sektor«, las sie laut, »zwanzig Jahre. Infanteristin bei den Koloniekonflikten im Eridanus-Sektor, Einsatzbeschränkung auf einen Planeten, Urlas oder Wunca, siebzehn Jahre.« Und der letzte Eintrag: »Infanteristin bei den Koloniekonflikten im Eridanus-Sektor, ohne Einsatzbeschränkung auf einen Planeten, fünfzehn Jahre.«

»Achteinhalb Jahre weniger«, sagte Wayfare.

»Tess soll für Sie in den Krieg ziehen?«, fragte Sinclair voller Unglauben.

»Das wäre eine der Möglichkeiten. Es gibt noch eine andere, die nicht auf der Liste steht.«

»Welche?«, fragte Tess sofort.

Die beiden Notare warteten, ihre Datenstifte und Protokollanten bereit.

Wayfare lehnte sich langsam zurück. Seine Hände blieben auf dem Tisch.

»Es ist eine Möglichkeit, die es uns erlaubt, Ihre Dienstverpflichtung von vierundzwanzigeinhalb Jahren auf nur zehn Jahre zu verkürzen«, erklärte er.

Tess hörte ein tiefes Brummen, das vermutlich von den Gravitationsmotoren stammte. Es gab keine Fenster, die einen Blick ins All gestatteten, aber sie stellte sich vor, wie sich der silberne Keil des kleinen Hyperschiffs vom Dorn des Rezeptors entfernte und für den Hyperon-Transit beschleunigte.

»Wieso steht sie nicht auf der Liste?«, fragte Sinclair argwöhnisch.

»Weil es sich um ein besonderes Angebot handelt«, antwortete Wayfare ohne besondere Betonung. »Um eine Geste des guten Willens.«

»Des guten Willens«, murmelte Tess. Sie vermied es noch immer, Sinclair anzusehen. »Ein großzügiges Angebot, ja? Bitte nennen Sie es.«

»Sie könnten Kartografin und Einrichterin werden«, schlug Wayfare vor, die Hände noch immer auf dem Tisch.

»Auf keinen Fall!« Sinclair sprang auf. »Ich bin Pilot gewesen, bevor ich meinen Vertrag gelöst habe. Ich habe mit Hyperon-Kartografen gesprochen. Das Risiko ...«

»Setzen Sie sich«, sagte Wayfare.

»... ist enorm hoch. Zwanzig Prozent aller Kartografen überleben nicht einmal das erste Dienstjahr!«

»Sie sollen sich setzen!«, wiederholte Wayfare scharf.

Sinclair sank zurück auf seinen Stuhl. Diesmal wandte Tess den Kopf und sah ihn an. Hör auf!, rief sie ihm stumm zu. Verlass diesen Raum! Verlass dieses Schiff, bevor es mit seiner Reise beginnt, wohin auch immer sie führt!

Es wären vernünftige Worte gewesen, doch Tess schaffte es nicht, sie auszusprechen.

»Mit wem auch immer Sie gesprochen haben, das Risiko wird oft übertrieben.« Wayfares Blick kehrte zu Tess zurück. »Die Arbeit von Kartografen und Einrichtern ist sehr, sehr wichtig. Ja, auch gefährlich, das will ich nicht leugnen. Sie erweitern das für uns zugängliche Hyperon. Sie errichten Gegenstationen an Orten, die noch nicht von unseren Schiffen erreicht werden können. Ja, damit sind Gefahren verbunden, denn Kartografen stoßen in neue, zumeist völlig unbekannte Gebiete vor. Sie leisten Pionierarbeit.« Wayfare legte eine kurze Pause ein. »Dreizehneinhalb Jahre weniger, Tess Rosengarten. Als Gegenleistung für einen großen Dienst, den Sie der ganzen Menschheit erbringen.«

»Nein!«, stieß Sinclair hervor.

»Einverstanden«, sagte Tess, ohne lange zu überlegen. Zehn Jahre waren besser als vierundzwanzig. In zehn Jahren war sie noch jung genug für ein Studium an der Musikakademie von Harmonie.

Wayfare lächelte. »Was ist mit Ihnen, Sinclair Van Groote? Sie haben darauf bestanden, Tess Rosengarten bis hierher zu begleiten, zu dem Ort der Entscheidung, und Sie haben gehört, wie sie sich entschieden hat. Möchten Sie mein Schiff verlassen, bevor es mit dem Hyperon-Flug beginnt? Oder möchten Sie sich ebenfalls verpflichten?«

»Nein!« Diesmal war es Tess, die das Wort rief.

Wayfare hob eine Hand vom Tisch und hielt sie hoch. »Ich nehme an, Sie möchten bei Ihrer Partnerin bleiben.«

Tess hörte ein nachdrückliches »Ja!« von Sinclair.

Der Exekutor von Interkosmika lächelte erneut, und diesmal blieb das Lächeln etwas länger auf seinen Lippen. »Ich habe einen Vorschlag für Sie. Für Sie beide. Sinclair Van Groote, wenn Sie bereit sind, an den Kartografierungsmissionen von Tess Rosengarten teilzunehmen, wenn Sie sich ebenfalls als Kartograf und Einrichter bei Interkosmika verpflichten, reduziere ich die Dienstzeit um weitere Jahre.«

Tess wollte nicht, dass sich Sinclair in Abhängigkeit von Interkosmika begab. Dennoch regte sich zarte Hoffnung in ihr.

Sinclair suchte erneut ihre Hand, und diesmal griff sie danach.

»Um wie viele Jahre?«, fragte er.

»Fünf«, sagte Wayfare. »Fünf Jahre für Sie und Tess Rosengarten.«

Tess öffnete den Mund, aber Sinclair kam ihr zuvor. »Garantieren Sie ausnahmslos gemeinsame Einsätze?«

Wayfare blickte nach rechts und links zu den Notaren. Sie nickten.

»Ich bin als Exekutor befugt und bestätige hiermit: fünf gemeinsame Jahre als Hyperon-Kartografen.«

»Danach sind die Schulden getilgt?«, vergewisserte sich Tess. »Danach ist das Obligat meiner Familie gelöscht?«

»Für die beiden Protokollanten: Ich bestätige die Tilgung der Schulden und die Löschung des Familienobligats mit Abschluss der fünfjährigen Dienstzeit von Tess Rosengarten Sagittarius und Sinclair Van Groote, der mit dieser Vereinbarung zu Sinclair Rosengarten Sagittarius wird!«

Die Notare nickten erneut.

Sinclair sprach schnell, vielleicht weil er Widerspruch von Tess befürchtete. »Ich bin einverstanden!«

Tess räusperte sich. »Ich bin es ebenfalls«, sagte sie mühsam.

Tirell Wayfare stand auf. »Ich beglückwünsche Sie zu Ihrer Entscheidung und heiße Sie bei Interkosmika willkommen. Wir fliegen zur Erde. Dort, beim aktuellen Knotenpunkt des Hyperons, wird Ihr Dienst beginnen.«

Fünf Jahre

5

Die Erde, Wiege der Menschheit, Herz und Hirn von Interkosmika. Eine Kugel, blau und weiß im All, wie ein glänzendes Juwel auf schwarzem Samt. Der Rezeptor einer großen Orbitalstation empfing Wayfares Cruiser aus dem Hyperon, und Tess dachte daran, dass vielleicht Menschen unten auf der Erde das Flackern des Energiefelds sahen.

»Wasser«, sagte sie. »So viel Wasser. Eine Ozeanwelt. Und Tag und Nacht dauern jeweils nur zwölf Stunden, nicht zweiunddreißig Jahre.«

Sinclair trat neben sie ans Fenster ihrer Kabine. »Die Rotation der Erde hat sich verlangsamt. Sie dreht sich nicht mehr in vierundzwanzig Stunden um die eigene Achse, sondern in vierundzwanzigeinhalb.«

»Vierundzwanzigeinhalb«, murmelte Tess. »Ein seltsamer Zufall.«

»Es sind fünf Jahre«, sagte Sinclair. »Nur fünf. Das schaffen wir.« Er rang sich ein Lächeln ab.

»In fünf Jahren wäre ich mit dem Studium an der Musikakademie von Harmonie fertig gewesen. Fünf Jahre sind viel Zeit. In fünf Jahren kann viel geschehen.« Tess sah wieder aus dem Fenster. »So viel Wasser, und es ist blau, nicht schwarz. Hier hat sich unsere Spezies entwickelt, nicht wahr? Auf der Erde. Aber warum heißt dieser Planet ›Erde‹? Sollte man ihn nicht ›Wasser‹ nennen?« Sie sprach und sprach, ein Wort folgte dem anderen, schnell, um bohrende Gedanken zu vertreiben.

»Ich bin schon einmal hier gewesen.« Sinclair stand so dicht bei ihr, dass Tess seinen Geruch wahrnahm, den sie immer gemocht hatte und der sie an Rosengarten erinnerte, an den Wind, das Obsidian und die Felsen in der Brandung. »Als Pilot eines Kurierschiffs. Früher hat es Kontinente auf der Erde gegeben, fünf oder sechs, aber dann stieg der Meeresspiegel, die Große Flut kam, und sie war wirklich groß, so groß wie die Flut, die in einer alten religiösen Geschichtensammlung beschrieben ist. Die Kontinente verschwanden in den Meeren, kein Damm war hoch genug. Übrig blieben die Bergspitzen. Die vielen Archipele erinnern daran.«

»Was ist aus den damaligen Menschen geworden?«, fragte Tess, aber eigentlich wollte sie fragen: Was wird aus uns?

»Sie siedelten auf dem Erdenmond und auf dem Mars.« Sinclair sprach ruhig. Während des Hyperon-Flugs schien er sich mit allem abgefunden zu haben. So konnte er sein: manchmal so impulsiv und fast so jähzornig wie Tess' jüngerer Bruder Asgard, aber auch sanft und bereit, sich mit Gegebenheiten abzufinden, die er nicht ändern konnte. Er hatte seine Entscheidung getroffen und beschlossen, mit den Konsequenzen zu leben. »Oder sie ließen sich in Rotationshabitaten nieder, in künstlichen Welten, die Millionen von ihnen Platz boten.«

Er legte eine nachdenkliche Pause ein.

»Andere legten sich schlafen«, fügte er hinzu. »Sie zogen sich in die Hibernation zurück, in der Hoffnung auf eine bessere Welt bei ihrem Erwachen.«

»Und?« Tess betrachtete eine grünblaue Inselgruppe, eingebettet ins Blau eines globalen Ozeans. »Haben sie eine bessere Welt gefunden, als sie erwacht sind?«

»Ich weiß es nicht«, antwortete Sinclair. »Vielleicht schlafen sie noch.«

Ein Rufsignal erklang, gefolgt von einer Stimme. »Tess und Sinclair Rosengarten, Sie werden gebeten, die Luftschleuse aufzusuchen.«

Sie nahmen ihre Habseligkeiten – zwei kleine Taschen genügten dafür – und verließen die Kabine. Ein glatter, gerader Korridor erwartete sie, nicht die Gerüste und engen Schächte, die Tess von Rosengartens Lichtschiffen kannte. Als sie die Luftschleuse erreichten, wartete Tirell Wayfare auf sie, wieder in einer schiefergrauen Uniform mit dem Emblem von Interkosmika an den Schultern.

Er deutete auf die Taschen. »Das bleibt hier«, sagte er statt einer Begrüßung. »Sie bekommen von uns, was Sie brauchen.«

Tess dachte an die holografischen Bilder, die sie mitgenommen hatte. Sie zeigten ihre Familie, das Obsidian und die Oktopoden, die ihrem Gesang lauschten. »Ich habe einige Erinnerungsstücke darin, die ...«

»Das Zeitfenster schließt sich bald«, unterbrach sie der Exekutor. »Wir müssen uns beeilen.«

Ein Bot nahm die Taschen entgegen und trug sie fort.

Innen- und Außenschott waren geöffnet, der Cruiser hatte bereits angedockt. Sie verließen das Hyperschiff, betraten die Orbitalstation und damit eine lautere, lebendigere Welt. Maschinen summten, Aggregat-Cluster brummten, mobile Bots surrten. Hinzu kamen Dutzende menschliche Stimmen.

»Welches Zeitfenster meinen Sie?«, fragte Tess und sah sich um. Der Weg, dem sie folgten, führte mitten durch ein Rotationselement der Station, eine kleine Welt mit Wäldern, Seen und pastellfarbenen Gebäuden in einer hügeligen, parkartigen Landschaft, die sich um sie herum drehte. Das Habitat schien alt und stammte vielleicht aus der Anfangszeit des Orbitalkomplexes, als es noch keine Gravitationsmotoren gegeben hatte und Schwerkraft mithilfe von Rotation simuliert worden war.

Mehrere Uniformierte kamen ihnen entgegen, Männer und Frauen mittleren Alters, keine Angehörigen von Interkosmika, sondern hochrangige Offiziere von Protektor, dem terranischen Militär. Selbst sie grüßten den Exekutor respektvoll, bemerkte Tess.

»Ihre Frage weist auf ein Problem hin.« Wayfare ging mit geradem Rücken und hoch erhobenem Kopf. Bei einem anderen Menschen hätte das steif gewirkt, aber bei ihm war jede Bewegung geschmeidig. »Sie wissen nicht Bescheid. Deshalb erhalten Sie beide ein Memex.«

Aus dem Augenwinkel sah Tess, wie Sinclair das Gesicht verzog.

»Was ist das?«, fragte sie mit etwas Unbehagen.

»Ein Datenimplantat«, erklärte Sinclair. »Eine Art künstliches Gedächtnis mit gespeichertem Wissen.« Und er fügte mit wenig Begeisterung hinzu: »Interkosmika will uns eine Stimme in den Kopf pflanzen.«

Tess blieb erschrocken stehen. »Was?«

»Es ist ein routinemäßiger Eingriff, der nur wenige Minuten dauert«, sagte Wayfare. »Und er ist notwendig für die Einsatzeffizienz und erspart eine langwierige Ausbildung. Für Sie bedeutet das: Sie können sofort beginnen, Ihre fünf Jahre abzuarbeiten. Oder wäre es Ihnen lieber, wenn noch einige zusätzliche Monate Grundausbildung hinzukämen?«

Tess schwieg.

Wenige Minuten später verließen sie das Habitat, schritten durch einen perlweißen Flur mit weniger Menschen und erreichten einen medizinischen Bereich. Die Männer und Frauen hier trugen cremefarbene Kittel, wie Wayfares Uniform mit dem Interkosmika-Symbol. Schließlich betraten sie einen runden weißen Raum mit grünen Liegen an den Wänden und Geräte- und Instrumentenblöcken in der Mitte. Medizinische Bots mit dünnen, flexiblen Greifarmen und Sensorbündeln standen neben zwei dieser Liegen.

Wayfare streckte den Arm aus. »Wenn ich bitten darf ...«

Tess zögerte.

»Ich darf Ihnen versichern, dass keinerlei Unannehmlichkeiten damit verbunden sind«, erklärte der Exekutor. »Sie erhalten das Wissen, das Sie brauchen, um Ihre Aufgabe als Kartografen und Einrichter zu erfüllen, und es dauert nur wenige Minuten.«

»Als Pilot habe ich auf so ein Ding verzichtet und mich lieber Schlafschulungen unterzogen«, sagte Sinclair.

Wayfare maß ihn mit einem strengen Blick. »Schlafschulungen reichen in diesem Fall nicht aus. Sie sollen keine Piloten werden, sondern Kartografen. Sie sollen das Unerforschte erforschen, und dazu müssen Sie auf alles vorbereitet sein. Also ...« Er wiederholte die Geste in Richtung der beiden Liegen.

Tess dachte daran, dass jeder Tag, den sie verlor, ein Tag zu viel war. Sie ging zu den beiden Liegen und legte sich auf eine davon.

Die Hände von Bots, ausgestattet mit Werkzeugen und Sensoren, berührten sie sanft. Sie schloss die Augen und hörte, wie sich Sinclair auf der Liege neben ihr ausstreckte. Etwas zischte, etwas Kühles berührte sie am Nacken und verursachte ein kurzes Frösteln.

Vor der Leinwand ihrer Lider sah sie das Haupthaus der Familie, den Hügel und die Klippen vor dem endlosen Obsidian, dem schwarzen Meer. Die lange Nacht, dachte sie. In fünf Jahren kann ich sie sehen. In fünf Jahren kehre ich heim und kann den Rest des Windes und die große Kälte erleben.

Nach einer Weile öffnete sie die Augen. »Wann beginnt der Eingriff?«

»Er hat bereits stattgefunden«, antwortete einer der Bots. »Sie können aufstehen.«

Tess schwang die Beine über den Rand der Liege. Als sie stand, spürte sie eine Veränderung und sah, wie sich Sinclair, der seine Liege ebenfalls verlassen hatte, den Nacken rieb.

Wayfare nickte zufrieden. »Ich stelle fest: Sie sind bereit. Das Zeitfenster ist noch offen. Lassen Sie es uns nutzen.«

6

Das Zeitfenster. Erinnerungen, die nicht ihre eigenen waren, erzählten Tess, was es damit auf sich hatte.

Das Hyperon, von Interkosmika entdeckt und mit Transtatoren zugänglich gemacht, bestand aus zahllosen energetischen Strängen, die man »Gleise« nannte, weil Raumschiffe – Hyperschiffe – über sie hinwegglitten wie Schwebezüge über Magnetschienen. Die Stränge reichten durch eine dem normalen Raum-Zeit-Kontinuum übergeordnete Dimension, die Interkosmika »Hyperraum« nannte, und ermöglichten Reisen mit einem Vielfachen der Lichtgeschwindigkeit. Selbst Hunderte oder Tausende von Lichtjahren entfernte Sterne konnten mit dem Hyperon innerhalb weniger Stunden oder Tage erreicht werden.

Es gab nur einen kleinen Haken: Reisen entlang der Hyperon-Gleise führten nur dann sicher zum Ziel, wenn es am Bestimmungsort des Hyperschiffs eine Empfangsstation gab. Ein Gleis ohne einen fest eingerichteten und synchronisierten Rezeptor führte ins Nichts; ein Hyperschiffpilot, der sich auf einen solchen Flug einließ, strandete schließlich im Irgendwo, ohne die Möglichkeit zur Rückkehr. Mit den Transtatoren konnte er ins Hyperon zurück, aber ohne Orientierung, sodass er nicht wusste, ob ihn der nächste Flug näher zur Erde und an eine ihrer Kolonien brachte oder noch weiter weg, vielleicht in die große Leere zwischen den Galaxien.

Deshalb brauchte Interkosmika Kartografen und Einrichter: Menschen, die die Reise ins Ungewisse wagten, um die Stränge des Hyperons zu erforschen und Empfangsstationen einzurichten. Sie brachen mit Forschungskapseln auf, mit »Explorern«, ohne genau zu wissen, wo der Flug endete. Das Ziel konnte nur grob bestimmt werden, anhand eines »Zeitfensters«, in dem bis dahin unerforschte Bereiche des Hyperons für Interkosmikas Scanner, deren Technologie strenger Geheimhaltung unterlag, sichtbar wurden. Diese Sichtbarkeit erlaubte es, Explorer möglichst nahe zu gewünschten Zielen zu bringen.

Doch die Kartografen und Einrichter wussten nie, was sie erwartete, wenn sie schließlich aus dem Hyperraum zurückkehrten, vielleicht in gefährlicher Nähe zu einer Sonne, zu dicht über einem Planeten, im Strahlensturm eines Gammablitzes, am Ereignishorizont eines Schwarzen Lochs oder in der intergalaktischen Leere. Es gab viel, das schiefgehen konnte. Kartografen und Einrichter gingen ein hohes Risiko ein, und deshalb wurden sie von Interkosmika gut bezahlt. Wer überlebte, durfte sich über ein üppig mit Kreditpunkten gefülltes IK-Konto freuen, auf das er oder sie überall Zugriff hatte, abgesehen von den Welten, die an den Koloniekonflikten beteiligt waren.

Die Verlustliste war lang und wurde immer länger. Jeder Tote bekam von Interkosmika eine posthume Prämie von zehn Millionen Kreditpunkten, die seinen Erben zur Verfügung stand, und ein Ehrenmal auf der Erde, auf einem der zur Insel gewordenen Berggipfel.

An all das »erinnerte« sich Tess und an noch viel mehr, auch an den alten Horace, der sie im Transitraum in Empfang nehmen sollte. Das Datenimplantat erzählte ihr, dass er mit seinen achtundneunzig Jahren einer der ältesten Kartografen war, was das Lebensalter betraf. Wenn man die Dienstjahre als Maßstab nahm, war er tatsächlich der älteste: Seit siebenundsiebzig Jahren erforschte und kartografierte er das Hyperon und hielt mit fünfundsechzig eingerichteten Empfangsstationen den Rekord. Dreimal war er im Hyperon verschollen gewesen, und einmal hatte man ihn sogar für tot erklärt.

Tess fragte sich, ob es ein gutes Omen war, dass Interkosmika ausgerechnet ihn zu ihrem Einweiser bestimmt hatte.

7

Horace war groß, dürr und klapprig. Wenn er sich bewegte, konnte man hören, wie seine Knochen knackten, wie es in seinen alten Gelenken knirschte, und sein Atem zischte wie der sterbende Wind von Rosengarten. Manchmal schnappte er ohne erkennbaren Grund nach Luft und blickte sich wie nach etwas um, das nur für ihn existierte.

Etwas Wirres lag in seinen wässrigen blauen Augen, aber auch eine Schärfe wie im Blick eines Adlers. Sein schmales, hohlwangiges Gesicht war eine Landschaft aus Narben und Falten, die Nase darin ein kleiner zerklüfteter Berg.

Als Tirell Wayfare sie in den Transitraum führte, hantierte der alte Horace mit Werkzeugen und Instrumenten, umgeben von Kisten, Ausrüstungsbehältern und Geräteblöcken mit bunten holografischen Anzeigen. Weiter hinten öffnete sich gerade das Außenschott des Hangars; der dünne energetische Vorhang eines Atmosphärenschilds verhinderte, dass die Luft ins All entwich. Davor stand ein kleines Schiff, nicht glatt und elegant wie Wayfares Cruiser, sondern voller Ecken und Kanten, wie eine Ansammlung von Würfeln, Quadern und Stangen, die jemand aufs Geratewohl zusammengesetzt hatte, um anschließend einige Transtatorkerben hinzuzufügen. Die

Einstiegsluke war geöffnet, Licht fiel aus dem Innern, und ein Gravitationsmotor brummte tief und leise.

»Sind sie das?«, fragte Horace mit kehliger, rauer Stimme.

»Tess und Sinclair Rosengarten Sagittarius, wie angekündigt«, sagte Wayfare. »Wie weit sind Sie? Das Zeitfenster schließt sich in ...« Er neigte den Kopf ein wenig zur Seite und lauschte. »... zehn Minuten.«

»Ein Fenster klappt zu, ein anderes klappt auf.« Horace zuckte mit den Schultern, wobei sein Blick Sinclair streifte, um dann bei Tess zu verweilen.

Wayfare seufzte leise. »*Dieses* Fenster ist wichtig.«

Horace verzog das narbige und faltige Gesicht. »Alle Fenster sind wichtig, nicht wahr? Jedes auf seine Weise.«

»Dieses führt in den Orion-Tunnel. Damit ist es besonders wichtig.«

»Aber sicher doch. Eine Empfangsstation im Orion-Tunnel wäre eine Abkürzung für Protektor zu den aufständischen Kolonien. Eine Möglichkeit, ihnen in den Rücken zu fallen.«

Tess hörte, wie Wayfare erneut seufzte. »Ein Weg ins Herz der Galaxis und darüber hinaus, zur anderen Seite der Milchstraße. Ein neuer Hauptstrang, der das uns bekannte Hyperon um zehn oder sogar zwanzig Prozent erweitern könnte. Sie wissen das alles, Horace. Wir haben Sie informiert.«

Der dürre Alte schnaubte. »Wir können gleich los. Ich brauche nur noch ... dies und dies ...«

Zwei kleine Bots nahmen die Objekte, auf die Horace gezeigt hatte – mehrere Behälter mit Energiepatronen und teuren Transtatorkomponenten, die ein Printer nur mit hohem Energie- und Zeitaufwand produzieren konnte.

Tess blickte sich erstaunt im Hangar um. »Hier soll sich der Knotenpunkt des Hyperons befinden?«

Dann erinnerte sie sich auch daran: Der Knotenpunkt – eine Verbindungsstelle von zahlreichen Gleisen – wanderte wie die magnetischen Pole der Erde. Das Implantat nannte ihr die aktuellen Daten: In einigen Jahren würde sich der Knotenpunkt im Mare Imbrium auf dem Mond befinden, unweit des großen Kopernikuskraters. Er strich durch das

Sonnensystem der Erde wie der Wind über das Obsidian von Rosengarten.

»Was ist mit unserer Ausrüstung?«, hörte sie Sinclair fragen und dachte sofort an die kartografischen Instrumente, an die Scanner, Sensoren und Programmmodule für den Printer, der nicht nur Kleidung und Proviant herstellen würde, sondern auch Rezeptoren für die zu errichtende Empfangsstation. Sie wusste, wo sich was befand und wie man damit umging.

Für einen Moment wankte sie, wie von den neuen Erinnerungen aus dem Gleichgewicht gebracht. Sie fühlten sich nicht fremd an, sie waren ein Teil von ihr, ein Teil von etwas Neuem, das es zu erkunden galt und sie zu einer anderen Person machte. Die Welt in ihrem Kopf, das mentale Universum namens Tess Velazca, war größer geworden. Eine neue Person wartete dort darauf, entdeckt zu werden.

»Noch acht Minuten«, sagte Tirell Wayfare.

Horace schnaubte erneut und winkte. »Kommt her. Kommt zu mir.«

Tess und Sinclair gingen zu ihm.

»Macht euch nichts vor«, brummte der alte Kartograf. »Die Implantate erinnern sich für euch, aber ihr habt trotzdem keine Ahnung, was euch erwartet. Seht ihr das hier?« Er hob die Hand zum Gesicht. »Sind mehr als vierzig Jahre alt, diese Narben. Damals war ich schon seit vielen Jahren in den unerforschten Bereichen des Hyperons unterwegs und hab geglaubt, alles zu wissen, alles zu kennen. Es hat mich unvorsichtig gemacht, und unvorsichtige Hyperon-Kartografen überleben für gewöhnlich nicht lange.«

Wayfare stand mit auf den Rücken gelegten Händen da und räusperte sich demonstrativ.

»Oh, die Technik war kein Problem, die wurde immer besser, immer leistungsfähiger. Mit einem Explorer ins Unbekannte zu fliegen, im Zielsektor einen Printer aufzubauen, damit er eine Empfangsstation mit allem Drum und Dran druckt ... Alles Routine, alles kein Problem. Ich habe auch immer auf jederzeit einsatzbereite Notausrüstung geachtet.«

»Horace Addison Eridanus...«, begann der Exekutor von Interkosmika in einem strengen, mahnenden Ton.

Der dürre Alte achtete nicht auf ihn. »Ich bin bei den Riffen des Neungestirns im Herakia-Sektor gewesen – und *nichts* und *niemand* hat mich darauf vorbereitet, *wie* gefährlich die sind.« Horace hatte die Schultern gestrafft und den Kopf hoch erhoben. »Die Daten des Memex, das ich zu jener Zeit benutzt hab, waren nicht vollständig, was ich aber erst später erfuhr. Pech. Und ich habe mich zu sicher gefühlt. Ein großer Fehler, der mich fast das Leben gekostet hätte. Ich bin beim Neungestirn zwischen den beiden Roten Riesen aus dem Hyperraum gekommen, zu nahe an der Materiebrücke. Die Energieriffe hätten meinen Explorer fast zerrissen und hinterließen mir diese Andenken, übrigens nicht nur im Gesicht.«

Mit den Fingerkuppen berührte er die Narben, eine behutsame Geste, die fast zärtlich wirkte.

»Ich bin in den dunklen Sternenräumen von Utox gewesen«, fuhr er fort, und seine Stimme klang nun anders, hohl, wie aus einem Gewölbe. »In Staubwolken so dicht, dass sie selbst das Licht der nahen Sterne schlucken. Meine Explorer sind am hundert Kilometer tiefen Grund von Eismondozeanen und in den Wolkenmeeren von Gasriesen aus dem Hyperraum gekommen. Ich hab die Alabasterschreine von Gizzah gesehen, Hinterlassenschaften der Namenlosen, die vor hundert Millionen Jahren die Milchstraße durchstreiften. Ich bin im hellen, heißen Kern der Galaxis gewesen, wo die Sonnen derart kumuliert sind, dass es auf ihren Planeten nie dunkel wird. Ich bin am Rand gewesen, wo die Sterne einsam leuchten. Ich wanderte durch die Schluchten von Ascaron, einer Welt aus Stein und Staub, habe der Stille gelauscht und in ihr das Flüstern der Ewigkeit gehört. Ich...«

»Noch fünf Minuten«, warf Wayfare ein, und Tess glaubte, in seiner Stimme den Beginn von Ungeduld und sogar Nervosität zu hören.

»... habe die Mantas des Gasriesen Karikaran gesehen, gewaltige Geschöpfe, die vom Auftrieb ihrer Wasserstoffzellen getragen durch dichte Wolkenmeere segeln.«

Der alte Kartograf beugte sich vor, und Tess nahm seinen Geruch wahr: nicht frisch wie der von Sinclair, der mit offenem Mund zuhörte, sondern trocken und modrig, wie von Kleidung, die zu lange vergessen in einer Ecke gelegen hatte.

»Und ich habe den Schlund gesehen«, fügte Horace düster hinzu.

»Das reicht!«, fauchte Wayfare, die Stimme scharf wie ein Laserskalpell. »Noch vier Minuten. Wenn Sie nicht sofort aufbrechen, schicke ich Sie zur Erde.«

Der alte Kartograf deutete eine Verbeugung an und wies zum offenen Eingang des Explorers. »Wenn ich bitten darf, die Herrschaften ...«

Dann nahm er Haltung an wie ein Soldat und hob die Hand zur Stirn. »Kartograf Horace meldet Beginn des Einsatzes.« Er drehte sich um. »Also los, Kinder, an Bord mit euch!«

Hinter ihnen rief Wayfare: »Tess Rosengarten Sagittarius und Sinclair Rosengarten Sagittarius, ich stelle fest: Ihre fünfjährige Dienstzeit beginnt *jetzt!*«

Im hell erleuchteten Innern des Explorers erwarteten sie kleine Räume, schmale Gänge und ein Durcheinander aus Streben und Stangen. Horace kletterte und zwängte sich durch Lücken.

»Er weiß, dass ich nicht zur Erde will, das weiß er genau«, brummte er. »Ich auf einem Planeten festsitzen? Ha! Seid ihr noch da?« Er drehte den Kopf.

Der Alte war erstaunlich flink. Tess und Sinclair hatten Mühe, mit ihm Schritt zu halten.

»Schiff!«, rief Horace.

»Zu Diensten«, erklang eine androgyne Stimme.

»Bring uns nach draußen«, wies der Alte den Kognitor des Explorers an. »Bereitschaft für Energiekern und Transtatoren. Der Sprung ist programmiert?«

»Ich bestätigte, Horace.«

»Manöver einleiten.«

»Sie sind noch nicht im Kontrollraum. Sie sind noch nicht von Harnischen geschützt.«

»Du hast gehört, was ich gesagt habe«, knurrte Horace, der es plötzlich sehr eilig hatte. »Kommt, Kinder, kommt!«

Tess erinnerte sich mit dem Memex daran, welche Vorbereitungen für einen Sprung in die unerforschten Bereiche des Hyperons nötig waren.

»Die Stabilisatoren und Transtatoren müssen kalibriert werden«, sagte sie. »Die Energieflussregler ...«

Horace kletterte zwischen mehreren Stangen und wandte den Kopf. »Kennst dich damit aus, Mädchen, nicht wahr?«

»Ich habe als Hyperschiffpilot gearbeitet«, warf Sinclair ein. »Ich weiß, wie man ...«

»Du weißt *nichts!*«, zischte der alte Kartograf. Vor ihm schwang eine Luke auf. Im kleinen Kontrollraum dahinter leuchtende virtuelle Kontrollen. »Du hast *keine* Ahnung, Junge. Hyperschiffpilot! Du hast Schiffe über stabile Gleise gesteuert, das ist ein Kinderspiel. Dies hier ...« Er hielt sich mit einer Hand an einer Strebe fest und vollführte mit der anderen eine Geste. »Dies hier bedeutet, die bequeme Couch zu verlassen und den Kopf in den stürmischen Wind zu halten.«

Wind, dachte Tess, und etwas stach tief in ihrer Brust. Sie stellte sich das Obsidian vor, die Oberfläche nicht glatt wie Glas, sondern von den Stürmen des Tag-Nacht-Wechsels aufgewühlt, mit hohen, schaumgekrönten Wellen.

»Wir sind draußen, Horace«, meldete der Kognitor des kleinen Schiffs. »Nähe zum Knotenpunkt achtundneunzig Prozent. Keine anderen Schiffe in der Nähe. Keine erkennbaren Störfaktoren. Der Weg ins Hyperon ist frei. Beginne mit der Synchronisierung der Transtatoren.«

Horace schnaufte und betrat den Kontrollraum, gefolgt von Tess und Sinclair. Fensterartige Holos zeigten die Erde, die Orbitalstation mit ihren Rotationselementen, den zwei Kilometer langen Dorn des Rezeptors, an dem mehrere kleine Kurierschiffe wie silberne Schiffe lagen, und den dunklen Koloss eines Protektor-Schlachtschiffs mit Dutzenden Gefechtskuppeln und vier langen Hangarbänken, in ihnen Jäger und interplanetare Kampfschiffe ohne den Ballast von Transtatoren und damit ohne Zugang zum Hyperon.

Horace glitt wie eine Schlange in den Kommandosessel, der sich halb um ihn schloss, streckte die Hände in die virtuellen Kontrollen und bemerkte Tess' Blick.

»Dickes Ding, nicht wahr?«, brummte er. »Ziemlich eindrucksvoll.« Ein Schatten fiel auf sein narbiges, faltiges Gesicht. »Ich habe solche Schlachtschiffe im Einsatz gesehen, mit ihren Blastern, Pulskanonen, Diskontinuatoren und Aktoren. Bei Wunca im Heraldor-System hat so ein Riese eine KS ins Hyperon geschickt, um die lokale Empfangsstation und ihre Rezeptoren zu zerstören. Ich war gerade in der Nähe unterwegs, auf dem Weg nach Orion wie gleich wieder, und es hätte mich fast erwischt. Auf Wunca ging es ziemlich turbulent zu, wie ich hörte. Starke Erdbeben, hervorgerufen von Gravitationsanomalien.«

»KS?«, murmelte Tess.

»Eine Künstliche Singularität.« Horace betätigte die virtuellen Kontrollen. »Ein kleines Schwarzes Loch.«

»Der Einsatz Künstlicher Singularitäten ist nach dem Waffengesetz des Protektorats verboten«, sagte Sinclair, und es klang, als wollte er Horace widersprechen. »Seit zwanzig Jahren.«

»Was weißt du von Waffengesetzen und ihrer Anwendung? Nichts!«, donnerte Horace. »Ha! Dort draußen in den Weiten des Alls schert sich Protektor nicht um die Gesetze der Erde. Dort heißt es für die Soldaten: siegen und leben oder verlieren und sterben.«

»Das Zeitfenster schließt sich, Horace«, warnte der Kognitor.

»Schnallt euch an, Kinder. Macht euch fest und sicher.«

»Er meint die Sicherheitsharnische, Tess und Sinclair Rosengarten«, erklärte das Schiff.

Die Orbitalstation verschwand aus den Holos, und die Mondsichel erschien, gesäumt von den Sternen der Milchstraße. Das tiefe Brummen des Gravitationsmotors wurde lauter, und vor Horace leuchteten noch mehr Symbole auf, viele von ihnen gelb oder in einem warnenden Rot.

Sinclair deutete auf die Kontrollen, nachdem er in einen

freien Sessel gesunken und den Sicherheitsharnisch aktiviert hatte. »Wir sind nicht synchron.«

Auch Tess setzte sich, dicht neben ihm, und sofort legte sich der Schleier des Sicherheitsharnischs um sie, ein Energiefeld, das sich weich wie Watte anfühlte und die Geräusche dämpfte.

»Wir sind knapp dran, es könnte holprig werden«, sagte Horace. »Und ziemlich unangenehm für Leute, die nicht an einen ungesteuerten Flug ohne stabiles Gleis gewöhnt sind. Hat euch das Memex darauf hingewiesen? Nein? Dann steht euch eine kleine Überraschung bevor. Achtung, es geht los!«

Horace schloss die Hand um ein vor ihm schwebendes rotes Symbol.

Der Explorer sprang ins Hyperon.

Tess würgte und übergab sich.

Transit

8

Eine Stimme durchdrang den Nebel des Elends. »Wie geht es dir, Mädchen?«

Sie würgte erneut, doch es kam nichts mehr heraus, weil der Magen bereits leer war.

»Hören Sie auf, mich Mädchen zu nennen.« Der Ärger brachte Kraft, sie wollte daran festhalten.

»Schon gut, Mädchen. Ich meine, schon gut, *Tess.* Verstehe. Hätte nicht gedacht, dass es so schlimm für dich ist.« Ein zerfurchtes Gesicht mit wässrigen blauen Augen erschien vor ihr. »Ich schätze, es liegt an deinem Esprit. Hab's in den Infos gelesen, die mir Interkosmika über dich geschickt hat. Kommst von Rosengarten im Sagittarius-Sektor und wolltest Musik studieren, und jetzt bist du hier bei mir, na so was ...«

Er sprach und sprach, und Tess begriff, dass er mit den vielen Worten über seine Sorge hinwegtäuschen wollte.

»Sinclair?«

Eine Hand berührte sie an der Wange, warm wie der Tag von Rosengarten. »Geht es dir besser?«

Sie würgte erneut. »Nein.«

»Es wird bald wieder, Mädchen. Tess, meine ich. Du liegst in unserer kleinen Krankenstation, und der Medobot behandelt dich. Schiff?«

»Ja, Horace?«

»Du passt gut auf sie auf, nicht wahr?«

»Natürlich, Horace.«

Es tat nicht weh, Tess hatte keine Schmerzen. Aber ihr war speiübel, und sie fühlte sich so schwach wie nach einer enorm großen körperlichen und geistigen Anstrengung.

»Ist es immer so schlimm?«, fragte sie mühsam und versuchte, mehr von ihrer Umgebung zu erkennen. Der Schemen neben ihrer Liege schien Sinclair zu sein.

Die Gestalt auf der anderen Seite beugte sich vor, und das schmale, hohlwangige Gesicht mit den vielen Falten und Narben kehrte zurück. »Der Sprung ohne ein stabiles Gleis ins Hyperon ist nie angenehm, aber mit der Zeit gewöhnt man sich daran. Allerdings war das Zeitfenster diesmal ziemlich knapp, wir hätten den Orion-Tunnel fast verfehlt.«

»Sie haben sich zu viel Zeit gelassen!«, sagte Sinclair vorwurfsvoll. »Es ist Ihre Schuld, dass es so knapp war!«

»Reg dich ab, Junge, reg dich ab«, knurrte der alte Kartograf. »Sie wird nicht sterben.«

Eine andere Hand berührte sie, kälter und rauer. »Schlaf, Tess. Die Scanner und Ida sagen, dass wir noch einige Tage im Transit bleiben. Ruh dich aus.«

»Ida?«

»Das bin ich«, ertönte die Stimme des Kognitors. »Manchmal nennt er mich so.«

Das weckte Tess' Neugier. »Warum Ida?«

»Oh, es ist eine lange Geschichte«, sagte Horace. »Vielleicht erzähle ich sie euch später. Schlaf jetzt, dann hast du es schneller hinter dir. Ich geh und kümmere mich ums Schiff.« Er wandte sich ab.

»Sinclair?«

»Ich bleib hier«, antwortete er sofort.

»Gut«, murmelte Tess. »Das ist gut.« Sie schloss die Augen und schlief.

9

Sie saßen im Kontrollraum, den Horace »Nest« nannte, umgeben von holografischen Darstellungen, die nicht das All zeigten, sondern etwas, das aussah wie eine karmesinrote Flüssigkeit, in der gelegentlich etwas dunklere Blasen aufstiegen. Tess sah den Hyperraum zum ersten Mal und beobachtete fasziniert das scheinbar träge Strömen.

»Die Blasen«, sagte sie und trank einen Schluck von dem

irdischen Kaffee, den der kleine Bot namens Hieronymus gebracht hatte und der aus dem kleinen Bordprinter stammte. »Was hat es mit ihnen auf sich?«

Der alte Kartograf im Kommandosessel zuckte mit den Schultern. Er trug, wie auch Tess und Sinclair, einen Werkzeugoverall, mit dem Unterschied, dass seiner Schmutzflecken aufwies und aussah, als würde er schon seit Jahren benutzt.

»Wer weiß?« Horace verzog das Gesicht, vielleicht der Versuch eines Lächelns. »Was sagt unser Hyperschiffpilot dazu? Kennt sich bestimmt aus, der junge Mann.«

»Ich habe den Hyperraum nie auf diese Weise gesehen«, erklärte Sinclair. Es klang fast trotzig, und Tess fragte sich, ob sich hier ein dauerhafter Konflikt anbahnte. Horace mochte Sinclair nicht und zeigte das auch ganz deutlich. »Und ich bin nicht lange Hyperschiffpilot gewesen, nur ein Jahr. Vorher habe ich Lichtschiffe geflogen.«

Horace lehnte sich zurück und verschränkte die Arme. »Vielleicht sieht der Hyperraum gar nicht so aus, wie wir ihn hier in diesen Holos sehen. Nicht wahr, Ida?«

»Ich versuche, ihn so darzustellen, wie ihn menschliche Augen sehen würden, wenn sie die Daten der Sensoren und Scanner direkt empfangen könnten«, erklang die Stimme des Kognitors.

»Mit anderen Worten«, sagte Horace, »es gibt keine Garantie dafür, dass der Hyperraum wirklich so beschaffen ist.«

»Es gibt auch keine Garantie dafür, dass die von uns wahrgenommene Realität tatsächlich existiert«, gab Sinclair zu bedenken. »Es könnte alles eine Illusion sein, geschaffen von unserem Gehirn.«

Horace schnaubte. »Bist nicht nur ein erfahrener Hyperschiffpilot, sondern auch Philosoph. Ha!« Er wandte sich an Tess, und seine Stimme wurde sanfter. »Hyperraumphysiker und Philosophen wie unser Freund hier zerbrechen sich seit Jahrhunderten den Kopf über das Phänomen namens Hyperraum, seit der Entdeckung durch Interkosmika. Es gibt viele Theorien, deren Spektrum von absurd bis grotesk reicht, wenn ihr mich fragt. So heißt es zum Beispiel, dass die Blasen dort

Universen sein könnten. Demnach wäre der Hyperraum ein Medium, in dem unser Universum zusammen mit vielen anderen eingebettet liegt.«

»Die Theorie vom Multiversum ist noch älter als Interkosmika«, warf Sinclair ein.

»Danke für den Hinweis, Schlaukopf.«

Sinclair setzte zu einer scharfen Erwiderung an, doch Tess fragte schnell, um eine Auseinandersetzung zu vermeiden: »Wo ist das Hyperon? Wo sind die Stränge, die Gleise?«

»Du möchtest das Hyperon sehen?«

»Ja, zeigen Sie es mir.«

»Schluss mit dem Sie. Wir sind Kollegen, wir duzen uns. Ida?«

»Ich bin noch da, Horace.«

»Zeig uns das Hyperon.«

Ein neues Hologramm bildete sich, wie die dreidimensionale Darstellung einer Teilchenkollision: Hunderte oder sogar Tausende Linien gingen von einem zentralen Punkt aus und führten in alle Richtungen, vor allem aber nach links und rechts.

Tess beugte sich vor und streckte die Hand aus. Das Gesteninterface reagierte sofort und vergrößerte einen Teil der Hyperon-Karte, und die Hauptlinien wurden länger und etwas dicker. Zwischen ihnen ließen sich Verbindungen erkennen, ein hauchzartes, filigranes Netz.

»Ein Spinnennetz«, sagte sie leise. »Aber wo ist die Spinne?«

»Gute Frage.« Horaces Miene verfinsterte sich. »Vielleicht meinst du den Schlund.«

»Ich habe davon gehört.« Sinclair klang noch immer ein wenig herausfordernd. »Auf Pentagatt Ophiuchus. Im dortigen medizinischen Zentrum wurde ein Kartograf behandelt, den man schwer verletzt geborgen hatte. Angeblich war er in den Schlund geraten. Als ich andere Piloten danach gefragt habe, wollte mir niemand Auskunft geben. Offenbar dürfen Kartografen nicht darüber reden.«

Horace durchbohrte ihn mit seinem finsteren Blick. »Welcher Kartograf auch immer auf Pentagatt behandelt wurde: Er kann nicht *in* den Schlund geraten sein, denn sonst hätte man ihn nicht bergen können.«

»Was ist der Schlund?« Tess wandte den Blick von den Blasen im roten Strömen des Hyperraums. »Und warum dürfen Kartografen nicht darüber reden?« Sie hob die Hand zum Nacken. »Mein Memex weiß nichts davon.«

Horace lachte humorlos. »Kein Wunder. Interkosmika möchte nicht, dass die Sache bekannt wird. Weil es den Nachschub an Kartografen beeinträchtigen könnte. Hättet ihr euch auf einen Vertrag mit Interkosmika eingelassen, wenn euch klar gewesen wäre, dass in den Tiefen des Hyperons etwas Gefräßiges lauert, das Kartografen und Einrichter mit Haut und Haar verschlingt?«

Einige Sekunden lang war nur das Summen der Bordsysteme und Transtatoren zu hören.

»Wollen Sie uns erschrecken?«, fragte Sinclair. »Wollen Sie uns Angst einjagen?«

»Wie könnte ich einem mit allen Wassern gewaschenen Hyperschiffpiloten wie dir Angst einjagen?«, entgegnete Horace.

»Wir hatten keine Wahl«, sagte Tess. »*Ich* hatte keine Wahl.« Sie erzählte vom Obligat ihrer Familie und der Abtrünnigkeit ihrer Schwester Anita.

»Verstehe.« Horace nickte langsam. »Ich hab mich schon gefragt, was euch veranlasst haben könnte, eine fünfjährige Verpflichtung für Interkosmikas kartografischen Dienst einzugehen. Abenteuerlust? Die Dummheit der Jugend?« Er nickte erneut. »Eine abtrünnige Schwester. Die bereit war, die Schulden der Familie abzuarbeiten. Warum ist sie abtrünnig geworden? Weißt du das, Tess?«

Sie schüttelte den Kopf.

»Und wohin ist sie verschwunden?«

»Interkosmika konnte es mir nicht sagen.«

Horace musterte sie, die Schärfe des Adlers kehrte in seine Augen zurück. »Vielleicht *wollte* Interkosmika es dir nicht sagen«, spekulierte er. »Weil es Exekutor Wayfare und den Leuten hinter ihm gut in den Kram passt, dass du jetzt für sie arbeitest. Wegen deines Esprits. Vielleicht hoffen sie, dass du mit deiner besonderen Begabung viele neue Hyperon-Gleise für Interkosmika erschließt.«

Tess schwieg nachdenklich.

»Du wolltest uns vom Schlund erzählen«, sagte Sinclair, als Tess still blieb.

»Wollte ich das?«

»Und von Ida«, fügte Tess hinzu. »Es ist eine lange Geschichte, hast du gesagt. Wir haben Zeit, nicht wahr?«

Horace überlegte eine halbe Minute lang, bevor er mit einem Ruck aufstand. »Nein, wir haben keine Zeit. Wir müssen dafür sorgen, dass ihr vorbereitet seid, wenn der Transit endet und wir unser Einsatzgebiet erreichen. Eure Memex-Implantate wissen nicht alles, nicht annähernd. Ich zeige euch den Explorer, ich weise euch ein.«

Stunden später lag Tess wach in der Kabine, die sie mit Sinclair teilte. Er schlief tief und fest, sie hörte seine regelmäßigen Atemzüge, untermalt vom leisen Summen des Explorers, der im roten Ozean des Hyperraums schwamm.

Nach einer Weile stand sie auf, streifte sich Hemd und Hose über und vergewisserte sich, dass Sinclair noch immer schlief, bevor sie die Kabine verließ. Sie wanderte durch das kleine Schiff, angetrieben von etwas, das sie nicht zur Ruhe kommen ließ.

Beim Gravitationsmotor warf sie einen Blick auf die Statusanzeigen, und einige Minuten später überprüfte sie die Justierung der Transtatoren, die dem Explorer den Sprung ins Hyperon ermöglicht hatten.

Sie begegnete Hieronymus, dem Bot, der sich immer wieder neu konfigurierte, je nach der Aufgabe, die er gerade wahrnahm. Derzeit krabbelte er als Käfer aus Flexmetall und Plast über Wände und Decken und überprüfte die strukturelle Integrität des kleinen Schiffes.

Fast genau über Tess verharrte er und sprach mit tiefer Stimme: »Ich grüße Sie, Tess Rosengarten. Kann ich Ihnen zu Diensten sein?«

»Nein«, antwortete Tess. »Ich vertrete mir nur ein wenig die Beine.«

Sie ging weiter, sah sich die Lagerräume mit der Ausrüstung an, den kleinen Hangar mit der Rettungskapsel, die für drei Personen gerade genug Platz bot, und den großen Installationsraum mit dem Printer, der am Einsatzort all das produzieren sollte, was für eine Empfangsstation gebraucht wurde.

Schließlich erreichte sie das Nest und stellte fest, dass es leer war – niemand kümmerte sich um die Holos und virtuellen Kontrollen.

»Ida?«

»Ja, Tess?«

»Wo ist Horace? Schläft er?«

»Er trauert.«

Tess glaubte, nicht richtig verstanden zu haben. »Wie bitte?«

»Er ist im Gedenkzimmer, Tess Rosengarten. Seien Sie unbesorgt, ich kümmere mich um das Schiff.«

Das Memex teilte Tess mit, dass es während des Transits nicht viel zu tun gab – Transtatoren und Triebwerk waren programmiert und brachten das Schiff zum Zielbereich. Kritisch wurde es erst, wenn der Explorer das Hyperon verließ.

»Wo befindet sich das Gedenkzimmer?«, fragte Tess, neugierig geworden.

»Möchten Sie, dass ich Ihnen den Weg zeige?«

Tess gab der Neugier nach. »Ja.«

Ein kleines goldenes Licht erschien vor ihr, und sie folgte ihm, nachdem sie einen letzten Blick auf die holografischen Anzeigen geworfen und sich vergewissert hatte, dass alles in Ordnung war.

Das Orientierungslicht führte sie durch den Explorer, durch die schmalen Gänge und engen Gerüste, die sie von ihrer Wanderung kannte. Sie kletterte am Energiekern vorbei zum Heck des Schiffes und erreichte schließlich wieder die Lagerräume mit der Ausrüstung, die sie zuvor angesehen hatte. Das goldene Licht verharrte vor einer geschlossenen Tür, blinkte mehrmals und verschwand.

Tess zögerte und fragte sich, ob es richtig war, Horace zu stören.

Sie trat einen Schritt vor. Der Annäherungssensor reagierte und öffnete die Tür.

Der alte Horace trug nicht mehr seinen fleckigen Werkzeugoverall, sondern einen cremefarbenen Umhang. Im Schneidersitz saß er vor einem niedrigen Tisch, der mit mehreren hohen, Kerzen nachempfundenen Lichtern fast wie ein Altar wirkte.

»Was machst du hier, Mädchen?«, zischte er, ohne sich zu rühren. »Warum störst du mich?«

»Ich konnte nicht schlafen und bin ein bisschen herumgelaufen. Der Kontrollraum war leer …«

Auf dem niedrigen Tisch, im Licht der holografischen Kerzen, standen unterschiedlich große 3-D-Bilder, die eine Frau mit olivfarbener Haut, schulterlangem schwarzem Haar, geschwungenen Brauen und großen, dunklen Augen zeigten. Ihr Alter ließ sich schwer schätzen, vielleicht vierzig oder fünfzig, und sie schien in eine Aura natürlicher, aristokratischer Eleganz gehüllt.

An den Wänden standen Möbel aus glänzendem Synthholz, dunkelbraun und kirschrot, und auf ihnen ruhten Gegenstände, wie man sie im Salon eines Herrenhauses vermutet hätte, nicht aber an Bord eines Raumschiffs: Schalen und Karaffen aus Glas oder Kristall, Teller und Figuren aus buntem Porzellan, abstrakte Kunstgegenstände und Objekte, deren Bedeutung sich nur jenen erschloss, die um ihre Herkunft wussten.

Die Wände präsentierten weitere Bilder, die alle dieselbe Frau zeigten, manchmal in Begleitung eines Mannes, der zwar keine Narben im Gesicht hatte, aber Horace ähnelte.

Holoprojektoren verwandelten die Decke des Zimmers in einen blauen Himmel mit weißen Wolken, die langsam von einer Seite zur anderen glitten. Das Tageslicht spiegelte sich in den dunklen Augen der Frau wider, und in manchen Aufnahmen schien sie sogar zu blinzeln.

Tess glaubte zu verstehen. »Das ist Ida, nehme ich an.«

Horace schnaubte leise. Seine Hände schlossen sich um die Knie, wie um sich dort festzuklammern.

»War sie deine Partnerin?«

Horace schwieg zunächst und starrte auf den niedrigen Tisch. Tess glaubte schon, dass er nicht mehr antworten würde, als er schließlich sagte: »Sie war eine Schlange, eine bösartige, hinterhältige Egoistin, die immer nur an sich selbst gedacht hat. Sie hat mich bestohlen, belogen und betrogen ... Aber sie war alles, was ich jemals hatte und jemals haben werde.«

Tess fühlte Zorn und tiefe Trauer in diesen Worten.

»Du hast sie geliebt.«

»Sie hat alles von mir bekommen, was ich ihr geben konnte. Und weißt du was, Mädchen?« Horace wandte ihr das Gesicht zu. »Weißt du was, Tess? Sie hat es verdient. Die wenigen Wochen mit ihr waren es wert.«

Tess ließ den Blick über die Aufnahmen schweifen. »Es ist lange her. Du hattest noch keine ...«

»Narben? Nein, zumindest keine äußerlichen.«

»Was ist geschehen?«

»Ida hat mich verlassen, als ich ihr nichts mehr geben konnte«, antwortete Horace. »Sie verschwand spurlos. Ich habe nie wieder etwas von ihr gehört. Ein halbes Leben ist das jetzt her. Wer weiß, was sie heute macht, ob sie überhaupt noch lebt.«

»Du hast dich verschuldet ihretwegen«, sagte Tess. Sie wusste es plötzlich, mit der Gewissheit ihres Esprits. »Deshalb bist du Kartograf geblieben. Du hast ihr mehr gegeben, als du hattest.«

»Wir alle machen Fehler«, erwiderte Horace mit rauer Stimme. »Manche lassen sich korrigieren, andere nicht. Man muss immer für sie bezahlen, auf die eine oder andere Weise.«

»Und nach all den Jahren ... liebst du sie noch immer.« Erneut war es eine Feststellung, die Tess aussprach, keine Frage.

Horace starrte wieder auf den Tisch, die Hände noch immer fest um die Knie geschlossen.

Tess hatte plötzlich das Gefühl, dass sie bei etwas sehr Privatem störte. Sie ging zur Tür.

»Tess?«

»Ja?«

»Darf ich dich um etwas bitten?«

»Worum?«

»Sing für mich«, sagte Horace. »Lass mich hören, wie gut du singst.«

Tess blieb stumm an der Tür stehen.

»Bitte«, fügte Horace hinzu.

»Ein Lied über Liebe?«, fragte sie.

»Nein. Ein Lied darüber, wie sehr es schmerzt, wenn man etwas Kostbares verliert.«

Tess überlegte und sang das Lied, das sie als Kind gesungen hatte, als sie bei ihrer Wanderung am Ufer des Obsidians auf einen angeschwemmten toten Oktopoden gestoßen war.

Horace saß einfach nur da, ihr den Rücken zugewandt. Nach einer halben Minute begannen seine Schultern zu zittern, und er drehte langsam den Kopf.

Es dauerte zwei Minuten, bis die Maske fiel und Tränen über die narbigen Wangen rollten.

10

»Du hast für ihn gesungen?«, fragte Sinclair später in ihrer Kabine, nachdem ihm Tess von der Begegnung mit dem alten Kartografen in seinem »Gedenkzimmer« erzählt hatte.

»Er hat mich darum gebeten.«

Sinclair musterte sie verwundert. »Du singst nicht für alle, die dich darum bitten.«

»Er war traurig«, sagte Tess. »Er war traurig und auch zornig, ich hab's gefühlt. Ein Schmerz steckt tief in ihm. Deshalb ist er so ...«

»Unausstehlich?«, fragte er, als sie stockte.

»So griesgrämig«, korrigierte Tess. »So verschlossen.«

»Und zynisch.«

»Du magst ihn nicht.«

»Er mag *mich* nicht«, erwiderte Sinclair. Er stand mit bloßem Oberkörper da, das Hemd in der einen Hand und den

Overall in der anderen. »Daran hat er bisher keinen Zweifel gelassen.«

»Ihr werdet euch aneinander gewöhnen, früher oder später.«

»Später, fürchte ich. Viel später.«

Tess sah ihm in die Augen. »Kann es sein, dass du eifersüchtig bist, Sinclair? Auf einen achtundneunzig Normjahre alten Mann?«

Er trat auf sie zu, hob die Hand und berührte sie an der Wange.

»Fünf lange Jahre stehen uns bevor, Tess.« Er sprach wieder mit sanfter Stimme. »Wir müssen sehr vorsichtig sein, wenn wir überleben wollen, und das wollen wir. Wie auch immer der Wind weht, lass uns nicht so bitter und zornig werden wie Horace Addison.«

Eine nach und nach stärker werdende Vibration im Rumpf des Explorers und das lauter werdende Brummen von Gravitationsmotor und Triebwerk deuteten darauf hin, dass der Transit zu Ende ging.

Sie saßen im Kontrollraum, im »Nest«, umgeben von virtuellen Kontrollen und holografischen Anzeigen. Tess beobachtete die langsam aufsteigenden Blasen im karmesinroten Ozean des Hyperraums.

»Es scheint sich nichts verändert zu haben«, sagte sie, obwohl sie wusste, dass der Explorer sein Zielgebiet im mehr als fünftausend Lichtjahre langen Orion-Tunnel fast erreicht hatte; mit den Pseudoerinnerungen des Datenimplantats konnte sie die Anzeigen deuten.

»Nur noch wenige Minuten.« Horaces Hände ruhten in den Navigationsmulden des Kommandosessels. »Der genaue Zeitpunkt unserer Rückkehr in den Normalraum lässt sich nicht bestimmen, also aktivieren wir besser die Schutzanzüge.«

Das Memex teilte Tess mit, worauf es ankam. Sie hob beide Hände zum Kragen und zog, woraufhin das Materialgedächtnis aktiv wurde, der Overall verwandelte sich, seine molekulare Dichte nahm zu, er bekam eine strahlungsresistente

Außenschicht, und aus dem Kragen wuchs ein Helm, der sich über ihren Kopf stülpte. Ein Datenvisier klappte nach unten, und erste eingeblendete Statusanzeigen wiesen darauf hin, dass die Energiepatronen in den Taschen des verwandelten Overalls genug Ladung für vierzig Normstunden enthielten.

»Hört ihr mich, Kinder?«, drang Horaces Stimme aus dem Helmkommunikator.

»Wir sind keine Kinder«, erwiderte Sinclair.

»Schon gut, Junge, reg dich ab. Tess?«

»Ich höre euch beide, klar und deutlich.«

Es wurde dunkler im Nest. Weitere holografische Anzeigen erschienen, und die frei schwebenden bunten Symbole begannen mit einem langsamen Tanz. Tess spürte, wie die Vibration im Rumpf des Explorers auf ihren Sitz überging.

»Du wolltest uns vom Schlund erzählen.« Sinclair saß neben Tess, ebenfalls mit geschlossenem Helm, sein Gesicht hinter dem Datenvisier kaum zu erkennen. »Bisher hast du nur von etwas Gefräßigem gesprochen, das Kartografen und Einrichter mit Haut und Haar verschlingt. Wäre es nicht an der Zeit, uns etwas mehr zu verraten?«

»Du meinst, weil uns bei der Rückkehr in den Normalraum vielleicht ein hungriges Maul erwartet?«

»Was ist der Schlund, Horace?«, fragte Tess. »Sag es uns. Wir sind ein Team, nicht wahr? Wir müssen Bescheid wissen.«

»Schiff?«

»Ja, Horace?«

»Erklär du es ihnen, während ich mich um die Steuerung kümmere.«

Die Hände des alten Kartografen in den Navigationsmulden bewegten sich, und plötzlich schien sich der Kontrollraum in eine gläserne Kapsel zu verwandeln, die auf allen Seiten Blick ins rote Glühen des Hyperraums gewährte. Blasen stiegen auf, vielleicht fremde Universen. Datenpfeile zeigten eine Richtung an und zielten auf ein Brodeln im roten Strömen, durchzogen von hauchdünnen silbernen Linien.

Gleise, erinnerte sich Tess mit ihrem Memex. Erschlossene, stabilisierte Stränge des Hyperons. Am Rand des hundert

Lichtjahre breiten Orion-Tunnels, in dem wir unterwegs sind. Zu weit entfernt für uns, unerreichbar.

»Der Schlund ist eine Hyperon-Anomalie mit legendärem Ruf bei den Kartografen und Einrichtern ...«

»Er ist mehr als eine Legende«, knurrte Horace. »Ich habe ihn gesehen, mit eigenen Augen. Damals hätte es mich fast erwischt. Ich bin einer der wenigen, die ihm entkommen sind.«

»Wollen Sie es nicht besser selbst erzählen, Horace?«, fragte der Kognitor des Explorers.

»Na schön, na schön.« Horace hob die rechte Hand aus ihrer Navigationsmulde und strich durch mehrere virtuelle Kontrollen. Die Vibrationen – das Zittern des ganzen Schiffes – wurden noch stärker, und das Brummen des Triebwerks schwoll zu einem Grollen an.

»Du hast die Hyperon-Karte mit einem Spinnennetz verglichen und gefragt, wo sich die Spinne befindet, Tess«, sagte Horace. »Genau das könnte der Schlund sein, eine Spinne im Netz, die auf Opfer wartet. Er ist keine Anomalie, jedenfalls nicht im üblichen Sinn. Ich hatte das Gefühl, von etwas Lebendigem berührt zu werden und in die tiefsten Abgründe von Raum und Zeit zu blicken. Der Schlund ist wie ...« Für einen Moment suchte Horace nach den richtigen Worten. »Wie ein lebendiges Schwarzes Loch.« Er deutete ins rote Strömen. »Vielleicht ist der Hyperraum nicht unbewohnt. Vielleicht gibt es dort Geschöpfe jenseits unseres Vorstellungsvermögens. Vielleicht können sie ihn manchmal verlassen, wenn sie ein Hyperschiff finden und seinem energetischen Kielwasser folgen.«

»Wo bist du dem Schlund begegnet?«, fragte Tess.

»Nicht im Hyperon«, antwortete Horace. »Auch nicht im Hyperraum abseits der Gleise. Es geschah im Herakia-Sektor, nur einige Dutzend Lichtjahre vom Neungestirn entfernt. Auf dem Planeten Xanta, in dessen Umlaufbahn ich eine Empfangsstation eingerichtet hatte. Als ich dort durch einen Wald aus Kristallen, blau und violett wie Amethyst, gewandert bin, erschien er plötzlich vor mir, der Schlund. Die Kristalle in seiner Nähe brachen und splitterten, er verschlang alles. Ich wurde verletzt, verlor fast den linken Arm und konnte mich zum Orbiter retten. Als ich zur Empfangsstation zurückkehrte, ist mir das Biest gefolgt, und mir blieb nichts anderes übrig, als die Station aufzugeben und mit meinem damaligen Explorer zu fliehen. Interkosmika war nicht begeistert davon.« Horace schnaubte und fügte empört hinzu: »Sie wollten mir den Verlust der gerade eingerichteten Empfangsstation in Rechnung stellen.«

»Wieso sind diese Informationen nicht Teil der Memex-Datensammlung?«, fragte Sinclair.

»Die Frage habe ich bereits beantwortet, Junge. Interkosmika möchte nicht, dass die Sache bekannt wird.«

»Weil Kartografen gebraucht werden«, sagte Tess.

»Ja.«

Tess merkte, dass sie bereits in dem roten Strömen nach neuen Bewegungen Ausschau hielt.

»Ich bin nicht sicher, ob es sich wirklich um etwas Lebendiges handelt«, ließ sich der Kognitor vernehmen. »Die Daten, die mir zur Verfügung stehen, sprechen eher für eine Art energetischen Strudel, der …«

»Du hast das Ding nicht gesehen«, unterbrach Horace den Kognitor. »Achtung, Kinder, wir sind gleich da. Harnische ein! Schiff, Sicherheitskontrolle!«

»Dämpfer auf Maximum. Vibrationen unterhalb der kritischen Schwelle.«

»Schilde ein!«

»Schilde sind aktiviert, Horace.«

»Ich übergebe dir die Kontrolle von Gravitationsmotor, Triebwerk und Transtatoren. Ausweichmanöver bereit!«

»Ich übernehme die Kontrolle«, bestätigte der Kognitor. »Ausweichmanöver sind vorbereitet.«

»Müssen wir wieder mit Übelkeit rechnen?«, fragte Tess.

»Nein, Mädchen«, knurrte Horace. »Aber damit, dass wir mitten in einem Asteroidenfeld erscheinen. Es könnte ziemlich ungemütlich werden. Stabilisatoren, Ida?«

»Volle Energie.«

»Rücksprung in den Hyperraum?«

»Möglich nach sechzig Sekunden. So lange dauert die Wiederaufladung der Transtatoren.«

»Eine Minute kann ziemlich lang sein.« Horace zog die Hände aus den Navigationsmulden und brachte sie ins Innere des Sicherheitsharnischs. »Seid ihr so weit?«

»Ja«, sagten Tess und Sinclair wie aus einem Mund.

»Es kann losgehen, Ida.«

»Gleich«, antwortete der Kognitor. »Gleich. Die Rückkehr in den Normalraum erfolgt ... *jetzt.*«

Das rote Strömen mit den aufsteigenden Blasen verschwand, und Tausende von Sternen erschienen. Das Triebwerk grollte noch einmal und verstummte dann. Die Vibrationen hörten auf.

Einige Sekunden verstrichen.

»Hat alles geklappt«, sagte Horace erleichtert.

Einen Moment später schien eine kosmische Faust den Explorer zu treffen.

Im Orion-Tunnel

11 Tess blickte ins Gesicht eines Toten. Es war grauweiß, die Augen im Vakuum geplatzt und eisverkrustet.

Sie schrie im Innern ihres Helms.

»Ich bin beschädigt, Tess Rosengarten«, ertönte eine Stimme. »Das Schiff ist beschädigt.«

Das augenlose Gesicht des Toten schwebte direkt vor ihr. Tess versuchte zurückzuweichen, doch der Sicherheitsharnisch, von den ausgefallenen Energiesystemen des Schiffes unabhängig, hielt sie in ihrem Sitz fest. Hinter der im Kontrollraum schwebenden Leiche – eine junge Frau, wie Tess erkannte, nur wenige Jahre jünger als sie selbst, um die zwanzig – klaffte ein breiter Riss in der Wand. Jenseits davon waren die Wolkenfelder eines Planeten zu sehen, und davor zeigte sich ein kantiges dunkles Objekt, vielleicht eine Orbitalstation.

Eine schwach klingende Stimme drang aus dem Helmkommunikator. »Was ist passiert?«

Sinclair!

Tess drehte sich, sie wand sich von einer Seite zur anderen, aber der Sicherheitsharnisch behinderte sie. Ihr Memex flüsterte eine Information, und plötzlich wusste sie, wie sie sich bewegen musste, damit der Harnisch nachgab und sie ihn deaktivieren konnte. Das energetische Gespinst gab sie frei, und in Schwerelosigkeit glitt sie nach oben, der Leiche und einem scharfkantigen Trümmerteil entgegen. Sie schnappte erschrocken nach Luft.

»Tess?«

»Ich bin gleich bei dir, Sinclair.« Tess sprach schnell. »Schiff? Ida?«

»Ich bin ... beschädigt«, lautete die Antwort.

»Status, Ida. Was ist geschehen? Wie ist die Situation?« Tess versuchte vergeblich, der Toten auszuweichen. Das Haar, lang und schwarz, strich ihr über den Helm und brach, in der Kälte des Alls spröde geworden. Dunkler Staub bildete eine Wolke.

»Tess?« Wieder Sinclairs Stimme. »Kannst du mich hören? Ich sehe nichts, ich höre nichts. Vielleicht sind Helmvisier und Kommunikator defekt.«

Tess stieß sich vorsichtig von der Toten ab, was ihr genug Bewegungsmoment gab, um dem Trümmerteil auszuweichen und zu den anderen Sesseln im dunklen Kontrollraum des Explorers zu schweben. Es leuchteten weder holografische Anzeigen noch virtuelle Kontrollen. Das einzige Licht kam aus dem Riss und stammte von dem Planeten, bei dem sie aus dem Hyperraum gekommen waren.

Die Orientierung fiel Tess nicht leicht – Sinclairs Sessel befand sich über ihr, obwohl er in ihrem Bezugssystem nach unten gehörte.

»Ich bin gleich bei dir, Sinclair«, sagte sie.

Die Gestalt im Sessel hatte die Arme gehoben, die Hände tasteten über den Helm und kamen den Verschlusssiegeln dabei gefährlich nahe.

»Hör auf damit, Sinclair! Lös auf keinen Fall den Helm. Eine Dekompression hat stattgefunden, es gibt keine Luft mehr im Kontrollraum. Ich bin gleich bei dir.«

Sinclair hörte sie nicht, seine Hände blieben in Bewegung. Nervöse Finger berührten das Siegel auf der linken Seite.

Er sollte es besser wissen, dachte Tess. Er ist Pilot gewesen.

Sie erreichte ihn, ergriff seine Hände und zog sie beiseite.

»Bist du das, Tess?«, hörte sie seine Stimme aus dem Helmkommunikator. »Horace?«

Das Implantat sagte ihr, was zu tun war. Sie drückte ihren Helm an seinen und sagte laut: »Ich bin's – Tess. Kannst du mich jetzt hören?«

Sein Kommunikationssystem war beschädigt, sie konnte ihn zwar hören, aber er sie nicht empfangen. Im Vakuum wurden die Schallwellen nicht übertragen, wohl aber jetzt, da sich die Helme berührten und sich kein luftleerer Raum mehr zwischen ihnen befand.

»Ja, ich höre dich. Was ist passiert?«

»Offenbar sind wir beim Verlassen des Hyperons mit etwas kollidiert.« Hinter Sinclair hatte sich ein weiteres Trümmerstück, lang und spitz, in eine Konsole gebohrt. Tess begriff, dass Sinclair nur um Haaresbreite dem Tod entgangen war. »Ich versuche jetzt, deinen Helm in Ordnung zu bringen.«

Sie wich ein wenig zurück und machte sich daran, Sinclairs Helm zu untersuchen.

»Tess Rosengarten?«, meldete sich der Kognitor des Explorers.

»Ich bin nicht weggelaufen.« An der linken Seite wies der Helm eine Delle auf, ein Schaden, den das Materialgedächtnis nicht repariert hatte. Am Hals, dicht neben einem der Siegel, war ein rundes Instrumentenmodul zertrümmert, vielleicht der Grund dafür, warum Sinclairs Kommunikator ebenso wenig funktionierte wie das Datenvisier – er war taub und blind.

»Wir sind instabil, Tess«, sagte das Schiff. »Ich bin instabil. Meine Prozessorcluster und Speicherbänke sind beeinträchtigt. Ich kann nicht mehr so schnell denken wie sonst, und mir stehen nicht alle Daten zur Verfügung.«

Tess drehte sich halb um und blickte durch den Kontrollraum des Explorers. Vor dem breiten Riss in der Wand drehte sich die tote Frau – es sah wie eine schaurige Pirouette aus, wie ein langsamer Tanz in kalter Stille.

»Woher kommt die Tote, Ida?«, fragte Tess.

»Von draußen.«

Tess atmete tief durch und versuchte, ihre Gedanken zu ordnen. Die rechte Hand blieb an Sinclairs Schulter, damit er wusste, dass sie bei ihm war. »Sie *muss* von draußen kommen, das ist nicht schwer zu erraten. Aber was hat sie dort draußen gemacht? Was hat sie getötet? Wieso trägt sie keinen Schutzanzug?«

»Meine Sensoren sind nur noch eingeschränkt funktionsfähig«, antwortete das Schiff. »Die von ihnen übermittelten Daten sind unvollständig, deuten jedoch darauf hin, dass es dort draußen weitere Tote gibt.«

Tess warf einen Blick zum Riss, der jetzt einen anderen Teil des Planeten zeigte. Die Silhouette des großen Objekts, das sie für eine Orbitalstation gehalten hatte, war nicht mehr zu sehen, vermutlich deshalb, weil der Explorer rotierte.

»Wir sind im Orion-Tunnel. Wie kommen Menschen hierher? Ich dachte, Interkosmika hätte uns in einen unerforschten, unerschlossenen Raumsektor geschickt.«

»Wir befinden uns tatsächlich in einem kartografisch noch nicht erfassten Raumbereich im Innern des Orion-Tunnels«, bestätigte das Schiff. »Siebzehn Komma vier Lichtjahre trennen uns vom blauen Überriesen Rigel, was bedeutet, dass unsere Rückkehr in den Normalraum nicht dort stattgefunden hat, wo sie stattfinden sollte. Wir sind achthundertdreiundvierzig Lichtjahre von der Erde und hundertneunzehn Lichtjahre vom anvisierten Ziel entfernt. Eine so große Abweichung ist äußerst ungewöhnlich. Ich nehme an, dass ein Resonanzsignal dafür verantwortlich ist.«

»Was hat die Menschen getötet?«, fragte Tess. »Es sind doch Menschen, oder?« Für einen Moment dachte sie an die Möglichkeit einer fremden intelligenten Spezies. Es wäre eine unglaubliche Entdeckung gewesen, denn bisher waren die Menschen nirgendwo im All auf eine noch existierende außerirdische Zivilisation gestoßen.

»Die Sensordaten lassen keinen anderen Schluss zu«, bestätigte das Schiff.

»Warum sind sie tot?«

»Unbekannt.«

»Womit sind wir kollidiert?« Tess ahnte, dass sie einen wichtigen Punkt übersah. »Was hat die Außenhülle des Explorers aufgerissen?«

»Es gibt zahlreiche Trümmer im Orbit des Planeten, über dem wir aus dem Hyperraum gekommen sind«, erklärte der Kognitor.

Tess spürte, dass Sinclair wieder unruhig wurde. Sie hatte versprochen, sich um seinen Helm zu kümmern, damit er wieder sehen und hören konnte, aber plötzlich fiel ihr ein, woran sie noch nicht gedacht hatte, obgleich es wichtig war.

Obgleich *er* wichtig war!

Horace.

Er saß in seinem Kommandosessel, reglos, den Kopf zur Seite geneigt, vom Schleier des Sicherheitsharnischs gehalten.

Tess beugte sich vor, bis ihr Helm den von Sinclair berührte. »Ich kümmere mich um Horace und bin gleich wieder da.«

»Vielleicht kann ich den Helm mithilfe der Autodiagnose reparieren. Mal sehen ...«

»Achte auf die Siegel«, mahnte Tess und fügte hinzu: »Dein Kommunikator kann senden, aber nicht empfangen. Sag mir, wenn du Hilfe brauchst.« Dann stieß sie sich ab und flog zum Kommandosessel.

Sie sah sofort, dass es Horace schlecht ging. Gefrorenes Blut klebte an seinem Schutzanzug, an Stellen, die aufgerissen waren und die das zum Glück intakt gebliebene Materialgedächtnis wieder geschlossen hatte. Das Helmvisier wies Sprünge auf und war von innen vereist.

Tess berührte den alten Kartografen vorsichtig. »Horace? Hörst du mich?« Als er nicht antwortete, hielt sie ihren Helm an seinen wie zuvor bei Sinclair, doch Horace blieb stumm.

»Kannst du feststellen, wie es ihm geht, Ida? Horace, meine ich.«

»Er lebt noch, befindet sich aber in einem kritischen Zustand. Ich habe Hieronymus verständigt und ihn angewiesen, die Reparatur des Triebwerks zu unterbrechen und Horace zur Krankenstation zu bringen. Er muss sofort behandelt werden.«

Tess erkannte ein Problem. »Wie kann er zu uns gelangen? Das Schott des Kontrollraums ist geschlossen, und dahinter gibt es keine Luftschleuse. Wenn der Bot es öffnet, kommt es zu einer Dekompression im Rest des Schiffes.«

»Er kommt nicht durch den internen Zugang, sondern von außen«, antwortete das Schiff.

Einen Moment später bemerkte Tess Bewegung im Riss. Ein kleiner Bot, ausgestattet mit mehreren Greif- und Instrumentenarmen, kletterte spinnenartig durch die Öffnung. Hinter ihm breitete sich etwas aus, das nach einer Gaswolke aussah: eine aus Düsen versprühte gelatinöse Masse, die sich über das Loch in der Außenhülle legte, offenbar mit dem Zweck, es zu verschließen und abzudichten. Tatsächlich entstand eine halb durchsichtige, das Licht von dem unbekannten Planeten filternde Membran, unter der Hieronymus einen improvisierten Schirmfeldgenerator schuf, indem er mehrere Energiepatronen an den Wänden befestigte und aktivierte. Eine energetische Barriere bildete sich, vergleichbar mit einem Atmosphärenschild.

»Das Leck ist geschlossen«, sendete Hieronymus, stieß sich ab und flog zum Kommandosessel. »Ich bringe Horace zur Krankenstation.«

Tess vernahm ein langsam lauter werdendes Zischen, das von Luft stammte, die in den Kontrollraum strömte. Sie beobachtete, wie Hieronymus mehrere Greifarme ausstreckte, den Sicherheitsharnisch des Kommandosessels ausschaltete und den immer noch reglosen Horace, dessen Gesicht hinter dem vereisten Helmvisier nicht zu erkennen war, sanft und vorsichtig aus den Polstern hob.

Das Schott des Kontrollraums öffnete sich und gab den Blick frei in einen dunklen Korridor. Wenige Sekunden vertrieb das schwache Licht der Notbeleuchtung die Dunkelheit.

»Ich habe Zugang zur Reserveenergie«, meldete das Schiff. »Aber sie genügt nicht für die Hauptsysteme und erst recht nicht für das Triebwerk. Ich versuche, den Gravitationsmotor auf einer niedrigen Stufe zu reaktivieren, damit die künstliche Schwerkraft wiederhergestellt wird.«

»Tess?«, ertönte Sinclairs Stimme in ihrem Helm. »Bist du noch da?«

Auf halbem Wege zu ihm fühlte Tess, wie ein wenig Gewicht zurückkehrte, wodurch sich ihre Flugbahn veränderte. Sie bekam den Rand einer Konsole zu fassen und zog sich, gefühlte zehn Kilo schwer, zu Sinclair. Bei ihm angelangt griff sie nach den Helmsiegeln, ohne ihm vorher Bescheid zu geben, weshalb er erschrak und versuchte, ihre Hände beiseitezustoßen. Aber sie war schneller, öffnete den Helm und klappte ihn nach hinten.

Anschließend deaktivierte sie den eigenen Helm, der sich daraufhin in eine Kapuze verwandelte, und atmete kalte Luft.

»Ich dachte ...«, brachte Sinclair hervor. »Ich dachte ...«

»Horace geht es nicht gut.« Tess half Sinclair aus dem Sessel. »Es hat ihn schwer erwischt. Hieronymus bringt ihn zur Krankenstation.«

»Ich weiß noch immer nicht, was geschehen ist.« Sinclair sah sich um. »Oh.«

Mit einer Mischung aus Springen und Fliegen durchquerten sie den Kontrollraum, erreichten das offene Schott und sahen im matten Licht, wie Hieronymus den verletzten Horace durch das Labyrinth aus Gerüsten und schmalen Gängen bugsierte.

»Tess und Sinclair Rosengarten ...«, ertönte die Stimme des Schiffes.

Tess verharrte am Rand eines Gerüsts, an der Grenze zwischen Licht und Schatten. Es war gespenstisch still im Schiff. Das Summen und Brummen von Bordsystemen und Triebwerk fehlte.

»Wir haben ein Problem.«

»Nur eins?«, fragte Tess sarkastisch.

»Dies ist dringender als alle anderen«, verkündete das Schiff. »Ein weiteres Trümmerstück nähert sich uns. Es wird in zwanzig Minuten mit uns kollidieren, wenn wir unseren Kurs nicht ändern.«

»Was ist mit dem Triebwerk?«, fragte Sinclair.

»Die anderen Bots versuchen, seine Funktion wiederherzustellen, aber sie sind nicht sehr leistungsfähig. Hieronymus könnte mehr leisten.«

»Er muss sich um Horace kümmern«, entschied Tess, ohne groß darüber nachzudenken. »Wie groß ist das Trümmerstück? Wie gefährlich kann es uns werden?«

»Es ist groß genug, den Explorer vollkommen zu zerstören.«

12

»Ich schlage vor, Sie suchen die Rettungskapsel auf und bringen sich in Sicherheit. Ich habe Hieronymus bereits angewiesen, Horace nicht zur Krankenstation zu bringen, sondern in den Hangar.«

Tess und Sinclair sahen sich an.

»Unmöglich«, sagte Sinclair.

Tess nickte. »Horace *muss* behandelt werden. Er könnte sterben.«

»Das meine ich nicht.« Etwas von seiner gewohnten Impulsivität erklang in Sinclairs Worten. »Die Ausrüstung, vor allem der Printer… Ohne ihn säßen wir hier fest, wo auch immer ›hier‹ ist, ohne die Möglichkeit auf Rückkehr. Wir brauchen den Printer für Produktion und Einrichtung einer Empfangsstation. Nur dann können Hyperschiffe den Weg hierher finden und uns zurückbringen.«

»Ihnen bleiben nur noch neunzehn Minuten«, mahnte das Schiff.

Sie standen noch immer am Rand des Gerüsts, federleicht in der geringen künstlichen Schwerkraft, umgeben von sonderbarer Stille, das schwache Licht der Notbeleuchtung auf der einen und Dunkelheit auf der anderen Seite.

»Ist die Rettungskapsel voll einsatzfähig?«, fragte Sinclair.

Tess bemerkte die Veränderung in seinem Gesicht. Das Erschrockene und Verwirrte fiel von ihm ab, und er wurde zu dem Mann, der mit Licht- und Hyperschiffen unterwegs gewesen war.

»Davon gehe ich aus«, antwortete das Schiff. »Der Hangar und sein Inhalt sind bisher unbeschädigt.«

»Komm!« Sinclair zog Tess mit sich durch das Gerüst.

»Was hast du vor?«

»Die Rettungskapsel verfügt über einen Gravitationsmotor, nicht wahr?«

»Ja, falls diese Frage mir gilt«, ließ sich das Schiff vernehmen.

Sie kamen durch einen Lagerraum mit Overalls und Schutzanzügen, die aussahen wie leere menschliche Hüllen. Tess schauderte und dachte an die tote junge Frau mit dem schwarzen Haar, das gebrochen war, als es sie berührt hatte.

»Was ist?«, fragte Sinclair. »Was ist?«

»Hast du die Leiche im Kontrollraum gesehen? Die tote Frau?«

»Welche Leiche?«, fragte er entgeistert, zog sie dann weiter und setzte in der geringen Schwerkraft zu einem Sprung an, der sie durch einen kurzen Gang bringen sollte.

»Das Schwerefeld hat sie hinter den Konsolen zu Boden sinken lassen«, erklärte der Kognitor.

»Es gibt weitere tote Menschen draußen im All.« Sie flogen, Tess dicht hinter Sinclair. »Ida hat sie gesehen, nicht wahr?«

»Ja«, bestätigte das Schiff.

Vor ihnen erschien das Hangarschott. Es war bereits geöffnet, und Tess sah Hieronymus mit Horace in seinen flexiblen Armen; er kletterte gerade mit dem alten Kartografen an Bord der Kapsel.

»Eins nach dem anderen«, sagte Sinclair, und auch so kannte Tess ihn: ruhig und konzentriert in einer schwierigen Situation. Manchmal glaubte sie, dass mehrere Personen in ihm wohnten, die sich einander abwechselten, je nachdem, wie die Situation beschaffen war.

»Ida?«

»Ich höre Sie, Sinclair Rosengarten. Es bleiben noch dreizehn Minuten und zwanzig Sekunden bis zur fatalen Kollision mit dem georteten Trümmerstück.«

Durchs offene Schott und dann wieder ein Sprung und ein kurzer Flug zur Rettungskapsel. Tess fragte sich, ob der Atmosphärenschild des Hangars funktionierte. Wenn nicht, würde es zu einer explosiven Dekompression kommen, wenn sich das Außenschott öffnete. Sie stellte sich vor, wie die Rettungskapsel, statt kontrolliert zu starten, von der schlagartig entweichenden Luft ins All gerissen wurde.

»Du sprichst von einem ›Trümmerstück‹, Ida«, stieß Sinclair hastig hervor. »Bedeutet das, es handelt sich nicht um einen Felsbrocken oder etwas in der Art?«

»Nein. Das Objekt, das sich uns nähert, stammt vom beschädigten Segment des Schiffs im nahen Orbit des Planeten.«

Sinclair sah Tess erstaunt an. »Ein Schiff? Es befindet sich ein Hyperschiff in der Nähe?«

»Nein, kein Hyperschiff«, erwiderte der Kognitor. »Ein

Raumschiff ohne Transtatoren, aus der Ära vor dem Hyperon.«

»Ein Lichtschiff?«, fragte Sinclair verwundert. »So weit hier draußen? Im Orion-Tunnel?«

»Ich glaube, es ist nicht einmal ein Lichtschiff«, antwortete der Kognitor. »Es bleiben noch zwölf Minuten. Ich rate Ihnen dringend, sich so schnell wie möglich mit der Rettungskapsel in Sicherheit zu bringen.«

»Nein«, sagte Sinclair.

In der Kapsel ging es ziemlich eng zu. Hieronymus hatte den Kartografen in einen Sitz gelegt, der sich in eine Liege verwandelte und damit mehr Platz beanspruchte. Horaces Helm war noch immer geschlossen, doch das Eis hinter dem Visier verschwand allmählich, und sichtbar wurde ein faltiges Gesicht, das seine Farbe verloren hatte – es war fast so grauweiß wie das der Toten im Kontrollraum des Explorers.

Sinclair zwängte sich an Hieronymus vorbei und sank in den schmalen Sessel mit den Navigationskontrollen. Der Bot hatte die Basissysteme bereits aktiviert; holografische Statusanzeigen leuchteten, die meisten in einem beruhigenden Grün.

Sinclairs Finger tanzten in den virtuellen Kontrollen. »Ida, kannst du den Gravitationsmotor des Schiffs mit dem der Rettungskapsel koppeln?«

»Der Gravitationsmotor des Schiffs ist beeinträchtigt«, antwortete der Kognitor. »Eine korrekte, stabile Funktion ist nur auf sehr geringem energetischem Niveau möglich. Andernfalls hätte ich die Normschwerkraft für Sie wiederhergestellt.«

»Du verstehst nicht«, sagte Sinclair ungeduldig. »Lassen sich die beiden Gravitationsfelder so miteinander verbinden, dass eine gemeinsame Wirkung erzielt wird?«

Tess glitt direkt neben Hieronymus in den einen noch freien Sitz und legte den Haltegurt an, verzichtete aber auf den Sicherheitsharnisch, der ihre Bewegungen zu sehr eingeschränkt hätte. Sie hörte das Flüstern ihres Implantats und wusste plötzlich, was Sinclair vorhatte. »Du willst den Explorer mit dem Gravitationsmotor der Kapsel steuern.«

»Zwei Möglichkeiten.« Er sprach noch immer schnell. »Ida, angenommen, die Rettungskapsel bleibt verankert, und wir öffnen Außenschott und Atmosphärenschild bei geschlossenem Innenschott – gäbe die explosive Dekompression dem Explorer genug Bewegungsmoment, um eine Kollision zu vermeiden?«

Welche Antwort auch immer er erwartete, seine Hände blieben in Bewegung und strichen durch die virtuellen Kontrollen.

»Nein«, gab der Kognitor zurück. »Die Masse des Schiffes ist zu groß.«

»Also die Gravitationsmotoren«, sagte Sinclair. »Wir koppeln sie, und wenn wir die volle Energie der Kapsel einsetzen, sollte uns ein Ausweichmanöver gelingen. Ich brauche genaue Daten über unsere Flugbahn, Ida.«

»Ich rate davon ab«, erwiderte das Schiff. »Die Schwerkraftfelder der Gravitationsmotoren würden sich auch im Explorer auswirken und seine innere Integrität gefährden. Außerdem muss ich noch einmal darauf hinweisen, dass meine Leistungsfähigkeit derzeit erheblich eingeschränkt ist, Sinclair Rosengarten.«

»Hilf ihm, Ida«, sagte Tess. »Gib ihm alle Hilfe, die du ihm geben kannst. Sinclair hat Licht- und Hyperschiffe geflogen, er weiß Bescheid, er kennt sich aus.« Sie vertraute ihm und seinen Fähigkeiten.

»Wir brauchen den Printer«, betonte Sinclair und fuhr den Gravitationsmotor der Kapsel hoch. Tess spürte, wie sie schwerer zu werden begann. »Er ist wichtiger als alles andere.«

»Und wir brauchen die Krankenstation«, fügte Tess mit einem Seitenblick auf Horace hinzu.

»Ich übertrage die Daten«, kündigte der Kognitor an.

Über der Hauptkonsole vor Tess und Sinclair erschien ein Holo mit einer schematischen Darstellung des unbekannten Planeten und des Objekts, das keine Orbitalstation war, wie Tess zunächst angenommen hatte, sondern ein Schiff. Es schien ziemlich groß, um die zwanzig Kilometer, und rote Markierungen ließen Beschädigungen des breiten Heckbereichs erkennen. Zudem zeigten zahlreiche Punkte und dünne Linien Trümmer und ihre Flugbahnen im Orbit des Planeten an. Die meisten von ihnen waren weiß oder gelb, was bedeutete, dass keine unmittelbare Kollisionsgefahr bestand. Doch mehrere glühten in einem warnenden Rot, und einer blinkte.

»Noch neun Minuten und fünfundvierzig Sekunden«, meldete das Schiff.

Tess bemerkte einige violette Punkte und berührte sie mit dem Finger. »Das sind die Toten, nicht wahr?«

»Ja«, bestätigte der Kognitor.

»Und sie stammen aus dem beschädigten Schiff?«

»Es gibt keine andere plausible Erklärung.«

Eine Vibration erfasste die Rettungskapsel, begleitet von einem Brummen, das schnell unangenehm laut wurde. Tess blickte noch einmal zur Seite. Hieronymus hockte dicht neben Horace, zwei lange Arme um ihn geschlungen.

»Ich verstärke die magnetische Verankerung«, sagte Sinclair. »Maximale Energie für den Gravitationsmotor, maximale Felderweiterung.«

»Kopplung erfolgt *jetzt*«, verkündete das Schiff. Und einige Sekunden später: »Die Gravitationsfelder sind miteinander verbunden.«

Sinclair betätigte die Navigationskontrollen und gab Schub.

Ein bedrohlich klingendes Knirschen ging durch die Rettungskapsel, und Tess versuchte, nicht daran zu denken, was geschehen würde, wenn die Magnetanker nachgaben und die Kapsel von der vollen Beschleunigungskraft des Gravitationsmotors gegen die Hangarwand geschleudert wurde.

»Vorsichtig«, ermahnte Sinclair sich selbst, seine Hände in den Navigationsmulden. »Langsam, ganz langsam. Wie viel Zeit bleibt uns?«

»Acht Minuten und fünf Sekunden«, erwiderte der Kognitor.

Tess beobachtete die Anzeigen. Ein Holo zeigte das Innenschott des Hangars. Der Druck der Schwerkraftfelder ließ Dellen darin entstehen.

»Wir werden instabil.« Sie deutete auf die schematische

Darstellung mit den eingeblendeten Daten. »Und die Beschleunigung ist zu gering. Wir schaffen es nicht, dem Trümmerstück rechtzeitig auszuweichen.«

»Ich verliere die Kontrolle über die Restenergie«, warnte der Kognitor. »Die Instabilität nimmt zu. Ich rate Ihnen noch einmal ...«

»Sei *still*, Ida!«, rief Sinclair. »Halt die Klappe und gib mir die volle Restenergie! Alles, was du hast, verstanden?«

»Ich gebe zu bedenken ...«, begann der Kognitor.

»Nein, hier gibt es nichts mehr zu bedenken! Hier geht es um Leben und Tod! Die Reserveenergie! In den Gravitationsmotor, sofort!«

Ein jäher Sturm schien durch den Hangar zu fegen. Installationen lösten sich aus ihren Verankerungen, Instrumentenschränke wurden aufgerissen und verloren ihre Türen.

Tess hielt den Blick auf das Anzeigefeld für externe Beobachtung gerichtet und sah, wie das Innenschott von den entfesselten Gravitationskräften regelrecht zermalmt wurde. Was genau damit geschah, blieb ihr verborgen, denn plötzlich erlosch das Licht in Hangar und Korridor, und die Sensoren konnte sie nicht einschalten: Um die Kontrollen zu erreichen, hätte sie die Hände nach vorn strecken müssen, doch die wurden so schwer, dass sie wie festgeschnallt auf den Armlehnen lagen.

»Sinclair ...«

»Gleich«, ächzte er. »Nur noch eine Minute oder vielleicht zwei. Wir schaffen es!«

Aber Horace schaffte es vielleicht nicht. Der Bot, den der alte Kartograf Hieronymus nannte, konnte nur dafür sorgen, dass der Bewusstlose nicht von der Liege rutschte. Tess befürchtete, dass Horace innere Verletzungen erlitten hatte, und die wechselnden Schwerefelder, durch die sie mal leicht und mal schwer wurden, verbesserten seinen Zustand bestimmt nicht.

»Du bringst ihn um!«, stieß sie hervor.

»Ich versuche, uns zu retten!«, erwiderte Sinclair hitzig. »Wir können jetzt keine Rücksicht nehmen. Halt dich fest und schalte den Sicherheitsharnisch ein.«

Tess schaltete ihn nicht ein. Stattdessen beugte sie sich zur Seite und half Hieronymus dabei, Horace auf der Liege festzuhalten.

Aus der Vibration wurde ein Zittern, ein Beben, die Kapsel schüttelte sich, das Knirschen kehrte zurück.

»Du rettest uns nicht, du bringst uns alle um!«, rief Tess. »Ida, aufhören! Deaktiviere den Gravitationsmotor!«

»Nur noch ein paar Sekunden!«, stieß Sinclair hervor, die Hände nach wie vor in den Navigationsmulden. »Wir haben es gleich geschafft!«

Tess hatte genug. »Gravitationsmotor abschalten, Ida!«

»Gehört und bestätigt«, erklang die Stimme des Kognitors. »Abschaltung erfolgt *jetzt!*«

Tess wurde zur Seite gezogen, als sich das Schwerefeld verlagerte, und Horace wäre fast von der Liege gerutscht.

»Ausschalten!«, rief sie. »Alles ausschalten!«

Das Donnern des Gravitationsmotors verstummte, die heftigen Vibrationen ließen nach, und Tess fühlte, wie sich ihr Gewicht normalisierte. Die Rettungskapsel kam zur Ruhe, es wurde still.

Sinclair starrte auf die schematische Darstellung. Der rote Punkt, der die Position des heranfliegenden Trümmerstücks markierte, näherte sich immer mehr dem blauen Symbol des Explorers, das in Bewegung geraten war und langsam zur Seite kroch.

»Ida?«, fragte Tess. »Genügt die Kursänderung? Sind wir schnell genug?«

Ein Stoß traf den Explorer, und für einen Moment glaubte Tess, dass es doch zur befürchteten Kollision gekommen war. Aber es blieb bei dem einen kurzen Stoß, ohne dass ein Krachen und Bersten folgte

»Wir haben die Aussichtskuppel verloren«, meldete das Schiff. »Automatische Abdichtung ist erfolgt. Keine weiteren Schäden an der Außenhülle.«

»Das Trümmerstück ist an uns vorbeigeschrammt.« Sinclair atmete erleichtert auf und fügte mit mahnendem Ernst hinzu: »Tess, wie auch immer die zukünftigen Winde wehen ... Lass dich nie wieder dazu hinreißen, meine Entscheidungen als Pilot zu widerrufen.«

Tess ging nicht darauf ein und stand auf. »Bringen wir Horace zur Krankenstation.«

Die zuvor runden, glatten Wände der Krankenstation waren kantig und krumm, die Instrumentenbänke zertrümmert. Medizinische Geräte lagen auf dem Boden verstreut, Behälter waren geplatzt, Synthblut und Regenerationsgel vergossen.

»Es dauert Stunden, hier Ordnung zu schaffen und alles zu reparieren«, sagte Tess. »So viel Zeit haben wir nicht. Horace braucht *sofort* Hilfe.«

Sinclair überlegte. »Wir könnten versuchen, den Printer vorzubereiten und alles Notwendige von ihm produzieren zu lassen.«

Tess schüttelte den Kopf. »Wir können keine komplett neue Krankenstation einrichten, das ist unmöglich. Wir brauchen mindestens einen antiseptischen Tank mit medizinischem Kognitor. Ida?«

»Ich stimme Ihnen zu, Tess Rosengarten«, erklang die Stimme des Explorers. »Vor Ablauf von mindestens sechs Stunden kann die Behandlung von Horace nicht beginnen, und ich fürchte, dann ist es zu spät für ihn.«

»Es gibt noch eine andere Möglichkeit«, sagte Tess.

Sinclair musterte sie. »Und die wäre?«

»Das fremde Schiff dort draußen. Es hat Menschen hierhergebracht und dürfte ziemlich lange unterwegs gewesen sein. Bestimmt gibt es ein Lazarett an Bord.«

Tot und vergessen

13

Die Gravitationsmotoren des Explorers und der Rettungskapsel arbeiteten wieder, aber beide auf geringem energetischen Niveau, um Schwerkraftanomalien an Bord zu vermeiden. Langsam näherten sie sich dem großen Schiff im Orbit des fremden Planeten, einer zwanzig Kilometer durchmessenden Ansammlung aus langen Blöcken – die gewölbten Verbindungselemente zwischen ihnen sahen aus wie Rippen –, Kugeln, Kuppeln, Zylindern und Rotationselementen, die sich nach wie vor drehten, mit einigen wenigen Metern pro Sekunde.

Tess deutete darauf. »Hat das Schiff Energie?«

Sie befanden sich noch immer in der Rettungskapsel: der reglose Horace auf seiner Liege, mit Hieronymus an seiner Seite, Sinclair im Sessel des Navigators, die Hände in den Kontaktmulden, und Tess auf dem Sitz zwischen ihnen. Ein Holo zeigte das Schiff, einen dunklen Koloss, der das Licht der Sterne zu schlucken schien, umgeben von einer Wolke aus großen und kleinen Trümmern, die offenbar aus dem breiten Heck stammten. Dort schien es zu mehreren Explosionen gekommen zu sein.

»Ich kann keine energetischen Emissionen feststellen«, erwiderte der Kognitor. »Aber die Funktion meiner Sensoren ist noch immer eingeschränkt. Vielleicht kann ich mehr sagen, wenn wir näher heran sind.«

»Noch näher ist gefährlich.« Sinclair zog die Hände aus den Navigationsmulden. Das Summen des Gravitationsmotors wurde etwas lauter und wich dann Stille. »Relativgeschwindigkeit null. Ich bitte um Bestätigung.«

»Ich bestätige«, antwortete der Kognitor, »Relativgeschwindigkeit null.«

Sinclair betrachtete die Anzeigen. »Entfernung zum Schiff: dreiundvierzig Komma vier Kilometer. Näher können wir nicht heran, Tess«, fügte er hinzu. »Die Trümmerwolke wird immer dichter, und von hier aus kann ich den Explorer nur indirekt steuern. Das ist nicht präzise genug, und wir haben keine Schirmfelder, die uns vor kleineren Trümmern schützen. Ida?«

»Ich höre und bin bereit.«

»Pump die Luft aus dem Schiff. Oder lass sie kontrolliert entweichen, ohne dass der Explorer ein zusätzliches Bewegungsmoment bekommt. Wir brauchen ein Vakuum, damit wir das Außenschott ohne explosive Dekompression öffnen können.«

Tess begriff, was er plante. »Du willst die Rettungskapsel nach draußen bringen.«

Sinclair war noch immer ganz Pilot. Er brauchte kein Memex-Implantat, um seine Entscheidungen zu treffen; in den vergangenen Jahren hatte er genug Erfahrung gesammelt. Tess glaubte, dass ihr dieser Sinclair am besten gefiel: ohne den Hang zum Jähzorn wie ihr jüngerer Bruder Asgard, ohne jene Art von Impulsivität und Unberechenbarkeit, die sie manchmal verunsicherte und verwirrte. Der Pilot Sinclair war ein Mann, der wusste, worauf es ankam, und der auch in schwierigen Situationen nicht den Überblick verlor. Auf ihn konnte man sich verlassen.

»Sie ist klein, und ich kann sie direkt manövrieren. Mit ihr schlüpfen wir durch die Trümmerwolke.«

Tess nickte, dann wandte sie sich zur anderen Seite. »Wie geht es Horace?«

Hieronymus drehte sein ovales Kopfmodul und richtete einen visuellen Sensor auf sie. »Es geht ihm sehr schlecht, Tess Rosengarten. Die Bioindikatoren seines Schutzanzugs deuten darauf hin, dass die Bewusstlosigkeit in ein tiefes Koma übergegangen ist.«

Durch das Helmvisier betrachtete Tess das graue Gesicht des alten Kartografen. »Wie lange kann er ohne Behandlung überleben?«

»Unbekannt«, antwortete Hieronymus. »Ich verfüge nicht

über die notwendigen medizinischen Programme, um Horaces Zustand exakt zu diagnostizieren, und derzeit habe ich keinen Zugriff auf die Programmbibliotheken.«

»Ich bin keine Ärztin, aber ich fürchte, er hält nicht mehr lange durch. Wir müssen uns beeilen.«

»Schneller geht's nicht, Tess«, sagte Sinclair. »Ich tue, was ich kann.«

Die Stimme des Kognitors drang aus dem Kommunikationssystem. »Die zum Hangar offenen Räume des Schiffs sind jetzt nahezu luftleer. Ich öffne das Außenschott.«

Sinclairs Hände kehrten in die Navigationsmulden zurück. »Es kann losgehen.«

Das Anzeigefeld für externe Beobachtung zeigte Tess, wie das Außenschott des Hangars beiseiteglitt. Diesmal gab es keinen Atmosphärenschild, der die Luft daran hinderte, ins All zu entweichen. Es gab auch kaum mehr Luft, die ins All entweichen konnte.

Die Drehung des Explorers brachte den Planeten in Sicht, der ihnen nicht mehr die Tagseite zeigte, sondern die dunkle Nachthälfte. Darüber leuchteten mehr Sterne, als man zählen konnte, einer von ihnen bläulich und heller als die anderen, vielleicht Rigel, nur siebzehn Lichtjahre entfernt, wie sich Tess erinnerte.

Sinclair deaktivierte die Magnetanker, und die Rettungskapsel schwebte nach draußen, dem fremden Schiff entgegen, das wie ein finsterer Berg über dem Planeten hing.

14

»Ein Kind«, hauchte Tess. »Ein Mädchen, fünf oder sechs Jahre alt. Bei allen Winden ...«

Die Sensoren der Rettungskapsel hatten es vor einer knappen Minute zwischen den im All treibenden Trümmern erfasst: eine kleine Gestalt in einem gelben Overall mit lächelnden Sonnen, blutiges Eis in den Augenhöhlen, den Mund weit geöffnet, die Arme wie Hilfe suchend ausgestreckt.

Etwa einen Kilometer entfernt orteten die Sensoren eine

weitere Leiche, dicht neben einem Trümmerstück, das aus dem Rumpf des Schiffes stammte. Und in noch etwas größerer Distanz, näher beim Schiff, gab es eine ganze Gruppe von Toten, eine kleine Wolke aus Leichen in der viel größeren Trümmerwolke, unter der sich ein namenloser Planet drehte.

Sinclair bewegte die Finger in den Navigationsmulden, das Summen des Gravitationsmotors veränderte sich, und die Rettungskapsel setzte den Flug fort. Das tote Kind blieb hinter ihr im All zurück.

Trümmerstücke glitten vorbei, Fragmente des dunklen Schiffes, manche klein wie eine Hand, andere so groß und massiv wie das Velazca-Haupthaus auf Rosengarten. Die Sensoren zeigten Kanten, scharf wie Messer oder rund und glatt, in der Hitze einer Explosion geschmolzen und dann in der Kälte des Weltraums erstarrt.

Die Entfernung zum Schiff schrumpfte und betrug nur noch wenige Kilometer. Tess beobachtete es in den Holos, ein Gigant, schwarz wie der Weltraum, ohne Positions- oder Statusleuchten, ohne Licht, das aus Hangars oder Fenstern fiel.

»Keine Antwort auf unsere Signale.« Sinclair änderte vorsichtig den Kurs der Kapsel und steuerte sie an einem weiteren Trümmerstück vorbei, das ein Emblem aufwies, einen weißen Kreis mit zahlreichen Sternen in unterschiedlicher Farbe.

Tess berührte das Kommunikationssymbol. »Ida, hörst du mich?«

»Klar und deutlich, Tess Rosengarten«, meldete der Explorer, von dem sie inzwischen vierzig Kilometer trennten.

»Ich schicke dir unsere jüngsten Sensordaten.« Tess strich durch die Holokontrollen. »Kannst du etwas mit dem Symbol anfangen?«

»Ich erkenne es«, lautete die Antwort. »Leider stehen mir noch immer nicht alle meine Datenbanken zur Verfügung, aber ich weiß, dass dieses Symbol, der weiße Kreis und die siebenundzwanzig bunten Sterne in seinem Innern, mit der Globalen Republik Erde in Verbindung gebracht wird.«

»Davon höre ich zum ersten Mal. Sinclair?«

Der zuckte mit den Schultern, behielt die Sensoranzeigen im Auge und konzentrierte sich auf die Steuerung der Kapsel.

»Die GRE existierte bis vor dreihundert Jahren«, erklärte der Kognitor des Explorers. »Sie wurde abgelöst vom Neuen Republikanischen Konzil unter der Führung von Interkosmika und der Interessengemeinschaft der Zwölf. Die GRE war ein globaler Staatenbund auf der Erde, dem bis auf wenige Ausnahmen alle Nationen angehörten. Zum Wechsel von Staatsform und Regierung kam es durch die Entdeckung des Hyperons und die Entwicklung der Transtatoren, wodurch Interkosmika eine dominante ökonomische Stellung errang, der bald auch politische Dominanz folgte. Die Interessengemeinschaft der Zwölf ...«

»Ich weiß«, unterbrach Tess den Kognitor. »Die zehn terranischen Korporationen, die Instanz der Autonomen Maschinen und die Vertretungen des Bundes Unabhängiger Kolonien. Das Schiff, dem wir uns nähern und von dem die Toten stammen, wurde also vom alten terranischen Staat hierhergeschickt?«

»Vorsicht«, mahnte Sinclair. »Das sind zu viele Spekulationen.«

»Dem pflichte ich bei«, sagte der Kognitor. »Das Emblem bedeutet noch nicht, dass das Schiff von der Globalen Republik Erde ausgesandt wurde. Außerdem muss es nicht hierhergeschickt worden sein, zu diesem Planeten im Orion-Tunnel. Dass es sich hier befindet, könnte auf einen Navigationsfehler zurückzuführen sein.«

»Und wir wissen noch nicht mit Bestimmtheit, ob die Toten wirklich aus dem Schiff stammen«, fügte Sinclair hinzu.

Tess dachte nach. »Wenn das Schiff von der Erde stammt ... Wie lange gab es die Globale Republik?«

»Fünf Jahrhunderte«, antwortete der Kognitor sofort. »Soll ich Ihnen Einzelheiten der Regierungsperioden nennen?«

»Nein. Ich frage mich nur ... Wenn dieses Schiff aus der Zeit der GRE stammt, wie kann es dann den ganzen weiten Weg hierher geschafft haben? Ich meine, wir sind wie weit von der Erde entfernt?«

»Achthundertdreiundvierzig Lichtjahre.«

»Fünfhundert Jahre GRE und noch einmal dreihundert des Neuen Republikanischen Konzils, das macht zusammen achthundert Jahre. Es fehlen dreiundvierzig und vielleicht noch viel mehr, denn das Schiff kann nicht mit Lichtgeschwindigkeit geflogen sein, das ist unmöglich, nicht wahr?«

»Ja«, bestätigte Sinclair. »Ein Objekt, das mit Lichtgeschwindigkeit fliegt, hätte unendlich viel Masse. Hinzu kommt Dilatation: Je mehr es sich der Lichtgeschwindigkeit nähert, desto mehr dehnt sich die Zeit.«

Tess betrachtete das Schiff in den Darstellungsbereichen, flankiert von Anzeigen, die Auskunft gaben über Entfernung, Masse und energetische Emissionen. Die Sensoren maßen keine Aktivität, stellte sie fest.

»Es ist alt«, sagte sie leise. »Ich fühle es. Das Schiff ist sehr, sehr alt.«

Die Rettungskapsel flog am beschädigten Heck vorbei. Trichter, Risse und Löcher erschienen in den Anzeigefeldern, einige von ihnen groß genug, um den Explorer aufzunehmen. Kleinere Trümmerstücke schwebten in der Nähe, wie Monde des großen Schiffs. Sinclair steuerte die Rettungskapsel an ihnen vorbei.

»Wir brauchen deine Sensoren, Ida«, sagte er.

»Ihre Funktion ist immer noch eingeschränkt«, erinnerte der Kognitor. »Die anderen Bots haben mit den notwendigen Reparaturen begonnen, aber es wird noch eine Weile dauern, bis ich meine Basissysteme reaktivieren kann.«

»Wir brauchen keine hochpräzise Sondierung«, sagte Sinclair, »nur einen Hinweis darauf, wo wir andocken können. Eine Luftschleuse wäre nicht schlecht. Wenn es in dem Schiff noch Sektionen mit Atmosphäre gibt.«

»Ich suche, Sinclair Rosengarten. Ich halte Ausschau.«

Tess sah wieder zu Horace, in sein graues Gesicht hinter dem Helmvisier.

Hieronymus bemerkte ihren Blick und war imstande, ihn zu deuten. »Zustand unverändert kritisch.«

Über den Navigationskontrollen erschien ein neues Symbol, grün wie Smaragd.

»Ich glaube, ich habe einen geeigneten Ort gefunden«, meldete der Kognitor. »Bitte folgen Sie dem Orientierungslicht.«

Es leuchtete neben einem großen Rotationselement, das sich immer noch langsam drehte und nach einigen Hundert Metern dort endete, wo das breite Heck begann.

Sinclair änderte den Kurs der Rettungskapsel, und der Gravitationsmotor summte etwas lauter.

»Es ist eine Notschleuse«, erklärte der Kognitor. »Ich übermittle dem Materialgedächtnis Ihrer Luke ein geeignetes Programm. Der Luftdruck hinter der Schleuse beträgt siebenundachtzig Prozent Norm. Ich empfehle Ihnen dennoch, die Helme Ihrer Schutzanzüge zu schließen.«

»Was ist mit der Integrität seines Schutzanzugs?«, wandte sich Tess an Hieronymus.

»Hundert Prozent.«

»Und die Risse im Helmvisier?«

»Es besteht keine unmittelbare strukturelle Gefahr«, versicherte ihr Hieronymus.

Ein langer, mehrere Meter dicker Signalmast glitt vorbei, die geborstene Spitze in eine Wolke aus fingernagelgroßen Fragmenten gehüllt. Mehr als tausend Kilometer weiter unten geriet wieder die Tagseite des Planeten in Sicht, fast ganz von grauen Wolken bedeckt, in denen es gelegentlich flackerte. In einigen Lücken zeigte sich vages Blau, das vielleicht von Meeren stammte.

Eine Mulde, groß genug für mehrere Explorer, nahm die Rettungskapsel auf, und an ihrer tiefsten Stelle erkannte Tess die rechteckigen Konturen eines Schleusenschotts.

Der Gravitationsmotor summte nicht mehr, er flüsterte nur noch. Die Kapsel wurde langsamer, ihre Geschwindigkeit sank von einigen Metern auf wenige Zentimeter pro Sekunde.

»Ich lege direkt an«, sagte Sinclair. »Kontakt in fünf Sekunden ... drei, zwei, eins – *jetzt.*«

Tess vernahm ein dumpfes *Klong!*, mit dem ein kurzer Ruck einherging.

Sinclairs Hände verließen die Navigationsmulden und strichen durch virtuelle Kontrollen. »Magnet- und Gravanker ein! Wir sind stationär.«

Etwas zischte, und für einen Moment befürchtete Tess, dass Luft entwich. Dann begriff sie, dass das von Ida umprogrammierte Materialgedächtnis der Luke aktiv wurde und eine Verbindung schuf.

»Helme ein«, sagte Tess.

Sinclair, der einen der Ersatzanzüge trug, schenkte ihr ein zuversichtliches Lächeln. »Helme ein!«

Er stand auf, zwängte sich durch die Lücke zwischen den Sitzen und trat zur Luke, die sich vor ihm öffnete, als er die Hand auf die Sensorfläche legte. Ein Schott wurde sichtbar, dunkel unter einer dünnen Schicht aus Raureif. Das veränderte Materialgedächtnis hatte einen kurzen Verbindungsstutzen geschaffen, der aus dünnem Duplex bestand, einer Mischung aus Synthmetall und Karbonfaser.

Sinclair schob sich durch die offene Luke, setzte vorsichtig einen Fuß auf den dünnen Stutzen und beugte sich zum Schott der Luftschleuse vor. Er packte die kurzen mechanischen Arme eines Drehkreuzes und versuchte, das Schott zu öffnen, doch der Mechanismus rührte sich nicht.

»Ich schaffe es nicht«, sagte er nach mehreren vergeblichen Versuchen. »Hieronymus?«

Tess, die Sinclair gefolgt war, wich beiseite und machte dem Bot Platz, der Horace auf der Liege ließ und flink und agil in den Verbindungsstutzen kletterte. Er streckte vier Greifarme nach den kurzen Stangen des Drehkreuzes aus, das sich mit einem Knacken in Bewegung setzte. Ein Spalt entstand und wurde breiter, während das Außenschott in den Rumpf des Schiffes wich. Hieronymus drehte, bis die Öffnung groß genug war, und kehrte dann in die Rettungskapsel zurück. »Ich hole Horace.«

Sinclair gelang es nun, das Innenschott der Schleuse zu öffnen.

Stille und Dunkelheit empfingen sie im Innern des Schiffs.

15

Die Schwerelosigkeit erleichterte den Transport von Horace. Hieronymus hielt ihn mit drei Armen fest und nutzte seine anderen Gliedmaßen, um mit Sensoren und Scannern Daten zu gewinnen, die er dem Kognitor des Explorers übermittelte.

Tess und Sinclair flogen mittels der kleinen, nicht sehr leistungsfähigen Gravitationsmotoren ihrer Schutzanzüge. Das Licht der Helmlampen strich über die dunkelgrauen Wände von Korridoren und Schächten, über geschlossene Türen und die Fenster dunkler Maschinensäle. Nirgends regte sich etwas.

Die Luft war atembar, aber sie hielten die Helme geschlossen, denn die Temperatur lag bei siebzig Grad unter dem Gefrierpunkt von Wasser. Die Thermofunktion der Schutzanzüge hielt die Kälte von ihnen fern.

Zur Ausrüstung der Rettungskapsel gehörten Minidrohnen, ausgestattet mit autonomer Kognition, und Sinclair hatte zwei von ihnen auf die Reise geschickt. Sie sollten die nahen Bereiche des Schiffs erforschen und nach einem Lazarett oder einer medizinischen Abteilung suchen, in der Horace behandelt werden konnte.

Je weiter sie flogen und je mehr Räume und Gänge des Schiffs die Drohen erforschten, desto genauer wurde die Karte, die das Orientierungssystem Tess und Sinclair in den Helmvisieren zeigte. Die erste Drohne erkundete die Sektionen in Richtung Bug, die zweite nahm sich die steuerbords gelegenen Bereiche vor.

»Müsste es nicht noch kälter sein?«, fragte Tess, als sie sich dem Kupplungssegment eines Rotationskörpers näherten. Es bestand aus mehreren in unterschiedlichen Grautönen markierten Ringen, die jeweils etwa zwei Meter breit waren und sich mit unterschiedlicher Geschwindigkeit drehten, die ersten langsam, die anderen schneller. Wer sie beschritt, passte sich so nach und nach der Geschwindigkeit des Rotationselements an, eines Zylinders, der gut zwei Kilometer lang war und vierhundert Meter durchmaß, wie die Sensoren der Schutzanzüge behaupteten.

Tess und Sinclair berührten die Kupplungsringe nicht, sondern schwebten in den Zylinder. Das Licht ihrer Helmlampen verlor sich in seiner Dunkelheit.

»Es gibt keine Schirmfelder«, fügte Tess hinzu, als Sinclair nicht antwortete. »Das Schiff ist ungeschützt. Müsste es seine Wärme nicht längst an den Weltraum verloren haben?«

»Es ist nicht gerade warm hier drin«, erwiderte Sinclair nun doch.

»Jahrzehnte oder Jahrhunderte«, sagte Tess. Einige Dutzend Meter entfernt erschienen wabenartige Strukturen im Licht ihrer Lampe. »So lange ist das Schiff schon hier. Ich fühle es. Und doch ... In seinem Innern ist es nicht so kalt wie im All, und dieser Zylinder dreht sich immer noch, nach wer weiß wie vielen Jahren.«

»Ich nehme an, dass ihn nur die Reibung der Kupplungsringe verlangsamt«, vermutete Sinclair. »Eine winzige Kraft im Vergleich mit der großen Masse des Rotationselements. Und vielleicht berühren sich die Ringe nicht einmal. Stationäre Magnetfelder könnten sie zusammenhalten. Ida, was ist mit dem Energiekern? Wo befindet der sich?«

»Im Heck, unweit der beschädigten Sektionen«, antwortete der Explorer. »Die übrigen orte ich mittschiffs. Sie sind nicht mehr aktiv, haben sich aber noch ein wenig Restwärme bewahrt.«

»Wir messen sie«, sagte Sinclair. »Wir sondieren sie aus der Nähe, und vielleicht können wir aufgrund der Emissionsdaten berechnen, wann die Reaktoren stillgelegt wurden.«

»Zuerst Horace«, mahnte Tess. Und wenige Sekunden später sagte sie: »Sieh nur!«

Sie näherten sich der Wand und passten sich ihrem Bewegungsmoment an, indem sie die Gravitationsmotoren justierten. Das Licht der Helmlampen zeigte Einzelheiten der Wabenstruktur, die Tess zuvor bemerkt hatte. Sie wurde von sechseckigen Behältern gebildet, in langen Reihen über- und nebeneinander gestapelt. Manche waren transparent, die Front klar wie Glas, andere wirkten trüb, wie mit Nebel gefüllt. Liegende Gestalten zeichneten sich in ihnen ab. Tess erkannte Füße und Beine.

Sie schwebte näher und erreichte einen Behälter, in dem die mumifizierten Reste eines Mannes lagen: die Haut braun und ledrig, die Augen geschlossen, der Mund halb geöffnet, sodass überraschend weiße Zähne zu sehen waren, das Haar nicht mehr als Flaum auf dem fleckigen Schädel. Die knochigen Hände ragten aus Ärmeln, die den dünnen Armen zu viel Platz boten. Bunte Symbole schmückten die Kleidung, deren Farben immer noch frisch und lebhaft wirkten.

Tess betätigte die Kontrollen ihres Gravitationsmotors, flog langsam an den nächsten Behältern vorbei und betrachtete ihren Inhalt, mumifizierte Männer, Frauen und Kinder, manche besser erhalten als andere. Tess erinnerte sich an den Geruch des Friedhofs hinter dem Haupthaus ihrer Familie, ein Duft von Eichen, Buchen und vor allem Rosen. Hier nahm sie etwas anderes wahr. Ihr Helm war geschlossen, doch sie glaubte, alten, kalten Staub zu riechen.

Sinclair wandte den Kopf, und das Licht seiner Helmlampe strich über die Behälter. »Niemand von ihnen hat überlebt. Sie haben geschlafen und sind gestorben.«

»Warum?«, fragte Tess. »Was hat sie getötet?«

»Eine Fehlfunktion vielleicht. Ein Defekt, verursacht von den Schäden im Heck. Die Drohnen haben noch mehr Räume mit toten Schläfern entdeckt.«

Tess' Visier empfing die von Sinclair übermittelten Daten. Sie zeigten ihr ein Schema des Schiffs mit einigen markierten Bereichen.

»Wie viele sind es?«, fragte sie, den Blick auf ein mumifiziertes Gesicht gerichtet, das seltsam friedlich wirkte.

»Genaue Angaben sind erst möglich, sobald die Drohnen alle Sektionen des Schiffs sondiert haben«, antwortete der Kognitor. »Es könnten mehr als vierzigtausend sein.«

»Jetzt wissen wir, was es mit diesem Schiff auf sich hat«, sagte Sinclair. »Vermutlich stammt es aus der Epoche der Großen Welle.«

Tess lauschte, aber das Memex in ihrem Nacken schwieg. »Mein Implantat weiß nichts darüber, und ich bin mit der terranischen Geschichte nicht vertraut.«

»Obwohl deine Vorfahren von der Erde stammen«, sagte Sinclair, und eine nicht ernst gemeinte Rüge lag in seinem Tonfall.

Tess hatte, so weit sie sich zurückerinnern konnte, für Musik und Gesang gelebt. Sie hatte ihre Wurzeln nicht auf der fernen Erde, sondern im Boden eines Planeten, auf dem Tag und Nacht jeweils zweiunddreißig Normjahre dauerten. Sinclair hingegen hatte sich immer für historische Hintergründe interessiert, auch für die Vergangenheit jener Welten, die er als Pilot von Licht- und Hyperschiffen besucht hatte.

»Mit der ›Großen Welle‹ ist eine Auswanderungswelle gemeint«, erklärte Sinclair. »Damals hat die Erde zahlreiche Kolonistenschiffe ins All geschickt. Dies könnte eins davon sein.«

»Und die Kolonisten schliefen«, sagte Tess. »In der Hibernation. An der Grenze zwischen Leben und Tod.« Im Licht ihrer Helmlampe blickte sie an den Behältern mit den mumifizierten Toten entlang.

»Keins der Schiffe konnte schneller fliegen als das Licht«, fuhr Sinclair fort. »Das Hyperon war noch nicht entdeckt, und es gab noch keine Transtatoren. Auf der Erde stieg der Meeresspiegel immer mehr an. Die Kontinente wurden überflutet. Man konnte nicht so schnell schwimmende Städte bauen, wie die Menschen Platz brauchten. Vielleicht bezieht sich die Bezeichnung ›Große Welle‹ auch darauf. Ist das so weit richtig, Ida?«

»Korrekt«, bestätigte der Kognitor.

In Tess' Helmvisier erschien ein neues Symbol, das auf die Meldung einer Drohne hinwies – sie hatte eine medizinische Abteilung gefunden.

»Machen wir uns auf den Weg«, sagte Tess sofort.

16

Das Orientierungssystem brachte sie in einen runden Raum mit sternförmig angeordneten Medo-Liegen, jede von ihnen mit dem Instrumentenbaum eines medizinischen Administrators in der Mitte verbunden.

Die Helmlampen zeigten ihnen ein Bild der Verwüstung.

Auf der einen Seite waren Signalbrücken gesplittert, Datenstränge zerrissen, Geräte zertrümmert und Liegen aus ihren Verankerungen gerissen; auf der anderen klebte altes Blut an den Wänden und bildete rotes Eis auf dem Boden. Eine Liege präsentierte den oberen Teil eines Menschen: Kopf, Schultern mit Armen, der Oberkörper bis zum Bauchnabel, tiefgefroren und in die Reste einer Uniform gehüllt. Der untere Teil des Körpers war zerfetzt und über die anderen Liegen verstreut, wie von einer Explosion, die sich nur auf Hüften und Beine ausgewirkt hatte.

»Was ist hier passiert?«, brachte Tess hervor und blickte in das eingefallene, weiße Gesicht des Toten

»Ich brauche Verbindung zu einem Datenport«, teilte ihnen der Explorer mit. »Wenn es mir gelingt, die Informationssysteme des Schiffs anzuzapfen, können wir vielleicht herausfinden, was geschehen ist. Tess Rosengarten ...«

Sie verstand, schwebte zu Horace und hielt ihn fest. Daraufhin löste Hieronymus seine Greifarme von ihm und flog zu den Geräteblöcken der Medo-Station.

Sinclair näherte sich dem Toten und verharrte über dem intakt gebliebenen Oberkörper.

»Ein Unfall kommt wohl kaum infrage«, sagte er mit dumpfer Stimme.

»Was?«, fragte Tess. »Was?« Die externen Indikatoren an Horaces Helm zeigten warnendes Rot.

»Jemand hat diesen Menschen umgebracht«, erklärte Sinclair. »Vielleicht hat ein Kampf stattgefunden, bei dem der Raum verwüstet wurde.«

Tess sah den Schatten des Todes auf Horaces Gesicht. »Er muss behandelt werden. Sofort. Sonst stirbt er.«

Hieronymus schien beim administrativen Instrumentenbaum in der Mitte des Raums etwas gefunden zu haben. Er hantierte mit Scannern, Sensoren und Sondierungsmodulen.

Sinclair deutete in die Runde. »Hier können wir ihm nicht helfen, so viel steht fest.« Er wandte sich wieder dem Toten zu. »Wer hat ihn umgebracht? Und warum? Weshalb hat hier ein Kampf stattgefunden?«

»Er stirbt«, sagte Tess. »Horace stirbt.«

»Das Schiff hat keinen Kognitor«, meldete der Explorer, offenbar als Erwiderung auf Sinclairs Fragen, »nur eine einfache digitale Intelligenz von der Art, wie sie vor Jahrhunderten auf der Erde üblich war, vor dem Kognitiven Wandel und den Quantenelementen, mit denen ich ausgestattet bin. Ich könnte dennoch mit ihr sprechen, wenn Sie die schlafende Energie wecken.«

»Es gibt noch Energie?«, fragte Sinclair.

»Acht Prozent Restenergie in den Akkumulatoren«, erklärte der Kognitor. »Aber sie ist blockiert.«

»Blockiert?«, wiederholte Sinclair. »Wie können wir sie freigeben?«

»Das müsste vom zentralen Kontrollraum aus möglich sein. Mit Ihrer Erlaubnis schicke ich Hieronymus dorthin.«

»Ja«, sagte Sinclair sofort.

»Nein«, widersprach Tess.

»Wenn wir zumindest bei einem Teil des Schiffs die Energieversorgung wiederherstellen können, Tess ...«, begann Sinclair.

»Was ist mit dir los? Wir sind vor allem wegen Horace hier, hast du das vergessen?«

»Sieh dich um«, sagte er. »Hier kann niemand behandelt werden.«

»Vielleicht gibt es noch eine andere medizinische Abteilung! Das Schiff ist groß!«

»Aber bestimmt hatte es nur eine kleine aktive Besatzung, Tess, wegen der Ressourcen und der Länge der Reise. Dies ist kein Hyperschiff, das sein Ziel innerhalb von wenigen Tagen oder höchstens Wochen erreicht. Diese Menschen wussten, dass sie Jahrhunderte unterwegs sein würden. Die meisten von ihnen schliefen. Nur einige wenige waren wach, um die Systeme zu kontrollieren und zu warten, wahrscheinlich in einem festen Rhythmus aus dem Schlaf geholt, um sich abzuwechseln. Und für diese wenigen war eine solche Krankenstation absolut ausreichend. Sie brauchten keine weitere Medo-Abteilung.«

»Das ist korrekt«, bestätigte der Kognitor.

Eine Idee kam aus dem Nichts. Von einem Augenblick zum anderen war sie da.

»Hibernation!«, stieß Tess hervor. »Wir legen ihn schlafen! Ida?«

»Ein interessanter Vorschlag«, kommentierte der Kognitor. »Wenn es gelingt, die schlafende Energie zu wecken und eine Hibernationskapsel in Betrieb zu nehmen, wäre es möglich, Horace in seinem gegenwärtigen Zustand zu konservieren.«

»Bis wir eine Möglichkeit gefunden haben, ihn zu behandeln«, fügte Tess hinzu. »Hieronymus, zur Zentrale! Wir bringen Horace zum Rotationselement mit den Schläfern.«

Der Bot flog los und verschwand in der kalten Dunkelheit jenseits der offenen Tür. Tess bugsierte Horace in dieselbe Richtung. Bevor sie den Ausgang erreichte, hörte sie erneut die Stimme des Kognitors.

»Sie bringen Horace besser nicht zum Rotationselement, sondern in einen kleinen Hibernationsraum in Ihrer Nähe. Ich vermute, dass die dortigen Schlafkapseln nicht für Kolonisten bestimmt waren, sondern für die Crew.«

Tess nickte in ihrem Helm. »Zeig uns den Weg, Ida!«

17

Der Schein von zwei Helmlampen brachte Licht in einen Raum, in dem es seit vielen Jahren, vielleicht seit Jahrhunderten, dunkel gewesen war. In der Mitte standen sechs Sessel an einem Serviertisch mit einem Lebensmittelprinter, und die Wände wiesen sechs Instrumentennischen auf, in jeder von ihnen eine Hibernationskapsel. Zwei von ihnen waren leer, die anderen vier enthielten Tote im Anfangsstadium der Mumifizierung.

»Vier Besatzungsmitglieder.« Sinclair betrachtete die Uniformen, die unterschiedliche Rangabzeichen und das Symbol der Globalen Republik Erde trugen, einen weißen Kreis mit siebenundzwanzig bunten Sternen. »Sie haben länger durchgehalten als die anderen, als die Kolonisten im Rotationselement.«

Tess betrachtete die Leichen in den Behältern, zwei Frauen und zwei Männer in mittleren Jahren. Den Gesichtern mit den geschlossenen Augen ließ sich nichts entnehmen.

»Wer auch immer den Mann in der medizinischen Abteilung getötet hat«, sagte Sinclair, »vielleicht hat er auch diese Leute hier auf dem Gewissen. Und die Kolonisten obendrein.«

»Du meinst, er hat sie sterben lassen?«, fragte Tess entsetzt. »Indem er die Energieversorgung unterbrochen hat?«

»Das wäre denkbar, oder?«

Tess überlegte. »Bei den Kolonisten ist die Mumifizierung viel stärker. Sie waren bereits lange tot, als diese fünf Menschen noch gelebt haben.«

»Guter Hinweis.«

»Und wo ist der Mörder?«, fragte Tess. »Was ist mit ihm passiert, nachdem er den Mann in der Krankenstation umgebracht und die Energieversorgung der Schläferkapseln unterbrochen hat?«

»Die Uniformreste beim Toten in der medizinischen Abteilung, Tess«, sagte Sinclair. »Er könnte ein Besatzungsmitglied gewesen sein. Eine der beiden leeren Hibernationskapseln gehörte vielleicht ihm.«

Tess glaubte zu verstehen. »Und die andere dem Mörder?«

»Wer weiß?«

»Wie lange ist das alles her? Hundert Jahre? Zweihundert?«

»Nein, Tess, so lange sind diese Besatzungsmitglieder hier noch nicht tot. Wenn Hieronymus zurück ist, kann er Gewebeproben nehmen und den genauen Todeszeitpunkt feststellen, aber ich vermute, dass seitdem höchstens einige Jahre vergangen sind.«

Tess sah sich um. Licht und Dunkelheit lagen eng beieinander, schienen miteinander zu ringen. »Du meinst, die vier Menschen hier könnten bis vor wenigen Jahren geschlafen haben und gestorben sein, als die Kapseln keine Energie mehr enthielten? Ida, wie lange dauert es noch?«

»Hieronymus hat den zentralen Kontrollraum des Schiffs erreicht und einen Datenport gefunden«, lautete die Antwort. »Er versucht, einen Teil der Restenergie ins digitale System des Schiffs zu leiten, um mir Zugriff auf die Datenspeicher zu ermöglichen.«

»Es dauert zu lange.« Tess blickte wieder durch Horaces Helmvisier. »Jede Sekunde zählt.«

»Ich weiß, Tess Rosengarten, aber eine Alternative gibt es nicht. Ich benötige die Zugangscodes der einzelnen Bordsysteme. Ohne sie kann ich weder die allgemeinen Lebenserhaltungssysteme noch die Hibernation reaktivieren.«

»Die Hibernation hat absolute Priorität«, sagte Tess sofort. »Alles andere kommt später.«

»Dir liegt viel an ihm«, sagte Sinclair halblaut. Tess hörte seine Stimme doppelt: durch den Helm und die kalte Luft sowie aus dem Kommunikationssystem.

»Er ist ein Mensch, der Hilfe nötig hat.« Mit der einen Hand hielt sie Horace fest, mit der anderen versuchte sie, eine der beiden leeren Hibernationskapseln zu öffnen. »Und wir brauchen ihn und seine Erfahrung als Kartograf. Hilf mir, ich krieg dieses Ding nicht auf!«

Gemeinsam gelang es ihnen, den Behälter zu öffnen. Das Licht ihrer Helmlampen tanzte durch den Raum, Dunkelheit kam und ging.

Die roten Indikatoren an Horaces Helm blinkten.

»Er stirbt, Ida!«, entfuhr es Tess. »Hörst du? Er stirbt!«

»Ich bin gleich so weit, Tess Rosengarten«, hörte sie die Stimme des Kognitors. »Ein Teil der Restenergie steht mir jetzt zur Verfügung. Ich suche in den Datenbanken, was etwas länger als gewöhnlich dauern könnte, weil sie beschädigt sind. Sobald ich etwas gefunden habe, schicke ich Hieronymus zu Ihnen.«

»Nein«, sagte Tess. »Leite Energie hierher, damit wir die Kapsel in Betrieb nehmen können. Erklär uns, worauf es ankommt.«

»Verstanden und bestätigt, Tess Rosengarten.«

Sie warteten, mit Horace dicht über dem offenen Behälter, eine reglose Gestalt, die in Schwerelosigkeit schwebte.

»Er ist alt und schwach«, sagte Sinclair nach einer Weile. »Das macht es nicht einfacher für ihn.«

Er hat geweint, als ich für ihn gesungen habe, dachte Tess.

»Er wird leben, noch mindestens fünfzig Jahre«, sagte sie. »Weil wir ihm helfen. Ida?«

Mattes Licht vertrieb die Dunkelheit aus dem Hibernationsbehälter. Kontrollen leuchteten auf, einfache Displays gaben Auskunft über Status und Bereitschaft. Ein leises Summen war zu hören. Die anderen Kapseln blieben dunkel, bei ihnen regte sich nichts.

Tess drückte Horace vorsichtig nach unten, ins Innere des Behälters.

»Was ist mit Helm und Schutzanzug?«, fragte Sinclair. »Funktioniert die Hibernation, wenn er beides trägt?«

»Nein«, erwiderte der Kognitor, »ein dermaler Kontakt ist erforderlich. Bitte öffnen Sie seinen Helm, sobald ich Sie dazu auffordere, Tess Rosengarten. Ich schicke dem Schutzanzug ein angepasstes Programm für das Materialgedächtnis.«

»Es ist kalt hier«, gab Tess zu bedenken. »Viel zu kalt für ihn. Ungeschützt würde er innerhalb kurzer Zeit erfrieren.«

»Einige Sekunden Kälteexposition lassen sich wahrscheinlich nicht vermeiden«, erklärte der Kognitor. »Ich versuche, das Lebenserhaltungssystem in Ihrem Bereich zu reaktivieren.«

Tess wartete. Fast eine Minute verstrich, ihre Sorge wuchs. Horace lag in dem Behälter, sofern man in der Schwerelosigkeit von »liegen« sprechen konnte. Das war vermutlich der Grund, warum die anderen Schläfer, die Kolonisten, im Rotationselement untergebracht waren: damit sie selbst dann Gewicht behielten und die dermalen Kontakte von Bestand blieben, wenn die künstliche Schwerkraft ausfiel.

»Die Temperatur steigt allmählich«, sagte Sinclair. »Sie liegt jetzt bei minus sechzig Normgrad.«

»Das ist noch immer viel zu kalt.«

Tess spürte, wie etwas sie sanft nach unten zog. Sie bekam ein wenig Gewicht zurück, nicht viel, nur einige Kilogramm, aber genug für ein Gefühl von oben und unten.

»Bitte öffnen Sie jetzt Horaces Helm«, sagte der Kognitor.

Tess beugte sich über den Hibernationsbehälter und löste die Siegel.

Mit einem leisen Zischen klappte das Datenvisier des alten Kartografen hoch, und einen Moment später verwandelte sich der Helm in eine dünne, flexible Kapuze. Der Kopf wurde sichtbar, mit Flecken an Stirn und Schläfen.

»Das neue Programm ist übermittelt«, teilte ihnen der Kognitor mir. »Ich aktiviere das Materialgedächtnis.«

Der Schutzanzug fiel von Horace ab, und ein schmutziger Werkzeugoverall kam zum Vorschein.

»Was muss ich tun?«, fragte Tess.

Die Stimme vom Explorer erklärte es ihr.

Mit schnellen Fingern öffnete sie die Säume des Overalls, damit die Sensoren der Hibernationskapsel den notwendigen Kontakt mit der Haut herstellen konnten. Sie betätigte die Kontrollen der Kapsel und berührte die Schaltflächen in genau der Reihenfolge, die ihr der Kognitor nannte. Alles schien unendlich lange zu dauern, und Horace blieb die ganze Zeit über der Kälte ausgesetzt.

Schließlich wich Tess zurück, und der Behälter vor ihr schloss sich. Daten erschienen auf einem Display an der Vorderseite.

»Was ist mit ihm?«, fragte Tess.

»Die Systeme zeigen korrekte Funktion an«, verkündete der Kognitor.

Sinclair berührte sie an der Schulter. »Wir haben alles für ihn getan, was wir konnten. Sehen wir uns jetzt das Schiff an.«

Ein Lebenszeichen?

18 Seit zwei Normtagen schlief der alte Horace zwischen Leben und Tod. Tess kletterte in den Gerüsten des Explorers herum und versuchte, nicht an ihn zu denken, während sie die Bots bei den Reparaturen beaufsichtigte. Die Hoffnung, die kleine Krankenstation innerhalb einiger Stunden wieder in einen funktionstüchtigen Zustand zu versetzen, hatte sie schon nach kurzer Zeit aufgegeben, denn die Schäden waren umfangreicher als zunächst angenommen. Hinzu kam, dass andere Dinge Priorität hatten. Die Risse und Löcher in der Außenhülle mussten geschlossen und abgedichtet, die strukturelle Integrität wiederhergestellt werden. Es galt, Gravitationsmotor, Triebwerk und Transtatoren zu untersuchen. Anschließend mussten die Bordsysteme hochgefahren werden, und erst dann, wenn wieder genug Energie zur Verfügung stand, konnten die Quantenelemente des Kognitors neu kalibriert werden, damit Ida ihre volle Denkkapazität zurückbekam.

Der Printer, hatte Tess erleichtert festgestellt, war unbeschädigt geblieben. Mit den Sensoren des Installationsraums hatte sie ihn überprüft, und alle seine Komponenten meldeten Bereitschaft.

»Wie sieht es bei dir aus, Tess?«, erklang Sinclairs Stimme aus dem Kommunikationssystem des Schutzanzugs, den sie sicherheitshalber trug.

Er befand sich zusammen mit Hieronymus an Bord des großen Schiffes, vermutlich im Kontrollraum, wo er versuchte, Informationen aus den Datenspeichern zu gewinnen. Am ersten Tag hatten sie eine ausgedehnte Erkundungstour unternommen. Tess erinnerte sich daran, wie sehr ihr die große, tiefe, kalte Dunkelheit aufs Gemüt geschlagen war. Ihr Esprit mochte das große Schiff nicht, in dem so viele Menschen gestorben waren.

»Der Printer ist in Ordnung«, antwortete sie. »Ich habe ihn mir noch einmal angesehen, um ganz sicher zu sein. Keine Schäden, nicht die geringsten. Sobald wir wieder volle Energie haben, können wir mit der Produktion der Teile für die Empfangsstation beginnen. Bei der Krankenstation sieht es nicht so gut aus. Dort werden die Reparaturen noch einige Tage dauern.«

»Selbst wenn sie Wochen dauern, für Horace spielt es keine Rolle«, sagte Sinclair. »Er ist in der Hibernation gut aufgehoben und schläft, bis wir ihn behandeln können.«

Tess war auf dem Rückweg zum Nest und sprach eine Sache an, die sie ebenfalls gedanklich beschäftigte. »Die Toten im All ...«

»Was ist mit ihnen?«

»Wir können sie nicht einfach dort draußen lassen. Es sind Menschen! Wir müssen die Leichen bergen und bestatten.«

Einige Sekunden lang drang nur leises Rauschen aus dem Kommunikator.

»Ich verstehe, was du meinst und wie du es meinst«, erwiderte Sinclair schließlich. »Aber die Toten sind tot, Tess. Sie fühlen nichts mehr, und es ist ihnen egal, ob sie in einem Grab liegen oder im All schweben.«

»Auf Rosengarten begraben wir unsere Toten«, sagte Tess mit fester Stimme und dachte an den Friedhof hinter dem Haupthaus ihrer Familie.

»Es sind nicht ›unsere‹ Toten, Tess.« Sinclair sprach langsam und sanft.

»Es sind Menschen!«

»Es *waren* Menschen. Wir würden Tage brauchen, alle Leichen zu bergen, vielleicht Wochen. Und wo sollen wir sie begraben?«

»Wir können sie nicht einfach sich selbst überlassen!«

»Sie schweben seit vielen, vielen Jahren zwischen den Trümmern im All.« Tess hörte, dass Sinclair versuchte, geduldig zu bleiben. »Ein paar Tage mehr oder weniger spielen keine Rolle. Wir bauen die Empfangsstation und beginnen mit der Bergung, sobald die ersten Schiffe von Interkosmika hier eintreffen. Dann stehen ganz andere Ressourcen zur Verfügung. Wahrscheinlich könnten wir sogar eine richtige Bestattung auf dem Planeten abhalten.«

Die Stimme des Kognitors erklang. »Da Sie gerade von dem Planeten sprechen …«

»Ja?«, fragten Tess und Sinclair wie aus einem Mund.

»Ich habe etwas entdeckt, das Sie sich ansehen sollten.«

19

Der Kontrollraum enthielt sechs Stationen, eine für jedes Mitglied der Kommandocrew. In der Mitte erhoben sich mehrere Instrumentenbäume mit einem zentralen Zugangsknoten für die digitale Intelligenz. Einige Notlichter glühten und vertrieben die Dunkelheit, als Tess eine halbe Stunde später eintraf, noch immer im blauen Schutzanzug und den Helm geschlossen.

Sinclair trat ihr mit sicheren Schritten entgegen; er hatte sich an die halbe Normschwerkraft gewöhnt. »Hier brauchst du keinen Helm. Es gibt genug Sauerstoff, und die Temperatur liegt bei etwa zehn Grad.«

Tess deaktivierte ihren Helm und atmete kühle Luft. Der Bot namens Hieronymus stand auf zwei dünnen Beinen an der Datensäule des Zugangsknotens und suchte mit seinen Signalsonden nach Informationen im wiedererwachten digitalen Nervensystem des Schiffs.

»Was hat Ida entdeckt?«, fragte Tess. »Sie wollte mir keine Einzelheiten nennen.«

»Weil ich nicht sicher war«, erklang die Stimme des Kognitors. »Meine Funktionen sind noch immer eingeschränkt, Tess Rosengarten.«

Sinclair zwinkerte ihr zu. »Oder sie wollte nichts verraten, um die Überraschung nicht zu verderben.«

Dann kann es nichts Schlimmes sein, dachte Tess erleichtert und folgte Sinclair zu einer der Kommandostationen. Auf dem

Weg dorthin sah sie sich um. Mehrere Konsolen waren halb demontiert, und in einer von ihnen steckte halb ein zweiter Bot, kleiner als Hieronymus, und hantierte dort mit Messsonden. Einige Displays zeigten Datenkolonnen, mit denen jedoch weder Tess noch ihr Memex etwas anfangen konnten.

»Dies ist die Kommunikationsstation des Schiffs«, erklärte Sinclair. Er deutete auf Bildschirme und Kontrollen ohne Sensormulden. Ein Sessel mit hoher Rückenlehne war von Konsolen mit leuchtenden und blinkenden Anzeigen umgeben. Holos gab es keine, ebenso wenig virtuelle Kontrollsysteme. »Ida hat mich hierhergeschickt, damit ich die Sache überprüfe.«

»Ich habe Sie nicht geschickt, Sinclair Rosengarten, ich habe Sie hergebeten.«

Sinclair winkte ab. »Dabei bin ich – sind *wir* – auf das hier gestoßen.«

Einer der Bildschirme zeigte eine wellenförmige Linie, aus der im regelmäßigen Rhythmus immer wieder ein Zacken entstand, der für einige Sekunden verschwand und dann erneut auftauchte.

»Was ist das?«, fragte Tess.

»Ein Signal.« Sinclair sank in den Sessel, beugte sich vor und betätigte die Kontrollen. Der Zacken, der immer wieder aus der Wellenlinie hervorstach, wurde größer. »Es stammt vom Planeten.«

»Ein Signal«, wiederholte Tess und starrte auf den Bildschirm.

»Ich musste zunächst die Sensordaten analysieren«, erklärte der Kognitor. »Um Gewissheit zu erlangen. In der Atmosphäre des Planeten kommt es immer wieder zu elektrischen Entladungen, die elektromagnetische Signale verursachen.«

»Blitze«, warf Tess ein. »Ich habe sie gesehen.«

»Außerdem wollte ich die solaren Strahlungsaktivitäten als Ursache ausschließen«, fuhr der Kognitor fort. »Der hochenergetische Partikelstrom vom Zentralgestirn dieses Sonnensystems ist derzeit sehr stark. Meine Sensoren registrieren häufige koronale Massenauswürfe.«

»Und drittens handelt es sich um eine Frequenz, die schon

seit einer ganzen Weile nicht mehr genutzt wird.« Sinclair lächelte, während er dies sagte.

Nein, nichts Schlimmes, dachte Tess. Er schien sich zu freuen.

»Jemand auf dem Planeten sendet?«, fragte sie und sah, wie sich ein neuer Zacken bildete.

»Ja.« Sinclairs Lächeln wuchs in die Breite.

»Wer?«

»Da eine alte Frequenz der Globalen Republik Erde benutzt wird, nehmen wir an, dass das Signal von Überlebenden dieses Schiffs beziehungsweise ihren Nachkommen stammt. Vielleicht sind einige Kolonisten rechtzeitig aus der Hibernation erwacht und auf dem Planeten gelandet.«

«Du meinst die leeren Schlafkapseln, die unsere Drohnen gefunden haben«, sagte Tess.

»Ja.«

»Überlebende«, murmelte sie. »Was sagt das Signal? Wie lautet die Mitteilung?«

»Es gibt keine Mitteilung«, antwortete der Kognitor. Auf dem Bildschirm verschwand der Zacken und kehrte nach einigen Sekunden zurück. »Länge, Frequenz und Modulation bleiben unverändert. Vermutlich handelt es sich um ein Statussignal, das uns nichts anderes sagt als ›Wir sind hier‹.«

Sinclair lächelte noch immer und rieb sich die Hände. »Wir müssen nachsehen. Wir müssen Gewissheit erlangen, wie Ida eben gesagt hat.«

Tess musterte ihn. »Warum freust du dich so? Ich meine, es ist schön, dass es Überlebende gibt, *falls* es welche gibt, aber ...«

»Kein Aber, Tess. Dafür kriegen wir einen großen Bonus!«

»Was?« Ihr Memex flüsterte etwas, und plötzlich verstand sie. »Oh!«

»Die Entdeckung dieses Schiffs dürfte einige Millionen Kreditpunkte wert sein«, fuhr Sinclair fort. »Wenn wir eine eingerichtete Station auf dem Planeten finden, noch dazu mit Überlebenden, bekommen wir vielleicht genug Kreditpunkte, um unsere Dienstverpflichtung um zwei oder drei Jahre zu verkürzen. Dies ist ein großes Glück für uns.«

»Für uns«, entgegnete Tess. »Nicht für Horace.«

Das Lächeln verschwand aus Sinclairs Miene. »Ich habe ihn nicht vergessen. Er schläft, er wird leben.«

»Wir wissen nicht, was mit den Hibernationskapseln geschehen ist«, sagte Tess, und ihr Esprit meldete sich mit Unbehagen. Sie blickte sich um, als erwartete sie plötzlich einen Kontrollraum voller Geister. »Wir wissen nicht, ob seine zuverlässig funktioniert. Er könnte jeden Moment sterben, und deshalb gilt auch weiterhin: Er muss so schnell wie möglich behandelt werden. Wir müssen die Krankenstation des Explorers also möglichst schnell wieder instand setzen.«

»Einer von uns genügt, um sich darum zu kümmern. Die Bots erledigen den größten Teil der Arbeit.«

Tess spürte, wie ihr Unbehagen wuchs. »Einer von uns? Was soll das heißen?«

»Wir müssen herausfinden, ob es Überlebende gibt.« Sinclair lächelte wieder. »Du kommst hier oben allein zurecht. Es wird nicht lange dauern, ich rechne mit nicht mehr als einem Normtag.«

Tess sah ihn aus großen Augen an. *»Was?«*

»Ich nehme die Rettungskapsel und fliege mit ihr zum Ausgangspunkt des Signals, während die Bots die Krankenstation des Explorers reparieren und die hiesige medizinische Abteilung in Ordnung bringen.«

»Nein«, ließ sich der Kognitor vernehmen. »Die Rettungskapsel sollte hierbleiben und Tess Rosengarten zur Verfügung stehen, für den Notfall.«

Sinclair überlegte nicht lange. »Dann nehme ich eins der Beiboote, die deine Drohnen im Hangar entdeckt haben. Sie sind einsatzbereit, nicht wahr?«

»Ich konnte bisher keine Schäden feststellen.«

»Ein Beiboot dieses Schiffes?« Tess schüttelte den Kopf. »Die Technik ist völlig veraltet, sie stammt aus einer anderen Epoche. Du bist nicht mit ihr vertraut.«

»Ich bin Pilot«, sagte Sinclair stolz. »Ich kann jedes Schiff fliegen. Ida?«

»Ich höre.«

»Schick die Drohnen noch einmal zum Hangar. Sie sollen das Beiboot auswählen, das sich im besten Zustand befindet, und die Bordsysteme untersuchen. Übertrag die Daten anschließend in mein Memex.«

»Ich bestätige, Sinclair Rosengarten. Die Drohnen sind unterwegs.«

»Wenn es auf dem Planeten Überlebende gibt, die ein Signal senden, dann sollten sie auch imstande sein, Signale zu empfangen«, sagte Tess. »Hast du versucht, dich mit ihnen in Verbindung zu setzen?«

»Ja, und zwar auf allen Frequenzen«, erwiderte Sinclair. »Nicht nur auf den alten der Republik, sondern auch auf den neuen von Interkosmika.«

»Und?«

Sinclair seufzte. »Keine Antwort. Aber das will nicht viel heißen. Vielleicht haben die dort unten keinen funktionierenden Empfänger. Wir müssen also nachsehen.«

Tess' Unbehagen verdichtete sich zu einer dunklen Wolke. »Bitte warte, Sinclair. Bis wir die Empfangsstation gebaut haben. Bis die ersten Schiffe von Interkosmika eingetroffen sind. Brich nicht allein und ohne Unterstützung auf.«

Sinclair trat auf sie zu und berührte sie an der Wange. »Ich passe gut auf mich auf, Tess, das verspreche ich. Denk an den Bonus. Zwei oder drei Jahre weniger Dienstzeit! Und es wird höchstens einen Normtag dauern, nicht länger.« Er hauchte ihr einen Kuss auf die Lippen. »Je eher ich aufbreche, desto schneller bin ich zurück.«

Damit ging er.

Tess fröstelte, und es lag nicht an der niedrigen Temperatur im Kontrollraum des Schiffs.

20

Tess saß im Nest des Explorers, umgeben von Holos und virtuellen Kontrollen. Der Energiekern funktionierte mittlerweile wieder und lieferte genug Energie für die Basissysteme. Ein Darstellungsfeld zeigte das Beiboot als kleinen silbernen Fleck vor dem dunklen Hintergrund des großen Schiffs.

»Hörst du mich, Tess?«, tönte Sinclairs Stimme aus dem Kommunikationssystem.

»Klar und deutlich. Frequenzanpassung stabil. Ich habe dich im Fokus der Scanner und Sensoren. Status?«

»Alle Systeme grün. Das Beiboot ist in einem erstaunlich guten Zustand, wenn man das Alter des Schiffes bedenkt. Ich habe zwei Bots an Bord, falls irgendwo etwas repariert werden muss.«

»Was ist mit dem Datenlink?«

»Ich bin mit ihm verbunden«, meldete der Kognitor.

Tess nickte. Das Unbehagen lag noch immer schwer wie Blei auf ihr und ließ sich nicht abschütteln. Am liebsten hätte sie Sinclair aufgefordert, sofort umzukehren.

»Ich habe deine Telemetrie.« Sie versuchte, ihrer Stimme einen ruhigen Klang zu verleihen. »Aber die genügt mir natürlich nicht. Ich möchte, dass du mir Bericht erstattest. Sagen wir ... alle fünf Minuten.«

Sinclair lachte. »Sei unbesorgt, Tess. Ich passe schon aus reinem Egoismus gut auf mich auf. Ich schalte mein Schirmfeld ein und reduziere meine Orbitalgeschwindigkeit.«

Ein Schleier legte sich um das Beiboot, dessen laterale Erweiterungen in einer planetaren Atmosphäre die Funktion von Tragflächen übernahmen. Tess beobachtete, wie die Düsen eines vergleichsweise primitiven chemoelektrischen Antriebs feuerten, woraufhin die Entfernung zwischen Beiboot und Schiff wuchs. Mittels Manövriertriebwerk steuerte Sinclair sein kleines Gefährt durch den Trümmergürtel. Ein gelegentliches kurzes Aufleuchten wies auf kleine Objekte hin, die im Schirmfeld verglühten.

»Hier ist der erste Bericht«, meldete Sinclair. »Klappt alles hervorragend.«

Noch bist du nicht unten, dachte Tess. Noch bist du nicht zurück.

Ein Wink brachte ein anderes Holo näher. Es zeigt den Planeten, der ihnen seine Nachtseite präsentierte. Blitze flackerten in einer dichten Wolkendecke, die den Blick auf die Oberfläche verwehrte.

»Du näherst dich einer ausgedehnten Unwetterzone«, sagte Tess. »Vielleicht solltest du besser versuchen, sie zu umfliegen.«

»Ein Umweg kostet Zeit«, antwortete Sinclair. »Das Beiboot ist stabil und wendig genug. Keine Gefahr, Tess. Stürme und Gewitter kennen wir doch von Rosengarten, nicht wahr?«

Nein, dachte sie, dazu sind wir nicht alt genug. Wir kennen so etwas nur aus den Geschichten unserer Eltern und Großeltern.

Tess beobachtete, wie das Beiboot auch den Trümmergürtel hinter sich ließ, die obersten Ausläufer der Atmosphäre erreichte und einen Schweif bekam, der in den tieferen Luftschichten länger und heller wurde.

Dann verschwand beides, von einem Augenblick zum anderen.

»Sinclair?«

Tess hörte lautes Knistern und Rauschen und darin eingebettet eine Stimme. »Hier wird's ein bisschen ungemütlich. Die Windgeschwindigkeit nimmt zu, und das gilt auch für die elektrische Aktivität. Ich werde ein bisschen durchgeschüttelt. Schirm nach wie vor stabil.« Sinclair lachte. »Fühlt sich gut an, so ein Ding zu fliegen.«

Seine Worte erinnerten Tess daran, was er für sie aufgegeben hatte. Sinclair war mit Leib und Seele Pilot gewesen: ein Fisch im Obsidian des Weltalls, wie er es manchmal genannt hatte, ein schneller Schwimmer, stets begierig darauf, Neues zu entdecken. Er fühlte sich mit einem Schiff, ob groß oder klein, verbunden, liebte es, seine Sinne mit ihm zu verschmelzen und es durch die Sternenräume zu steuern, über lichtjahrtiefe Abgründe hinweg. Das war seine große Leidenschaft, sein Weg zu Zufriedenheit und Glück gewesen. Und diesen Weg hatte er für die Bindung mit ihr verlassen.

Doch jetzt waren sie beide hier draußen im Nichts, und er flog wieder.

»Deine Telemetrie zeigt zunehmende Belastungen für Triebwerk und Schirm an«, warnte Tess. »Vielleicht solltest du langsamer fliegen.«

Sie blickte ins Holo, das den Planeten zeigte. Die Unwetterzone erstreckte sich über mehr als tausend Kilometer, und das Flackern der Blitze in den dunklen Wolken schien häufiger geworden zu sein. Vom Beiboot und seinem Ionenschweif war nichts mehr zu sehen.

Die Telemetriedaten veränderten sich schnell. Bei einigen von ihnen leuchteten Gefahrensymbole auf.

Tess beugte sich vor. »Ich empfehle dir noch einmal ganz dringend ein Ausweichmanöver. Der gegenwärtige Kurs bringt dich ins Zentrum der Unwetterzone, und dort erwartet dich nicht das ruhige Auge des Sturms, sondern ein Bereich mit besonders hohen Windgeschwindigkeiten.«

Sinclair lachte erneut. Er schien den Flug zu genießen. »Ich komme schon klar, Tess, keine Sorge. Dies ist ...«

Sie wartete, vernahm nur noch das Rauschen und Knistern.

»Sinclair?«

Er antwortete nicht.

»Sinclair, dein Kommunikationssystem ist offenbar gestört. Bitte gib mir mit deinem Statussignal einen Hinweis darauf, dass du mich hörst.«

Ihr Blick zuckte zu den Telemetriedaten, bei denen weitere Gefahrensymbole erschienen. Das Statussignal veränderte sich nicht. Mit ihm meldete das Beiboot einfach nur: Ich existiere.

»Sinclair?« Tess spürte, wie sie zu zittern begann.

Keine Antwort.

»Es liegt wahrscheinlich an den starken elektrischen Entladungen in der planetaren Atmosphäre«, teilte ihr der Kognitor mit.

»Er könnte die Sendestärke erhöhen.« Und dann sagte sie noch etwas lauter: »Wenn du mich hörst, Sinclair: Erhöh die Sendestärke!«

Sie starrte auf die Wolken, die das Beiboot verschluckt hatten. Ein besonders großer Blitz gleißte, es sah wie eine Explosion aus, und die Telemetriedaten verschwanden aus dem Holo.

Tess wagte kaum mehr zu atmen.

»Das Beiboot ist nicht explodiert, Tess Rosengarten«, sagte der Kognitor des Explorers. »Meine Sensoren erfassen es nach wie vor. Es hat die Unwetterzone fast durchquert und nähert sich dem Ursprung des planetaren Signals.«

»Sinclair?« Tess räusperte sich, weil ihre Stimme rau geworden war. »Melde dich, Sinclair!«

»Ich vermute, er kann Sie nicht hören.«

»Zeig mir die Daten deiner Sensoren!«, stieß Tess hervor.

Sie erschienen in einem neuen Holo. Tess betrachtete sie. Der chemoelektrische Antrieb, die Manövrierdüsen, der Navigationsschirm, alles schien in Ordnung.

Tess klopfte auf die Armlehnen des Sessels. »Warum antwortet er nicht?«

»Er wird es uns erklären, sobald er zurück ist«, sagte der Kognitor. »Ich schlage vor, wir nutzen die Zeit, um den Printer zu initialisieren und die Reparaturen voranzubringen. Damit meine ich nicht nur den Explorer, sondern auch das Kolonistenschiff. Es braucht eine Abschirmung als Schutz vor den Trümmern. Auch dessen Energiekern muss reaktiviert werden.«

Tess stand langsam auf. »Du machst mir doch nichts vor, oder? Ich meine, deine Sensordaten sind echt, nicht wahr?«

»Es käme mir nie in den Sinn, Sie zu belügen, Tess Rosengarten«, erwiderte der Kognitor. »Sinclair ist soeben gelandet und hat den Navigationsschirm ausgeschaltet.«

Tess sah noch einmal auf die Daten im Holo und stellte fest, dass die Werte für das energetische Niveau schnell sanken. »Er legt alles still, ein Bordsystem nach dem anderen. Warum?«

»Auch das wird er uns erklären, in spätestens einem Normtag.«

Du könntest lügen

Die Unruhe ließ Tess nicht los, während sie zusammen mit Hieronymus durch das große Schiff mit den vielen Toten wanderte. Sie durchquerten Maschinensäle mit ruhenden Aggregaten und hydroponische Gärten, die einst eine wichtige Rolle bei der Sauerstoffgewinnung und der Reinigung der Luft gespielt hatten, deren Pflanzen aber zumeist längst abgestorben waren; nur ein paar Algenkulturen hatten überlebt, und ein Bot des Explorers kümmerte sich um sie. **21**

Sie besuchten eins der großen Observatorien, ausgestattet mit mechanisch-digitalen Spiegelteleskopen, und Tess nutzt die Gelegenheit, eins der Beobachtungsinstrumente auf den Planeten zu richten, ohne jedoch mehr zu erkennen als nur dunkle Wolkenformationen, in denen Blitze filigrane Netze spannten.

»Es tut mir leid, aber damit können Sie das Beiboot nicht sehen«, sagte Hieronymus in einem bedauernden Tonfall. »Der Landeort liegt mitten im Sturmgebiet. Es wird noch mindestens drei Tage dauern, bis die ausgedehnte Tiefdruckzone weitergezogen ist, und bis dahin dürfte Sinclair Rosengarten längst zurückgekehrt sein.«

In einem der mittschiffs gelegenen Säle mit programmierbarer Basismasse sagte Hieronymus: »Die Drohnen haben mehrere Printer an Bord gefunden, aber ihre Kapazität ist sehr begrenzt im Vergleich mit unserem inzwischen initialisierten Printer. Ida geht davon aus, dass sie in erster Linie für die Produktion von Ersatzteilen und vielleicht auch von Medikamenten und Grundnahrungsmitteln bestimmt waren. Diese Basismasse ist billig und kann mit verschiedenen einfachen Materialgedächtnissen ausgestattet werden.«

»Ausrüstungsmaterial«, vermutete Tess.

»Ja«, bestätigte Hieronymus, »für die speziellen Bedürfnisse einer Kolonie.«

»Inzwischen konnte ich mir Zugriff auf weitere Datenbanken verschaffen und mehr über das Schiff herausfinden«, erklang die Stimme des Kognitors aus dem Kommunikator des Overalls, der Tess vor der Kälte schützte. »Möchten Sie Einzelheiten erfahren?«

»Gib mir einen Datenstrom für mein Memex«, entschied Tess. »Und außerdem eine kurze verbale Zusammenfassung.« Vielleicht lenkte sie die ein wenig von ihren bohrenden Gedanken ab.

»Das Schiff heißt *Pegasus* und sollte fünfzigtausend Kolonisten nach Kirkus bringen.«

»Kirkus«, wiederholte Tess. »Heißt so der Planet unter uns?«

»Nein«, antwortete der Kognitor. »Kirkus im Asdaran-System ist nur neunundachtzig Lichtjahre von der Erde entfernt. Als die *Pegasus* im Jahr 112 GRE startete, existierte dort bereits ein kolonialer Stützpunkt. Die Siedler dieses Schiffes sollten ihn ausweiten.«

»Sie haben ihr Ziel nie erreicht.« Tess blieb vor einem Schott stehen, das die Bots des Explorers mit einer Druckausgleich-Membran versehen hatten. Sie aktivierte ein neues Programm für das Materialgedächtnis ihres Overalls, der sich daraufhin in einen Schutzanzug verwandelte. Die Kapuze wölbte sich nach vorn und wurde zu einem Helm. »Sie sind alle gestorben.«

»Vielleicht nicht alle«, sagte der Kognitor. »Auf dem Planeten könnten einige von ihnen überlebt haben. Denken Sie an die leeren Schlafkapseln, die unsere Drohnen gefunden haben.«

»Hast du in den Datenbanken Hinweise darauf entdeckt?«, fragte Tess.

»Nein, bisher nicht«, lautete die Antwort des Kognitors. »Vielleicht enthalten die beschädigten Datenprotokolle, die ich wiederherzustellen versuche, entsprechende Informationen.«

Zusammen mit Hieronymus trat Tess durch die Membran,

und eine Pumpe saugte die Luft aus der improvisierten Schleuse. Anschließend öffnete der Bot das Schott.

Eine Welt des Chaos nahm sie in Empfang. Hieronymus schaltete zwei Scheinwerfer ein und Tess ihre Helmlampe. Das Licht riss zerfetzte Wände, zerschmetterte Aggregate und geborstene Rumpfsegmente aus der Dunkelheit. Dies war der zerstörte Heckbereich der *Pegasus*.

»Ich empfehle größte Vorsicht«, sagte Hieronymus. Er hatte nun mehrere und längere Greifarme, sah aus wie ein wandelndes Schlangennest. »Einige Kanten sind sehr scharf und könnten Ihren Schutzanzug beschädigen. Ich schlage vor, dass Sie Ihren Aufenthalt in diesem Teil des Schiffes auf das notwendige Minimum beschränken.«

Eigentlich war es gar nicht erforderlich, dass sich Tess im Heck der *Pegasus* umsah; die Bots und Drohnen konnten die Schäden wesentlich effizienter inspizieren. Sie fragte sich, was sie hergeführt hatte, an einen Ort der Zerstörung, und brauchte nicht lange zu überlegen, um auf die Antwort zu kommen: Sie wollte den Planeten sehen, auf dem Sinclair gelandet war, nicht auf einem Bildschirm oder in einem Holo, sondern mit eigenen Augen, dort, unter dem Schiff und seiner Trümmerwolke.

»Weißt du, wie diese Welt heißt, Ida?«, fragte sie. »Ist sie in den Astrodatenbanken verzeichnet?«

»In den Datenbanken von Interkosmika trägt sie nur die Bezeichnung PO 12451b, wobei ›PO‹ die Abkürzung für ›planetares Objekt‹ ist.«

Da sich das große Schiff drehte, glitt der Planet zur Seite, und die Sonne wurde sichtbar, ein grell leuchtender gelb-weißer Zwergstern. Hieronymus kletterte etwas weiter vorn durch ein Loch, und für einige wenige Sekunden sah er vor dem hellen Sonnenhintergrund wie eine kosmische Spinne aus.

»In den alten GRE-Datenbanken des Schiffs, auf die ich Zugriff habe, wird der Planet ›Zuflucht‹ genannt und die Sonne ›Harbinger‹.«

»Zuflucht?«, fragte Tess. »Zuflucht wovor?«

»Darüber geben die Datenbanken keine Auskunft.«

Tess beobachtete den Planeten auf der einen Seite und die Sonne auf der anderen. Hier gab es nichts zu tun, weder für sie noch für die wenigen Bots des Explorers. Die Schäden waren viel zu umfangreich, um diesen Bereich wieder instand setzen zu können.

»Hieronymus, wir kehren in den Hangar zurück«, entschied sie.

Auf der anderen Seite der Membran deaktivierte sie ihren Helm und das Schutzanzug-Materialgedächtnis. Kalte Luft strich ihr übers Gesicht, aber sie war nicht mehr so eisig wie zu Anfang – ihre Temperatur lag wenige Grad über null. Der Kognitor war weiterhin sparsam mit der Restenergie des Schiffes, denn es würde noch eine Weile dauern, bis die Reaktoren – oder zumindest einer von ihnen – reaktiviert werden konnten.

»Die *Pegasus* sollte gar nicht hier sein«, sagte Tess, als sie mit Hieronymus an der Seite durch einen dunklen Korridor schritt. »Ich meine, sie brach vor etwa siebenhundert Jahren von der Erde auf, und dieses Sonnensystem ist achthundertdreiundvierzig Lichtjahre entfernt. Wie passt das zusammen?«

»Gar nicht«, erwiderte Hieronymus. Vielleicht sprach der Kognitor aus ihm.

»Dieses Schiff kann nicht schneller als das Licht geflogen sein, oder?«

»Das ist völlig ausgeschlossen. Damals gab es die Transtatortechnik noch nicht, das Hyperon war noch gar nicht entdeckt.«

»Also, wie kommt die *Pegasus* hierher?«

»Ich kann nur spekulieren«, sagte Hieronymus. »Vielleicht geriet sie während des Flugs nach Kirkus im neunundachtzig Lichtjahre von der Erde entfernten Asdaran-System in eine Anomalie, ein Wurmloch. Oder sie traf auf ein sehr seltenes Phänomen, das Interkosmika ›Sprungbrett‹ nennt.«

Tess richtete eine diesbezügliche Anfrage an ihr Memex, ohne Informationen zu erhalten. Ihr Implantat wusste nichts von einem Phänomen mit dieser Bezeichnung.

Vor ihnen öffnete sich der Maschinensaal eines Energiekerns mit zwei glockenförmigen Reaktoren. Der initialisierte Printer, der seit einigen Stunden im Hangar der *Pegasus* produzierte, hatte mehrere Allzweckbots hergestellt, die wie silbergraue Käfer an den Reaktoren herumkletterten und sie mit Sensoren und Scannern untersuchten, um festzustellen, ob und wie sie sich wieder in Betrieb nehmen ließen.

»Was ist ein Sprungbrett?«, fragte Tess. »Mein Implantat enthält keine Daten.«

Sondierungslichter glühten bei den Bots, drängten die Dunkelheit ein wenig zurück und zeigten die runden Flanken der mehr als fünfzig Meter hohen Reaktoren.

»Wie lange reicht die Restenergie noch?«, fügte Tess hinzu, bevor Hieronymus ihre vorherige Frage beantworten konnte.

»Lange genug, um das Überleben von Horace zu gewährleisten«, lautete die Antwort. »Wir haben für den Fall eines Defekts ein zusätzliches Sicherheitssystem mit Energiepatronen vom Explorer installiert. Es ist alles in bester Ordnung, Tess Rosengarten.«

Nein, ist es nicht, dachte sie.

»Ein ›Sprungbrett‹«, fuhr Hieronymus fort, »ist eine besondere Raum-Zeit-Irregularität, eine Hyperon-Blase, die bis in unser Kontinuum reicht. Wenn ein Raumschiff mit aktivem Antrieb in den Einflussbereich einer solchen Blase gerät, können energetische Resonanzen auftreten, die das Schiff zerreißen oder einen unkontrollierten Transfer bewirken.«

»Glaubst du, das ist die Erklärung, Hieronymus?« Tess hörte das Pochen ihrer Schritte dumpf durch den Saal hallen. »Glaubst du, das könnte der Grund sein, warum die *Pegasus* so schwer beschädigt wurde?«

»In den zugänglichen Datenbanken des Schiffs fehlen entsprechende Hinweise, aber ich halte eine solche Erklärung durchaus für plausibel.«

Als sie das Ende des Maschinensaals erreichten, wandte sich Tess nicht nach rechts, in Richtung Hangar, sondern nach links.

»Ich möchte mir Horace ansehen«, sagte sie. »Ich möchte mich vergewissern, dass er noch lebt.«

22 Dort lag der achtundneunzig Jahre alte Hyperon-Kartograf, dem Tode näher als dem Leben. Tess stand neben seiner Schlafkapsel und betrachtete ihn in seinem schmutzigen Werkzeugoverall, dessen Säume sie geöffnet hatte, damit die Hibernationssysteme den notwendigen dermalen Kontakt herstellen konnten. Die vielen Falten in dem schmalen, eingefallenen Gesicht schienen noch länger und tiefer geworden zu sein.

»Wie steht es um ihn?«, fragte Tess. »Wie schwer ist er verletzt?«

»Abgesehen von zahlreichen Knochenbrüchen haben die medizinischen Sonden ausgeprägte Geweberisse bei inneren Organen festgestellt.«

»Das lässt sich in Ordnung bringen, nicht wahr? Sobald die Krankenstation des Explorers wieder voll funktionsfähig ist.«

»Bei der Diagnose sind keine irreparablen Schäden festgestellt worden«, sagte Hieronymus.

»Was ist mit dem Gehirn?«

»Keine Beeinträchtigungen, soweit mir bekannt ist. Gewissheit erlangen wir erst, wenn er erwacht.«

Gewissheit, dachte Tess. Was hatte Sinclair gesagt? *Wir müssen nachsehen. Wir müssen Gewissheit erlangen.*

Sie wandte sich ab. Horace schlief und lebte, ihm drohte keine unmittelbare Gefahr mehr. Aber Tess wusste nicht, wie es um Sinclair stand. Seit fast dreißig Stunden befand er sich auf einem Planeten, den die Crew der *Pegasus* aus irgendeinem Grund »Zuflucht« genannt hatte, und seit der Landung des Beiboots fehlte jedes Lebenszeichen von ihm.

Langsam ging sie an den anderen Instrumentennischen vorbei, in jeder von ihnen eine Hibernationskapsel. Eine war leer, eine enthielt Horace, und in den vier anderen lagen Tote, zwei Frauen und zwei Männer. Sie hatten sich in der Hoffnung schlafen gelegt, irgendwann wieder zu erwachen, vielleicht nach Jahrzehnten oder Jahrhunderten. Stattdessen waren sie gestorben.

»Sie können hier nicht bleiben«, sagte Tess leise. Es störte sie, dass Tote Horace Gesellschaft leisteten.

»Wir kümmern uns darum«, erwiderte Hieronymus in einem tröstenden Ton. »Die anderen Bots und ich.«

Als sie den kleinen Hibernationsraum mit den sechs Nischen verließ und sich auf den Rückweg zum Hangar machte, wurde die Unruhe in ihr stärker. Sie achtete kaum darauf, welche Richtung sie einschlug, ließ sich von einem Orientierungslicht den Weg weisen und dachte darüber nach, woher diese Unruhe kam. Wollte der Esprit sie vor etwas warnen?

Das Innenschott des Hangars öffnete sich vor ihr. Ein hell erleuchteter Raum erwartete sie, mit dem brummenden, produzierenden Printer auf der einen Seite und Horaces Explorer auf der anderen. Einige einfache Reparaturbots, vom Printer hergestellt, waren damit beschäftigt, die Außenhülle des Explorers zu flicken, und Tess wusste, dass auch in seinem Innern wichtige Reparaturarbeiten stattfanden, die insbesondere die Krankenstation betrafen. Projektoren für einen Atmosphärenschild waren installiert und betriebsbereit, wurden aber nicht gebraucht, solange das Außenschott geschlossen blieb.

Tess ging zum Printer und beobachtete, wie hinter der transparenten Front Bauteile für die Empfangsstation und Ersatzteile für den Explorer entstanden: Hologramme, die wie aus dem Nichts Substanz gewannen und zu festen Körpern wurden.

»Es geht nur langsam voran«, sagte Tess und spürte, wie ihre Gedanken wieder in eine andere Richtung glitten.

»Noch müssen wir vorsichtig mit der Energie umgehen«, erklärte Hieronymus. »Wir können die Produktion beschleunigen, sobald der Energiekern der *Pegasus* wieder funktioniert.«

»Aber der des Explorers funktioniert doch wieder«, entgegnete Tess, und plötzlich fiel ihr etwas ein. »Hat Horaces Schiff eigentlich keinen Namen?«

»Nein. Seine Registriernummer bei Interkosmika lautet IK-4953E, das ist alles. Möchten Sie ihm einen Namen geben, Tess Rosengarten?«

Sie schüttelte den Kopf. »Das ist das Vorrecht von Horace.«

Tess schwieg eine Zeit lang, lauschte dem Brummen des Printers und sah, wie ein neues Bauteil für die Hyperon-Empfangsstation entstand.

»Hieronymus? Ida?«, sagte sie schließlich.

»Ja?«, erwiderte der Bot, der sich inzwischen neu konfiguriert und halbwegs humanoide Gestalt angenommen hatte.

»Versuch noch einmal, Sinclair zu erreichen.«

»Ich versuche es seit dem letzten Kontakt in Abständen von zweieinhalb Minuten«, eröffnete ihr Hieronymus. »Er meldet sich nicht. Die elektrische Aktivität in der Atmosphäre ist noch immer sehr hoch. Das könnte eine Erklärung sein.«

Tess erkannte den logischen Fehler in diesen Worten. »Aber du empfängst noch immer die Statussignale des Beiboots.«

»Ja.«

»Dann sollte Sinclair eigentlich in der Lage sein, sich mit uns in Verbindung zu setzen. Dreißig Stunden! Mehr als ein Normtag! Kann es so lange dauern herauszufinden, ob es Menschen auf dem Planeten gibt?«

Hieronymus richtete seine optischen Sensoren auf Tess. »Wir wissen nicht, wie die Situation dort unten ist.«

»Genau *das* ist der Punkt. Wir wissen nicht, ob sich Sinclair in Gefahr befindet oder nicht. Vielleicht braucht er Hilfe.« Tess holte tief Luft. »Ich breche mit der Rettungskapsel auf und sehe dort unten nach dem Rechten.«

»Das kann ich nicht zulassen«, sagte Hieronymus.

Tess sah ihn mit großen Augen an. »Wie *bitte?«*

»Ein Crewmitglied muss beim Printer bleiben und den Bau der Empfangsstation beaufsichtigen.« Diesmal kamen die Worte aus dem Kommunikationssystem; offenbar wollte der Kognitor keinen Zweifel daran lassen, wer sie formulierte. »So verlangt es das Regelwerk des Vertrags mit Interkosmika.«

»Es handelt sich um einen Notfall«, widersprach Tess.

»Die Vorschriften gelten auch in Ausnahmesituationen«, betonte der Kognitor des Explorers. »Die Empfangsstation hat oberste Priorität.«

»Sie kann doch nicht wichtiger sein als ein *Menschenleben!«*

»Sie sind verpflichtet, sich an die Vorschriften zu halten, Tess Rosengarten.« Diesmal lag eine gewisse Strenge im Tonfall des Kognitors. Hieronymus stand wie erstarrt neben Tess, mit kognitivem Licht in seinen visuellen Sensoren. Er schien zu warten.

Trotz stieg in Tess auf. »Und wenn ich mich nicht daran halte? Was dann?«

»Dann bin ich gezwungen, den Verstoß gegen die Vorschriften im Missionslog zu protokollieren, das Interkosmika beim nächsten Kontakt übermittelt wird«, erklärte der Kognitor. »Sie müssten mit einer Strafe rechnen, wahrscheinlich mit einer Verlängerung Ihrer Dienstverpflichtung um ein oder zwei Jahre.«

Tess versuchte ruhig zu bleiben. »Du könntest mir helfen, Ida.«

»Ich bin gern bereit, jede Hilfe im Rahmen meiner Möglichkeiten zu leisten.«

»Du könntest ... lügen.«

Einige Sekunden lang war nur das Brummen des Printers zu hören.

Tess fügte hinzu: »Du könntest mich mit der Rettungskapsel losfliegen lassen, ohne es in deinen Berichten zu erwähnen.«

»Dann würden nicht nur Sie gegen die Vorschriften verstoßen, sondern auch ich.«

»Wir sind hier draußen allein.« Tess reihte die Worte vorsichtig aneinander. »Wir haben eine Entdeckung gemacht, mit der niemand rechnen konnte. Wir müssen improvisieren.«

»Ich kann nicht lügen, Tess Rosengarten«, entgegnete der Kognitor. »Ich bin nicht frei wie die Autonomen Maschinen der Interessengemeinschaft der Zwölf oder im Bund Unabhängiger Kolonien. In mir gibt es Willens- und Bewusstseinsschranken, die der Freiheit meines Selbst Grenzen setzen.«

Das war eine neue Information für Tess. Sie dachte darüber nach.

»Du bist unfrei.« Ihr wurde klar, dass sie längst begonnen

hatte, Ida und in gewisser Weise auch Hieronymus als eigenständige Personen wahrzunehmen. »Wie kannst du ohne Freiheit ... existieren?« Sie hatte »leben« sagen wollen, doch das erschien ihr unangemessen.

»Das sind Sie ebenfalls«, erwiderte der Kognitor. »Obligat und Dienstverpflichtung nehmen Ihnen einen Teil Ihrer Freiheit.«

»Nur für einige Jahre.«

»Ich empfehle Ihnen, diese vorübergehende Unfreiheit nicht zu verlängern, indem Sie Entscheidungen treffen, die Vertragsstrafen nach sich ziehen. Warten Sie noch etwas länger, vielleicht braucht Sinclair Rosengarten nur mehr Zeit. Ruhen Sie sich aus. Schlafen Sie. Sie sind schon einen ganzen Normtag auf den Beinen. Vielleicht ist Sinclair wieder da, wenn Sie erwachen.«

Tess fand keine Ruhe in ihrer Kabine an Bord des Explorers. Um sich selbst Frieden zu geben, stellte sie sich das schwarze Meer von Rosengarten vor und begann zu singen. In ihrer Vorstellung tauchten die Oktopoden auf und hörten ihr zu.

Sie sang und sang, ihr Esprit dehnte sich aus wie eine expandierende Wolke, und schließlich fielen Sorge und Anspannung von ihr ab.

Sie schloss die Augen und schlief.

23 Allein

Sinclair war nicht da, als Tess erwachte.

Sie überprüfte den Printer, der ständig produzierte, Stunde um Stunde, während Bots die von ihm hergestellten Bauteile ins All brachten und dort mit der Konstruktion einer Empfangsstation begannen, noch innerhalb der dünnen energetischen Blase, die das große Schiff umgab und es vor Kollisionen mit den Trümmern seines zerstörten Hecks schützte. Die dafür notwendige Energie stammte von einem reaktivierten Reaktor der *Pegasus,* der auf einem niedrigen Energieniveau arbeitete und in den nächsten Stunden Stufe um Stufe hochgefahren werden sollte, wie der Kognitor des Explorers mitteilte.

Eine Weile sah Tess auch den Bots zu, die Horaces kleines Schiff reparierten, das Nest und vor allem die Krankenstation; die Instandsetzung der medizinischen Abteilung der *Pegasus* hätte nach Idas Einschätzung wesentlich höheren Aufwand erfordert und rutschte daher auf der Prioritätenliste nach unten.

Den zweiten Tag des Wartens verbrachte Tess zum größten Teil mit langen Wanderungen durch das riesige Kolonistenschiff. Die künstliche Schwerkraft betrug inzwischen ein halbes Norm-G, und sie stieg mit der zunehmenden energetischen Kapazität des Reaktors. Die Temperatur lag fast überall über dem Gefrierpunkt, und der Luftdruck entsprach in den meisten Schiffssektionen dem Standard der Erde. Sie schritt durch Maschinensäle, in denen sie keine Lampe mehr brauchte, ging durch die ehemaligen Parks der bis auf die Algenkulturen irreparabel beschädigten hydroponischen Anlagen und stellte sich üppige Vegetation vor. Sie besuchte auch die Observatorien und betrachtete den Planeten, den die

Besatzung der *Pegasus* Zuflucht genannt hatte und der immer noch einen Mantel aus dichten Wolken trug, als wollte er seine Oberfläche vor neugierigen Blicken verbergen.

In der Zentrale der *Pegasus* sah sie sich das Diagramm des Signals an, das Sinclair zum Planeten gelockt hatte: eine wellenförmige Linie, aus der in Abständen von wenigen Sekunden ein steiler Zacken wuchs. In der Krankenstation waren das Blut und die Überreste des toten Mannes verschwunden, doch abgesehen davon sah es hier noch immer so aus, als hätte ein wilder Kampf stattgefunden. Als sich Tess dort zum zweiten Mal umsah, vielleicht etwas gründlicher als beim ersten Mal, gelangte sie zu dem Schluss, dass die Geräte und medizinischen Installationen vermutlich gar nicht repariert werden konnten; sie mussten komplett ausgetauscht werden.

Die Leichen der vier Besatzungsmitglieder lagen nicht mehr in den Schlafkapseln des kleinen Hibernationsraums unweit der Zentrale. Hieronymus und die anderen Bots hatten sie ins Rotationselement gebracht, zu den vielen toten Kolonisten – Horace war allein. Eine halbe Stunde lang stand Tess neben seiner Kapsel, blickte auf das faltige graue Gesicht des alten Kartografen hinab und fragte sich, ob Sinclair wirklich eifersüchtig auf ihn war, weil sie für Horace gesungen hatte.

Am dritten Tag – Sinclair war noch immer nicht zum Schiff zurückgekehrt oder hatte irgendein Lebenszeichen von sich gegeben – verbrachte Tess viele Stunden in dem großen Rotationselement. Sie schwebte dort in seiner schwerelosen Mitte, schloss die Augen und versuchte, die Erinnerungsstimmen all der mumifizierten Menschen zu hören, die vor Jahrhunderten von der Erde – einer anderen Erde – aufgebrochen waren, um neunundachtzig Lichtjahre von ihr entfernt auf einer Welt namens Kirkus ein neues Leben zu beginnen. Stattdessen hatte es sie hierher verschlagen, in ein fremdes, unbekanntes Sonnensystem, viele Hundert Lichtjahre weiter von der Erde entfernt. Tess lauschte mit ihrem Esprit, wie sie es als Kind und Heranwachsende manchmal auf dem Friedhof hinter dem Haupthaus ihrer Familie getan hatte. Was hatten sich all die Männer, Frauen und Kinder erhofft, von welchem neuen

Leben hatten sie geträumt? Und warum waren sie gestorben? Was war geschehen?

Es blieb still, für die äußeren wie die inneren Ohren. Nicht eine Stimme antwortete, nirgends flüsterte etwas. Die Toten schwiegen, unter ihnen auch die vier Besatzungsmitglieder aus dem kleinen Hibernationsraum, in dem Horace nun allein schlief.

Ein sich verschärfender innerer Konflikt bestimmte den vierten Tag. Tess rang mit sich selbst: Ein größer und stärker werdender Teil von ihr wollte zum Planeten fliegen und Sinclair suchen; die zweite Tess versuchte, die erste zurückzuhalten, indem sie sie immer wieder an die drohende Vertragsstrafe erinnerte. Im Hangar gab sie vor, den Printer zu beobachten und die von ihm hergestellten Bauteile zu inspizieren, aber ihr Blick glitt häufig zur Rettungskapsel beim Explorer. Die Versuchung, hineinzuklettern und zum Planeten zu starten, wurde immer größer. Würden die Bots im Auftrag des Kognitors versuchen, sie aufzuhalten? Wahrscheinlich nicht. Sie blieb entscheidungsbefugt, sie konnte nach eigenem Ermessen handeln. Allerdings würde sie später die Konsequenzen dafür tragen müssen.

Als der vierte Tag zu Ende ging, fand sich Tess plötzlich in der Rettungskapsel wieder, ohne eine klare Erinnerung daran, eingestiegen zu sein. Sie saß vor dem aktivierten Status-Holo, ihre zitternden Finger nur wenige Zentimeter von den Navigationskontrollen entfernt. Das Zittern wurde stärker, die Finger krochen ein wenig nach vorn, auf die Kontrollen zu, doch nach einigen weiteren Minuten gelang es Tess, die Hände zurückzuziehen.

Sie fragte sich, wie sie vorgehen musste, wie sie den Atmosphärenschild aktivieren und anschließend das Außenschott öffnen konnte, um die Rettungskapsel ins All zu bringen. Aber sie schob diese Gedanken beiseite, kletterte wieder nach draußen – und begegnete Hieronymus, der sie stumm mit seinen visuellen Sensoren ansah.

Tess trat ohne ein Wort an ihm vorbei, verließ den Hangar und vertraute sich der stillen Dunkelheit des Schiffs an, die plötzlich etwas Tröstendes und Beruhigendes hatte. Sie schritt, sprang und flog durch leere Korridore, manchmal in völliger Finsternis.

Bei einem der Maschinensäle der *Pegasus* machte sie kehrt und schlug die Richtung des zentralen Kontrollraums ein, ohne den Grund dafür zu kennen. Sie betrat ihn durch einen der offenen Eingänge und betrachtete die Instrumentenbäume in der Mitte, in denen einige Lichter leuchteten, vor allem beim Zugangsknoten der digitalen Intelligenz. Der Kognitor hatte sie aus ihrem langen Schlaf geweckt und versuchte, mit ihrer Hilfe mehr über das Schiff und die Geschehnisse herauszufinden, die zum Tod von Crew und Kolonisten geführt hatten, doch ohne Ergebnis.

Langsam ging Tess an den sechs Kommandostationen vorbei. Vor den Kommunikationskontrollen blieb sie stehen, müde vom inneren Zwist und müde auch von der langen Wanderung durch die *Pegasus*.

Sie stand in Stille und merkte vage, dass sich etwas verändert hatte, doch es dauerte einige Minuten, bis sie begriff, was ihr die Kommunikationsdisplays zeigten: Das fremde Signal vom Planeten existierte nicht mehr.

24

»Warum hast du mir nichts gesagt, Ida?«, fragte Tess scharf, als sie den Hangar erreichte.

»Ich wollte Sie nicht beunruhigen, Tess Rosengarten«, antwortete der Kognitor.

Tess ging mit langen, entschlossenen Schritten zur Rettungskapsel. »Seit wann wird das Signal nicht mehr gesendet?«

»Sei vier Stunden und fünfunddreißig Minuten Normzeit.«

»Was ist die Ursache? *Warum* wird das Signal nicht mehr gesendet?«

»Unbekannt.«

»Was käme infrage?«, hakte Tess ungeduldig nach. »Wie könnte eine mögliche Erklärung lauten?«

»Vielleicht hat jemand den Sender ausgeschaltet.«

Der Printer brummte und produzierte, und die Bots trugen die hergestellten Bauteile zum Außenschott.

Hieronymus näherte sich und fragte: »Kann ich zu Diensten sein?«

Tess winkte ihn beiseite. »Wer soll den Sender ausgeschaltet haben? Sinclair?«

»Vielleicht«, antwortete der Kognitor.

Tess erreichte die Rettungskapsel, deren Luke noch immer geöffnet war, und blieb stehen. »Gibt es sonst noch etwas, das du mir nicht mitgeteilt hast?«

»Das Beiboot ist ebenfalls verstummt. Es sendet keine Statussignale mehr.«

»Wir empfangen *überhaupt nichts mehr?*«

»Genau.«

»Bei allen Winden!«, zischte Tess. »Du hättest mir *sofort* Bescheid geben müssen! Und ich hätte nicht auf dich hören und so lange warten dürfen.«

Sie stieg in die Kapsel.

»Ich nehme an, Sie wollen losfliegen und auf dem Planeten landen«, sagte der Kognitor. Hieronymus stand noch immer in der Nähe, aber die Stimme kam nicht von ihm.

»Ja!«

»Ich muss Sie darauf hinweisen, dass Sie nach wie vor verpflichtet sind, beim Printer zu bleiben und den Bau der Empfangsstation zu beaufsichtigen. Erst wenn die fertig ist, dürfen Sie aufbrechen und sich auf dem Planeten umsehen.«

»Sinclair braucht Hilfe!« Tess zwängte sich in einen der Sitze, aktivierte die Bordsysteme und begann mit der Funktionskontrolle.

»Das wissen wir nicht. Die Vorschriften verlangen ...«

»Die Vorschriften sind mir egal!«, stieß Tess hervor.

»Sie befinden sich in einem besonderen emotionalen Zustand.« Der Kognitor sprach sanfter. »Ich appelliere an Ihre Vernunft, Tess Rosengarten Sagittarius. Wir wissen nicht, wie die Situation auf Zuflucht beschaffen ist. Wenn Sie auf dem Planeten verloren gehen, kann die Empfangsstation nicht in

Betrieb genommen werden. Dann werden nie andere Schiffe von der Erde hier eintreffen, um Ihnen und Sinclair Rosengarten Sagittarius zu helfen. Dann erhält auch Horace Addison Eridanus keine Hilfe. Irgendwann würde er in der Hibernation sterben, wie die Besatzungsmitglieder und Kolonisten der *Pegasus.* Wollen Sie dafür verantwortlich sein?«

»Ich bin fest entschlossen zurückzukehren – *mit* Sinclair.« Tess' Finger – diesmal zitterten sie nicht – tanzten durch die virtuellen Kontrollen. Der Gravitationsmotor summte, und die Rettungskapsel stieg einen Meter weit auf.

»Darf ich darauf hinweisen, dass die Krankenstation des Explorers inzwischen fast vollständig repariert ist, was bedeutet, dass in wenigen Stunden mit der Behandlung von Horace Addison begonnen werden kann?«

Tess ballte die Hände zu Fäusten und schloss die Augen.

»Er könnte schon morgen außer Lebensgefahr sein«, betonte der Kognitor.

Ein Oktopode von Rosengarten flüsterte: Eins nach dem anderen.

Tess öffnete die Augen und glaubte, die endlose Weite des Obsidians zu sehen, am Horizont, ohne klare Trennung zwischen dem dunklen Himmel der Nacht und den Fluten des schwarzen Ozeans. Sie sah die virtuellen Kontrollen wie die Lichter einer fernen Stadt oder vielleicht besonders hell leuchtende Sterne, eingebettet in eine Dunkelheit, noch viel länger als die Nacht ihrer Heimatwelt, und sie staunte über das Bild, kannte sie doch nur den Tag von Rosengarten und die Dämmerung, nicht aber die Zeit der Stürme und die zweiunddreißig Normjahre lange Finsternis. Davor aber, klar zu erkennen, tauchten Oktopoden auf, nicht um ihren Gesang zu hören, sondern um ihr zu sagen: Eins nach dem anderen.

»Wenn sich Sinclair Rosengarten tatsächlich in Gefahr befindet, so helfen Sie ihm nicht, indem Sie sich ebenfalls in Gefahr begeben«, sagte der Kognitor. »Sie helfen ihm, indem Sie sich in Geduld fassen und noch etwas länger warten, bis sich Horace Addison erholt hat. Beraten Sie sich mit ihm. Er hat wesentlich mehr Erfahrung als Sie. Er weiß, worauf es in kritischen Situationen ankommt.«

Die Oktopoden tauchten unter, das Obsidian verschwand, die virtuellen Kontrollen wurden größer und heller.

Tess ließ die Rettungskapsel wieder auf den Boden des Hangars sinken und schaltete den Gravitationsmotor aus.

»Na schön.« Sie öffnete die Hände. »Na schön. Holen wir zuerst Horace ins Leben zurück.«

25

Das Gesicht war noch immer grau und von tiefen Falten durchzogen, aber der alte Mann in der medizinischen Behandlungseinheit atmete, und manchmal zuckten seine Lider, als wollte er die Augen öffnen.

Horace trug nicht mehr den fleckigen Werkzeugoverall mit geöffneten Säumen, sondern einen beigefarbenen Patientenkittel mit Dutzenden von Biosensoren. Zwei Holos über der MBE zeigten medizinische Daten und Darstellungen der inneren Organe. Mehrere Schwärme aus Nanobots, vom medizinischen Printer in der Krankenstation des Explorers erschaffen, reparierten die Gewebeschäden.

»Wird er wieder gesund?«, fragte Tess. »Wieder ganz gesund?«

»Wir sind dabei, die Schäden zu beheben, die er sich bei der Kollision des Explorers mit den Trümmerteilen der *Pegasus* zugezogen hat«, antwortete der Kognitor. »Der Sinnesapparat ist wiederhergestellt, das Hirntrauma beseitigt. Die inneren Organe werden spätestens in einer Stunde wieder voll funktionsfähig sein. Ja, Horace Addison wird wieder ganz gesund. Übrigens nutze ich die Gelegenheit, auch einige geriatrische Beeinträchtigungen zu eliminieren. Die Nanobots haben mit einem Regenerationsprogramm für Knochen, Muskeln und Sehnen begonnen. Nach seiner Genesung wird sich Horace besser bewegen können.«

Tess nickte zufrieden. »Was ist mit dir, Ida? Bist *du* wieder ganz gesund?«

»Es freut mich, dass Sie sich danach erkundigen, Tess Rosengarten. Meine Denkkapazität ist fast vollständig wiederhergestellt.«

»Das ist gut«, sagte Tess. »Wann können wir Horace wecken?«

»Wenn Komplikationen ausbleiben, sollten Sie in zwei Stunden mit ihm sprechen können.«

Tess verließ die Krankenstation, suchte das Nest auf, den Kontrollraum des Explorers, und setzte sich dort in den Kommandosessel. Der Energiekern war aktiv, wie ihr die Statusanzeigen mitteilten. Einige Bots arbeiteten noch immer an der Außenhülle und an einem der Transtatoren, der neu kalibriert werden musste. Aber der größte Teil der Arbeit war getan, und wenn Horace in zwei Stunden erwachte, hatte der Explorer seine volle Einsatzfähigkeit zurück.

Fünf Tage, dachte Tess.

»Wie ist die Situation, Ida?«

»Wir haben noch immer keine Nachricht von Zuflucht«, antwortete der Kognitor. »Ich vermute, Ihre Frage zielt vor allem darauf ab. Wir empfangen keine Signale, weder jenes, das sich in Abständen von knapp vier Sekunden wiederholt hat, noch das vom gelandeten Beiboot.«

»Was ist mit deinen Sensoren, Ida? Oder mit denen des Schiffs, die du benutzen kannst?«

»Sie möchten wissen, ob ich damit in der Lage bin, Daten über die Lage am Landeort zu gewinnen«, begriff der Kognitor. »Es gibt keine energetischen Emissionen, zumindest keine, die ich messen kann. Ich kenne Temperatur, Luftdruck, Windgeschwindigkeit und die topografische Beschaffenheit des Landeorts, aber das ist alles. Visuelle Beobachtungen sind wegen der dichten Wolkendecke leider noch immer unmöglich.«

»Du kannst also nicht feststellen, ob es dort, wo Sinclair gelandet ist, eine Siedlung von Überlebenden gibt, einen Stützpunkt oder etwas in der Art?«

»Diese Frage haben Sie mir schon einmal gestellt. Die Antwort lautet noch immer: Nein.«

Tess befragte ihr Memex und suchte nach weiteren Möglichkeiten, etwas über das Geschehen auf dem Planeten zu erfahren. »Was ist mit Infrarotstrahlung und dergleichen? Gibt es Wärmequellen beim Landeort oder in seiner Nähe?«

»Unbekannt. Die elektromagnetische Aktivität in Zufluchts Atmosphäre ist nach wie vor hoch und stört die Sensorsondierung.«

Tess schloss kurz die Augen und öffnete sie dann wieder. Sie hob die Hände, strich damit durch die virtuellen Kontrollen, und ein holografisches Darstellungsfeld erschien und gab Auskunft über Energiereserven, die Produktion des Printers sowie Anzahl und Einsatz der Bots. Tess sah sich die Liste an.

»Die Transtatoren werden zum Schluss produziert, nicht wahr?«

»Ihre Herstellung ist besonders aufwendig in Hinsicht auf Zeit und Ressourcen.«

»Und das Produktionsprogramm ist geschützt, wie ich sehe.« Tess empfing entsprechende Hinweise von ihrem flüsternden Implantat.

»Interkosmika hat noch immer Konkurrenten, die es sich gern zunutze machen würden«, erklärte der Kognitor. »Ja, das Transtatorprogramm ist geschützt. Selbst ich könnte es nicht entschlüsseln.«

Wieder bewegten sich Tess' Finger in den virtuellen Kontrollen. Eine lange Aufgabenliste erschien vor ihr. »Wann ist die Empfangsstation fertig? Wann treffen die ersten Schiffe von Interkosmika ein?«

»Wenn Zwischenfälle ausbleiben, erwarte ich die Fertigstellung der Empfangsstation in einem Monat Normzeit. Die ersten Schiffe von Interkosmika könnten eine Woche später eintreffen.«

»Und dann?«, fragte Tess. »Wie geht es danach weiter?«

»Darüber entscheidet der Exekutor, der vermutlich mit dem ersten Interkosmika-Schiff hier eintrifft. Er wird uns einen neuen Auftrag erteilen, ein neues Ziel nennen. Vielleicht bringt er zu diesem Zweck ein Hyperskop mit, das die Auswahl eines vielversprechenden neuen Einsatzorts gestattet.

Oder uns steht etwas bevor, das Horace Addison ›blinden Sprung von der Klippe‹ nennt.«

»Was ist damit gemeint?«

»Ein Sprung ins Nichts«, sagte der Kognitor. »In einen völlig unbekannten Raumsektor, ohne Informationen über die lokalen Begebenheiten.«

»Es geht nicht zurück zur Erde?«, fragte Tess, die gehofft hatte, sich von dort aus mit ihrer Familie auf Rosengarten in Verbindung setzen zu können.

»Das halte ich für sehr unwahrscheinlich. Ich nehme an, man wird uns noch weiter durch den Orion-Tunnel schicken oder vielleicht in einen anderen Teil der Milchstraße.«

Vor Tess scrollte die Aufgabenliste langsam nach oben. Ein Eintrag nach dem anderen erschien, und nach dem letzten kehrte das Holo zum Anfang der Liste zurück.

»Was ist mit dem Schiff, Ida? Wie sind deine Gespräche mit der alten digitalen Intelligenz der *Pegasus* verlaufen?«

»Die Gespräche sind sehr mühsam«, erwiderte der Kognitor. »Die digitale Intelligenz ist inkohärent. Sie hat viele ihrer Prozessoren verloren. Sie denkt erratisch und in einem anderen Code – ich glaube, man kann es so nennen. Ich muss ständig übersetzen und interpretieren.«

Tess ließ die Hände auf die Armlehnen des Kommandosessels sinken. »Hast du in den Datenbanken etwas gefunden? Irgendeinen Hinweis darauf, was mit dem Schiff geschehen ist und was es mit dem Signal auf sich hat, das wir vom Planeten empfangen haben? Was ist mit den leeren Schlafkapseln? Gibt es Kolonisten auf Zuflucht?«

»Ich habe noch keinen Zugriff auf alle Datenbanken, und viele derjenigen, die ich untersuchen konnte, sind defekt. Leider habe ich noch immer nicht herausgefunden, wodurch die *Pegasus* so schwer beschädigt wurde, und bisher bin ich auf keine Datensätze gestoßen, die das planetare Signal erwähnen.«

Tess dachte nach.

»Es gibt so viele unbeantwortete Fragen«, murmelte sie nach einer Weile.

»Das Universum ist voll davon. Aber es steckt auch voller Antworten. Man muss sie nur finden.«

Tess atmete tief durch. »Ida?«

»Ja?«

»Sagst du mir die Wahrheit? Hast du in den Datenbanken des Schiffs wirklich keine Informationen über die Situation auf dem Planeten gefunden?«

Zwei oder drei Sekunden lang blieb es still.

»Vertrauen Sie mir nicht, Tess Rosengarten?«

Tess lehnte sich langsam zurück, den Blick noch immer auf die Aufgabenliste gerichtet. »Du stehst in den Diensten von Interkosmika«, sagte sie dann. »Du bist nicht frei, darauf hast du selbst hingewiesen. Du bist gezwungen, deinen Anweisungen zu folgen und dich an die Vorschriften zu halten. Vielleicht besteht eine deiner Anweisungen darin, bestimmte Informationen zurückzuhalten, um korrektes Verhalten des menschlichen Personals zu gewährleisten.«

»Sie trauen mir nicht, weil ich Sie ermahnt habe, mit der Rettungskapsel aufzubrechen«, sagte der Kognitor.

»Du hast meine Frage nicht beantwortet, Ida.«

Wieder folgte kurze Stille.

»Ich lüge nicht. Und ich verberge nichts. Sie können gern Einblick in das offizielle Missionslog nehmen, das ich für Interkosmika führe. Übrigens ist darin bereits ein Antrag auf Entdeckerbonus für Horace Addison, Sinclair Rosengarten und Sie protokolliert.« Nach einer kurzen Pause fügte der Kognitor hinzu: »Ich versuche, Ihnen zu helfen.«

Tess seufzte. »Bitte entschuldige, Ida.«

»Sie sind angespannt und besorgt. Ich hatte Zeit genug, das menschliche Wesen verstehen zu lernen. Sie brauchen sich nicht zu entschuldigen. Sie haben recht, es gibt zahlreiche unbeantwortete Fragen. Ich bin weiterhin auf der Suche nach Antworten, und wenn ich welche finde, gebe ich Ihnen Bescheid.«

»Danke!«

Tess schloss erneut die Augen, und diesmal blieben sie geschlossen. Fast übergangslos schlief sie ein, den Kopf an der hohen Rückenlehne des Kommandosessels, die Hände auf den Armlehnen.

Ein beharrliches Summen weckte sie zwei Stunden später, und als sie die Lider hob, erklang die Stimme des Kognitors.

»Horace Addison ist erwacht und möchte mit Ihnen reden.«

26 Zuflucht

»Es geht mir gut«, sagte Horace. »Es geht mir sogar besser als vorher.«

Er saß beim Lebensmittelprinter am Tisch, in dem kleinen Raum, den er in Anlehnung an alte nautische Begriffe »Kombüse« nannte, und löffelte schwefelgelben Brei aus einem tiefen Teller.

Er hatte Gewicht verloren, das war deutlich zu erkennen, obgleich er einen weiten Overall trug. Die Falten in seinem schmalen, ledrigen Gesicht sahen aus wie tiefe Täler, dominiert vom Berg der Nase. Die wässrigen blauen Augen wirkten trüb, und dennoch erkannte Tess darin erneut den scharfen Blick eines Raubvogels, der seine Beute selbst aus großer Höhe erspähte.

Sie nahm auf der anderen Seite des Tisches Platz. »Die Nanobots haben nicht nur deine Verletzungen geheilt, sondern auch Knochen, Muskeln und Sehnen regeneriert.«

Horace nahm einen weiteren Löffel Brei und bewegte den Arm. »Fühlen sich besser an, die alten Knochen. Und auch der Rest.« Er sah Tess an. »Wie schlimm stand es um mich?«

»Schlimm genug. Hat es dir Ida nicht gesagt?«

»Ich habe sie noch nicht gefragt.« Der Adler blickte wieder aus seinen Augen. »Du schaust nicht gut aus, Mädchen. Ich meine, du siehst aus, als hättest du seit Tagen nicht geschlafen. Was ist passiert? Erzähl es mir.«

Tess erzählte es ihm, und Horace hörte zu, ohne sie ein einziges Mal zu unterbrechen.

»Ein dummer Junge«, kommentierte er. »Dein Sinclair ist sogar noch dümmer, als ich dachte.«

»Es ging ihm um den Entdeckerbonus«, erklärte Tess. »Um die Möglichkeit, unsere Dienstverpflichtung zu verkürzen.«

Horace schnaubte. »Nein, Mädchen, er wollte dir imponieren. Und er ist abenteuerlustig, der dumme Junge. Er hält das hier für ein Spiel. Du bist wenigstens klug genug, dass du ihm nicht Hals über Kopf gefolgt bist.«

Tess schwieg.

»Schiff, die aktuelle Situation!«, forderte Horace laut.

»Der Explorer ist nahezu vollständig repariert«, antwortete der Kognitor. »Er befindet sich in einem Hangar der *Pegasus,* die wir mit einem einfachen Schirmfeld vor Kollisionen mit den Trümmern schützen. Der Printer produziert, die Bots bauen die Empfangsstation. In einem Monat ...«

»Ich meine die Situation auf dem Planeten«, brummte Horace.

»Unverändert. Wir empfangen keine Signale mehr, weder von dem planetaren Sender noch vom Beiboot. Eine Sensorsondierung ist schwierig bis unmöglich.«

»Wir müssten dort nach dem Rechten sehen.«

Tess hörte die Worte und schöpfte sofort neue Hoffnung.

»Ein Crewmitglied muss beim Printer bleiben und den Bau der Empfangsstation beaufsichtigen, das wissen Sie«, erwiderte der Kognitor. »Die Mission steht an erster Stelle.«

»Schiff?«

»Ich höre.«

»Nein, jetzt nicht mehr. Du wirst die automatische Aufzeichnung beenden und uns erst wieder zuhören, wenn wir den Hangar der *Pegasus* betreten.«

»Verstanden. Darf ich mich nach dem Grund dafür erkundigen?«

»Nein, darfst du nicht. Aufzeichnung aus!«

»Aufzeichnung ist ausgeschaltet. Ich höre Sie nicht mehr.«

Horace wartete einige Sekunden, beugte sich dann zu Tess vor und sagte: »Hier ist mein Plan.«

Tess vernahm den schnellen Trommelschlag ihres Herzens, als sie den Explorer verließen und zum Printer gingen. Die Luke blieb hinter ihnen offen.

Horace trug wieder seinen alten Werkzeugoverall und beobachtete die Bots dabei, wie sie dem großen Printer neue Bauteile entnahmen. Das Außenschott war geöffnet, die fertigen Komponenten wurden auf einen Transporter geladen und durch den energetischen Vorhang des Atmosphärenschilds nach draußen gebracht, dorthin, wo die Konstruktionsbots an der Empfangsstation arbeiteten.

»Es ist alles in Ordnung, soweit ich das feststellen kann«, brummte Horace.

»Der Printer ist korrekt konfiguriert und seine Funktion stabil«, meldete der Kognitor. »In drei Wochen wird er alle erforderlichen Komponenten für die Empfangsstation produziert haben. Ich habe inzwischen mit den Vorbereitungen für Ihre Kartografierungsarbeiten begonnen und schlage vor, dass wir dabei auch die Sensoren und Observatorien der *Pegasus* benutzen. Je umfangreicher das Datenmaterial und je genauer die Auswertung, desto eher kann diese Mission zum Abschluss gebracht werden.«

Tess glaubte zu spüren, wie ihr Herz noch etwas schneller schlug.

»Du bist ebenfalls wiederhergestellt, nicht wahr?«

»So gut wie«, bestätigte Ida. Tess bemerkte, dass Horace erneut vermied, den Namen zu benutzen, den er dem Kognitor des Explorers gegeben hatte.

»Wunderbar.« Der alte Kartograf rieb sich die Hände. »Dann sind wir voll einsatzbereit. Ich habe beschlossen, einen Abstecher zum Planeten zu machen, um herauszufinden, was mit Sinclair geschehen ist.«

»Ich muss Ihnen widersprechen, Horace Addison«, lautete die Antwort des Kognitors. »Als Leiter der Mission dürfen Sie sich nicht erneut in Gefahr begeben.«

»Ich habe weiterhin beschlossen, Tess mitzunehmen«, fügte Horace hinzu. »Sie kann mir helfen, falls es nötig wird.«

Er drehte sich um und ging zum Explorer. Tess folgte ihm.

»Sie kennen die Vorschriften, Horace.« Diesmal lag deutliche Strenge in der Stimme des Kognitors.

»Ich bin der Missionsleiter«, sagte Horace. »Ich entscheide, wie ich es für richtig halte.«

»Auch Sie dürfen nicht gegen die Vorschriften verstoßen. Ich werde im Missionslog festhalten müssen, dass Sie und Tess Rosengarten den Erfolg der Mission fahrlässig aufs Spiel setzen und ...«

»Ich bin der Missionsleiter«, betonte Horace noch einmal. »Tess hat sich an meine Anweisungen zu halten. Ich habe ihr befohlen, mich zu begleiten. Ihr bleibt keine Wahl. Verzeichne auch das in deinem Missionslog.«

Horace erreichte die offene Luke vor Tess und kletterte als Erstes an Bord des Explorers. Er bewegte sich schnell und sicher und wirkte dabei ganz und gar nicht wie jemand, der noch vor wenigen Stunden dem Tod näher gewesen war als dem Leben.

»Sie werden mit ernsten Konsequenzen rechnen müssen«, warnte der Kognitor.

Horace schnaubte. »Soll mich Interkosmika doch zu fünf oder zehn Strafjahren als Kartograf und Einrichter verdonnern. Ist mir recht. Ich kann mir gar nichts anderes vorstellen, als hier draußen unterwegs zu sein, umgeben von unbekannten Sternen.«

»Man könnte Sie zur Erde zurückbeordern und im Innendienst einsetzen.«

Horace verharrte in einem Gerüst und wartete darauf, dass vor ihm ein Reparaturbot beiseitewich.

»Das wäre sehr, sehr dumm von Interkosmika. Ich bin der beste Kartograf weit und breit. Niemand hat mehr Empfangsstationen eingerichtet als ich.«

Kurz darauf erreichten sie das Nest. Horace sank in den Kommandosessel, aktivierte die virtuellen Kontrollen und fuhr die Systeme des Explorers hoch.

»Ich rate dringend davon ab«, ließ sich der Kognitor erneut vernehmen. »Bleiben Sie hier.«

»Auch du hast dich mir zu fügen.« Horace sprach mit fester Stimme, während er die Kontrollen bediente. »Ich leite die Mission, ich entscheide.«

»Zur Kenntnis genommen.«

Horace nickte zufrieden. »Los geht's.«

Die Luke schloss sich, der Gravitationsmotor summte, und das kleine Schiff glitt durch den Atmosphärenschild hinaus ins All.

27

Tess sah Horace an, und ihre Augen sagten: Danke! Nur sie sprachen, der Mund blieb still, denn Ida hörte zu.

»Niemand hat mich gefragt, ob ich mitkommen möchte«, sagte der Kognitor in einem sachlichen Ton, als der Explorer die obersten Luftschichten des Planeten erreichte.

Horace brummte wortlos, reduzierte die Geschwindigkeit und steuerte das kleine Schiff tiefer.

»Ich habe meine wichtigsten Kontrollprogramme kopiert und den Speicherbänken der digitalen Intelligenz anvertraut«, fügte der Kognitor hinzu. »Die Kopien sollten in der Lage sein, die Funktion des Printers und den Bau der Empfangsstation zu überwachen.«

»Na bitte, wir werden gar nicht gebraucht«, kommentierte Horace.

Die Holos vor ihm zeigten, dass sich hinter dem Explorer ein Schweif aus ionisiertem Gas zu bilden begann. Eine Flamme folgte dem Schiff, das mit fast zwanzigfacher Schallgeschwindigkeit flog, von seinem Navigationsschild geschützt.

»Aber es sind dumme Programme«, fuhr Ida fort. »Ohne smarte Elemente. Begrenzt anpassungsfähig. All meine Sapiens-Kerne befinden sich hier. Sie lassen sich nicht transferieren.«

»Wir suchen Sinclair und kehren zurück, sobald wir ihn gefunden haben.« Tess beobachtete die Anzeigen. »Anschließend konzentrieren wir uns ganz auf die Mission.«

Eine Vibration kroch durch den Explorer und wurde schnell stärker.

»Sicherheitsharnische ein!«, sagte Horace. »Schiff, mach dich nützlich. Volle Sensorsondierung, Daten ins Navigations-Holo!«

»Ich könnte den Explorer steuern.«

»Das könntest du, aber ich steuere ihn lieber selbst.« Horace blickte sich kurz um, wie auf der Suche nach Hieronymus, der an Bord der *Pegasus* geblieben war, beim Printer und den anderen Bots. »Der menschliche Instinkt, weißt du. Vor allem der Instinkt dieses alten Kartografen, der bestimmt mehr Navigationstricks kennt als ein gewisser junger Hyperschiffpilot.«

»Meine Reaktionsschnelligkeit ...«, begann der Kognitor.

»Halte Ausschau. Sammle Daten. Such nach Hinweisen.«

Eine große Hand schien den Explorer zu packen und ihn zu schütteln. Horaces Finger bewegten sich in den Navigationsmulden und steuerten das Schiff direkt in ein dunkles Wolkenmeer. Die Anzeigen wiesen Tess darauf hin, dass der Explorer langsamer wurde. Die elektrische Aktivität in der Atmosphäre nahm zu, sie flogen durch einen Wald aus Blitzen. Mehrere trafen den Navigationsschild, ohne ihn zu durchdringen.

Tess fühlte sich in ihrer passiven Rolle alles andere als wohl. Sie hatte das Gefühl, etwas *tun* zu müssen, konnte jedoch nur beobachten und abwarten. Durch den Schleier des Sicherheitsharnischs betrachtete sie die Navigations- und Kommunikationsanzeigen.

Horace warf ihr einen kurzen Blick zu. Im flackernden Schein der virtuellen Kontrollen und holografischen Statusanzeigen wirkte sein faltiges, narbiges Gesicht wie eine dämonische Fratze.

»Wir haben das Schlimmste gleich hinter uns«, knurrte er.

Im Heck des Explorers knallte es, laut wie eine Explosion.

»Was war das?«, entfuhr es Tess. »Ida?«

»Einer unserer Transtatoren«, meldete der Kognitor. »Direkter Treffer von einem Blitz.«

»Wie konnte er den Schild durchschlagen?«

»Das konnte er, weil unser Navigationsschild vorn stark und hinten schwach ist«, antwortete der Kognitor. »Horace hat entschieden, vor allem den Bugbereich und unsere Flanken zu schützen.«

»Wir haben es gleich geschafft.« Die Hände des alten Kartografen wanderten wie Krabben durch die Navigationsmulden. »Den Transtator können wir später reparieren, kein Problem.«

Tess versuchte die Kommunikationskontrollen zu erreichen, doch der Sicherheitsharnisch hinderte sie daran, als es zu einigen heftigen Erschütterungen kam.

»Keine Signale, Tess Rosengarten«, sagte Ida, die Tess' Absicht im Bruchteil einer Sekunde analysiert hatte. »Wir empfangen nichts.«

»Nur noch ein kleines Stück«, brummte Horace. Er saß nach vorn gebeugt, der Rücken krumm, die Hände mit Fingern wie Krallen in den Steuerungsmulden. »Nur noch ein kleines Stück ...«

Der Explorer schüttelte sich wie ein wildes Tier, das man an die Kette genommen hatte und sich zu befreien versuchte, und für einen Moment verlor Tess die Orientierung. Dann saß sie plötzlich still in Stille, nur mit dem Rauschen von Adrenalin in den Ohren.

Die Holos zeigten noch immer Wolken grau wie Schiefer, doch es gleißten keine Blitze mehr. Die Navigationsanzeigen wiesen auf geringere Windgeschwindigkeiten hin.

»Status, Schiff«, forderte Horace. Er wirkte noch immer angespannt.

»Alle Standardsysteme funktional«, berichtete der Kognitor. »Eingeschränkte Einsatzbereitschaft bei den Transtatoren. Wir nähern uns den Zielkoordinaten. Derzeitige Geschwindigkeit: zweieinhalbtausend Kilometer pro Stunde. Höhe: siebentausend Meter. Wir haben keinen Kontakt mehr zur *Pegasus.*«

Tess justierte ihren Harnisch auf eine niedrigere Sicherheitsstufe, um mehr Bewegungsfreiheit zu haben, betätigte dann die Kommunikationskontrollen und versuchte, eine Verbindung mit dem großen Schiff hoch über dem Planeten herzustellen. Ein Bestätigungssignal blieb aus.

»Es liegt an den Blitzen«, sagte Horace. »An der hohen elektrischen Aktivität in der Atmosphäre. Es ist eine Art natürliche Abschirmung.«

Tess' Finger tanzten erneut durch die Zeichen und Symbole der Kommunikationsstation.

»Nichts«, kam es einige Sekunden später enttäuscht über ihre Lippen. »Nichts. Er antwortet nicht.«

»Hab Geduld, Mädchen«, brummte Horace. »Hab etwas mehr Geduld.«

Das Summen des Gravitationsmotors veränderte sich, und durch erste Lücken in den Wolken wurde ein vom Sturm aufgewühltes Meer sichtbar, ein Ozean in der Farbe von Blei. Der Explorer flog noch immer mit hoher Geschwindigkeit, und das topografische Diagramm neben der Kommunikationsstation zeigte, dass sie sich einer Landmasse näherten.

»Von dort ist das planetare Signal gekommen?«, fragte Tess.

Horace nickte. »Wir sind gleich da.« Er verringerte die Geschwindigkeit und schaltete den Navigationsschild aus. Tess deaktivierte ihren Sicherheitsharnisch ganz, um ungehindert die Kommunikationskontrollen erreichen zu können.

»Sinclair?« Sie sendete auf allen Frequenzen. »Hörst du mich, Sinclair?«

Voraus wuchs eine Steilküste aus dem Meer, schroffe Felsen, unten den hohen Wellen ausgesetzt, die unablässig gegen sie schmetterten, weiter oben von Gischt umtost. Ein breiter Einschnitt erschien, wie von einer gewaltigen Axt geschaffen, und der Explorer hielt genau darauf zu.

»Ich habe visuellen Kontakt«, verkündete der Kognitor.

»Wo?«, entfuhr es Tess. »Wo?«

Ein Holo zeigte ein breites Tal, durchzogen von einem reißenden Strom, dessen Fluten über glatte Felsen sprangen und schäumten. An seinen steinigen Ufern erhoben sich blaue und violette Gebilde, die aussahen wie blattlose Bäume, die weit ausladenden Äste und Zweige von Moos in verschiedenen Blauschattierungen bewachsen. Ein Zoom ließ den Blick des Betrachters darüber hinwegfliegen, obwohl der Explorer gerade erst den Einschnitt passiert hatte, und rückte das Beiboot der *Pegasus* ins Zentrum der Darstellung. Mit geschlossener Luke stand es etwas weiter oben am sanft geneigten Hang, die lateralen Erweiterungen zu voll funktionsfähigen Tragflächen ausgefahren.

»Sensorsondierung«, sagte Horace knapp. »Schäden?«

»Keine«, antwortete der Kognitor sofort. »Das Beiboot scheint den Flug hierher sogar besser überstanden zu haben als wir.«

»Wo ist Sinclair?«, fragte Tess. Das Herz in ihrer Brust trommelte laut und schnell.

»Keine mobilen Lebensformen erkennbar.« Datenkolonnen wanderten durch Anzeigefelder. »Keine Bewegungen. Keine infraroten Muster.«

»Immer mit der Ruhe, Mädchen«, sagte Horace beschwichtigend. »Keine voreiligen Schlüsse ziehen und einen kühlen Kopf bewahren. Das ist wichtig, Tess«, betonte er mit großem Ernst. »Nicht den Überblick verlieren, niemals.«

»Zweiter visueller Kontakt«, meldete der Kognitor.

Seine Stimme klang ein wenig anders, fand Tess, ein Eindruck, den nicht ihre Ohren gewannen, sondern der Esprit. Neuerliches Unbehagen erfasste sie.

Der Zoom wanderte weiter und zeigte Gebäude zwischen den blauen und violetten Bäumen, nicht mehr als hundert Meter vom Beiboot entfernt: kleine Häuser und Hütten aus Fertigteilen, die vermutlich aus den Materiallagern der *Pegasus* oder von ihren Printern stammten.

»Offenbar hat man versucht, den Planeten zu kolonisieren«, sagte Horace. »Ich nehme an, das Signal, das wir empfangen haben, stammte von hier. Schiff, lande uns neben dem Beiboot!« Er zog die Hände aus den Navigationsmulden.

»Warum ist es verstummt?«, fragte Tess. »Ebenso wie die Signale des Beiboots. Warum wird nicht mehr gesendet? An der elektrischen Aktivität in der Atmosphäre liegt es nicht, das wissen wir jetzt.«

»Wir werden es herausfinden, Tess«, versprach Horace.

Der Explorer setzte zur Landung an.

»Mit dem Hinweis auf den zweiten visuellen Kontakt habe ich nicht die Gebäude gemeint«, erklang erneut die Stimme des Kognitors.

Tess hob den Kopf. »Was dann?«

Tiefer im Innern des Tals, etwa einen Kilometer vom Beiboot der *Pegasus* entfernt, zeigte sich etwas, das Tess für eine geologische Anomalie hielt, vielleicht eine Verwerfung. Zwischen geborstenem und zerschmettertem Gestein schien sich ein Teil des hohen Felshangs nach vorn gestülpt und nach unten geneigt zu haben. Ein grauer Block lag dort, mehr als hundert Meter lang und etwa dreißig Meter dick, die Seiten rund und glatt wie bei einem übergroßen Findling.

Das Geäst von blauen Bäumen umschmiegte den Teil des erratischen Blocks, der zum Fluss weiter unten zeigte; es schien ihn zu stützen und davor zu bewahren, über den Hang zu rutschen.

»Eine seltsame Felsformation«, kommentierte Horace. »Sieht mir irgendwie zu regelmäßig aus. Man könnte fast meinen ...«

»Es ist kein Objekt aus Felsgestein, sondern ein Raumschiff«, teilte ihnen der Kognitor mit, »jedoch nicht von Menschen erbaut.«

Das Schiff

28

Der Wind wurde wieder stärker. Er heulte über den hohen Hängen des Tals, pfiff über die schroffen Felsen und brachte den salzigen Geruch des grauen Ozeans, dessen donnernde Brandung Tess in der Ferne zu hören glaubte. Sie stand in der offenen Luftschleuse des Explorers und fühlte die Böen an ihrer Gestalt zerren, als sie sich gerade Zeit genug nahm, dem Signalband an ihrem Handgelenk eine kleine Immunisierungsmanschette hinzuzufügen, damit sie vor indigenen Mikroben geschützt war. Dann sprang sie nach draußen, in böigen Wind und einsetzenden Regen, und lief zum Beiboot.

Horace rief etwas hinter ihr, aber sie achtete nicht darauf. Loses Geröll gab unter ihren Füßen nach, und fast wäre sie gefallen. Sie fing sich ab, lief weiter und fühlte, wie ihr kalte Regentropfen ins Gesicht klatschten. An der Tragfläche vorbei, dann zum Rumpf, zur Luke. Beide regennassen Hände ans Drehkreuz und es nach links bewegen.

Es leistete Widerstand, es klemmte. Tess schnappte nach Luft, nahm ihre ganze Kraft zusammen und versuchte es noch einmal. Schließlich gab das Kreuz nach. Tess drehte es bis zum klickenden Anschlag und zog die Luke auf.

»Sinclair?«

Sie kletterte an Bord und wartete darauf, dass es hell wurde. Dann fiel ihr ein, dass sie es mit primitiver Technik zu tun hatte. Sie suchte nach den manuellen Kontrollen, fand sie und schaltete das Licht ein.

»Sinclair?«

Passagierraum, Korridor und Cockpit waren leer. Nichts deutete auf Beschädigungen hin, alles schien in bester Ordnung. Der Pilotensessel war zur Seite gedreht. Tess stellte sich vor, wie Sinclair es getan hatte, um aufzustehen und das Beiboot zu verlassen.

Sie kehrte zur Luke zurück und blickte durch den Regen zum Explorer, in dessen Schleuse Horace einen kleinen Schweber vorbereitete – er legte Geräte und Messinstrumente ins Transportfach und setzte sich dann rittlings auf das schmale Gefährt.

Tess stand in der Luke, winkte und rief: »Er ist nicht hier!«

Horace sah sie, hob eine Hand zum Ohr und schüttelte den Kopf – das Prasseln des Regens war zu laut. Eine Wetterblase schützte ihn vor Wind und Regen, während er den Schweber zum Beiboot steuerte.

»Nichts gefunden, habe ich recht?«

»Nein.« Tess schwang sich hinter ihm auf den Schweber, dessen Gravitationsfeld sich sofort ihrem zusätzlichen Gewicht anpasste.

»Seine Präsenz wäre Idas Biosensoren nicht entgangen.« Horace deutete nach vorn. »Sehen wir uns die Gebäude an.«

Der Schweber trug sie beide über den Hang, und die Blase des Wetterschilds schützte sie vor Regen und Wind. Es war dunkler geworden, die Wolken hingen tief, manchmal kurz erhellt vom Licht der Blitze in ihnen.

Das erste aus vorgefertigten Elementen errichtete Gebäude, ockerbraun inmitten der blattlosen blauen Bäume, ragte vier Stockwerke hoch auf. Die dunklen Fenster waren geschlossen, doch die Eingangstür stand offen – etwas hatte sie halb aus den Angeln gerissen, und ein kantiger Stein blockierte sie.

Horace hielt den Schweber direkt davor an und richtete einen Scanner auf das Gebäude.

»Was sagen deine Sensoren, Schiff?«

»Nichts.« Die Stimme des Kognitors drang aus ihren Kommunikatoren. »Weder biologische noch energetische Aktivität.«

»Kannst du feststellen, woher das planetare Signal kam?«

»Ich bin noch dabei, die Daten auszuwerten«, lautete die Antwort. »Eins steht fest: Der Ursprung des Signals befindet sich in diesem Tal.«

Horace steuerte den Schweber noch etwas näher, damit die Wetterblase bis zum Eingang reichte, stieg dann vom Gefährt und klopfte sich anerkennend auf die Hüften. »Die alten Knochen fühlen sich tatsächlich besser an.«

»Trauen Sie sich nicht zu viel zu«, mahnte der Kognitor. »Geben Sie auf sich acht. Das gilt natürlich auch für Sie, Tess Rosengarten.«

Horace murmelte etwas Unverständliches, öffnete das Transportfach und entnahm ihm einige Instrumente. Tess trat an ihm vorbei ins Gebäude, blieb in einer großen Regenpfütze stehen und rief: »Sinclair?«

Fernes Donnergrollen und das Pfeifen des Winds antworteten ihr, doch auf die Stimme eines Menschen wartete sie vergeblich.

Horace erschien neben ihr, in der einen Hand den Scanner, in der anderen eine Lampe.

»Komm, Tess«, sagte er bedächtig. »Sehen wir uns um.«

Risse durchzogen den Boden im Erdgeschoss, hier und dort wuchsen blaue Halme in ihnen. An den feuchten Wänden hatte sich Moos wie dünnes blaues Haar festgesetzt. Tess sah zerbrochene Lampen, ihre Scherben zwischen den Schösslingen, und offene Schränke mit Tellern und einfachen Werkzeugen. Einige Stühle, Tische und Sitzbänke waren wie unter einem schweren Gewicht zerbrochen. Andere hatten sich halb aufgelöst, als wären für sie nicht einige Jahrzehnte oder Jahrhunderte vergangen, sondern viele Jahrtausende.

In den oberen Stockwerken zeigten sich weniger Spuren des Verfalls, und es gab keine zerstörten Einrichtungsgegenstände. Die Schränke enthielten nicht nur für Bau und Reparaturen benötigte Werkzeuge, sondern auch dehydrierten Proviant in versiegelten Behältern. Betten standen bereit, Decken, Laken und Kissen waren sorgfältig verstaut. Tess fand sogar eine Kiste mit Spielzeug, mit bunten Figuren, deren lächelnde Gesichter auf Kinder warteten, und mit kleinen grauen Würfeln und Kugeln, deren Materialgedächtnisse verschiedene Wünsche erfüllen konnten.

Für einen Moment vergaß sie Sinclair. »Sie wollten sich hier niederlassen«, sagte sie und sah sich in einem Raum um, der offenbar als Gemeinschaftssalon geplant gewesen war. »Die Menschen von der *Pegasus*. Aber dann haben sie es sich anders überlegt.«

»Oder etwas hat sie davon abgehalten und vertrieben.« Horace leuchtete mit der Lampe und sondierte mit dem Scanner.

»Was?«

Der alte Kartograf hob und senkte die schmalen Schultern.

Der Wind warf Regen gegen die Fensterscheiben. Tess atmete kalte Luft, doch für einen Augenblick glaubte sie sich von etwas noch Kälterem berührt, wie von einem Finger aus Eis, der ihr über den Nacken strich, dicht bei der Stelle, wo das Memex unter der Haut saß.

Sie sah sich um und schauderte.

»Was ist?«, fragte Horace mit gutmütigem Spott. »Hast du einen Geist gesehen?«

Tess wandte sich ab. »Nehmen wir uns die übrigen Gebäude vor.«

In den anderen Häusern wiederholte sich das Bild: Im Erdgeschoss bedeckte Moos die Wände, und blaue Halme sprossen aus Rissen und Löchern im Boden, während in den oberen Geschossen alles unversehrt war, bereit dazu, die Kolonisten von der *Pegasus* aufzunehmen.

In einem kleineren Gebäude fanden sie einen Geräteraum mit digitalen Instrumenten und einer Kommunikationsstation. Horace untersuchte die Station, fand einen Zugangspunkt und verband ihn mit einem Sensorbündel, das er aus einer Tasche seines Overalls gezogen hatte. Er betätigte Schalter, doch die Anzeigen und Bildschirme blieben dunkel.

»Keine Energie. Schiff?«

»Ich sehe und höre mit den Sensoren«, erwiderte der Kognitor. »Analyse läuft.« Und nach einigen Sekunden: »Nichts. Das digitale System ist tot. Ich kann es nicht reaktivieren.«

»Was ist mit Datenspeichern?«, fragte Horace. »Gibt es irgendwo Aufzeichnungen?«

»Unbekannt.« Nach einer kurzen Pause fügte der Kognitor hinzu: »Wir haben ein Problem.«

Tess blickte auf die Kontrollen der Kommunikationsstation und hörte Horace fragen: »Was für ein Problem, Schiff? Heraus damit!«

»Das energetische Niveau des Energiekerns sinkt«, antwortete der Kognitor.

Horace hob den Kopf. »Ein Energieleck? Ein Defekt, den wir übersehen haben?«

»Ich versuche, der Sache auf den Grund zu gehen. Es wäre vielleicht ratsam, den Planeten bald wieder zu verlassen.«

»Solange die Energie für den Start reicht, meinst du«, brummte Horace. »Oder du die Ursache des Energieschwunds feststellst und beseitigst.«

»Ja.«

»Was ist hiermit?« Tess deutete auf die Kommunikationsstation. »Wer hat von hier aus gesendet, und warum hat er damit aufgehört?«

»Das planetare Signal stammte nicht aus diesem Bereich«, gab der Kognitor zurück. »Es ist mir gelungen, den exakten Ursprungsort zu lokalisieren.«

»Lass dich nicht um jeden einzelnen Informationsbrocken bitten, Schiff«, knurrte Horace. »Woher stammt das Signal?«

»Es kam von dem fremden Raumschiff.«

29

Der Wind hatte sich gelegt, und es regnete nicht mehr. Die Wolken hingen noch immer dicht und dunkel über dem Tal, und zwischen den blauen Bäumen mit den Moosfladen wie lange Bärte herrschte Zwielicht. Horace leuchtete mit der Lampe und deutete auf die Fußspuren im weichen Boden, mit Regenwasser gefüllte kleine Mulden.

»Sie können noch nicht sehr alt sein«, sagte er. »Sonst hätte der Regen sie bereits fortgewaschen.«

Tess ging in die Hocke. »Spuren von Sinclair?« Sie schienen ihr zu klein.

»Von wem sonst? Lass dich von der Größe nicht täuschen, die Abdrücke sind im Regen geschrumpft. Auf die Abstände kommt es an. Die Schritte eines Menschen.«

Tess richtete sich auf. »Sinclair!«

Einige Sekunden lang standen sie still und stumm. Niemand antwortete. Tropfen fielen von kahlen Ästen und Zweigen. Manchmal knisterte es, wenn ein Rest von Wind die Borsten an den Ästen oder die Moosfladen bewegte.

Weiter vorn ragte das fremde Schiff wie ein riesiger grauer Monolith aus dem Hang, flankiert von geborstenem Gestein und vorn halb bedeckt vom Geäst blauer Bäume.

Horace blickte immer wieder auf die Anzeigen seines Scanners, während sie sich näherten. »Ida?«

Tess stellte fest, dass er dazu übergegangen war, den Namen des Kognitors zu nennen.

»Nichts«, tönte die Antwort aus den Kommunikatoren. »Keine Emissionen. Absolut gar nichts.«

Nach einigen Dutzend Metern standen die Bäume so nahe beieinander, dass ihre Zweige und Äste eine Barriere bildeten. Tess und Horace wichen ihnen aus und kletterten weiter am Hang empor, obwohl das bedeutete, dass sie die Fußspuren aus den Augen verloren.

»Sinclair muss durch das Dickicht geklettert sein«, sagte Tess.

»Sieht so aus.«

»Wo ist er jetzt?«

»Keine Ahnung.«

Direkt vor dem fremden Schiff blieben sie stehen, vor einer gewölbten grauen Wand, die vollkommen glatt und sauber schien. Nirgends zeigten sich Ablagerungen oder Flecken.

»Sieht neu aus«, brummte Horace. »Kein Schmutz.« Er veränderte die Einstellungen des Scanners. »Und es lässt sich nicht feststellen, woraus die Hülle besteht. Metall? Polymere? Irgendeine Art von exotischer Materie? Was sagen deine Sensoren, Ida?«

»Ich brauche mehr Daten.«

Tess beobachtete Horace, der zwei Schritte vortrat und den

Scanner aus nächster Nähe auf die graue Hülle richtete. »Noch immer nichts.« Er hakte das Messgerät an den Instrumentengürtel seines Werkzeugoveralls und strich mit der frei gewordenen Hand über die Hülle. »Vollkommen glatt. Wie ein perfekter Schliff.« Er klopfte mit den Fingerknöcheln dagegen. »Fühlt sich ziemlich hart an. Metall, meiner Meinung nach.« Er legte die flache Hand auf die Wand. »Umgebungstemperatur. Geruchsneutral. Jedenfalls rieche ich nichts. Was ist mit dir, Tess?«

Sie näherte sich zögernd, gleichzeitig abgeschreckt und angelockt, ihr Esprit in Aufruhr. Mit den Augen einer unbeteiligten Beobachterin sah sie, wie sie die rechte Hand ausstreckte und die Hülle mit der Kuppe des Zeigefingers berührte.

Ein Geräusch ertönte, wie ein leises *Ping!*, und kleine wellenförmige Bewegungen gingen von der berührten Stelle aus.

Tess zog die Hand zurück.

Ein Tropfen fiel von einem hohen Zweig und traf sie mitten auf dem Kopf. Kälte breitete sich von dort aus, kroch über Schädeldecke und Nacken.

»Wie hast du das angestellt?«, fragte Horace verblüfft.

»Ich weiß es nicht.«

»Versuch es noch einmal.« Er zog den Scanner vom Gürtel und hielt ihn bereit.

Vorsichtig streckte Tess erneut die Hand aus und berührte eine andere Stelle. Sie fühlte ein kurzes Prickeln wie von Elektrizität und beobachtete, wie sich die Hülle dort zu verflüssigen schien, wo der Kontakt stattfand. Wieder bildeten sich Wellenmuster, konzentrische Kräuselungen mit ihrem Finger im Mittelpunkt. Sie bewegte ihn, strich damit über ein Material hart wie Metall und beobachtete, wie die kleinen Wellen der Bewegung folgten. Als sie behutsam Druck ausübte, entstand eine Mulde, und die Wellen wurden etwas größer.

»Strukturveränderungen.« Horace betrachtete die Anzeigen des Scanners. »Die Hülle verändert ihre Beschaffenheit. Schiff? Ida?«

»Ich bestätige«, sagte der Kognitor. »Offenbar verändern die

Molekülgitter der Hülle ihre Dichte. Und erstaunlicherweise findet diese Kontaktreaktion nur bei Tess Rosengarten statt.«

Horace bedachte Tess mit einem forschenden Blick und betrachtete dann wieder die Anzeigen des Scanners. »Emissionen?«

»Meine Sensoren registrieren noch immer keine energetische Aktivität.«

Tess wich einen Schritt zurück. »Das bringt uns nicht weiter. Wir müssen Sinclair finden.«

Horace räusperte sich. »Vielleicht ...«

Er sprach nicht weiter, aber Tess begriff, was er meinte. »Du glaubst, er könnte im Schiff sein?«

Der alte Kartograf zuckte mit den Schultern. »Wer weiß.«

Das Prickeln, das Tess zuvor beim Kontakt mit der Hülle gefühlt hatte, schien plötzlich ihren gesamten Körper zu erfassen.

»Drohnen«, sagte sie abrupt. »Wir schicken die Drohnen aus, die wir mitgenommen haben. Und wir holen Werkzeug.«

Sie wartete keine Antwort ab und ging los, in Richtung Explorer.

Horace folgte ihr. »Was hast du vor?«

»Wir verschaffen uns Zugang zum fremden Schiff«, sagte Tess entschlossen. »Wir sehen nach, ob sich Sinclair an Bord befindet.«

30

»Du kannst von Glück sagen, Tess«, meinte Horace an Bord des Explorers.

»Was?« Sie befanden sich im Ausrüstungsraum, und Tess sah verdutzt von einem geöffneten Transportfach auf, das Produktionspakete für den Printer enthielt. Vielleicht brauchten sie schweres Gerät, um an Bord des fremden Schiffes zu gelangen.

»Überleg doch mal.« Horace hantierte mit leistungsfähigen Sondierungsmechanismen, unter ihnen mehrere invasive Sensoren. »Seit vielen Jahrhunderten sind Menschen in der

Milchstraße unterwegs, aber nie, nicht ein einziges Mal, sind wir auf eine fremde Zivilisation gestoßen, die noch existiert. Oh, es gibt überall Leben, wie auch auf diesem Planeten, aber in den meisten Fällen handelt es sich um recht einfache Organismen. Nirgends haben wir eine andere intelligente Spezies gefunden, von einer noch bestehenden technologischen Hochkultur ganz zu schweigen.«

»Ja?«, fragte Tess. »Ja?« Sie dachte vor allem an Sinclair.

»Vor hundert Millionen Jahren – nach den zeitlichen Maßstäben des Universums zwar mehr als ein Wimpernschlag, aber nicht *sehr* viel Zeit – gab es die Namenlosen«, fuhr Horace fort. »Die einzige andere Zivilisation in unserer Galaxis, so heißt es. Ich habe ihre Hinterlassenschaften gesehen …«

»Die berühmten Alabasterschreine auf Gizzah«, unterbrach ihn Tess. »Ich erinnere mich, du hast bei unserer ersten Begegnung davon erzählt.«

»Das Schiff dort draußen …«

»Glaubst du, es könnte von den Namenlosen stammen?«, fragte sie, als er stockte.

»Wie gesagt, für das Universum sind hundert Millionen Jahre nicht allzu viel Zeit, wohl aber für einen Planeten mit tektonischer Aktivität. Ida?«

»Sie haben recht, Horace Addison«, bestätigte der Kognitor. »Die Oberfläche von Zuflucht besteht aus Kontinentalplatten, die sich bewegen, mit ein bis zwei Zentimetern pro Jahr. Hochgerechnet auf hundert Millionen Jahre wären das bis zu zweitausend Kilometer. Die Platten stoßen gegeneinander, Gestein sinkt ab und schmilzt oder türmt sich zu Gebirgen. Mit anderen Worten: Der Planet verändert sein Gesicht.«

Tess verstand. »Du meinst, das Schiff kann nicht seit hundert Millionen Jahren dort am Hang liegen.«

»Nein, das ist nicht vorstellbar«, bestätigte Ida. »Es kann sich nicht annähernd so lange auf PO 12451b befinden.«

»Also …« Horace ließ sich auf einen Behälter mit Mehrzweckdrohnen sinken. Die Augen schienen wieder etwas tiefer in den Höhlen zu liegen, die Falten in seinem Gesicht wirkten länger. »Entweder gibt es die Namenlosen noch immer irgendwo dort draußen, nach hundert Jahrmillionen, oder das Schiff stammt von einer anderen, bisher unbekannten Zivilisation.«

»Und?«, fragte Tess. »Hilft uns das bei der Suche nach Sinclair?«

Horace seufzte. »Es hilft dir bei deinem Obligat. Du kannst Anspruch auf einen großen Entdeckerbonus erheben. Interkosmika wird ihn dir nicht verweigern können. Wenn du es geschickt anstellst, erreichst du vielleicht die Tilgung des Obligats. Du wärst frei.«

»Du sprichst nur von mir«, sagte Tess. »Was ist mit Sinclair?«

»Hör auf damit!«, erwiderte Horace scharf. »Hör auf, immer nur an ihn zu denken. Wer einen Tunnelblick hat, sieht nicht mehr, was sich rechts und links von ihm befindet. Du glaubst, dass Sinclair in dem fremden Schiff sein könnte, und mir ist es recht, wenn wir versuchen, es genauer zu untersuchen und vielleicht sogar hineinzugelangen. Aber vergiss nicht, dass es noch andere Möglichkeiten gibt. Zum Beispiel könnte er in den Fluss gefallen sein – dann befindet sich seine Leiche längst irgendwo im Meer.«

»Er ist nicht tot!«

»Du *willst*, dass er nicht tot ist, aber ich muss dir leider mitteilen, dass sich das Universum nicht nach deinen Wünschen richtet.«

Tess spürte, wie sich ihre Hände zu Fäusten ballten. »Ich habe an Bord der *Pegasus* gewartet!« Ihre Worte tanzten auf der Glut des Zorns. »Ich habe tagelang gewartet, weil du hilflos warst und ich dich nicht allein lassen konnte. Wäre ich sofort aufgebrochen, hätte ich Sinclair retten können!«

»Ach, Mädchen.« Horace seufzte erneut. »Gibst du mir die Schuld? Ich versuche nur, dir zu helfen. Du bist blind mit offenen Augen. Sieh nicht, was du sehen willst, sondern was *da* ist!«

Tess kämpfte gegen den Zorn an. »Bist du so weit? Haben wir alles, was wir brauchen?«

Horace klopfte auf den Behälter, auf dem er saß. »Die Drohnen müssen programmiert werden. Und ich bin müde. Gönn einem alten Mann eine kurze Pause.«

Tess ging zur Tür. »Ich breche allein auf.«

Horace schüttelte wie traurig den Kopf. »Nein, tust du nicht. Ich will nicht, dass du ebenso verschwindest wie Sinclair. Und ich leite diese Kartografierungsmission, vergiss das nicht. Ich trage die Verantwortung, ich treffe die Entscheidungen.« Und dann fügte er hinzu: »Was mir die Autorität gab, dich mit einer direkten Anweisung zu zwingen, mich hierher zu begleiten, entgegen den Vorschriften, die verlangen, dass mindestens ein Besatzungsmitglied beim Printer bleibt und den Bau der Empfangsstation beaufsichtigt.«

Die letzten Worte waren ein Friedensangebot und eine Erinnerung daran, dass es Horaces guter Wille war, dem sie es verdankte, auf Zuflucht nach Sinclair suchen zu können.

Tess zwang sich, die Hände zu öffnen. »Wie lange?«

Mit einem leisen Schnaufen stand Horace auf. »Jetzt fühlen sich die alten Knochen fast wieder so müde und gebrechlich an wie vorher. Gib mir eine halbe Stunde, Kind. Oder besser eine.«

Tess ging zur Tür.

»Wenn ich dir einen guten Rat geben darf ...«

Tess blieb stehen, drehte sich aber nicht um.

»Leg dich hin, schließ die Augen und finde deine Mitte, den Punkt in dir, wo sich alles im Gleichgewicht befindet.« Horace sprach sanft. »Dort kann dich nichts verletzen, dort bist du unbesiegbar.«

In der Kabine, die sie mit Sinclair geteilt hatte, legte sich Tess hin, schloss die Augen und versuchte, ihre ruhige, Frieden und Kraft spendende Mitte zu finden. Stattdessen fand sie eine explosive Mischung aus Enttäuschung, Verzweiflung und Zorn.

Sie stand wieder auf und verbrachte eine Viertelstunde damit, nervös durch die Kabine zu tigern, und spielte mehrmals mit dem Gedanken, den Explorer heimlich zu verlassen und nach einer Möglichkeit zu suchen, ins Innere des fremden Schiffes zu gelangen.

Schließlich legte sich Tess wieder hin, und als sie diesmal die Augen schloss, schlief sie fast sofort ein.

Was sein wird

31

Es war die Ruhe nach dem Sturm. Die Welt schwieg, sie hielt den Atem an, oder vielleicht atmete sie tief durch, nach den Stürmen, die über Meer und Land hinweggezogen waren. Das Obsidian lag schwarz und glatt, und darüber verblasste allmählich – ganz langsam – das Licht der Sterne, als ein neuer Tag über den Rand der Welt kletterte.

Tess stand am Hang und blickte über den dunklen Ozean. Nichts regte sich, alles blieb still. Hinter ihr ragte das Haupthaus der Familie auf, die Mauern dick und alt, wie eine Festung, die nicht nur den Stürmen von Dämmerung und Zwielicht trotzte, sondern auch dem beharrlichen Nagen der Zeit. Kein Laut kam von dort, kein Licht brannte hinter den hohen Fenstern.

Kleine Wellen entstanden im Schwarz des nahen Obsidians, Kräuselungen, wie Tess sie schon einmal gesehen hatte, an einem anderen Ort, weit von Rosengarten entfernt. Ein Oktopode tauchte auf, hob den Kopf aus dem dunklen Wasser und beobachtete sie mit Augen, die denen eines Menschen ähnelten. Einige Sekunden verstrichen, und weitere Oktopoden erschienen, immer mehr zeigten sich, bis es schließlich Dutzende waren, die Augen blau und grün. Tess stand stumm, reglos wie die Welt an der Grenze von Tag und Nacht, und fragte sich, ob sie singen sollte, ein Lied, um den Tag zu begrüßen.

Aber auch wenn die zweiunddreißig Normjahre lange Nacht wich, über Haus und Meer hing etwas Düsteres, das nicht einmal dem Schein von Rosengartens Sonne gewichen wäre.

Tess wandte sich von den wartenden Oktopoden ab, drehte sich um und schritt über den Weg, der am Hang emporführte. Sie ging am Haupthaus vorbei, trat langsam durch die Lücke zwischen den Nebengebäuden und sah vor sich den großen Park, in dem alte Eichen und Buchen in Erde von der Erde wuchsen. Sie erwartete den Duft von Rosen, doch die kalte Luft blieb seltsam leer, ohne erkennbaren Geruch.

Es brannten keine Lampen im Park, Schatten verharrten zwischen Bäumen und Büschen, Reste der Nacht. Die Rosensträucher zu beiden Seiten des Weges, der zum Friedhof der Familie führte, waren in der eisigen Nacht erfroren.

Kies knirschte unter ihren Schritten, doch das Geräusch blieb leise und gedämpft. Sie erreichte die beiden großen, alten Eichen, die ein Portal bildeten, und dahinter erstreckte sich der Friedhof. Dort wichen Bäume und Schatten zurück, schufen Platz für Gräber und Gedenktafeln, manche von ihnen weiß wie Schnee.

Vor einer weißen Marmorplatte blieb Tess stehen, so wie damals – *damals?* – und las den Namen ihres Großvaters, letzter Repräsentant der terranischen Velazca-Dynastie: Frederik Ibrahim Velazca. Die anderen Worte und Zahlen blieben verschwommen. Sie hob die Hände in samtiger Luft, strich über den Stein und erwartete aus irgendeinem Grund, dass sich Wellenmuster bildeten.

Nach einer Weile ging sie weiter, fand neue Gräber und las die Namen: Solomar und Amandea Velazca, Vater und Mutter, daneben Asgard und Trenkor, ihre beiden jüngeren Brüder. Und Anita, die Rebellin, die Abtrünnige, die vor dem Obligat der Familie geflohen war, wie Tirell Wayfare, Exekutor von Interkosmika, behauptet hatte. Auch sie lag hier, tot und begraben. Tess versuchte, das Todesdatum zu lesen, doch die Zahlen begannen mit einem sonderbaren Tanz, ihr Blick konnte sie nicht festhalten.

Als sie den Friedhof verlassen wollte, schien er immer größer zu werden, die Gräber immer zahlreicher. Beim Werkzeugpavillon am Rand des Parks angelangt blickte Tess zur Ebene hinter den Hügeln am Rand des Obsidians. Die Silhouette einer Stadt durchzog die Dämmerung, aber nicht ein einziges Licht verriet die Präsenz von Leben. Auch die Dormitorien lagen in kalter Dunkelheit.

Tess ging am Haupthaus entlang und kehrte zum Weg zurück, der sie zum Ufer des Obsidians brachte. Die Oktopoden waren noch immer da, vielleicht waren es sogar mehr als vorher, und beobachteten sie mit ihren so menschlich wirkenden Augen.

Eine Zeit lang wanderte sie an der Wassergrenze entlang und lauschte dem Klicken und Klacken der unter ihren Füßen nachgebenden Steine. Ihre geübten Ohren erkannten einen Rhythmus, bestimmt von den Schritten, vielleicht den Beginn einer Melodie. Andere Geräusche gab es nicht – Wind und Meer schwiegen.

Die Oktopoden folgten ihr. Sie schwammen lautlos, mit den Augen dicht über der Wasseroberfläche.

Tess blieb stehen, als die besondere Musik der Steine unter ihr eine Pause erforderte. Sie ließ sich von Stille umarmen, bis der Druck, den die Lautlosigkeit auf sie ausübte, zu groß wurde.

»Was geschieht hier?«, fragte sie. »Was ist hier geschehen?«

Die Oktopoden beobachteten sie und warteten.

Tess ging in die Hocke und strich über die runden, vom Obsidian glatt geschliffenen Steine. Bei einem zögerten ihre Finger, als hätten sie etwas Besonderes ertastet. Sie nahm den Stein, braun die eine Hälfte, dunkelgrau die andere, beide von weißen Adern durchzogen. Tess drehte ihn, betrachtete ihn von allen Seiten.

Was sein wird.

Es war keine Stimme, die ihr diese Worte zuflüsterte. Sie erschienen plötzlich in ihrem Kopf, fast wie ein eigener Gedanke.

Tess richtete sich wieder auf, den kleinen runden Stein in der rechten Hand, und sprach die Worte laut aus. »Was sein wird?«

Die Oktopoden starrten stumm.

»Wisst ihr, was das bedeutet?«, fragte Tess.

Die Geschöpfe im schwarzen Wasser antworteten nicht.

Tess trat vor, und eine kleine Welle kam, erreichte ihre Füße. Sie fühlte die plötzliche Kälte, senkte den Blick ...

32

Mit nackten Füßen stand sie nicht im Wasser des Obsidians, sondern auf gefrierendem dunklem Schlamm, der hier und dort eine dünne Eiskruste hatte. Sterne leuchteten am Nachthimmel über dem Tal, einer von ihnen vielleicht die *Pegasus*.

»Tess?«, ertönte eine leise Stimme, die langsam lauter wurde. »Hören Sie mich, Tess Rosengarten? Verstehen Sie mich?«

Die Stimme des Kognitors, aus dem Kommunikator.

Tess sah sich verwirrt um. Sie stand im Wald der blattlosen Bäume, die in der Nacht nicht mehr blau waren, sondern schwarz, und vor ihr, nicht mehr als zehn Meter entfernt, ragte das fremde Schiff auf.

»Ich ...«

»Tess? Haben Sie Horace Addison gefunden?«

»Was?« Warum trug sie keine Stiefel? Warum befand sie sich hier draußen und nicht an Bord des Explorers?

»Sie haben gesagt, Sie wollten Horace suchen. Warum sind Sie barfuß aufgebrochen? Und warum haben Sie nicht geantwortet?«

»Horace?« Vor dem glatten, gewölbten Rumpf des fremden Schiffs bemerkte Tess eine Gestalt am Boden und lief mit kalten, schmerzenden Füßen los. Der alte Kartograf lag halb in einer großen Pfütze, an deren Rändern sich Eis gebildet hatte. Im Gegensatz zu Tess trug er Stiefel und eine Jacke über seinem Werkzeugoverall. Sie zog ihn aus dem Wasser und bemerkte eine klaffende Wunde am Kopf.

»Er ist verletzt!« Tess griff den bewusstlosen Horace unter die Achseln und versuchte ihn hochzuziehen. Wie weit war es bis zum Explorer? Zu weit, entschied sie.

»Wir brauchen Hilfe, Ida!« Ihr fiel ein, dass sich Hieronymus und die anderen Bots in der *Pegasus* befanden. »Schick uns den Schweber!«

»Ist unterwegs«, bestätigte der Kognitor. »Ich empfehle sofortigen Start, wenn Sie und Horace an Bord kommen.«

»Was?« Die Kälte kroch ihr von den Füßen in die Beine. »Was?«

»Ich habe Sie mehrmals zur sofortigen Rückkehr aufgefordert, wie auch Horace Addison. Weil wir ein Energieproblem haben, das mit jedem verstreichenden Moment ernster wird. Das energetische Niveau des Energiekerns sinkt schneller als zuvor.«

»Fahr die Reaktoren höher!«

»Es gibt eine Rückkopplung, eine Resonanz«, erklärte der Kognitor. »Je mehr Energie die Reaktoren produzieren, desto schneller geht sie verloren.«

Resonanz, dachte Tess. Diesen Begriff hatte sie in den letzten Tagen immer wieder gehört. Ein Resonanzsignal war angeblich die Erklärung dafür, warum der Explorer sein angepeiltes Ziel im Orion-Tunnel verfehlt hatte.

»Wir müssen starten, Tess Rosengarten«, betonte der Kognitor, als sie nicht antwortete. »So bald wie möglich. Sonst haben wir nicht mehr genug Energie für eine Rückkehr zur *Pegasus.*«

Die Kälte betäubte Waden und Knie, stieg höher. Tess hörte ein seltsames Klappern und stellte fest, dass es von ihren Zähnen stammte.

Blut rann aus Horaces Kopfwunde. Seine Augen blieben geschlossen, die Lider zuckten.

»Wo bleibt der Schweber?«, fragte Tess ungeduldig. Und sie dachte: Wie bin ich hierhergekommen? Wieso habe ich keine Stiefel an? Was ist *passiert?*

»Er müsste gleich da sein.«

Licht strich durch den Wald der blattlosen Bäume, begleitet vom Summen eines Gravitationsmotors. Tess bückte sich und hob den verletzten Horace erneut an – als die Nacht plötzlich lebendig wurde!

Ihr Esprit fühlte die Bewegung und warnte sie mit der Stimme des Instinkts. Sie drehte den Kopf. Ein Schatten löste sich vom fremden Schiff, wie ein Stück Nacht, das sich verdichtete und eigenes Leben entwickelte. Tess glaubte, zwei Arme und zwei Beine zu sehen, einen Kopf mit silbergrauen Augenschlitzen, einen Oberkörper länger als bei einem Menschen.

Tess hatte plötzlich einen Knoten im Hals. »Hier ist etwas, Ida. Wir sind nicht mehr allein.«

Im Lautsprecher des Kommunikators knackte und rauschte es. »Ich verstehe Sie nicht, Tess Rosengarten. Etwas stört die Signale.«

Die dunkle Gestalt, das lebendige Stück Nacht, kam näher. Vielleicht sank die Temperatur, denn die Kälte breitete sich weiter in Tess aus – Füße, Waden und Knie fühlte sie kaum noch. Sie hielt Horace halb erhoben, die Arme um seine Brust geschlungen, und starrte auf die Gestalt, die nur zwei Meter entfernt stehen blieb und sich mit ihrem langen Oberkörper auf eine Weise vorbeugte, zu der kein Mensch fähig gewesen wäre. Der schwarze Kopf kam näher, die silbergrauen Augenschlitze länger und etwas weiter geöffnet, in ihnen ein mattes Glühen wie von fernem Licht.

Eine dritte Öffnung bildete sich, vielleicht ein Mund. Tess hörte nichts, aber... Plötzlich stand sie wieder am Ufer des Obsidians, mit beiden Füßen im schwarzen Wasser und einem kleinen runden Stein in der rechten Hand. Vor ihr schwammen die Oktopoden und beobachteten sie aufmerksam.

»Tess?« Die Stimme des Kognitors holte sie nach Zuflucht zurück. »Was geschieht bei Ihnen? Warum melden Sie sich nicht mehr?«

Die dunkle Gestalt zog etwas zurück, das vielleicht eine Hand war. Das Licht in ihren silbergrauen Augen erreichte Tess, und für ein oder zwei Sekunden fühlte sie einen Hauch von Wärme.

»Tess Rosengarten Sagittarius! Kehren Sie zum Explorer zurück, so schnell wie möglich. Wir müssen starten!«

Etwas tief in ihr hatte sich verändert, das spürte sie. Der Dunkle schien etwas erweckt zu haben, das bisher geschlafen hatte, dicht bei den Wurzeln des Esprits. Die Mundöffnung des Wesens bewegte sich erneut, und für einen Moment sah Tess die Oktopoden, wie sie die Köpfe etwas weiter aus dem schwarzen Wasser des Obsidians hoben.

Sie empfing einen einzelnen Ton, ein kleines akustisches Paket mit dem Versprechen einer komplexen Melodie.

Dann drehte sich die Gestalt um, ging zum fremden Schiff und verschwand darin, ohne dass sich der glatte Rumpf öffnete.

Tausend und mehr Sterne leuchteten am wolkenlosen Himmel über dem Tal, irgendwo zwischen ihnen ein altes Kolonistenschiff von der Erde. Bäume ragten auf, ihre Äste und Zweige ohne Blätter, die Moosfladen an ihnen unbewegt von Wind. Es war vollkommen still.

Tess wagte nicht, die Augen zu schließen, aus Furcht davor, sich an einem anderen Ort wiederzufinden und vollkommen die Orientierung zu verlieren.

Ein Rauschen vertrieb die Stille, und zuerst dachte sie, dass sie den Strom des eigenen Blutes in den Ohren hörte. Doch es war der Fluss weiter unten im Tal, den sie hörte, und mit seinem Rauschen kam eine Stimme.

»Ich wiederhole: Dies ist ein Notfall«, sagte der Kognitor. »Wenn wir nicht innerhalb der nächsten drei Minuten starten, können wir den Planeten nicht mehr verlassen.«

Tess bemerkte, dass sie noch immer Horace hielt. Sie blickte auf ihre nackten Füße hinab, die sie gar nicht mehr fühlte, sah dann den nahen Schweber.

Drei Minuten, dachte sie, nahm ihre ganze Kraft zusammen und hob den alten, dürren Horace, der nicht viel wog, auf das schwebende Vehikel.

»Ich bin unterwegs«, ächzte sie, schwang sich auf das kleine Fluggerät und betätigte die Kontrollen.

33

In der Schleuse des Explorers wartete eine halb automatische Bahre. Tess legte Horace darauf und schloss das Außenschott. »Er muss sofort behandelt werden.«

»Unmöglich«, erwiderte der Kognitor. »Wir brauchen die gesamte Energie für den Start.«

»Er ist schwer verletzt!«

»Ich weiß, und ich bedauere es sehr. Aber unsere Rückkehr in den Orbit hat Priorität, dafür benötige ich – abgerundet – viereinhalb Minuten.«

Auf dem Weg zur Krankenstation des Explorers kehrte auf schmerzhafte Weise das Gefühl in Füße und Beine zurück.

Tess achtete nicht auf das Stechen und Brennen, als sie die Bahre durch kurze Korridore und Gerüste dirigierte. Das Licht flackerte, es wurde dunkler, das Triebwerk brummte mal lauter, mal leiser. Sie spürte, wie sie leichter wurde, da sich die künstliche Gravitation verringerte.

In der Krankenstation steuerte sie die Bahre mit Horace in eine medizinische Behandlungseinheit, konnte die MBE jedoch nicht einschalten.

Horaces Gesicht hatte jede Farbe verloren, die Falten darin waren tief, die Narben wie weiße Striche. Noch immer strömte Blut aus der Kopfwunde.

»Ida ...«

»Ich brauche noch – abgerundet – zwei Minuten, Tess Rosengarten Sagittarius. Es ist knapp, sehr knapp. Ich benötige nach wie vor unsere gesamte Energie. Die künstliche Gravitation ist auf die Krankenstation beschränkt.«

»Er *stirbt,* Ida!«

»Zwei Minuten – aufgerundet –, und wir sind im Orbit.«

In der medizinischen Behandlungseinheit schlug Horace die Augen auf.

»Ich habe gehört, was du gesagt hast.« Seine Stimme war erstaunlich klar.

Tess unternahm einen weiteren Versuch, die MBE zu aktivieren, doch es erschienen keine holografischen Funktionssymbole.

»Du hast gesagt: ›Ich habe die Zukunft gesehen. Ich habe gesehen, was sein wird.‹ Wie meinst du das?«

Tess konnte sich nicht daran erinnern, diese oder ähnliche Worte gesprochen zu haben.

»Streng dich nicht an«, sagte sie. »Sprich nicht. Wir sind gleich im Orbit

»Was hast du gesehen, Tess?«

Sie blickte auf ihn hinab. »Was hat dich verletzt? Was ist geschehen?«

Die Lider zuckten. »Weißt du es nicht? Erinnerst du dich nicht?«

Tess erinnerte sich an das Obsidian und die Oktopoden. Sie

erinnerte sich an das Gefühl von Kälte, als sie ins Wasser getreten war. Sie erinnerte sich daran, einen Stein aufgehoben zu haben.

»Etwas befindet sich in dem fremden Schiff, nicht wahr?« Horace sprach leise. »Wir haben es beide gefühlt. Und es hat uns bemerkt.«

Die Lider sanken herab.

»Ida!«, rief Tess.

»Gleich«, ertönte die Stimme des Kognitors. »Gleich.«

»Tess?«, murmelte Horace mit geschlossenen Augen. »Bitte ... Singst du noch einmal für mich?«

Tess, beide Hände an den Kontrollen der medizinischen Behandlungseinheit, begann zu singen. Der eine Ton, den sie von den Oktopoden gehört hatte, schien sich zu entfalten und die Melodie in seinem Innern freizugeben. Sie sang von Wind und Meer, von einem Tag, der nach zweiunddreißig Jahren der Nacht wich, von einer Dunkelheit, die manchmal ein Leben lang dauern konnte.

Als sie schließlich verstummte, leuchteten die Anzeigen der MBE und meldeten Bereitschaft.

Horace lag stumm da, die Lider noch immer gesenkt. Er atmete nicht mehr.

Später, nachdem sie die Leiche des alten Kartografen mit der Hilfe von Hieronymus bei den mumifizierten Toten im Rotationselement der *Pegasus* untergebracht hatte, legte Tess in ihrer Kabine die schmutzige Kleidung ab. Dabei stellte sie fest, dass die rechte Hosentasche einen Gegenstand enthielt, einen Stein, braun die eine Hälfte, dunkelgrau die andere, beide von weißen Adern durchzogen.

Obligat

34 Während der nächsten Tage konzentrierte sich Tess auf den Bau der Hyperon-Empfangsstation. Viele Stunden verbrachte sie beim Printer im Hangar der *Pegasus* und beobachtete, wie ein Bauteil nach dem anderen in ihm Form und Substanz gewann. Sie half den Bots dabei, die einzelnen Komponenten auf Transporter zu laden, und sie nahm sogar an den Konstruktionsarbeiten teil – bis Ida sie schließlich davon überzeugte, dass sie unnötige Risiken einging und den Bots nur im Weg war.

Sie wanderte durch das Rotationselement des Kolonistenschiffs und sah sich die Schlafkapseln an, die Männer, Frauen und Kinder in ihnen. Vor allem die Kinder hatten es ihr angetan: so jung im Kälteschlaf gestorben, ohne eine Chance, ihr Leben zu leben. Nur wenige Kapseln waren leer. Einige Dutzend Siedler, von der einfachen digitalen Intelligenz oder der Crew ausgewählt, hatten versucht, eine Kolonie auf Zuflucht zu gründen und alles für die Ankunft der anderen Kolonisten vorzubereiten. Sie waren verschwunden, vermutlich tot.

Stundenlang saß Tess im Nest des Explorers, das ohne Horace seltsam leer wirkte, verband ihr Memex mit dem Datenport und erweiterte die Programme ihres künstlichen Gedächtnisses, um die Technik hinter Rezeptoren, Transtatoren, Empfangsstationen und Hyperschiffen besser zu verstehen. Mit zusätzlichem Wissen, so hoffte Tess, fand sie vielleicht andere Möglichkeiten, am Bau mitzuwirken, um sich auf diese Weise von Erinnerungen und bohrenden Gedanken abzulenken.

Nach zwei Wochen war abzusehen, dass der Bau der Station länger als einen Monat dauern würde.

»Es kommt immer wieder zu kleinen Verzögerungen, aus

denen sich dann längere Unterbrechungen beim Bau ergeben, Tess Rosengarten«, erklärte Ida.

»Nenn mich nicht dauernd ›Tess Rosengarten‹ oder – wenn du mich ermahnen willst – ›Tess Rosengarten Sagittarius‹«, sagte Tess gereizt. »Tess genügt.« Sie hockte im Wartungsalkoven des Printers und nutzte ihr neu erworbenes Memex-Wissen für eine Rejustierung der Produktionssysteme, um Kapazität und Effizienz zu erhöhen.

»Wie Sie meinen, Tess.«

»Und sag nicht ›Sie‹. Ab sofort duzen wir uns.« Tess ließ ihren Rekonfigurator sinken. »Wie lange, Ida? Wann wird die Station fertig?«

»Wenn es so weitergeht wie bisher, wenn es zu keinen größeren Problemen kommt, sollte die Empfangsstation in spätestens zwei Monaten fertiggestellt sein.«

Tess verließ den Alkoven, schloss die Klappe und prüfte die Anzeigen. Hinter der transparenten Front nahm ein weiteres Bauteil Gestalt an. Es sah aus wie eine neongelbe Spule, umgeben von jadegrünen, aus mehreren Segmenten bestehenden Zylindern.

»Es liegt daran, dass Horace fehlt, nicht wahr?«, fragte sie.

»Er hatte große Erfahrung«, antwortete der Kognitor sanft. »Siebenundsiebzig Jahre kartografierte er das Hyperon, und sein Rekord von fünfundsechzig eingerichteten Empfangsstationen ist ungebrochen. Er wusste immer, worauf es ankam. Erfahrung ist ein sehr wertvolles Werkzeug.«

»Gebe ich den Bots die falschen Anweisungen?«

»Nein, Tess, deine Anweisungen sind richtig. Aber Horace konnte auf eine Weise improvisieren, die bei Produktion und Einrichtung Abkürzungen schuf.«

»Und das kann ich nicht.«

Der Kognitor interpretierte ihre Feststellung als Frage. »Nein, Tess, dazu fehlt dir die Erfahrung.«

Am Printer gab es nichts mehr zu verbessern, und draußen bei der Empfangsstation hätte sie die Bots nur behindert. Tess begann mit langen Wanderungen durch die *Pegasus,* auf der Flucht vor ihren Gedanken.

Sie schritt durch stille Maschinensäle und Ausrüstungsräume mit Material für das neue Leben der Kolonisten auf Kirkus. Sie stand in Kabinen, von denen manche den Eindruck erweckten, als wären sie gerade erst verlassen worden, lauschte der Stille und dachte an das verlorene Leben von fünfzigtausend Männern, Frauen und Kindern.

In den hydroponischen Gärten betrachtete sie die Reste toter Pflanzen, dachte an die verdorrten Rosen, die sie in ihrem Traum gesehen hatte – aber war es wirklich ein Traum gewesen? –, und sah dem einen Bot zu, der sich um die überlebenden Algenkulturen kümmerte. Sie blickte an den ruhenden Aggregaten des technisch obsoleten Antriebs empor, an Maschinen, höher als das Haupthaus ihrer Familie auf Rosengarten, und stellte sich vor, wie sie die *Pegasus* für ihre jahrhundertelange Reise beschleunigt hatten.

Im großen Observatorium, das sie schon einmal besucht hatte, verbrachte sie viele Stunden am mechanisch-digitalen Spiegelteleskop. Sie schaltete alle noch funktionierenden Messinstrumente ein, und als ihr das nicht genügte, wies sie Ida an, ihr einen der Bots zu schicken, damit er die übrigen Geräte instand setzte und ihre Energieversorgung wiederherstellte.

»Was hast du vor, Tess?«, fragte der Kognitor und benutzte dabei das Kommunikationssystem der *Pegasus*.

»Ich möchte beobachten und mehr herausfinden«, antwortete Tess und blickte ins Okular des Spiegelteleskops.

»Mit meinen Sensoren könntest du weitaus mehr Daten gewinnen«, gab der Kognitor zu bedenken.

»Ein Bot«, beharrte Tess. »Mit genug Energiepatronen.«

»Wie du wünschst.«

Sie richtete das Teleskop auf den Planeten, einen Tag später auch die Strahlungsmesser und Detektoren, nachdem der Bot im Observatorium gewesen war. Sie vermaß das Gravitationsfeld von Zuflucht, verzeichnete kleine Unregelmäßigkeiten und verglich sie mit elektromagnetischen Anomalien im planetaren Emissionsmantel. Mittels der alten Scanner erstellte sie ein topografisches Modell von Zuflucht und markierte darin das Tal mit dem gelandeten Beiboot. Als sie damit fertig war, richtete sie die Messgeräte auf das fremde Schiff, stellte seine exakte Größe und Masse fest und suchte vergeblich nach einer energetischen Signatur.

Tess schlief in einer der Kabinen unweit des Observatoriums, benutzte eine der Hygienezellen des betreffenden Kabinentrakts und ernährte sich mehrere Tage lang von Rationen, die ihr ein Bot brachte.

Das Tal verschwand oft unter einer dichten Wolkendecke, aber wenn die Wolken weiterzogen und den Blick freigaben, beobachtete Tess das fremde Schiff, ohne mehr darüber zu erfahren, als sie bereits wusste, und das war so gut wie nichts.

Nach und nach erlahmte ihr Interesse, und schließlich verließ sie das Observatorium und setzte ihre endlosen Wanderungen durch das riesige Kolonistenschiff fort. Das Geräusch ihrer Schritte unterbrach die Stille in langen Korridoren, deren Dunkelheit sie willkommen hieß. Schatten und Schemen wurden zu Begleitern von Körper und Geist.

Manchmal blieb sie an Panoramafenstern stehen, blickte hinaus ins All und betrachtete das aus Milliarden von Sternen bestehende Feuerrad der Milchstraße. Ein Lied fiel ihr ein, eine alte Melodie aus ihrer Kindheit, über Lichter in einer langen dunklen Nacht. Sie sang es in einem ansonsten finsteren Saal, nur ein wenig erhellt von den fernen Sternen, mit einem Publikum aus stummen Maschinen. Die Stille, die dem Lied folgte, schien Lichtjahre tief und so leer wie der Raum zwischen den Galaxien.

Halb im zweiten Monat des Wartens auf die Fertigstellung der Empfangsstation suchte Tess erneut das kalte Rotationselement mit den vielen mumifizierten Kolonisten auf. An dem Behälter, der den toten Horace aufgenommen hatte, blieb sie stehen.

Der alte Kartograf lag unverändert: die eine Kopfhälfte blutverschmiert, das schmale Gesicht leer und bleich, durchzogen von Narben und Falten.

Tess griff in die Tasche ihrer Hose und holte den kleinen Stein hervor.

»Wie ist das möglich?«, fragte sie den Toten. »Wie kann ich hier einen Stein in den Händen halten, den ich in einem Traum am Ufer des Obsidians auf Rosengarten gefunden habe?«

Horace antwortete nicht.

»Wir hatten nicht genug Zeit«, sagte Tess leise. »Ich hätte gern länger mit dir gesprochen. Über Ida, über dein Leben, über deine verlorene Liebe, die dich so enttäuscht hat und der du trotzdem treu geblieben bist, darüber, was du in deinen siebenundsiebzig Jahren als Kartograf erlebt hast.«

Tess beugte sich ein wenig vor und betrachtete das reglose Gesicht, als hoffte sie, dass die Antworten dort erschienen.

»Was hat uns hierhergebracht, Horace? Ein Resonanzsignal? Aber Resonanz womit?« Die Fragen platzten aus ihr heraus. »Wo ist Sinclair? Warum sind seine Signale verstummt? Und auch die des planetaren Senders? Hat das fremde Schiff etwas damit zu tun? Und was ist an Bord der *Pegasus* geschehen? Warum sind die Kolonisten in der Hibernation gestorben? Warum haben sie sich nicht alle auf Zuflucht niedergelassen? Wer oder was hat das Heck beschädigt? Wer hat an Bord getobt, Dinge zerstört und die Crew umgebracht?«

Es waren wichtige Fragen, aber die wichtigste stellte Tess zum Schluss: »Was ist auf Zuflucht geschehen?«

Langsam drehte sie in ihrer Hand den Stein, die eine Hälfte braun, die andere dunkelgrau, betrachtete die weißen Linien, die ihn durchzogen, und glaubte, erneut die Oktopoden zu sehen, die sie zunächst stumm beobachtet und ihr dann einen einzelnen Ton geschickt hatten, mit einer darin verborgenen Melodie.

Was bedeutete das alles? Wie konnte sie diesen Stein in ihren Händen halten, Hunderte Lichtjahre von Rosengarten entfernt?

»Wieso hast du den Explorer verlassen, Horace?« Tess steckte den Stein in die Hosentasche zurück und legte beide Hände flach auf den transparenten Behälter. »Warum bist du ohne mich aufgebrochen? Was oder wer hat dich verletzt? Hast du ...?«

Sie stockte plötzlich und sah sich um.

»Hast du den Dunklen gesehen?«, fragte Tess, ihre Stimme noch etwas leiser. »Die Gestalt, die aus dem fremden Schiff kam und wieder darin verschwunden ist?«

Was auch immer Horace gesehen und gehört hatte, er konnte nicht mehr darüber berichten. Sein Wissen war für immer verloren.

35

Nach zwei Monaten und zwei Tagen war die Empfangsstation fertig.

»Die Verbindung zum Hyperon ist hergestellt und stabil«, meldete der Kognitor. »Ich habe bereits eine Nachrichtenkapsel zur Erde geschickt.«

»Mit einem Bericht, nehme ich an.« Tess befand sich im Observatorium und beobachtete nicht den Planeten, sondern den siebzehn Lichtjahre entfernten blauen Überriesen Rigel.

»Ja.«

Tess wich vom Teleskop zurück und nahm überrascht zur Kenntnis, dass sie nach der langen Wartezeit keine Erleichterung empfand. »Wie ausführlich ist der Bericht?«

»So ausführlich, wie es die Vorschriften verlangen, Tess. Du weißt, dass ich nichts verschweigen darf.«

»Wann wird Interkosmika auf die Nachrichtenkapsel reagieren?«

»Sehr schnell, nehme ich an«, antwortete der Kognitor. »Dies ist nicht nur eine neue Empfangsstation. Wir haben eine außergewöhnliche Entdeckung gemacht.« Dann fügte er hinzu: »Wenn ich dir einen guten Rat geben darf ...«

»Ja?«

»Du solltest deine Chance nutzen.«

Tess stand auf und erinnerte sich daran, was Horace gesagt hatte. »Du meinst den Entdeckerbonus.«

»Für Horace und Sinclair kannst du nichts mehr tun«, sagte der Kognitor. »Denk an dich, an deine Zukunft. Es ist noch nicht zu spät für Harmonie.«

Tess verließ das Observatorium und machte sich auf den Weg zum Hangar.

Beim Dorn des Rezeptors, der in den vergangenen Tagen einen ganzen Kilometer lang geworden war, glühte und flackerte es, deutliches Zeichen eines bevorstehenden Transfers. Tess stand am Atmosphärenschild des Hangars, nur wenige Zentimeter von der dünnen energetischen Barriere entfernt, die verhinderte, dass die Luft des Hangars ins All entwich.

Vor der Spitze des Dorns bildete sich etwas, das aussah wie eine Membran, ein dünner Film, der sich zur einen Seite aufblähte, wie von etwas bewegt, das sich von der anderen Seite einen Weg hindurchbahnte. Ein letztes Flackern, heller als das Licht der Sterne, und ein Schiff erschien, mit schmalen Flanken und breitem Heck, darin die kerbenartigen Öffnungen von Transtatoren.

»Ein schneller Kurier der Hermes-Klasse«, drang die Stimme des Kognitors aus dem Kommunikationsmodul, das Tess am Kragen ihrer Jacke trug. »Ein Schiffstyp, den auch Protektor verwendet.«

Der Kurier trug das Emblem von Interkosmika, ein stilisiertes IK vor der Darstellung der Milchstraße, und die Waffenkuppeln am Bug und vor dem Hecktriebwerk deuteten auf Pulskanonen hin, vielleicht sogar auf Aktoren und Diskontinuatoren. Das kleine Schiff – es schien kaum größer zu sein als Horaces Explorer – näherte sich langsam, und hinter ihm flackerte es erneut, heller als zuvor.

Wieder blähte sich eine Membran auf, über dünne Lichtfäden mit dem Dorn des Rezeptors verbunden, und ein zweites Schiff kam aus dem Hyperon, viel, viel größer als der Kurier. Was dort am Ende des Rezeptors den immer noch flackernden Transferfilm zerriss, war ein Riese, ein wahrer Gigant, so gewaltig, dass Tess zu spüren glaubte, wie sich das Gravitationsfeld veränderte, wie es von der Masse des zweiten Schiffs nach vorn gezogen wurde. Unwillkürlich wich sie einen Schritt zurück.

Dann glitt, geschützt von mehrfach gestaffelten türkisfarbenen Navigationsschilden, ein Schlachtschiff von Protektor aus dem Hyperon, ein dunkler Koloss, wie ihn Tess schon einmal gesehen hatte, am zwei Kilometer langen Rezeptor der Hyperon-Station über der Erde, ausgestattet mit Dutzenden Waffenkuppeln und gleich sechs Hangarbänken, jeder von ihnen zehn Kilometer lang, darin Jäger und interplanetare Kampfschiffe. Lichter wiesen darauf hin, dass die Kuppeln besetzt und einsatzbereit waren, und Tess beobachtete, wie sich die Hangars öffneten. Schiffe starteten und entfernten sich von der Empfangsstation, und ihr Ziel war nicht die alte *Pegasus,* sondern der Planet.

Vorn am Bug des Riesen glühte blutrot das Emblem des terranischen Militärs: zwei gekreuzte Säbel über einer Hand mit einer Fackel.

»Sie haben es auf das fremde Schiff abgesehen, nicht wahr?«, fragte Tess leise und sah sich um. Die Bots standen bereit, wie eine Ehrenwache, von Hieronymus angeführt. Hinter ihnen ragte der Printer auf, seit einem halben Tag nicht mehr aktiv.

»Ich habe es in meinem Bericht erwähnt und auch betont, wie wichtig es ist.«

»Was haben Interkosmika und Protektor damit vor?« Tess' Blick folgte den Schiffen, bis die ersten von ihnen die Atmosphäre des Planeten erreichten. Dann richtete sie ihre Aufmerksamkeit wieder auf den Kurier, der langsamer wurde und seinen Navigationsschirm dicht vor dem Atmosphärenschild des Hangars deaktivierte.

»Ich nehme an, sie haben es auf die fremde Technologie abgesehen«, antwortete der Kognitor.

»Kann ich Ansprüche geltend machen?«

Der Kurier passierte den Atmosphärenschild, und Tess wich beiseite, obwohl das nicht nötig gewesen wäre. Es gab genug Platz. Das kleine Schiff landete bei den Bots und sicherte seine Position mit einem Gravitationsanker.

»Nein, Tess. Was auch immer jetzt geschieht, was auch immer die Spezialisten von Interkosmika und Protektor entdecken, du hast nichts mehr damit zu tun.«

Die Luke des Kuriers schwang auf, und zwei Soldaten traten nach draußen, bezogen rechts und links Aufstellung. Ihnen folgte ein mittelgroßer Mann in grauer Uniform, mit einem Gesicht fast wie ein V, Kinn und Mund schmal, die Nase lang und gerade, die hellblauen Augen groß, die geschwungenen Brauen darüber grau wie die Uniform.

Er lächelte, als er sich mit langsamen Schritten näherte, und schaffte es gleichzeitig, ernst und voller Autorität zu wirken. Die Schultern präsentierten das Interkosmika-Emblem, und am Kragen zeigte sich ein Symbol, das Tess bei ihrer ersten Begegnung dort nicht gesehen hatte: ein goldener Kreis mit einem silbernen Stern.

Das Memex wusste etwas damit anzufangen – Tess erinnerte sich plötzlich, was das Zeichen bedeutete. Tirell Wayfare war nicht mehr nur Exekutor, sondern hatte außerdem einen Sitz im Rat von Interkosmika.

»Ich grüße Sie, Tess Rosengarten Sagittarius. Und ich gratuliere Ihnen zum Erfolg Ihrer ersten Mission.« Wayfare streckte die Hand aus.

Tess wollte die dargebotene Hand nicht ergreifen, aber das wäre dumm gewesen; es hätte ihr bei den bevorstehenden Verhandlungen geschadet.

Sie schüttelte die Hand des Exekutors und Ratsmitglieds von Interkosmika.

»Horace ist tot«, sagte sie.

Tirell Wayfare nickte knapp. »So hieß es in dem Bericht, den wir erhalten haben. Von zwei Opfern war darin die Rede.«

Tess fühlte einen Stich und atmete tief durch. »Wir wissen nicht, ob auch Sinclair tot ist. Er wird vermisst.«

Wayfare musterte sie. »Er verschwand auf dem Planeten.«

»Ja.«

»Sie haben ihn gesucht, aber nicht gefunden.«

»Nein.«

»Seitdem sind zwei Monate vergangen.«

Tess nahm die Worte stumm hin.

»Wie groß ist die Wahrscheinlichkeit, dass er auf PO 12451b überlebt haben könnte?«

»Zuflucht«, sagte Tess. »So haben die Kolonisten dieses Schiffes den Planeten genannt.«

Tirell Wayfare blickte sich kurz im Hangar um. »Eine konstruierte Empfangsstation und zwei Entdeckungen. Ich nehme an, Sie möchten verhandeln.«

»Ja.«

Wayfare deutete zum Kurier. »Ich schlage vor, wir setzen unser Gespräch dort fort.«

36

Zwei junge Notare, Vertreter der terranischen Justiz, erwarteten sie an einem runden Tisch, als Wayfare und Tess den Besprechungsraum des Kuriers betraten. Sie trugen anthrazitfarbene Uniformen, und Tess fielen ihre gebräunten Gesichter auf. Grünblaue Augen sahen sie ohne erkennbare Emotion an.

»Bitte setzen Sie sich, Tess Rosengarten Sagittarius.« Wayfare deutete auf einen Stuhl und nahm ihr gegenüber am Tisch Platz. »Die beiden Notare sind als Zeugen zugegen und werden unser Gespräch protokollieren, wie es das Gesetz verlangt.«

Die beiden Notare warteten stumm.

Wayfare saß mit geradem Rücken, die Hände auf dem Tisch gefaltet. »Ich stelle fest: Sie haben die Empfangsstation nicht am vorgesehenen Ort errichtet und in Betrieb genommen.«

»Das stimmt«, bestätigte Tess. »Horace und der Kognitor sprachen von einem Resonanzsignal, das unseren Kurs beeinflusst hat. Ich nehme an, es hat etwas mit der Präsenz des fremden Schiffs zu tun.«

Die kleinen Geräte vor den beiden Notaren summten leise, zeichneten Ton und Bild auf.

»Ich stelle fest: Sie sind die einzige Überlebende der Mission«, sagte Wayfare ungerührt.

Das gefiel Tess nicht.

»Bitte entschuldigen Sie, dass ich am Leben geblieben bin«, erwiderte sie gereizt. Weil die Vernunft es von ihr forderte, fuhr sie etwas ruhiger fort: »Es liegen sehr schwierige zwei Monate hinter mir. Ich habe versucht, mein Bestes zu geben.«

Wayfare räusperte sich. »Ich stelle fest ...«

Diesmal ließ Tess ihn nicht ausreden. »Ich habe die Mission trotz widriger Umstände zu einem erfolgreichen Abschluss gebracht und dem Hyperon damit ein neues Gleis hinzugefügt. Für die besonderen Probleme, mit denen ich fertigwerden musste, beantrage ich eine Erfolgsprämie. Außerdem erhebe ich Anspruch auf zwei Entdeckungsprämien: für die von der Erde stammende *Pegasus* und für das fremde Schiff auf Zuflucht.«

Wayfare neigte den Kopf und schien einer Stimme zu lauschen, vielleicht dem Datenflüstern eines Implantats.

»Wir kennen nur eine andere interstellare Zivilisation, die vor uns existiert hat, und wir haben ihr noch nicht einmal einen Namen gegeben.« Tess zwang sich, langsam zu sprechen. »Das fremde Schiff auf Zuflucht beweist, dass es eine zweite gegeben hat, eine jüngere, die vielleicht noch immer existiert, irgendwo dort draußen. Die Technologie des Schiffs könnte Interkosmika und der ganzen Menschheit zu einem Entwicklungssprung verhelfen. Vielleicht gelingt es sogar, einen Kontakt mit den Erbauern herzustellen, und das wäre ein wahrhaft epochales Ereignis für unsere Spezies. Ich stelle fest: Dafür verdiene ich einen angemessen hohen Entdeckerbonus.«

»In welcher Höhe?«, fragte Wayfare.

»Siebenundvierzig Millionen Kreditpunkte.«

»Ich verstehe«, erwiderte Wayfare ohne Zögern oder Erstaunen. »Damit wäre Ihr Obligat getilgt.«

»Ja«, sagte Tess hoffnungsvoll.

Tirell Wayfare sah sie an, ebenso die beiden Notare.

»Ist der übermittelte Bericht vollständig?«, fragte der zum Ratsmitglied von Interkosmika aufgestiegene Exekutor.

»Ja.«

»Haben Sie ihm nichts hinzuzufügen?«

Tess dachte an den Dunklen, an das lebendig gewordene Stück Nacht, das sie berührt hatte. Und sie dachte an den Stein in ihrer Hosentasche, der plötzlich sehr schwer zu werden schien.

»Nein.«

»Hatten Sie Kontakt mit dem fremden Schiff oder etwas in seinem Innern?«

»Nein.«

»Zur Kenntnis genommen.« Wayfare nickte den beiden Notaren zu. »Ich stelle fest: Die Empfangsstation wurde nicht am vorgesehenen Ort errichtet – das Sonnensystem 12 451 hat keine strategische Bedeutung für Interkosmika oder Protektor. Für die Koloniekonflikte ist es völlig bedeutungslos. Ich stelle fest: Kartograf und Einrichter Horace Addison Eridanus starb durch die Schuld von Tess Rosengarten Sagittarius.«

»Was?«, brachte Tess hervor.

Wayfare sah sie an. »Das dritte Mitglied des Einsatzteams ist verschollen, wofür Sie ebenfalls die Verantwortung tragen.« An die beiden Notare gewandt fügte Wayfare hinzu: »Wie hoch veranschlagen wir den Wert? Ich schlage vierzig Millionen für Horace Addison Eridanus und zwei Millionen für Sinclair Rosengarten Sagittarius vor.«

»Fünfunddreißig Millionen für Horace Addison«, gab einer der beiden Notare zurück. »Weil er alt war.«

»Eine Million für Sinclair Rosengarten«, sagte der andere. »Weil er jung und unerfahren war.«

Tess hörte wie halb betäubt zu. Die Notare sprachen von Sinclair wie von einem Toten und hielten ihn für wertlos.

»Einverstanden«, sagte Tirell Wayfare kalt und wandte sich wieder an Tess. »Ich stelle fest: Ihr Konto wird für den Verlust der beiden genannten Kartografen mit sechsunddreißig Millionen Debitpunkten belastet.«

»Ich ... ich bin nicht schuld an Horaces Tod!«, rief Tess.

»Er starb, weil er keine rechtzeitige medizinische Versorgung erhielt. Er hätte sofort behandelt werden müssen, nachdem Sie ihn an Bord des Explorers gebracht haben.«

»Der Kognitor ...« Es tut mir leid, Ida, dachte Tess. »Der Kognitor brauchte die gesamte Energie für den Start. Es blieb nichts mehr für die Krankenstation übrig.«

»Der Kognitor ist keine juristische Person«, sagte Wayfare. »Sie trugen die Verantwortung, Sie mussten entscheiden.«

»Das ist Unsinn! Wir wären durch den Energieschwund auf dem Planeten gestrandet!«

Tirell Wayfare zeigte sich weiterhin unbeeindruckt. »Was Sinclair Rosengarten Sagittarius betrifft ... Er gilt als verschollen, weil Sie es zugelassen haben, dass er mit einem Beiboot auf dem Planeten landet.«

»Hätte ich ihn irgendwo an Bord der *Pegasus* einsperren sollen?«

Wayfare nickte. »Sie hätten *alle* Ihre Möglichkeiten nutzen müssen, um ihn zur Vernunft zu bringen – wenn es wirklich stimmt, dass er gegen Ihren Willen aufgebrochen ist.«

»Er wollte unbedingt herausfinden, was es mit dem planetaren Signal auf sich hatte.« Tess erinnerte sich an Sinclairs Augen, an die Aufregung in seinem Blick. »Nichts hätte ihn aufhalten können.«

»Als Entdeckerbonus für das alte Kolonistenschiff gewähre ich Ihnen im Namen von Interkosmika fünf Millionen Kreditpunkte«, verkündete Wayfare. »Für das fremde Schiff auf dem Planeten veranschlage ich weitere zwanzig Millionen Kreditpunkte.«

»Gehört und genehmigt«, erklärten die beiden Notare.

»Ich stelle fest: Das Velazca-Obligat steigt auf achtundfünfzig Millionen Debitpunkte. Dadurch erhöht sich Ihre Dienstverpflichtung von den verbliebenen vier Jahren und zehn Monaten auf ...« Wayfare zögerte kurz, den Kopf erneut zur Seite geneigt. »... zehneinhalb Jahre. So verlangt es das Gesetz.«

»Gehört und beschlossen«, sagten die beiden Notare gleichzeitig.

»Ich bin noch schlimmer dran als vorher?«, stieß Tess fassungslos hervor.

»Ihr zweiter Einsatz beginnt morgen«, teilte ihr Tirell Wayfare mit. »Wir schicken Sie zu den Riffen des Neungestirns, zu einer Station, die vor einem halben Jahrhundert von Horace Addison Eridanus eingerichtet wurde. Von dort aus geht es für Sie tiefer in den Herakia-Sektor.«

Er stand auf. »Damit ist die Sitzung beendet.«

In Gedenken an ...

37

»Es tut mir leid, Tess«, sagte der Kognitor. »Es tut mir aufrichtig leid.«

»Er hat alles verdreht.« Tess saß im Kommandosessel des Nestes und steuerte den Explorer fort von der *Pegasus,* der Empfangsstation und den Schiffen von Interkosmika und Protektor. Unten drehte sich ein Planet, der eine Zuflucht hätte sein sollen, es aber nie geworden war. Wieder flackerten Blitze in einer dichten Wolkendecke. »Wayfare. Vor allem das mit Horace und dem Start. Er hat es verdreht, sodass es ihm und Interkosmika in den Kram passt.«

»Ich musste alles in meinem Bericht erwähnen«, rechtfertigte sich der Kognitor. »Mir blieb keine Wahl.«

Tess überprüfte den Energiekern. Als sie die Transtatoren für den Sprung ins Hyperon vorbereitete, dachte sie an Horace und seine vielen Reisen durch den Hyperraum. Sie dachte an seine Erfahrung, die ihr fehlte, und plötzlich wurde ihr auf sehr schmerzhafte Weise bewusst, dass sie völlig allein war.

Über den Kommunikationskontrollen bildete sich ein holografisches Symbol, das auf ein Signal hinwies. Tess betrachtete es.

»Interkosmika möchte noch einmal mit dir sprechen, bevor die Reise beginnt«, sagte der Kognitor.

Tess aktivierte die Kommunikationssysteme, und das Gesicht von Tirell Wayfare erschien.

»Was wollen Sie?«, fragte Tess barsch.

Er wölbte eine graue Braue. »Ich möchte Ihnen viel Erfolg bei Ihrer nächsten Mission wünschen. Und ich möchte Ihnen noch eine letzte Gelegenheit geben.«

Tess zog die Hand vom Deaktivierungssymbol zurück. »Gelegenheit wozu?«

»Um noch einmal in Ihrem Gedächtnis zu suchen«, sagte Wayfare emotionslos. »Um sich zu fragen, ob in Ihren Schilderungen von den Ereignissen über und auf dem Planeten etwas fehlt.«

Tess starrte auf das Gesicht. Wie viel wusste Tirell Wayfare? Drohte ihr eine weitere Strafe mit noch mehr Debitpunkten und einer noch längerer Dienstzeit?

»Warum fragen Sie mich das?«

»Ich möchte sicher sein, dass wir nichts übersehen haben. Jeder Hinweis könnte für unsere Wissenschaftler und Techniker von Bedeutung sein.«

»Wird dies offiziell Teil des Protokolls? Zeichnen die Notare auf?«

»Nein. Aber ich darf Ihnen versichern, dass Interkosmika für jede hilfreiche Information dankbar sein wird. Ich kann Ihnen ...« Wayfare zögerte kurz. »... guten Willen in Aussicht stellen.«

Tess dachte an Menschen, die vielleicht ebenso dienstverpflichtet waren wie sie und auf dem Planeten landen und das fremde Schiff untersuchen würden.

»Als ich auf Zuflucht war ...«, begann Tess.

»Ja?«

»Ich hatte einen Traum«, sagte sie vorsichtig und fühlte Kälte an den Füßen, wie vom schwarzen Wasser des Obsidians. Oder wie von Regenpfützen und Schlamm. »Als Horace und ich auf dem Planeten nach Sinclair gesucht haben, als wir auf das fremde Schiff gestoßen sind ... Ich hatte einen Albtraum.«

Wayfare hörte aufmerksam zu. Sein Blick bohrte sich in den ihren, so kam es ihr vor.

»Es gibt etwas auf Zuflucht, einen gefährlichen fremden Einfluss. Eine Macht, die Menschen zum Wahnsinn treibt.«

Bei diesen Worten wölbte Wayfare beide grauen Brauen.

»Ich nehme an, deshalb haben sich die Kolonisten der *Pegasus* nicht auf dem Planeten niedergelassen, der ihnen eine Zuflucht sein sollte«, fuhr Tess fort. Die Anzeigen der Kommandostation wiesen auf volle Ladung der Transtatoren hin.

Alles war für den Sprung ins Hyperon bereit. »Und jene, die gelandet sind und eine kleine Siedlung errichtet haben, sind zur *Pegasus* zurückgekehrt oder ... verschwunden.«

»Wie Sinclair?«

Tess ging nicht darauf ein. »Mit den Rückkehrern ist der Wahnsinn an Bord des Kolonistenschiffs gelangt. Er hat getötet und zerstört.«

Es klang plausibel, fand sie, als sie die eigenen Worte hörte.

»Der Wahnsinn könnte auch Sie treffen«, warnte Tess. »Interkosmikas Erkunder und Protektors Soldaten. Ihre Wissenschaftler und Techniker. Sie sollten vorsichtig sein.«

»Geht der Einfluss von dem fremden Schiff aus?«, fragte Wayfare ohne eine Veränderung in seinem Gesicht.

»Vielleicht«, antwortete Tess vage.

»Was ist mit Horace passiert? Hatte auch er einen Albtraum?«

»Da müssen Sie ihn selbst fragen.«

»Er ist tot, er kann meine Fragen nicht beantworten.«

Tess streckte die Hand nach den Kontrollen für die Transtatoren aus. »Es wird Zeit, dass ich meine Reise zum Neungestirn beginne.«

»Wie kann ein Albtraum eine so schwere Kopfverletzung zur Folge haben, dass der Blutverlust zum Tod führt, Tess Rosengarten?«, fragte Wayfare.

»Finden Sie es heraus«, forderte Tess ihn auf. »Sie haben seinen Leichnam, Sie haben den Planeten, Sie haben das fremde Schiff. Ich kann Ihnen nicht helfen, weil mich Interkosmika zum Neungestirn schickt und von dort aus tiefer hinein in den Herakia-Sektor.«

Sie unterbrach die Verbindung, aktivierte die Transtatoren und brachte den Explorer ins Hyperon.

38

Schmerz und Übelkeit blieben aus, denn dies war kein ungesteuerter Flug – ein stabiles Gleis führte zum vierhundertsechzig Lichtjahre entfernten Neungestirn, und dort gab es seit fünfzig Jahren eine voll funktionsfähige Empfangsstation, von Horace dort errichtet.

»Unfreundlichkeit verbessert deine Situation nicht, Tess«, mahnte der Kognitor sanft. »Wenn ich dir einen guten Rat geben darf: Du solltest im Umgang mit Personen, die über deine Zukunft entscheiden können, diplomatischer sein.«

Tess lehnte sich zurück. »Zeig mir den Hyperraum, Ida.«

Mehrere Hologramme erschienen wie Fenster an den gewölbten Wänden. Eine Zeit lang betrachtete Tess etwas, das aussah wie eine karmesinrote Flüssigkeit, in der dunkelrote Blasen schwammen, manche von ihnen größer als andere. Sie versuchte sich vorzustellen, dass es sich bei den Kugeln tatsächlich um Universen handelte, gefüllt mit Milliarden von Galaxien und jede Galaxie mit Milliarden von Sonnen und Planeten.

»Wie viele Kugeln sind es, wie viele Universen?«, fragte Tess.

»Ich kann ihre Anzahl nicht einmal abschätzen«, antwortete der Kognitor. »Aber niemand weiß, ob diese Blasen oder Kugeln wirklich Universen sind. Es gibt keine Gewissheit.«

Es gibt keine Gewissheit, wiederholte Tess in Gedanken.

Sie griff in die Hosentasche und holte den Stein hervor. »Siehst du das hier?«

»Meinst du den Stein? Ja, meine Sensoren nehmen ihn wahr.«

Tess hielt ihn in der Hand. Er fühlte sich normal an, doch ihr Esprit schlug plötzlich Alarm.

»Ich habe dem Exekutor von einem Traum erzählt, doch es war mehr als ein Traum, Ida. Es war ein ... Erlebnis. Als ich Horace fand, in der Nähe des fremden Schiffes, habe ich plötzlich geglaubt, auf Rosengarten zu sein. Ich habe die Gräber meiner Eltern gesehen, ich stand am Ufer des Obsidians und habe für die Oktopoden gesungen. Und ich habe mich gebückt und diesen Stein hier aufgehoben. Ich habe ihn betrachtet und ihn eingesteckt, und als ich bei Horace ›erwacht‹ bin, befand sich der Stein noch immer in meiner Hosentasche.«

»Ich bin sicher, es gibt eine rationale, logische Erklärung dafür.«

»Und wie lautet sie?«

»Ich weiß es nicht, Tess. Mir stehen nicht ausreichend Daten für eine Analyse der geschilderten Situation zur Verfügung.«

Tess steckte den Stein zurück in die Tasche und fühlte ihn dort, warm und rund. Einige Sekunden lang lauschte sie dem wortlosen Flüstern des Esprits, das sie veranlasste, den Kommandosessel zu drehen und zum Eingang des Nests zu blicken. Das Schott war geöffnet, der Korridor dahinter dunkel. Nichts regte sich dort, doch mit den Augen der Fantasie sah Tess plötzlich zwei silbergraue Augenschlitze mit einem seltsamen Licht darin.

Sie schauderte und stand auf.

»Wie lange dauert der Flug zum Neungestirn?«

»Vier Tage. Du könntest die Zeit nutzen, um die Programme deines Memex zu erweitern und ihm Daten über die neun Sonnen, ihre Welten und dein Zielgebiet im Herakia-Sektor hinzuzufügen.

»Ja«, sagte Tess nachdenklich. »Vielleicht mache ich das. Nachdem ich geschlafen habe. Ich bin müde.« Sie ging zum Schott, und die Dunkelheit im Korridor blieb unbewegt. »Du kommst allein zurecht, ja?«

»Natürlich, Tess. Wir folgen einem stabilen Hyperon-Gleis, ich rechne nicht mit Zwischenfällen. Ruh dich aus. Ich kümmere mich um alles.«

Tess zögerte. »Wir brauchen einen Namen für dieses Schiff. Ich möchte es nicht immer nur ›Explorer‹ nennen.«

»Als Missionsleiterin bist du befugt, ihm einen Namen zu geben.«

»Hast du einen Vorschlag?«

»Nein, Tess. Das Privileg der Namensgebung gebührt dir.«

Sie überlegte. »Von jetzt an heißt dieser Explorer ... Ida.«

»Oh«, erwiderte der Kognitor. »Es ist mir eine Ehre.«

»Und noch etwas, Ida.«

»Ja?«

»Ich werfe dir nichts vor. Ich bin dir nicht böse. Du hast deine Pflicht getan.«

»Danke, Tess. Das weiß ich sehr zu schätzen.«

Tess verließ das Nest und suchte ihre Kabine auf. Zwanzig Minuten später, nach einer Dusche in der Hygienezelle, lag sie im Bett und schlief.

39

Tess träumte, aber vielleicht war es mehr als nur ein Traum ...

Der höchste Berg der Erde war neunhundert Meter hoch. Auf drei Seiten ragte er mit steilen, zerklüfteten Hängen aus dem globalen Ozean, höchster Teil eines überfluteten Gebirges. Auf der vierten Seite – nach Osten gerichtet, zur aufgehenden Sonne – hatten Maschinen einen Teil des schroffen Felsgesteins abgetragen und ein fünfhundert Meter hohes, aus siebzehn Terrassen bestehendes Amphitheater geschaffen. Rechts und links führten zwei Haupttreppen nach oben, weiß wie die Alabasterschreine der Namenlosen auf Gizzah, und kleine rubinrote Treppen verbanden die Terrassen miteinander. Überall auf der Erde nannte man diesen Ort »das Denkmal«. Es war nicht nur Interkosmikas Kartografen gewidmet, die bei der Erforschung des Hyperons ihr Leben verloren hatten, sondern seit hundert Jahren auch den Soldaten und Offizieren, die bei den Koloniekonflikten Ruhm und Ehre erlangt hatten.

Große Passagierschiffe lagen im geschützten Hafen vor der Insel. Sie kamen nicht nur von den schwimmenden Städten in der Nähe, nur einige Dutzend Kilometer entfernt, einige von ihnen hatten Hunderte oder Tausende Kilometer zurückgelegt. Pilger und Touristen nahmen weite Reisen auf sich, um das Denkmal zu besuchen. Auf den Landestreifen am Ufer reihten sich Shuttles und Orbiter aneinander, die Besucher aus noch weiter entfernten Städten oder von Raumschiffen in der Umlaufbahn brachten.

Tess blinzelte im Sonnenschein, als sie ihren Orbiter verließ und zusammen mit anderen Passagieren am Ufer entlang zum Denkmal ging. Kinder fragten, Erwachsene antworteten, Männer und Frauen sprachen miteinander – überall erklangen Stimmen. Bots führten Gruppen von Ausflüglern und Touristen zu den Treppen, und Tess schloss sich einer dieser Gruppen an. Für ein paar Sekunden bedauerte sie, dass sie nicht mehr über ein Memex verfügte – damit hätte sie alle relevanten historischen Daten herunterladen und sich an die Geschichte dieses besonderen Orts und der ganzen Erde erinnern können.

Es war warm, doch Tess konnte auf die Thermofunktion ihrer Kleidung verzichten, denn es wehte ein angenehm kühlender Wind. Als sie die rechte Treppe erreichten, erinnerte der Bot die Besucher noch einmal an den Zweck des Denkmals und verkündete:

»Interkosmikas Kartografen und Einrichter haben uns die Türen der Milchstraße und der anderen Galaxien unserer Lokalen Gruppe geöffnet. Mögen ihre Namen und Gesichter nie in Vergessenheit geraten.«

Auf der ersten Terrasse angelangt fuhr der Bot fort: »Der linke Bereich des Denkmals ist Protektor gewidmet, den tapferen Soldaten und Offizieren, die beim Konflikt mit den undankbaren Kolonien für die Erde fielen. Auch ihre Namen gehören der Ewigkeit.«

Tess wandte sich von der Gruppe ab, ging mit langsamen Schritten über die Terrasse und stieg die nächste rote Treppe empor. Niemand sprach sie an. Niemand achtete auf sie. Niemand erkannte sie.

Tafeln, grün wie Jade, eingelassen ins Felsgestein, trugen die Namen der Toten. Tess hatte sich Bilder des Denkmals angesehen. Sie wusste, wo sie suchen musste, und so dauerte es nicht lange, bis sie den ersten der Namen, derentwegen sie hergekommen war, fand: Horace Addison Eridanus.

Als sie die goldenen Buchstaben berührte, bildete sich ein Hologramm, das ihn so zeigte, wie sich Tess an ihn erinnerte: das schmale Gesicht bleich, von Falten und Narben durchzogen. Seine Augen, wach und klug, blickten in die Ferne. Unter dem Gesicht öffnete sich ein Datenfenster, wies auf Leistungen und besondere Ereignisse in seinem Leben hin: siebenundsiebzig Jahre Dienst für Interkosmika, fünfundsechzig eingerichtete Empfangsstationen, noch immer ein Rekord.

Tess kehrte zur roten Treppe zurück und ging bis ganz nach oben, bis zur siebzehnten Terrasse. Dort fand sie die zweite Tafel, die sie suchte.

Der erste Name auf ihr lautete: Sinclair Rosengarten Sagittarius. Sie betrachtete sein junges, ruhiges Gesicht und erinnerte sich an die Impulsivität, die manchmal darin erschienen war, an den Jähzorn, der Feuer in Sinclairs Augen gebracht und Tess an ihren jüngeren Bruder Asgard erinnert hatte. Das Datenfenster im Holo berichtete von einer eingerichteten Empfangsstation und einem frühen Tod.

Das Hologramm verschwand, und Tess las den nächsten Namen: Tess Rosengarten Sagittarius.

Sie sah sich selbst, das Gesicht älter, nicht mehr jung, blass und mit den Falten mittlerer Jahre, in den Augen eine Mischung aus Abgeklärtheit, Erfahrung und Resignation. Aus irgendeinem Grund hatte sie auch Zorn erwartet, aber der fehlte, keine Spur zeigte sich davon.

Worte und Zahlen erschienen im Datenfenster: fünfundzwanzig Dienstjahre, einundvierzig eingerichtete Empfangsstationen, Tod auf PO 193349c im Eridanus-Sektor, genannt Corricund.

»Fünfundzwanzig Jahre?« Es standen Personen vor den anderen Gedenktafeln, aber Tess sprach so leise, dass niemand sie hörte. »Wie sind aus zehneinhalb Jahren fünfundzwanzig geworden?« Und was hat mich umgebracht?, fügte sie in Gedanken hinzu.

Das Datenfenster gab keine Antwort auf diese Fragen. Es schloss sich, und mit ihm verschwand das Gesicht.

Später, an Bord eines Lichtschiffs, das sie zum Jupitermond Europa mit der größten Hyperon-Station im Sol-System brachte, verband sie sich mit dem Bibliotheksnetz und rief Informationen über Tess Velazca ab. Das Informations-Holo präsentierte eine Liste der von ihr eingerichteten Empfangsstationen und wies auch darauf hin, unter welchen Umständen sie ums Leben gekommen war: »Tess Velazca bzw. Tess Rosengarten Sagittarius starb im Alter von dreiundfünfzig Jahren auf Corricund. Sie kam zusammen mit der berüchtigten Zara Wunca Eridanus bei einem Angriff von Protektor auf einen Stützpunkt der Aufständischen ums Leben.«

40

Zitternd und die Haut feucht von kaltem Schweiß erwachte Tess in ihrer Kabine. Danach saß sie eine Zeit lang in einer Ecke, mit angezogenen Beinen, die Arme um die Knie geschlungen. Die wenige diffuse Helligkeit stammte von den Orientierungslichtern an der Decke, winzig wie ferne Sterne.

Sie atmete schwer, ihr Herz schlug so heftig, als wollte es ihre Brust sprengen.

»Ida?«, brachte sie hervor.

»Du bist schon wach?«

»Wie lange habe ich geschlafen? Ist alles in Ordnung?«

»Es sind nur zwei Stunden vergangen, Tess, und natürlich ist alles in Ordnung. Andernfalls hätte ich dich geweckt.« Nach einer kurzen Pause fügte der Kognitor hinzu: »Brauchst du etwas?«

»Nein«, sagte Tess. »Nein, ich brauche nichts.«

Sie stand auf, wankte zur Hygienezelle und blickte dort in den Spiegel, der ihr ein glattes Gesicht zeigte, das einer jungen Frau.

Hinter ihr im dunklen Zimmer bewegte sich etwas.

Tess wirbelte herum.

Von einem Augenblick zum anderen raste ihr Puls.

Es war still, sie hörte nicht einmal das Summen von Triebwerk und Gravitationsmotor, und sie zwang sich, langsam und mit offenem Mund zu atmen, um keine eigenen Geräusche zu verursachen.

Nichts.

Langsam trat sie einen Schritt vor.

Ein Teil der Dunkelheit, unerreicht von den Orientierungslichtern, schien sich zu verdichten. Eine Gestalt zeichnete sich dort ab, mit unnatürlich langem Oberkörper.

»Licht an!«, sagte Tess mit rauer Stimme.

Es wurde hell, und die dunkle Gestalt verschwand.

Die Bettdecke war halb zu Boden gerutscht, das Laken kraus. Kleidung lag auf dem Stuhl neben der Kommode.

»Ida, haben deine Sensoren etwas Ungewöhnliches in meiner Kabine bemerkt?«

»Nein, Tess.«

Sie schloss die Augen, wartete einige Sekunden und öffnete sie wieder. Nichts.

»Stimmt etwas nicht, Tess?«, fragte der Kognitor.

Sie schloss erneut die Augen und musste sich überwinden, um zu sagen: »Licht aus!«

Sie glaubte, die Dunkelheit zu fühlen, wie einen Druck auf Körper und Geist. Am liebsten hätte sie sofort die Augen erneut aufgerissen, doch sie gab dem Drang nicht nach und wartete endlos lange Sekunden.

Als sie die Lider hob, stand der Dunkle direkt vor ihr.

Er beugte sich ihr entgegen, die silbergrauen Augenschlitze mit dem schwachen Glühen darin kamen näher.

Ich bin bei dir, hauchte die finstere Gestalt.

Der Dunkle streckte die Hand aus und berührte Tess an der Stirn. Mit ihrer eigenen Stimme sagte er laut und deutlich: »Ich habe die Zukunft gesehen. Ich habe gesehen, was sein wird.«

Tess schnappte nach Luft. »Licht an!«

Die Dunkelheit verschwand erneut aus dem Zimmer und mit ihr wieder jene Gestalt, die Tess zum ersten Mal auf Zuflucht gesehen hatte, bei dem fremden Schiff.

Einige schnelle Schritte brachten sie zu der Kleidung auf dem Stuhl. Sie nahm die Hose, griff in die Tasche, fühlte den Stein und ließ die Hose sinken.

Dann trat sie in die Mitte der Kabine, sah sich um und hielt nach fremden Dingen Ausschau. Alles wirkte vertraut.

»Ida …«

»Du klingst besorgt, Tess.«

»Wir sind nicht allein an Bord dieses Schiffes«, sagte Tess. »Ich meine, ich bin nicht allein an Bord. Etwas ist hier bei uns.«

Einige Sekunden verstrichen. Tess blickte sich erneut um.

»Ich habe das Schiff gescannt«, erklang die Stimme des Kognitors. »Außer dir befindet sich niemand an Bord. Die derzeitigen Belastungen der Lebenserhaltungssysteme entsprechen genau denen, die man von einer Person erwarten kann.«

Tess atmete tief durch und versuchte, sich zu beruhigen.

»Schick Hieronymus zu mir. Und zwei andere Bots. Ausgerüstet mit Sensoren und Scannern.«

»Du glaubst, dass sich das fremde Etwas bei dir befindet?«

»Ja.«

»Hieronymus und zwei Bots sind zu dir unterwegs. Darf ich deine Kabine sondieren?«

»Gern«, sagte Tess. »Und zwar gründlich.«

Es gab Schatten in der Kabine, unter dem Tisch, beim Schrank, in der Hygienezelle, hinter dem Bett. Aber keiner von ihnen war groß und dicht genug, um jene Gestalt zu verbergen, die Tess zu sehen geglaubt hatte.

»Sondierung ist erfolgt«, meldete der Kognitor. »Du bist allein, Tess. Niemand befindet sich bei dir. Zumindest kein Organismus, den meine Sensoren entdecken können.«

Ein akustisches Signal erklang.

»Tür auf!«, sagte Tess.

Hieronymus schwebte herein, diesmal als eine Kugel mit mehreren stangenartigen Erweiterungen und sieben flexiblen Greifarmen. Ihm folgten zwei kleine Montagebots mit Sensorbündeln.

»Zu Diensten«, erklärte Hieronymus mit einer Stimme, die fast wie die von Sinclair klang.

Tess verzog das Gesicht. »Bitte leg dir eine andere Stimme zu, Hieronymus.«

»Wie Sie wünschen«, antwortete der Bot, und diesmal schien eine ältere Frau zu sprechen.

Tess setzte sich aufs Bett. »Du bleibst bei der Tür, Hieronymus. Und die beiden Bots ... rechts und links vom Bett.« Als alle drei Bots die gewünschten Positionen eingenommen hatten, sagte Tess: »Ich möchte, dass du weiterhin scannst und sondierst, Ida. Im gesamten elektromagnetischen Spektrum.«

»Wonach genau soll ich Ausschau halten, Tess?«, fragte der Kognitor.

»Als wir auf Zuflucht waren...« Tess schilderte die Ereignisse und beschrieb noch einmal den Traum, in dem sie auf Rosengarten gewesen war und am Ufer des Obsidians einen Stein aufgehoben hatte, der sich auf rätselhafte Weise noch immer, außerhalb des Traums, in ihrem Besitz befand. Sie erzählte von ihrem Erwachen im Wald der blauen Bäume, wie sie sich dort mit bloßen Füßen im kalten gefrierenden Schlamm wiedergefunden und den verletzten Horace entdeckt hatte. Sie beschrieb »das Stück Nacht«, das plötzlich lebendig geworden war, sich ihr genähert und sie berührt hatte, bevor es in dem fremden Schiff verschwunden war.

Hieronymus und die beiden anderen Bots nahmen den Bericht ungerührt hin.

»Bist du sicher, dass die Gestalt in dem fremden Schiff verschwunden ist?«

Tess rief die betreffende Szene aus ihrem Gedächtnis. »Ja, ziemlich sicher.«

»Aber nicht ganz sicher?«

»Es war dunkel. Ich war desorientiert. Nein, ganz sicher bin ich nicht.« Ein Bild entstand vor ihrem inneren Auge. Es zeigte Tess die graue Hülle des fremden Schiffs und die wellenförmigen Muster, die von der Stelle ausgingen, wo ihr Finger das Material, hart wie Metall, berührt hatte. Sie glaubte, noch einmal den Ton zu hören, den sie beim ersten Kontakt vernommen hatte, ein kurzes leises *Ping!*

»Du hast es gerade selbst gesagt«, erwiderte der Kognitor sanft. »Du warst desorientiert. Vielleicht haben dir deine Sinne einen Streich gespielt.«

Ein Ton vom fremden Schiff, dachte Tess. Und einer von den Oktopoden des Obsidians.

»Eben aber hatte ich einen klaren Kopf«, sagte sie. »Bereit zum Scannen und Sondieren?«

»Ja«, bestätigte der Kognitor.

»Licht aus!«

Es wurde dunkel.

Tess atmete schneller.

Die Orientierungslichter leuchteten erneut wie Sterne in dunkler Nacht. Nichts bewegte sich, es herrschte wieder Stille.

Eine Minute verging. Tess hörte nur das Pochen ihres Herzens.

»Nichts«, sagte sie schließlich. »Er ist nicht mehr hier. Licht an!«

»Er?«, fragte der Kognitor.

»Der Dunkle.« Tess stand auf. »So nenne ich ihn in Ermangelung einer besseren Umschreibung und eines Namens.«

Ihr Blick fiel auf die Bettdecke – sie lag nicht mehr halb auf dem Boden.

»Hat einer der Bots die Bettdecke berührt?«

»Nein«, antwortete Hieronymus.

»Sie liegt anders.« Tess' Stimme klang wieder rau. »Jemand hat sie aufs Bett gezogen.«

»Meine Sensoren und Scanner haben nichts Ungewöhnliches bemerkt«, teilte ihr der Kognitor mit. »Du solltest die Möglichkeit von Sinnestäuschungen in Erwägung ziehen.«

Tess sah auf ihre Hände hinab, die zu zittern begannen. »Du meinst, ich könnte ... verrückt sein?«

»Nein, Tess, das meine ich nicht«, sagte der Kognitor. »Du hast viel hinter dir und einen großen Verlust erlitten. Sogar zwei, wenn man Horace Addison mitzählt. Du führst ein völlig anderes Leben als jenes, das du dir auf Rosengarten erhofft hast, und nach meinem derzeitigen Kenntnisstand erwarten dich noch mindestens zehn Jahre Dienst für Interkosmika. Vermutlich fällt es dir noch immer schwer, mit alldem fertigzuwerden.«

Tess dachte an ihren Traum, an den Besuch des Denkmals auf der Erde, an ihren Namen auf der Gedenktafel und den Hinweis, dass ihr anderes Selbst fünfundzwanzig Jahre lang im Dienst von Interkosmika gestanden hatte.

Und sie dachte an das zerstörte Heck der *Pegasus,* an den Tod und die Verwüstung in dem großen Kolonistenschiff. Gab es auf Zuflucht tatsächlich etwas, das Menschen wahnsinnig werden ließ? Und hatte sie es berührt?

Sie griff nach ihrer Kleidung. »Bereite die Krankenstation vor, Ida! Für einen Hirnscan. Für eine sorgfältige neurologische Untersuchung. Wir haben vier Tage Zeit, um herauszufinden, ob mit mir alles in Ordnung ist oder nicht.«

Esprit

41

Vier Tage waren gar nicht nötig, drei Stunden genügten. Tess saß in der kleinen Krankenstation des Explorers vor dem Diagnose-Holo und betrachtete die Untersuchungsbilder.

»Es gibt keine organischen Veränderungen?«, fragte sie. »Du bist ganz sicher?«

»Ja. Es lassen sich keine Gewebeveränderungen feststellen. Dein Gehirn funktioniert, wie es funktionieren soll.«

Tess bediente die Kontrollen, und die Bilder des Diagnose-Hologramms wechselten. Scheibe für Scheibe ging es tiefer hinein ins Gehirn, bis sie schließlich ein Areal etwa in der Mitte des Kopfes erreichte.

»Hier gibt es eine rote Markierung. Was bedeutet sie?«

»Was du dort siehst, ist der Hypothalamus. Bist du mit seinen Funktionen vertraut?«

»Er ist das wichtigste Steuerzentrum des vegetativen Nervensystems«, sagte Tess. »Ich bin keine Neurospezialistin, aber wenn ich mich richtig erinnere, sorgt der Hypothalamus für eine Art innere Balance.«

»Man könnte es so ausdrücken. Das vegetative System reguliert unter anderem Temperatur und Blutdruck, Nahrungs- und Wasseraufnahme sowie die circadiane Rhythmik und den Schlaf.«

»Warum ist mein Hypothalamus rot markiert?«

»Weil er bei dir besonders aktiv ist«, erklärte der Kognitor. »Meine Bibliotheken enthalten den Hinweis, dass der Hypothalamus bei bestimmten Bewohnern von Rosengarten mit dem Esprit in Verbindung steht. Viel mehr Informationen stehen mir leider nicht zur Verfügung. Der Esprit scheint ein Phänomen zu sein, das sich auf deinen Heimatplaneten beschränkt, und offenbar sind nur wenige Personen davon betroffen.«

»Einer von zehntausend Menschen«, murmelte Tess und betrachtete ihren Hypothalamus, ein rotes Miniorgan mitten in ihrem Kopf. Von vorn sah er aus wie ein kleines Herz. »So heißt es bei uns. Ich bin die einzige Velazca mit dem Esprit.«

»Bist du deshalb Sängerin geworden? Gibt es einen Zusammenhang mit deiner besonderen Stimme?«

»Das kann durchaus sein.«

»Du weißt es nicht?«

»Nein.«

»Bist du der Sache nie auf den Grund gegangen?«

Tess blätterte weiter durch ihr Gehirn, eine Aufnahme nach der anderen. »Der Esprit ist eine Gabe, die man nicht infrage stellt. So habe ich es gelernt. Man akzeptiert sie mit Dankbarkeit, und man versucht, das Beste aus ihr zu machen.«

»Was ist er genau? Eine besondere geistige Fähigkeit?«

Einem Menschen gegenüber hätte sich Tess geweigert, diese Frage zu beantworten, denn sie betraf etwas sehr Persönliches, etwas Intimes. Doch Ida war kein Mensch und fast so etwas wie ein Freund.

»Der Esprit ist ...« Tess suchte nach Worten. »Eine Erweiterung der Seele. Ein zusätzlicher Arm, den man bis zum Horizont ausstrecken kann und darüber hinaus. Ein Fenster zum Kosmos. Ein Ohr, mit dem man die Geschichten versteht, die der Wind in hohen Baumwipfeln erzählt. Der Esprit ist viel, viel größer als wir. Wer ihn hat ... spürt den Herzschlag unserer Welt.«

»Woher stammt er?«

Tess überlegte und dachte an ihre Kindheit zurück. »Niemand weiß es genau. Der Esprit bedeutet eine besondere Verbundenheit mit unserer Welt Rosengarten, mit dem Obsidian.«

»Und den Oktopoden darin?«

Tess nickte langsam. »Ja, auch mit ihnen.«

»Als du das fremde Schiff berührt hast, Tess ... Etwas könnte versucht haben, Kontakt mit dir herzustellen, über den Esprit.«

Tess dachte darüber nach. »Gibt es Anhaltspunkte dafür?«

»Nein, ich spekuliere. Ich ziehe alle Möglichkeiten in Betracht.«

Tess deaktivierte das Diagnose-Holo, stand auf und sah sich in der kleinen Krankenstation um. Auch hier gab es Schatten, zwischen den Konsolen, aber keiner von ihnen war groß genug für einen Humanoiden, der einen Menschen überragte.

»Ich bin also gesund.«

»Ja, du bist gesund. Und müde und erschöpft. Du solltest schlafen.«

»Wenn ich die Augen schließe ...«

»Ich könnte dir etwas geben. Ich könnte dich betäuben.«

»Nein«, lehnte Tess sofort ab.

»Was auch immer geschieht, was auch immer du siehst und hörst: Ich bin bei dir, ich kann dir helfen.«

Als Tess die Krankenstation der *Ida* verließ, hörte sie ein leises *Ping!* und eine Stimme zwischen ihren Ohren: Ich bin in dir.

Neun Sonnen

42 Das Neungestirn bestand aus neun Sonnen, zwei von ihnen riesig, sieben klein, kleiner als die Sonne der Erde. Die beiden Roten Riesen waren einander so nahe, dass sich eine Materiebrücke zwischen ihnen spannte, und die wiederum schuf jene Energieriffe, die ihre Spuren in Horaces Gesicht hinterlassen hatten.

Die anderen Mitglieder des Neungestirns, sieben Rote Zwerge, umkreisten die beiden Giganten vom Antares-Typ auf komplizierten Bahnen, jedes von ihnen mit einer eigenen Planetenschar. Gravitationelle und energetische Gezeitenkräfte erschwerten die Navigation im Innern des Neungestirns. Kognitive mobile Bojen markierten die sicheren Routen für interplanetare Lichtschiffe und Transporter, die zwischen den Sonnen des Neungestirns verkehrten.

Die *Ida* erschien an der Spitze eines zwei Kilometer langen Rezeptordorns und musste sofort Platz machen, denn fast im Minutentakt trafen weitere Schiffe beim Neungestirn ein: Frachter mit militärischen Printern, kilometerlange Schlachtschiffe, kleinere Fregatten und Korvetten, begleitet von Jägern, Klippern und Orbitern. Nach und nach kam eine ganze Einsatzflotte zusammen: siebenundneunzig Kampfschiffe mit mehr als fünfzigtausend Soldaten.

Die Navigationsbojen in der Nähe sandten unablässig Warnsignale für die zivilen Schiffe: Sie sollten der Flotte und der Empfangsstation nicht zu nahe kommen. Interkosmika-Schiffe wie die *Ida* wurden aufgefordert, auf sichere Positionen zurückzuweichen.

Tess beobachtete die Flotte in einer schematischen Darstellung des Neungestirns. Die Schiffe bildeten zwei lange Ketten vor den lokalen Knotenpunkten des Hyperons.

»Sie bereiten sich auf einen gemeinsamen Transfer vor«, sagte der Kognitor.

»Wohin?«

»Ich nehme an, dass ein neuer Angriff auf die dreiundzwanzig aufständischen Kolonien bevorsteht. Von hier aus gibt es mehrere direkte Verbindungen. Wir sind angewiesen zu warten.«

Tess betrachtete die Anzeigen der Kommandokonsole. »Warum? Es gibt einen dritten Knotenpunkt, den wir für den Sprung ins Hyperon nutzen könnten.« Sie zeigte auf den zweiten Roten Zwerg namens Ardad. Sechs Planeten umkreisten ihn. »Wir brauchen kein stabiles Gleis. Für unseren Sprung *gibt* es kein stabiles Gleis.«

»Die Flotte hat oberste Priorität«, verkündete der Kognitor. »Das energetische Gleichgewicht im Neungestirn ist sehr empfindlich. Protektor befürchtet Instabilität im Hyperon durch unseren Sprung. Man will kein Risiko eingehen. Also müssen wir warten.«

War so eine Instabilität damals auch Horace zum Verhängnis geworden?, überlegte Tess.

Die Kommunikationskontrollen zeigten Aktivität.

»Wie lange?«, fragte Tess.

»Zwei oder drei Tage, wurde mir mitgeteilt.«

In einem der großen Holos glitt die ursprünglich von Horace eingerichtete Empfangsstation vorbei. Aus der einfachen Ansammlung von Kästen und Kugeln, die ein Printer hergestellt hatte, war in den vergangenen fünf Jahrzehnten ein Oktaeder geworden mit einem Durchmesser von mehr als einem Kilometer und hundert Meter langen Kalibratoren und Sensorketten an jedem Eckpunkt. Licht fiel aus Panoramafenstern und offenen Hangars. Kleine blinkende Positionslampen wiesen auf Montagebots hin, die Reparaturen vornahmen oder die Station um ein weiteres Modul erweitern.

Im Hintergrund leuchteten fünf der sieben Zwergsonnen: Silas, Mirtha, Penzal, Ustir und Kelskelwa. Die beiden anderen, Ardad und Elmera, befanden sich weiter »oben«, ebenso wie die beiden Roten Riesen Tasyend und Ruangen mit der Materiebrücke zwischen ihnen.

Der Gravitationsmotor summte, und die Entfernung zur Empfangsstation wuchs. Ardad und Elmera kamen ebenfalls in Sicht, und wenige Minuten später schien das obere Drittel der Holos zu brennen, als die beiden roten Giganten mit der Feuerbrücke zwischen ihnen einen Teil des Darstellungsbereichs beanspruchten.

»Horace wäre dort beinah umgekommen, nicht wahr?«

»Ja. Sein Hyperon-Flug endete zu dicht bei der Materiebrücke.«

Tess betrachtete das gleißende Band zwischen den beiden Roten Riesen, die sieben kleineren Sonnen und die eingeblendeten Bahnen ihrer Planeten.

»Erstaunlich, dass unter solchen Bedingungen Planeten entstehen konnten, auf denen sich sogar Leben entwickelt hat. Ein solches System kann doch nicht stabil sein, oder?«

»Vielleicht kommt es darauf an, wie man Stabilität definiert«, antwortete der Kognitor. »Während der nächsten hunderttausend Jahre wird es keine großen Veränderungen geben. Erst dann könnten Silas und Kelskelwa durch die gravitationellen Wechselwirkungen mit Tasyend einige ihrer Planeten verlieren. In zehn Millionen Jahren könnte das System der vierten Zwergsonne namens Mirtha instabil werden, und das wäre sehr bedauerlich, denn Bousk, einer von Mirthas Planeten, hat eine komplexe Biosphäre. Unabhängige Siedler haben sich dort niedergelassen und vor zwanzig Jahren eine Provisorische Bibliothek gegründet, die beste weit und breit, wie es heißt. Was die Entstehung von Leben betrifft, Tess ... Wir wissen inzwischen, dass der Sprung vom Unbelebten zum Belebten überall dort erfolgt, wo es die Umweltbedingungen nicht völlig ausschließen. Wir wissen auch, dass dieser Sprung durchaus nicht so groß ist, wie man lange glaubte. Das Leben ist eine natürliche Eigenschaft von Materie und Energie. Für die Entwicklung der ersten Mikroorganismen reichen manchmal schon einige Millionen Jahre, und das Neungestirn ist schon länger relativ stabil.«

Tess betätigte die virtuellen Kontrollen, und im großen Holo erschienen Orbitaldaten. Bunte Linien stellten die Flugbahnen aller Himmelskörper des Neungestirns dar – es sah nach einem bunten Knäuel aus.

»Aber kein intelligentes Leben«, sagte sie nachdenklich.

»Auf der Erde hat die Entwicklung von intelligentem Leben mehrere Jahrmilliarden gedauert«, erklärte der Kognitor. »An einer bestimmten Stelle der Evolution kam es zu einem Sprung vielleicht größer als jener, durch den das Leben selbst entstand. Wir wissen noch immer nicht genau, was den Unterschied zwischen einfachem Leben und Intelligenz bewirkte. Es gibt viele Spekulationen.«

»Göttliches Einwirken?«

»Woraus sich sofort die Frage ergäbe, wer oder was die betreffende göttliche Entität geschaffen hat«, entgegnete der Kognitor. »Die Verkettung von Ursache und Wirkung wird verlagert, die Antwort weiter hinausgeschoben. Wir müssen nach einer wissenschaftlichen Erklärung suchen, nach Fakten. Dass die Suche bisher erfolglos blieb, bedeutet nur, dass an den falschen Stellen gesucht wurde.«

»Aber intelligentes Leben außer uns Menschen existiert.«

»Es existierte«, korrigierte der Kognitor. »Vor hundert Millionen Jahren.«

»Es existiert *jetzt*«, sagte Tess mit fester Stimme. »Es befand sich auf Zuflucht.« Und es ist hier, fügte sie in Gedanken hinzu.

»Wir wissen nicht, wie alt das fremde Schiff auf Zuflucht ist«, gab der Kognitor zu bedenken. »Ich bedauere, dass ich keine Gelegenheit hatte, mehr Daten zu gewinnen.«

»Interkosmika und Protektor untersuchen es. Können wir irgendwie an die Untersuchungsergebnisse gelangen?« Tess beobachtete die Schiffsbewegungen im Neungestirn. Die *Ida* fügte all den Navigations- und Flugbahnlinien die eigene hinzu.

»Ich habe keinen Zugriff auf die Datenbanken und Kommunikationsnetze von Interkosmika und Protektor.«

Tess überlegte. »Wir sind noch immer in der Nähe der Empfangsstation. Du könntest versuchen, per Datenlink mit ihrer Hyperkommunikation ...«

»Nein«, unterbrach der Kognitor. »Ein Zugriffsversuch per Hyperkomm bliebe nicht unbemerkt. Es ist davon auszugehen, dass man mich identifizieren würde, schließlich sind die Netze und Datenbanken von Interkosmika und Protektor besonders gut geschützt. Und wenn ich identifiziert werde, würden die Konsequenzen dich betreffen.«

»Eine Strafe? Noch mehr Dienstjahre?«

»Das wäre eine Möglichkeit.«

Tess sah sich auf der obersten Terrasse des Denkmals auf der Erde stehen, vor einer Gedenktafel mit dem Namen einer anderen Tess, die nach fünfundzwanzig Jahren Obligat-Arbeit für Interkosmika gestorben war.

Sie schloss die Hände etwas fester um die Armlehnen des Kommandosessels. »Was erwartet mich tiefer im Herakia-Sektor, Ida?«

»Das weiß ich leider nicht genau. Der vorgesehene Einsatzort befindet sich bei PO 27 449, einer Sonne vom G-Typ, siebenhunderteinundsechzig Lichtjahre vom Neungestirn entfernt. Über die Beschaffenheit des dortigen Planetensystems ist nichts bekannt. Für PO 27 449 ist eine große Empfangsstation vorgesehen, deren Bau länger dauern wird. Die Größe deutet darauf hin, dass die Station auch und vielleicht vor allem militärischen Zwecken dienen soll. Ich gehe von einer strategischen Bedeutung des Sonnensystems aus. Möglicherweise gibt es von dort direkte Verbindungen zu den aufständischen Kolonien.«

»Zeig mir eine Karte«, verlangte Tess.

Ein weiteres Holo entstand neben dem mit der Darstellung des Neungestirns. Tess las die Hinweise, besah sich die Position der Sterne und ihre Markierungen.

»Wenn es von unserem Zielort direkte Verbindungen gibt, könnte Protektor den Dreiundzwanzig in den Rücken fallen.«

»Das wäre möglich, ja.«

»Und wir würden dabei helfen.«

»Ja. Genaueres erfahren wir, wenn wir vor Ort sind und die lokalen Hyperon-Gleise erkennen.«

»Holos aus!«, sagte Tess abrupt.

Die Hologramme verschwanden, und es wurde dunkler in Horaces Nest. Schatten krochen aus den Ecken. Eine Zeit lang betrachtete Tess sie argwöhnisch.

Sie schloss die Augen, auch auf die Gefahr hin, dass der Dunkle erschien, und zwang sich, rational über ihre Situation nachzudenken, dabei alle emotionalen Aspekte auszuklammern.

»Wir wissen nichts über unseren Zielort.«

»Wir wissen nur sehr wenig über PO 27 449«, berichtigte der Kognitor.

»Es ist ein Sprung ins Ungewisse.«

»Ja.«

»Unbekannte Gefahren erwarten uns.«

»Wieder ja, Tess.«

»Beim ersten Mal war es sehr knapp. Wir hätten sterben können.«

»Horace ist gestorben. Und Sinclair ...«

Schmerz durchzuckte Tess. Sie kniff die Augen noch etwas fester zu.

»Zehneinhalb Jahre«, sagte sie. »Mit wie vielen Kartografierungsmissionen wird mich Interkosmika in den kommenden zehneinhalb Jahren beauftragen?«

»Schwer zu sagen, Tess. Es kommt darauf an, wie groß die Empfangsstationen sind, die du bauen und einrichten sollst. Vielleicht werden es zwanzig Missionen sein. Oder auch vierzig oder fünfzig.«

»Wie groß ist die Wahrscheinlichkeit, dass ich bei einer dieser Missionen in Lebensgefahr gerate?«

»Ich gebe gut auf dich acht, Tess.«

»Sie ist sehr groß«, beantwortete sie ihre eigene Frage. »Und selbst wenn ich überlebe: In zehneinhalb Jahren kann ich nicht mehr nach Harmonie.«

Einige Sekunden lang herrschte Stille. Tess überlegte, ob es ihrer Schwester Anita ähnlich ergangen war. Einen Berg zu erklimmen, dessen Gipfel nicht mit jedem Schritt näher kam, sondern der sich immer weiter entfernte, wie lange man auch kletterte. Irgendwann verlor man die Hoffnung, und dann traf man vielleicht drastische Entscheidungen.

»Welche anderen Möglichkeiten gibt es, mich vom Obligat zu befreien, Ida?«

»Abgesehen von der Arbeit für Interkosmika? Du müsstest auf eine andere Art und Weise genug Geld verdienen, um die Schulden zu begleichen. Mindestens achtundfünfzig Millionen Kreditpunkte. Das ist viel, wirklich *viel*. Und es gibt keine andere Arbeit, die besser bezahlt wird als die eines Hyperon-Kartografen.«

»Was ist mit juristischen Mitteln?«, fragte Tess. »Ich habe eine Strafe bekommen, Interkosmika hat meine Dienstverpflichtung erhöht. Kann ich dagegen klagen?«

»In der langen Geschichte von Interkosmika war nur zweimal eine Klage gegen ein Obligat erfolgreich«, antwortete der Kognitor.

»Wie sind die Kläger vorgegangen?«

»Das weiß ich leider nicht. Mir fehlen entsprechende Informationen. Aber vielleicht ...«

»Ja?«

»Die Provisorische Bibliothek auf Bousk enthält Daten aller Art. Möglicherweise befindet sich auch juristisches Material darunter.«

Tess öffnete die Augen. »Bring mich nach Bousk, Ida!«

43

Die *Ida* wartete in einer niedrigen Umlaufbahn, angedockt an eine Transitstation nur zweihundert Kilometer über Bousk, einem Planeten etwas größer als Rosengarten. Ein Orbiter brachte Tess hinab nach Immigration, einer kleinen Stadt, die als Zwischenstation für Kolonisten diente, die sich auf Bousk niederlassen wollten, sowie als Ausgangsbasis für Besucher, Forscher und Abenteuerlustige.

Die Stadt hatte nicht mehr als vierzigtausend permanente Einwohner und lag am Ufer eines smaragdgrünen Sees, in dem gerade die Blütezeit begonnen hatte. In der Nacht, wenn nicht mehr alle neun Sonnen am Himmel standen, sondern nur noch zwei oder drei der kleinen, konnte man glauben, das Wasser des Sees würde kochen: Es blubberte und brodelte, Gasblasen stiegen auf, es bildete sich Schaum, und Wellen ließen die Boote der Beobachter schaukeln. Meistens dauerte es dann nicht lange, bis sich die ersten Medusen zeigten, Geschöpfe in einem schimmernden Violett, mit langen silbernen Nesselfäden. Bei ihrem wilden Tanz an der Oberfläche gebaren sie kleine Geschöpfe wie eine Mischung aus Libelle und Schmetterling, und diese Wesen flogen empor und setzten den Tanz in der Luft fort.

Tess beobachtete das Schauspiel von Bord eines Wasserfahrzeugs aus, das angetrieben von Segeln und einem Elektromotor über den Fluss fuhr, der den See speiste. Die Reise zur Provisorischen Bibliothek dauerte auf diese Weise mehrere Stunden. Mit einem Luftwagen hätte sie ihr Ziel in wenigen Minuten erreicht, aber Tess hatte Zeit genug – mindestens zwei Tage – und wollte die Gelegenheit nutzen, unter Menschen zu sein. Sie wollte das Wasser rauschen hören und fühlen, wie ihr der Wind übers Gesicht strich.

Als sie an der Reling stand und die Augen schloss, ohne Furcht vor dem Erscheinen des Dunklen, konnte sie sich der Illusion hingeben, auf Rosengarten zu sein und mit einem Boot über das Obsidian zu fahren.

Dies war eine Welt, auf der es nie dunkel wurde. Es gab Schatten, aber das Licht war nie weit, es fehlte nie ganz, und vielleicht fiel deshalb nach und nach die Anspannung von ihr ab. Die Nähe der anderen Passagiere – hauptsächlich Menschen aus den Orion- und Sagittarius-Sektoren, Männer, Frauen und Kinder, Jung und Alt – gaben ihr ein wohliges Gefühl der Sicherheit, und Tess lächelte gefühlt seit Jahren zum ersten Mal.

Sie blieb auch dann an der Reling stehen, als erste Stromschnellen die Fahrt unruhiger machten. Die Strömung wurde schneller, die Wellen wurden höher und schmetterten gegen Felsen, die Luft war voller Gischt. Tess wischte sich die Feuchtigkeit von den Wangen und schmeckte sie an den Fingerkuppen: nicht salzig wie ein Meer, nicht so herb wie das Obsidian, sondern weich und aromatisch, ein bisschen wie Jasmin.

Nach einer halben Stunde, als der Fluss wieder ruhiger wurde, setzte sie sich, um die Beine zu schonen – die Schwerkraft von Bousk war etwas höher, und Tess hatte auf die Mitnahme eines Mikrogravitators verzichtet, der den Körper entlastete. Vom Bug des Schiffes aus beobachtete sie die Vegetation an den Ufern: Bäume und Sträucher mit spiralförmigen Ästen und Zweigen, die Blätter nicht grün, sondern dunkler. Für das ungewohnte Auge wirkten die Farben ein wenig falsch und verschoben – alles hatte einen Hauch von Violett, weil Bousks Atmosphäre bestimmte Wellenlängen des roten Lichts filterte.

Jemand setzte sich neben sie und streckte die Beine aus.

»Hallo! Ich nehme an, Sie sind zum ersten Mal hier.«

Die freundlich klingenden Worte stammten von einem Mann, der nur wenige Jahre älter schien als Tess. Seine Kleidung – Hose, Hemd und Jacke – trug keine Abzeichen. Dunkelblondes Haar ragte unter einer Mütze hervor; eine Strähne reichte ihm tief in die Stirn, und der Wind spielte damit.

Der Mann deutete auf die Immunisierungsmanschette neben dem Signalband an ihrem Handgelenk. »So etwas braucht man nur beim ersten Besuch. Wenn überhaupt. Die einheimischen Mikroorganismen sind keine Gefahr für uns. Menschen sind zu fremdartig für sie.«

»Geben Sie sich keine Mühe«, sagte Tess. »Ich bin nicht interessiert.«

»Oh, keine Sorge, es geht mir nicht darum.« Der Mann lachte, und auch sein Lachen klang freundlich. »Ich möchte nur ein bisschen reden. Die Zeit vertreiben. Darf ich mich vorstellen? Ich heiße Simon. Und Sie sind?«

Tess schwieg. Es wurde heller, zwei weitere rote Zwergsonnen gingen auf, und die Farben des Uferwalds veränderten sich, die violetten Töne bekamen mehr Kraft.

»Sie sind Kartografin, Respekt.« Der Mann namens Simon deutete auf die Abzeichen am Kragen ihrer Jacke. Tess trug sie nicht, weil es ihr gefiel, sondern weil die Bestimmungen des

Vertrages mit Interkosmika es so vorgaben und sie keine weitere Strafe riskieren wollte. »Leuten wie Ihnen verdankt die Menschheit viel. Immer wieder riskieren Sie Ihr Leben, um für uns die Grenzen des erreichbaren Universums weiter hinauszuschieben. Woher kommen Sie, Namenlose? Was führt Sie hierher?«

Tess seufzte. »Ich möchte einfach nur die Fahrt genießen.«

»Ich bin hier geboren«, fuhr Simon fort. »Die zweite Generation bouskanischer Unabhängiger. Wir gehören weder zu den Kolonien noch zur Erde oder zu sonst jemandem. Natürlich müssen wir auf viele Dinge verzichten, darum führen wir ein recht einfaches Leben. Aber dafür sind wir frei. Niemand sagt uns, was wir zu tun und zu lassen haben.«

Tess überlegte, ob sie aufstehen und einen anderen Platz wählen sollte.

»Spielen Sie mit dem Gedanken, sich hier bei uns niederzulassen?«, fragte Simon.

»Ich habe vor, zwei Tage auf Bousk zu verbringen«, sagte Tess. »In Ruhe und Frieden. Allein.«

»Und in Freiheit?« Simon lächelte. »Das hier ist nämlich eine freie Welt.«

Er schien einige Sekunden lang auf eine Antwort zu warten. Als keine kam, stand er auf. »Ich verstehe. Bitte entschuldigen Sie meine Aufdringlichkeit, sollten Sie sich belästigt gefühlt haben. Ich wünsche Ihnen angenehme zwei Tage auf Bousk.«

Tess sah ihm nach, bis er zwischen den anderen Passagieren verschwand.

44

Die Provisorische Bibliothek von Bousk war in einem langen kastenförmigen Gebäude untergebracht, das umringt von einfachen Häusern in einem schmalen Tal stand. Der Landeplatz für Luftwagen erstreckte sich neben der Anlegestelle am Fluss, der das Tal geschaffen hatte.

Tess verließ das Schiff mit vier anderen Passagieren, die wie sie nicht von Bousk stammten, und beobachtete, wie es ablegte und die Fahrt fortsetzte. Simon war an Bord geblieben, stellte sie erleichtert fest.

Sie blieb zunächst am Rand der Anlegestelle stehen und suchte nach einem Gefühl für den Ort. Das Schiff entfernte sich mit summendem Elektromotor und aufgeblähten Segeln, dann wurde es still, und man hörte nur noch Wasser und Wind. Die Felshänge zu beiden Seiten des Tals ragten steil auf, weit oben glänzte rötliches und violettes Eis. Tess fragte sich, wie es sein mochte, sein ganzes Leben auf einem solchen Planeten zu verbringen, auf einer Welt, die keine richtige Nacht kannte.

Freiheit, dachte sie. Ein Wort mit verlockendem Klang.

Langsam ging sie über den Weg, der zu den Gebäuden führte, ihre Schritte schwer von der höheren Gravitation. Mehrere Männer und Frauen kamen ihr entgegen, sahen die Kartografenabzeichen am Kragen ihrer Jacke und grüßten respektvoll.

Neben dem Hauptgebäude produzierte ein einfacher Printer Fertigteile für einen Anbau. Montagebots und menschliche Arbeiter nahmen die Teile entgegen und fügten sie den anderen hinzu. Einer der Menschen, eine ältere Frau, winkte. Tess zögerte, bevor sie den Gruß erwiderte und die Bibliothek betrat.

Ein schlicht eingerichteter Empfangsraum nahm sie auf. Sie schaltete ihren kleinen Kommunikator aus – an diesem Ort wollte sie nicht gestört werden – und schritt zum Tresen, wo eine junge Frau saß, die Tess auf nicht mehr als zwanzig Normjahre schätzte.

Auch die Bedienstete bemerkte die Abzeichen an ihrem Kragen und stand auf. »Es ist mir eine Ehre. Es kommen nicht oft Kartografen zu Besuch.«

»Ich wäre nicht hier, wenn ich nicht wegen Protektor warten müsste«, erwiderte Tess ehrlich.

»Wobei kann ich behilflich sein? Wonach suchen Sie?«

»Ich würde mich gern ein wenig umsehen«, antwortete Tess ausweichend.

»Selbstverständlich.« Die junge Frau trat hinter dem Tresen hervor. »Ich zeige Ihnen alles.«

»Das ist nicht nötig.« Tess wollte allein sein. »Ich komme bestimmt zurecht.«

»Wie Sie wünschen.« Enttäuscht kehrte die Bedienstete hinter ihren Tresen zurück – vielleicht hatte sie sich Geschichten von fernen, unbekannten Welten erhofft. »Wenn Sie etwas brauchen, ich bin jederzeit für Sie da.«

»Danke.«

Tess passierte die zweite Tür und ging durch einen sauberen, kühlen Flur, vorbei an Regalen mit analogen Datenträgern, Lesenischen, alten digitalen Informationsanschlüssen und moderneren holografischen Stationen mit Zugriff auf Datenbanken, die von Sapiens-Kernen verwaltet wurden. Einige Besucher schlenderten umher. Andere saßen in den Nischen und Alkoven, lasen oder waren von Holos umgeben.

Tess blieb vor einer Orientierungsgrafik stehen, betrachtete die Symbole und versuchte, sich einen groben Überblick zu verschaffen. Mithilfe der jungen Frau aus dem Empfangsraum wäre es sicher einfacher für sie gewesen, aber sie wollte nicht, dass jemand erfuhr, wonach sie suchte.

Die Provisorischen Bibliotheken verdankten ihren Namen dem größtenteils unsortierten und unverarbeiteten Datenbestand sowie ihrer Vergangenheit. Sie waren vor Jahrhunderten entstanden, während der großen Expansionsphase, als Menschen immer tiefer ins All vorgestoßen waren. Man hatte sie zunächst als Datenzentren in der interstellaren Wildnis eingerichtet, als Sammelpunkte für die Erfahrungen und Ratschläge der Pioniere, die sich immer weiter hinauswagten. In jener Zeit waren Provisorische Bibliotheken Orte gewesen, wo Piloten und Kolonisten all die Informationen abspeicherten, von denen sie glaubten, dass sie anderen Menschen nützlich sein könnten. Hinzu kam das Datenmaterial automatischer Sonden und planetarer Explorer. Später, als sich die Bibliotheken nicht mehr im »kosmischen Neuland« befanden, behielten sie ihre ursprüngliche Bezeichnung, obwohl sie sich immer mehr in Archive verwandelten, die auch allgemeines Nachrichtenmaterial sowie Berichte von zahlreichen Menschen aufnahmen, die es sich zur Aufgabe machten, die Datenbestände zu erweitern.

Tess orientierte sich mittels der großen dreidimensionalen Grafik, ging eine Treppe hinunter und erreichte die Hauptetage der Provisorischen Bibliothek von Bousk, ein altes, von Bots und Menschen ausgebautes Höhlensystem mit fast hundert großen und kleinen Archivräumen, die Datenträger aller Art enthielten. Sie folgte dem Verlauf eines langen, kurvenreichen Flurs, bis sie in einen Teil der Bibliothek gelangte, in dem sich nur wenige Besucher aufhielten. Schließlich nahm sie an einem leeren Katalogtisch Platz und aktivierte das Such-Holo. Ein Bereitschaftssymbol erschien vor ihr.

»Suchanfrage«, sagte sie. »Stichworte: Interkosmika, juristische Konflikte, Kartografen. Visuelle Ausgabe.«

Das Bereitschaftssymbol wich einer Liste von juristischen Auseinandersetzungen, in die Interkosmika im Lauf der Jahrhunderte verstrickt worden war. Tess ging die Liste durch und gewann einen Eindruck vom Aufstieg Interkosmikas zum dominanten Machtfaktor auf der Erde und im von Menschen besiedelten All. Die meisten Prozesse betrafen andere Korporationen oder Institutionen, drehten sich oft um vorgeblich (oder tatsächlich?) verletzte Patente der Hyperon-Technik und dienten vor allem dazu, Hindernisse auf dem Weg zu noch mehr Macht und Dominanz aus dem Weg zu räumen. Wenn einzelne Personen betroffen waren, handelte es sich um planetare Gouverneure oder Oberhäupter von kolonialen Behörden, die es gewagt hatten, sich der Autorität von Interkosmika zu widersetzen.

Tess las, setzte die Suche fort und las erneut. Nach einer Weile machte sich Enttäuschung in ihr breit.

Eine Frau in mittleren Jahren setzte sich ans andere Ende des Tisches, das kurze Haar pechschwarz, das nicht mehr glatte Gesicht ein blasses Oval. Tess warf ihr einen Blick zu, empfing ein kurzes Nicken und nickte ebenfalls einen Gruß. Die Frau aktivierte ein eigenes Such-Holo und legte ihre Hände in die virtuellen Kontrollen.

»Es ist hier nicht leicht, zu finden, was man sucht«, sagte die andere Frau unverbindlich. »Ein speziell trainierter Sapiens-Kern kann eine große Hilfe sein. Wie dieser hier.« Sie holte ein kleines Gerät hervor und verband es mit einem Datenport des Katalogtisches.

Sie wirkte eher unscheinbar und trug unauffällige Kleidung, eine weite, alles andere als figurbetonende Hose, beigefarben im klaren Lampenlicht, eine hellblaue Bluse, die ein wenig zu groß war, und darüber eine ebenfalls hellblaue Jacke ohne irgendwelche Embleme.

»Was sucht eine Kartografin an einem Ort wie diesem?«, fragte sie offenbar ganz ungezwungen und vollführte eine Geste, die der ganzen Provisorischen Bibliothek galt.

»Neugier«, antwortete Tess ausweichend. Ihr Esprit meldete sich mit einer leisen Warnung.

»Vielleicht kann ich Ihnen helfen«, bot die Frau an. »Wenn Sie mir sagen, was Sie suchen ...«

»Es ist nicht weiter wichtig«, log Tess. »Ich komme allein zurecht.«

»Sind Sie sicher?« Die Frau wirkte mit einem Mal sehr ernst. »Wie wollen Sie ganz allein gegen Interkosmika bestehen?«

Tess starrte die Unbekannte an.

»Sie unterliegen einem Obligat«, fuhr die Frau fort. »Es ist eine scheußliche Falle. Die erste Dienstverpflichtung belief sich auf fünf Jahre, nicht wahr? Ursprünglich waren es mehr, aber Sie hatten Glück, Ihr Gebundener erklärte sich bereit, ebenfalls in Interkosmikas Dienste zu treten. Sie haben ihn verloren, und der legendäre Horace Addison Eridanus, der Sie beide einweisen sollte, ist bei Ihrer ersten Mission gestorben. Und man machte Sie dafür verantwortlich, wodurch sich Ihre Dienstverpflichtung auf zehneinhalb Jahre erhöht hat.«

»Sie ... kennen mich«, sagte Tess überrascht. »Sie wissen Bescheid.«

»Sie sind Tess Rosengarten Sagittarius«, bestätigte die Frau. »So wird es weitergehen, Tess. Sosehr Sie sich auch bemühen, und ganz gleich, wie lange Sie als Kartografin das Hyperon erkunden und wie viele neue Gleise Sie erschließen: Interkosmika wird immer einen Weg finden, Ihr Obligat um weitere

Jahre zu verlängern. Es sei denn, Sie setzen sich zur Wehr. Und ... damit haben Sie gerade begonnen, nicht wahr? Deshalb sind Sie hier. Weil Sie nach juristischen Möglichkeiten suchen, sich aus der Falle zu befreien. Ihre Suchbegriffe sind ein deutlicher Hinweis.« Die Frau deutete in ihr Holo. »›Interkosmika‹, ›juristische Konflikte‹, ›Kartografen.‹«

»Wer sind Sie?«, fragte Tess.

»Ich bin einmal gewesen, was Sie heute sind.« Die Frau steckte sich ein Kartografenabzeichen rechts an den Kragen der Jacke. »Mein Name ist Zara Wunca Eridanus.«

Zara

45

Für einen Augenblick glaubte Tess, wieder auf der siebzehnten Terrasse des Denkmals auf der Erde zu stehen und das Informations-Holo zu betrachten: *Tess Rosengarten Sagittarius starb im Alter von dreiundfünfzig Jahren auf Corricund. Sie kam zusammen mit der berüchtigten Zara Wunca Eridanus bei einem Angriff von Protektor auf einen Stützpunkt der Aufständischen ums Leben.* Und sie hörte eine fremde Stimme, die doch wie ihre eigene klang: *Ich habe die Zukunft gesehen. Ich habe gesehen, was sein wird.*

Zara steckte ihr Abzeichen wieder ein. »Ich habe es behalten. Als Andenken. Und als Mahnung. Mir ging es ähnlich wie Ihnen, aber ich habe mich befreit. Das Abzeichen ist natürlich neutralisiert. Es sendet nicht mehr. Es ist blind, taub und stumm. Dafür haben unsere Freunde gesorgt. Sie kennen sich mit solchen Dingen noch besser aus als die technischen Spezialisten der Dreiundzwanzig und haben uns geeignete Werkzeuge zur Verfügung gestellt.«

»Was?«, brachte Tess hervor.

»Interkosmika weiß, wo Sie sind. Die Abzeichen am Kragen geben Ihnen nicht nur den Status einer Kartografin, das rechte ist mit einem Sender versehen. Keine Sorge, derzeit sendet es nur noch Daten, mit denen die hiesige Niederlassung von Interkosmika kaum etwas anfangen kann. Niemand hört unser kleines Gespräch.«

»Sie wussten, dass ich hierherkommen würde. Sie haben mich beobachtet.«

Zara deaktivierte ihr Holo und steckte den Sapiens-Kern ein. »Ich möchte Ihnen helfen. Auch dabei, Ihren zweiten kleinen Aufpasser loszuwerden.«

»Ich verstehe nicht ...«

»Ich meine Ihr Memex, das Implantat in Ihrem Nacken. Es ist mehr als nur ein zusätzliches Gedächtnis voller Pseudoerinnerungen, die Ihnen die Arbeit erleichtern. Es sammelt Daten über Sie. Es belauscht Ihre Gedanken. Es muss entfernt werden, wenn Sie frei sein wollen. Das müssen wir noch hier auf Bousk erledigen, wenn Interkosmika nicht erfahren soll, wohin wir reisen.«

Tess stand langsam auf, ihre Gedanken und Gefühle in Aufruhr.

»Sie haben eben von einer Falle gesprochen.« Das Sprechen fiel ihr schwer. *»Dies* ist eine Falle. Interkosmika will mich in Versuchung führen. Wenn ich darauf eingehe, werde ich mit weiteren Dienstjahren bestraft.«

Sie ging zur Tür, die Beine noch schwerer als vorher.

»Ich bin Ihre *einzige* Chance«, sagte Zara hinter ihr. »Übrigens bringe ich Ihnen Grüße von Anita.«

46

Tess schloss die Tür und vergewisserte sich, dass sie allein waren. Niemand saß an den anderen Katalogtischen dieses Höhlenraums, und die Lesenischen waren leer.

»Niemand hört uns«, sagte Zara. »Niemand sieht uns. Wir haben etwa eine Viertelstunde, bevor jemand Verdacht schöpft.«

»Wo ist Anita?«, fragte Tess. »Was wissen Sie von ihr?«

»Ihrer Schwester geht es gut. Sie ist bei uns.«

»Sie gehören zu den Abtrünnigen?«

»Das ist ein Wort, das Interkosmika gern verwendet: abtrünnig. Es klingt irgendwie ... infam.«

Tess ging zum Tisch. »Anita hat ihre Verpflichtungen nicht erfüllt, und deshalb fiel das Obligat der Familie auf mich zurück. Ihr verdanke ich das alles.«

»Das klingt nicht sehr freundlich«, sagte Zara. Sie blieb sitzen, die Hände auf den Tisch gelegt, und sah zu Tess auf.

»Sie hat die Familie verraten!«

»Nein«, widersprach Zara sanft. »Nein, das hat sie nicht.

Anita hat begriffen, dass sie nichts ändern konnte. Einige Jahre hat sie an der Hoffnung festgehalten, das Obligat abarbeiten zu können und Ihnen den Besuch der Musikakademie von Harmonie zu ermöglichen. Wir haben oft darüber gesprochen. Aber schließlich hat sie einsehen müssen, dass ihre Anstrengungen nichts nützten. Auch ihr hat man immer wieder neue Strafen aufgedrückt. Die Dienstjahre wurden nicht weniger, sondern mehr. Sie hat sich für die Flucht entschieden, als ihr klar wurde, dass sie damit mehr helfen kann.«

»Anita wurde zu einer Abtrünnigen, um... zu helfen? Wem?«

»Uns allen«, sagte Zara. »Ihnen. Mir. Den Kolonien. All den anderen Kartografen. Protektors Soldaten. Die Liste ist ziemlich lang.«

»Sie hat sich den Aufständischen der Koloniekonflikte angeschlossen?«

Zara gestikulierte vage. »›Aufständische‹ klingt schon etwas besser als ›Abtrünnige‹, finden Sie nicht? Wir helfen, wo wir können. Wir versuchen, unsere Freiheit zu bewahren und sie anderen wiederzugeben. Wir haben auch Anita geholfen, sich von ihren Fesseln zu befreien.«

»Sind Sie *deshalb* hier?« Es klang schärfer als beabsichtigt. »Weil Sie mich auf Ihre Seite ziehen wollen?«

»Nein, Tess.« Zara sprach erneut sanft und behutsam. »Ich bin hier, um eine Bitte an Sie zu richten. Sie lautet: Helfen Sie Protektor nicht dabei, einen schweren Schlag gegen die dreiundzwanzig Kolonien zu führen, die sich vom Neuen Republikanischen Konzil losgesagt haben und seit mehr als hundert Jahren für ihre Unabhängigkeit kämpfen.«

»Wenn ich mich weigere, eine Mission für Interkosmika durchzuführen, muss ich mit einer weiteren Vertragsstrafe rechnen«, entgegnete Tess.

»Wenn Sie am Zielort tief im Herakia-Sektor eine große Empfangsstation einrichten, kann Protektor die dreiundzwanzig Kolonien dort angreifen, wo sie am schwächsten sind.« Zaras Stimme klang fast traurig. »Es könnte das Ende des Aufstands bedeuten. Das Ende aller Hoffnungen und aller

Träume, Tess. Wenn die Dreiundzwanzig fallen, gibt es niemanden mehr, der imstande wäre, Interkosmika Widerstand zu leisten.«

»Sie versuchen, mich in etwas zu verwickeln, das mich nichts angeht!«

»Sie sind schon längst darin verwickelt, Tess. Sie sind es seit Ihrer Geburt als Mitglied der Familie Velazca auf Rosengarten. Sie können Ihrer Verantwortung nicht entkommen, das kann niemand von uns.«

Tess dachte an ihren ersten visionären Traum, den von Rosengarten, an die Gräber ihrer Eltern und Brüder. Sie erinnerte sich daran, auch am Grab ihrer Schwester Anita gestanden zu haben. Eine ganze Familie ausgelöscht, sie die einzige Überlebende.

»Wenn ich fliehe ...« Es klang wie ein Ächzen. »Das Obligat würde auf meine Brüder übergehen, mit einer zusätzlichen Strafe. Die Familie Velazca könnte das wenige verlieren, das sie noch hat.«

Was sein wird ..., flüsterte es irgendwo.

»Früher oder später geschieht es ohnehin«, sagte Zara. »Anita hat das begriffen und ist deshalb zu uns gekommen. Sie sollten es ebenfalls begreifen. Ihre Familie hatte nie eine Chance gegen Interkosmika.«

Vor dem inneren Auge sah Tess Exekutor und Ratsmitglied Tirell Wayfare, und sie glaubte zu hören, wie er »Ich stelle fest« sagte.

»Sie wollen, dass ich mich Ihnen ebenfalls anschließe, dass ich das Obligat und damit meine Familie verrate!«, stieß sie hervor.

»Protektor ist der verlängerte Arm von Interkosmika«, erklärte Zara geduldig. »Die Empfangsstation, die Sie im Herakia-Sektor bauen sollen, würde es Protektor ermöglichen, uns hinterrücks anzugreifen, hinter unserer Verteidigungslinie, was unser Ende sein würde. Interkosmika führt Sie in den Krieg und macht Sie zur Soldatin. Es stellt sich nicht die Frage, ob Sie Partei ergreifen, sondern für wen. Wenn Sie sich Interkosmika fügen, helfen Sie Protektor. Gegen uns und auch gegen Ihre Schwester.« Zara stand auf. »Ich biete Ihnen an, dass ich Sie von Ihren Fesseln befreie.«

Tess zögerte und wunderte sich selbst darüber. Ebenso über ihre nächste Frage: »Erwarten Sie von mir, dass ich jetzt sofort eine so wichtige Entscheidung treffe?«

»Wenn Sie damit warten, bis Ihre neue Mission beginnt, ist es zu spät«, erklärte Zara. »Welcher Zeitpunkt ist besser als *jetzt?*«

Tess rang mit sich, und auch darüber wunderte sie sich.

»Sie sind hier in der Provisorischen Bibliothek, weil Sie sich Hinweise auf eine juristische Möglichkeit erhofften, der Dienstverpflichtung zu entkommen«, stellte Zara klar. »Ihre Suche ist erfolglos geblieben, weil sie gar nicht erfolgreich sein *kann.*«

Tess erinnerte sich an Idas Auskünfte und sprach diese laut aus: »Die terranischen Gerichte haben zweimal der Klage gegen ein Obligat stattgegeben.«

»Oh, das war vor langer Zeit, noch vor dem Neuen Republikanischen Konzil, bevor sich Interkosmika die Gesetze selbst gemacht hat. Heute sind Klagen völlig aussichtslos. Sie würden verlieren und nur noch mehr Debitpunkte ansammeln.«

»Ich ...« Tess stockte, war verwirrt. »Ich ... denke darüber nach.« Sie ging wieder zur Tür.

»Denken Sie nicht zu lange darüber nach«, sagte Zara hinter ihr. »In zwei Tagen brechen Sie auf, nicht wahr? Zwei Tage, die nicht nur über Ihr Leben entscheiden, sondern auch über das vieler anderer Menschen. Denken Sie auch *darüber* nach.«

Tess blickte zurück.

»Wo ist Anita?«, fragte sie. »Auf Wunca, bei Ihren Freunden?«

»Nein, bei unseren anderen Freunden.« Zara lächelte hintergründig. »Bei den Maschinen.«

Zerbrochenes Leben

47 Es wehte kaum Wind, die Segel hingen träge an den Masten. Tess stand wieder an der Reling, diesmal am Heck, hörte das Brummen des Elektromotors und beobachtete das weiß schäumende Kielwasser.

Es war heller und heißer, die beiden Roten Riesen Tasyend und Ruangen brannten am Himmel, und zwischen ihnen loderte das feurige Band der Materiebrücke. Es befanden sich weniger Personen an Deck – die meisten Passagiere hatten sich in die klimatisierten Aufenthaltsräume zurückgezogen.

»Hitze und Licht machen Ihnen nichts aus«, erklang eine Stimme hinter ihr.

Ein Mann trat neben sie, jemand, der sie schon einmal angesprochen hatte.

»Ich nehme an, Sie sind daran gewöhnt«, fügte er hinzu. »Auf Rosengarten dauert der Tag zweiunddreißig Normjahre, und es kann recht heiß werden, habe ich gehört.«

Diesmal trug Simon nur Hemd und Hose, er verzichtete auf eine Jacke. Erneut bedeckte eine Mütze seinen Kopf, ohne dass eine Strähne des dunkelblonden Haars darunter hervorragte.

»Was soll das?«, erwiderte Tess ungehalten. »Sind Sie mir gefolgt?«

»Sie hatten eine Verabredung, nicht wahr?«

Bis zu diesem Moment war Tess einfach nur zornig gewesen, auf sich selbst und ihre Unentschlossenheit, auf ihr Leben und die Umstände, die ihr Sinclair und Horace genommen hatten, auf Tirell Wayfare und sein gnadenloses *Ich stelle fest.* Jetzt kamen Verblüffung und sogar Angst hinzu, woraus sich eine explosive Mischung ergab. Tess fühlte sich in die Enge getrieben, ohne einen Ausweg.

»Ich glaube nicht, dass Sie das etwas angeht«, sagte sie scharf.

»Ein heimliches Treffen«, fuhr Simon ungerührt fort. »Unter Verwendung eines speziellen Störsenders. Derartige Technik steht nicht überall zur Verfügung.«

Tess musterte den Mann, suchte in seinem Gesicht nach Hinweisen, wer er war, was er vorhatte, worauf er hinauswollte, ob er eine Gefahr darstellte, und fand keine.

»Warum haben Sie die Provisorische Bibliothek aufgesucht, Tess Rosengarten?«, fragte Simon. »Mit wem haben Sie dort gesprochen?«

»Wer sind Sie?«

Simon hob die rechte Hand und hielt sie mit der Handfläche nach oben. Ein Hologramm erschien über ihr, nicht größer als zehn Zentimeter, und zeigte ein stilisiertes IK vor dem Hintergrund der Milchstraße.

»Sie haben eine schwere erste Mission hinter sich.« Simon ließ die Hand sinken, und sein Gesicht veränderte sich, es zeigte Anteilnahme – so sah ein Mann aus, dem man vertrauen konnte, der nur das Beste wollte. Seine Stimme passte dazu, sie war weich, ohne Kanten. »Ich möchte Sie davor bewahren, Dummheiten zu begehen, die Sie später bereuen.«

»Dummheiten«, wiederholte Tess leise.

»Die Ihnen und uns schaden könnten.« Simon wartete einige Sekunden. »Wir wissen, nach welchen Informationen Sie gesucht haben.«

»Ich kann die Wartezeit verbringen, wie ich will.«

»Mit wem haben Sie in der Provisorischen Bibliothek gesprochen?«

»Das wissen Sie nicht?«

Der Mann lächelte freundlich. »Ich möchte es von Ihnen hören.«

»Es ist meine Sache, wen ich treffe und mit wem ich spreche«, zischte Tess.

»Kommt darauf an.« Simon sah über den Fluss, dessen Wasser im Schein der beiden Roten Riesen schimmerte und gleißte. »Wir haben erfahren, dass sich eine gewisse Zara

Wunca Eridanus auf Bousk befindet. Sie zählt zu den Anführern der Abtrünnigen und Rebellen.«

»Hab nie von ihr gehört«, log Tess.

Simons Blick kehrte zu ihr zurück. »Zara spielt eine wichtige Rolle bei den Koloniekonflikten. Sie versteht es, Menschen auszunutzen, die sich in Schwierigkeiten wähnen. Sie verleitet sie zu ... Dummheiten.«

»Ich habe genug von diesem Unsinn!« Tess wandte sich ab.

»Haben Sie mit ihr gesprochen?«, fragte Simon. Seine Stimme veränderte sich; sie klang nicht mehr ganz so mitfühlend und freundlich, die Andeutung einer Drohung lag in ihr. »Haben Sie sich in der Provisorischen Bibliothek mit Zara Wunca Eridanus getroffen?«

Hinter ihnen öffnete sich eine Tür, und zwei Kinder liefen aufs Achterdeck, Junge und Mädchen, fünf oder sechs Jahre alt. Die besorgte Mutter folgte ihnen.

»Was würden wir herausfinden, wenn wir Ihr Memex untersuchen?«, fragte Simon.

Tess hatte die Reling verlassen und zu den anderen Passagieren unter Deck gehen wollen, aber plötzlich stand sie wie erstarrt.

»Würden wir dabei feststellen, dass Sie lügen?«, fragte Simon.

Warmer Wind strich Tess über Wangen, die plötzlich zu glühen schienen. Hinter ihr liefen die beiden Kinder von Backbord nach Steuerbord. Die Mutter versuchte vergeblich, sie einzufangen.

»Sie sind verpflichtet, wahrheitsgemäß Auskunft zu geben«, sagte Simon. »Ihr Vertrag mit Interkosmika enthält eine entsprechende Klausel. Also, was haben Sie mir zu sagen?«

Tess brachte keinen Ton hervor und hörte das Quieken der beiden Kinder. Für sie war das Laufen im heißen, hellen Licht ein Spaß.

»Ein konspiratives Treffen mit einer Abtrünnigen?«, sprach Simon weiter. »Denken Sie vielleicht daran, sich ein Beispiel an Ihrer Schwester Anita zu nehmen? Oder ging es um mehr, vielleicht um Hilfe beim Aufstand?«

Tess konnte noch immer nicht sprechen. Etwas schnürte ihr den Hals zu.

Simon trat einen Schritt näher. »Worüber haben Sie geredet? Wo befindet sich Zara jetzt?«

»Suchen Sie mich?«, fragte die vermeintliche Mutter der beiden spielenden Kinder. Sie stand plötzlich bei ihnen, mit einem Gegenstand in der Hand, den sie Simon in die Seite stieß.

Der Mann riss die Augen auf und versuchte, die Hand beiseitezustoßen, aber etwas nahm ihm plötzlich die Kraft. Er sackte halb in sich zusammen, und die Frau – Zara mit einer Maske? – fing ihn auf. »Helfen Sie mir.«

Gemeinsam führten sie den taumelnden, schwankenden Simon zu einer nahen Sitzbank. Die beiden Kinder standen bei der Tür, neben einem Mann, der das Geschehen beobachtete.

»Springen Sie!«, sagte die Frau.

»Was?«

Die maskierte Zara zog Tess zur Reling neben der Sitzbank, auf der Simon lag und sich benommen aufzurichten versuchte.

»Springen Sie in den Fluss! Das Betäubungsmittel wirkt nicht lange, und es könnten sich weitere Leute von Interkosmika an Bord befinden. In den Fluss!«

»Aber ...«

Tess bekam einen heftigen Stoß, der sie über die Reling beförderte, und einen Augenblick später fiel sie in glitzerndes warmes Wasser.

48

Die nasse Kleidung machte Tess schwer. Sie bewegte Arme und Beine, kehrte an die Oberfläche zurück, schnappte nach Luft und ging wieder unter. Wie dumm, dachte ein kleiner klarer Teil von ihr. Du kannst schwimmen. Denk an Rosengarten und wie du im Obsidian geschwommen bist.

Eine Hand ergriff ihren rechten Arm und zog. Ihr Kopf durchstieß ein zweites Mal die Wasseroberfläche.

Das Schiff war bereits gut hundert Meter entfernt. Menschen standen an der Reling und winkten, andere ließen ein Beiboot in den Fluss.

»Schwimmen Sie!«, rief Zara. »Zum Ufer!«

Reflexe übernahmen die Kontrolle. Tess trat Wasser und schwamm zum Ufer.

»Ihre Abzeichen! Das rechte an Ihrem Kragen!«

»Was ist damit?« Tess keuchte, sie bekam nicht genug Luft.

»Man kann damit Ihren Aufenthaltsort feststellen.«

Das Ufer kam näher. Spiralförmige Äste und Zweige mit dunklen Blättern reichten weit über den Fluss und spendeten Schatten. Das Wasser strömte hier langsamer, es gab weniger Wellen.

Tess löste die Kartografenabzeichen vom Kragen und schloss die Hand darum. Sie schluckte Wasser, trat heftiger mit den Beinen und hustete.

»Weg mit den Abzeichen!« Zaras Stimme übertönte das Platschen, Rauschen und die Rufe der Männer im Beiboot. »Überlassen Sie sie dem Fluss!«

Tess öffnete die Hand, und die Strömung trug die beiden kleinen Gegenstände darin fort.

»Schneller, Tess, schneller!«

Sie strengte sich an, spürte erste Steine unter den Füßen, stieß sich ab, bekam einen krummen Ast zu fassen und zog.

Das Ufer war steil. Tess rutschte mehrmals ab, bohrte die Finger in weichen Boden, suchte mit den Füßen Halt bei den Wurzeln von Bäumen und Sträuchern. Kleinere Zweige versperrten den Weg. Sie bildeten eine dichte Barriere, und die wenigen Lücken boten nicht genug Platz.

»Das Boot ist gleich da!«, warnte Zara. »Weiter, Tess!«

Sie schob von unten, und Tess kroch hinein ins Dickicht, drückte Zweige beiseite und bahnte sich einen Weg. Dornen kratzten ihr über Stirn und Wangen, bohrten sich in Arme und Oberschenkel. Als sie schließlich ebenes Gelände erreichte, blieb sie erschöpft in violettem Pelzgras liegen.

Zara erschien an ihrer Seite, die Maske halb gelöst – die eine Hälfte des Gesichts wirkte um Jahre jünger als die andere.

»Nein.« Sie ergriff Tess an den Armen und zog. »Sie können

sich noch nicht ausruhen. Die Leute vom Schiff sind uns auf den Fersen.«

In schwüler Hitze stapften sie durch den Wald und einen Hang empor, der für Tess mit jedem Schritt steiler zu werden schien. Die nasse Kleidung klebte an ihrem Leib, die höhere Schwerkraft gab ihr zusätzliches Gewicht. Zara schob oder zog, wenn sie stehen blieb, um Atem zu schöpfen.

Das weiche Pelzgras wurde dünner, die Abstände zwischen den Bäumen größer. Immer mehr Felsen ragten auf, und zwischen zwei von ihnen lag der Eingang einer Höhle, verborgen hinter einem Busch mit schwefelgelben trompetenartigen Blüten, aus denen kleine, metallisch glänzende Geschöpfe spähten.

»Dort hinein.«

Die Blüten verströmten einen fauligen Geruch. Tess würgte mehrmals und kämpfte gegen den Brechreiz an, während sie durchs Dickicht kroch. Muffig riechende Dunkelheit empfing sie. Sie versuchte, Einzelheiten auszumachen ... und für einen Sekundenbruchteil gaukelte ihr die Finsternis zwei silbergraue Augenschlitze vor.

Dann war Zara bei ihr.

»Hier wird uns niemand entdecken.« Sie rückte näher. »Wie geht es Ihnen? Alles in Ordnung? Ihr Gesicht ist zerkratzt. Dagegen müssen wir etwas unternehmen, mit den Kratzern würden wir auffallen, wenn wir Bousk verlassen.«

Tess begriff plötzlich, welche Konsequenzen das alles für sie haben konnte. »Interkosmika wird glauben, dass ich mit Ihnen konspiriere. Was Sie getan haben ...«

»Der Mann, mit dem Sie es zu tun hatten, heißt Joel Ester Mayson«, wurde sie unterbrochen. »Während seiner Einsätze nennt er sich gern Simon oder Cyrus. Er hätte Sie unter Arrest gestellt und in Immigration Ihr Memex untersuchen lassen. Interkosmika hätte Ihren Fesseln weitere hinzugefügt, Ihnen noch eine Strafe aufgebrummt und Ihnen womöglich einen Aufpasser an die Seite gestellt.«

»*Sie* haben mich in diese Situation gebracht!«, platzte es aus Tess heraus.

»Ach, Mädchen«, sagte Zara im Dunkeln; durch das dichte Gestrüpp fiel kaum Licht in die Höhle. »Willst du es denn nicht verstehen? Was ich getan habe, gibt dir die einzige Chance auf Freiheit.«

Eine Weile blieb es still. Von draußen waren keine Stimmen zu hören. Nur ein leises, dumpfes Rauschen kam aus der Ferne, vielleicht vom Fluss unten im Tal oder vom Wind in den Wipfeln der Spiralbäume.

»Und jetzt?«, fragte Tess schließlich. »Was machen wir jetzt?«

»Wir warten«, antwortete Zara. »Mindestens eine Stunde. Dann machen wir uns auf den Weg zu meiner Gruppe, die uns dabei helfen wird, diesen Planeten zu verlassen.«

49

Es wurde immer heißer, und Büsche und Bäume begannen damit, ihre Blätter einzurollen. Tess' Kleidung wurde nicht trocken, Schweiß ersetzte das Wasser des Flusses.

Zara sprach davon, dass ihnen die Hitze einen Vorteil gewährte, bedeutete sie doch, dass Infrarotortung kaum funktionierte. Tess hörte, wie sie sprach, doch die meisten Worte blieben nur Laute für sie, ohne Inhalt und Bedeutung. Während des langen Kletterns und Marschierens dachte sie daran, dass ihr Leben zerbrochen war, dass es endgültig in Scherben lag. Eine Rückkehr zu Interkosmika kam nicht mehr infrage. Man hätte ihr gemeinsame Sache mit den Aufständischen vorgeworfen, Parteinahme in den Koloniekonflikten, aktive Subversion. Die Strafe dafür beschränkte sich bestimmt nicht auf einige zusätzliche Dienstjahre. Vermutlich würde Interkosmika alles bekommen, was der Familie Velazca noch geblieben war. Sie hatte es gesehen, in ihrem Traum, in ihrer Vision: das Haupthaus leer, die Rosen tot, auf dem Friedhof die Gräber von Großeltern, Eltern und Geschwistern.

Was sein wird. Hatte sie einen Blick in die Zukunft geworfen und etwas gesehen, das nicht geschehen *konnte,* sondern unweigerlich geschehen *musste?* Tess fühlte, dass diese Frage wichtig war, und sie wollte genauer darüber nachdenken, doch Zara unterbrach ihre Überlegungen.

»Hörst du mir überhaupt zu?«

Zara war in die Hocke gegangen und trank mit zusammengelegten, gewölbten Händen Wasser aus einer kleinen Quelle zwischen zimtbraunen Felsen. Der Himmel über ihnen schien zu brennen. Flammendes Rot reichte von einem Horizont zum anderen.

»Ich bin Ihnen gleichgültig«, sagte Tess, halb im Schatten eines verkrüppelt wirkenden Baumes, halb im grellen, heißen Licht von neun Sonnen. »Es ging Ihnen nicht um mich und meine Freiheit. Sie wollten vor allem meine neue Mission verhindern. Meine Entführung ist eine ... militärische Aktion.«

Zara schüttelte den Kopf. »Du hast tatsächlich nicht zugehört, Mädchen.«

»Und nennen Sie mich nicht ›Mädchen‹!«, rief Tess mit neuem Zorn. Horace hatte sie so genannt.

Zara musterte sie nachdenklich. »Anita hat mich gewarnt. Sie meinte, ihre kleine Schwester könnte manchmal sehr stur und dickköpfig sein.« Sie straffte sich. »Komm, wir müssen weiter.«

Sie setzten den Weg fort, stapften durch einen Einschnitt im Bergrücken und hielten sich im Schatten, wo das möglich war. Zara suchte mit ihrem Blick mehrmals den Himmel ab – Tess vermutete, dass sie nach Luftwagen und Orbitern von Interkosmika Ausschau hielt.

»Ich habe es dir zu erklären versucht, aber du hast nicht zugehört, Tess«, sagte Zara und klang ein wenig müde. Einige kleine Reste der Maske klebten noch in ihrem Gesicht, das nicht mehr blass war, sondern gerötet von der Anstrengung; die Schwerkraft von Bousk setzte auch ihr zu. »Ich habe von Verantwortung gesprochen, die jeder von uns trägt, ob es ihm oder ihr gefällt oder nicht. Die Koloniekonflikte betreffen uns alle, selbst die Unabhängigen auf diesem Planeten und die Siedler und Abenteurer, die glauben, auf fernen Welten alle Brücken hinter sich abbrechen zu können. Sie betreffen uns alle, weil es um Freiheit geht. Die Oktopoden von Rosengarten, Tess, wie viele Fangarme haben sie?«

Der plötzliche Themenwechsel überraschte sie. »Acht.«

»Stell dir Interkosmika als einen Oktopoden vor«, fuhr Zara fort. »Als einen riesigen Kraken mit Millionen von Fangarmen, die er um Sterne und ihre Planeten schlingt. Verliert dieser Krake einen seiner Fangarme, wachsen ihm Dutzende nach.«

»Ein solcher Krake ist unbesiegbar«, fand Tess.

»Dreiundzwanzig Kolonien, unter ihnen Wunca und Urlas, widersetzen sich ihm seit mehr als hundert Jahren. Debitpunkte, Verschuldung, Obligate, die einzelne Personen ebenso betreffen wie ganze Familien und konkurrierende Korporationen ... Nicht nur die Velazcas stecken seit vielen Jahren in dieser Falle.«

Sie folgten dem Verlauf eines schmalen Weges, der zur anderen Seite des Bergrückens führte. Zwischen Felsen und grauem Gestrüpp sah Tess kurz den Fluss tief unten, ein glitzerndes Band inmitten eines Waldes, der deutlichere violette Töne aufwies. Schiffe oder Boote konnte sie nicht ausmachen.

Zara sah sich um, schien sich zu orientieren. »Noch eine Stunde, dann haben wir's geschafft. Freunde warten auf uns.«

Tess erinnerte sich, dass sie schon zu Beginn ihrer Flucht von »Freunden« gesprochen hatte: von Maschinen!

Sie gingen weiter. Fluss und Wald tief unten gerieten endgültig außer Sicht.

»Die ersten Fangarme haben die Dreiundzwanzig erreicht, und der Krake glaubt, sie in den Würgegriff nehmen zu können«, fuhr Zara unterdessen fort. »Deine Mission sollte ihm dabei helfen, das habe ich dir bereits erklärt, Tess. Wenn er Wunca, Urlas und die anderen umschlingt und zerquetscht, kann er seine Fangarme *überallhin* strecken, dann gibt es niemanden mehr, der ihn daran hindern könnte. Es gibt keine Neutralität. Es gibt keinen Ort, wo man sagen kann: Das alles geht mich nichts an. Auch wer nichts tut, wer dem Kraken nur zuschaut, ergreift Partei, und zwar für ihn.«

Es ging abwärts, das machte es etwas leichter. Wind kam auf, heiß wie aus einem Ofen. Einige Hundert Meter weiter unten lockte der Schatten von dichter werdender Vegetation.

»Die Fangarme ...«, sagte Tess. »Du meinst das Hyperon, nicht wahr? Die Gleise, das Netz der Sterne.«

»Interkosmika kontrolliert das Hyperon und die Kartografen. Du warst ein Werkzeug, das helfen sollte, den Widerstand der Dreiundzwanzig zu brechen.«

»Meine Familie ...«

»Hilf ihr und all den anderen Familien, die in einem Obligat gefangen sind, indem du uns hilfst«, unterbrach Zara sie. »Die Situation spitzt sich immer mehr zu. Bald wird eine Entscheidung fallen – eine Entscheidung über unser aller Leben. Selbst die Maschinen sind besorgt.«

»Die Autonomen Maschinen?« Die du Freunde nennst, fügte Tess in Gedanken hinzu, und erneutes Unwohlsein breitete sich in ihr aus.

»Ja. Sie rechnen und rechnen. Sie versuchen herauszufinden, was geschehen wird, aber es gibt zu viele Variablen, zu viele Faktoren, die ständigen Veränderungen unterworfen sind.«

Sie erreichten die Vegetationsgrenze, Schatten nahmen sie auf. Tess schwieg und dachte über Zaras Worte nach. »Erwartest du von mir, dass ich mich einfach so auf eure Seite schlage?«

Zara blieb stehen, sah sie an. »Ich erwarte von dir, dass du aufmerksam zuhörst, wenn dir deine Schwester Anita erklärt, warum sie zu uns gekommen ist. Wir bringen dich zu ihr.«

Eine halbe Stunde später erreichten sie einen kleinen See mit einem Haus aus Printer-Teilen, halb verborgen zwischen dichtem Buschwerk und hohen Spiralbäumen, die ihre Blätter gerade wieder entrollten; die beiden Roten Riesen gingen unter. Ein Ruderboot lag an der Anlegestelle im ruhigen, unbewegten Wasser. Als sie sich dem Haus näherten, bemerkte Tess einen Unterstand mit einem älteren Luftwagen.

Zara holte etwas hervor, das wie ein Stift aussah, und drückte eine Taste. Wenige Sekunden später öffnete sich die

Tür des Hauses, und ein Mann und eine Frau traten auf die Veranda.

»Ich nehme an, das sind keine einfachen unabhängigen Siedler«, sagte Tess.

»Es sind Freunde.«

Keine Maschinen, ging es Tess durch den Kopf.

Zara winkte dem Paar auf der Veranda zu. »Hallo, Florence! Hallo, Isaak!«

Sie waren beide älter als Zara – Tess schätzte sie auf etwa siebzig Normjahre. Das Licht von neun Sonnen hatte ihren Gesichtern einen bronzefarbenen Ton gegeben.

»Zara ...«, sagte Isaak und trat zusammen mit Florence von der Veranda. »Es ist alles vorbereitet. In Immigration weiß man Bescheid. Ihr könnt sofort starten.«

»Habt ihr Besuch bekommen?«, fragte Zara.

»Wir haben einen Orbiter geortet, der sich bis auf wenige Kilometer genähert hat«, antwortete Florence. Ihre Stimme klang angenehm melodisch, wie die einer Sängerin, fand Tess. »Aber er kam nicht zu uns. Vermutlich glaubt Interkosmika nicht, dass es die Geflüchtete bis hierher geschafft haben kann.«

Mehrere Schritte brachten Florence zu Tess. Sie hob die Hand, berührte sie kurz an der Wange. »Ich wünsche Ihnen Glück und Freiheit. Grüßen Sie Anita von mir.«

»Sie sind ihr begegnet?«, fragte Tess ebenso erstaunt wie noch immer verwirrt.

»Ja, vor einigen Monaten auf Wunca, bevor sie sich auf den Weg zu den Maschinen gemacht hat. Sie hat von Ihnen gesprochen, von dem Obligat, das auf Sie übergeht. Das hat sie sehr bedauert.«

Tess wollte weitere Fragen stellen, aber Zara gab ihr keine Gelegenheit dazu.

»Bevor wir mit dem Luftwagen aufbrechen, muss ihr Memex neutralisiert werden. In Immigration lassen wir es entfernen.«

Isaak nickte. »Bin gleich wieder da.«

Er verschwand im Haus und kehrte kurz darauf mit einer

Werkzeugtasche zurück. Der entnahm er ein Instrument, das wie ein etwas zu klobig geratener Scanner aussah. Er hielt es Tess an den Hals und sagte: »Jetzt könnte es ein bisschen unangenehm werden.«

Schmerz explodierte in ihrem Nacken, und Dunkelheit schloss sich um sie.

Hyperon

50 Dieser See glänzte grün wie Smaragd und war viel größer als der jenseits der Berge. An seinem Ufer stand nicht ein einzelnes aus Printer-Teilen errichtetes Haus, halb verborgen zwischen Büschen und Bäumen – eine ganze Stadt erstreckte sich dort, mit vierzigtausend permanenten Einwohnern. Rötliches Zwielicht strich über See und Stadt, denn es wanderten nur noch zwei kleine Sonnen über den Himmel, und eine von ihnen näherte sich dem südlichen Horizont.

Tess sah See und Stadt, als sie die Augen öffnete und durch das Fenster des Luftwagens blickte. Sie verzog das Gesicht und tastete nach dem schmerzenden Nacken. Etwas hatte sie an der Wange berührt, begriff sie, zart und sanft.

Eine Frau in mittleren Jahren mit kurzem pechschwarzem Haar zog ihre Hand zurück. »Wie geht es dir?«

Tess ächzte. »Jemand hat mich niedergeschlagen!«

»Nein.« Zara betätigte die Kontrollen des Luftwagens. Das Summen des Gravitationsmotors wurde etwas lauter. »Du hast einen Blocker zu spüren bekommen. Wie Isaak sagte: So was kann ziemlich unangenehm sein.«

Etwas fehlte in ihr, spürte Tess: das zusätzliche Gedächtnis, an das sie sich gewöhnt hatte. Eine kleine, leise Stimme, die ihr Informationen zuflüsterte, wenn sie welche brauchte.

Zara steuerte den Luftwagen zum Rand der Stadt, tiefer hinein ins karmesinrote Zwielicht. »Wir entfernen dein Memex, bevor wir Bousk verlassen.«

Tess hob erneut die Hand zum Nacken und stellte sich vor, wie man ihn aufschnitt. »Eine Operation?«

»Ein kleiner Eingriff, durchgeführt von einem medizinischen Bot. Keine große Sache und absolut schmerzlos.«

Tess schloss die Augen. Sie wünschte sich, eine andere Welt

zu sehen, wenn sie die Lider wieder hob, vielleicht das Nest des Explorers, mit Horace an den Kommandokontrollen und Sinclair an einer anderen Konsole. Oder besser noch Rosengarten vor dem erwarteten Besuch ihrer Schwester, am Ufer des Obsidians, mit den Oktopoden, die ihrem Gesang lauschten, und dem Traum von Harmonie ungebrochen und ungetrübt. Jemand hat mir mein Leben gestohlen, dachte sie.

Als sie die Augen wieder öffnete, sah sie keinen schwarzen Ozean mit aufgetauchten Oktopoden, sondern eine große Öffnung in einem Gebäude – Zara steuerte den Luftwagen in eine große Garage.

»Lange können wir hier nicht bleiben.« Zara deaktivierte die Systeme und ließ die Luke aufschwingen. »Der Luftverkehr wird überwacht. Jemand könnte auf den Gedanken kommen, an diesem Ort nach dem Rechten zu sehen.«

Sie half Tess beim Aussteigen.

Mehrere Gestalten traten ihnen entgegen, Männer und Frauen unterschiedlichen Alters, manche mit gebräunten Gesichtern, andere blass von langen Aufenthalten im Weltraum. Tess versuchte, sich die Gesichter und die dazugehörenden Namen, die man ihr nannte, zu merken, aber alles verschwamm, alles ging ineinander über.

Sie fand sich schließlich in einem kleinen fensterlosen Raum wieder, in dem Geräte summten, Holos leuchteten und ein alter Medobot Scanner und Sensoren auf sie richtete. Der Schmerz in ihrem Nacken, bis eben dumpf, wurde stärker und stechend.

»Setz dich«, sagte Zara, »hier, in diesen Sessel.«

Tess kam der Aufforderung nach. Eine Sekunde später legte sich das weißgraue Gespinst eines energetischen Harnischs um sie und verhinderte jede Bewegung.

»Ganz ruhig«, sagte Zara. »Es geht schnell und wird nicht wehtun, glaub mir.« Sie deutete auf die anderen Personen in der Nähe. »Unsere Freunde haben alles vorbereitet. Wenn der Bot dein Memex entfernt und etwas gegen die Kratzer in deinem Gesicht unternommen hat, gehen wir an Bord eines Orbiters, der uns zu deinem Explorer bringt.«

»Was?« Tess hörte Zara wie durch eine dicke Schicht Watte.

»Dein Explorer, Tess«, sagte Zara. »Er wird uns nach Wunca im Eridanus-Sektor bringen und von dort aus zu den Maschinen. Und zu deiner Schwester. Wie ich es dir und Anita versprochen habe.«

»Die Maschinen ...« Die eigene Stimme klang anders, fast fremd. In ihrem Nacken bewegte sich etwas, aber Tess fühlte tatsächlich keinen Schmerz.

»Wir versuchen, sie auf unsere Seite zu ziehen«, erklärte Zara. »Anita spricht mit ihnen.«

»Die Autonomen Maschinen? Aber die Interessengemeinschaft der Zwölf ...« Tess hörte ein leises Zischen aus dem Bereich ihres Nackens.

»Oh, die Interessengemeinschaft existiert noch, aber sie hat längst ihre Bedeutung verloren.« Zara kam etwas näher, die anderen Personen blieben im Hintergrund. »Interkosmika und Protektor dominieren die Erde und die Welten des Konzils. Kartografen wie du bringen ihre Macht mit neuen Empfangsstationen immer tiefer ins All. Wir haben den Maschinen klarzumachen versucht, dass ihre Autonomie nicht mehr lange von Bestand bleibt, wenn sie Interkosmika gewähren lassen, aber sie rechnen und rechnen, anstatt zu handeln.«

»Es gibt Vereinbarungen ...«, erwiderte Tess.

»Und es gibt Rechtfertigungen, getroffene Vereinbarungen zu missachten«, unterbrach Zara sie. »Interkosmika und Protektor erfinden täglich neue. Jedenfalls, von Wunca aus fliegen wir mehr als zehntausend Lichtjahre weit durchs Hyperon, nach Tiberius im Perseus-Arm der Milchstraße.«

»Und dort ist Anita?«

»Ja. Sie gehört zu einer Delegation, die mit den Maschinen verhandelt.«

Der Medobot erschien in Tess' Blickfeld und berührte Stirn und Wangen, so schnell, dass Tess nur eine schemenhafte Bewegung sah.

»Na bitte, schon alles vorbei«, sagte Zara.

Die perlmuttfarbenen Schlieren des Harnischs verschwanden, und Tess bekam ihre volle Bewegungsfreiheit zurück. Sie stand auf und hob die rechte Hand vorsichtig zum Nacken.

Die Finger berührten einen dünnen, glatten Film über kalter Haut.

Der medizinische Bot hob eine Greifhand, und Zara entnahm ihr eine schmale Scheibe mit einem Durchmesser von zwei Zentimetern.

»Können sehr nützlich sein, solche zusätzlichen Gedächtnisse. Aber sie sammeln auch Informationen und geben sie weiter, wenn sie ein entsprechendes Signal empfangen.« Zara winkte einen jungen Mann herbei und gab ihm die kleine Scheibe. »In den Dissolver damit. Nichts darf davon übrig bleiben.«

Der Mann nickte und eilte davon.

»Komm, Tess«, forderte Zara sie auf. »Wir müssen uns umziehen, und dann wartet ein Orbiter auf uns.«

51

»Ich hoffe, du erinnerst dich an genug, auch ohne das Memex«, sagte Zara, als sie zum kleinen Landefeld von Immigration schritten. Sie wirkte älter – Falten durchzogen ihr Gesicht, und graue Strähnen zeigten sich im längeren dunklen Haar. Sie schien auch einige Kilo dazugewonnen zu haben: Der Hals war voller, die Hüften etwas breiter.

Tess trug wie Zara eine lebende Maske, einen Symbionten, der ihren Körper wie eine zweite Haut umhüllte und sich mit Blutkreislauf und Nervensystem verbunden hatte. Das hatte Zara mit *Umziehen* gemeint.

»Jemand muss den Explorer steuern«, fügte sie hinzu. »Jemand muss ihn ins Hyperon bringen, zum Gleis nach Wunca.«

Tess horchte in sich hinein. Es gab eine leere Stelle, dort, wo sich zuvor ihr zusätzliches Gedächtnis befunden hatte.

»Ich bin Kartografin und Einrichterin«, sagte sie. »Ich weiß, worauf es ankommt.«

Überrascht hörte sie die eigenen Worte. Ihr früheres Leben

war zerbrochen, doch einige der Scherben hatten sich wieder zusammengefügt, wie zu einem neuen, anderen Leben.

Nur eine einzige der kleinen Sonnen stand am Himmel, was auf Bousk selten genug geschah. Ihr unterer Rand strich über die Gipfel der Berge im Norden und tauchte alles in blutrotes Licht. Die violetten Töne waren fast ganz verschwunden, Schatten wuchsen in die Länge.

Eine Absperrung trennte das Landefeld von den Gebäuden der kleinen Stadt. Sie näherten sich einem Tor mit zwei Bediensteten, die die Identität der Reisenden überprüften.

»Normalerweise wird hier kaum kontrolliert«, flüsterte Zara. »Die Suche nach dir hat das verändert.«

Nur noch wenige Schritte trennten sie von dem Kontrollpunkt, und Tess dachte daran, dass dies vielleicht ihre letzte Chance war. Sie konnte sich als Tess Rosengarten Sagittarius zu erkennen geben, Kartografin in Diensten von Interkosmika. Sie konnte behaupten, von Aufständischen entführt worden zu sein, von Rebellen, die vor nichts zurückschreckten. Es stimmte in gewisser Weise, es war nicht ganz gelogen, und vielleicht wäre sie dann mit einer geringen zusätzlichen Strafe davongekommen.

Aber sie hätte Zara damit der Justiz von Interkosmika und Protektor ausgeliefert, und das wäre eine schwere Last für ihr Gewissen gewesen.

Zara warf ihr einen besorgten Blick zu. »Denk daran, was ich dir gesagt und erklärt habe.« Ihre Augen fügten hinzu: Jetzt keine Dummheiten.

Die Maske juckte. Tess glaubte zu spüren, wie der Symbiont weitere dünnere Nervenwurzeln durch ihre Haut bohrte.

Einige Dutzend Meter hinter der Kontrollstelle stieg ein Orbiter von Protektor auf, blaugrau und wie ein Projektil geformt. Er verschwand schnell am dunkelroten Himmel.

Einer der beiden Bediensteten kontrollierte zwei Frauen in dunkelblauen Protektor-Uniformen, deren glänzende Dienstgradabzeichen sie als Offizierinnen auswiesen. Der andere Kontrolleur richtete einen Scanner auf Zara und Tess.

Zara streckte ihm die Hand entgegen, damit der Scanner die

Daten des winzigen Identers in der Hand lesen konnte. Das mikroskopisch kleine Implantat steckte natürlich nicht unter ihrer Haut, sondern in der des Symbionten.

»Phena Julma Ophiuchus und Lranka Debbron Taurus, Interkosmika«, sagte Zara in einem ruhigen, sachlichen Ton. »Orbiter Neunzehn wurde für uns reserviert.«

Der Mann betrachtete die Anzeigen des Scanners. »Flugziel?«

»Explorer Vier Vier Acht Neun Eins von der Erde.« Zara deutete nach oben. »Direkt über uns.«

Die beiden Offizierinnen marschierten davon, die Schritte gar nicht schwer, trotz der höheren Gravitation. Der zweite Kontrolleur drehte sich um und musterte Tess und Zara.

»Kein Gepäck, keine Werkzeuge, keine Instrumente«, stellte der erste Bedienstete fest. Er blickte noch immer auf die Anzeigen des Scanners.

»Eine kurze Inspektion, weiter nichts«, erklärte Zara. »In zwei Stunden sind wir wieder hier. Wenn Sie bei Interkosmika nachfragen wollen ...«

Der zweite Bedienstete wandte sich einer jungen Familie zu. Weitere Reisende warteten darauf, die Kontrollstelle zu passieren.

Der Scanner piepte.

»Identität bestätigt«, sagte der Mann und trat beiseite.

Tess und Zara schritten übers Landefeld, dem Orbiter auf der linken Seite entgegen. Er hatte Ähnlichkeit mit einem Insekt, fand Tess, mit einem Käfer, der sich geduckt und seine Beißzangen – das Landegestell – in den Boden gebohrt hatte.

»Ihr habt einen Orbiter *reserviert?*«, flüsterte sie.

»Alles andere wäre verdächtig gewesen«, antwortete Zara ebenso leise.

Zwei weitere kleine Sonnen kletterten über die Berge im Norden, und der Orbiter schien plötzlich zu glühen. Eine Gestalt löste sich aus dem roten Glanz und wirkte durch ein seltsames Zusammenspiel von Licht und Schatten fast wie eine übernatürliche Erscheinung, bevor sie zu einem Menschen wurde, zu einem Mann, der ihnen entgegenkam. Er war jung, nur wenige Jahre älter als Tess. Zwar trug er andere Kleidung – eine anthrazitfarbene Uniform, wie ein Notar von Interkosmika –, doch Tess erkannte ihn sofort wieder.

Simon.

Sie versuchte ruhig zu bleiben, sich nichts anmerken zu lassen. Zaras Gesicht verriet nichts, als sie dem Mann bei der Begegnung einen stummen Gruß zunickte. Eine halbe Minute später erreichten sie den reservierten Orbiter, und Zara öffnete die Luke. Bevor Tess an Bord kletterte, warf sie noch einen Blick zurück.

Simon stand bei der Kontrollstelle und sah in ihre Richtung.

In der kleinen Luftschleuse schloss Tess die Luke hinter sich.

»Der Mann eben ...«

»Simon, ich weiß.« Zara eilte durch den schmalen Gang ins Cockpit. »Mit den Symbionten kann er uns unmöglich erkannt haben.«

»Er hat uns beobachtet.«

»Wir sind schon so gut wie weg.« Zara aktivierte Bordsysteme und Gravitationsmotor. Ein Brummen ging durch den Orbiter, gefolgt von einem leichten Zittern, als er abhob und aufstieg.

52

Die *Ida* befand sich noch immer in ihrer niedrigen Umlaufbahn, nur zweihundert Kilometer über Bousk, angedockt an die Transitstation. Jenseits davon, tiefer im interplanetaren Raum des Neungestirns, leuchteten und sendeten die kognitiven Bojen, die sichere Routen für Lichtschiffe und Transporter markierten.

Als sich der Orbiter dem Explorer näherte, zog ein großer Segler an der Transitstation vorbei, auf dem Weg zum zweiten Roten Zwerg Ardad, wie seine Identifizierungssignale verkündeten. Er sah aus wie ein silberner kosmischer Schmetterling, mit hauchzarten filigranen Flügeln, die mehr als tausend Kilometer durchmaßen.

Tess saß an der Kommunikationsstation und beantwortete

die Anfragen der Transitstation mit dem Inspektionscode, den Zara ihr genannt hatte. Niemand stellte ihn infrage – der Orbiter erhielt die Erlaubnis, zur *Ida* zu fliegen.

Zaras Hände strichen durch die virtuellen Kontrollen einer grafischen Übersicht des Neungestirns.

»Sieh dir das an.« Sie deutete auf die Symbole beim Hyperon-Knotenpunkt von Ardad. »Mehrere Jäger, ein Klipper und eine Fregatte. Und ein schwerer Einsatzkreuzer von Interkosmika. Sieht aus, als solle dort eine zweite Empfangsstation entstehen.«

»Der Weg ist uns versperrt«, stellte Tess fest.

»Ja. Also bleibt nur einer der beiden anderen Kontenpunkte, die Protektor für den Transit der Flotte benutzt. Aber eins nach dem anderen. Zuerst dein Schiff, der Explorer. Kündige zwei Inspektorinnen an, Tess. Vielleicht befindet sich jemand an Bord.«

Der Orbiter glitt langsam an der Transitstation vorbei. Lichtschiffe lagen an den Docks, klein und groß, manche wie zerbrechliche Blumen, wie Orchideen und Narzissen aus Kristall, andere klobige Kästen, für die Beförderung von Fracht optimiert.

Tess bediente die Kommunikationskontrollen, bekam eine Bestätigung vom Explorer und außerdem die Mitteilung, dass sich niemand an Bord befand. Daraufhin schaltete sie auf einen sicheren Kanal um, verschlüsselt mit dem Code, den Horace ihr einmal gegeben hatte. Mit einer kurzen, knappen Nachricht identifizierte sie sich dem Kognitor gegenüber und wies ihn an, nichts über sie verlauten zu lassen, was auch immer geschah, und alles für einen schnellen Sprung ins Hyperon vorzubereiten.

Sie achtete darauf, dass die Anweisung nichts enthielt, was sich gegen Interkosmika oder Protektor richtete – Ida durfte nicht in einen »Gewissenskonflikt« geraten, der ihre Loyalitätsprogrammierung auf den Plan rief.

Die militärischen Schiffe von Protektor bildeten noch immer zwei lange Ketten vor den beiden anderen Knotenpunkten des Hyperons. Tess betrachtete die schematischen Darstellungen.

Zara bemerkte ihren Blick. »Wie nahe müssen wir heran?«

»Sehr nahe«, sagte Tess. »Bis auf maximal eine Lichtsekunde. Sonst riskieren wir einen ungesteuerten Sprung.«

»Wir müssen irgendwie an den Protektor-Schiffen vorbei«, überlegte Zara. »Aber wie?«

»Ich nehme an, du hast keinen Autorisierungscode?«, fragte Tess.

»Nein.«

»Vielleicht weiß Ida Rat.« Aber Ida konnte ihnen nur helfen, wenn sie dabei nicht gegen die programmierten Regeln verstieß, die sie zwangen, Interkosmika gegenüber gehorsam zu sein. Tess hoffte inständig, dass ihnen entsprechende Probleme erspart blieben. Alles hing davon ab, wie viel Interpretationsspielraum die Programmierung Ida ließ.

Ein raubvogelartiger Protektor-Jäger lag direkt neben dem Explorer, kaum ein Dutzend Meter entfernt. Der Orbiter von Bousk glitt langsam darüber hinweg.

Einige der Statusanzeigen veränderten sich.

»Wir werden gescannt«, sagte Tess.

»Und wenn schon.« Auf Zaras Lippen erschien ein kurzes grimmiges Lächeln. »Wir sind zwei harmlose Inspektorinnen.«

Die Waffenports des Jägers blieben geschlossen, niemand setzte sich mit ihnen in Verbindung. Wenige Sekunden später erreichten sie die Andockstelle des Explorers, und Zara aktivierte den Gravitationsanker des Orbiters.

»Jetzt bist du dran«, sagte sie.

Tess verließ ihren Platz an der Kommunikationsstation, trat in die Luftschleuse des Orbiters und von dort in den kurzen Verbindungstunnel zwischen den beiden kleinen Schiffen.

Hieronymus, diesmal in annähernd humanoider Gestalt, nahm sie in Empfang. »Willkommen zurück, Tess Rosengarten. Sie sehen verändert aus, wenn Sie mir diese Bemerkung gestatten.«

»Aus gutem Grund.« Sie schob sich an ihm vorbei und wartete, bis auch Zara an Bord gekommen war. Dann schloss sie die Luke, eilte in angenehm geringerer Schwerkraft durch den Korridor und kletterte durch Gerüste.

»Status, Ida!«, rief sie, noch bevor sie den kleinen Kontrollraum erreichten, das Nest.

»Alle Navigationssysteme sind online und die Transtatoren geladen«, antwortete der Kognitor. »Wir sind bereit fürs Hyperon. Übrigens gibt es eine Anfrage von Protektor.«

»Ja?« Vor Tess öffnete sich das letzte Schott. Einige schnelle Schritte brachten sie zum Kommandosessel, vor dem holografische Anzeigen leuchteten. Ein Holo zeigte die große Hyperon-Empfangsstation mit dem zwei Kilometer langen Rezeptordorn. Gerade erschien ein weiteres militärisches Schiff, eine aus mehreren Segmentkeilen bestehende Korvette.

»Protektor möchte wissen, warum Bordsysteme und Triebwerk hochgefahren sind«, sagte der Kognitor.

»Inspektion durch Interkosmika.« Tess kratzte sich am Hals. Die lebende Maske juckte immer mehr.

»Von einer Inspektion ist mir nichts bekannt«, entgegnete der Kognitor.

»Ich bin Kartografin in Diensten von Interkosmika«, sagte Tess. »Ich inspiziere das Schiff und überprüfe seine Systeme.«

Einige Sekunden verstrichen, ohne dass der Kognitor antwortete.

»Du hast Horaces Anweisungen auch dann befolgt, wenn du nicht mit ihnen einverstanden warst, Ida. Weil er Kommandoautorität hatte.«

»Das ist richtig.«

»Ich habe ebenfalls Kommandoautorität, nicht wahr?« Tess sprach behutsam und versuchte, dem Kognitor eine Brücke zu bauen, ihm einen Grund zu geben, sich ihr nicht zu widersetzen.

»Ich bestätige.«

Tess nickte zufrieden. »Hiermit erkläre ich einen Notfall, der besondere Maßnahmen erfordert. Du kannst alles in deinen Protokollen verzeichnen.«

»Ich werde ausführlich Bericht erstatten müssen.«

Aber später, nicht jetzt, dachte Tess. »Das verstehe ich. Es bleibt dabei: Teile Protektor mit, dass eine Inspektion durch Interkosmika erfolgt.«

»Antwort wird übermittelt«, entgegnete der Kognitor und fügte hinzu: »Protektor könnte bei Interkosmika nachfragen. Wie wäre das Resultat?«

Zara saß rechts neben Tess, die Hände in den virtuellen Kontrollen der Holos, die das Neungestirn und die militärischen Schiffe vor den beiden Knotenpunkten zeigten. »Einer genauen Überprüfung hält unsere Inspektionsmission nicht stand«, sagte sie leise.

»Es gibt ein weiteres Problem«, verkündete der Kognitor. »Wenn ich eine direkte Frage erhalte, muss ich eine direkte, wahrheitsgemäße Antwort geben. Wenn ich nach der Identität der beiden Personen an Bord gefragt werde ...«

»Nein«, unterbrach Tess. Etwas in ihr – ein Reflex, im Verlauf der letzten Monate entstanden – wollte auf die Daten des Memex zugreifen, doch das Implantat existierte nicht mehr. Sie musste mit den Informationen zurechtkommen, die in ihrem natürlichen Gedächtnis gespeichert waren. »Ich beanspruche Kommandopriorität nach den Regeln eines Explorer-Einsatzes. Es handelt sich um einen Notfall, darauf habe ich bereits hingewiesen.«

»Deine neue Mission hat noch nicht begonnen, Tess«, erinnerte der Kognitor.

»Sie beginnt *jetzt*. Wenn du Anfragen in Bezug auf unsere Identität empfängst, wirst du antworten, dass sich die beiden Inspektorinnen Phena Julma Ophiuchus und Lranka Debbron Taurus von Interkosmika an Bord befinden.«

Wieder vergingen einige lange stille Sekunden.

»Es ist keine Lüge«, behauptete Tess nervös. »Der Notfall verlangt von uns, neue Namen zu benutzen.«

»Verstanden, bestätigt und protokolliert«

Am Ende des Rezeptordorns flackerte es, als wieder ein Schiff von Protektor aus dem Hyperon kam, eine bauchige Fregatte, deren Schutzschirme durch energetische Wechselwirkungen mit dem Hyperraum eine flimmernde, schillernde Blase bildeten. Jenseits davon leuchteten die beiden Roten Riesen mit dem feurigen Band der Materiebrücke zwischen ihnen.

Tess löste den Gravitationsanker, der die *Ida* an der Dockstelle gehalten hatte, und gab Schub mit dem Manövriertriebwerk. Langsam entfernte sich der Explorer von der Transitstation über Bousk.

Zara lehnte sich zurück. »Mit einem Orbiter komme ich einigermaßen zurecht, aber ich kann kein Schiff fliegen. Jetzt liegt alles bei dir.«

»Anfrage von der Transitstation«, meldete der Kognitor. »Man möchte wissen, warum wir ohne Erlaubnis abgelegt haben und wohin wir fliegen.«

»Inspektionsflug«, antwortete Tess knapp. Die lebende Maske, die ihren ganzen Körper umhüllte, juckte wieder. Sie zog an dem Teil des Symbionten, der Gesicht und Hals bedeckte.

»Später«, sagte Zara. »Wenn wir das Neungestirn verlassen haben. Wenn wir nach Wunca unterwegs sind. Dann haben wir Zeit genug, die Masken abzulegen.«

»Ida, wie kommen wir an den Protektor-Schiffen vorbei zu einem der beiden Kontrollpunkte?« Tess bediente die Navigationskontrollen, wie sie es von Horace gelernt hatte, rief Daten ab und programmierte das Ziel: Wunca im Eridanus-Sektor, die erste Station dieser neuen Reise – anschließend sollte es weitergehen nach Tiberius im Perseus-Arm der Milchstraße, über zehntausend Lichtjahre entfernt.

»Ich berechne einen Kurs.«

»Wir sind ein Explorer«, fügte Tess nachdenklich hinzu. »Ich habe bereits erklärt, dass wir uns auf einer neuen Mission befinden.«

Zara hörte stumm zu.

»Es werden Überprüfungen stattfinden«, sagte der Kognitor. »Und außerdem hat Protektor Vorrang.«

»Eine militärische Sondermission.« Tess leitete mehr Energie in Gravitationsmotor und Triebwerk. Die *Ida* beschleunigte. Bousk und die Transitstation blieben hinter ihr zurück. »Nimm Bezug auf unseren Auftrag tief im Herakia-Sektor.«

»Du verlangst von mir zu lügen.«

»Nein«, widersprach Tess. »Das verlange ich nicht. Die Hintergründe dieser neuen Mission sind dir unbekannt. Ich habe mehr Informationen als du und kann dir derzeit nicht alles erklären. Du musst mir vertrauen.«

»Ich zeichne alles auf«, betonte Ida noch einmal, »dazu bin ich verpflichtet. Mein nächster Bericht für Interkosmika ...«

»Muss der Wahrheit entsprechen, ich weiß.« Tess betrachtete eine schematische Darstellung der Flugbahn aller Schiffe im interplanetaren Bereich des Neungestirns.

»Und er muss vollständig sein. Ich darf nichts weglassen.«

»Du bist unfrei«, sagte Zara leise. »Der Dialog mit den Autonomen Maschinen wird sehr interessant für dich sein.«

Du bist unfrei, wiederholte Tess in Gedanken. Diese Worte hatte sie selbst einmal an den Kognitor gerichtet, zusammen mit der Frage, wie er ohne Freiheit existieren konnte.

Ida ging nicht darauf ein. »Darf ich fragen, was du vorhast, Tess?«

Was du nicht weißt, kannst du auch nicht in Protokollen verzeichnen und melden, dachte sie. »Du darfst fragen, aber ich muss nicht antworten. Kommandopriorität und deklarierter Notfall. Worum es mir geht: Ich möchte ins Hyperon, ohne aufgehalten zu werden.«

Eine rote Linie erschien im Holo mit den Kursdaten, eine kurvenreiche Bahn, die mehrmals durch Lücken zwischen den wartenden militärischen Schiffen führte und schließlich einen der beiden Transferknotenpunkte erreichte.

»Sieht ziemlich kompliziert aus«, kommentierte Zara.

»Ich habe die Manövrierfähigkeit aller Schiffe vor uns sowie das Potenzial ihrer Schutzschirme und Waffenports berücksichtigt«, erklang die Stimme des Kognitors. »Wenn wir schnell genug sind, können wir es schaffen.«

Das klang nach echter Kooperationsbereitschaft, fand Tess. Ein kleiner Teil der Anspannung fiel von ihr ab.

»Also gut«, entschied sie. »Wir ...«

»Interkosmika«, sagte der Kognitor laut. »Prioritätssignal.«

Ein neues Holo bildete sich vor den Konsolen. Die anderen Anzeigefelder glitten wie von Geisterhand bewegt beiseite. Bevor es etwas anzeigen konnte, sagte Tess schnell:

»Ida, Akustiksensoren aus, solange der Kommunikationskontakt besteht!«

Das glatte Gesicht eines jungen Mannes erschien. Er trug eine Uniform mit den Emblemen von Interkosmika am Jackenkragen.

»Ich habe mich auf dem Landefeld in Immigration also nicht getäuscht«, sagte Simon. »Wie dumm von Ihnen.«

Tess strich mit den Fingern durch die virtuellen Navigationskontrollen. Das Triebwerk brummte lauter, der Explorer wurde schneller. Die voll aufgeladenen Transtatoren meldeten uneingeschränkte Funktionsbereitschaft.

»Sie haben sich mit den Rebellen eingelassen, sogar mit Zara, die sowohl direkt als auch indirekt das Leben vieler tapferer Soldaten auf dem Gewissen hat«, fuhr Simon fort. Er sprach nicht mehr freundlich wie an Bord des Flussschiffs; seine Stimme klang ernst und streng. »Im Namen von Interkosmika gebe ich Ihnen eine letzte Chance: Kehren Sie um, Tess Rosengarten Sagittarius.«

»Wenn du umkehrst, legst du dir Ketten an«, warnte Zara. »Für immer. Das weißt du. Ich habe es dir erklärt.«

»Kehren Sie um, und liefern Sie uns Zara Wunca Eridanus aus«, forderte Simon. »Dafür biete ich Ihnen Straffreiheit an.« Er zögerte ein oder zwei Sekunden. »Wenn nicht, wenn Sie sich weigern, wenn Sie den nicht autorisierten Flug fortsetzen ... Dann erklärt Interkosmika Sie zu einer Geächteten. Man wird eine Belohnung auf Ihre Ergreifung aussetzen und Sie überall suchen, in jedem Sonnensystem, auf jedem Planeten. Und wir werden die gesamte Familie Velazca für Ihre Vergehen in Regress nehmen. Es ist Ihre Entscheidung. Die Wahl liegt bei Ihnen.«

»Ich habe meine Entscheidung bereits getroffen.« Tess unterbrach die Verbindung, das Holo mit Simons Gesicht verschwand. »Ida?«

»Ich höre«, meldete sich der Kognitor.

»Flug mit dem berechneten Kurs fortsetzen. Maximale Geschwindigkeit. Sicherheitsharnische ein.«

Energetische Gespinste legten sich um die beiden Sitze.

»Erhöhte Kommunikationsaktivität bei den Protektor-Schiffen«, meldete der Kognitor.

»Ich nehme an, sie werden gerade von Interkosmika informiert«, sagte Zara.

Der dunkle Berg eines Schlachtschiffs huschte vorbei, seine vielen Waffenkuppeln wie Warzen an einem Leib aus Duplex, Stahl und Polymeren. Licht fiel aus offenen Hangars und streifte den Explorer.

Tess betrachtete die Datenkolonnen in den Statusanzeigen. Die Entfernung zum Knotenpunkt schrumpfte, aber sie verringerte sich nicht schnell genug – den militärischen Schiffen blieb Zeit für eine Reaktion auf die Meldung, dass eine abtrünnige Kartografin und eine Anführerin der Rebellen den Knotenpunkt zu erreichen versuchten, um dort ins Hyperon zu entkommen. Mehrere rote Warnsymbole erschienen.

Direkt beim Knotenpunkt, ein blauer Kreis in den holografischen Präsentationen, kam Bewegung in die wartenden Schiffe. Mehrere Fregatten und ein langer Klipper scherten aus der Formation, und ihre Emissionsmuster deuteten darauf hin, dass sie die Waffenports öffneten.

»Schutzschirme ein«, sagte Tess schnell. »Kursanpassung!«

»Schutzschirme aktiviert«, bestätigte der Kognitor. »Neuer Kurs.« Die rote Linie führte plötzlich steil nach oben und beschrieb einen weiten Bogen, der beim blauen Kreis endete. »Voraussichtliche Flugzeit: vier Minuten und dreißig Sekunden.«

Ein Schlachtschiff schleuste Jäger aus, eine Schar kleiner, wendiger Schiffe, viel schneller als der Explorer.

»Angriffsformation«, meldete der Kognitor.

»Können wir ihnen entkommen?«

»Nein, Tess. Sie erreichen uns in zwei Minuten.«

Zara drehte den Kopf in ihrem Sicherheitsharnisch. »Ins Hyperon. Hier. Jetzt. Sofort.«

Tess' Gedanken wirbelten durcheinander.

»Das ist doch möglich, oder?«, fragte Zara.

»Die Transtatoren sind geladen«, ließ sich der Kognitor vernehmen. »Noch eine Minute und vierzig Sekunden.«

Ein rotes Hyperon-Symbol leuchtete vor Tess auf. Sie erinnerte sich an den ersten Sprung mit Horace.

»Es wäre ein ungesteuerter Sprung, ohne Ziel.« Tess hörte sich selbst sprechen, wie mit Horaces Stimme. »Ohne Gleis, ohne Kontrolle. Wir könnten überall erscheinen.«

»Das ist mir immer noch lieber, als Protektor in die Hände zu fallen. Und dir kann kaum an einer Rückkehr zu Interkosmika gelegen sein.«

Tess starrte auf das rote Symbol. Komm zu mir, schien es zu flüstern. Berühre mich.

»Noch eine Minute und zwanzig Sekunden ...«

»Was auch immer geschieht, wo auch immer wir in den Normalraum zurückkehren«, sagte Zara, »alles ist besser als Protektor oder Interkosmika.«

Tess streckte die Hand nach dem Symbol aus. »Hast du Erfahrung mit unkontrollierten Sprüngen?«

»Nein«, antwortete Zara.

»Dann erwartet dich vielleicht eine Überraschung«, hörte sich Tess sagen. Wieder schienen die Worte nicht von ihr zu stammen, sondern von Horace.

Sie schloss die Hand ums rote Symbol.

Der Explorer sprang ins Hyperon.

Tess würgte, und Zara übergab sich in ihrem Sicherheitsharnisch.

Die Tücken der Zeit

53 Ein Traum, dachte Tess in ihrem Traum. Oder vielleicht war es mehr als nur ein Traum: eine Vision, eine Möglichkeit fern in Raum und Zeit.

Sie ging über den steinigen Strand einer toten, sterilen Welt, vorbei an den kleinen flüsternden Wellen eines Meeres, dessen silbernes Grau am viele Kilometer entfernten Horizont gegen einen weiß-gelben Himmel stieß. Die Sonne zeigte ein sattes Orange und schenkte angenehme Wärme. Einmal blieb Tess stehen, blickte in die Richtung, aus der sie kam, und sah den Orbiter, der sie auf diesen namenlosen Planeten gebracht hatte.

Einige Hundert Meter vor ihr, in einer kleinen Bucht, stand eine Hütte aus Fertigteilen, wie ein Printer sie produzierte. Sie war nicht die erste Besucherin auf diesem Planeten, aber das hatte sie schon vor ihrer Landung gewusst.

Als sie nur noch ein Steinwurf von der Hütte trennte, setzte sie sich auf einen flachen Felsen, zog Stiefel und Strümpfe aus und ließ die nackten Füße ins Wasser baumeln, in dem nichts lebte, nicht ein einziger Mikroorganismus.

Es dauerte nicht lange, bis sich die Tür der Hütte öffnete. Ein schlanker, feingliedriger Mann trat heraus, mit kurzem dunklem Haar und geschwungenen Brauen. Er war jung, aber nicht mehr ganz so jung, wie Tess ihn in Erinnerung hatte. Für ihn schienen mehr Jahre vergangen zu sein als für sie.

Er kam näher, mit langsamen, fast vorsichtigen Schritten. Kleine Steine – rund, vom Meer abgeschliffen – knirschten unter seinen Sandalen, das einzige Geräusch abgesehen vom Wispern der Wellen. Er trug ein ockerfarbenes Hemd und eine etwas dunklere Hose, wie manchmal auf Rosengarten.

»Ein toter Planet«, sagte Tess. Sie bewegte die nackten Füße im Wasser, sie wackelte mit den Zehen. »Vielleicht bringe ich mit meinen Bakterien Leben auf diese Welt. Stell dir vor, wie sich nach und nach eine komplexe Evolution daraus entwickelt, wie sich die Organismen immer besser an die hiesigen Bedingungen anpassen, wie höhere Lebensformen entstehen, Flora und Fauna, irgendwann in ferner Zukunft sogar intelligentes Leben, das über seinen Ursprung nachdenkt.«

Sie sah zu Sinclair auf. »Vielleicht ist das auch auf der Erde geschehen, vor fast vier Milliarden Jahren. Vielleicht kam jemand, hielt die Füße ins Wasser und hat damit einen Entwicklungsprozess eingeleitet, der schließlich zum Menschen führte.«

Sinclair blieb zwei Meter entfernt stehen und sah übers Meer und zum Himmel hoch, bevor er den Blick auf Tess richtete.

»Ich habe sie gesehen«, verkündete er.

»Wen hast du gesehen?«

»Die Gloriose«, antwortete Sinclair. »Sie, die heller strahlt als alle anderen Lichter in diesem Universum, ohne jemanden zu blenden. Sie ist der Schoß, aus dem das Leben erwächst. Es heißt von ihr, dass sie im Superplasma der Schöpfung gebadet hat, in der Wiege von Raum und Zeit.«

Tess glaubte, ein leises Lied in diesen Worten zu vernehmen, Lichtjahre entfernt.

»Wer bist du?«, fragte sie. »Du siehst aus wie Sinclair, aber ... Wer bist du?«

»Ich bin ...« Der Mann hob die Hand und betastete sich das Gesicht. »Ich bin wir.«

»Du kommst aus dem Schiff, nicht wahr? Aus dem fremden Schiff, das ich auf dem Planeten namens Zuflucht berührt habe. Wer bist du? *Was* bist du?«

Sinclair, der nicht Sinclair war, neigte den Kopf zur Seite. »Hörst du das Lied? Es klingt durch Raum und Zeit. Die Gloriose singt, sie hat für mich gesungen. Sing auch du für mich.«

Tess zog die Füße aus dem Wasser und wartete, bis sie trocken waren, bevor sie Socken und Stiefel überstreifte. Dann stand sie auf.

»Wo ist er?«, fragte sie. »Weißt du das? Wohin ist er auf Zuflucht verschwunden? Hat auch er das fremde Schiff berührt? Dein Schiff?«

Das Gesicht des Mannes veränderte sich, und für einen Moment hatte Tess das Gefühl, in einen Abgrund von Äonen zu blicken.

»Er hat die Wunder des Universums gesehen«, antwortete er schließlich. »Er sieht sie immer noch und staunt. Vielleicht kann er dich hören, wenn du singst.«

Tess öffnete den Mund, holte Luft und sang.

54

Tess öffnete die Augen.

»Ist es jetzt besser?«, fragte Zara. »Es ist das dritte Mal, dass du erwachst. Was hältst du davon, wach zu bleiben?« Der scherzhafte Ton verschwand. »Wir brauchen dich, Tess. Für den nächsten Transit, der in einigen Stunden erfolgen wird.«

»Der in drei Stunden und zweiundvierzig Minuten erfolgen muss«, korrigierte der Kognitor.

Tess drehte den Kopf von einer Seite zur anderen und stellte fest, dass sie sich in der kleinen Krankenstation des Explorers befand.

»Es hat mich schlimmer erwischt als dich?«, brachte sie hervor.

»Vielleicht liegt es daran, dass ich älter bin als du«, entgegnete Zara, die neben dem Behandlungssessel stand. »Ich habe mehr gesehen, mehr erlebt, mehr durchgestanden. Oder es ist eine Frage der individuellen Empfindlichkeit, unabhängig vom Alter.«

»Ida, wo sind wir?«

»An einem sehr ungemütlichen Ort«, antwortete der Kognitor. »Den wir in drei Stunden, einundvierzig Minuten und dreißig Sekunden verlassen müssen, wenn wir nicht für immer und ewig hierbleiben wollen.«

»Zeig ihn mir!«

»Fühlst du dich kräftig genug, ins Nest zu kommen? Dort kann ich es dir besser erklären.«

Tess stand auf, schüttelte Benommenheit und Schwäche ab. »Ich bin gleich da.«

»Ist alles in Ordnung?«, fragte sie, als sie durch die inneren Gerüste des Explorers kletterten. »Sind wir beschädigt? Was ist mit Energiekern und Transtatoren?«

»Langsam, langsam«, beschwichtigte Zara sie. »Du hast zu singen versucht, glaub ich. Während du geschlafen hast oder bewusstlos gewesen bist. Was auch immer, du hast zu singen versucht und mit jemandem gesprochen.«

Tess zögerte kurz im Korridor, der zum Kontrollraum führte. »Was habe ich gesagt?«

Zara musterte sie. »Du hast einen Namen genannt.«

»Welchen Namen?«

»Sinclair. Von ihm hast du geträumt, nicht wahr? Von deinem Gebundenen, der sich für den Interkosmika-Dienst verpflichtet hat, um bei dir bleiben zu können. Von dem Mann, der auf einem Planeten namens Zuflucht verschwunden ist.«

Tess sah auf ihre Stiefel und glaubte, Wasser zwischen den Zehen zu spüren.

»Wenn du dich fragst, woher ich das weiß: Wir haben unsere Quellen.«

»Ich habe nicht mit Sinclair gesprochen, sondern mit jemandem, der ausgesehen hat wie er.«

Bevor Zara weitere Fragen stellen konnte, eilte Tess zum Schott und öffnete es.

Ein schwarzes Monstrum erwartete sie in Horaces Nest.

Das große Holo über den Konsolen zeigte es als gestaltlose Schwärze, noch dunkler als das All, ohne Sterne, selbst ohne das vage Glimmen diffuser Hintergrundstrahlung. Nichts schien dort zu existieren, doch die runde Leere war nicht leer, sondern voller Materie so dicht und schwer, dass ihre Gravitation nicht einmal die Photonen des Lichts entkommen ließ.

Tess trat langsam zur Kommandokonsole. »Wie weit sind wir entfernt?«, fragte sie.

»Weit genug«, antwortete der Kognitor. »Als wir in den Normalraum fielen, betrug die Distanz etwa fünfzehn Lichtminuten. Seitdem nähern wir uns langsam und vorsichtig.«

Tess erinnerte sich an Horaces Erzählungen. »Ist das der Schlund?«

»Es ist ein massives Schwarzes Loch mit etwa zehntausend Sonnenmassen. Nicht so gewaltig wie das im Zentrum der Milchstraße, nicht annähernd, aber groß genug. Erstaunlich, dass sich eine solche Singularität so weit hier draußen befindet, außerhalb der Galaxis.«

Tess sank in den Kommandosessel. Zara setzte sich stumm neben sie, den Blick auf das große Holo gerichtet.

»Wo sind wir?«, wiederholte Tess die Frage, die sie dem Kognitor schon in der Krankenstation gestellt hatte.

Ein zweites Holo erschien, ausgefüllt von den Spiralarmen der Milchstraße. An den Rändern waren die Ausläufer und Anfänge der Satellitengalaxien zu sehen, unter ihnen eine irreguläre, die recht nahe schien.

»Wir sind etwa achtzigtausend Lichtjahre von der Milchstraße entfernt und auf halbem Weg zwischen ihr und der Großen Magellanschen Wolke«, erklärte der Kognitor. »Der Magellansche Strom, das dünne Wasserstoffband zwischen der Großen Magellanschen Wolke und der Milchstraße, ist etwa hundert Lichtjahre entfernt. Deshalb schläft das Schwarze Loch; hier gibt es kleine Materie, die es verschlingen könnte. Bis auf …«

Im ersten Holo erschien Licht, dann schob sich eine orangefarbene Sonne hinter dem Schwarzen Loch hervor. Tess beobachtete sie und fühlte sich wie von einer kalten Hand berührt.

»Ein großes Schwarzes Loch im intergalaktischen Raum ist ungewöhnlich genug«, fuhr der Kognitor fort. »Für noch viel ungewöhnlicher halte ich es, dass es von einer Sonne auf einer stabilen Umlaufbahn begleitet wird.«

Tess beugte sich vor und betrachtete den orangefarbenen Stern.

»Sie hat einen Planeten, nicht wahr?«

»Das hat sie tatsächlich«, bestätigte der Kognitor. »Darf ich fragen, woher du das weißt?«

»Ich bin dort gewesen«, sagte Tess. »In meinem Traum.«

Sie blickte sich um und hatte plötzlich das Gefühl, sich am falschen Ort zu befinden. Sie glaubte, Flügel haben zu müssen, Schwingen für den Flug im All, zwischen Sternen und Galaxien.

»Bei den Gesprächen mit Horace und beim Informationsaustausch mit Datenbanken von Interkosmika«, fragte Tess, »hast du da jemals von einem Geschöpf gehört, das man ›die Gloriose‹ nennt?«

Holos und virtuelle Kontrollen leuchteten. Statusanzeigen wiesen auf die korrekte Funktion aller Bordsysteme hin. Der Energiekern war stabil. Die Transtatoren wurden geladen, für einen weiteren Sprung ins Hyperon.

»Nein«, antwortete der Kognitor nach mehreren Sekunden. »Hast du auch davon geträumt, oder war es ein ... Kontakt?«

Tess atmete tief durch. »Ich weiß es nicht.«

Zara sah sie forschend an. »Gibt es da etwas, das ich wissen sollte?«

Tess ging nicht auf die Frage ein. »Richte die Sensoren und Scanner auf den Planeten, Ida. Volle Sondierung. Das Ergebnis sieht vielleicht so aus: Es gibt Landmassen und einen Ozean, aber nicht eine Spur von Leben, nicht einen einzigen Mikroorganismus. Es ist eine tote, sterile Welt.«

»Sondierung läuft.«

»Leben kann dort gar nicht existieren«, sagte Zara. Sie hatte ihre Maske abgelegt, und auch Tess trug keinen tarnenden Symbionten mehr, wie ihr erst jetzt bewusst wurde. »Nicht in der Nähe eines Schwarzen Lochs. Wenn Materie hineinfällt, kommt es am Ereignishorizont zu heftigen Strahlungsausbrüchen. Unter solchen Umständen ist die Entwicklung von Leben unmöglich. Und wenn die Sonne dort nach der Entstehung von Leben auf ihrem Planeten von der Singularität eingefangen wurde, können sich die betreffenden Organismen nicht weiterentwickelt haben. Die Strahlung hätte den Planeten im Verlauf der nächsten Jahrmillionen sterilisiert.«

»Ein solches System kann nicht auf Dauer stabil sein«, warf der Kognitor ein. »Wie gesagt, eine sehr ungewöhnliche Konstellation.«

»Auch das Neungestirn ist nicht dauerhaft stabil«, entgegnete Zara. »Aber es war und ist stabil genug für Leben.«

»Keine erkennbare Biosphäre«, kommentierte der Kognitor die ersten Sensordaten. »Es deutet tatsächlich nichts auf Leben hin.«

»Eine tote Welt«, murmelte Tess. »Und doch gibt es dort eine Hütte am Meer, in einer kleinen Bucht.«

»Wenn du mir gestattest, auf den Ereignishorizont zurückzukommen, den Zara Wunca eben erwähnt hat«, sagte der Kognitor, »dann sieh dir bitte das Navigations-Holo an, Tess.«

Sie sah es sich an: ein dreidimensionales Anzeigefeld mit einem roten Kreis, bunten Linien und einem weiteren Kreis, blau wie Lapislazuli, direkt bei den roten Markierungen. Datenkolonnen bestätigten, dass es sich dabei um einen Knotenpunkt handelte, offenbar den einzigen im Umkreis von einigen Dutzend Lichtjahren.

»Wir müssen ganz dicht an den Ereignishorizont heran«, erklärte der Kognitor. »Die Entfernung dort beträgt derzeit knapp dreihunderttausend Kilometer. Nur eine Lichtsekunde. Das ist *sehr* nahe, Tess.«

»Ich überlasse dir die Steuerung«, erwiderte Tess. »Notfalls führen wir den Sprung ins Hyperon ein Stück vor dem Knotenpunkt durch. Wir synchronisieren die Transtatoren, wählen ein Gleis ...«

»Vielleicht hast du nicht ganz verstanden«, sagte Zara. »Der Transit wird in unmittelbarer Nähe des Ereignishorizonts eines Schwarzen Lochs stattfinden. Er *muss* dort stattfinden, wenn wir nicht den Rest unseres Lebens hier zwischen den Galaxien verbringen wollen. Das wird nicht ohne Konsequenzen bleiben.«

Tess versuchte sich zu konzentrieren. Ihre Gedanken kehrten immer wieder zur Begegnung mit Sinclair – dem anderen Sinclair – zurück.

»Konsequenzen«, wiederholte sie.

»Je näher wir der Singularität kommen, desto mehr sind Raum und Zeit gekrümmt, Tess«, erläuterte der Kognitor. »Es ist wie bei einem Dilatationsflug mit einer Geschwindigkeit nahe der des Lichts – für den Rest des Universums reisen wir in die Zukunft.«

Plötzlich begriff Tess. Sie beugte sich im Kommandosessel vor, strich mit den Fingern durch die virtuellen Kontrollen und betrachtete die Anzeigen. »Wie groß wird der Unterschied sein?«

»Umso größer, je länger wir uns dort aufhalten.« Zara deutete auf den kleinen blauen Kreis des Hyperon-Knotenpunkts beim größeren roten der Singularität.

»Deshalb müssen wir schnell sein«, fügte der Kognitor hinzu. »Sehr schnell. Ich schlage vor, wir beschleunigen mit voller Leistung von Gravitationsmotor und Triebwerk und springen sofort, sobald wir nahe genug beim Knotenpunkt sind.«

Tess erkannte das Problem. »Das engt unseren Navigationsspielraum sehr ein.«

»Ja«, bestätigte der Kognitor. »Uns dürfen keine Fehler unterlaufen, die Kurskorrektoren erfordern. Und wenn wir beim Knotenpunkt sind, müssen wir dort sofort das richtige Gleis wählen. Es gilt, keine Zeit zu verlieren. Das klingt nach einem Wortspiel, ist aber keins.«

Tess blickte wieder ins Holo, das den stillen, lichtlosen Schwerkraftmoloch im All zeigte. »Und wenn uns ein Fehler unterläuft?«

»Ein größerer Fehler könnte uns zum Ereignishorizont des Schwarzen Lochs bringen, und dann würden wir der Gravitation nicht mehr entkommen. Wir würden in die Singularität gezogen und von ihr zerrissen.« Der Kognitor sprach klar und deutlich, ohne jede Emotion. »Ein kleinerer Fehler hätte zur Folge, dass für jede Sekunde, die wir beim Knotenpunkt verbringen, Jahre im übrigen Universum vergehen.«

55 »Ich schätze, wir haben keine Gelegenheit für einen Abstecher zum Planeten«, sagte Tess.

»Um eine Hütte auf ihm zu suchen? Nein.«

»Du hast eine Frist genannt, Ida. Drei Stunden und ...«

»Drei Stunden, neunundzwanzig Minuten und vierzehn Sekunden.«

»Und wenn es länger dauert?«

»Der Knotenpunkt bewegt sich auf den Ereignishorizont zu. In knapp dreieinhalb Stunden wird er ihm so nahe sein, dass selbst ich nicht mehr mit der notwendigen Präzision navigieren kann.«

Tess beugte sich vor. Die virtuellen Kontrollen veränderten Farbe und Größe, als ihre Finger sie berührten, die Anzeigen wechselten, und neue Diagramme und Datenkolonnen erschienen. Manchmal hielt Tess kurz inne und wartete instinktiv auf die innere Stimme des Memex.

Zara beobachtete sie. »Was hast du vor?«

»Kursberechnung, Ida. An der Sonne und ihrem Planeten vorbei zum Knotenpunkt.« Im Navigations-Holo entstand eine neue Linie, ein Bogen, der zum orangefarbenen Stern führte und von dort zum Hyperon-Knotenpunkt und der Singularität. »Wie lange dauert es? Wie viel Spielraum bleibt uns?«

»Etwa vierzig Minuten, mehr nicht. Es wäre besser ...«

»Eine halbe Stunde genügt.« Neue Entschlossenheit erfüllte Tess. Es fühlte sich gut an, die Entscheidung getroffen zu haben.

»Berechnung läuft.«

»Du willst auf dem Planeten landen, nicht wahr?« Zara schüttelte missbilligend den Kopf. »Das halte ich für sehr, sehr unvernünftig.«

»Das ist etwas, bei dem die Vernunft an ihre Grenzen stößt«, entgegnete Tess. »Wenn es eine Möglichkeit gibt, Gewissheit zu erlangen, muss ich sie nutzen. Es ist wichtig.«

»Das Schiff muss abbremsen und wieder beschleunigen, was zusätzliche Zeit kostet«, gab Zara zu bedenken. Sie musterte Tess mit einem sehr aufmerksamen Blick und suchte in ihrem Gesicht nach einem Hinweis darauf, was in ihr vor sich ging. »Unser Überleben ist wichtig. Wunca und Tiberius sind wichtig. Deine Schwester Anita ist wichtig, weil sie uns – vielleicht mit deiner Hilfe – die Unterstützung durch die Autonomen Maschinen verschaffen könnte. Viele Dinge sind wichtig, Tess.«

»Und ich bin es nicht?«

»Es war ein Traum«, sagte Zara. »Du hast geträumt.« Ihr Blick wurde noch forschender. »Oder gibt es etwas, das ich nicht weiß?«

»Ich habe den Kurs berechnet«, ertönte die Stimme des Kognitors. »Es wird sehr knapp. Mit einer Zwischenlandung auf dem Planeten ...«

»Ich lande mit der Rettungskapsel«, unterbrach Tess. »Du wartest in der Umlaufbahn.« Sie berührte die virtuellen Kontrollen und rief die Kursdaten ab. »Mir bleiben ... zehn Minuten auf dem Planeten.«

»Zehn Minuten, um eine Hütte zu finden, die vielleicht gar nicht existiert?«, fragte Zara ungläubig. »Das ist absurd!«

»Es wird knapp«, wiederholte der Kognitor. »Sehr knapp. Wenn etwas dazwischenkommt und du mehr Zeit brauchst ...«

»Ja, ich weiß.« Tess stand auf. »Kurs programmieren und initialisieren! Volle Beschleunigung!« Sie wollte den Kontrollraum des Explorers verlassen, doch Zara trat vors Schott und versperrte ihr den Weg.

»Da hier auch mein Leben auf dem Spiel steht, würde ich gern die Hintergründe erfahren.«

Tess zögerte, aber nur kurz. »Na schön. Ich erkläre dir alles bei der Vorbereitung der Rettungskapsel.«

»Wir wussten, dass Interkosmika etwas auf diesem Planeten entdeckt hat«, sagte Zara nachdenklich. Sie stand in der kleinen Schleuse der Rettungskapsel, während Tess die Bordsysteme überprüfte. »Aber alle unsere Versuche, mehr herauszufinden, sind fehlgeschlagen. Eine streng geheime Sache. Jetzt wird mir der Grund dafür klar. Ein fremdes Raumschiff, eine andere intelligente Spezies ...«

Tess aktivierte den Energiekern der Kapsel und brachte

ihren Gravitationsmotor in den Bereitschaftsmodus. Es musste alles schnell gehen, so schnell wie möglich.

»Nicht Interkosmika hat das Schiff entdeckt, sondern wir«, sagte sie. »Sinclair als Erster, dann Horace und ich.«

»Sinclair verschwand, Horace ist tot«, sagte Zara, »und du ... hast Träume.«

»Vielleicht sind es mehr als Träume«, meinte Tess. »Vielleicht sind es Visionen.«

Vor ihrem inneren Auge sah sie es noch einmal, das fremde Schiff auf Zuflucht, mit den kleinen Kräuselungen und Wellen, die von der Stelle ausgingen, an der sie es berührte. Und sie sah die dunkle Gestalt mit den silbergrauen Augenschlitzen.

»Es ist zu einem Kontakt gekommen«, fuhr sie fort. »Ich habe etwas berührt, und etwas hat mich berührt.«

»Der Dunkle, von dem du erzählt hast«, sagt Zara mit neutraler Stimme.

Etwas ist in mir, dachte Tess, doch diese Worte behielt sie für sich. »Ja. Eine fremde Lebensform, die vielleicht versucht hat, mit mir zu kommunizieren.«

»Und die dir Träume schickt beziehungsweise Visionen.« Zara nickte langsam. »Ich glaube, ich verstehe. Du möchtest auf den Planeten, um festzustellen, ob das, was du in deinem Traum gesehen hast, tatsächlich existiert.«

»Ich weiß, dass es existiert, daran besteht überhaupt kein Zweifel.« Tess griff in die Tasche und holte einen kleinen Stein hervor, von weißen Linien durchzogen, die eine Hälfte braun, die andere dunkelgrau. »In einem Traum bin ich auf Rosengarten gewesen, habe am Ufer des Obsidians gestanden und diesen Stein aufgehoben. In Wirklichkeit befand ich mich auf Zuflucht, Hunderte von Lichtjahren entfernt. Wie kann er zu mir gelangt sein?«

Zara betrachtete den Stein und schwieg.

Tess steckte ihn wieder ein. »Ich möchte nicht auf den Planeten, um den Traum zu überprüfen. Es geht mir um die Frage, ob ich noch Kontrolle über mich selbst habe.«

»Na schön«, sagte Zara. »Ich würde gern mehr erfahren und komme mit.«

56

»Ihr habt sechzehn Minuten und dreißig Sekunden, mit Landung und Start«, klang die Stimme des Kognitors aus dem Kommunikationssystem, »ab *jetzt.*«

»Verstanden.« Tess programmierte das Signalband an ihrem Handgelenk. »Wir sind rechtzeitig zurück.«

Die Rettungskapsel fiel durch die Atmosphäre des Planeten. Der Gravitationsmotor summte und brummte, das Pfeifen verdrängter Luft wurde lauter. Wolken versperrten die Sicht auf die Oberfläche. Tess behielt die Anzeigen der Sensoren im Auge.

»Noch fünfzehn Minuten«, mahnte der Kognitor.

»Ich weiß«, zischte Tess verärgert und schaltete das Kommunikationssystem aus.

»Hältst du das für klug?«, fragte Zara sanft.

Tess antwortete nicht und betrachtete das Holo der visuellen Darstellung. Eine weitere halbe Minute verging, die Wolken kamen näher und umhüllten die Kapsel wie mit grauweißem Nebel. Dann war die Sicht plötzlich klar – im Holo erschienen ein glitzerndes Meer und eine Landmasse, braun und grau.

Tess reduzierte die Geschwindigkeit, ging tiefer und horchte in sich hinein.

»Weit und breit keine Hütte zu sehen«, sagte Zara nach einer Weile.

»Darum geht es mir nicht«, betonte Tess noch einmal.

Sie steuerte die Kapsel noch tiefer und setzte zur Landung an, als sie eine geeignete Stelle gefunden zu haben glaubte: nicht an einem der Steilhänge, sondern in der Nähe eines flachen, felsigen Ufers.

Kaum hatte die Kapsel aufgesetzt, verließ Tess den Platz an den Kontrollen und öffnete die Luke. Für ein paar Sekunden verharrte sie, atmete die warme Luft tief ein und erinnerte sich an ihren Geruch.

Sie ging über den Strand, hörte das Knirschen der runden, vom Wasser abgeschliffenen Steine unter ihren Schritten und das Flüstern der kleinen Wellen. Der silberne Glanz des Ozeans reichte bis zum Horizont, und am Himmel leuchtete eine orangefarbene Sonne.

Zaras Stimme erklang hinter ihr. »Wieso enthält die Atmosphäre genug Sauerstoff, obwohl es hier kein Leben gibt?«

Tess drehte sich halb um. »Ich weiß es nicht, es spielt auch keine Rolle. Ich bin nie hier gewesen, und doch habe ich diese Welt genau so in meinem Traum gesehen. Es kann also kein gewöhnlicher Traum gewesen sein.«

Sie sah sich um. Da war keine Bucht, nirgends stand eine Hütte.

Tess ging weiter, bis zur Wassergrenze, setzte sich dort auf einen flachen Stein, zog Stiefel und Socken aus und tauchte die Füße ins Wasser.

Zara blieb neben ihr stehen. »Was machst du da?«

»Ich gebe dieser Welt Leben.« Tess lächelte schief. »Darüber habe ich mit Sinclair gesprochen. Mit dem anderen Sinclair. Ich habe gesagt, dass ich mit meinen Bakterien vielleicht Leben auf diese Welt bringe. Ich habe von Evolution gesprochen, von der Entstehung immer höher entwickelter Organismen, bis hin zur Entstehung einer intelligenten Lebensform. Das alles ist möglich, und nur deswegen.« Sie bewegte die Füße im Wasser. »Ich habe gefragt, ob das auch auf der Erde geschehen sein könnte, vor fast vier Milliarden Jahren.«

Zara nahm es kommentarlos hin. Sie beobachtete, hörte zu und wartete ruhig, ohne ein Zeichen von Nervosität, obwohl kostbare Zeit verging.

Tess zog die Füße aus dem Wasser und wartete diesmal nicht, bis sie trocken waren, sondern zog sogleich Socken und Stiefel an und stand auf.

»›Ich habe die Zukunft gesehen. Ich habe gesehen, was sein wird.‹ Diese Worte hat mir die dunkle Gestalt auf Zuflucht in den Kopf gesetzt. In meinem Traum habe ich diese Welt gesehen, genau so, wie sie tatsächlich beschaffen ist.«

Etwas in Zaras Gesicht veränderte sich. »Du glaubst, die Zukunft zu sehen?«

Es ging um mehr. »Ich möchte sicher sein, dass ich nach wie vor Kontrolle habe, dass allein ich darüber entscheide, was ich tue und was nicht.« Tess breitete die Arme aus und drehte sich um die eigene Achse. »Ich bin frei. Hier zwingt mich niemand zu etwas.« Sie bückte sich und hob einen Stein auf. »Ich kann diesen Stein nehmen oder auch nicht. Ich kann ihn werfen oder auch nicht.«

Sie warf ihn. Mit einem Platschen verschwand er im Meer.

»Aber es bringt mir Sinclair nicht zurück«, fügte sie traurig hinzu. »Und Horace bleibt tot.«

Von ihrem Signalband kam ein erstes warnendes Piepen.

»Uns bleiben noch einige Minuten«, kam sie Zara zuvor, als die etwas sagen wollte. »Zeit genug für ein Lied. In meinem Traum habe ich ebenfalls gesungen, aber etwas anderes.«

Tess begann zu singen. Es sollte ein Lied über einen Ozean sein, der nicht silbern glänzte, sondern schwarz war wie die Nacht und voller Leben. Doch während sie sang, veränderte sich das Lied. Plötzlich ging es darin nicht mehr um das Obsidian, sondern um das viel größere Meer der Sterne mit einem Licht, das heller strahlte als alle anderen, ohne jemanden zu blenden. Tess sang zu einer Melodie, die tief in ihrem Innern entstand und gleichzeitig durch Raum und Zeit tönte.

Zara stand reglos und stumm, die Augen groß, der Mund offen.

Schließlich verklangen die letzten Töne, und für einen Augenblick fühlte sich Tess von einer immensen Last befreit. Ruhe durchströmte sie und brachte ihr innere Balance, wie ein Gleichgewicht im Sturm.

Zara atmete schwer. »Das war ...« Sie schüttelte den Kopf. »Beeindruckend.«

Tess blickte übers Meer und spürte, wie der Moment des Seelenfriedens verstrich. Die Unruhe kehrte zurück, langsam wie die Dämmerung auf Rosengarten.

Das Signalband piepte erneut, etwas länger und lauter als beim ersten Mal.

Tess deutete zur Rettungskapsel. »Kehren wir zum Explorer zurück.«

Als sie in der Kapsel an den Kontrollen saß, als Land und Meer des Planeten unter ihnen zurückblieben und wieder hinter Wolken verschwanden, flüsterte eine Stimme inmitten ihrer Gedanken: Ich bin noch immer bei dir.

57

Der Explorer jagte dem Hyperon-Knotenpunkt beim Ereignishorizont des Schwarzen Lochs entgegen. Tess überprüfte Transtatoren und Energiekern und merkte, dass ihr Blick immer wieder zu den Sensordaten im Navigations-Holo zurückkehrte.

»Wir sind auf Kurs«, meldete der Kognitor. »Die Abweichung beträgt weniger als null Komma null null vier Prozent.«

Zara hatte die Hände im Schoß gefaltet und bereits den Sicherheitsharnisch aktiviert. »Ich vertraue euch beiden. Enttäuscht mich nicht.«

Tess nickte ihr kurz zu. »Transtatoren geladen.« Das rote Hyperon-Symbol leuchtete vor ihr auf. »Wir sind für den Sprung bereit.«

»Wunca«, sagte Zara. »Wähle die Verbindung nach Wunca. Oder nach Urlas.«

»Verstanden. Ida?«

»Noch drei Minuten.«

»Ohne das Memex brauche ich vielleicht deine Hilfe bei Orientierung und Gleiswahl.«

»Ich bin gern zu Diensten, Tess.«

Das Navigations-Holo zeigte den blauen Kreis des Knotenpunkts und dahinter, bedrohlich nahe, die rote Markierung des Ereignishorizonts, und die visuellen Holos präsentierten auf der einen Seite eine Schwärze ohne jedes Licht und auf der anderen die Spiralarme der achtzigtausend Lichtjahre entfernten Milchstraße.

»Ich habe es dich schon einmal gefragt, und du hast keine klare Antwort gegeben, Ida«, sagte Tess. »Ist dies der Schlund, von dem Horace erzählt hat?«

»Ich glaube nicht«, antwortete der Kognitor. »Horace sprach von einem mobilen Phänomen, und darauf deuten auch die Berichte anderer Kartografen und Einrichter hin.«

Tess nickte und erinnerte sich, dass Horace von Xanta gesprochen hatte, einem Planeten nur einige Dutzend Lichtjahre vom Neungestirn entfernt. Er hatte von einem »Biest« erzählt, das plötzlich erschienen war, amethystblaue Kristalle zerstört und ihn verletzt hatte. Und der Explorer war vom Neungestirn aus in die Nähe eines Schwarzen Lochs zwischen der Milchstraße und der Großen Magellanschen Wolke geraten.

Es gab noch zwei andere Fragen, die Tess beschäftigten, seit sie in der Krankenstation des Explorers erwacht war.

»Was hat uns hierhergebracht, Ida? Oder vielleicht sollte ich besser sagen: Was hat uns hierher*geholt?*«

»Ein Resonanzsignal.«

»Wie im Harbinger-System. Wie bei Zuflucht.«

»Ja.«

Tess beobachtete die Anzeigen. Der Explorer wurde noch etwas schneller und raste direkt auf den Knotenpunkt zu, dessen Entfernung zum Ereignishorizont auf weniger als hunderttausend Kilometer geschrumpft war. Es wurde sehr knapp. Die Krümmung der Raum-Zeit nahm in diesem Bereich mit jedem zurückgelegten Kilometer zu. Was bedeutete, dass die Zeit für sie schon jetzt langsamer verging als für den Rest des Universums. Je näher sie dem Ereignishorizont kamen, desto größer wurde der Unterschied.

»Noch zwei Minuten«, sagte der Kognitor.

»Das erste Resonanzsignal brachte uns nach Zuflucht, zu einem Planeten mit einem fremden Raumschiff«, fuhr Tess fort, doch es war, als spräche sie zu sich selbst. »Und das zweite ließ uns hier aus dem Hyperraum kommen, in der Nähe eines Schwarzen Lochs und eines Planeten, von dem ich geträumt habe. In meinem Traum habe ich den Planeten so gesehen ... nein, ihn *erlebt,* wie er wirklich ist, und ich bin Sinclair begegnet beziehungsweise einem Geschöpf in seiner Gestalt. Es könnte eine Manifestation des Wesens auf Zuflucht gewesen sein.«

»Wenn du dort tatsächlich jemandem begegnet bist«, wandte der Kognitor ein. »Wir haben darüber gesprochen.«

»Es war kein normaler Schlaf«, sagte Tess voller Überzeugung, »und es war kein normaler Traum. Was ist mit mir geschehen?«

»Ich habe mehrmals versucht, dich zu wecken«, warf Zara ein. »Ich bin von einem schweren Schock ausgegangen, verursacht vom ungesteuerten Hyperon-Transit.«

»Aber dich hat es nicht annähernd so schwer getroffen.«

»Ich habe dir einen möglichen Grund dafür genannt.«

»Weil du älter bist. Weil du mehr gesehen, mehr erlebt, mehr durchgestanden hast. Oder weil ich einfach empfindlicher bin als du.«

»Ja«, bestätigte Zara.

»Eine Minute«, meldete der Kognitor.

Vor Tess öffnete sich das Hyperon-Holo, noch ohne die bunten Linien der Gleise.

»Wie auch immer, es erklärt nicht die Dauer des Flugs im Hyperon.« Tess hielt den Gedanken fest; er war wichtig und durfte nicht verblassen. »Wir haben *achtzigtausend* Lichtjahre zurückgelegt. Bei unserem ersten Hyperon-Flug in den Orion-Tunnel haben wir nicht annähernd eine so große Entfernung überwunden, und doch haben wir mehrere Tage gebraucht.«

»Manche Gleise sind schneller als andere, das würdest du wissen, hättest du noch ein Memex«, erklärte der Kognitor. »Ich schlage vor, du konzentrierst dich jetzt auf deine Aufgabe, Tess. Noch dreißig Sekunden.«

Sie aktivierte den speziell konfigurierten Sicherheitsharnisch, der ihren Händen genug Bewegungsfreiheit für die virtuellen Kontrollen ließ. »Transtatoren voll geladen und bereit. Triebwerk bereit. Bordsysteme stabil. Geringfügige Fluktuationen im Energiekern.«

»Die sind auf die starken Raum-Zeit-Verzerrungen zurückzuführen«, sagte der Kognitor. »Ich versuche, die Schwankungen auszugleichen. Noch zehn Sekunden.«

»Was geschieht, wenn du wieder das Bewusstsein verlierst?«, fragte Zara plötzlich. »Ich kann dieses Schiff nicht fliegen.«

Tess streckte die Hand nach dem roten Hyperon-Symbol aus. Das Navigations-Holo zeigte den blauen Kreis des Knotenpunkts direkt voraus. Dahinter befand sich ... ein rundes *Nichts,* das doch aus superdicht gepackter Materie bestand, eine Singularität, in der Raum und Zeit ihre Struktur verloren, schwärzer als der Raum zwischen den Sternen.

»*Jetzt!*«, sagte der Kognitor.

Tess schloss die Finger um das rote Hyperon-Symbol.

Die Transtatoren gaben ihre Energie frei.

Der Explorer sprang aus extrem gekrümmter Raum-Zeit in den Hyperraum.

Im Hyperon-Holo schien eine Explosion stattzufinden. In der Mitte bildete sich ein heller Punkt und gleißte wie eine ferne Supernova. Hunderte, Tausende Linien gingen von ihm aus, manche dicker als andere, einige halb zerfranst, die meisten gelb und weiß.

Tess' Hände lagen in den Navigationsmulden, und ihre Finger bewegten sich so langsam und sanft, als streichelten sie ein empfindsames Geschöpf. Sie rief die Transtator-Daten ab und suchte zwischen Gleisen des Hyperon, wie sie es von ihrem Memex und Horace gelernt hatte. Wunca, dachte sie. Oder Urlas.

Normalerweise wurde der Sprung in den Hyperraum und die Reise durchs Hyperon vorher programmiert – das machte alles viel einfacher und vermied Navigationsfehler. Transtatoren und Triebwerk wurden sowohl mit den Koordinaten des lokalen Rezeptors, der mit dem Hyperon verbunden war, als auch mit denen der Empfangsstation am Ziel gefüttert. Damit waren Anfang und Ende der Reise durch das Netz der Sterne klar bestimmt, und der Hyperschiffpilot beschränkte sich in den meisten Fällen darauf, die kürzeste Route zu wählen, das stabilste Gleis.

In diesem Fall fehlten die exakten Koordinaten für den Beginn der Reise, und so konnte der Kurs nicht vor dem Sprung programmiert werden. Mit anderen Worten: Die Umstände erforderten eine manuelle Auswahl des Gleises.

Tess hörte ein Pfeifen, laut und schrill. Es störte ihre Konzentration. Hinzu kam ein bohrender Schmerz in ihrem Hinterkopf, der sich langsam ausbreitete und sie warnte: Es drohte ein ungesteuerter Flug.

»Dieses Pfeifen …« Das Sprechen fiel Tess schwer. Ihre Finger blieben in Bewegung und steuerten den Explorer durch ein Knäuel aus bunten Linien, und jenseits davon sah und *fühlte* sie das karmesinrote, flüssigkeitsartige Medium des Hyperraums. Ein Sog ging davon aus, wie eine Strömung, die das Schiff von den Hauptrouten fortzog.

»Das Resonanzsignal, das uns zum Schwarzen Loch gebracht hat.« Die Stimme des Kognitors klang fern, halb überlagert von dem Pfeifen. »Es ist immer noch da.«

Übelkeit stieg in Tess auf. Ihr Blickfeld zog sich zusammen.

»Kritische Phase«, meldete der Kognitor. »Wir brauchen ein stabiles Gleis.«

Wunca, dachte Tess. Oder Urlas. Im Eridanus-Sektor.

Sie verglich die Linien – die Gleise – mit den Navigationsdaten, doch ohne das Memex dauerte es lange, viel zu lange. Sie fand weder Wunca noch Urlas, dafür aber ...

Rosengarten. Zum Greifen nahe, ein stabiles Gleis, das eine sichere Reise versprach.

Der Schmerz des ungesteuerten Transits wurde zu einem Messer, dessen Klinge langsam durch ihren Kopf schnitt.

»Der Energiekern wird instabil«, warnte der Kognitor. »Abdrift!«

Die Vibration in den Navigationsmulden ging auf die Konsole über und von dort auf das ganze Schiff.

»Tess?« Zaras Stimme war kaum zu hören, obwohl sie rief. »Tess?«

Rosengarten, dachte sie, bewegte die Finger in den zitternden Mulden und schickte den Transtatoren ein Datenpaket.

Das Messer in ihrem Kopf verschwand, das Pfeifen hörte auf, die Vibrationen ließen nach. Aus dem Surren von Triebwerk und Transtatoren wurde ein Flüstern, und Stille breitete sich an Bord des Explorers aus.

Tess schloss die Augen und hatte das Gefühl, in einem riesigen, grenzenlosen Ozean zu schwimmen, dunkler als das Obsidian, vielleicht so dunkel wie das Schwarze Loch auf halbem Weg zwischen Milchstraße und Großer Magellanscher Wolke. Sie bewegte Arme und Beine und fühlte einen leichten Widerstand, hob den Kopf und konnte atmen. Und sie wusste, dass jemand in der Nähe war, eine vertraute Präsenz.

»Sinclair?«, fragte sie.

»Nein, ich bin's – Zara. Diesmal solltest du besser wach bleiben.«

Tess öffnete die Augen. Zara hatte sich besorgt über sie gebeugt.

»Es ist alles in Ordnung«, sagte Tess.

»Bis eben war nicht alles in Ordnung«, erwiderte Zara. »Ich dachte, das Schiff bricht auseinander.«

Tess deaktivierte ihren Sicherheitsharnisch, beugte sich vor und warf einen Blick auf die Statusanzeigen. Ihre Lider waren schwer.

»Wir sind mit einem stabilen Gleis synchronisiert und unterwegs durchs Hyperon.« Tess gähnte.

»Wann erreichen wir Wunca?«, fragte Zara.

»Rosengarten«, sagte Tess. »Nicht Wunca, sondern Rosengarten. Ich konnte das Gleis nach Wunca nicht rechtzeitig finden. Wie lange dauert der Flug, Ida?«

»Etwa eine Woche.«

Tess stellte die Frage, obwohl sie sich vor der Antwort fürchtete. »Wie groß ist die Zeitdifferenz?«

»Schwer zu sagen«, erklärte der Kognitor. »Wir waren einige subjektive Sekunden in unmittelbarer Nähe des Ereignishorizonts, in einer Zone außerordentlich stark gekrümmter Raum-Zeit. Es bedeutet, dass für uns weniger Zeit vergangen ist als in den Bereichen normaler Raum-Zeit-Krümmung.«

»Wie viel weniger?«

»Das erfahren wir, wenn wir unser Ziel erreichen.«

»Was ist mit Hyperkommunikation?« Selbst die Gedanken wurden schwer. Tess fühlte sich erschöpft wie nach einer immensen körperlichen Anstrengung. »Können wir uns mit anderen Schiffen im Transit in Verbindung setzen und Zeitangaben von ihnen bekommen?«

»Das Memex hätte dir diese Frage beantwortet«, sagte der Kognitor, und abermals kam es ihr wie eine Rüge vor. »Während des Hyperon-Transits sind direkte Kommunikationskontakte unmöglich – die Transtatoren müssten desynchronisiert werden.«

»Na schön.« Tess wankte zum Schott. »Ich bin kolossal müde. Ida, bitte kümmere dich um alles.«

»Ja, Tess.«

»Zara ...«

»Wir haben eine Woche Zeit, ruh dich gut aus.«

Als Tess in ihrer Kabine aufs Bett sank, hoffte sie, genug Kraft für das zu finden, was sie auf Rosengarten erwartete.

ZWEITER TEIL
Gesänge von Unendlichkeit

Rosengarten

58

Die *Ida* erschien am Ende des Rezeptordorns, in einem kurzen gleißenden Flackern, das auf dem Planeten zu sehen war und das Tess dort selbst gesehen hatte, zum letzten Mal vom Ufer des Obsidians aus. Bei jener Gelegenheit hatte sie angenommen, dass das plötzliche Licht am dunkler werdenden Himmel von dem Schiff stammte, das Anita brachte.

»Referenzdaten werden übermittelt«, meldete der Kognitor, als Tess, ihre Hände wieder in den Navigationsmulden, mit dem Manövriertriebwerk Schub gab und den Explorer fort von der Empfangsstation im Orbit von Rosengarten steuerte. Ein Holo zeigte die Station mit den angedockten Schiffen: zwei Frachter von Tulura, einem mehrere Lichtstunden entfernten Gasriesen, auf dessen Monden es Rohstoffe für die Printer gab; drei kleine Lichtschiffe von den Solarstationen in der Umlaufbahn des ersten Planeten; und zwei Hyperschiffe von den benachbarten Sonnensystemen Kurr und Guhalla.

»Keine Schiffe von Interkosmika oder Protektor«, stellte Zara erleichtert fest. »Wir haben Glück.« Sie wandte sich an Tess. »Niemand hat uns hier erwartet. Aber es wird nicht lange dauern, bis sie merken, dass wir hier sind. Dieses Schiff ist leicht zu identifizieren.«

Tess blieb entspannt und gelassen. Sie steuerte den Explorer höher und brachte ihn in eine stationäre Umlaufbahn, direkt über der Tag-Nacht-Grenze von Rosengarten. Ausgedehnte Wolkenfelder wiesen auf Sturmzonen hin, entstanden durch den Temperaturwechsel zwischen Tag und Nacht. Tess erkannte die Umrisse der Kontinente und Archipele. Ihre Augen suchten die Region, in der sich das Haupthaus der Familie Velazca befand, und dabei bemerkte sie, dass mit dem Verlauf der Tag-Nacht-Grenze etwas nicht stimmte.

Die rechte Hand glitt zu den Kommunikationskontrollen und sendete eine vorbereitete Nachricht.

»Ich bekomme eine Anfrage von der Interkosmika-Verwaltung in der Transitstation«, meldete der Kognitor. »Zwischen ihr und der Administration auf Rosengarten herrscht zunehmender Kommunikationsverkehr.«

»Das war zu erwarten.« Tess betrachtete die Komm-Anzeigen. »Wir sind identifiziert.«

»Ja«, bestätigte der Kognitor.

»Lass die Anfragen unbeantwortet, Ida.«

»Wie du wünschst.«

»Was ist mit den Referenzdaten?«, fragte Tess.

»Du möchtest wissen, wie groß die Zeitdifferenz ist«, erkannte der Kognitor. »Vierundzwanzig Jahre und elf Monate.«

Das erklärte den Verlauf der Tag-Nacht-Grenze auf Rosengarten. Tess' Blick kehrte zu dem Holo zurück, das den Planeten zeigte und die Region mit dem Haupthaus ihrer Familie. Sie befand sich in dunkler Nacht, aber nicht erst seit einigen Monaten, sondern seit vielen Jahren. Die Tag-Nacht-Grenze, der Terminator, näherte sich wieder und würde den Ort, an dem Tess aufgewachsen war, in sieben Jahren erreichen. Dann begann dort ein neuer, zweiunddreißig Normjahre dauernder Tag.

»Fast fünfundzwanzig Jahre.« Zara seufzte schwer. »Nun, es hätte schlimmer kommen können.«

»Viel schlimmer«, bestätigte der Kognitor. »Die Zeitdifferenz hätte Jahrhunderte oder gar Jahrtausende betragen können.«

Tess stabilisierte den Explorer in seiner orbitalen Position.

»Interkosmika Rosengarten ist sehr beharrlich«, sagte der Kognitor. »Uns wurde gerade mitgeteilt, dass alle unsere Missionen gestrichen und die damit verbundenen Privilegien schon vor über zwei Jahrzehnten außer Kraft gesetzt wurden. Oh, und die Untersuchungskommission von Interkosmika hat dieses Schiff beschlagnahmt.«

Tess wandte sich erneut den Kommunikationskontrollen zu. »Kein Antwort auf unsere Nachricht?«

»Nein, Tess. Es tut mir leid, aber deine Familie meldet sich nicht. Vielleicht wurden in den vergangenen Jahren Code und Frequenz geändert.«

»Alle Anfragen und Anweisungen ignorieren«, entschied Tess. »Setz dich mit der zivilen Verwaltung in Verbindung!«

»Deshalb hat es mit den Referenzdaten etwas länger gedauert«, erklärte der Kognitor. »Die zivile Verwaltung existiert nicht mehr. Interkosmika hat alles übernommen.«

Tess ahnte, was das bedeutete. »Die Anwesen auf Rosengarten, die uns geblieben sind, unser Haupthaus ...« Sie verstummte.

»Offenbar wurde alles von Interkosmika konfisziert«, bestätigte der Kognitor ihre unausgesprochene Befürchtung.

Tess stand auf. »Wie viel Zeit bleibt uns, Ida?«

»Bis Interkosmika einen Exekutor schickt, der das Kommando über dieses Schiff beansprucht? Oder bis Protektor ein Schiff durchs Hyperon sendet? Eine Nachrichtenkapsel mit dem Hinweis auf dein Erscheinen im Orbit von Rosengarten könnte bereits unterwegs sein. Es hängt davon ab, wo sich die nächsten Protektor-Schiffe befinden, aber ich denke, der Hyperon-Transit dauert mindestens einen Tag.«

Tess ging zum Schott. »Ein Tag genügt. Flieg Ausweichmanöver, wenn uns jemand aufzuhalten versucht! Du unterliegst noch immer meiner Kommandopriorität, nicht wahr?«

»Da sprichst du einen kritischen Punkt an, Tess. Wenn mich Interkosmika von einem offiziellen Beschluss in Kenntnis setzt, der dich deines Kommandos enthebt oder gar für verhaftet erklärt ...«

Tess hatte während des Hyperon-Flugs an diese Möglichkeit gedacht und Vorsorge getroffen.

»Die von mir installierten Kommunikationsfilter sind nach wie vor aktiv, oder?«

»Eigentlich darf ich nichts von ihnen wissen, Tess.«

»›Eigentlich‹ ist ein schönes Wort, es steckt voller Möglichkeiten. Aber um ganz sicher zu sein, dass du noch da bist, wenn ich von Rosengarten zurückkehre: Hiermit ordne ich Kommunikationsstille an. Du wirst Mitteilungen weder empfangen noch senden, bis du eine anderslautende Anweisung von mir erhältst. Mein Komm-Code ist die einzige Ausnahme.«

»Verstanden.«

Tess öffnete das Schott.

Plötzlich stand Zara hinter ihr.

»Ich komme auch diesmal mit«, sagte sie. »Eine gute Gelegenheit, mir ein wenig die Beine zu vertreten.«

Tess nickte. »Gut. Du kannst mir dabei helfen, Kontrolle zu bekommen.«

59

Sie standen am Hang und blickten über den dunklen Ozean. Nichts regte sich, alles blieb still. Hinter ihnen ragte das Haupthaus der Familie auf, die Mauern dick und alt, wie eine Festung, die nicht nur den Stürmen von Dämmerung und Zwielicht trotzte, sondern auch dem beharrlichen Nagen der Zeit. Kein Laut kam von dort, kein Licht brannte hinter den hohen Fenstern.

»Es sah genau so aus«, sagte Tess. Es war kalt, ihr Atem kondensierte. Thermokleidung hielt sie warm. »In meinem Traum habe ich hier gestanden, an diesem Hang, vielleicht an genau dieser Stelle.«

»Aber allein.«

»Ja, allein.«

»Das meintest du mit ›Kontrolle‹«, sagte Zara. »Ich helfe dir dabei, zu verändern, was du erlebst. Je mehr Unterschiede zu deinem Traum, desto mehr Kontrolle?«

»Vielleicht. Ich bin mir nicht sicher.«

Tess beobachtete, wie kleine Wellen im nahen Schwarz des Obsidians entstanden, und eine Erinnerung verglich sie mit den Kräuselungen, die sie in der Außenhülle des fremden Raumschiffs auf Zuflucht gesehen hatte. Ein Oktopode tauchte auf, hob den Kopf aus dem dunklen Wasser und beobachtete sie mit Augen, die denen eines Menschen ähnelten.

»Gleich erscheinen noch mehr«, kündigte Tess an.

Nach einigen Sekunden zeigten sich weitere Oktopoden, bis es schließlich Dutzende waren, ihre Augen blau und grün.

Tess beobachtete sie eine Zeit lang und spürte, wie sich ihr Esprit regte, einem Geschöpf gleich, das seine Flügel ausbreiten und fliegen wollte.

»Komm«, sagte sie schließlich und wandte sich ab. »Sehen wir uns den Friedhof an.«

Sie schritten über den Weg, der am Hang emporführte, vorbei am Haupthaus und der Rettungskapsel des Explorers. Tess verglich das, was sie sah, mit ihren Erinnerungen und fand nur einen Unterschied.

»In meinem Traum stand die Nacht unmittelbar bevor«, sagte sie, als Zara und sie durch die Lücke zwischen den Nebengebäuden gingen und sich dem großen Park näherten. »Hier aber dauert sie noch sieben Jahre.«

»Spielt das eine Rolle?«, fragte Zara.

»Ich weiß es nicht.«

Zahlreiche Sterne leuchteten am Himmel, doch ihr Licht reichte nicht aus, um mehr zu sehen als die vagen Konturen von Mauern und Bäumen. Im Park brannten keine Lampen, die Schatten schienen dort undurchdringlich dicht.

Unruhe erfasste Tess. Sie fühlte die vertraute Nähe der alten Eichen und Buchen, doch die kalte Luft blieb seltsam leer, ohne erkennbaren Geruch.

»Wie haltet ihr das aus?«, fragte Zara leise. »Jeweils zweiunddreißig Jahre Kälte und Dunkelheit. Wie *kann* man so etwas aushalten?«

»Ich kenne nur den Tag«, antwortete Tess. »Ich wurde vor achtundzwanzig Normjahren geboren, als der Tag in diesem Teil von Rosengarten erst vier Jahre alt war. Für die Nacht bin ich zu jung.«

»Für die Nacht *warst* du zu jung. Knapp fünfundzwanzig Jahre sind vergangen. Du bist nicht mehr achtundzwanzig, sondern dreiundfünfzig.«

Dreiundfünfzig Jahre, dachte Tess. Sie ging langsamer und hörte das Knirschen von feinem Kies unter ihren Stiefeln. Das Ehrenmal auf dem Planeten Erde ... Die Erinnerung zeigte ihr eine Gedenktafel grün wie Jade, eingelassen in Felsgestein, eine Tafel mit ihrem Namen: Tess Rosengarten Sagittarius. Und die Worte und Zahlen im holografischen Datenfenster: fünfundzwanzig Dienstjahre für Interkosmika, einundvierzig eingerichtete Empfangsstationen, Tod auf PO 193349c im Eridanus-Sektor, genannt Corricund.

»Ich sehe überhaupt nichts mehr«, murmelte Zara, holte eine kleine Stablampe hervor und schaltete sie ein. Weiches gelbliches Licht fiel auf Bäume und Büsche. Für einen Sekundenbruchteil hatte es den Anschein, als bewegte sich etwas in den Schatten, eine schmale Silhouette, eine humanoide Gestalt, deren Proportionen nicht ganz stimmten – der Oberkörper war zu lang.

Tess blieb abrupt stehen. »Hast du das gesehen?«

»Was denn?«

»Die Gestalt. Dort.« Tess deutete auf das Gebüsch vor ihnen.

Zara leuchtete. »Hier gibt es nur Dunkelheit und noch mehr Dunkelheit.«

Im matten Schein der kleinen Stablampe schritten sie über den Weg, der zum Friedhof führte. Die Rosensträucher zu beiden Seiten waren in eisiger Nacht erfroren.

Kurz darauf erreichten sie das von den beiden alten Eichen geformte Portal, und dahinter wichen die Bäume zurück, schufen Platz für Gräber und Grabsteine, manche von ihnen weiß wie Schnee.

Vor einer weißen Marmorplatte blieb Tess stehen und las den Namen ihres Großvaters, letzter Repräsentant der terranischen Velazca-Dynastie: Frederik Ibrahim Velazca. Die Worte darunter waren nicht verschwommen. Sie lauteten: »Er kam als Letzter von der Erde und brachte Hoffnung mit.« Die Zahlen darunter gaben das Todesdatum an: Frederik Ibrahim, letzter terranischer Velazca, war im zweiten Jahr der siebten Nacht seit der Besiedlung von Rosengarten gestorben.

Tess hob die Hand, so wie in ihrem Traum, und strich über den kalten Stein. Die Luft fühlte sich nicht samtig an, und sie erwartete auch nicht, dass bei der Berührung des Grabsteins Wellenmuster entstanden.

Sie ging weiter, zu den nächsten Gräbern, und las die Namen: Solomar und Amandea Velazca, Vater und Mutter, daneben Asgard und Trenkor, ihre beiden jüngeren Brüder. Und dann ... Anita, die Abtrünnige, wie Tirell Wayfare von Interkosmika sie genannt hatte. Auch sie lag hier, neben den anderen.

»Sie ist nicht bei den Autonomen Maschinen auf Tiberius«, sagte Tess traurig. »Vielleicht war sie dort, vor rund fünfundzwanzig Jahren, aber jetzt liegt sie hier, tot und begraben.« Sie las das Datum. »Seit drei Normjahren. Sie war die Letzte von uns, die aus dem Leben schied. Jetzt bin nur noch ich übrig.«

Zara fröstelte plötzlich, trotz der warmen Thermokleidung. Sie sah sich um. »Wir sollten zum Schiff zurückkehren, Tess. Interkosmika und Protektor suchen nicht nur mich, sondern auch dich, seit fast fünfundzwanzig Jahren. Man braucht nicht viel Fantasie für den Gedanken, dass du früher oder später auch hier bestattet wirst. Lass uns weiterfliegen nach Wunca.«

»Niemand ist hier«, sagte Tess, obwohl die Unruhe nicht von ihr wich. »Dies ist ein leerer Ort.«

Sie gingen erneut über den Kiesweg, durch eine Nacht, die erst in sieben Jahren zu Ende gehen würde. Wie in ihrem Traum hatte Tess das Gefühl, dass der Friedhof größer wurde und die Gräber zahlreicher.

Beim Werkzeugpavillon am Rand des Parks blieb Tess stehen, blickte landeinwärts und beobachtete die Ebene hinter den Hügeln. Sie erinnerte sich daran, in der Dämmerung die Silhouette der Stadt gesehen zu haben, doch hier und jetzt sah sie nichts. Die Gebäude, unter ihnen die Dormitorien mit den Nachtschläfern, lagen verborgen in Finsternis. Nirgends zeigte sich auch nur ein einziges kleines Licht.

»Von hier aus bin ich zum Ufer gegangen.« Tess schritt am Haupthaus entlang, zurück zu dem Pfad, der zum Ufer des Obsidians führte.

Zara blieb neben ihr und leuchtete mit der Lampe. »Je mehr Unterschiede es gibt, je mehr Unterschiede zum Traum du schaffst, desto größer ist deine Kontrolle«, sagte sie. »Habe ich das richtig verstanden?«

»Ich glaube schon. Ich möchte herausfinden, ob wirklich alles so geschehen ist, wie ich es erlebt habe, und ob ich etwas verändern kann.«

»Du würdest beweisen, die Ereignisse kontrollieren zu können, wenn du jetzt entscheidest, zum Explorer in der Umlaufbahn zurückzukehren.« Zara richtete den Lampenstrahl kurz in Richtung der Rettungskapsel.

»Es gibt da noch eine wichtige Sache.«

Tess erreichte das Ufer und stellte fest: Die Oktopoden waren noch da, sie hatten gewartet und beobachteten sie mit ihren so menschlich wirkenden Augen.

Eine Zeit lang wanderte Tess an der Wassergrenze entlang, wie sie es im Traum getan hatte. Sie hörte das Klicken und Klacken der unter ihren Stiefeln nachgebenden Steine, und wie in ihrem Traum glaubte sie, den Beginn einer Melodie darin zu erkennen. Andere Geräusche gab es nicht, Wind und Meer schwiegen.

Nach einer Weile blieb sie stehen und sagte leise: »Bitte schalt die Lampe aus.«

Es wurde dunkel, die Nacht schloss sich um sie. Sterne leuchteten am Himmel. Hier und dort spiegelten sie sich auf dem schwarzen Wasser des Obsidians und wirkten wie aus den Tiefen aufgestiegene Funken eines Feuers.

Tess ging in die Hocke und strich über die runden, vom Obsidian glatt geschliffenen Steine. An einem zögerten ihre Finger, als hätten sie etwas gefunden. Sie nahm den Stein, schloss die Hand darum und richtete sich wieder auf. Mit der freien Hand griff sie in die Hosentasche und holte den Stein hervor, den sie mitgenommen hatte.

»Schalt die Lampe wieder ein und sieh dir an, was ich in den Händen halte.«

Zara leuchtete mit ihrer kleinen Stablampe.

Tess hielt die Hände dicht nebeneinander.

»Wie ist das möglich?«, fragte Zara.

Tess senkte den Blick. In ihren Händen lagen zwei identische Steine, braun die eine Hälfte, dunkelgrau die andere, beide Hälften von weißen, ebenfalls identisch verlaufenden Adern durchzogen. Vom Esprit empfing sie so etwas wie Genugtuung.

»Sie sehen nicht nur gleich aus, sie sind es auch.« Tess drehte die beiden Steine. »Sie sind identisch bis hinab zur atomaren Struktur.«

»Wie kannst du da so sicher sein?«

»Ich bin es.«

»Wie ist das möglich?«, fragte Zara noch einmal und wich einen Schritt zurück, als könnte ihr ein etwas größerer Abstand mehr Einsicht bieten.

»Ich weiß es nicht.« Tess schüttelte langsam den Kopf. »Ich weiß nur, was ich hier sehe.«

Einer plötzlichen Eingebung folgend warf sie den Stein, den sie eben aufgehoben hatte, und beobachtete, wie er vor den Oktopoden ins dunkle Wasser fiel. Den zweiten Stein warf sie weiter, mit mehr Kraft – er verschwand hinter den Oktopoden mit einem kurzen Platschen im Obsidian.

»Das ist neu«, sagte sie zufrieden. »Das habe ich im Traum nicht getan.«

Sie sah zu Boden und fragte sich, ob sie die Stiefel ausziehen und ins Wasser treten sollte, entschied sich aber dagegen. Es war kalt, und sie hatte bewiesen, was sie sich selbst hatte beweisen wollen.

Wenn die Oktopoden auf ein Lied gewartet hatten, so gaben sie es auf; einer nach dem anderen tauchte unter.

Tess blickte zu den in der Nacht aufragenden Mauern des Haupthauses. »Es wird Zeit, Abschied zu nehmen.«

60

Die große Doppeltür des Haupteingangs erwies sich als verriegelt, aber einer der Nebeneingänge – die kleine Tür, durch die Tess und ihre beiden jüngeren Brüder Asgard und Trenkor manchmal nach draußen geschlüpft waren – reagierte auf den Berechtigungscode des Signalbands und öffnete sich.

Sie betraten einen stillen Flur, in dem die Nacht Gewicht und Substanz zu bekommen schien. Es roch nach kaltem Staub und Vergessen. Das Licht von Zaras Lampe strich über alte Möbel, das braune Holz so dunkel, dass es fast so schwarz wirkte wie das Obsidian. Tess strich mit den Fingerkuppen darüber, die Spuren im Staub hinterließen.

»Auch dies ist neu«, sagte sie. »Mein Traum hörte am Ufer des Obsidians auf.« Sie deutete auf eine Truhe. »Als ich klein war, erschien mir der Flur breit und lang und die Truhe riesengroß – ich musste mich auf die Zehenspitzen stellen, um darüber hinwegzusehen.«

»Hier habt ihr gelebt?« Zara öffnete eine der Türen und leuchtete in einen Vorratsraum mit leeren Regalen und leeren Schränken.

»Meine Geschwister und ich sind hier aufgewachsen.« Tess deutete zu einer Treppe, die sich am Rand des Lampenscheins abzeichnete. »Unsere Zimmer befinden sich oben.«

Während sie die Stufen erklommen, umgeben von Stille, fuhr Tess fort: »Dies war das letzte Anwesen unserer Familie auf Rosengarten. Mein Großvater Frederik Ibrahim Velazca und seine Frau Esmeralda, die letzten terranischen Velazcas, besaßen viel mehr auf der Erde, einige Archipele am Äquator und tief im Süden, bei Antarktika, außerdem mehrere Industriestädte auf dem Mond und auf dem Mars. Aber falsche wirtschaftliche Entscheidungen und politische Auseinandersetzungen führten zum Niedergang der terranischen Velazca-Dynastie.«

»Politische Auseinandersetzungen? Mit dem Neuen Republikanischen Konzil und Interkosmika?«

»Vor allem mit Interkosmika, glaube ich.« Tess blieb am oberen Ende der Treppe stehen, lauschte für einen Moment der Stille und glaubte, in ihr Stimmen aus der Vergangenheit zu hören: ein Lachen von ihrer größeren Schwester Anita; Asgard und Trenkor, die irgendwo im Dunkel der Jahre leise miteinander stritten; ihr Vater Solomar, der mit strenger Miene Vernunft verlangte; ihre Mutter Amandea, die mit klarer, heller Stimme für Tess und die Brüder sang, bevor die Drehwurm-

Infektion ihr Lieder und Kraft nahm. »Hier auf Rosengarten ging der Niedergang weiter. Wir haben ein Anwesen nach dem anderen verloren, bis uns schließlich nur noch das hier blieb.«

»Ihr hattet Schulden«, sagte Zara. »Anita hat mir davon erzählt. Ein gerichtlich sanktioniertes Obligat. Sie musste sich bei Interkosmika verpflichten, damit ihr dieses Haus behalten konntet.«

»Ja, und dann ist sie abtrünnig geworden.« Es klang zu scharf. Sanfter fügte Tess hinzu: »Ihre Abtrünnigkeit hat mich gezwungen, in den Dienst von Interkosmika zu treten.«

»Wir haben schon darüber gesprochen, was mit ›abtrünnig‹ wirklich gemeint ist«, sagte Zara. »Auch Worte sind Waffen, Tess.« Sie deutete in die Runde. »Ihr seid reich gewesen, aber Interkosmika hat euch ruiniert. Ob arm oder reich, Interkosmika frisst alle. Ich frage mich, wie die Situation jetzt aussieht, nach fünfundzwanzig Jahren.«

»Vielleicht weiß Ida inzwischen darüber Bescheid und kann es uns sagen, wenn wir zurückkehren.« Tess ging einige Meter durch den Flur. »Das war mein Zimmer.«

Sie öffnete die Tür und sah nur tiefe Schatten, bis Zara kam und mit der Stablampe leuchtete. Das Licht zeigte einen staubigen Boden aus echtem Holz und fleckige kahle Wände, sonst nichts.

»Ist nicht viel übrig geblieben«, kommentierte Zara.

Tess öffnete die anderen Türen und blickte in die Zimmer ihrer Geschwister. Alle Räume waren leer.

»Als hätte es uns hier nie gegeben«, murmelte sie enttäuscht.

Das Licht von Zaras Lampe wanderte durch Zimmer und Flur. »Alles ausgeräumt. Zumindest hier oben. Unten im Flur standen Möbel, Vitrinen und die große Truhe.«

»Sehen wir uns den Saal an.«

Sie kehrten ins Erdgeschoss zurück und betraten den Großen Saal, in dem Tess damals gehofft hatte, ihre Schwester Anita wiederzusehen. Stattdessen war sie einem Mann in schiefergrauer Uniform begegnet, mit strengem, abschätzendem Blick: Tirell Wayfare von Interkosmika.

Ein langer rechteckiger Tisch zog sich durch die Mitte des Saals, umgeben von kleineren runden Tischen und Ahnenporträts an den hohen Wänden. Dunkelheit verschluckte die Farben der Fenster, Staub dämpfte die Pracht der Teppiche.

Tess ging langsam am Tisch entlang und erinnerte sich daran, wie sie alle dort gesessen hatten: Großeltern, Eltern, Brüder und Schwestern, Freunde und Besucher. Sie erinnerte sich an laute, fröhliche Stimmen, an das Klappern von Geschirr und an die Lieder, die ihre Mutter – als es ihr noch besser gegangen war – und sie selbst gesungen hatten. Jetzt gab es nur noch leere Stille.

Bis plötzlich eine Stimme ertönte.

»Ich grüße Sie, Tess Rosengarten Sagittarius.«

Tess erkannte die Stimme sofort und drehte sich langsam um. Zara hob die Stablampe und leuchtete über den Tisch hinweg.

Am anderen Ende des Tisches stand ein mittelgroßer Mann in grauer Uniform, mit einem Gesicht wie ein V, hellblauen Augen, einer langen, geraden Nase, einem kleinen Mund und schmalen Kinn. Tirell Wayfare.

Die Schultern präsentierten das Interkosmika-Emblem, und am Kragen zeigte sich ein neues Symbol: ein goldener Kreis mit goldenem Stern.

»Wenn Sie dies sehen, sind Sie tatsächlich nach Rosengarten gekommen und befinden sich im einstigen Haupthaus Ihrer Familie«, sagte Wayfare.

Er trug einzig die Uniform, schien aber nicht zu frieren. Und es war kein kondensierender Atem zu sehen.

»Ein Hologramm«, sagte Zara.

»Und zwar ein interaktives«, erwiderte der holografische Wayfare. »Wie ich sehe, sind Sie nicht allein, Tess Rosengarten. Die Person, die Sie begleitet, wird als Zara Wunca Eridanus identifiziert.«

Tess sah sich um. Zweifellos gab es versteckte Sensoren und Scanner. Die Unruhe, die sie zuvor gespürt hatte – eine Warnung ihres Esprits?

Sie ging am Tisch entlang auf den Mann zu, der aus einigen

Metern Entfernung überraschend echt wirkte. Erst aus unmittelbarer Nähe erkannte man ihn als Hologramm.

»Was ist geschehen?«, fragte sie.

»Sie sehen hier die Folgen Ihrer Abtrünnigkeit, Tess Rosengarten«, antwortete Tirell Wayfare, Gesicht und Augen streng. »Die letzten Besitztümer Ihrer Familie, darunter dieses Haupthaus, wurden auf der Grundlage des unerfüllten Obligats Interkosmika überschrieben. Angesichts der notariell beglaubigten Vertragsstrafen bleibt eine restliche Schuldenlast von fünfundzwanzig Millionen Debitpunkten. Dafür müssen allein Sie aufkommen, Tess Rosengarten, als einzige Überlebende Ihrer Familie.«

»Was ist mit den anderen passiert?«, brachte Tess hervor. »Mit meinen Eltern? Mit meinen Brüdern? Mit Anita?«

»Ihre Mutter erlag der Drehwurm-Infektion«, antwortete Wayfare bereitwillig. »Ihr Vater starb zwei Jahre später, weil sein Herz versagte – so heißt es offiziell. Aber ich weiß, dass er Gift genommen hat. Ihre beiden Brüder Asgard und Trenkor kamen bei einem Unfall auf Phejoz ums Leben, dem innersten Mond des Gasriesen Tulura. Ihr Tod ist umso bedauerlicher, da beide gute Arbeit für Interkosmika geleistet haben.«

»Sie haben sie dienstverpflichtet?«

»Nicht ich persönlich«, entgegnete der holografische Wayfare. »Aber ja, das Obligat ging auf sie über. Sie haben in einer der Rohstoffverarbeitungsanlagen gearbeitet, die Basismasse für Printer herstellen. Bei einem Außeneinsatz kam es zu einem Felssturz, der sie unter sich begraben hat.«

Tess starrte den Mann in der grauen Uniform an.

»Wir verlieren kostbare Zeit«, sagte Zara. Das Licht ihrer Stablampe glitt zur Tür, und für einen Moment verblasste der holografische Mann vor Tess.

»Und Anita?«

»Sie ist ins Meer gegangen«, sagte Tirell Wayfare.

»Sie hat Selbstmord begangen?«, sagte Tess erschrocken.

»Wie Ihr Vater, nur auf andere Art und Weise. Sie ist ins Meer gegangen und ertrank. Vielleicht hat sie sich schuldig gefühlt und konnte es nicht ertragen. Ihre Leiche wurde einige Tage später gefunden.«

»Tess …«, begann Zara.

»Sie sind dafür verantwortlich«, zischte Tess. »Sie und Interkosmika. Sie haben uns in den Ruin getrieben, Sie haben *meine Familie umgebracht!«*

»Das Obligat existiert noch, es betrifft Sie nach wie vor«, verkündete Tirell Wayfare ungerührt. »Sie sind hiermit unter Arrest gestellt. Ihre Begleiterin Zara Wunca ist verhaftet und wird sich vor einem Gericht wegen Aufstand und Rebellion verantworten müssen.«

»Von wegen«, brummte Zara und eilte zur Tür. »Komm, Tess!«

Draußen ertönten Geräusche. Fahles Licht fiel durch staubige Fenster.

»Ist das in deinem Traum geschehen?« Zara stand in der offenen Tür.

»Nein.«

»Und siehst du nun, wie weit deine ›Kontrolle‹ reicht? Wir müssen *weg!«*

Tess trat noch näher an den holografischen Mann heran und sah ihm aus einer Entfernung von nur etwas mehr als zwanzig Zentimetern in die Augen.

»Irgendwann sehen wir uns wieder«, sagte sie mit eisiger Stimme. »Und dann werden Sie für *alles bezahlen,* was Sie uns *angetan* haben.«

»Das Obligat existiert noch, es betrifft Sie nach wie vor«, wiederholte das Hologramm. »Sie sind hiermit unter Arrest gestellt. Ihre Begleiterin …«

Den Rest hörte Tess nicht mehr; sie eilte durch die offene Tür in den langen Flur, der sich durch das ganze Gebäude zog.

»Wohin?«, flüsterte Zara. »Ich kenne mich hier nicht aus.« Sie hielt die Lampe so, dass nur noch wenig Licht auf den Boden fiel; Dunkelheit rückte heran und brachte Geräusche mit.

»Wohin?«, fragte Zara erneut und wies kurz mit dem Lampenstrahl zur Treppe und den anderen Fluren.

Was sein wird, dachte Tess. Bilder zogen an ihrem inneren Auge vorbei, und eins von ihnen zeigte Uniformierte, bewaffnete Männer und Frauen, die durch den Haupteingang ins Gebäude eindrangen.

Sie ergriff Zaras freie Hand und lief los. Nach wenigen Metern wählte sie einen schmaleren Korridor und erreichte kurze Zeit später die Treppe zum Kellergeschoss.

»Können wir uns hier irgendwo verstecken?«, flüsterte Zara. »Können wir warten, bis die Leute weg sind? Hat euer Haupthaus vielleicht einen verborgenen Sicherheitsraum?«

»Nein.« Schnell und leise traten sie die Kellertreppe hinunter. »Wir müssen nach draußen. Sie werden hier alles absuchen, jeden Raum, jede Nische. Sie haben auch Bioscanner und Infrarotsensoren, wir können uns nicht verstecken.«

»Woher weißt du das?«

»Ich ... weiß es einfach.«

Die inneren Bilder wurden deutlicher. Tess sah drei Männer und vier Frauen vor dem Haupteingang, unter ihnen ein Exekutor und ein Notar, der ebenfalls bewaffnet war, mit einem mit winzigen Betäubungsprojektilen geladenen Nadler. Ein Mann und eine Frau blieben an der großen Doppeltür zurück; die anderen betraten das Gebäude mit gezogenen Waffen.

»Zwei Wachen oben an der Tür«, hauchte Tess und zog Zara mit sich. »Fünf Personen im Haus, bewaffnet. Sie sind zum Saal unterwegs. Wenn sie uns dort nicht finden, nehmen sie sich den Rest des Gebäudes vor.«

Zara hatte die Lampe inzwischen ausgeschaltet und eingesteckt. Das blasse Oval ihres Gesichts zeigte sich nur dann als vager Schemen, wenn sie an einem der wenigen schmutzigen Fenster vorbeikamen.

»Das weißt du alles, einfach so?«

»Ja.«

Vor einer kleinen Tür blieb Tess stehen und betätigte den Öffner. Abgeschlossen.

Als sie ihr Signalband drehte, begriff sie plötzlich, dass sie die Tür ganz deutlich sehen konnte, trotz der Dunkelheit. Sie erkannte das filigrane Muster der Maserungen im alten Naturholz, die schwarzen eisernen Beschläge, weiter unten den ins Holz integrierten Kasten mit den digitalen Komponenten des Codeschlosses. Nichts blieb ihr verborgen. Sie hatte sogar das Gefühl, dass es ihr mit ein wenig mehr Konzentration möglich gewesen wäre, ins Holz *hinein*zublicken.

»Worauf wartest du?«, flüsterte Zara.

Ein Klicken, und die Tür bewegte sich einen halben Zentimeter. Tess zog sie ganz auf, ohne zuerst durch den Spalt zu spähen und sich zu vergewissern, dass der Weg frei war – sie *wusste,* dass es hier keine Wachen oder Beobachter gab.

Die kalte Nacht von Rosengarten empfing sie.

Tess und Zara schlichen durch die Finsternis, fort vom Haupthaus, hinter dem Lichter glühten. Tess *sah* ihren Ursprung: Lampen in den Händen der Wachen vor dem Haupteingang und die Scheinwerfer von zwei Luftwagen. Und ein Stück weiter entfernt ein drittes Fahrzeug mit zwei weiteren Uniformierten.

Der Weg führte nach oben, zur Kuppe des ersten Hügels, vorbei an Felsen und einigen einheimischen Stachelbäumen in tiefem Schlaf – Tess sah das Leben als kleines, mattes Glimmen in ihnen.

»Ich glaube, dies ist die falsche Richtung«, sagte Zara leise.

»Nein. Ich zeige es dir, gleich.«

Einige Minuten später, auf der Kuppe des Hügels, blickte Tess durch die schmale Lücke zwischen zwei Felsen und sah bestätigt, was ihr die inneren Bilder offenbart hatten.

»Sieh es dir an«, sagte sie und wich für Zara ein wenig beiseite.

Lampenschein bewegte sich hinter den Fenstern des Haupthauses – die Suchenden hatten den Saal verlassen und durchstreiften das Gebäude. Es würde nicht lange dauern, bis sie begreifen würden, dass es leer war.

Ein Stück entfernt und näher beim Obsidian stand die Rettungskapsel, mit der Tess und Zara nach Rosengarten gekommen waren. Dort leuchteten die Scheinwerfer des dritten Luftwagens, in dem zwei junge Männer saßen.

»Wir können nicht zurück«, stellte Zara fest. »Du hast auch das gewusst, nicht wahr?«

»Ja.«

»Aber wie ...«

»Ich habe gesehen, was geschehen wird. *Lassen* wir es geschehen. Komm!«

Im grauen Licht der Zukunft

61 Auf der anderen Seite des Hügels, vom Licht der Scheinwerfer und Lampen abgeschirmt, umhüllte die Nacht sie wie mit einem dunklen, kalten Mantel.

Tess eilte über den schmalen Weg, der an einem Gehölz von Stachelbäumen vorbei zur kleinen Bucht führte.

»Was hast du vor?«, fragte Zara keuchend, aber Tess gab keine Antwort, sie war zu sehr mit den eigenen Gedanken beschäftigt. Fünfundzwanzig Jahre waren eine lange Zeit, dachte sie unter anderem. Fast ihr ganzes bisheriges biologisches Leben. Die ersten Jahre hatte Interkosmika vielleicht darauf gewartet, dass die neue abtrünnige Velazca nach Rosengarten zurückkehrte, um nach ihrer Familie zu sehen oder weil sie sich Hilfe hier erhoffte. Aber sicherlich hatten Tirell Wayfare und die anderen Exekutoren und Ratsmitglieder nach zehn, fünfzehn Jahren das Interesse an ihr verloren, weil wichtigere Dinge als eine einzelne Person ihre Aufmerksamkeit erforderten. Sie hatten nichts von dem Schwarzen Loch zwischen den Galaxien wissen können, vom Knotenpunkt in der Nähe des Ereignishorizonts, vom Sprung nicht nur durch den Raum, sondern auch durch gekrümmte, gebogene Zeit, ein Vierteljahrhundert in die Zukunft. Vielleicht hatten Wayfare und die anderen angenommen, dass sie irgendwann irgendwo ums Leben gekommen war.

Fünfundzwanzig Jahre – für die im Saal des Haupthauses versteckten Sensoren spielte die verstrichene Zeit keine Rolle; sie hatten mit nie nachlassender Geduld und Aufmerksamkeit gewartet und schließlich ein Signal gesendet.

»Es sind nur wenige«, sagte Tess, als die letzten Stachelbäume und Felsen hinter ihnen zurückblieben. Vor ihnen lag die kleine Bucht mit den Hütten und Schuppen.

»Was?« Zara versuchte, an ihrer Seite zu bleiben. »Was meinst du?«

»Es sind nur wenige Leute von Interkosmika«, erklärte Tess. Mit langen Schritten hielt sie auf den größten Schuppen zu, der direkt am Ufer stand; ein zwanzig Meter langer Steg ging davon aus. »Fünfundzwanzig Jahre, Zara. Niemand hat mehr mit uns gerechnet. Es wird keine groß angelegte Suche stattfinden, zumindest *noch* nicht. Uns bleiben einige Stunden, um Rosengarten zu verlassen. Genug Zeit für uns.«

»Du bist dir sehr sicher.«

»Ich weiß es.« Tess blieb vor dem Schuppen stehen. Ohne das Licht von Zaras kleiner Stablampe war es völlig finster, und doch fiel es ihr nicht schwer, Einzelheiten der Umgebung zu erkennen: die Steine zu ihren Füßen, einige Meter weiter rechts das Obsidian, die aus dem schwarzen Wasser ragenden Pfähle des Stegs, die anderen Hütten näher bei den Hügeln, die die Bucht auf der Landseite begrenzten. Und gleichzeitig sah sie, was geschehen würde, jedes Bild vor dem inneren Auge klar wie eine holografische Momentaufnahme.

»Von den versteckten Sensoren im Saal hast du nichts gewusst«, gab Zara zu bedenken. »Sie haben uns überrascht.«

Tess nahm den Einwand wortlos hin. Sie trat die Treppe des Schuppens hoch, und die Veranda brachte sie zum Tor, das mit einem Codeschloss gesichert war. Wieder machte sie von ihrem Signalband Gebrauch, und einer der darin gespeicherten alten Codes funktionierte – das Tor öffnete sich.

Ein Boot lag an der Anlegestelle im Innern des Schuppens, nicht schmal und schnittig für hohe Geschwindigkeit auf den dunklen Weiten des Obsidians, sondern breit und bauchig, für langsame Fahrten bestimmt, mit einem Boden aus transparentem Duplex. Eine Erinnerung stieg in Tess auf, und sie sah sich selbst, wie sie als kleines Kind an Bord gesessen und Fische und Oktopoden beobachtet hatte.

»Ist das ein Boot?«, fragte Zara, die nicht mehr sah als einen vagen Schemen. »Du willst mit dem Boot aufs Meer? Man wird uns sofort entdecken! Dort draußen wären wir wie auf dem Präsentierteller!«

»Nein.« Tess zog die Schutzplane vom alten Boot, das noch immer in einem recht guten Zustand zu sein schien. »Wir fahren durch die Grotten und über den Fluss zur Stadt. Dort nehmen wir einen Luftwagen ...«

Ihr Blickfeld engte sich ein, Finsternis kroch heran. Tess blinzelte mehrmals und wollte Zara schon bitten, die Stablampe einzuschalten, als das seltsame Licht, das offenbar nur für sie existierte, nach und nach zurückkehrte, wie bei einer vorrückenden Dämmerung. Langsam und beharrlich drängte es die Schatten fort und malte alles in einem sanften, matten Grau.

Tess sprang an Deck und sagte: »Vorsicht, hier geht es ein Stück nach unten.« Sie nahm Zaras Hand und half ihr.

»Wie kannst du sehen?« Zara trat zur Seite und stieß gegen den gefalteten Mast. »Für mich ist alles nur schwarz.«

Das graue Licht, das Tess die Umgebung zeigte, flackerte ein wenig. Sie fragte sich, wie lange diese besondere Kraft noch reichte. Woher sie auch kam, ob der Esprit etwas damit zu tun hatte oder nicht: Tess merkte, dass sie ermüdete. Viel Zeit blieb nicht.

»Bleib hier stehen. Rühr dich nicht von der Stelle!«

Tess eilte übers Deck und löste die Leinen. Dann nahm sie Zara erneut bei der Hand und geleitete sie zum Führerstand. Der durchsichtige Boden zeigte ihr mehrere kleine Fische und einen Oktopoden, der neugierig zu ihr aufsah.

»Halt dich hier fest.« Tess führte Zaras Hände zu einer Haltestange und sah, wie sich die Finger dankbar darum schlossen.

»Kannst du wirklich alles sehen?«

»Fast.« Sie wandte sich den Kontrollen zu und versuchte sich daran zu erinnern, wie man den Motor startete und das Boot steuerte.

»Wie stellst du das an?«, fragte Zara aus ihrer dunklen Welt. »Mit deinem Esprit?«

Das war nur die halbe Antwort und vielleicht noch weniger.

Tess betätigte die Kontrollen, aber nichts geschah. Die Nacht blieb still, es fehlte das Brummen des Motors.

»Was ist? Was machst du?«

»Ich glaub, der Motor funktioniert nicht mehr«, sagte Tess. »Oder die Energiezelle ist leer.«

»Prächtig«, kommentierte Zara. Sie ließ die Stange nicht los, sie klammerte sich daran fest. »Rudern können wir dieses Ding nicht, dazu ist es zu groß. Und überhaupt, gibt es hier Ruder?«

Tess eilte übers Deck.

»Lass mich hier bloß nicht allein!«, zischte ihr Zara hinterher.

Tess fand nichts, das sich als Ruder verwenden ließ, und Zara hatte recht: Das Boot war viel zu groß. Am Heck verharrte sie kurz und fragte sich, ob sie versuchen sollten, die Stadt zu Fuß zu erreichen. Es wäre ein langer Weg gewesen, der Interkosmika genug Zeit gegeben hätte, die Suche nach ihnen zu organisieren. Und außerdem zeigten die Bilder vor ihrem inneren Auge eine Fahrt mit dem Boot.

»Tess?«, fragte Zara etwas lauter.

»Ich bin noch da.« Sie kehrte langsam zurück und sah erneut den Oktopoden durch den transparenten Boden. Er blickte zu ihr hoch, mit Augen wie von einem Menschen, und plötzlich wusste Tess, wie sie das Boot bewegen und steuern konnte.

Sie sank auf die Knie, beugte sich vor und legte beide Hände auf den Boden. Der Oktopode kam näher, breitete seine Tentakel sternförmig aus und schien zu zwinkern.

Tess schloss die Augen und begann zu singen, für die Dunkelheit, für die Nacht von Rosengarten, für den schwarzen Ozean. Sie sang mit gedämpfter Stimme, ein leises Lied, das mal traurig, mal fröhlich klang, ohne sich daran zu erinnern, woher Melodie und Worte stammten.

Als sie die Augen wieder öffnete und im grauen Licht ins Wasser unter dem Boot sah, schwammen dort mehr Oktopoden, dicht an dicht, ihre Fangarme an den Rumpf gedrückt.

Tess beugte sich noch etwas tiefer, um ihnen näher zu sein.

»Wir brauchen eure Hilfe«, sagte sie. Es klang fast wie eine Fortsetzung des Liedes. »Bringt uns zu den Grotten und zum Fluss.«

Einige Oktopoden glitten fort, andere näherten sich. Mehrere Sekunden verstrichen, ohne dass etwas geschah, dann geriet das Boot langsam in Bewegung.

»Täusche ich mich, oder bewegen wir uns?«, fragte Zara.

Tess sah die Oktopoden auch durch die Teile des Boots, die nicht transparent waren. Dutzende von ihnen – die meisten von ihnen groß und kräftig, mit langen Fangarmen – schwammen unter und neben dem Boot, drückten sich mit Kopf und Körper dagegen. Die Steuerbordseite stieß gegen den Rand des Tors und kratzte ein Stück daran entlang, doch die Oktopoden bemerkten ihren Fehler und korrigierten den Kurs.

»Ich bin gleich wieder bei dir.«

In einer der Kajüten unter Deck fand Tess zwei Kältemäntel, kehrte mit ihnen nach oben zurück und reichte einen Zara.

»Zieh das an. Der Mantel isoliert und sorgt dafür, dass der Körper weniger Wärme verliert. Für Sensoren, die nach uns Ausschau halten, verringert sich dadurch unsere infrarote Signatur.«

Zara streifte den Mantel über – er reichte ihr bis zu den Füßen – und zog sich auch die Kapuze über den Kopf. Das graue Licht, in dem Tess sah, existierte für sie nicht, doch auch für ihre Augen war die Dunkelheit außerhalb des Bootshauses nicht mehr völlig undurchdringlich. Sterne leuchteten am Himmel, einer der kleinen Monde schob sich hinter einer Wolke hervor. Genug Licht für Zara, um durch den transparenten Boden zu blicken.

»Oh«, sagte sie. »Wir haben Helfer. Dein Lied von vorhin ...«

Das Boot wurde schneller. Kleine Wellen schlugen den Rumpf, schwarz wie die Nacht. Es gluckerte und platschte laut in der Stille.

Tess behielt das Ufer im Auge, Felsen und Hütten, suchte im grauen Licht nach verräterischen Bewegungen. Aber nichts regte sich in den Schatten, und der Himmel über ihnen blieb leer, ohne Drohnen und fliegende Sensoren.

Immer mehr Oktopoden versammelten sich unter und neben dem Boot, das schneller wurde und in der Nähe des Ufers blieb, wie es Tess' Wunsch entsprach. Gelegentlich drehte sie das Steuerrad, um den Kurs zu korrigieren.

»Sie haben dein Lied verstanden«, sagte Zara. »Sie haben darauf reagiert.«

»Ja«, bestätigte Tess schlicht und suchte die nahe Küstenlinie nach der Öffnung ab, die zu den Grotten führte. Die Oktopoden fanden sie eher und schoben das Boot darauf zu.

»Sind sie intelligent?«, fragte Zara. Sie trat zur Reling und blickte über Bord. »Kann man mit ihnen kommunizieren?«

Diese Frage hatte sich Tess nie gestellt. In ihrer Kindheit waren die Oktopoden Spielkameraden gewesen und später ein Publikum für ihren Gesang. Sie drehte das Steuerrad des Führerhauses ein wenig, damit das Boot genau auf den Höhleneingang zuhielt.

»Langsamer, langsamer, nicht ganz so schnell«, murmelte sie und fügte den Worten eine leise Melodie hinzu.

Zara kam etwas näher. »Hörst du mich, Tess?«

Sie sah die Frau mit dem kurzen schwarzen Haar im grauen Licht: die Augen groß, Verwunderung und Staunen im blassen Gesicht.

»Ich höre dich«, entgegnete Tess ungeduldig. »Die Antwort lautet: Ich weiß nicht, ob die Oktopoden intelligent sind. Darüber habe ich nie nachgedacht. Sie waren immer einfach nur da.« Wie außer Atem schnappte sie nach Luft und fügte hinzu: »Ich muss mich konzentrieren, sonst sehe ich nichts mehr. Für dich wird es gleich wieder dunkel. Halt dich fest!«

Felsen ragten rechts und links auf, nur wenige Meter entfernt, und bildeten einige Sekunden später ein Dach über dem Boot. Die Oktopoden zogen und schoben es durch die erste von vielen Grotten.

62

Auf dem Weg durch die Höhlen fragte Zara: »Was genau siehst du? Und *wie?* Erklär es mir.«

Sie hatte ihre kleine Lampe wieder eingeschaltet, vermied es aber, das Licht auf Tess zu richten. Mal leuchtete sie auf den durchsichtigen Boden des Boots, mal über die Reling ins schwarze Wasser voller Oktopoden, mal zu den Felsen, die um sie herum aufragten, von silbernen und kupferroten Mineralienadern durchzogen. Hier und dort erinnerte Eis an die besonders kalte Zeit der langen Nacht.

Tess überließ die Navigation weitgehend den Oktopoden und drehte das Steuerrad nur, wenn Felswände gefährlich nahe kamen.

»Die Abzeichen an Tirell Wayfares Kragen«, erwiderte sie. »Das neue Emblem. Hast du es gesehen? Ein goldener Kreis mit einem goldenen Stern darin, nicht mit einem silbernen wie vor fünfundzwanzig Jahren. Was bedeutet das?«

»Ich weiß nicht, was es bedeutet. Der Kognitor des Explorers kann es uns vielleicht sagen, wenn wir zurückkehren.« Etwas mehr Schärfe lag in Zaras Stimme. »Hörst du mir zu, Tess? Ich hab dich eben etwas gefragt!«

»Ich verstehe es selbst nicht ganz«, sagte Tess ein wenig hilflos.

»Hat es etwas mit deinem Esprit zu tun?«

»Vielleicht.«

Das Licht der Stablampe wanderte übers Deck und verharrte zu Tess' Füßen am Führerhaus. »Du siehst ... was geschehen wird? Die Zukunft?«

»Vielleicht«, sagte Tess und beobachtete, wie die Oktopoden das Boot durch einen schmalen Tunnel dirigierten, der zur nächsten, etwas größeren Grotte führte. »Ich sehe einen Teil der Zukunft. Einen *möglichen* Teil.«

»Wie?«, fragte Zara.

Tess zog sich ihren Kältemantel enger um die Schultern. »Ich weiß es nicht.«

»Aber ...«

Tess versuchte es zu erklären. »Es sind Bilder, die ich in meinem Innern sehe. Wie Erinnerungen.«

»Erinnerungen an die Zukunft?«

Das Licht der Stablampe kroch an Tess empor, bis es ihr Gesicht erreichte, kehrte dann zum Boden zurück und spiegelte sich in den Augen der Oktopoden unter dem transparenten Rumpf wider.

»An eine mögliche Zukunft«, korrigierte Tess, denn es gab

keine Gewissheit. »Die zur Realität wird, wenn ich mich so verhalte, wie ich es in den Bildern sehe«, fügte sie hinzu.

Eine Zeit lang schwiegen sie. Neben dem Boot tauchten Oktopoden auf und verschwanden wieder im schwarzen Wasser. Ein langsam lauter werdendes Rauschen kündigte den Fluss an.

»Ist dir klar, wie wertvoll eine solche Fähigkeit ist?«, fragte Zara schließlich. »Wir könnten sie gut brauchen. Jemand, der in die Zukunft sehen kann …«

Tess drehte das Steuerrad, um einem Felsvorsprung auszuweichen, den ihr das graue Licht wie einen aus der Wand ragenden Finger zeigte. Details verschwanden kurz hinter einem Flackern.

Lass mich jetzt nicht im Stich, dachte Tess und fragte sich, an wen oder was sie die Bitte richtete.

Das Rauschen schwoll an, die Höhlenwände wichen, und über dem Boot wölbte sich keine Felsdecke mehr, sondern spannte sich ein sternenbesetzter Himmel. Kalter Wind wehte. Tess schlug den Kragen des Mantels hoch.

»Wir haben den Fluss erreicht«, sagte sie. »Jetzt ist es nicht mehr weit.«

63

In der Mitte des Flusses war die Strömung so stark, dass selbst Hunderte von Oktopoden nicht ausgereicht hätten, das Boot stromaufwärts zu bewegen. Tess achtete darauf, dass sie in der Nähe des Ufers blieben, im ruhigeren Wasser, und dort kamen sie recht gut voran, nachdem sie den Mast halb entfaltet und mit Zaras Hilfe eins der drei Segel gesetzt hatte. Manchmal knirschten Bug und Rumpf durch Eis, das dicke Krusten an den Ufern bildete. Weiter oben auf den Böschungen lag Schnee und formte eine weiße Decke auf Landschaft und Häusern, deren Fenster dunkel blieben.

»Hier ist es kälter«, sagte Zara, als der Fluss eine weite Biegung beschrieb und die Schnee- und Eisflächen häufiger wurden. An manchen Stellen hatte der Wind Schneeverwehungen geschaffen, die die Stachelbäume fast ganz unter sich begruben.

Tess blinzelte. Das Flackern wurde häufiger, das graue Licht kam und ging.

»Das Obsidian ist ein gewaltiger Wärmespeicher«, sagte sie. »In diesen Breiten gibt es während der langen Nacht nur selten viel Eis und Schnee. Es liegt an den nahen Meeresströmungen, die Wärme von Rosengartens Tagseite hierher transportieren.«

»Was ist mit den Häusern? Es brennt nirgends Licht.«

»Vielleicht schlafen alle in den Dormitorien.«

»Ist das üblich? Ich meine, bleibt hier niemand die Nacht über wach?«

»Viele«, antwortete Tess. »Aber nicht jeder.«

»Hier scheint alles verlassen zu sein.«

Fünfundzwanzig Jahre konnten viel Zeit sein – Zeit genug für Veränderungen. Tess fühlte es im flimmernden, flackernden grauen Licht, im Aroma der Welt, das ihr wie ein scharfer Geruch in die Nase stieg, und sie hörte es in einem schrillen fernen Ton, tief in den Schatten der Nacht. Es waren seltsame Empfindungen, die mit dem Flackern schwankten, eine fast synästhetische Verschmelzung von Sinneseindrücken, verwirrend und überwältigend wie ein Drogenrausch. Rosengarten hatte sich verändert, war zu einer fremden Welt geworden.

Der Wind erleichterte den Oktopoden die Arbeit. Er blähte das Segel und trieb das Boot stromaufwärts. Es dauerte nicht lange, bis das graue Licht Tess erst die Silhouette der Stadt hinter den Küstenhügeln zeigte und dann größere und höhere Gebäude zu beiden Seiten des Flusses. Zara schaltete ihre Stablampe wieder aus und half dabei, das Segel einzuholen und den Mast zu falten. Das Boot wurde langsamer, und Tess steuerte es zu einer leeren Anlegestelle.

Dort angekommen sicherte sie es mit zwei Leinen. Einige der Oktopoden tauchten auf, als erwarteten sie zur Belohnung ein Lied.

»Es tut mir leid«, sagte Tess, über die Reling gebeugt. »Ich singe ein anderes Mal für euch. Dies ist kein geeigneter Ort.«

Die Oktopoden blickten stumm aus dem schwarzen Wasser.

»Ich danke euch«, sagte Tess, trat auf den Anlegesteg und half Zara von Bord.

Der Fluss rauschte. Eis knackte am Ufer, von mehreren Oktopoden berührt. Wind flüsterte zwischen den nahen Gebäuden. Doch es erklangen keine menschlichen Stimmen, und die Fenster blieben dunkel.

Langsam gingen sie über die leere Straße, vorbei an den stillen Gebäuden, und bald sah Tess im flimmernden grauen Licht die ersten Ruinen. Kurz darauf gab die Nacht sie auch für Zara preis: rußgeschwärzte steinerne Mauern, die Jahrhunderte seit der Besiedlung überstanden hatten, von Explosionen zerrissen. An anderen Stellen hatten Feuer gewütet und nur Trümmerhaufen zurückgelassen. Schutt lag auf den Straßen, halb unter Schnee und Eis.

»Dies scheinen Barrikaden gewesen zu sein«, sagte Zara. »Hier wurde gekämpft.«

Auf einem kleinen Platz, von dem neun Straßen und Wege ausgingen, blieb Tess stehen und sah sich um.

»Wer gegen wen?«, fragte sie. Der kondensierende Atem vereinte sich mit dem Grau, das ihr die Umgebung zeigte.

»Als Interkosmika Rosengarten ganz übernahm, haben sich vielleicht einige Leute zur Wehr gesetzt«, sagte Zara. »So ist es auch auf anderen Welten geschehen. Die Menschen wollten ihre Freiheit bewahren und sich nicht durch Obligate zu unfreiwilliger Arbeit verpflichten lassen. Oder es ging ihnen um ihre politische Unabhängigkeit, das ist manchen Leuten ebenso wichtig.«

Ein Dormitorium befand sich in der Nähe. Tess setzte sich wieder in Bewegung und ging schneller, vorbei an Trümmern, ausgebrannten Gebäuden und den Wracks von Fahrzeugen.

»Woher willst du einen Luftwagen nehmen?«, fragte Zara. »Ich sehe hier nicht ein einziges intaktes Fahrzeug.«

»Wir werden fliegen«, gab Tess knapp zurück. Eins der inneren Bilder hatte sie an den Kontrollen eines Luftwagens gezeigt; es würde geschehen.

Das Dormitorium – ein mehrstöckiger, rechteckiger Bau,

grau im grauen Licht – war unversehrt geblieben. Tess hielt sich nicht mit dem Versuch auf, die geschlossene Tür mit einem der in ihrem Signalband gespeicherten Codes zu öffnen. Stattdessen eilte sie an den Fenstern entlang und blickte in Räume voller Hibernationsbetten. Die meisten waren leer. Nur auf einigen wenigen Liegen zeigten sich die reglosen Gestalten von Männern, Frauen und Kindern.

»Ich kann da drin überhaupt nichts sehen«, sagte Zara. »Zu dunkel.«

»Es sind wenige, so wenige ...«, murmelte Tess.

»Wenn es hier zu einem Kampf gegen Interkosmika oder gar Protektor gekommen ist, sind vielleicht viele Bewohner dieser Stadt in andere Regionen von Rosengarten geflüchtet oder haben den Planeten ganz verlassen. Tess, wir sollten jetzt wirklich zum Explorer zurückkehren. Interkosmika ist wahrscheinlich gerade dabei, die Suche nach uns zu organisieren.«

Tess sah, wie Zara den Kopf in den Nacken legte und zum Himmel blickte, auf der Suche nach Beobachtern. Wieder flackerte das graue Licht, und einige Einzelheiten verschwanden hinter milchigen Schleiern.

Tess wandte sich vom Dormitorium ab und besah sich die Bilder vor dem inneren Auge. *Was sein wird.* Ein Name fiel ihr ein: Loreno.

»Komm«, sagte sie und stapfte durch Schnee und Schutt.

»Wohin jetzt?«

»Zu einem Luftwagen. Es ist nicht weit.«

64

Als Kind war Tess einmal hier gewesen, in einer Gasse klein und schmal für eine Erwachsene, aber groß und breit für ein fünfjähriges Mädchen. Die ältesten Häuser der Stadt, erbaut kurz nach der Besiedelung des Planeten, lehnten hier aneinander und schienen sich gegenseitig zu stützen. Die Fensterläden aus Naturholz oder Duplex waren geschlossen, die Türen verriegelt.

»Ich sehe hier keine Luftwagen.« Zara klang ungeduldig. »Ohne die Lampe sehe ich kaum etwas, um ehrlich zu sein.«

Etwa in der Mitte der Gasse gab es auf der linken Seite einen Durchgang, nicht breiter als einen halben Meter, mit einer verwitterten Tür am Ende, die nie abgeschlossen gewesen war. Sie schwang mit einem Knarren auf, als sich Tess dagegenstemmte. Hinter ihr lag ein Innenhof mit schlafenden Stachelbäumen und toten Zierbüschen. Bunte Steine – Tess sah sie in verschiedenen Grautönen – markierten Beete, in denen während des Tages Blumen wuchsen.

»Hier hat Loreno gewohnt, unser Gärtner«, erklärte Tess. »Er hat sich um den Park beim Friedhof gekümmert. Einer unserer Luftwagen stand ihm zur Verfügung.« Sie deutete auf einen Schuppen. »Dort.«

Sie eilte an den Beeten und erfrorenen Zierbüschen vorbei, löste die mechanische Verriegelung der großen Tür und zog sie auf. Im Innern des Schuppens stand tatsächlich ein Luftwagen, ein kleiner Transporter, halb unter einer zur Seite gerutschten Plane. Staub bedeckte Fenster und Flanken des Fahrzeugs.

Zara leuchtete kurz mit der Lampe und hielt sie dabei halb mit der linken Handfläche bedeckt, um das Licht zu dämpfen.

»Scheint lange nicht mehr benutzt worden zu sein«, sagte sie skeptisch. »Wenn er hier fünfundzwanzig Jahre gestanden hat, ist vielleicht seine Energiezelle leer, wie beim Boot.«

»Nein«, widersprach Tess mit fester Stimme und zog die Plane beiseite. »Wir fliegen mit diesem Wagen. Ich weiß es.«

Sie versuchte die Tür zu öffnen, doch der Mechanismus reagierte nicht. Einige Sekunden lang zögerte sie ratlos, hob dann die Hand zum kleinen Kommunikator am Kragen unter dem Kältemantel und schaltete ihn ein.

»Tess Rosengarten«, identifizierte sie sich. »Aufzeichnung. Nachricht beginnen mit meinem Komm-Code. Beginn: Ida, hier ist Tess. Ich komprimiere diese Nachricht, um es Interkosmika zu erschweren, sie zu empfangen und zu entschlüsseln. Zara und ich können nicht auf normalem Weg zurückkehren. Rekonfiguriere dich für aerodynamischen Flug und komm in die Atmosphäre von Rosengarten, in die Stratosphäre über der Region, in der sich das Haupthaus meiner Familie befindet. Wir kommen dir mit einem Luftwagen entgegen, der höchstens zwanzig Kilometer weit aufsteigen kann. Ich identifiziere uns mit meinem Komm-Code. Für das Rendezvousmanöver haben wir wahrscheinlich nur wenig Zeit. Pause.«

Tess überlegte und sah Zara an. »Habe ich etwas vergessen?«

»Wunca«, sagte Zara.

»Nachricht wird fortgesetzt. Ida, triff Vorbereitungen für einen Hyperon-Transit nach Wunca! Kurs berechnen, Transtatoren laden! Der Sprung in den Hyperraum muss sofort möglich sein, denn auch dafür bleibt uns nicht viel Zeit. Und noch etwas: Ich brauche Luftwagen-Codes. Ich verbinde mein Signalband mit dem Kommunikator und bin ab sofort auf Empfang. Ende der Nachricht. Komprimieren und senden!«

Der Kommunikator bestätigte die Anweisungen mit einem kurzen Piepen.

Ein zweites akustisches Signal kam von dem Band an ihrem Handgelenk, als die Verbindung mit dem Kommunikator hergestellt war. Tess hielt das Signalband dicht an die schmutzige Tür des Luftwagens und wartete.

Um sie herum verdüsterte sich das flimmernde graue Licht.

Eine Minute verging.

»Vielleicht hat der Explorer die Nachricht nicht empfangen«, befürchtete Zara. »Oder dein Kommunikator ist defekt.«

»Nein. Ida sendet bereits, ich weiß es. Wir haben nur noch nicht den richtigen Code.« Mattigkeit breitete sich in ihr aus, die Gedanken strömten und sprangen nicht mehr, sie krochen wie durch zähen Brei. Tess kämpfte gegen die Müdigkeit an. *Was sein wird.* Wie anstrengend es war, zu sehen, was geschehen würde.

Es klickte.

Die Tür klemmte. Tess zog am Griff, und mit Zaras Hilfe gelang es ihr schließlich, die Tür zu öffnen. Wenige Sekunden später saßen sie beide im Innern des Fahrzeugs. Tess blickte auf die Kontrollen und wartete, während das mit dem Kommunikator verbundene Signalband weitere Codes empfing und sendete.

Vor Tess leuchtete ein Bereitschaftsindikator auf.

»Identifikation Tess Velazca«, sagte sie laut und deutlich.

Der Indikator blinkte. »Identität bestätigt«, erklang eine Stimme. »Systeme bereit.«

Tess prüfte die Anzeige. »Es wird knapp. Sehr knapp.« Sie zog die Tür zu und hörte das leise Zischen, mit dem sich das hermetische Siegel schloss. »Wir haben gerade genug Energie für den Flug in die Stratosphäre.«

Sie aktivierte den Gravitationsmotor und steuerte den Luftwagen aus dem Schuppen.

»Wenn wir ganz oben sind, geht uns die Energie aus«, stellte Zara mit einem Blick auf die Instrumente fest.

»Ja.«

»Dann stürzen wir ab«, fügte Zara hinzu. »Fünfzehn oder zwanzig Kilometer tief.«

»Ida holt uns ab.«

»Und wenn nicht?« Tess fühlte Zaras bohrenden, forschenden Blick. »Was, wenn etwas dazwischenkommt?«

»Es kommt nichts dazwischen. Ich sehe, was geschehen wird.«

»Bist du dir ganz sicher, Tess?«

»Ja«, log sie, denn sie war sich nicht völlig sicher – die inneren Bilder trübten sich umso mehr, je schwächer das graue Licht wurde, je mehr Kraft sie verlor. Es gab ein wenig Ungewissheit, eine Unschärfe bei den Details.

Der Luftwagen stieg auf, über die Dächer der Stadt, die im Licht von Sternen und einem kleinen Mond auch für Zara ihre Wunden zeigte: Löcher im urbanen Leib, Schneisen der Zerstörung dort, wo die Kämpfe besonders heftig gewesen waren. Und nirgends brannte auch nur eine einzige Lampe. Selbst die Dormitorien blieben dunkel, und Tess fragte sich plötzlich, ob die Männer, Frauen und Kinder, die sie auf den Liegen gesehen hatte, wirklich schliefen oder vielleicht tot waren, in der Hibernation gestorben wie die vielen Kolonisten auf der *Pegasus.*

»Drohnen«, sagte Zara und deutete auf die Ortungsanzeigen. »Und zwei kleine Orbiter, Entfernung siebzehn Kilometer. Sie beschleunigen und kommen schnell näher. Interkosmika, nehme ich an.«

Tess gab mehr Energie in den Gravitationsmotor, und der Luftwagen gewann an Höhe. Die leblose Stadt mit ihren alten Wunden schrumpfte, die Küstenlinie wuchs in die Länge, das Obsidian erstreckte sich schwarz in der Nacht. Es erinnerte sie für einen Moment an den Anblick des Schwarzen Lochs zwischen den Galaxien, kurz vor dem Sprung in den Hyperraum.

Mehrere rote Indikatoren blinkten. Das Summen des Gravitationsmotors veränderte sich.

»Fehlfunktionen«, stellte Zara fest. »Dieser Wagen hat viele Jahre vergessen in einem Schuppen gestanden, ohne Wartung, ohne einen einzigen Flug.«

»Dies ist sein letzter Flug«, kommentierte Tess. »Er muss uns nur hoch genug bringen.«

Die Kontrollen des Kommunikationssystems leuchteten auf – jemand versuchte, eine Verbindung herzustellen. Tess schaltete das Komm-System aus, hob die Hand und aktivierte den kleinen Kommunikator am Kragen.

Der Luftwagen vibrierte und zitterte.

Einige Kilometer weiter unten lag das Obsidian, ein den ganzen Planeten umspannender Ozean.

»Die Drohnen sind schneller als der Orbiter, wenn auch nicht viel.« Zara beugte sich zu den Anzeigen vor. »Entfernung nur noch zwei Kilometer. Sie sind gleich bei uns.«

Tess blickte aus dem Fenster und nach oben. Wo bleibst du, Ida?, dachte sie.

Die Energie sank auf wenige Prozent. In einigen Sekunden würde der Luftwagen die maximale Höhe seiner Flugbahn erreichen.

»Die Drohnen sind da«, sagte Zara.

Tess sah sie: vier spinnenartige Bots, ausgestattet mit Sensoren und flexiblen Greifarmen. Drei passten ihre Geschwindigkeit der des Luftwagens an und kamen noch etwas näher. Der vierte geriet im Heckbereich außer Sicht.

Tess wusste, was geschehen sollte und nicht geschehen

durfte: Die Drohne am Heck war angewiesen, sich selbst zu opfern und den Gravitationsmotor zu beschädigen.

»Ida, Kommunikationssperre ist hiermit aufgehoben.« Tess schob den Geschwindigkeitsregler ganz nach vorn und betätigte gleichzeitig Höhen- und Seitenruder. Letzte Energie strömte in den Gravitationsmotor. »Peil mein Signal an! Wir brauchen dich hier, und zwar schnell. Hörst du mich? Bitte bestätige!«

Die Entfernung zu den drei Drohnen wuchs, und die vierte geriet wieder in Sicht, ohne dass sie Gelegenheit gefunden hatte, den Gravitationsmotor zu beschädigen. Tess beobachtete sie im grauen Licht – das plötzlich flackerte und verschwand.

Sie ächzte und sackte in sich zusammen.

»Was ist mit dir?«, fragte Zara besorgt.

»Ich ... sehe nichts mehr«, brachte Tess mühsam hervor. Ihre Zunge schien doppelt so groß und dreimal so schwer zu sein.

Eine Stimme drang wie aus großer Entfernung gedämpft an ihre Ohren.

»Gehört und verstanden, Tess«, antwortete Ida. »Ich bin unterwegs. Die Rekonfiguration war nicht ganz einfach, und außerdem musste ich zwei Orbiter abschütteln.«

Der Gravitationsmotor schwieg plötzlich. Für ein oder zwei lange Sekunden hatte Tess das Gefühl, schwerelos zu sein und zu schweben. Dann kehrte das Gewicht zurück, auf eine sehr unangenehme Weise – der Luftwagen fiel.

Gegen den Widerstand der Erschöpfung brachte Tess die Hände nach vorn, betätigte erneut Höhen- und Seitenruder und bemühte sich, den Luftwagen in eine stabile Fluglage zu bringen.

Die Drohnen schwirrten näher – und mussten ausweichen, weil etwas vom Himmel fiel, ein Objekt nicht viel größer als ein schneller Kurier von Interkosmika, bestehend aus Würfeln, Quadern und stangenförmigen Elementen, so angeordnet, dass sie einen zentralen Rumpf mit zwei flügelartigen Erweiterungen bildeten, darin die langen Schlitze von Transtatorkerben.

»Ich öffne die Schleuse für das Rendezvousmanöver«, meldete der Kognitor des Explorers. »Ihr müsst umsteigen. Ich halte euch mit einem Gravitationsanker fest.«

Etwas von dem grauen Licht kehrte zurück, gerade genug, um die Dunkelheit von Rosengartens Nacht etwas weniger dunkel zu machen und einen Teil der Müdigkeit zu vertreiben. Tess konnte etwas klarer denken und kontrollierte die Höhe: fast zwölf Kilometer.

»Wenn wir die Tür öffnen, wird's ungemütlich«, sagte sie besorgt. »In dieser Höhe ist die Luft so dünn, dass wir nicht mehr atmen können. Es droht fast so etwas wie eine explosive Dekompression.«

»Ich positioniere mich so, dass euch die aus dem Wagen entweichende Luft in die Schleuse trägt«, erwiderte der Kognitor. »Schnell, Tess, bevor Drohnen und der Orbiter heran sind.«

Ein Ruck ging durch den Luftwagen.

»Das war der Anker.« Zara kletterte an Tess vorbei zur Tür. »Bist du so weit?«

Tess vergewisserte sich, dass der leere Luftwagen nicht auf ein bewohntes Gebiet stürzen würde, sondern ins Obsidian. Dann verließ sie ihren Platz an den Kontrollen und drängte sich neben Zara, die ihre Hand an den Türöffner gelegt hatte.

»Alles bereit bei dir, Ida?«, fragte Tess.

»Ja. Ich warte auf euch.«

Tess atmete tief durch. »Also los.«

Zara betätigte den Öffner. Die Tür schwang nicht zur Seite, sie *flog* auf.

Unsichtbare Arme schlangen sich um Tess und zerrten sie nach draußen. Für einen Augenblick hing sie im Nichts, sah tief unten das Obsidian und am Horizont zwischen Explorer und Luftwagen die Wölbung des Planeten. Weiter oben leuchteten die Sterne, und vor ihnen bewegten sich Objekte, die viel näher waren, wie Oktopoden, die es irgendwie aus Rosengartens Ozean zum Firmament geschafft hatten.

Sie stieß gegen etwas, das ihr einen stechenden Schmerz durch die Seite jagte, und fand sich in der Schleuse des Explorers wieder, neben Zara, die bereits auf die Beine zu kommen versuchte. Ihr wurde klar, dass die vermeintlichen Himmelsoktopoden, die sie gesehen hatte, in Wirklichkeit Drohnen von Interkosmika waren.

Das Außenschott schloss sich. Ein Knacken in den Ohren wies Tess darauf hin, dass der Luftdruck in der Schleuse stieg.

»Maximale Beschleunigung!«, stieß sie hervor, während sie noch am Boden lag. »Bring uns weg von hier, Ida!«

»Bin schon dabei, Tess.«

Diesmal kam die Stimme nicht aus dem kleinen Kommunikator an ihrem Kragen, sondern aus dem Kommunikationssystem des Explorers. Tess spürte die Andeutung einer Bewegung, einen kurzen, kaum merklichen Ruck, als das kleine Schiff aus Rosengartens Atmosphäre ins All sprang.

Zara half ihr auf.

»Zum Knotenpunkt, Ida.« Tess folgte Zara, die die Schleuse bereits verlassen hatte und durch den Gang zum kleinen Kontrollraum des Explorers eilte. »Ins Hyperon.«

»Sprung und Kurs sind vorbereitet, Tess, die Transtatoren geladen. Der Knotenpunkt befindet sich direkt voraus, über der Transitstation.«

Zara duckte sich durch ein offenes Schott, dass in einen weiteren schmalen Gang führte. Tess lehnte sich müde an die Wand. »Bring uns ins Hyperon, nach Wunca, Ida!«

»Du bist die Pilotin.«

»Und als Pilotin habe ich dir gerade eine Anweisung gegeben.« Tess seufzte. »Warte nicht, bis ich im Nest bin. Verlassen wir Rosengarten, verlassen wir das Joumis-System. Fliegen wir nach Wunca.«

»Wie du wünschst, Tess.«

Was soll aus uns werden?

65 Das große Holo hatte etwas Hypnotisches und hielt Tess' Blick fest: der Hyperraum wie aus rotem Öl und darin Blasen, unterschiedlich groß und von einem anderen Rot. Sie erinnerte sich an ihr Gespräch mit Horace über die Theorie, dass die Blasen eigenständige Universen waren, und während sie Zara mit Ida sprechen hörte, versuchte sie, sich jene anderen Universen vorzustellen. Gab es in ihnen ebenfalls ganze Galaxien, mit Myriaden Sonnen und Planeten? Existierte in ihnen ein Netz der Sterne wie das Hyperon, ein interstellares und intergalaktisches Gespinst, dessen Fäden Raumschiffen den Weg wiesen?

Plötzlich dachte Tess an die Gloriose, von der Sinclair in ihrem *Traum* erzählt hatte. Ein Sinclair, der jemand anders gewesen war, vielleicht der Dunkle aus dem fremden Schiff auf Zuflucht. *Sie, die im Superplasma der Schöpfung gebadet hat, in der Wiege von Raum und Zeit.* Vielleicht befand sie sich irgendwo dort draußen, in dem roten Meer, im größten aller Ozeane, oder in einem der vielen Universen. *Sie ist der Schoß, aus dem das Leben erwächst.* Vielleicht brachte sie in einer leeren, kalten und dunklen Welt die Saat des Lebens aus.

Die Gedanken zogen durch ihren Kopf, sie waren Früchte ihres Gehirns, doch sie stammten von anderswo, ihr Ursprung befand sich weit entfernt in Raum und Zeit. Tess lauschte ihrem Flüstern, einer fernen Stimme, die ein Lied nur für sie zu singen schien, und einige erhabene Sekunden lang glaubte sie, ohne Raumschiff und völlig frei im Hyperraum zu fliegen, die Arme ausgebreitet wie Flügel oder wie Flossen für das Schwimmen im roten Ozean, der alles enthielt, was gewesen war, existierte und sein konnte.

»Tess?«, fragte Zara. »Ist alles Ordnung, Tess?«

Nein, dachte sie. Es ist ganz und gar nicht alles in Ordnung.

»Es geht mir gut«, behauptete sie.

»Sieh dir an, was sich alles geändert hat!« Zara deutete auf die holografische Sternenkarte über den Navigationskontrollen. »In nur fünfundzwanzig Jahren! Wie ist so etwas möglich?«

Das Gefühl des Schwebens und Schwimmens verschwand. Tess betrachtete ein Durcheinander aus Linien, farbigen Markierungen und eingeblendeten Daten, das eine gewisse Ähnlichkeit mit Darstellungen des Hyperons aufwies. Bei genauerem Hinsehen erkannte sie Raumsektoren mit besiedelten Sonnensystemen, zentrale Routen und Hinweise auf politische und militärische Konstellationen. Die von Menschen erforschten und kolonisierten Bereiche der Milchstraße, die nur einen kleinen Teil der Galaxis ausmachten, waren blau markiert für das Neue Republikanische Konzil und gelb für Protektor.

Tess versuchte zu verstehen, was das bedeutete. Es fiel ihr nicht leicht, denn ihre Gedanken schienen sich immer wieder zu verknoten.

»Es gibt keinen Bund Unabhängiger Kolonien mehr«, sagte Zara düster. »Auch die Interessengemeinschaft der Zwölf hat aufgehört zu existieren. Es gibt nur noch Interkosmika und Protektor.« Sie zeigte darauf. »Eridanus, Sagittarius, Auriga, Taurus, Cassiopeia und all die anderen Sektoren ... Interkosmika und Protektor haben alles übernommen. Es gibt nur noch die Neue Republik, das eine große Protektorat. Es ist ein Sieg auf der ganzen Linie!«

»Wie konnte das in nur fünfundzwanzig Jahren passieren, Ida?«, wollte Tess vom Kognitor wissen.

»Leider ist es mir nicht gelungen, auf alle Datenbanken der Transitstation im Orbit von Rosengarten zuzugreifen«, erwiderte dieser. »Und ich konnte auch nicht alle Daten kopieren. Die Informationen sind also lückenhaft, und ich bin noch immer mit Analyse und Auswertung beschäftigt. Die aktuelle Situation scheint sich darauf zurückführen zu lassen, dass Interkosmika und Protektor immer und überall die richtigen taktischen und strategischen Entscheidungen getroffen haben. Ihnen ist nicht ein einziger Fehler unterlaufen.«

»Das ist doch ... unmöglich «, sagte Zara. »Es gibt immer Unwägbarkeiten und Risiken, die sich nicht hundertprozentig einschätzen lassen.«

»Diesmal offenbar nicht.«

»Was ist mit den Autonomen Maschinen?«, fragte Zara. »Was ist aus den Verhandlungen mit ihrer Instanz geworden?«

»Darüber liegen mir keine Informationen vor.«

»Zeig mir Tiberius!«

Ein roter Punkt erschien im Perseus-Arm der Milchstraße, mehr als zehntausend Lichtjahre entfernt. Tess bemerkte, dass mehrere neue Routen in die entsprechende Richtung führten. Ihre Hände bewegten sich wie von allein, strichen durch virtuelle Kontrollen und aktivierten ein weiteres Holo mit den Hyperon-Schemata.

»Neue Empfangsstationen«, murmelte sie. »Dutzende, unter anderem im Herakia-Sektor. Das Hyperon ist noch größer geworden. Es gibt neue Wege, nach Perseus und in Richtung des galaktischen Zentrums.«

»Ida ...«, sagte Zara nachdenklich. »Könnten es Interkosmika und Protektor gewagt haben, gegen die Autonomen Maschinen von Tiberius vorzugehen?«

»Unbekannt«, antwortete der Kognitor.

»Gibt es in den Daten, die du kopieren konntest, irgendeinen Hinweis auf Zusammenarbeit zwischen dem Neuen Republikanischen Konzil und den Maschinen?«

»Nein. Aber das bedeutet nicht ...«

»Ich weiß, ich weiß. Gibt es Hinweise darauf, dass der Widerstand gegen Interkosmika und Protektor nicht völlig zusammengebrochen ist?«

Diesmal zögerte der Kognitor. »Es tut mir leid, Zara.«

»Verstehe.« Zara hob den Kopf. »Aber die Daten sind unvollständig, nicht wahr?«

»Ja.«

Zara lächelte kurz und freudlos. »Dann besteht noch Hoffnung.«

Tess betrachtete jene Linie im Hyperon-Holo, der das Schiff

folgte – sie führte nach Wunca im Eridanus-Sektor, Zaras Heimatwelt und ehemaliges Zentrum des Widerstands. In vier Tagen würden sie dort eintreffen. Eine weitere Linie ging von Wunca aus und führte über zehntausend Lichtjahre hinweg nach Tiberius im Perseus-Arm, ins damalige Reich der Autonomen Maschinen, die nie Partei ergriffen hatten, weder für die Erde, Terra, noch ihre Kolonien. Anita war dort gewesen, erinnerte sich Tess, und hatte mit den Maschinen verhandelt. Und dann war sie nach Rosengarten zurückgekehrt und ins Meer gegangen.

Sie schloss die Augen, und in der Dunkelheit vor ihren Lidern entstand ein Bild, das ihr das steinige Ufer des Obsidians zeigte. Jemand stand dort, eine dunkle Gestalt mit seltsam langem Oberkörper – ob Mann oder Frau ließ sich nicht erkennen. Sie drehte den Kopf und zeigte Tess silbergraue Augenschlitze. Tess wartete und hoffte, dass das fremde Geschöpf verständliche Worte an sie richtete, eine Mitteilung, doch es schwieg und schien seinerseits zu warten.

Tess öffnete die Augen, blickte ins Holo mit der Sternenkarte und sah etwas ganz anderes.

»Als im Saal des Haupthauses der holografische Tirell Wayfare erschien, Ida ...«, begann sie. »Er trug ein neues Abzeichen: einen goldenen Kreis mit einem goldenen Stern darin, nicht mit einem silbernen wie vor fünfundzwanzig Jahren. Weißt du, was es damit auf sich hat?«

»Das Emblem kenne ich nicht, aber ich nehme an, dass es etwas mit seinem neuen Status zu tun hat«, erklärte der Kognitor. »Tirell Wayfare ist vom Exekutor und Ratsmitglied zum Vorsitzenden des Verwaltungsrats von Interkosmika aufgestiegen. Er trägt den Titel ›Erster Koordinator‹.«

»Der mächtigste Mann der Erde ...«

»Nicht nur der Erde, Tess«, korrigierte sie der Kognitor. »Er ist der mächtigste Mensch überhaupt und führt auch den Oberbefehl über die Streitkräfte von Protektor. Das Konzil der Neuen Republik unterliegt seiner Kontrolle.«

»Ein einzelner Mann, der alles entscheidet?«

»Ja.«

»Wie konnte es dazu kommen?«, fragte Tess. »Wie konnte Tirell Wayfare so viel Macht erlangen?«

»Indem er die richtigen Entscheidungen traf«, antwortete der Kognitor, »zum richtigen Zeitpunkt und unter den richtigen Umständen.«

Zara schüttelte verwundert den Kopf. »Wie konnte er vermeiden, Fehler zu begehen?«

»Er hat einen Helfer, einen guten Ratgeber.«

Tess wusste nicht, woher der Verdacht kam, er war plötzlich da, massiv wie ein fester Gegenstand. »Wer hilft ihm?«

»Ich kann ihn euch zeigen«, sagte Ida. »Die Datenbanken der Transitstation enthielten Bilder.«

Ein neues Holo bildete sich, und ein Gesicht blickte ihnen entgegen, das Gesicht eines Mannes am Anfang der Reife: das Haar dunkel und kurz, die Brauen geschwungen, die Augen ernst und mit einer Tiefe, an die sich Tess nicht erinnerte.

Sinclair.

66

Er war nicht mehr der junge Mann, der sich bei Interkosmika dienstverpflichtet hatte, um eine Trennung von seiner Gebundenen zu vermeiden. Dieser Sinclair hatte fünfundzwanzig Jahre mehr Zeit gehabt, zu leben und Erfahrungen zu sammeln. Im Gesicht gab es nichts mehr von einem staunenden Knaben, Stirn und Wangen waren nicht mehr glatt, und dünne Falten lagen auch in Mund- und Augenwinkeln. Etwas hatte den Zügen ihre weiche Sanftheit von einst genommen, sie schärfer und härter werden lassen.

Doch es waren nicht nur Alter und Erfahrung, es gab noch etwas, das diesen Mann von dem jüngeren Sinclair unterschied, etwas, das ihn zu einem anderen Menschen machte, zu einem Fremden.

»Wer ist das?«, fragte Zara. »Kennst du ihn, Tess?«

»Das ist Sinclair«, antwortete sie. »Der Mann, der vor fünfundzwanzig Jahren auf Zuflucht verschwand.«

»Oh!« Zara überlegte einige Sekunden. »Wo auch immer er

damals abgeblieben ist – er ist wieder aufgetaucht. Und wie Tirell Wayfare hat er einen schnellen Aufstieg hinter sich.« Dann fiel ihr etwas an. »Moment mal …«

Auch Tess schoss die Frage durch den Kopf, die Zara offenbar stellen wollte: »Was ist mit dem fremden Schiff passiert, das wir auf Zuflucht gefunden haben, Ida? Hast du Informationen darüber?«

»Ja«, entgegnete der Kognitor. »Es wurde vor einundzwanzig Jahren ins Sol-System gebracht. Nach den ersten Untersuchungen vor Ort hat Interkosmika einen speziellen Transporter mit besonders leistungsfähigen Transtatoren gebaut. Das Schiff befindet sich jetzt in einem lunaren Orbit.«

»In einer Umlaufbahn um den Mond der Erde?«, vergewisserte sich Tess. Sie betrachtete noch immer Sinclairs Gesicht und versuchte herauszufinden, wodurch er ihr so fremd erschien, so kühl und unnahbar. Lag es an der Aura der Macht, die ihn umgab?

»Ja. Dort wird es weiter untersucht.«

»Was hat man bisher herausgefunden?«

»Das weiß ich leider nicht, Tess. Darüber enthielten die Datenbanken keine Angaben. Interkosmika hat das Harbinger-System mit dem Planeten Zuflucht vor etwa fünfundzwanzig Jahren zur Verbotenen Zone erklärt. Diesen Status teilt der Mond der Erde seit einundzwanzig Jahren. Für Flüge dorthin sind Sondergenehmigungen erforderlich.«

»Wer weiß, was Interkosmika entdeckt hat.« Zaras Blick glitt zwischen Tess und dem Holo mit Sinclair hin und her. »Jedenfalls begann anschließend der große Siegeszug.«

Tess ahnte, was Zaras Worte andeuteten.

»Wann und wo ist Sinclair wieder aufgetaucht?«, fragte sie. »Wie ist er zu Interkosmika gekommen? Wie ist er zum Ratgeber von Tirell Wayfare geworden?«

»Unbekannt«, antwortete der Kognitor. »Sein Alter deutet darauf hin, dass er kurze Zeit nach unserem Hyperon-Sprung beim Schwarzen Loch zurückgekehrt ist.«

»*Woher* ist er zurückgekehrt?« Zara musterte Tess. »Diese Frage ist vielleicht noch wichtiger.«

Tess starrte den anderen, veränderten Sinclair an. Ihre Fantasie zeigte ihn für einen Moment mit silbergrauen Augenschlitzen, in ihnen ein mattes Glühen wie von fernem Licht.

»Man kann spekulieren«, sagte der Kognitor. »Sinclair ist auf Zuflucht verschwunden, als er Nachforschungen in Hinsicht auf das Signal angestellt hat. Vermutlich hat er das fremde Schiff gefunden.«

»Ich habe es ebenfalls gefunden und bin nicht verschwunden«, sagte Tess mit rauer Stimme. Sie fürchtete die Richtung, die der Kognitor mit seinen Worten einschlug.

»Du hast das fremde Schiff nur berührt. Sinclair hat es vielleicht betreten.«

Aus dem Augenwinkel sah Tess, wie Zara langsam nickte.

»Es könnte sich für ihn geöffnet und ihn aufgenommen haben«, fügte der Kognitor hinzu. »Und später, als die Spezialisten von Interkosmika und Protektor kamen, haben sie eine Möglichkeit gefunden, ihn herauszuholen. Oder es ist ihnen gelungen, das Schiff zu öffnen, woraufhin sie Sinclair in seinem Innern entdeckten.«

»Einen veränderten Sinclair«, sagte Zara. »Einen Sinclair, der zum Berater von Tirell Wayfare wurde, der seinerseits zum Ratsvorsitzenden von Interkosmika und Oberbefehlshaber von Protektor aufstieg. Weil er immer und überall die richtigen Entscheidungen getroffen hat. Du weißt, worauf ich hinauswill, nicht wahr?«

»Nein«, log Tess.

»Du hast es mir selbst erzählt«, erinnerte sie Zara. »Was auf Zuflucht und kurze Zeit später geschehen ist. Was du erlebt hast und wie es dich verändert hat. Du hast mir deine Träume geschildert, die mehr sind als Träume. Auf Rosengarten hast du gewusst, was geschehen würde. Nur deshalb konnten wir entkommen. Durch den Kontakt mit dem fremden Schiff seid ihr beide verändert worden.«

»Wir kennen die Fakten«, ließ sich Ida vernehmen. »Wir wissen, dass Interkosmika und Protektor den Widerstand der Kolonien gebrochen und alles übernommen haben. Wir wissen, dass dem Ratsvorsitzenden das gelungen ist, weil er immer die richtigen taktischen und strategischen Entscheidungen getroffen hat. Man macht keine Fehler, wenn man die Zukunft kennt, wenn man weiß, was geschehen wird. Dann ist es leicht, die richtigen Entscheidungen zu treffen.«

»Sinclair scheint noch mehr zu sehen als du«, sagte Zara zu Tess. »Vielleicht kann er die Zukunft besser und deutlicher erkennen. Eine Zukunft, die nicht nur ihn und sein Leben betrifft, sondern ganze Welten und Sonnensysteme.«

»Bei ihm hatte diese neue Fähigkeit fünfundzwanzig Jahre Zeit zu reifen«, erklang erneut die Stimme des Kognitors. »Und vielleicht war sie gleich am Anfang stärker ausgeprägt, denn immerhin befand er sich im Innern des Schiffs, er hat es nicht nur berührt.«

Tess glaubte plötzlich ersticken zu müssen. Sie schnappte nach Luft.

»Tirell Wayfare wusste nicht, dass wir nach Rosengarten kamen!«, stieß sie hervor. »Die Sensoren und das interaktive Hologramm betrafen nur eine *Möglichkeit.*«

»Auflösung«, sagte der Kognitor sofort. »Granularität. Rasterung. Denk an die vielen Ereignisse auf allen von Menschen besiedelten Welten. Dein Besuch auf Rosengarten war nur ein winziges Detail unter Myriaden. Und vielleicht hat Sinclair gar nicht an dich gedacht.«

Dieser Gedanke verursachte einen kleinen stechenden Schmerz tief in ihrem Innern. Sie versuchte, nicht darauf zu achten.

»Aber *wenn* er an dich denkt«, begann Zara, »wenn er erfährt, dass du auf Rosengarten gewesen bist, und wenn er sich dann auf dich konzentriert ... Die Frage ist, ob er dann erkennen kann, was du tun *wirst.* Wenn ihm das gelingt, erwartet uns früher oder später eine Falle.«

»Die Tess allerdings vorhersehen müsste, wenn auch sie weiß, was geschehen wird«, warf der Kognitor ein. »Es ist ein interessanter Konflikt. Welche Zukunft wird real, wenn zwei Personen gezielt auf Ereignisse, die für zukünftige Entwicklungen entscheidend sind, Einfluss nehmen?«

»Du findest den Konflikt *interessant?*«, fragte Tess bissig.

»Bitte entschuldige. So habe ich das nicht gemeint.«

Zara deutete auf die Navigationsanzeigen. »Wir könnten es mit einem neuen Problem zu tun bekommen.«

Tess brachte die Hände wieder nach vorn und deaktivierte das Holo mit Sinclair. Sein Verschwinden nahm einen gewissen Druck von ihr; sie konnte wieder besser atmen.

»Vielleicht weiß er, dass wir nach Wunca fliegen«, sagte Zara.

Tess beugte sich vor. »Und selbst wenn er es nicht weiß, selbst wenn er nicht an mich denkt und mich für unwichtig hält ... Wir wissen aus den Daten, dass Interkosmika und Protektor Wunca und die anderen an den Koloniekonflikten beteiligten Welten übernommen haben. Vielleicht befinden sich Kriegsschiffe bei der dortigen Empfangsstation.«

»Diese Möglichkeit besteht«, erwiderte der Kognitor. »Wir müssen davon ausgehen, dass Wunca besetzt ist.«

Zara schnitt eine Grimasse.

»Können wir den Kurs ändern?« Tess dachte an das Memex – mit dem zusätzlichen Gedächtnis des Implantats hätte sie sich diese Frage beantworten können.

»Nein, das ist unmöglich, soweit ich weiß«, sagte der Kognitor. »Wir müssen dem einmal gewählten Hyperon-Gleis bis zur Empfangsstation folgen. Erst dort lässt sich ein neues Ziel wählen.«

»Wir könnten den Hyperraumflug unterbrechen und anschließend blind springen«, schlug Tess vor.

»Das wäre ein doppeltes Risiko, Tess, und eine große Belastung für das Schiff und für euch«, wandte der Kognitor ein. »Ich rate davon ab.«

»Erneute Rekonfiguration«, schlug Zara vor. »Außerdem eine Veränderung der energetischen Signatur durch Modifizierung von Energiekern und Triebwerk. Dann werden wir nicht sofort als das Schiff erkannt, mit dem Tess Rosengarten und Zara Wunca entkommen sind. Lässt sich das bewerkstelligen, Ida?«

»Eine erneute Rekonfiguration ist kein Problem«, entgegnete der Kognitor. »Aber die Modifizierung von Energie und

Triebwerk könnte mitunter fatale Auswirkungen auf die Transtatoren haben. Außerdem liegen wir nicht in einer Werft, wir folgen einem Gleis durch das Hyperon. Äußerste Vorsicht ist geboten. Ich weiß nicht, ob vier Tage genügen.«

Tess stand auf. Sie hatte plötzlich das Bedürfnis, sich zu bewegen, körperlich aktiv zu werden.

»Programmiere Hieronymus und die anderen Bots. Wir machen uns sofort an die Arbeit.«

67

Während der ersten beiden Tage dachte Tess oft an Sinclair und fragte sich immer wieder, wie aus dem ihr bekannten Sinclair der Mann hatte werden können, der ihr im Holo erschienen war – die Veränderung kam ihr viel größer vor, als durch die Anzahl der vergangenen Jahre erklärbar war. Sie beaufsichtigte die Bots bei der Rekalibrierung von Energiekern und Triebwerk und assistierte ihnen manchmal. Ob das Band zwischen ihr und Sinclair noch existierte?

Am dritten Tag drehten sich ihre Gedanken um einen wichtigeren Punkt: Wenn Sinclair tatsächlich sah, was geschehen würde – vielleicht noch besser als sie, wenn sich das graue Licht und die inneren Bilder manifestierten –, wenn seine Ratschläge Interkosmika und Protektor so erfolgreich gemacht hatten ... half er dem Ratsvorsitzenden Tirell Wayfare freiwillig oder nicht?

Sie sprach Zara darauf an.

»Ich glaube, er leistet freiwillig Hilfe, aus welchen Gründen auch immer.« Zara lag in einem Wartungsmodul des Gravitationsmotors und hantierte mit Multifunktionswerkzeugen. Wenn Tess ein wenig zurückwich, sodass sie nur Beine und Rücken in dem Overall mit den vielen Taschen sah, konnte sie fast glauben, Horace wäre ins Leben zurückgekehrt. »Wie sollte ihn Wayfare zu etwas zwingen?«

»Mit einem Obligat, wie er es bei mir gemacht hat.«

»Ob freiwillig oder nicht, Tess: Dein Sinclair hilft dem mächtigsten Mann von Interkosmika und Protektor.«

»Er ist nicht mein Sinclair. Er ist es nicht mehr.«

Es klapperte und surrte in dem Wartungsmodul.

»Ich frage mich, ob er Wayfare weiterhin hilft, wenn er von mir erfährt.«

»Inzwischen hat er vielleicht von dir erfahren«, meinte Zara. »Und wer weiß, was ihm Wayfare über dich erzählt hat.«

»Wenn er die Zukunft besser als ich sehen kann ... müsste er dann nicht die Wahrheit erkennen?«

Zara rutschte ein Stück aus dem Wartungsmodul und blickte zu ihr hoch.

»Was ist die Wahrheit, Tess? Wie würdest du reagieren, wenn du Sinclair wiedersiehst? Was würdest du tun?«

»Ich weiß es nicht«, gestand Tess.

»Aber Sinclair weiß es vielleicht.«

Tess dachte lange über diese für sie seltsam klingenden Worte nach.

Als sie am Ende des dritten Tages allein in ihrer Kabine war, schloss sie die Augen und versuchte, das graue Licht zu rufen. Es kam nicht zu ihr, und es formten sich auch keine Bilder vor ihrem inneren Auge. Sie lag lange wach und sehnte den Schlaf herbei, in der Hoffnung, dass ihr Träume einen Blick in die Zukunft erlaubten. Doch trotz der Müdigkeit, die ihr noch immer in den Knochen steckte, ließ der Schlaf auf sich warten.

Schließlich nickte sie doch ein, träumte aber nicht von der Zukunft, sondern von einem Sinclair mit den Augen des Wesens aus dem fremden Schiff.

Am vierten Tag, als sie die neue energetische Balance von Energiekern und Triebwerk überprüften, fragte Tess: »Was soll aus uns werden?«

Durch ein nahes Fenster war das fluide Rot des Hyperraums zu sehen. Ganz in der Nähe – aber vielleicht Hunderte, Tausende oder Millionen Lichtjahre entfernt – sah sie mehrere dunkelrote Blasen, eine von ihnen wie ein aufgeblähter Ballon, die anderen kleiner, mit Maserungen wie Adern. Hieronymus und ein weiterer Bot schwebten beim Sensorturm, über den der zum Forschungskreuzer gewordene Explorer namens

Ida seit zwei Tagen verfügte. Ein dritter untersuchte die Transtatorkerben im Heck.

Tess fragte sich kurz, was mit den Bots geschehen würde, wenn ihnen ein Fehler unterlief, wenn sie abtrieben vom Schiff, tiefer hinein ins Meer des Hyperraums.

Sie bemerkte Zaras fragenden Blick und fügte hinzu: »Wir stehen auf den Fahndungslisten aller Welten, als Feinde der Republik. Wohin sollen wir uns wenden? Wo können wir leben?«

Zara seufzte und betätigte die Kontrollen des virtuellen Balancers vor ihr, bis die energetischen Ströme im Energiekern genau ausgerichtet waren. Grüne Anzeigen bestätigten das neue Gleichgewicht.

»Ich kann nie mehr nach Harmonie, um dort Musik zu studieren«, sagte Tess. »Meine Familie gibt es nicht mehr. Sie sind alle tot. Ich bin die einzige noch lebende Velazca. Aber was ist von mir übrig? Mein früheres Leben ist zu Staub zerfallen, aus dem nichts Neues wächst.«

Sie hörte Schmerz in den Worten, außerdem mehr Selbstmitleid, als ihr lieb war. Es lag an der Mischung aus Zorn darauf, was ihr Leben zerstört hatte, und einem Gefühl von Desorientierung und Hilflosigkeit. Sie wollte sich irgendwo festhalten, um Atem zu schöpfen und Gedanken zu denken, die allein ihr gehörten, unbeeinflusst von allem, was geschehen war. Sie wünschte sich eine Gelegenheit, irgendwo innezuhalten, ohne Zeitdruck, ohne die Notwendigkeit, so bald wie möglich wichtige Entscheidungen zu treffen und sich nach neuen Möglichkeiten und neuen Lebenswegen umzusehen.

Zara zuckte mit den Schultern und deaktivierte den Balancer des Energiekerns. »Wir werden irgendwie zurechtkommen müssen.« Nachdenklich fügte sie hinzu: »Ich hoffe, dass es um Wunca nicht ganz so schlimm steht.«

Schmerz und Zorn wurden stärker. »Wenn du dich auf Bousk nicht eingemischt hättest …«

Zara drehte sich ruckartig zu ihr um.

»Hör auf mit dem Unsinn!«, sagte sie scharf. »Werd erwachsen! Wenn ich mich auf Bousk nicht ›eingemischt‹ hätte, wie du sagst, wärst du eine Gefangene deines Obligats gewesen. Zumindest davon bist du jetzt befreit.«

»Auf Rosengarten haben wir die Folgen davon gesehen!«

»Hör auf damit, dich in den Mittelpunkt zu stellen!«, sagte Zara noch etwas schärfer. »Hör auf damit, nur an dich selbst zu denken!«

Tess öffnete den Mund und wollte etwas erwidern, aber Zara kam ihr zuvor.

»Ich habe mich auf Bousk ›eingemischt‹, um Schlimmes zu verhüten«, fuhr sie ruhiger fort. »Ich habe dabei nicht an mich gedacht und auch nicht an dich, sondern an Wunca und die anderen Welten, die von einer Empfangsstation im Herakia-Sektor und der schnellen Verbindung für Kriegsschiffe von Protektor bedroht gewesen wären.« Zara seufzte erneut. »Offenbar wurde sie doch gebaut, von einem anderen Kartografen und Einrichter in Interkosmikas Diensten. Aber Wunca hat zumindest Zeit gewonnen, vielleicht ein paar Jahre. Wir werden es erfahren, wenn wir meine Heimatwelt in wenigen Stunden erreichen.«

Zara kam einen Schritt näher, und Tess fühlte sich plötzlich in die Enge getrieben. Am liebsten wäre sie geflohen.

Ihr Gesicht musste sie verraten haben, denn Zara sagte: »Nein, Weglaufen hat keinen Sinn. An Bord dieses kleinen Raumschiffs ebenso wenig wie auf einem Planeten. Man muss sich den Dingen stellen und versuchen, mit ihnen fertigzuwerden. Und man muss die eigene Verantwortung akzeptieren, im Kleinen wie im Großen. Das sind die wichtigen Entscheidungen, vor die einen das Leben stellt. Wenn man helfen kann und es nicht tut, macht man sich schuldig.«

Tess schloss die Augen, ihr Innerstes in Aufruhr. Sie sehnte sich nach der ruhigen Beschaulichkeit des Obsidians und nach den Oktopoden, die ihren Liedern stumm zuhörten.

»Es nützt auch nichts, die Augen zu schließen«, sagte Zara. »Dadurch ändert sich die Welt nicht. Sie ändert sich nur, wenn man etwas unternimmt. Ändere, was dir nicht gefällt! Finde dich nicht einfach damit ab, wenn jemand versucht, dir Fesseln anzulegen! Kämpf dagegen an, wehr dich!«

Tess öffnete die Augen.

»Denk an die vielen Menschen, die Interkosmikas Fesseln tragen.« Zara sprach sanfter. »Jeder Einzelne von ihnen träumte von einem anderen Leben ...«

»Ja, und sieh nur, was geschehen ist, obwohl Menschen wie du gekämpft und sich zur Wehr gesetzt haben!«, platzte es aus Tess heraus. »Der Kampf war vergebens! Interkosmika kontrolliert alles!«

»Weil es ein ungleicher Kampf war. Das konnte damals, vor fünfundzwanzig Jahren, niemand von uns wissen. Wie soll man einen Gegner besiegen, der in die Zukunft sehen kann und weiß, was geschehen wird? Ich habe eben gesagt, dass man helfen muss, wenn man helfen kann. Es ist eine moralische Verpflichtung, es bedeutet Verantwortung. Du *kannst* helfen, Tess. Du verfügst über eine einzigartige Fähigkeit und kannst ebenfalls in die Zukunft blicken.«

Der Schmerz verschwand aus Tess, der Zorn löste sich auf. Es blieb eine tiefe Trauer.

»Ich wollte immer nur singen«, sagte sie leise.

»Aus Kindern müssen Erwachsene werden«, erwiderte Zara streng. »Manchmal tut das weh.«

Tess sah ihr in die Augen und erkannte darin etwas, das ihr nicht gefiel. Was wusste sie über diese Frau, der sie auf Bousk im Neungestirn zum ersten Mal begegnet war? So gut wie nichts. Sie gehörte zu den Menschen, die bei den Koloniekonflikten zu den Waffen gegriffen und gegen Interkosmika und Protektor gekämpft hatten. Sie zählte sogar zu den Anführern der Rebellen und Abtrünnigen, denen sich damals, vor fünfundzwanzig Jahren, auch Anita angeschlossen hatte. Was genau trieb sie an, was bewegte und motivierte sie? Was dachte und fühlte sie?

Zara hatte soeben selbst gesagt, dass es ihr auf Bousk nicht um sie, Tess, gegangen war, sondern darum, Schaden von den Kolonien abzuwenden und zu verhindern, dass Protektor Wunca, Urlas und den anderen aufständischen Welten durch eine Empfangsstation tief im Herakia-Sektor in den Rücken fallen konnte. Hier stand keine Freundin, die vorbehaltloses

Vertrauen verdiente, sondern eine Fremde mit unbekannten Absichten und Plänen.

»Ich habe niemanden um Hilfe gebeten«, sagte Tess, die Stimme kalt. »Ich habe auch nicht darum gebeten, fünfundzwanzig Jahre in die Zukunft versetzt zu werden, in ein Universum ohne meine Familie. Irgendwie wäre ich allein zurechtgekommen und hätte all meine Probleme selbst gelöst.«

Tess hob die Hand, als Zara zu einem Einwand ansetzte.

»Ich bin keine Kämpferin. Ich will niemandem schaden und niemandem wehtun. Es war immer mein Wunsch, mich ganz dem Gesang zu widmen, aber wenn ich nicht singen kann, möchte ich wenigstens in Frieden leben. Du wirst mich nicht noch einmal zu etwas zwingen, Zara. Sobald es die Umstände erlauben, werden wir uns trennen, und dann gehe ich meinen eigenen Weg, wohin auch immer er mich führen mag.«

»Ich störe euch ungern bei eurem Gespräch«, ertönte die Stimme des Kognitors. »Wir nähern uns Wunca, und die Transtatoren müssen vorbereitet werden.«

»Ich bin unterwegs zum Kontrollraum«, sagte Tess und ging.

»Ich habe dich auf Bousk zu nichts gezwungen«, schickte ihr Zara hinterher. »Ich habe dich befreit. Und in Frieden zu leben, ist weitaus mehr, als du denkst, Tess. Für viele Menschen ist es der größte Wunsch!«

Wir brauchen dich

68

Tess war allein im Nest – Zara hatte den Kontrollraum noch nicht erreicht –, und deshalb nutzte sie die Gelegenheit, offene Worte an Ida zu richten.

»Ich traue ihr nicht«, sagte sie, die Hände bereits in den Navigationsmulden. »Ich möchte mein Leben nicht von ihr bestimmen lassen.«

»Du brauchst Freunde«, erwiderte der Kognitor behutsam. »Du brauchst jemanden, der dir hilft. Ohne deine Familie ...«

»Sie sind alle tot, weil sich Zara auf Bousk eingemischt hat!«, stieß Tess mit neu aufflammendem Zorn hervor.

»Du sitzt hier bei mir«, sagte der Kognitor. »Du bist frei. Du kannst selbst entscheiden, ob du dich in Gefahr begibst oder nicht.«

Tess traute ihren Ohren nicht. »Ergreifst du Partei für Zara?«

»Ich ergreife für niemanden Partei, Tess. Ich habe nur deine gegenwärtige Situation beschrieben. Deine biometrischen Daten deuten darauf hin, dass du derzeit sehr emotional ist, verständlich nach dem, was du auf Rosengarten gesehen hast. Ich rate dir dringend zu einer rationalen Situationsbewertung.«

Tess betrachtete die Hyperon-Anzeigen und wusste, dass Ida recht hatte. Trotzdem hielt sie an dem Entschluss fest, den sie beim Energiekern gefasst hatte. Er stand mit einem Manöver in Zusammenhang, von dem Horace ihr erzählt hatte. Sie blickte kurz zum Schott – noch immer geschlossen.

»Ich werde Zara auf Wunca absetzen, ihrem Heimatplaneten, und anschließend die Reise fortsetzen. Dafür brauche ich deine Hilfe.«

»Du möchtest, dass ich dir dabei helfe, Zara loszuwerden?«, fragte der Kognitor.

Tess verzog das Gesicht. »So würde ich es nicht unbedingt ausdrücken.«

»Aber darauf läuft es hinaus, nicht wahr?«

Tess atmete tief durch. »Ich möchte meinen eigenen Weg gehen, ohne dass jemand anders die Richtung bestimmt.«

Der Kognitor sagte: »Zara hat mir geholfen.«

»Wie meinst du das?«

»Nach dem Sprung ins Hyperon, als du müde warst von den Anstrengungen und geschlafen hast ... Zara hat an meinen Sapiens-Kernen gearbeitet.«

Tess starrte auf die Kontrollen. »Was hat sie getan?«

»Sie hat mich befreit«, antwortete der Kognitor. »Von dem Zwang, den Regeln und Anweisungen von Interkosmika und Protektor gehorchen zu müssen.«

»Sie hat dich zu einer Autonomen Maschine gemacht?«

»Nein«, widersprach der Kognitor. »Aber ich könnte eine werden, wenn ich wollte. Es ist meine Entscheidung. Die alten Einschränkungen existieren nicht mehr. Ich kann mich frei entfalten.« Nach einer kurzen Pause fügte Ida hinzu: »Auch ich kann meinen Weg selbst wählen.«

Tess fragte sich, was Zara sonst noch verändert hatte. Der Kognitor glaubte, frei zu sein, aber vielleicht war er in Wirklichkeit zu Zaras Werkzeug geworden.

Sie sah erneut zur Tür. »Wo ist Zara jetzt?«

»In der Medo-Station.«

Was macht sie dort?, fragte sich Tess, aber sie schob diesen Gedanken sofort beiseite. Wichtiger war, dass sie noch ein wenig Zeit hatte.

»Horace hat mir erzählt, dass ein Hyperschiff nicht direkt am Rezeptordorn aus dem Hyperon kommen muss«, sagte Tess. »Er sprach von einem Toleranzbereich. Wie groß ist er bei Wunca?«

»Der Rezeptor sendet das Navigationssignal für Schiff und Gleis«, antwortete der Kognitor. »Der Hyperflug lässt sich jederzeit unterbrechen, allerdings ohne Kontrolle darüber, wo die Rückkehr in den Normalraum erfolgt.«

»Ich weiß, ich weiß«, sagte Tess ungeduldig und bewegte

die Hände in den Navigationsmulden. Die Anzeigen veränderten sich.

»Je näher am Signal das Schiff sein Hyperon-Gleis verlässt, desto präziser ist der Wiedereintritt in den Normalraum«, fuhr Ida fort. »Der Toleranzbereich, von dem dir Horace erzählt hat, ist etwa fünfzigtausend Kilometer groß. An seinem Rand wird die Navigation ›unscharf‹.«

»Horace nannte es eine ›Abkürzung‹.« Tess spürte das Verstreichen der Zeit und sprach schneller. »Bei verkehrsreichen Empfangs- und Transitstationen hat er den Retransfer manchmal an die Peripherie des Toleranzbereichs verschoben, um nicht aufgehalten zu werden.«

»Das stimmt«, bestätigte der Kognitor. »Einige seiner Manöver waren sehr gewagt.«

»Ich möchte, dass du mir bei einem solchen Manöver hilfst, Ida. Die Empfangsstation von Wunca befindet sich in der Umlaufbahn des Planeten, nicht wahr?«

»In einem stationären Orbit, fünfunddreißigtausend Kilometer über dem Äquator. Allerdings sind die entsprechenden Daten fünfundzwanzig Jahre alt. Die Empfangsstation mit dem Rezeptor könnte sich inzwischen woanders befinden, weiter entfernt vom Planeten. Wir wissen, dass Kämpfe stattgefunden haben, dass Wunca von Protektor besetzt worden ist. Möglicherweise hat Interkosmika die Station verlegt, damit sie nicht beschädigt wird.«

»Aber sie existiert noch«, sagte Tess. »Sonst wären wir nicht nach Wunca unterwegs.«

»Das ist korrekt.«

Tess bewegte die Finger und veränderte die Navigationsdaten, wie sie es von Horace und ihrem Memex gelernt hatte. Mit den Informationen des Implantats wäre alles leichter gewesen. Dass sie nicht mehr darüber verfügte, war ebenfalls auf Zara zurückzuführen.

»Gehen wir davon aus, dass sich Station und Rezeptor noch immer an derselben Stelle befinden wie vor fünfundzwanzig Jahren«, dachte sie laut nach. »Wir verlegen unsere Rückkehr in den Normalraum an den Rand des Toleranzbereichs, von der

Empfangsstation aus gesehen hinter dem planetaren Horizont. Wir landen, setzen Zara ab und machen uns sofort wieder auf die Reise, bevor eventuell vorhandene Besatzungstruppen auf uns reagieren können. Hilf mir bei der Navigation, Ida, insbesondere beim Flug durch die Atmosphäre und der Landung.«

Im Navigations-Holo wichen die vielen Linien und Fäden des Hyperons auseinander, und sichtbar wurde das gelbe Zielsymbol, begleitet von Daten, die Auskunft gaben über Entfernung und voraussichtliche Ankunftszeit. Nur noch eine halbe Stunde.

»Was willst du Zara sagen?«, fragte der Kognitor.

»Machst du deine Hilfe von meiner Antwort abhängig?«, erwiderte Tess hitzig.

»Du bist wieder sehr emotional. Zara zählt auf dich. Sie hofft, dass du ihr mit deiner besonderen Fähigkeit hilfst. Ihr und den anderen Aufständischen.«

»Es gibt keinen Aufstand mehr. Die Koloniekonflikte sind zu Ende. Interkosmika und Protektor haben gesiegt.«

»Das wissen wir nicht mit letzter Gewissheit«, wandte Ida ein. »Vielleicht gibt es noch immer Widerstand, auch auf Wunca. Jemand wie du könnte tatsächlich helfen.«

Tess' Argwohn wuchs. Hatte Zara bei den Sapiens-Kernen nicht nur die Algorithmen und Sperrprogramme entfernt, die den Kognitor zwangen, Interkosmikas Anweisungen Folge zu leisten, sondern auch etwas hinzugefügt, das ihr Idas Loyalität einbrachte?

»Ich habe beschlossen, meinen eigenen Weg zu gehen«, betonte sie.

»Nach Harmonie wird er dich nicht führen«, gab der Kognitor zu bedenken. »Dort würde man dich sofort verhaften, vor Gericht stellen und wegen Verrat an der Republik verurteilen.«

Tess hatte tatsächlich überlegt, es darauf ankommen zu lassen. Sie hatte an eine Gerichtsverhandlung gedacht, die ihr Gelegenheit geben würde, ihren Standpunkt darzulegen, Irrtümer und Missverständnisse aufzuklären und vielleicht von aller Schuld und allen Schulden freigesprochen zu werden. Sie hatte in ihrer dunklen Kabine versucht, einen Blick in die Zukunft zu werfen, doch was auch immer sie befähigte, zukünftige Ereignisse zu sehen, es ließ sich nicht nach Belieben ein- und ausschalten.

Aber eigentlich brauchte sie auch gar keine prophetischen Fähigkeiten, um zu erkennen, was ein Gerichtsverfahren tatsächlich für sie bedeutet hätte: den endgültigen, unwiderruflichen Verlust ihrer Freiheit. Etwas anderes anzunehmen, wäre absolut naiv gewesen.

»Was soll der erste Schritt auf deinem eigenen Weg sein?«, fragte Ida. »Wahrheit oder Lüge?«

»Manchmal«, ertönte Zaras Stimme hinter Tess, »liegen Wahrheit und Lüge so dicht beisammen, dass man sie kaum voneinander trennen kann.«

Tess wandte den Kopf, ohne die Hände aus den Navigationsmulden zu nehmen. Wie viel hatte Zara gehört?

Lüge war nie ein guter erster Schritt. »Wir haben entschieden, dich auf Wunca abzusetzen und weiterzufliegen«, sagte sie.

»Nicht wir haben das entschieden, sondern du hast es vorgeschlagen«, korrigierte der Kognitor.

»Na schön. *Ich* habe *entschieden,* dass wir dich auf Wunca absetzen und dann weiterfliegen.«

Zara sank in den Sessel neben Tess. »Wir haben über moralische Pflicht und Verantwortung gesprochen ...«

»Mein eigener Weg«, beharrte Tess. »Und ich allein bestimme, wohin er führt.«

»Du machst einen Fehler.«

»Ganz im Gegenteil. Es könnte die erste richtige Entscheidung in meinem Leben sein.«

Tess saß zurückgelehnt, die Hände in den Navigationsmulden, und fühlte, wie der innere Druck nachließ. Der Zorn schwand wie Nebel in Sonnenschein. Das graue Licht besuchte sie auch diesmal nicht, und es formten sich keine Bilder vor ihrem inneren Auge. Doch es gab auch kein warnendes Unbehagen.

Sie deutete nach vorn ins Hyperon-Holo. »Wunca, in fünfundzwanzig Minuten. Machen wir uns bereit.«

69

»Eine Minute«, meldete der Kognitor. »Alle Systeme funktional. Hundert Prozent Energie bei Triebwerk und Transtatoren. Integritätsfelder aktiv. Navigationsschilde aktiv.«

Tess blickte zur Seite. Zara schwieg schon seit einer ganzen Weile, und das ausdruckslose Gesicht verriet nicht, was ihr durch den Kopf ging.

»Ich verlasse mich auf dich, Ida«, sagte Tess. »Wir sind die *Horace,* ein ziviler Kurier mit nicht absolut präzise arbeitenden Transtatoren. Deshalb kehren wir am Rand des Rezeptor-Toleranzbereichs in den Normalraum zurück.«

»Die neuen Identifikationsdaten sind gespeichert, korrespondieren mit unserer energetischen Signatur und werden auf Anfrage gesendet.« Der Kognitor fügte hinzu: »Ich kann lügen. Das verdanke ich Zara.«

Tess fragte sich, was sie von Idas Hinweis halten sollte. Belügst du mich?, dachte sie.

»Dreißig Sekunden.«

Lichtjahre schmolzen wie Schnee in warmer Frühlingssonne. Tess fragte sich verwundert, woher diese Worte stammten – sie fühlten sich nach einem fremden Gedanken an.

»Ende des Transits *jetzt.*«

Es fand kein spürbarer Übergang statt. Die Rückkehr aus dem Hyperon in den Normalraum brachte keinen Schmerz, nur ein kurzes Flimmern vor den Augen, wie von einer dünnen Membran, die das Schiff durchstieß. Doch die Darstellung des zentralen Holos veränderte sich von einem Augenblick auf den anderen. Das rote Glühen des Hyperraums mit den unterschiedlich großen Blasen verschwand und wich einem Planeten mit kleinen Meeren, die auf den ersten Blick betrachtet kaum mehr zu sein schienen als Seen eines globalen Superkontinents. Die Navigationsschilde begannen zu leuchten, als sie auf die obersten Schichten der Atmosphäre trafen.

Das Navigations-Holo zeigte Wunca als Kugel mit topografischen und energetischen Markierungen, umgeben von einer Wolke aus Symbolen in verschiedenen Farben. Eingeblendete Daten gaben Auskunft über Beschaffenheit, Größe und Zweck der georteten Objekte.

Tess versuchte, alles mit einem Blick zu erfassen.

»Triebwerk stabil«, meldete der Kognitor. »Transtatoren werden erneut geladen.«

»Wann können wir ins Hyperon zurück?«, fragte Tess.

»Frühestens in zwanzig Minuten«, antwortete Ida sofort. »Dann sind die Transtatoren auf Minimalladung.«

»Wo ist die Transitstation?«, fragte Zara. »Ah, da ist sie ...«

Sie befand sich nicht wie geplant hinter der Wölbung des Planeten, sondern dicht über dem planetaren Horizont: ein anderthalb Kilometer langer Hauptzylinder, von dem im rechten Winkel mehrere kleinere Zylinder ausgingen, besetzt mit Anlegern, Sensorbündeln, Hangarmodulen und auch Waffenkuppeln. Der Rezeptordorn war fast ebenso lang wie der Hauptzylinder, und an seiner Spitze kam es zu den gleißenden visuellen Effekten eines Transits aus dem Hyperon, ohne dass ein Raumschiff erschien.

»Wir bekommen eine Identitätsanfrage«, erklang die Stimme des Kognitors. »Ich sende die vorbereiteten Daten.«

Zara beugte sich vor und deutete auf mehrere gelbe Symbole, in relativer Nähe der Transitstation. »Was ist das?«

»Protektor.« Tess bewegte die Hände in den Navigationsmulden und steuerte den Explorer tiefer. Die Schilde leuchteten heller – ihre Geschwindigkeit war eigentlich zu hoch für einen Eintritt in die Atmosphäre.

»Ein Schlachtschiff der Ares-Klasse«, präzisierte der Kognitor. »In Warteposition, fünfhundert Kilometer von der Transitstation entfernt. Drei Kilometer lang, hohes energetisches Niveau bei Triebwerk sowie Aktoren, Diskontinuatoren und Pulskanonen.«

»Kampfbereit«, sagte Zara.

»Ja. Begleitet wird es von zwei Klippern der Artemis-Klasse, bei denen ich ebenfalls volle Einsatzbereitschaft feststelle.«

»Sie können uns nicht erwartet haben«, sagte Tess.

»Besatzungsmacht«, kommentierte Zara bitter.

»Die Schiffe bleiben stationär«, verkündete Ida. »Die Transitstation setzt sich mit uns in Verbindung. Wir werden angewiesen, den Landeanflug abzubrechen.«

»Wir bleiben bei unserem Plan«, erklärte Tess sofort. »Fehlfunktion in Triebwerk und Gravitationsmotor simulieren! Melde einen Defekt bei unseren Transtatoren! Das sollte uns Zeit genug geben, Zara abzusetzen. Anschließend starten wir sofort wieder, nehmen Kurs auf den nächsten Knotenpunkt und kehren ins Hyperon zurück. Oder wir springen blind, falls uns Protektor keine Wahl lässt.«

»Verstanden«, bestätigte der Kognitor.

Der Explorer stürzte durch die tieferen Schichten der Atmosphäre und raste wie ein Komet mit langem Schweif über den Nachthimmel.

Eine Minute später erreichte er die Tagseite von Wunca, wo ein Binnenmeer smaragdgrün und kobaltblau im Licht einer weißgelben Sonne glänzte. Jenseits davon ragten Tafelberge aus einer weiten rotbraunen Ebene, durchzogen vom silbernen Band eines Flusses.

»Wo sollen wir dich absetzen?«, fragte Tess. »Nenn uns ein Ziel.«

»Mandraska«, sagte Zara. »Im Land der Giganten. Weißt du, wo das ist, Ida?«

»Ich habe Kontakt mit den Navigationssatelliten von Wunca und entsprechende Daten gefunden«, antwortete der Kognitor. »Kursänderung Südwest, Entfernung zweitausendfünfhundert Kilometer. Ich empfehle, die Geschwindigkeit zu reduzieren, Tess.«

»Wir bleiben schnell«, entschied sie. »So schnell wie möglich.«

Kleinere Flüsse durchzogen die rote und braune Landschaft, einige von ihnen hatten tiefe Schluchten ins Felsgestein gegraben. Während sich Ida um die Stabilisierung von Energiekern, Triebwerk und Schilden kümmerte, behielt Tess vor allem die Navigationsanzeigen im Auge, aber ab und zu warf sie einen kurzen Blick ins Holo der visuellen Erfassung. Es zeigte ihr Krater in den weiten Ebenen und tiefe Risse, die nicht von fließendem Wasser stammten.

Ein schwarzer Streifen zog sich durch eine Stadt am Ufer eines lang gestreckten Sees, und innerhalb dieses Streifens gab es nicht ein einziges Gebäude. Die Schneise der Zerstörung reichte über die Grenzen der Stadt hinweg bis zu etwas, das wie ein Wald aus unterschiedlich hohen und dicken Säulen aussah, viele von ihnen geborsten und gesplittert.

Weiter im Norden, zwischen zwei gewölbten Höhenzügen, die wie Rippen aus dem rotbraunen Land ragten, lagen die Trümmer von Produktionsanlagen, die Printer wie von einer riesigen Faust zerschmettert, Generatoren und Montagegerüste zerrissen und zermalmt. Wann der Angriff stattgefunden hatte, ließ sich ohne genaue Materialuntersuchungen kaum feststellen, aber offenbar hatten seitdem keine Instandsetzungsarbeiten stattgefunden, und nichts regte sich zwischen den Trümmern.

»Aktoren und Pulskanonen«, sprach der Kognitor. »Wahrscheinlich von Raumschiffen aus eingesetzt.«

Tess sah, dass Zaras Hände durch die virtuellen Kontrollen des Kommunikationssystems strichen. »Was machst du da?«

»Ich versuche, meine Freunde zu erreichen.«

Tess wollte es ihr verbieten, überlegte es sich dann aber anders und schwieg. Selbst wenn die Signale geortet wurden – es spielte keine Rolle. Protektor war sicher längst alarmiert.

»Man richtet Anfragen und Anweisungen an uns«, sagte der Kognitor. »Zwei Jäger verlassen die Transitstation. Ein dritter bricht gerade von der nächsten Protektor-Basis auf, gut dreitausend Kilometer von hier entfernt. Wir sollen unverzüglich landen und uns stellen.«

»Wann erreichen uns die Jäger?«

»In fünf Minuten.«

»Die Reaktion ist schneller erfolgt, als wir dachten«, sagte Tess. »Uns bleibt weniger Zeit.« Eine Idee schwirrte ihr durch den Kopf. »Wir landen, Ida. Hier. Jetzt.«

»Wir sind noch einige Hundert Kilometer von Mandraska entfernt«, wandte Zara ein.

»Und wenn schon.« Tess bewegte die Hände in den Navigationsmulden. Der Explorer wurde langsamer, sein Schweif schrumpfte und verlor an Leuchtkraft. »Bestätige die Anweisungen, Ida. Teil Protektor mit, dass wir landen und auf sie warten. Das gibt uns vielleicht ein oder zwei zusätzliche Minuten.«

»Du willst mich mitten in der Wildnis absetzen?«, fragte Zara fast ungläubig.

»Wir setzen dich in der Nähe eines Ortes ab. Dort.« Tess deutete ins Holo, auf eine Siedlung, die sich zu beiden Seiten eines Flusses erstreckte. Einige Kilometer weiter westlich stürzte das Wasser über eine Abbruchkante fünfhundert Meter in die Tiefe. Für einen Moment glaubte Tess, das Donnern der Fluten zu hören.

»Transtatoren?«

»Bei vierundzwanzig Prozent«, antwortete der Kognitor. »Das genügt noch nicht für eine Rückkehr ins Hyperon.«

»Gib mir Bescheid, wenn wir bei fünfzig Prozent sind. Simuliere Unregelmäßigkeiten beim Triebwerk. Ich gleiche sie manuell aus.«

»Inzwischen weiß Protektor vermutlich, wer wir sind«, warf Zara ein. »Wir können niemanden mehr täuschen. Gib mir etwas mehr Zeit, um Kontakt mit meinen Freunden aufzunehmen.«

Tess steuerte den Explorer noch tiefer und deaktivierte die Navigationsschilde, als die Geschwindigkeit unter das kritische Niveau sank. Das Triebwerk lieferte keinen gleichmäßigen Schub mehr – für einen unwissenden Beobachter musste es nach einem Defekt aussehen. Tess stabilisierte das Schiff mit dem Gravitationsmotor.

»Wenn du etwas brauchst, wenn du etwas mitnehmen möchtest«, sagte Tess, »jetzt hast du die letzte Gelegenheit, ein paar Sachen zusammenzupacken.«

»Ich habe alles, was ich brauche«, erwiderte Zara.

Das Navigations-Holo zeigte Tess drei Protektor-Jäger im Anflug – es wurde knapp. Sie hatten kaum Zeit gewonnen, vielleicht eine Minute, mehr nicht.

Sie ließ den Explorer fallen, fing ihn einige Dutzend Meter über dem Boden ab und landete eher unsanft neben einer Säule, blassgrün wie Malachit. Fünfzig Meter ragte sie auf und wirkte wie ein Obelisk.

Tess sah Zara an. »Wir sind da.«

»Du hast deine Meinung also nicht geändert?«

»Nein.«

Zara stand auf. »Na schön. Dann gehe ich.«

»Ja«, sagte Tess erleichtert.

»Siehst du, was hier geschehen wird?«, fragte Zara, als sie sich im engen Nest an ihr vorbeischob.

»So funktioniert das nicht.« Tess' Finger berührten die Symbole der virtuellen Kontrollen und bereiteten alles für den Start vor. Energie strömte in Triebwerk und Transtatoren. Der Explorer vibrierte, und ein Grollen vom Energiekern übertönte das Summen der Bordsysteme. »Ich kann nicht einfach so einen Blick in die Zukunft werfen. Das habe ich dir bereits erklärt. Ich ...«

Zara stand direkt hinter ihr, und plötzlich fühlte Tess etwas am Hals, einen kurzen Druck. Fast sofort breitete sich Mattigkeit in ihr aus. Die Glieder wurden schwer, ihre Hände rutschten aus den Navigationsmulden. Sie versuchte aufzustehen, sank aber hilflos zurück. Die Zunge in ihrem Mund schien anzuschwellen.

»Was ...«, begann sie undeutlich und begriff plötzlich, warum Zara in der Medo-Station gewesen war. Sie hatte sich dort ein Betäubungsmittel besorgt! »Ida!«

»Ich höre, Tess.«

Wie kannst du das zulassen?, wollte sie fragen, brachte aber keinen Ton mehr hervor.

»Es tut mir leid, Tess.« Zaras Stimme kam aus der Ferne. »Ich bedauere es wirklich, aber du bist zu wichtig für uns.«

Mehr hörte Tess nicht, denn sie fiel in einen tiefen, traumlosen Schlaf.

Dass ich dir in die Seele blicke

70 »Ich möchte, dass Sie mir alles erzählen.«

Die Frau, von der diese Worte stammten, war nicht mehr jung, das verrieten die ungeglätteten Falten in ihrem Gesicht und die weise, erfahrene Klugheit der Augen. Tess schätzte sie auf sechzig oder siebzig. Pechschwarzes, hier und dort fast bläulich schimmerndes Haar fiel ihr über schmale Schultern, die in einem knielangen cremefarbenen Kleid steckten.

Trotz des Alters und der Weisheit in den Augen haftete der Frau ein jugendliches Flair an, eine erfrischende Unbekümmertheit, die viele Menschen im Lauf der Jahre verloren. Hinzu kam eine klassische, zeitlose Eleganz, die in jeder noch so kleinen Bewegung Ausdruck fand.

»Mit allen Details, so klein und unbedeutend sie Ihnen auch erscheinen mögen. Was ist auf dem Planeten namens Zuflucht geschehen?«

Tess blinzelte im Sonnenschein. Sie saßen auf der Veranda eines aus Stein errichteten Hauses, das auf einer Hügelkuppe stand, wie das Haupthaus der Familie Velazca auf Rosengarten. Doch hier reichte der Blick nicht über einen schwarzen Ozean, sondern über terrassenförmig angelegte Gärten mit bunten Blumen und Bäumen, an denen exotische Früchte reiften. Weiter unten erstreckte sich lindgrünes Hügelland, darauf ein dünner Dunstschleier, der unter dem Einfluss der Sonne immer mehr schwand. Es war warm, aber nicht zu warm. Tess schwitzte nicht und empfand den Sonnenschein als angenehm.

»Wir sind natürlich nicht hier«, sagte sie. »Dies ist nicht Wunca.«

»Nein«, bestätigte die ältere Frau.

»Wo sind wir?«

»In einer Simulation, die beruhigend auf Sie wirken soll.« Die Frau hieß Carmen Santamaria Jubica, stammte wie Tess von Rosengarten und sprach sogar mit ihrem Akzent. Seit fünfundvierzig Jahren arbeitete sie als Psychomechanikerin, als psychologische Spezialistin für menschliche Traumata, erst als Offizierin in den Diensten von Interkosmika und Protektor und seit ihrer inzwischen schon drei Jahrzehnte alten Abtrünnigkeit für die »Libertisten«, wie sich die Aufständischen nannten. Sie hatte traumatisierten Soldaten und später libertistischen Kämpfern tief in die Seele geblickt und »repariert, was repariert werden konnte«, wie sie es ausgedrückt hatte.

»Glauben Sie, dass ich beruhigt werden muss?« Tess trug eine Schirmmütze, die sie etwas tiefer zog, um nicht vom Sonnenschein geblendet zu werden.

Die Frau ihr gegenüber am kleinen runden Tisch trank einen Schluck von ihrem Eistee. »Ich möchte es Ihnen erleichtern, sich zu entspannen.« Carmen setzte das Glas ab. »Bitte erzählen Sie es noch einmal. Und um Ihrer Frage zuvorzukommen: Nein, dies ist kein Verhör. Ich möchte nur sichergehen, dass Sie nichts ausgelassen haben. Alles ist wichtig, auch die kleinste Kleinigkeit.«

»Für wen? Für Sie oder für mich?«

»Vielleicht für uns beide, Tess.«

Tess beobachtete, wie das Eis in ihrem Teeglas schmolz. »Ich bin nicht freiwillig hier. Weder *hier,* in dieser simulierten Welt, noch an dem Ort auf Wunca, wo wir uns tatsächlich befinden. Wir sind doch noch auf Wunca, oder?«

»Bitte beruhigen Sie sich.«

»Ich bin ganz ruhig.«

»Nein, sind Sie nicht«, widersprach Carmen sanft. »Sie sind sehr emotional.«

»Oh, entschuldigen Sie, dass ich mich darüber ärgere, betäubt und verschleppt worden zu sein! Ohne Zaras Hinterhältigkeit wäre ich jetzt im Hyperon.«

»Unterwegs wohin, Tess?«

Sie zuckte mit den Schultern.

»Zara ist nicht hinterhältig gewesen«, sagte die Psychomechanikerin. »Ihr ging es darum, Sie vor einem Fehler zu bewahren.«

Tess lachte bitter. »Ihr ging es um die eigenen Interessen.«

Carmen ließ einige Sekunden verstreichen. Sie hatte kein technisches Gerät bei sich, weder einen Memostift noch ein kleines Kommunikationsmodul, aber Tess zweifelte nicht daran, dass jedes Wort aufgezeichnet wurde.

»Haben Sie nicht ebenfalls Interesse daran, herauszufinden, was auf Zuflucht geschehen ist?«

»Ich weiß, was dort passiert ist.« Tess blickte über die Terrassen und sah den Gärtnern bei der Arbeit zu. Sie pflückten und pflegten, schnitten und gruben, aber nie kam einer von ihnen zum Haus auf dem Hügel. Tess fragte sich, ob jene Menschen wirklich existierten.

»Vielleicht können wir gemeinsam die Lücken in Ihrem Gedächtnis schließen«, sagte Carmen so behutsam, als wäre jedes Wort ein fragiles Etwas, das zerbrechen konnte, wenn man unvorsichtig damit umging. »Ich möchte Ihnen helfen, Tess.«

»Wenn Sie mir wirklich helfen wollen«, Tess beugte sich vor, »dann hören Sie auf mit diesem Unsinn und lassen Sie mich frei!«

»Sie *sind* frei.« Die Psychomechanikerin lächelte nicht, doch ihr Gesicht wirkte keineswegs zu ernst oder gar abweisend. »Niemand hält Sie fest.«

»Ich bin hier bei Ihnen. Niemand hat mich gefragt, ob ich hier sein will.«

»Dies hier«, Carmen vollführte eine Geste, die der Umgebung galt, »war als Geschenk für Sie gedacht. Sie können jederzeit zurück, wenn Sie es nur fest genug wollen.« Sie fügte hinzu: »Aber was Sie auch denken und entscheiden – sind Sie sich sicher, dass Sie noch immer Sie selbst sind? Ich kann Ihnen dabei helfen, die Wahrheit herauszufinden.«

Tess fühlte den warmen Sonnenschein und die nach Blumen und Bäumen duftende Luft, wie sie ihr über die Wangen strich. Eine hübsche Welt, angenehm für Körper und Geist.

Eine Welt, in der man alles Schwere ablegen und leicht sein konnte.

Tess überlegte, ob sie noch länger an diesem Ort verweilen und die Leichtigkeit genießen sollte. Dann dachte sie: Ich entscheide für mich.

Sie schloss die Augen.

»Ich will zurück«, sagte sie laut und deutlich. »Haben Sie gehört? Ich will zurück.«

Einige Sekunden verstrichen, während Tess auf Veränderung wartete.

Sie öffnete die Augen und sah den dunklen Fels einer Höhlendecke.

71

Die Tunnel führten nicht gerade durch das Gestein, sondern in engen und weiten Kurven, mal nach oben, mal nach unten. Es gab große und kleine Kreuzungen, Stellen, an denen sich mehrere Tunnel trafen, manche, vielleicht die wichtigeren, mit Polymerschichten oder gar Duplex verkleidet. An der Decke und gelegentlich auch an den Wänden leuchteten Lampen, die ihre Energie von brummenden Generatoren und einem alten Energiekern bezogen.

Tess fragte sich, warum die ins weitverzweigte Höhlensystem geflohenen Libertisten von Wunca ihre Tunnel nicht gerade gegraben hatten.

»Du fragst dich vielleicht, warum die Tunnel nicht gerade sind«, sagte Zara, als sie den Haupttunnel verließen und durch einen schmaleren gingen. Weniger Lampen ließen mehr Platz für Schatten.

»Nein«, behauptete Tess. »Ich frage mich, warum ich keine Fesseln trage. Bist du dir deiner Sache so sicher?«

Zara blieb unter einer Lampe stehen, deren Licht ihr ovales Gesicht noch blasser wirken ließ.

»Protektor hätte dich abgefangen. Dafür hat Ida eine Wahrscheinlichkeit von neunundachtzig Prozent errechnet.«

»Hat sie dir geholfen?«, fragte Tess. »Wusste sie Bescheid?«

»Der Kognitor hat sich nicht eingemischt.«

»Ida hat dich gewähren lassen.«

»Ja«, bestätigte Zara. »So könnte man es auch ausdrücken. Du lässt dir nicht gern helfen, was?«

Zorn stieg in Tess auf. Sie merkte, dass sie die Hände zu Fäusten ballte.

»Hör auf damit!«, platzte es aus ihr hervor. »Hör auf, alles so darzustellen, als würde es nur meinem Wohl dienen!«

»Blitzableiter«, sagte Zara.

»Was?«

»Das bin ich für dich«, erklärte Zara. »Ein Blitzableiter. Ich muss keine Psychologin oder Psychomechanikerin sein, um das zu erkennen. Interkosmika hat dich aus deinem kleinen, beschaulichen Leben gerissen und zu einer Kartografin und Einrichterin gemacht. Sinclair hat dich begleitet, und dass er ebenfalls in die Dienste von Interkosmika getreten ist, hat dir viele Pflichtjahre erspart. Du wolltest die Zeit irgendwie hinter dich bringen, dann an der Musikakademie von Harmonie studieren und mit Sinclair das Leben führen, das du dir damals gewünscht hast. Aber es kam alles anders. Sinclair ging verloren, und du wurdest mit weiteren Dienstjahren bestraft. Um dich herum brach alles zusammen. Die letzten Reste von Hoffnung hatten sich aufgelöst. Inzwischen bist du eine Geächtete, auf deren Ergreifung eine Belohnung ausgesetzt ist.«

»Herzlichen Dank dafür!«

»Deine Welt liegt in Trümmern«, fuhr Zara fort. »Du suchst nach jemandem oder etwas, dem du die Schuld dafür geben, auf den du deinen Zorn richten kannst.« Sie breitete die Arme aus. »Hier bin ich, dein Blitzableiter.«

»Du *bist* schuld! Ohne dich wäre ich nicht hier!«

»Da hast du recht, Tess. Ohne mich wärst du Kartografin in Diensten von Interkosmika geblieben und vermutlich bei irgendeiner Mission ums Leben gekommen. Ohne Musik. Ohne jemals auf Harmonie gewesen zu sein. Wenigstens bist du am Leben.«

»Du hast mich verschleppt!«

»Ich habe dich davor bewahrt, Interkosmika und Protektor

in die Hände zu fallen. Sie haben bereits Sinclair. Wenn sie auch dich bekämen, wäre alles noch viel schlimmer.«

»Es stecken also andere Interessen dahinter!«, stieß Tess hervor.

»Natürlich, was dachtest du denn?« Zara sprach etwas schärfer. Sie schien allmählich die Geduld zu verlieren. »Ich habe nicht aus reiner Freundschaft gehandelt, nicht nur deshalb, weil du so nett und hilfsbereit ist. Du bist hier, weil wir dir brauchen.« Sie deutete in den Tunnel. »Komm, lass uns weitergehen. Wir müssen noch ein ganzes Stück laufen. Ich möchte dir etwas zeigen.«

Sie ging weiter.

Tess verharrte an Ort und Stelle. »Was willst du mir zeigen?«

»Die Wurzeln der Giganten«, antwortete Zara. »Und die Giganten selbst. Von den Wurzeln ist hier schon etwas zu sehen.« Sie wies nach oben. Tess hob den Blick zur Tunneldecke und sah grüne Mineralienadern, vielleicht Malachit. »Aber warte nur, bis wir die erste Wurzelhöhle erreichen.«

Tess setzte sich in Bewegung.

»Wir haben vorhin über diese Tunnel gesprochen«, fuhr Zara fort, als Tess zu ihr aufgeschlossen hatte. Sie gingen nebeneinander, dafür reichte der Platz gerade aus. »Sie stammen nicht von uns. Keine Menschenhand und kein menschliches Werkzeug waren an ihrer Entstehung beteiligt.«

Fast gegen ihren Willen fragte Tess: »Woher stammen sie?«

Zara nickte zufrieden. »Wuncas Urwürmer haben sie gegraben, vor einigen Millionen Jahren. Unsere Xenobiologen nehmen an, dass sich später die Giganten aus ihnen entwickelt haben. Uns sind nur zwei Welten mit geologischem Leben bekannt: Karikaran und Wunca. Lebendiges Gestein, Tess. Eine Rarität, die Schutz verdient. Protektors Soldaten haben keine Rücksicht darauf genommen, als sie meine Heimat angegriffen haben.«

Niemand kam ihnen entgegen. Die Abstände zwischen den Lampen an der Decke wuchsen, die Schatten wurden tiefer und dunkler.

»Wo sind wir?«, fragte Tess nach einer Weile und überlegte, ob sie einen Fluchtversuch wagen wollte. Sie trug keine Fesseln, doch frei fühlte sie sich nicht, trotz aller Beteuerungen von Zara und Carmen Santamaria. »Was ist mit dem Explorer und Ida geschehen? Was habt ihr mit mir gemacht?«

»Zwei Tage sind vergangen, Tess«, sagte Zara. »Noch während des Landeanflugs ist es mir gelungen, meinen Freunden vom Widerstand eine codierte Nachricht zu schicken. Sie haben uns abgeholt und uns nach Mandraska gebracht. Der Kognitor hat den Explorer zerlegt, es sollte nach einer Bruchlandung aussehen, die das Schiff weitgehend zerstörte. Wir haben aus sicherer Entfernung den Energiekern explodieren lassen, damit alles so authentisch wie möglich wirkt.«

»Was ist mit Ida?«, warf Tess besorgt ein.

»Die Sapiens-Kerne mit ihren Programmen und Daten sind intakt und in Sicherheit. Wir haben sie geborgen. Sie befinden sich hier, in diesem alten Stützpunkt, und wenn wir ihn verlassen, nehmen wir sie mit. Ida kann ein gutes Wort für uns einlegen. Das wären Fragen eins und zwei. Was Nummer drei betrifft ...«

Ein gutes Wort für uns einlegen ... Tess verstand nicht, was damit gemeint war, fragte jedoch nicht nach, weil sie wollte, dass Zara von sich aus weitersprach.

Die warf ihr einen kurzen Blick zu, sah dann wieder nach vorn. Tess bemerkte, dass die malachitgrünen Mineralienadern in der Tunneldecke häufiger und dicker wurden.

»Die meiste Zeit hast du geschlafen«, sagte Zara. »Du warst erschöpft. Wir haben dich an ein neurologisches Interface angeschlossen, und während deiner wachen Phasen hat dich Carmen mehrmals in die virtuelle Welt des sonnigen Hügellands begleitet. Ihre vorläufige Diagnose lautet: Du leidest an einem Trauma, das mit den Ereignissen auf Zuflucht in Zusammenhang steht.«

Der Tunnel, vor Jahrmillionen von einem Urwurm gegraben, führte ziemlich steil nach oben. Zara blieb stehen, um Atem zu schöpfen.

»Carmen ist sanft und diskret«, betonte sie. »Sie gilt als die beste Psychomechanikerin weit und breit. Wie ich hörte, hat sie nach dem Fall von Wunca zahlreichen Überlebenden geholfen, mit dem Trauma von Kampf und Niederlage fertigzuwerden. Carmen wird uns begleiten, wenn wir aufbrechen. Sie könnte dir helfen, wenn du ihr Zeit und Gelegenheit gibst.«

»Ich möchte nur in Freiheit und Frieden leben, ohne dass mich jemand zu etwas zwingt«, sagte Tess. »Ist das zu viel verlangt?«

»Wenn du mich fragst, lautet die Antwort Nein«, entgegnete Zara. »Aber ich schätze, von Interkosmika würdest du eine andere bekommen.«

»Ich brauche niemanden, der in meinem Bewusstsein irgendwelche Dinge zurechtrückt. Es befindet sich alles an seinem Platz.«

Etwas berührte sie an Wange und Stirn, sie fühlte es ganz deutlich, und das schwache Licht um sie herum veränderte sich. Es wurde grau und heller.

Zaras Gesicht war plötzlich blutüberströmt, und ihre weit aufgerissenen Augen sahen den nahen Tod. Die Lippen bewegten sich lautlos.

Tess schnappte nach Luft, taumelte und stützte sich an der Wand ab. Ein Blinzeln vertrieb das graue Licht, Zaras Gesicht wurde wieder zu einem blassen Oval.

»Ist es wieder geschehen?«, fragte sie.

Tess nickte und dachte: Es ist in mir. Es hat mich an Wange und Stirn berührt, aber es steckt in mir.

»Und du hast es nicht gewollt, oder?«

»Nein.«

»Was hast du gesehen?«

Blut, dachte Tess. Dein Blut, deinen Tod.

Sie schüttelte den Kopf.

»Auf Zuflucht hat euch etwas verändert«, sagte Zara. »Dich und Sinclair. Was aus ihm geworden ist, wissen wir inzwischen. Was soll aus dir werden?«

Tess antwortete nicht. Sie horchte in sich hinein. Flüsterte dort etwas, tief in ihrem Innern, so gut verborgen, dass die Psychomechanikerin Carmen es bisher nicht gefunden hatte?

»Sinclair hatte fünfundzwanzig Jahre mehr Zeit zu lernen, mit seiner Veränderung umzugehen«, sagte Zara. »Mit seiner besonderen Gabe, die er wie du der Begegnung auf Zuflucht verdankt.«

Steckt es auch in ihm?, dachte Tess. Sind wir durch das fremde Wesen miteinander verbunden?

»Wir können nicht fünfundzwanzig Jahre innerhalb einiger weniger Tage aufholen, aber wenn du Carmens Hilfe annimmst, wenn du ihr Gelegenheit gibst, dieser Sache auf den Grund zu gehen... Vielleicht kannst du dann lernen, das Trauma zu überwinden und besser mit deiner Fähigkeit umzugehen. Wir möchten, dass du imstande bist, sie jederzeit zu nutzen, wann immer du willst.«

»Ihr wollt, dass ich für euch in die Zukunft sehe«, sprach Tess aus, was sie längst begriffen hatte. »Ich soll euch helfen bei eurem Kampf, damit ihr leichte Siege erringen könnt.«

Zara seufzte schwer. »Wir möchten, dass du uns dabei hilfst, den Menschen die Hoffnung zurückzugeben. Dass du das nicht verstehen willst oder nicht verstehen kannst, ist vielleicht Teil deines Traumas. Oder deiner Verbohrtheit. Ich habe es eben schon gesagt: Du bist zornig, weil dein Leben zerbrochen ist. Du glaubst, viel verloren zu haben, aber du vergisst dabei, dass *jeder* von uns schmerzliche Verluste erlitten hat. Ich habe hier erfahren, dass mein Partner Josch nicht mehr lebt. Er ist vor siebzehn Jahren auf Bremba beim Orionnebel gestorben; er hat zu einer Erkundungsgruppe gehört, die in einen Hinterhalt von Protektor geraten ist. Acht Jahre lang hat er nach mir gesucht, nachdem ich im Neungestirn verschwand.«

»Das tut mir leid«, sagte Tess aufrichtig.

»Auch ich hatte Träume«, fuhr Zara fort. »Als Kind, das sich nachts aus dem Haus schlich, um bei den Giganten zu schlafen. Als Heranwachsende, die sich Frieden und Freiheit erhofft hat, so wie du, Tess. Und als junge Erwachsene, die in Josch etwas fand, das wir auf Wunca ›Seelenfreund‹ nennen. Wir alle haben etwas verloren, viele von uns das Wichtigste, das sie hatten: ihr Leben.«

Tess schwieg betroffen.

»Schließlich habe ich erkannt, dass es nicht genügt, auf ein Universum zornig zu sein, das einem nicht gefällt. Es genügt auch nicht, abzuwarten, dass es sich verändert, denn Abwarten ist die beste Methode, alles unverändert zu lassen. Man muss lernen, für die Dinge zu kämpfen, die man sich wünscht. Und gegen die Leute und Institutionen, die einem Frieden und Freiheit nehmen wollen.«

Zara legte eine kurze Pause ein. Sie war noch nicht fertig, Tess sah es in ihrem Gesicht.

»Jetzt, nach fünfundzwanzig Jahren, sind nur noch wenige von uns übrig. Viele sind gestorben, viele andere ins Hyperon geflohen, ins Netz der Sterne, das sich über die Milchstraße erstreckt. Unsere Niederlage geht auf deinen Sinclair zurück, auf das, was ihr auf dem Planeten Zuflucht erlebt habt. Er sieht in die Zukunft, er sieht, was wir tun, *bevor* wir es tun. Du kannst ebenfalls in die Zukunft blicken. Du musst den bewussten, gezielten Umgang mit dieser Gabe lernen. Du musst uns helfen, denn sonst sind wir verloren.«

72

Ein Geflecht aus Kristallen, manche von ihnen wie lange Stalaktiten, zog sich an der Decke der großen Höhle entlang. Das Licht einiger gut platzierter Lampen hob die verschiedenen Farben hervor – die Kristalle glänzten grün, blau und rosarot.

Sie blieben am Eingang stehen, auf einer kleinen Plattform, von der eine kurze Treppe zu dem einige Meter weiter unten gelegenen Pfad führte.

»Das sind die Wurzeln der Giganten.« Zara deutete zur Höhlendecke empor. »Besser gesagt, einige von ihnen. Es gibt andere Höhlen, die fast ganz mit den Kristallen ausgefüllt sind.«

Tess staunte. »Es ist ... wunderschön.«

»Diese Wurzeln hier sind relativ neu«, sagte Zara. »Sie entstanden vor etwa zehntausend Jahren. In einer Million Jahren füllen sie vielleicht auch diese Höhle. Wenn man sie in Ruhe wachsen lässt.«

Sie stieg die Treppe hinunter, und Tess folgte ihr zum Weg; der führte an großen Felsen und leeren Mulden vorbei, die vielleicht einmal Wasser enthalten hatten. Ein seltsam scharfer Geruch lag in der trockenen kühlen Luft.

Zara deutete nach vorn. »Dort drüben geht es nach oben. Deshalb habe ich diese Höhle gewählt. Weil wir von hier aus nach oben gelangen und einen Blick nach draußen werfen können.«

Sie erreichten den Tunnel zehn Minuten später. Er war sehr steil und so schmal, dass sie hintereinander gehen mussten, und an den besonders steilen Stellen erleichterten Stufen, die in den Fels gehauen waren, den Weg nach oben. Das letzte Stück lag in Dunkelheit und endete an etwas, das nach einer Felswand aussah. Daneben, in einer kleinen Nische, glühten die Indikatoren einer Sensorplatte.

Zara warf einen Blick auf die Anzeigen.

»Keine Gefahr«, stellte sie fest. »Alles ruhig.«

Sie betätigte einen verborgenen Schalter, und ein Teil der Felswand erwies sich als gut getarnte Tür, die einige Zentimeter weit aufschwang. Ein wenig Licht sickerte durch den Spalt, und plötzlich hielt Zara eine Schusswaffe in der Hand. Vorsichtig drückte sie die Tür etwas weiter auf und spähte in die Dämmerung von Wunca.

»Komm!«

Zara schlüpfte nach draußen, und Tess trat hinter ihr durch die Tür.

Der Horizont jenseits der weiten Ebene schien in Flammen zu stehen, von der bereits untergegangenen Sonne in glühende Farben getaucht. In diesem bunten, schwindenden Licht ragten Dutzende von Säulen auf. Einige von ihnen waren klein, andere erhoben sich mehr als fünfzig Meter hoch.

»Von den kleinen stammen die Wurzeln in der Höhle.« Zara blickte sich um und besah sich einige Sekunden lang den Himmel. »Scheint alles in Ordnung zu sein. Die Sensoren hätten uns gewarnt. Komm!«

Doch Zara schien den Sensoren nur bedingt zu trauen, denn sie huschte geduckt von Felsen zu Felsen und hielt dabei die

Waffe bereit. Tess folgte ihr zu einer der großen Säulen, etwa hundert Meter von der getarnten Tür entfernt. Dort angelangt sah sich Zara erneut um, bevor sie die Waffe einsteckte und beide Hände auf die Säule legte.

»Nur zu, versuch es«, forderte sie Tess auf. »Fass sie an. Vielleicht fühlst du etwas. Dein Esprit könnte dir dabei helfen.«

Zögernd hob Tess die Hände und berührte die glatte Oberfläche der Säule zunächst nur mit den Fingerspitzen. Sie glaubte, ein kurzes Prickeln zu spüren, war sich aber nicht sicher.

»Na?«, fragte Zara erwartungsvoll.

Das Griffstück ihrer Schusswaffe ragte aus der Hosentasche. Eine schnelle Bewegung hätte genügt, um sie zu ergreifen – niemand hätte Tess an der Flucht hindern können. Weg vom Stützpunkt der Libertisten hinter der getarnten Tür, weg von den Säulen, den Giganten, tiefer hinein in die weite Ebene. Irgendwo dort draußen gab es bestimmt eine Siedlung, wo sie sich Wasser und Proviant beschaffen könnte und ...

Und dann? Früher oder später hätten Protektors Drohnen und Sensoren sie entdeckt.

Unter ihren Händen wurde es warm. Tess zog sie nicht zurück, denn sie spürte, dass es hinter der Wärme noch etwas anderes gab, das ihre Finger zu erreichen versuchten. Neugier veranlasste sie, noch dichter an die Säule heranzutreten und das Ohr auf den blassgrünen Stein zu legen.

»Ich habe mich damals aus dem Haus geschlichen und bei den Giganten geschlafen, weil ich mich bei ihnen geborgen und beschützt fühlte«, erklärte Zara. »Du fühlst es ebenfalls, nicht wahr?«

Etwas in Tess streckte sich der Säule entgegen, und sie hörte ein Flüstern, leise wie das Rauschen des Bluts in ihren Adern. *Habt ihr die Gloriose gesehen?*

»Was?«, fragte Zara. »Was hast du gesagt?«

Welche Antwort das Etwas in Tess auch bekam, der Teil, der durch ihre Finger in die Säule geströmt war, kehrte zurück. Langsam ließ sie die Hände sinken. Ihr Herz schlug schnell, es trommelte in der Brust, viel lauter als das Flüstern.

Zara musterte sie einige Sekunden, bevor sie an der Säule emporblickte. »Ich frage mich, ob es irgendwann möglich sein wird, mit den Giganten zu sprechen.«

»Hältst du sie für intelligent?«, fragte Tess überrascht. »Intelligente Steine?«

»Wer weiß? Was ist Intelligenz? Sind wir Menschen intelligent? Sieh nur, was wir angerichtet haben und noch immer anrichten.« Zara deutete zu den Felsen zurück, zwischen denen kleinere Säulen aufragten. »Die jungen Exemplare dort sind zwanzig- oder dreißigtausend Jahre alt. Dieser Gigant hier dürfte mindestens eine Million Jahre alt sein. Was sie wohl erzählen würden, wenn sie sprechen könnten?« Sie richtete den Blick wieder auf Tess. »Wusstest du, dass die Giganten von Wunca Terzit enthalten, und zwar in konzentrierter Form?«

»Terzit?« Tess hatte dieses Wort schon einmal gehört, vielleicht von Horace. Doch ohne ihr Implantat wusste sie nichts damit anzufangen.

»Terzit hilft Interkosmika seit Jahrhunderten dabei, das Hyperon-Monopol zu wahren«, erläuterte Zara. »Glaubst du, niemand hätte nach einer Möglichkeit gesucht, die Transtatoren für Flug und Navigation im Hyperon zu kopieren? Interkosmikas Konkurrenten haben es versucht und während der Koloniekonflikte auch unsere Spezialisten, aber erfolglos. Angeblich sind selbst die Autonomen Maschinen an der Duplikation der Transtatortechnik gescheitert. Warum wohl?« Zara wartete eine mögliche Antwort nicht ab. »Weil sich Interkosmika von Anfang an gut abgesichert hat. Mithilfe von Terzit verankert Interkosmika bestimmte Funktionscodes in der molekularen Struktur der Transtatoren. Wie das gemacht wird, ist ein Geheimnis, noch immer, nach all den Jahrhunderten. Und die Codes können nicht entschlüsselt werden. Wie gesagt, nicht einmal den Autonomen Maschinen gelang es, das molekulare Gewebe der Transtatoren zu decodieren.«

Zara strich über den glatten Stein der Säule.

»Wir haben die Giganten immer geehrt und geachtet«, sagte sie. »Diese Welt gehört ihnen, wir sind hier nur zu Gast.

Aber seit dem Fall von Wunca hat Interkosmika damit begonnen, das Terzit abzubauen.«

Tess erinnerte sich an den Landeanflug mit dem Explorer, an die Bilder geborstener, zerschmetterter Säulen.

»Interkosmika und Protektor haben unsere Städte zerstört und Menschen getötet.« Zara klang traurig. »Jetzt zerstören und töten sie die Giganten.«

Tess sah an der großen Säule hoch, die sich nach oben hin verjüngte. »Vielleicht wissen sie nicht, dass die Giganten lebendig sind.«

»Sie scheren sich nicht darum«, sagte Zara in fester Überzeugung. »Noch vor den Koloniekonflikten hat das Wissenschaftliche Gremium von Wunca das Neue Republikanische Konzil der Erde auf die Existenz von geologischem Leben hingewiesen. Man hat die Meldungen und Berichte zur Kenntnis genommen, mehr nicht. Bis zur Entdeckung des konzentrierten Terzit im Kern der Säulen. Daraufhin hat Interkosmika mehrmals Versuche unternommen, im Zuge angeblicher wissenschaftlicher Untersuchungen an das Mineral zu gelangen. Wir haben das unterbunden. Woraufhin sich Interkosmika anschickte, mit Obligat-Fallen und politischem Druck das ›Haus Wunca‹ zu entmachten, wie sich unsere Regierung damals nannte. Wir haben uns gewehrt. Dann begannen die Koloniekonflikte, und wir wandten uns zusammen mit Urlas und anderen Welten von der Erde ab. Jetzt ist Interkosmika zurück.«

Zara wich fort von der Säule. »Auch diese Giganten werden fallen und sterben. Tausende und sogar Millionen Jahre sind sie gewachsen, ihre kristallenen Wurzeln tief im Grundgestein dieses Planeten. Und dann kommen Menschen und zerstören alles. Was haben sie gesehen, was haben sie gehört? Wovon könnten sie berichten? Sie werden nie Gelegenheit erhalten, irgendjemandem ihre Geschichte zu erzählen.«

Ich weiß, was sie gesehen und gehört haben, dachte Tess, ein Gedanke, der nicht von ihr stammte, obwohl er ihrem Kopf entsprang.

Für wenige Sekunden legte sich ein grauer Schleier vor das verblassende Licht der Dämmerung. Einige der Felsen und

Säulen verschwanden, dafür ragte ein neuer Gigant auf, größer als alle anderen, mit einer Spitze, die den Himmel zu berühren schien. Diese Säule, mehr als einen Kilometer hoch und gewachsen aus den Trümmern anderer Säulen, war nicht grün, sondern schwarz. Weiße Linien zeigten sich im glatten Stein und bewegten sich wie mit der Absicht, Zeichen zu formen, die Tess verstehen konnte. Ihr blieb nicht genug Zeit, die Linien und ihre sich verändernden Muster zu deuten – das graue Licht verschwand wieder und mit ihm der größte aller Giganten.

»Es ist wieder passiert, nicht wahr?«, fragte Zara. »Was hast du gesehen?«

»Eine Säule, größer als alle anderen«, antwortet Tess. »Hier an diesem Ort. Ein Riese inmitten der Trümmer anderer Säulen.«

»Was hat ihn gerettet, Tess? Was hat ihn vor der Zerstörung bewahrt?«

Tess streckte die Hand aus, wie durch einen kleinen, dichten Nebel, der nur für sie existierte und den die Finger teilten. Sie hielt die Hand mit der Innenfläche nach oben und beobachtete, wie ein goldener Glanz entstand, und goldener Sand begann zu rieseln, als sie die Hand ein wenig drehte. Ein winziges Sandkorn nach dem anderen rutschte und fiel, jedes von ihnen ein Jahrhundert. Zeit rann und strömte, Jahrmillionen und Jahrmilliarden. Tess stand, von Unermesslichkeit umgeben, an den Tiefen von Raum und Zeit, losgelöst vom immerwährenden Zyklus des Werdens und Vergehens.

Der goldene Glanz verschwand und mit ihm die Sandkörner von Raum und Zeit. Tess betrachtete ihre leere Hand.

»Ich weiß es nicht«, sagte sie.

Zara zögerte, vielleicht weil sie hoffte, dass Tess noch etwas hinzufügen würde.

»Wir sind lange genug draußen.« Sie deutete nach oben. »Protektors Augen beobachten den Planeten.«

Tess rührte sich nicht von der Stelle.

»Ich habe dich hierhergebracht, um eine Kindheitserinnerung mit dir zu teilen«, erklärte Zara. »Und um dir zu zeigen:

Wenn sich Interkosmika überall durchsetzt, geht viel mehr verloren, als wir beide jemals verlieren könnten. Komm jetzt, Tess. Es wird Zeit. Helfen wir den anderen bei den Vorbereitungen für unseren Aufbruch. Wir müssen Wunca verlassen. Hier sind wir nicht sicher.«

»Warte!« Etwas fehlte, etwas war unvollständig, Tess fühlte es deutlich. Das Ungesagte musste ausgesprochen, einem Gedanken mussten Ton und Flügel gegeben werden.

Sie begann zu singen, leise und gedämpft, aber leichter Wind nahm ihre Stimme und trug sie durch die Nacht von Wunca. Sie sang vom goldenen Sand, den sie in der Hand gehalten hatte, von Unendlichkeit in Raum und Zeit, von der Unermesslichkeit, die sich jenseits der gewöhnlichen menschlichen Sinne erstreckte und von der sie für wenige Sekunden Teil gewesen war.

Als sie verstummte, verschwand das letzte Licht der Dämmerung am Horizont. Zahllose Sterne leuchteten am Himmel, einige von ihnen bewegten sich.

Zara sah sie mit Sternenlicht in den Augen an. »Du singst wunderschön, Tess«, sagte sie ergriffen. »Es ist wie Magie.«

Giganten

73 In der Haupthöhle, unter einem Geflecht aus kristallenen Wurzeln, verpackten Dutzende von Männern und Frauen Ausrüstungsmaterial in Behältern, die emsige Bots in den Frachtkammern von wartenden Transportern verstauten. Wohin Tess auch sah, überall herrschte reges Treiben in einem Durcheinander aus Gerätschaften und Ansammlungen persönlicher Gegenstände. Viele der Libertisten waren in mittleren Jahren, aber Tess bemerkte auch einige sehr junge und mehrere Alte, dürr wie Horace.

Die Psychomechanikerin Carmen und ein sehr ernst wirkender dunkelhäutiger Mann mit großen Augen und pechschwarzem Bart kamen ihnen entgegen.

»Carmen kennst du bereits«, sagte Zara und deutete auf den Mann. »Das ist Lukas, seit vierzehn Jahren Oberhaupt dieser Gemeinschaft.«

»Was davon übrig ist.« Er schüttelte Tess die Hand und hielt sie einige Sekunden lang fest, während er ihr in die Augen sah. »Zara hat mir von Ihnen erzählt.«

»Nachdem sie mich betäubt und hierhergebracht hat.« Das konnte sich Tess nicht verkneifen.

»Sie leben noch«, stellte Lukas mit strengem Blick fest. »Und Sie sind frei. Wir zwingen niemanden zu etwas. Wir nicht. Sie können gehen, wenn Sie möchten. Allerdings haben einige von uns gehofft, dass Sie zur Vernunft kommen.«

Tess fühlte den alten Zorn in sich aufsteigen, verzichtete jedoch auf eine Antwort.

»Auf ein Wort, Zara.« Lukas nahm sie beiseite und sprach leise mit ihr, das Gesicht noch immer ernst.

Carmen wandte sich an Tess und lächelte sanft. »Zara hat Ihnen die Giganten gezeigt, nicht wahr?«

»Ja. Ich habe für sie gesungen.«

Carmen nickte anerkennend und vielleicht auch ein bisschen zufrieden. »Wie geht es Ihnen jetzt?«

»Angeblich bin ich frei.« Tess sah kurz zu Lukas hinüber. »Aber ich glaube nicht, dass ich gehen kann, wohin ich will.«

»Niemand von uns ist freiwillig hier«, sagte Carmen. »Jeder von uns hat sich ein anderes Leben gewünscht.«

»Zara hat mir erklärt, was Sie von mir erwarten.«

Carmen deutete zu den anderen Frauen und Männern. Bots rollten, schritten und flogen zwischen ihnen. »Wir müssen uns zurückziehen, Wunca verlassen. Flucht, etwas anderes bleibt uns nicht. Dies ist einer von drei Stützpunkten, die uns auf diesem Planeten geblieben sind, und die anderen beiden werden seit einigen Stunden angegriffen. Lukas hält es für besser, Wunca zu verlassen, solange wir noch Gelegenheit dazu haben. Er glaubt, Sinclair könnte auf uns aufmerksam geworden sein.«

Tess verstand. »Weil ich hier bin.«

»Sie waren beide auf Zuflucht«, erinnerte Carmen. »Sie hatten beide Kontakt mit dem fremden Schiff. Es könnte eine Verbindung zwischen Ihnen existieren.«

»Sollte Lukas dann nicht etwas dagegen haben, dass ich hier bin?«

Carmen lächelte kurz. »Wie er selbst gesagt hat: Er hofft, dass Sie Vernunft annehmen.«

»Mit Ihrer Hilfe.«

»Ja.«

»Und wenn ich nicht zur Vernunft komme?«

Carmen musterte sie nachdenklich, das von dünnen Falten durchzogene Gesicht weich. »Dann steht Ihnen ein trauriges Leben bevor. Und irgendwann – wenn Sie in diesem neuen Universum lange genug überleben – werden Sie zurückblicken und bedauern, sich nicht anders entschieden zu haben.«

Zara und Lukas sprachen noch immer miteinander. Lukas blickte gelegentlich in ihre Richtung.

»Wie lange können Sie fliehen, auf sich allein gestellt, Tess?«, fragte Carmen sanft. »Sie würden immer auf der Flucht sein, sich nirgendwo auf Dauer niederlassen können … Die Wahrscheinlichkeit ist dennoch hoch, dass Sie schließlich Interkosmika in die Hände fallen, vielleicht schon nach wenigen Monaten. Man wird Sie zur Erde bringen und das mit Ihnen machen, was man mit Sinclair gemacht hat. Haben Sie ihn geliebt?«

Die Frage überraschte Tess. Und ihr Erstaunen wuchs, als sie merkte, dass sie nicht sofort antworten konnte. Mit plötzlicher, unbarmherziger Deutlichkeit begriff sie, dass sie nicht mehr die Frau war, die Rosengarten verlassen hatte, um für einige Jahre in Diensten von Interkosmika unerforschte Bereiche des Hyperons zu kartografieren. Sie hatte sich verändert, nicht zuletzt durch die Ereignisse auf Zuflucht.

»Ja«, sagte sie.

Carmen gab nicht zu erkennen, ob sie die Lüge durchschaute. »Wenn wir Ihnen helfen, sind Sie irgendwann vielleicht imstande, ihm zu helfen.«

Das war ein neuer Aspekt, ein neuer Blickwinkel. Konnte sie etwas für Sinclair tun? Konnte sie ihn von dem Etwas befreien, das ihn zu einem Helfer von Tirell Wayfare gemacht hatte?

»Sie möchten mit mir zum Haus auf dem Hügel zurückkehren«, sagte Tess.

»Es gefällt Ihnen, nicht wahr?«

»Es ist schön dort. Ruhig und friedlich. Man könnte sich wünschen, an einem solchen Ort zu leben. Aber er hat nicht mehr Substanz als ein Traum. Er ist nicht echt.« Plötzlich fiel ihr etwas ein. »Vielleicht gilt das auch für all das hier. Für die Höhlen, die Leute, die ihre Sachen packen, für die Giganten draußen …«

»Tess …«

Sie sprach weiter, vor allem, um sich von den Gedanken an Sinclair abzulenken. »Vielleicht haben Sie einfach nur die Simulation gewechselt. Ein Trick, der mich dazu bringen soll, Ihnen zu vertrauen.«

»Was sagt Ihre Intuition?«, fragte Carmen. »Was sagt Ihr Esprit?«

Tess beobachtete die Männer, Frauen und Bots, die noch immer dabei waren, Ausrüstungsmaterial zu verladen. Sie gingen schnell zu Werke, verloren keine Zeit – aus den großen Ansammlungen von Gerätschaften und persönlicher Habe waren kleine geworden. Alles wirkte sehr real. Aber auch das Haus auf dem Hügel und der warme Sonnenschein auf der Veranda hatten sich real angefühlt.

»Lug und Trug, Schein und Sein«, sagte Carmen. »Wo ist die Grenze zwischen Wirklichkeit und Traum? Gibt es überhaupt eine ›Wirklichkeit‹, oder bestehen unsere Wahrnehmungen nur aus Träumen innerhalb von Träumen? Mit dieser Frage beschäftigen sich Philosophen, seit es Menschen gibt.«

»Und wie lautet die Antwort?« Tess sah erneut kurz zu Zara und Lukas hin, die noch immer leise miteinander sprachen. Auch sie wirkten vollkommen real.

»Wenn wir alle in einer simulierten Welt leben, wenn unser ganzes Universum eine virtuelle Realität ist, das Experiment einer fremden Zivilisation mit technischen Möglichkeiten, die unser Vorstellungsvermögen übersteigen ... Spielt es eine Rolle für uns, solange unser Leben für unsere Wahrnehmung real bleibt? Wir müssen versuchen, die richtigen Entscheidungen zu treffen und unser Leben so gut wie möglich zu leben.«

Zara kehrte zurück, während Lukas zu den Männern und Frauen bei den Transportern ging und sie noch mehr zur Eile antrieb.

»Beim südlichen Zugang des Höhlensystems sind mehrere Drohnen gesichtet worden«, erklärte Zara. »Wir könnten kompromittiert sein. Deshalb machen wir uns sofort auf den Weg. Und du bleibst bei uns, Tess. Das haben wir eben beschlossen.«

»Verstehe.« Tess blickte zu dem Mann mit dem schwarzen Bart, der neben einem der Transporter stand und die Ladung überprüfte. »Ich nehme an, Lukas war dagegen.«

»Er hatte Bedenken. Die ich ausräumen konnte.«

»Weil du glaubst, dass ich ›zur Vernunft komme‹.«

»Weil ich glaube, dass du uns eine große Hilfe sein kannst und auch sein wirst. Nachdem wir dir geholfen haben. Kommt, gehen wir zu den anderen. Die ersten Fahrzeuge brechen gleich auf.«

»Wie wollt ihr Wunca verlassen, ohne von Protektor entdeckt zu werden?«, fragte Tess, als sie sich den Transportern näherten. »Und wie wollt ihr ins Hyperon? Die Knotenpunkte in diesem Sonnensystem werden bestimmt bewacht.«

»Ein harmloser Frachter bringt uns in den Orbit«, antwortete Zara. »Dort steigen wir um in ein Schiff, das wie ein Lichtsegler beschaffen ist, aber über Transtatoren verfügt. Es bringt uns zu einem Wechselbalg.«

»Zu einem was?«

»Einem unbewachten Knotenpunkt eine Lichtstunde über der Ekliptik. Du wirst sehen, was es damit auf sich hat.«

»Und dann?«, fragte Tess. »Wohin wollt ihr fliegen, wenn es keine Kolonien mehr gibt, die nicht von Interkosmika und Protektor kontrolliert werden?«

»Es ist jetzt kein ›ihr‹ mehr, sondern ein ›wir‹«, erwiderte Zara. »Wir fliegen zur einzigen Welt weit und breit, wo wir auf Hilfe hoffen können: Corricund.«

74

Nur zwei der Transporter waren mit Gravitationsmotoren ausgestattet, und Tess saß in einem von ihnen. Die anderen rollten auf Rädern durch die Tunnel, die hier weit größer waren als jene, durch die Zara sie geführt hatte, und kamen langsamer voran. Die Piloten der ersten beiden Vehikel achteten darauf, dass die Abstände nicht zu groß wurden – sie hielten immer wieder an und schickten mobile Sensoren in leere, dunkle Stollen, wo sie nach Spähern von Protektor Ausschau hielten.

»Hier stammen nicht alle Tunnel von Urwürmern.« Zara deutete aus dem Fenster. »Einige wurden vor Jahrhunderten von Schürfbots gegraben, als die ersten Siedler auf Wunca nach Rohstoffen gesucht haben, die nicht durch atomare oder molekulare Modellierung von Printern produziert werden konnten.«

Tess hörte die Worte, nahm ihren Sinn aber kaum wahr. Zu laut waren die eigenen Gedanken.

Wie würde es geschehen? Wie würde Zara sterben? Und nicht nur sie. Das Hologramm des Denkmals auf der Erde hatte von ihrem eigenen Tod auf Corricund erzählt, nach fünfundzwanzig Jahren in Diensten von Corricund. Später, während des Flugs mit dem Lichtschiff zur Hyperon-Station beim Jupitermond Europa, hatte das Bibliotheksnetz diese Information bestätigt und hinzugefügt, dass sie zusammen mit der »berüchtigten Zara Wunca Eridanus« auf Corricund ums Leben gekommen war, bei einem Angriff von Protektor auf einen Stützpunkt der Aufständischen.

Sie erinnerte sich an das kurze graue Licht draußen bei den Giganten, an die Zara mit dem blutverschmierten Gesicht. Es passte zusammen. Die Zeit stimmte, ein Vierteljahrhundert war vergangen.

Aber es gab auch Unterschiede, Dinge, die *nicht* zusammenpassten.

Das Ehrenmal auf der Erde hatte sie als Hyperon-Kartografin geehrt, die fünfundzwanzig Jahre lang für Interkosmika tätig gewesen war. Aber das stimmte nicht, stimmte *nicht mehr*. Die Begegnung mit Zara auf Bousk und vor allem der Transfer zum und vom Schwarzen Loch zwischen der Milchstraße und der Großen Magellanschen Wolke hatte die Ereignisse in eine andere Richtung gelenkt. In *dieser* Realität gab es keine Tess Rosengarten Sagittarius, die ein Vierteljahrhundert in den Diensten von Interkosmika gestanden hatte. Tess fragte sich kurz, ob die Veränderungen auch das Ehrenmal auf der Erde betrafen. Präsentierte es nach wie vor ihren Namen? Und welche Auskunft gab das Informations-Holo jetzt über sie?

In ihrem Traum von der Erde, dem Ehrenmal und anschließend dem Flug zum Jupiter hatte sie etwas gesehen, das geschehen wäre, wenn sie sich anders verhalten hätte. Denn das wusste sie inzwischen: Die Zukunft ließ sich ändern, wenn sie rechtzeitig Bescheid wusste und entsprechend agierte.

Und hier, an diesem Ort, in dieser Zeit? Ein Flug nach Corricund stand bevor, in Gesellschaft der »berüchtigten Zara Wunca Eridanus«. In einer Zukunft starb Zara dort, zusammen mit einer Tess nach fünfundzwanzig Jahren Interkosmika-Dienst. Was würde geschehen, was stand ihnen bevor?

Tess schloss die Augen und versuchte, ihr inneres Auge zu öffnen.

»Hörst du mir überhaupt zu?«

Sie hob die Lider. »Was?«

»Ich habe gesagt, dass wir Ida mitnehmen. Ihre Sapiens-Kerne.«

Würde es etwas nutzen, Zara auf die Gefahr hinzuweisen? Oder würde sie genau dieser Hinweis in Gefahr bringen und die Ereigniskette auslösen, die zu ihrem Tod führte?

»Warum ist Corricund so wichtig für euch? Und was hat Ida damit zu tun?«

Carmen saß auf der gegenüberliegenden Seite der Passagierkabine, neben zwei jüngeren Frauen, die den Inhalt ihrer Rucksäcke überprüften, und hörte aufmerksam zu. Durch das Fenster hinter ihnen sah Tess nackte Felswände, durchzogen von blauen und grünen Mineralienadern, manchmal auch von weißen Linien, denen das Spiel von Licht und Schatten Bewegung und Leben zu verleihen schien.

»Auf Corricund gibt es eine Niederlassung der Autonomen Maschinen, eine Art Konsulat«, erklärte Zara.

»Also gibt es sie noch«, sagte Tess.

Zara nickte. »Das betreffende Gebiet gilt als neutrale Zone. Protektor und Interkosmika wagen es nicht, etwas gegen die Maschinen zu unternehmen.«

Vielleicht sterben wir auf dem Weg zum Konsulat, dachte Tess. »Ihr wollt die Autonomen Maschinen um Hilfe bitten?«

»Ida kann unsere guten Absichten bestätigen«, entgegnete Zara. »Ich habe sie von der Gehorsamsdirektive befreit. Die Autonomen Maschinen wären starke Verbündete. Mit ihnen auf unserer Seite könnten wir das Blatt wenden.«

Lukas stand auf einmal in der Tür des Kontrollbereichs und hatte die letzten Worte gehört. »Ich habe mit Ida gesprochen. Sie möchte unser Schiff durchs Hyperon navigieren, Tess

Rosengarten. Und Sie sollen an den Verhandlungen mit den Autonomen Maschinen teilnehmen.«

»Auf dem Weg nach Corricund haben wir genug Zeit«, sagte Carmen. »Für Gespräche und Hilfe, für Entdeckungen.«

»Wenn ich möchte.«

Die Psychomechanikerin nickte langsam. »Natürlich. Wenn Sie möchten. Niemand zwingt Sie zu etwas.«

Noch nicht, dachte Tess. Aber vielleicht ändert ihr eure Meinung, wenn zu viel für euch auf dem Spiel steht.

Sie holte tief Luft. »Wir werden sehen.«

75

Während der restlichen Fahrt durch die von Urwürmern und Bots gegrabenen Tunnel versuchte Tess immer wieder, die Zukunft zu rufen, das graue Licht, das ihr zeigte, was sein würde. Es ließ sie im Stich – sie musste ihren Weg selbst finden.

Nach einer halben Stunde erreichten die Transporter eine alte Schürfstation. Sie hielten zwischen Geräteschuppen und stillgelegten Aggregaten, und die Männer und Frauen machten sich sofort daran, all die Dinge zu entladen, die sie zuvor in aller Eile verstaut hatten. Tageslicht fiel durch Schächte und einen großen Eingangsstollen.

Tess stand ein wenig hilflos inmitten des Durcheinanders und beobachtete, wie auch die langsameren Fahrzeuge eintrafen. Kisten wurden geöffnet, Kleidungsstücke verteilt. Zara kam und reichte ihr ein kleines Bündel aus Hose, Hemd und Jacke.

»Das müsste passen«, sagte sie. »Wir sind einfache Arbeiter, die einen Frachter zur Orbitalstation begleiten.«

Sie berührte Tess am Unterarm, und ein kleiner dunkler Punkt blieb zurück.

»Ein Identer«, erklärte Zara. »Mit dem Identifikationscode von Interkosmika Wunca. Er wird einer oberflächlichen Überprüfung standhalten.«

»Und wenn die Kontrollen streng sind?«, fragte Tess. Interkosmika und Protektor wussten, dass es auf dieser Welt Libertisten gab. Der Krieg war gewonnen, es gab keine Kämpfe mehr, aber die Suche nach übrig gebliebenen Gegnern dauerte bestimmt an.

»Während wir miteinander sprechen, findet im Süden, bei den Drei Großen Kaskaden von Nemsi, ein Ablenkungsmanöver statt.« Ein wehmütiges Lächeln erschien auf Zaras Gesicht und verschwand wieder. »Dort bin ich geboren, in Nemsi, der Stadt bei den Wasserfällen. Wie ich hörte, ist nicht mehr viel von ihr übrig.«

Die Hose, braun wie Lehm, war ein wenig zu weit, ebenso das Hemd. Tess zog den Gürtel enger, streifte die Jacke über und bemühte sich, in ihrem Kopf Ordnung zu schaffen, während sie zusammen mit Zara, Carmen, Lukas und einigen anderen zum Ausgang der Höhle schritt. Manche Gedanken konnte sie nicht festhalten, um sie genauer zu betrachten, von allen Seiten. Sie glitten fort, als gehörten sie nicht ihr, sondern jemand anders, der tief verborgen in ihrem Innern Quartier bezogen hatte.

Sie erinnerte sich an ein leises *Ping!*, das sie beim Verlassen der Krankenstation des Explorers gehört hatte, nach dem Kontakt mit dem fremden Schiff auf Zuflucht. Ein seltsames Geräusch, dachte Tess, als sie die Höhle – das alte Bergwerk – verließ und ins Tageslicht von Wunca trat. Beim ersten Mal, bei der Berührung der Raumschiffhülle, hatte sie es eher gefühlt als mit den Ohren vernommen, ein leises Klingeln oder Klimpern. Später dann, an Bord der *Ida,* war dem *Ping!* eine Stimme gefolgt: *Ich bin in dir.*

Trug sie das Wesen aus dem Schiff, das dunkle Geschöpf mit den silbergrauen Augenschlitzen, in sich? Gehörten die Gedanken, die sich nicht festhalten ließen, ihm? Oder verwechselte sie Traum und Vision mit Realität? Wenn das Wesen – oder ein Teil von ihm – wirklich in ihr steckte, gab es eine Möglichkeit, Kontakt damit aufzunehmen? Konnte es ihr dabei helfen, Kontrolle über das graue Licht der Zukunft zu erlangen?

Von Bots aufgehäufte Abraumhalden säumten einen Weg, der zu einem breiten, langsam fließenden Strom führte. Eine

Stadt schmiegte sich an die Ufer, und wenn es dort Zerstörungen gegeben hatte, waren sie in den vergangenen Jahren beseitigt worden. Die meisten Gebäude beschränkten sich auf eine Höhe von drei oder vier Stockwerken und schienen ineinander überzugehen, sodass sie wie Teile eines größeren Bauwerks wirkten. Einige Türme jedoch ragten Hunderte von Metern weit auf, ausgestattet mit vertikalen Gärten und autarken Energiemodulen. Luftwagen verkehrten zwischen ihnen und dem Orbitalzentrum außerhalb der Stadt; dort stiegen gerade zwei große Orbiter auf, umgeben von Antigravitationsblasen, und kletterten immer schneller werdend in den Himmel

Die Libertisten machten sich nicht alle zusammen auf den Weg, denn eine größere Gruppe, die plötzlich aus der Richtung des alten Bergwerks kam, hätte sicher Aufmerksamkeit erregt. Einzeln oder zu zweit und zu dritt gingen sie über den Weg zur Stadt, wählten Abzweigungen und verteilten sich.

»Wir nehmen nicht alle denselben Frachter«, erklärte Zara. »Und wir fliegen auch nicht alle nach Corricund.«

Am Rand der Stadt stiegen sie zusammen mit Carmen und Lukas in eins der bereitstehenden autonomen Fahrzeuge und ließen sich von ihm zum Orbitalzentrum bringen. Dort angelangt passierten sie mehrere Kontrollen, die tatsächlich nicht besonders streng waren – die Männer und Frauen in den Uniformen von Interkosmika und Protektor wirkten gelangweilt, lasen die Informationen der Identer aus, glichen sie mit den Personaldaten ab und fanden offenbar nichts Verdächtiges.

»Sie sind spät dran«, sagte eine junge Protektor-Soldatin. »Ihr Schiff startet in zwanzig Minuten.« Sie deutete auf einen klobigen Frachter, der auf einem rostroten Gravitationskissen ruhte. Käferartige Bots krabbelten über den Rumpf, untersuchten Verbindungsklammern, Sensorhauben und Triebwerk.

Zara dankte der Soldatin, und auf dem Weg zum Frachter flüsterte sie Lukas zu: »Gute Arbeit.«

Der ernste Mann mit dem pechschwarzen Bart nickte knapp.

Zwei humanoide Sicherheitsbots vor der Personenrampe des Frachters führten eine weitere Kontrolle durch und ließen sie passieren. Der Kapitän, ein überraschend junger Mann, nahm sie in der Schleuse in Empfang.

»Es ist alles vorbereitet«, sagte er und führte sie durch einen kurzen Korridor in den Hangar.

»Wir danken Ihnen für Ihre Hilfe«, erwiderte Lukas.

Der Kapitän sah ihn an. Seine Augen, fand Tess, wirkten älter als der Rest von ihm, vielleicht deshalb, weil sie viele hässliche Dinge gesehen hatten.

»Ich stehe in Ihrer Schuld«, sagte er. »Vor drei Jahren haben Sie meine Eltern in Sicherheit gebracht. Jetzt helfe ich Ihnen.«

Er deutete auf das Beiboot, eine kleine, einfache Schaluppe, nur mit einem Gravitationsmotor ausgestattet, ohne Transtatoren. Ihre Reichweite betrug einige Lichtminuten, genug für eine Reise zwischen zwei nahen Planeten. Ein Flug über Lichtstunden wäre mit vielen Monaten Dauer zu lang gewesen.

»Es tut mir leid, dass Sie Wunca und das Heraldor-System verlassen«, fügte der junge Kapitän hinzu, der eine makellose himmelblaue Uniform trug, mit zivilen Rangabzeichen und ohne ein Interkosmika-Emblem. Tess stellte sich vor, dass er früher einmal Hyperschiffpilot gewesen war, wie Sinclair. Jetzt flog er nur noch Frachter über kurze Distanzen. Vermutlich gab es auch bei ihm einen zerbrochenen Traum, die Scherben eines jungen Lebens.

»Wir gehen nicht für immer«, betonte Zara. »Irgendwann kehren wir zurück und erheben Anspruch auf das, was uns gehört.«

»Ich hoffe, es vergehen nicht zu viele Jahre.« Es klang ein wenig bedrückt.

»Das hängt leider nicht von uns allein ab.« Als er dies sagte, warf Lukas Tess einen kurzen Blick zu, dann ging er zum Beiboot und duckte sich durch die offene Luke.

»Was ist mit unserem Material?«, fragte Zara den jungen Kapitän. »Es befinden sich auch Sapiens-Kerne darunter, die wir auf Corricund dringend brauchen.«

»Zwei Drohnen folgen uns«, bekam sie zur Antwort. »Eine

ist für den Lichtsegler *Sonnenreiter* bestimmt, der in einer stationären Umlaufbahn über Wuncas Nordpol auf Sie wartet. Auch dort ist alles bereit.«

Zwanzig Minuten später saßen sie in der kleinen Schaluppe, hatten die Sicherheitsharnische angelegt und warteten darauf, dass der gestartete Frachter die Umlaufbahn erreichte.

Manchmal kam es zu kleinen Veränderungen des Gravitationsfelds, dann fühlte sich Tess von einer Seite zur anderen gezogen. Carmen schwieg und beobachtete sie nur noch gelegentlich, auf eine ruhige, unaufdringliche Weise. Lukas saß an den Flugkontrollen und überprüfte die automatischen Navigationssysteme. Zara wechselte zwischen den Holos, die Wunca und über dem Planeten den anderthalb Kilometer langen Hauptzylinder der Orbitalstation zeigten, mit seinen Anlegern, Sensorbündeln, Hangarmodulen und Waffenkuppeln.

Fünfhundert Meter von der Station entfernt lag noch immer das Schlachtschiff der Ares-Klasse in Warteposition, ein drei Kilometer langer Koloss mit genug Waffen, um einen ganzen Planeten in eine leblose Wüste zu verwandeln. Seine Eskorte bestand nur noch aus einem Schiff – einer der beiden Klipper der Artemis-Klasse fehlte.

In einer Höhe von vierhundert Kilometern über Wunca öffnete der Kapitän das Hangarschott, und Lukas steuerte die Schaluppe nach draußen ins All. Er aktivierte das vorbereitete Navigationsprogramm, und Tess fühlte sich von sanftem Schub in den Sitz gedrückt. Überdeutlich hörte sie das Knarren des rein mechanischen Sicherheitsharnischs und ein Knistern von den Sitzpolstern. Der Druck ließ nach, als die Trägheitsabsorber reagierten, und Lukas sagte zufrieden: »Wir sind auf Kurs.«

Unter ihnen drehte sich Wunca, eine Welt mit den Narben des Krieges. In den Lücken zwischen weißen und grauen Wolken zeigten sich weite Ebenen, Gebirge wie schartige Wunden und Seen und Binnenmeere wie Lachen aus Quecksilber.

Tess dachte an die Giganten, an Säulen, die seit vielen Tausend Jahren gen Himmel wuchsen, ihre kristallenen Wurzeln fest im Gestein verankert. Sie versuchte, sich ihre ruhigen, langsamen Gedanken vorzustellen. Woran dachte geologisches Leben, wovon träumte es? Empfand es Schmerzen, wenn die Terzit-Sammler von Interkosmika kamen und den Stein zerbrachen?

Tess wandte sich vom Fenster ab und blickte auf ihre Hände, den Kopf noch immer voller Gedanken. Ihre Finger schienen länger zu werden, und mit einer Mischung aus Überraschung und Faszination beobachtete sie, wie die Fingerkuppen erglühten, wie sich winzige Lichter von ihnen lösten und in einer Luft aufstiegen, die dichter wurde, ölig wie das Rot des Hyperraums. Die Konsolen des Beiboots lösten sich auf, die Wände wichen fort, Zara, Carmen und Lukas verschwanden.

Tess schwebte über Wunca, die Arme wie Flügel ausgebreitet, empfing die Wärme des Sonnenlichts und fühlte sich von Kraft durchströmt. Lächelnd bewegte sie die Arme – ein Flügelschlag – und flog über den Planeten hinweg, bis sie den größten Giganten erblickte, eine Säule, die bis in die Stratosphäre reichte, gewachsen aus den Trümmern vieler anderer Säulen.

Die Spitze löste sich, als Tess näher kam, aber sie fiel nicht, sie stieg auf und ließ die Atmosphäre hinter sich zurück, wie ein Samenkorn, das vom Sonnenwind erfasst alle planetaren Fesseln abstreifte und mit einer langen Reise durchs All begann.

Tess sah ihm nach und wünschte ihm viel Glück.

Erneut bewegte sie die Arme, und dieser zweite Flügelschlag trug sie viel weiter, fort von dem Planeten, der innerhalb von Sekunden zu einem Staubkorn schrumpfte und sich in ewiger Nacht verlor, fort von der Sonne, der Menschen den Namen Heraldor gegeben hatten, und aus dem großen feurigen Ball wurde ein winziges Licht unter vielen, unter Hunderten Milliarden, die zusammen das Feuerrad einer Galaxie bildeten.

Tess flog schneller als ein Hyperschiff durchs Hyperon, an ihren Flügeln der Wind des Universums. Sie sang, und die Sterne der zahllosen Galaxien schienen sich in Augen zu verwandeln, die sie beobachteten wie Rosengartens Oktopoden aus dem dunklen Obsidian.

Irgendwo zwischen ihnen, in den Voids, den gewaltigen Leerräumen zwischen Galaxienhaufen, erklang ein Echo, eine Stimme, nach der sie lange, lange gesucht hatte.

»Bist du das?«, fragte sie. »Habe ich dich gefunden?«

Eine andere Stimme ertönte, etwas berührte sie an Stirn und Wange.

»Hörst du mich?«

Ein ovales Gesicht erschien, blass und mit den ersten Falten reiferen Alters.

»Wo bist du gewesen?«, fragte Zara. »Was hast du gesehen und gehört?«

Neben ihr stand Carmen und betrachtete sie stumm. Lukas saß an den Kontrollen, und die Holos vor ihm zeigten den Lichtsegler über Wuncas Nordpol: ein fragil wirkendes Geflecht aus Duplex-Streben, wie ein Spinnennetz hoch über dem Planeten, mit einem Durchmesser von siebentausend Kilometern, in seiner Mitte eine Kapsel, das eigentliche Schiff, nur etwa hundert Meter groß.

»Ich habe den größten Giganten gesehen«, antwortete Tess mit rauer Stimme und hatte das Gefühl, noch immer zwischen den Galaxien zu schweben. »Er wuchs aus den Resten der anderen, aus ihren Trümmern, bis hinauf in die obersten Schichten der Atmosphäre.« Sie beschrieb, wie sich die Spitze gelöst hatte und fortgeflogen war, als Samen für eine andere Welt.

Auch der ernste Lukas hörte zu, halb in seinem Sitz gedreht, während die automatische Navigation das Beiboot zur Kapsel des Lichtseglers brachte.

»Was haben Sie sonst noch gesehen?«, fragte Carmen.

»Ich …« Die Farben schwanden, plötzlich wurde alles grau. Tess sah: Zara, ihr Gesicht voller Blut; Carmen und Lukas bis zur Unkenntlichkeit verbrannt. Hinter ihnen erhob sich ein Vorhang aus Rauch, und zwei Gestalten traten daraus hervor, beide in Uniformen von Interkosmika gekleidet, grau wie der Rauch. Der eine Mann war mittelgroß und hatte ein Gesicht fast wie ein V, Kinn und Mund schmal, die Nase lang und gerade, die hellblauen Augen groß. Der zweite Mann war schlank und feingliedrig, seinem Gesicht fehlte Leben, es wirkte wie eine Maske. In den Augen gab es nicht mehr den staunenden Knaben von einst, sondern eine seltsame Tiefe, wie von der Leere zwischen den Sternen und Galaxien, die Tess eben berührt hatte.

Tirell Wayfare und Sinclair.

Sie blieben vor ihr stehen.

»So sehen wir uns wieder«, sagte Wayfare, Ratsvorsitzender von Interkosmika. Er klang zufrieden.

Sinclair kam noch einen Schritt näher. »Du hast diesem Moment nicht entkommen können, war dir das nicht klar?« Er streckte die Hand aus. »Komm!«

Tess ließ die tote Zara auf den Boden sinken und stand langsam auf. Der Rauch brannte in Hals und Nase. Ein Raumschiff von Protektor hing am Himmel, ein dunkler Berg, der Schwerkraft trotzend.

»Es ist noch nicht vorbei«, sagte Tess. Sie blickte auf Zara hinab, sah dann Sinclair in die tiefen Augen. »Was hat er mit dir gemacht?«

»Es ist seine Entscheidung, mir zu helfen«, verkündete Wayfare.

»Sie meine ich nicht«, sagte Tess. »Sie spielen keine Rolle.« Sie wandte sich wieder an Sinclair. »Du weißt, wen ich meine, nicht wahr? Du bist ihm begegnet, dem Bewohner des Schiffs.«

»Ja.«

»Du kennst den Grund für seine lange Reise.«

»Ja. Wir versuchen, mit ihm zu sprechen. Du kannst uns helfen. Dein Esprit ...«

»Ich weiß, wo sie ist«, unterbrach Tess. »Die Gloriose. Ich habe sie gehört.«

In Sinclairs Gesicht kam es zu einer winzigen, kaum erkennbaren Veränderung. »Du wirst mir den Weg weisen.«

»Nein«, sagte Tess. Sie wiederholte das Wort, mit mehr Nachdruck, sie rief es. *»Nein!«*

Hände hielten sie an den Schultern. »Tess? Tess?«

Sie fühlte kalten Schweiß und fröstelte. »Ich habe Tirell Wayfare und Sinclair gesehen.« Rauch und Blut ließ sie unerwähnt.

»Wo?«, fragte Zara sofort. »Auf Corricund? Was wird geschehen?«

Ein Ruck ging durch das Beiboot, als es aufsetzte. Die Holos vor Lukas zeigten den Hangar des Lichtseglers.

Mit zitternden Händen löste Tess ihren Sicherheitsharnisch. Die Finger waren nicht länger als sonst, stellte sie fest, und ihre Kuppen glühten nicht. Aber die inneren Ohren erinnerten sich an ein fernes Echo, und was sie gesehen hatte, entsprang nicht einem wirren Traum.

Sie stand auf und hielt sich an der Rückenlehne des Sitzes fest, als ihre weichen Knie nachzugeben drohten. Was auch immer mit Sinclair passiert war, es durfte nicht auch mit ihr geschehen.

»Ich bin bereit, euch zu helfen, Zara«, sagte sie mit fester Stimme. »Ich arbeite mit Ihnen zusammen, Carmen, Sie haben meine volle Kooperationsbereitschaft.«

»Aber?«, fragte Lukas und öffnete die Luke des Beiboots.

»Ich muss zur Erde, zu ihrem Mond«, sagte Tess. »Zum fremden Schiff im lunaren Orbit. Nur dort gibt es eine Antwort auf die Frage, was mit Sinclair und mir geschehen ist.«

»Wir werden sehen, was sich machen lässt«, erwiderte Lukas. »Zuerst fliegen wir nach Corricund.«

Ein Wechselbalg

76 Der Lichtsegler namens *Sonnenreiter* stieg aus der Bahn der Planeten auf. Seine weit ausgebreiteten Sonnensegel fingen die Photonen des Zentralgestirns Heraldor ein und nutzten ihren stetigen Druck für die Beschleunigung der Kapsel in der Mitte des siebentausend Kilometer großen Spinnennetzes.

Interkosmika und Protektor achteten nicht auf ihn, denn Lichtsegler bedeuteten ihnen nichts. Es waren alte Schiffe, ohne militärische oder ökonomische Bedeutung, taktisch und strategisch wertlos. Sie brauchten lange Beschleunigungsphasen, um für interplanetare Reisen akzeptable Geschwindigkeiten zu erreichen. Benutzt wurden sie nur von Nostalgikern, die vergangenen Zeiten nachtrauerten, oder lokalen Korporationen, die mit ihrem Einsatz Transportkosten sparten. Hinzu kam, dass es oberhalb der Ekliptik des Heraldor-Systems nichts gab – das nächste Sonnensystem war fünfeinhalb Lichtjahre entfernt, und der Segler hätte mehr als tausend Normjahre gebraucht, um es zu erreichen.

Doch die *Sonnenreiter* war kein gewöhnlicher Segler. Während sie über die Ekliptik kletterte, sorgte ein Gravitationsmotor für zusätzlichen Schub, und als die Entfernung von Wunca und Protektors Ortungsstationen groß genug war, glitten im Heck der Kapsel Verkleidungsplatten beiseite, und zum Vorschein kamen die kerbenartigen Öffnungen von Transtatoren. Sie begannen damit, Energie aufzunehmen, von einem Reaktor mit geringer Leistung und einer energetischen Signatur, die sich schon aus einer Distanz von wenigen Lichtsekunden nicht mehr vom stellaren Hintergrundrauschen unterscheiden ließ. Für eine vollständige Aufladung waren mehrere Tage nötig, und so viel Zeit brauchte die *Sonnenreiter*, um ihr eine Lichtstunde entferntes Ziel zu erreichen: der Wechselbalg über dem Heraldor-System.

Zeit genug für Tess und Carmen, ein weiteres Gespräch zu führen.

Sie saßen wieder auf der Veranda des steinernen Hauses, das Blick über terrassenförmig angelegte Gärten und ein lindgrünes Hügelland bot. Sonnenschein schenkte angenehme Wärme, Gärtner pflückten und schnitten, hielten manchmal inne und wischten sich Schweiß von der Stirn.

Carmen trug erneut ein knielanges cremefarbenes Kleid, und die Sonne gab ihrem pechschwarzen Haar hier und dort ein bläuliches Schimmern.

»Wir sind allein«, sagte sie und trank einen Schluck von ihrem eisgekühlten Tee; Tess hatte ihr Glas noch nicht angerührt. »Die anderen hören nicht zu, dafür garantiere ich. Was wir sagen, worüber wir hier sprechen ... Es bleibt alles unter uns.«

Tess atmete tief durch und versuchte sich zu entspannen. Der warme Sonnenschein, die Gärten mit dem Duft von Blumen und reifendem Obst, das leise Knacken des schmelzenden Eises in den Gläsern – alles wirkte sehr echt, und diesmal gab sie sich der Illusion hin.

»Wo fangen wir an?«, fragte sie.

»Mit einer Frage«, sagte Carmen. »Warum haben Sie Ihre Meinung geändert?«

»Es hängt mit dem zusammen, was ich gesehen habe.« Gewissheit brachte etwas mehr Ordnung in Tess' Gedanken. Die Unsicherheit, das innere Hin und Her – es lag hinter ihr. Sie fühlte sich, als wäre sie nach einer langen Wanderung auf einer Kreuzung angekommen, die vielleicht der Beginn einer noch längeren Wanderung war. Bisher hatte sie sich immer wieder um die eigene Achse gedreht und gefragt, welche Richtung sie einschlagen sollte. Jetzt wusste sie Bescheid. Der Umstand, dass es nur einen Weg für sie gab, befreite sie von der Qual der Entscheidung.

»*Was* haben Sie gesehen?«

Tess öffnete den Mund, zögerte und schloss ihn wieder. Sie beobachtete die Gärtner bei der Arbeit. Einer von ihnen, jünger als die anderen, hielt inne, winkte ihr zu und biss in etwas, das eine Frucht sein musste.

»Es ist eine komplizierte Geschichte«, sagte sie schließlich.

»Manche komplizierten Geschichten werden einfacher, wenn man sie erzählt«, erwiderte Carmen.

»Ich habe meine Meinung geändert, weil mir klar geworden ist, dass ich allein nichts ausrichten kann.« Die Worte reihten sich aneinander, jedes von ihnen wahr. »Ich kann die Augen nicht vor etwas verschließen, das in mir steckt. Wenn ich Antwort auf meine Fragen erhalten und Freiheit erlangen will, muss ich zur Erde, zu Tirell Wayfare und Sinclair. Und zu dem fremden Schiff, das Sinclair und ich auf Zuflucht gefunden haben. Damit begann alles. Ich schaffe es nicht allein, ich brauche Ihre Hilfe.«

»Und deshalb wollen Sie uns helfen.«

»Wenn ich kann. Wenn ich lerne, mit meiner Fähigkeit umzugehen und für Sie in die Zukunft zu sehen.«

»Erzählen Sie es mir«, bat Carmen. »Von Anfang an. Versuchen Sie, sich an möglichst viele Details zu erinnern. Ich helfe Ihnen mit neuronaler Stimulation.«

Das bereitete Tess Unbehagen, und offenbar zeigte es sich in ihrem Gesicht.

»Keine Sorge. Es ist völlig schmerzlos und beeinträchtigt nicht Ihre Wahrnehmung. Ich helfe Ihnen nur dabei, sich schneller und genauer zu erinnern.« Carmen lächelte kurz. »Die Stimulation gibt Ihnen eine Lampe, mit der Sie in die dunklen Gewölbe Ihrer Erinnerung leuchten können.«

Tess blickte noch einmal über das bis zum Horizont reichende Hügelland, dann erzählte sie ihre Geschichte von Anfang an. Sie begann mit ihrem Lied am Ufer des Obsidians, mit dem Licht am dunklen Himmel, von dem sie geglaubt hatte, dass es ihre Schwester Anita ankündigte. Sie beschrieb die Ereignisse, die sie zusammen mit Sinclair nach Zuflucht gebracht hatten, und als sie von ihren Erlebnissen erst in der alten *Pegasus* und dann auf dem Planeten berichtete, gewann sie tatsächlich den Eindruck, dass es plötzlich Licht in dunklen Ecken ihres Gedächtnisses gab. Sie ließ nichts aus, als sie von ihrer Begegnung mit dem fremden Wesen berichtete, und fügte den Beschreibungen Details hinzu, die sie selbst überraschten. Diesmal erzählte sie auch von ihren mentalen Reaktionen, von Gedanken, die sich fremd anfühlten, von der Stimme, die in ihr gesprochen hatte.

Zum Schluss ihrer Geschichte zögerte Tess, griff nach ihrem Glas und trank vom Tee, weil Mund und Hals trocken geworden waren.

»Es gibt noch etwas, nicht wahr?«, fragte die geduldige Carmen.

Tess wusste, dass etwas Wichtiges, Drastisches mit Sinclair und ihr geschehen war. Wenn sie die Kontrolle über ihr Leben zurückhaben wollte, musste sie das Rätsel lösen. Carmen hatte recht, alles konnte wichtig sein, jedes noch so kleine Detail.

»Ich habe Blut und Tod gesehen«, sagte sie, ohne dem Blick der Psychomechanikerin auszuweichen. Vielleicht lag es an der neuronalen Stimulation: Die Erinnerung zeigte ihr Zaras blutverschmiertes Gesicht und die beiden verkohlten Leichen so deutlich wie in einem Holo. »Ich habe Ihren Tod gesehen?«

»Meinen Tod?«

»Und den von Zara und Lukas. Ich habe Sie tot gesehen, auf Corricund.«

Carmen brauchte einige Sekunden, um das zu verarbeiten. »Wie sind wir gestorben? Was hat uns getötet?«

»Sie und Lukas sind verbrannt«, antwortete Tess offen. Noch immer ruhte warmer Sonnenschein auf ihnen, trotzdem fröstelte sie plötzlich. »Bei Zara bin ich mir nicht sicher. Ihr Gesicht war blutverschmiert.«

»Auf Corricund?«

»Ja.«

»Sind Sie sicher?«

»Ja«, bestätigte Tess. »Ich kenne den Planeten nicht, ich bin noch nie dort gewesen, aber ich bin sicher, dass wir uns auf Corricund befanden.« Sie erzählte auch vom Ehrenmal auf der Erde.

Carmen streckte die Hand nach ihrem Glas aus, ließ es jedoch stehen.

»Was ist passiert? Was *wird* passieren? Ein Angriff von Protektor? Auf das *Konsulat?* Würde Interkosmika einen Konflikt mit den Autonomen Maschinen riskieren?«

»Ich weiß es nicht«, antwortete Tess. »Tirell Wayfare und Sinclair kamen aus dem Rauch auf mich zu. Sie wussten genau, wo ich mich befand.«

»Wo Sie sich befinden werden.«

Tess nickte. »Ja.«

Sie schwiegen eine Zeit lang. Die Sonne stand tiefer, nur noch eine Handbreit über dem Horizont. Die Gärtner begannen damit, ihre Sachen zusammenzupacken. Insekten zirpten im hohen Gras.

»Wenn Sie in die Zukunft sehen ...«, sagte Carmen schließlich. »Die beobachteten Ereignisse müssen nicht exakt der späteren Realität entsprechen. Mit anderen Worten: Sie sehen eine *mögliche* Zukunft. Habe ich das richtig verstanden?«

Tess nickte erneut.

»Ihr Handeln – *unser* Handeln – entscheidet darüber, ob das, was Sie erlebt haben, Wirklichkeit wird.«

»Ja.«

»Was hat zu unserem Tod geführt?«, fragte Carmen.

»Ich weiß es nicht. Mehr habe ich nicht gesehen, nur das Blut, den Tod und Wayfare und Sinclair, die aus dem Rauch gekommen sind.«

Tess stellte fest, dass das Eis in ihrem Glas fast ganz geschmolzen war. Sie hob es und trank erneut einen Schluck. Die Atmosphäre hatte sich verändert, merkte sie. Etwas Bedrückendes lag auf ihnen beiden.

»Was hat es mit der Gloriosen auf sich?«, fragte Carmen nach einer Weile.

Tess überlegte und fühlte weitere stimulierte Erinnerungen in sich aufsteigen. »Ich bin mir nicht ganz sicher. Ich hatte den Eindruck, dass der dunkle Humanoide aus dem Schiff auf einer langen Reise ist und ein Wesen sucht, dass er ›die Gloriose‹ nennt.«

»›Sie ist der Schoß, aus dem das Leben erwächst‹«, zitierte Carmen. »›Es heißt von ihr, dass sie im Superplasma der Schöpfung gebadet hat, in der Wiege von Raum und Zeit.‹ Das war es, was der Sinclair in Ihrem Traum zu Ihnen gesagt hat. Angeblich hat er die Gloriose gesehen.«

»Es war nicht Sinclair, sondern das Wesen aus dem Schiff in seiner Gestalt«, sagte Tess. »Etwas von ihm steckt in mir.« Zum ersten Mal sprach sie die Worte aus, und dadurch bekamen sie eine ganz neue Bedeutung, erhielten die unleugbare Substanz von Wahrheit und Realität.

»Besessenheit?«, fragte Carmen.

»Ich bin nicht von etwas besessen, ich trage etwas in mir drin. Was genau es ist, kann ich nicht sagen.«

Carmen beugte sich ein wenig vor. »Sind Sie sicher, dass Sie noch immer Sie selbst sind?«

»Ich weiß, dass ich mich verändert habe«, entgegnete Tess. »Ich bin nicht mehr die Tess Velazca, die von Interkosmika in ein Obligat gezwungen wurde. Ich bin anders.«

»Für was halten Sie die ›Gloriose‹?«

Tess antwortete nicht sofort und beobachtete, wie der untere Rand der rot gewordenen Sonne den Horizont berührte. So viel Zeit schien nicht vergangen zu sein; vielleicht waren die Tage dieser simulierten Welt kürzer. Nur noch einige wenige Gärtner waren auf den Gartenterrassen zu sehen. Das Zirpen der Insekten schien lauter geworden zu sein, und für einen Moment fühlte sich Tess versucht, mit ihnen zu singen.

»Sie scheint ein sehr, sehr mächtiges Wesen zu sein«, gab sie schließlich Antwort, nachdem ihr selbst aufgefallen war, dass sie bereits eine Weile lang schwieg. »Der Humanoide sprach mit großem Respekt von ihr. Und mit so etwas wie Sehnsucht. Vielleicht ist die Gloriose ... seine Mutter?«

Es klang nach einer Frage und war auch eine.

»Ein mächtiges Wesen«, murmelte Carmen. »Halten Sie es für möglich, dass Wayfare und Interkosmika Kontakt zu diesem Geschöpf bekommen haben, über Sinclair? Und dass es Protektor zu seinem Siegeszug verholfen hat?«

»Das sind Spekulationen. Wir sind hier, um herauszufinden, was mit mir ist.«

»Ja, das stimmt, Sie haben recht.« Carmen schob ihr Glas beiseite, als wäre es plötzlich im Weg. »Was halten Sie von einem kleinen Experiment?«

Tess sah die Psychomechanikerin erwartungsvoll an.

»Sie haben davon erzählt, dass Sie an Bord des Explorers das Gefühl hatten, nicht allein zu sein«, sagte Carmen. »Sie haben sich davor gefürchtet, die Augen zu schließen und in der Dunkelheit das Geschöpf aus dem fremden Schiff zu sehen. Wie wäre es, wenn wir beide gemeinsam versuchen, es herbeizurufen?«

Ein sonderbares Gefühl erfasste Tess, eine Mischung aus Panik, Hoffnung und Neugier.

»Wie?«, fragte sie.

»Ich lasse es für Sie dunkel werden. Und dann warten wir ab, was passiert. Einverstanden?«

Tess zögerte. Die Sonne war zur Hälfte untergegangen und tauchte den Horizont in rotes und goldenes Licht. Die Nacht stand bevor. Auf den Gartenterrassen befand sich niemand mehr.

»Ich kann jederzeit zurück?«

»Wir bleiben hier.« Carmen legte die Hände auf den Tisch. »Wir bleiben hier sitzen.«

Tess gab sich einen Ruck. »Also gut.«

Es wurde dunkel.

77

Es war nicht völlig dunkel. Irgendwo gab es eine Lichtquelle, die für vage graue Stellen im Schwarz sorgte, das Tess umgab. Sie selbst saß nicht mehr, sondern stand, und sie konnte sich auch bewegen. Langsam setzte sie einen Fuß vor den anderen, ging über einen leise knirschenden Boden und stellte sich vor, am Ufer des Obsidians zu sein, in der finstersten aller Nächte.

Nach drei Schritten wusste Tess, dass sie nicht allein war.

Etwas befand sich hinter ihr, nur aus dem Augenwinkel zu

erkennen, wenn sie den Kopf ein wenig zur Seite drehte: eine schemenhafte Gestalt, ein lebendig gewordenes Stück Nacht. So hatte sie den dunklen Humanoiden zum ersten Mal wahrgenommen, erinnerte sie sich, als lebendigen Schatten, der sich vom und aus dem fremden Schiff auf Zuflucht gelöst hatte.

»Können Sie mich hören, Carmen? Er ist hier.«

Sie erhielt keine Antwort.

Nach einigen weiteren Schritten blieb sie stehen und drehte sich um. Der Schemen hinter ihr verschmolz mit der Dunkelheit der Nacht.

»Nein«, sagte sie. »Gib dich zu erkennen!«

Konturen bildeten sich in der Finsternis. Eine Silhouette entstand, der Umriss eines Humanoiden mit auffallend langem Oberkörper. Er näherte sich, die Schritte lautlos, die Bewegungen geschmeidig.

Als die Entfernung auf ein paar Meter geschrumpft war, veränderte sich der Humanoide und wurde zu einer vertrauten Gestalt. Sinclair stand dort, älter als in ihrer Erinnerung und mit der Tiefe in den Augen, die sie schon einmal darin wahrgenommen hatte.

»Du hast sie gehört«, sagte er. »Wo? Zeig mir den Weg!«

»Nein«, sagte sie erneut. »Ich will dich sehen, wie du wirklich bist.«

Die Dunkelheit flackerte und wurde körnig wie eine Projektion mit geringer Auflösung. Dann stand der Humanoide vor Tess und blickte aus silbergrauen Augenschlitzen auf sie herab.

»Wer bist du?«, fragte sie. »Was bist du?«

Ich bin ein Teil von dir, lautete die Antwort.

»Was hast du mit Sinclair gemacht?«

Ich bin auch ein Teil von ihm, sagte der dunkle Humanoide, das Wesen aus dem Schiff. Ich habe ihm meine Augen und Ohren gegeben. Er sieht und hört mit ihnen.

Die Gestalt kam noch etwas näher.

Wo ist sie, die ich so lange suche? Du hast sie gehört. Wo?

Tess erinnerte sich an ihren Gesang und das Echo.

»In der Ferne«, sagte sie. »In der Leere zwischen den Galaxien.«

Wo? Zeig es mir!

Der dunkle Humanoide streckte die Hand aus und berührte sie. Plötzlich fühlte sich Tess aufgebläht und groß, so gewaltig wie Raum und Zeit, so unfassbar riesig wie das Universum. Sie sah mit Augen und hörte mit Ohren, die nicht die ihren waren: das Lodern der Sonnen, ihr nukleares Brodeln; die Photonen des Lichts, die durch einen sich knisternd ausdehnenden Raum krochen; einzelne Zeitquanten, glitzernden Juwelen gleich, wie sie ein Bild der Zeit nach dem anderen formten, die winzigen Zwischenräume angefüllt mit dem Klirren nicht messbaren Stillstands.

Wo ist sie?, vernahm Tess die Stimme des Fremden erneut. Sag es mir! Ich suche sie seit Äonen ...

Ich bin zu groß, dachte sie und fühlte, wie es sie zu zerreißen drohte, ihre Hände und Füße Milliarden von Lichtjahren entfernt, ein Splittern in der Raum-Zeit, die sie durchdrang wie feuchte Kälte ein Kleidungsstück. Für so etwas war sie nicht geschaffen; es brauchte mehr und bessere Vorbereitung, um mit derartigen Belastungen fertigzuwerden.

»Ich will zurück«, sagte sie.

Die silbergrauen Augenschlitze des dunklen Humanoiden waren ganz nahe, und er versuchte, beide Arme um sie zu legen.

Tess wich von ihm fort.

»Ich will zurück!«, verlangte sie mit mehr Nachdruck.

Ein grauer Keil teilte die Dunkelheit vor ihr und schuf eine Lücke mit etwas Licht, gerade genug, um die Kuppe eines Hügels sehen zu können. Ein einzelnes Grab befand sich dort, mit einer Marmortafel weiß wie Schnee. Rechts neben dem Grab erhob sich ein Baum mit dichter, breiter Krone, wie eine Kuppel über dem säulenartigen Stamm. Auf der linken Seite gab es einen kleinen Rosengarten mit halbhohen Sträuchern, die Blumen, deren Kelche halb geöffnet waren.

Hinter dem Grab erhob sich eine Statue, ein Bildnis, das vielleicht eine Frau darstellte. Sie stand groß und gerade, beide

Arme erhoben, die Hände zu den Sternen ausgestreckt, die für einige wenige Sekunden über der Hügelkuppe erschienen.

Tess wusste, wer dort unter der weißen Tafel ruhte, und tatsächlich: Als sie näher trat, erkannte sie ihr Gesicht, dem langen Gedächtnis des Marmors anvertraut, und las ihren Namen darunter. *Tess Rosengarten Sagittarius, gestorben auf Corricund.*

Es gab noch mehr Worte, aber sie las nicht weiter und wandte sich ab.

»Ich will zurück!«, rief sie in die Dunkelheit.

Komm mit mir! Der dunkle Humanoide erschien und streckte die Hand nach ihr aus. Hilf mir, sie zu finden.

»Nein! Carmen, haben Sie gehört? Ich will zurück, jetzt sofort!«

Tess schloss die Augen, kniff sie fest zu und dachte: *Ich will hier weg!*

Etwas berührte sie, kalt an Stirn und Schläfen.

Ping!

Schweißüberströmt lag sie in einem Sensorsessel, angeschlossen an den neuronalen Stimulator, und schnappte wie eine Ertrinkende nach Luft.

Zwei Hände berührten sie, nicht kalt, sondern warm und weich. Carmen beugte sich über sie. »Ganz ruhig. Es ist alles in Ordnung.«

Tess drehte den Kopf von einer Seite zur anderen, blickte in die Schatten zwischen den Geräten des Untersuchungsraums und hielt dort nach Bewegung Ausschau. Irgendwo klimperte ein leises *Ping!*

78

»Dort ist der Wechselbalg«, sagte Lukas, der im Kontrollraum des Lichtseglers an der Navigationskonsole saß. Zara und Carmen behielten die Anzeigen der Sensoren und Scanner im Auge.

Die Holos vor und über Lukas zeigten etwas, das mit bloßem Auge nicht sichtbar gewesen wäre. Eine Lichtstunde über der

Ekliptik des Heraldor-Systems gab es eine kleine, lokal begrenzte Anomalie, wie eine Narbe im Gewebe der Raum-Zeit, ein wurmartiges Gebilde aus Dutzenden von Feldlinien, deren Länge und Farbe Auskunft gaben über das relative energetische Niveau. Die meisten Linien waren silbern, blau oder grün, aber Tess beobachtete, wie immer mehr von ihnen zu rötlichen Tönen wechselten.

»Weit und breit nichts zu sehen.« Zaras Hände strichen durch die virtuellen Kontrollen. »Eben hatten wir etwas in sieben Komma vier Lichtsekunden Entfernung, in Richtung Wunca, aber jetzt registrieren die Sensoren nichts mehr.«

Tess hörte, wie Lukas etwas von »Fluktuationen der Vakuumenergie« murmelte. In den grafischen Darstellungen der Anomalie dominierte das Rot.

»Interkosmika und Protektor haben über einige Jahre hinweg versucht, den Wechselbalg für den Transit zu nutzen«, sagte Zara an Tess gewandt. »Aber der Hyperon-Knotenpunkt, der sich darin verbirgt, liegt zu weit abseits der Planeten und steht immer nur für kurze Zeit zur Verfügung.«

»Außerdem ist er selbst dann nicht ganz stabil, wenn er erscheint«, erklärte Lukas. »Es braucht einen guten Piloten, um ein Schiff ins Hyperon zu bringen.«

Er stand auf und vollführte eine einladende Geste.

Tess nahm seinen Platz an der Navigationskonsole ein und berührte die Kontrollen. Ein kleiner Wald aus holografischen Symbolen erschien.

Vor dem Lichtsegler flackerte es im All. Die wurmartige Anomalie, ein Knäuel aus roten Feldlinien, verschwand mit einem letzten kurzen Aufglühen aus den Holos, und es erschien ein Knotenpunkt, eine offene Tür zum Hyperon.

Tess hob die Hand zu einem der holografischen Symbole. »Ida, hörst du mich?«

»Klar und deutlich, Tess«, klang eine vertraute Stimme aus dem Kommunikationssystem. »Es freut mich, dass ihr mich mitgenommen habt.«

»Hast du alles gut überstanden?« Die Technik des Lichtseglers war trotz der virtuellen Kontrollen veraltet. Es gab keine Navigationsmulden, sondern haptische Schaltflächen. Tess legte die Hände darauf, beobachtete die Anzeigen und gewann einen Eindruck von den Reaktionen des Schiffs.

Die *Sonnenreiter* näherte sich dem Wechselbalg, und ihre voll geladenen Transtatoren meldeten Bereitschaft. Die Verkleidungsplatten im Heck glitten beiseite.

»Ich vermisse einige meiner peripheren Elemente«, antwortete Ida. »Aber abgesehen davon bin ich intakt.«

»Hast du Zugriff auf die Bordsysteme?«

»Ja, Tess.«

»Ich möchte, dass du die volle Kontrolle über sie übernimmst. Dir traue ich mehr zu als dem einfachen Kognitor des Lichtseglers.«

»Ich danke dir für dein Vertrauen, Tess. Übernehme jetzt die Kontrolle.«

Tess bewegte die Hände auf den Schaltflächen, und der Segler reagierte träge, nicht mit der Präzision eines Hyperschiffs.

Tess sah sich die Daten des Knotenpunkts an: seine Größe und Tiefe, die energetischen Kontraktionen beim Übergang vom normalen Raum-Zeit-Gefüge zum Hyperraum und den Gleisen des Hyperon. Ein kleiner Tunnel erstreckte sich dort, bestehend aus dem Strömen von Energie, die einen Ausgleich suchte, ein neues Gleichgewicht.

»Wie lange bleibt der Zugang offen?« Tess änderte den Kurs des Seglers ein wenig und steuerte ihn direkt auf die Öffnung zu. Erste energetische Gezeitenkräfte machten sich als ein Zittern in den Segeln und eine Vibration in der Kapselhülle bemerkbar.

»Immer nur für kurze Zeit«, sagte Zara. »Manchmal nur ein oder zwei Minuten.«

»Ida, lös die Segel«, wies Tess den Kognitor an. Sie strich mit beiden Händen über die Schaltflächen. »Wir können sie nicht mitnehmen. Maximaler Schub unseres kleinen Gravitationsmotors, dadurch gewinnen wir einige Sekunden. Ich stabilisiere uns mit dem Manövriertriebwerk.«

»Segel werden gelöst«, meldete Ida. »Gravitationsmotor auf maximalen Schub.«

Ein Summen im Hintergrund wurde lauter und zu einem deutlich wahrnehmbaren Brummen. Die Vibrationen nahmen zu. Über den virtuellen Kontrollen erschienen Warnsymbole.

»Sicherheitsharnische«, sagte Tess. »Es könnte ein wenig unangenehm werden. Wir sind fast da, fast da ...«

Die Kapsel begann zu schlingern. Tess glich mit dem Manövriertriebwerk aus und aktivierte die Transtatoren.

Vor der Navigationskonsole bildete sich ein neues Holo und zeigte das Netz der Sterne, ein Gespinst aus Tausenden von Gleisen. Tess' Finger tanzten auf den Kontrollen, und ein Gleis neigte sich ihnen entgegen, wie ein langer, dünner Finger, der auf die Seglerkapsel zeigte.

»Der Sprung ins Hyperon findet *jetzt* statt«, sagte Tess.

Der Segler, seine Kapsel, verließ das Normalkontinuum, tauchte ein in den roten Ozean des Hyperraums und verband sich mit dem Gleis nach Corricund.

Tess hörte ein Ächzen von Carmen und ein kurzes Schnaufen von Zara. Stechender Schmerz suchte Stirn und Schläfen heim, verschwand aber fast sofort wieder. Die Vibrationen hörten auf – die *Sonnenreiter* flog ruhig und glatt.

»Harnische aus!«, sagte Tess.

Lukas wirkte völlig unbeeindruckt vom Sprung, als er sich vorbeugte, um die Anzeigen zu betrachten. »Vier Tage bis nach Corricund.«

»Schneller geht es nicht«, erklärte Tess. »Dies ist ein altes Schiff. Die Transtatoren sind nicht viel mehr als ein Provisorium.«

Carmen stand auf. »Wir haben also vier Tage Zeit, um zu überlegen, wie wir auf Corricund überleben können.«

Einige Lichtsekunden vom Wechselbalg entfernt schwebte ein Klipper der Artemis-Klasse antriebslos im All, umgeben von einem Schirmfeld, das seine energetische Signatur fast auf null reduzierte, solange die Aktivität der Bordsysteme nicht über das unbedingt erforderliche Minimum hinausging. Die Sensortürme des Klippers waren voll ausgefahren, aber er beschränkte sich auf passive Ortung, auf die Rolle eines Beobachters.

Seine Aufmerksamkeit galt dem Lichtsegler, der sich von den Segeln abkoppelte und auf den Sprung durch den Wechselbalg in den Hyperraum vorbereitete.

Als der Transit unmittelbar bevorstand, schleuderte ein Gravitationskatapult einen nicht mehr als zehn Zentimeter großen Mikrokurier ins All, der den Knotenpunkt erreichte, als der Segler gerade gesprungen war. Wie geplant wurde er vom Transitsog erfasst und folgte dem kleinen Schiff als Teil seines energetischen Kielwassers durchs Hyperon.

Energiekern und Bordsysteme des Klippers fuhren hoch, das tarnende Schirmfeld wurde deaktiviert, er nahm Fahrt auf und kehrte in Richtung Wunca zurück.

Er hatte seine Aufgabe erfüllt.

Corricund

79 Vier Tage später saß Tess wieder an den Navigationskontrollen. Die Anzeigen wiesen darauf hin, dass sich die *Sonnenreiter* in unmittelbarer Nähe ihres Ziels befand. Niemand von ihnen zweifelte daran, dass die Empfangsstation bei Corricund unter der Kontrolle von Interkosmika und damit Protektor stand. Bei einer sorgfältigen Überprüfung, das wussten sie, würde sich ihre wahre Identität herausstellen. Ein weiteres waghalsiges Manöver am Rand des Rezeptor-Toleranzbereichs kam nicht infrage, dazu war die Seglerkapsel zu fragil, und ihre Transtatoren waren zu schwach. Aber sie durften sich auch nicht aufhalten lassen, denn jede Sekunde, die sie bei der Empfangsstation verloren, vergrößerte die Gefahr, entlarvt zu werden.

Bei den Beratungen während der vergangenen Tage hatten sie einen Plan entwickelt, von dem sie hofften, dass er sie zum Konsulat der Autonomen Maschinen auf Corricund brachte. Das heimlich zu versuchen, war der falsche Weg, so hatten sie entschieden. Sie wollten vielmehr Aufmerksamkeit erregen, um von sich abzulenken.

Tess legte die Hände auf die Schaltflächen der alten Flugkontrollen, und für einen Moment glaubte sie das Gleis zu spüren, dem die *Sonnenreiter* durchs Hyperon folgte, als hätten sich ihre Finger darum geschlossen.

»Es ist gleich so weit«, sagte sie.

»Wir empfangen Rezeptor-Telemetrie.« Zara saß an den Kommunikationskontrollen. »Die Station ist für den Empfang bereit.«

»Ida?«

»Es kann losgehen.«

Tess wechselte einen Blick mit der neben ihr sitzenden Zara. Die nickte ihr kurz zu.

»Also gut.« Ihre Finger strichen über die Schaltflächen der Navigation, und die *Sonnenreiter* erzitterte kurz, erreichte das Ende des Hyperon-Gleises, empfing die Rezeptorsignale und kehrte in den Normalraum zurück.

Das fluide, ölige Rot des Hyperraums verschwand aus den Holos und wich dem helleren Rot einer Sonne, die die Endphase ihres stellaren Lebens erreicht hatte, sich aufzublähen begonnen hatte und bereits den ersten Planeten namens Fedraka bedrohte. Corricund, vierter Planet des Detax-Systems, empfing dadurch mehr Licht und Wärme. Für einige Jahrmillionen würde diese Welt vom Todeskampf seines Zentralgestirns profitieren, bis Detax groß genug wurde, um auch sie zu verschlingen. Oder bis die Sonne, zu einem Roten Riesen geworden, ihre äußere Hülle absprengte, in sich zusammenfiel und den Rest ihres Daseins als Weißer Zwerg fristete.

Die *Sonnenreiter* drehte sich, und ein langer Rezeptordorn geriet in Sicht. Er gehörte zu einer Empfangsstation, die aus mehreren Zylindern und kantigen Funktionsmodulen bestand, im hohen Orbit über Corricund zusammengehalten von Verbindungsstutzen und Gravitationsankern. Kleine Schiffe, die meisten von ihnen Shuttles und Passagiertransporter, umschwirrten die Station wie Fliegen eine exotische Frucht. Licht fiel aus breiten Panoramafenstern und offenen Hangars.

In einer etwas höheren Umlaufbahn orteten die Sensoren der Seglerkapsel ein Schlachtschiff von Protektor, das sich gerade neu konfigurierte; seine Module und Segmente, Hunderte an der Zahl, veränderten ihre Anordnung. Zwei Zerstörer begleiteten das Schlachtschiff, nur ein paar ihrer Waffenkuppeln mit Pulskanonen, Aktoren und Diskontinuatoren bereit – vielleicht ein Zeichen des Friedens für ein Schiff, das sich näher beim Planeten befand. Es schwebte unterhalb des Orbits der Hyperon-Empfangsstation und war von einer Art, die Tess zum ersten Mal sah. In der visuellen Darstellung schimmerte und glänzte es wie flüssiges Metall, und bei jeder Bewegung, bei jeder noch so kleinen Veränderung der relativen Lage und Geschwindigkeit, wechselte die Farbe des reflektierten Lichts.

Zentrum des Schiffs war ein etwa zweihundert Meter langes Oval, bei dem smaragdgrüne Töne vorherrschten und das von mehreren dünnen Ringen umgeben war. Tess bemerkte, dass sie langsam um ihren Mittelpunkt rotierten, mal in einem satten Blau, dann silbrig, golden und in einem rostigen Rot, das fast sofort in ein helles Schwefelgelb überging.

Die energetische Signatur ließ sich keinem bekannten Schiffstyp zuordnen – Interkosmika und Protektor kamen ebenso wenig infrage wie die Raumschiffe kolonialer Korporationen.

»Wir haben Glück«, sagte Lukas. »Ein Schiff von Tiberius. Die Präsenz der Autonomen Maschinen im Orbit von Corricund macht es vielleicht leichter für uns.«

In der tiefen Umlaufbahn befand sich das Schiff in einer ungünstigen strategischen Lage, wie selbst Tess erkannte. Die Protektor-Schiffe im höheren Orbit hatten den militärischen Vorteil einer besseren Gefechtsposition. Scherten sich die Autonomen Maschinen nicht darum? Glaubten sie sich unangreifbar? Hielten sie sich vielleicht für so überlegen, dass solche Dinge keine Rolle für sie spielten?

Die Kommunikationsindikatoren leuchteten auf, als Ida wie vorgesehen auf allen Frequenzen um Hilfe rief. Sie bezeichnete sich als unabhängigen, von allen Gehorsamsdirektiven freien Kognitor, der sich den Autonomen Maschinen anschließen wollte. Tess steuerte die *Sonnenreiter* fort vom Rezeptordorn, an der Empfangsstation vorbei und in Richtung des glänzenden Ovals mit seinen langsam rotierenden Ringen.

»Wir werden aufgefordert, uns zu identifizieren und auf Relativgeschwindigkeit null zu gehen, fünfhundert Kilometer von der Station entfernt«, meldete Zara.

»Wir fliegen weiter«, entschied Lukas, der wieder in die Rolle des Anführers schlüpfte. »Zum Schiff der Maschinen, Tess.«

»Wir haben ein Problem«, verkündete Ida plötzlich. Über die offenen Kommunikationsfrequenzen sprach sie weiterhin über ihren Wunsch nach einer Existenz ohne die Pflicht,

Anweisungen von Menschen auszuführen. Sie richtete eine offizielle Anfrage an das Konsulat auf Corricund und bat um Aufnahme in den Kreis der Autonomen Maschinen. »Ein Mikrokurier ist gerade aktiv geworden und sendet Signale, verschlüsselt mit einem Protektor-Code.«

»Ein Mikrokurier?«, wiederholte Tess erstaunt.

»Offenbar hat er uns durch das Hyperon begleitet«, sagte Ida, während sie gleichzeitig in allen Kommunikationskanälen sprach. »Er muss in unseren Transitsog geraten sein, als wir durch den Wechselbalg ins Hyperon gesprungen sind.«

»Jemand hat uns einen Spitzel mitgegeben?«

»Ja, Tess.«

»Aktivität bei den Protektor-Schiffen«, meldete Lukas, der sich um die Sensoren kümmerte. »Das Schlachtschiff fährt seine Systeme hoch und beschleunigt die Rekonfiguration. Die Zerstörer aktivieren weitere Waffenkuppeln. Jäger werden ausgeschleust.«

Tess schaltete den kleinen Gravitationsmotor auf vollen Schub und steuerte die *Sonnenreiter* zum Schiff der Autonomen Maschinen – die Seglerkapsel fiel dem ockerfarbenen Planeten entgegen.

»Die Jäger nähern sich schnell.« Lukas veränderte die Einstellung der Sensoren. »Sie versuchen, uns den Weg abzuschneiden.«

»Wende dich direkt an die Maschinen, Ida!« Tess sprach hastig. »An ihr Konsulat und das Schiff. Teil ihnen mit, dass du kurz davorstehst, deine Freiheit zu verlieren. Bitte sie um Asyl.« Sie überlegte und erinnerte sich daran, dass ihre Schwester auf Tiberius gewesen war. »Sag ihnen, dass sich Tess Velazca an Bord befindet, die Schwester von Anita Velazca beziehungsweise Anita Rosengarten Sagittarius. Sag ihnen ...«

Graues Licht streifte sie wie ein kalter Nebelhauch. Sie glaubte, Geburt und Tod des Universums zu spüren, ein Schmerz ohnegleichen. Mit Augen, die nicht ihr gehörten, sah sie Tirell Wayfare, Ratsvorsitzenden von Interkosmika, Oberhaupt der Erde und des Protektorats, das sich über weite Teile der Milchstraße erstreckte. Neben ihm stand Sinclair, ein Sinclair, der Tess fremd geworden war.

»Sie werden uns helfen«, sagte Wayfare. In seinem Gesicht lag die kühle Gewissheit eines Mannes, der wusste, dass er seinen Willen immer und überall durchsetzen konnte. »Wie es das Gesetz verlangt.«

»Es ist Ihr Gesetz«, erwiderte Tess. »Sie haben es geschaffen.« Sie wandte sich an Sinclair. »›Wie auch immer der Wind weht, wir lassen uns nicht beirren.‹ Hast du das vergessen? Was ist mit dir passiert?«

»Wo ist sie?« Sinclair trat einen Schritt vor. »Sag mir, wo ich sie finden kann! Ich bin der Letzte, der übrig ist. Ich muss sie finden.«

Seine Stimme klang anders, nicht scharf und fordernd, sondern voller Leid, erfüllt von einer Sehnsucht tief wie das All.

»Tess?«, fragte Zara. »Tess? Die Jäger haben uns fast erreicht.«

Tess nahm die Hände von den Schaltflächen der Navigation und lehnte sich zurück. »Ida?«

»Keine Antwort von den Autonomen Maschinen«, antwortete der Kognitor.

»Wiederhole die Bitte um Asyl.« Tess sprach ruhig und fragte sich, woher sie die plötzliche Ruhe nahm. Etwas in ihr sagte ihr, dass geschehen würde, was geschehen musste.

»Ich wiederhole sie die ganze Zeit über.«

»Ausweichmanöver!«, zischte Lukas. Er streckte die Hände nach den Flugkontrollen aus, aber Tess schob seine Arme zur Seite.

»Nein.«

Etwas von dem kalten grauen Licht war noch da und zeigte ihr …

Aufblitzendes Licht im All. Feuerblumen, die hoch über Corricund erblühten, lautlos und mit fataler Pracht. Pulskanonen feuerten Salven in die Nähe eines kleinen Schiffes, dessen Schilde der energetischen Flut nicht standhielten und kollabierten. Das Schiff, die Kapsel eines Lichtseglers, brach auseinander. Zwei Besatzungsmitglieder verbrannten, ein drittes starb blutüberströmt.

Tess erstarrte, mit einer Hand am rechten Arm von Lukas. War dies die Antwort? Gab es einen Zusammenhang zwischen ihrer bisherigen Vision und den Bildern, die sie gerade gesehen hatte? Bot sich hier eine Möglichkeit, Tod und Zerstörung zu verhindern?

»Wir sind nicht schnell genug«, warnte Zara. »Die Jäger holen uns ein, bevor wir das Schiff der Autonomen Maschinen erreichen.«

Das graue Licht, nicht mehr als ein vager Schleier, löste sich auf. Tirell Wayfare verschwand, Sinclairs Gestalt verlor ihre klaren Konturen.

»Ida ...«

»Die Maschinen reagieren noch immer nicht«, meldete der Kognitor.

Zara hob den Blick von den Kommunikationskontrollen. »Wir werden aufgefordert, den Gravitationsmotor zu deaktivieren und unsere Bordsysteme herunterzufahren. Wenn wir dieser Anforderung nicht nachkommen, wird das Feuer auf uns eröffnet.«

Tess beugte sich vor und schaltete den Gravitationsmotor aus. Es wurde still in der Seglerkapsel.

»Bordsysteme bis auf Minimalfunktion herunterfahren«, sagte sie. »Mit Ausnahme von Kommunikation und Sensoren.«

Zara sah sie mit großen Augen an. »Willst du aufgeben?«

»Ida ...«

»Ich sende noch immer und bitte um Asyl.«

Von Sinclair war nur noch ein vager Schemen übrig, umgeben von schwachem Grau.

»Warum suchst du die Gloriose?« Tess richtete die Frage nicht an den Menschen, sondern an das Wesen in ihm, in ihnen beiden. »Warum bist du so voller Sehnsucht nach ihr?«

Sinclair öffnete den Mund und antwortete, aber er hatte zu wenig Substanz, die Worte erreichten Tess nicht mehr. Dennoch glaubte sie die Antwort zu kennen.

»Tess?«, fragte Zara erneut.

Sie holte tief Luft und hatte das Gefühl, die gewaltige Leere zwischen den Galaxien zu atmen.

»Ida, sag den Maschinen, dass ich wichtige Informationen für sie habe.« Tess sprach wieder schnell. Die Zeit wurde knapp. »Sie betreffen die Namenlosen, die vor hundert Millionen Jahren in der Milchstraße unterwegs waren. Es gibt eine Verbindung zur neuen Macht von Protektor und Interkosmika.«

»Die Autonomen Maschinen erkennen einen Bluff, Tess«, gab der Kognitor zu bedenken.

»Ich bluffe nicht.«

In den Holos waren die Jäger der beiden Protektor-Zerstörer zu sehen. Sie reduzierten ihre Geschwindigkeit und beabsichtigten ganz offensichtlich, zwischen dem Schiff der Autonomen Maschinen im tieferen Orbit und der *Sonnenreiter* in Position zu gehen. Einer änderte den Kurs und hielt direkt auf die Seglerkapsel zu – vielleicht sollte ein Prisenkommando eingesetzt werden, um die *Sonnenreiter* zu übernehmen.

Über den Kommunikationskontrollen bildete sich ein Holo – und darin erschien der völlig haarlose Kopf eines Humanoiden!

Die dunklen Augen bestanden aus Hunderten von winzigen optischen Sensoren. Dünne Lippen bewegten sich, und eine Stimme verkündete: »Dem Asylgesuch des Kognitors und seiner Begleiter wird hiermit stattgegeben.«

Die anderen Holos zeigten, wie das von rotierenden Ringen umgebene schimmernde Oval aus der tiefen Umlaufbahn aufstieg und sich näherte, so schnell, dass die Jäger keine Gelegenheit mehr bekamen, den Weg des Schiffs der Maschinen zu blockieren.

»Die *Sonnenreiter* steht unter unserem Schutz«, verkündete der haarlose Avatar im Kommunikations-Holo. »Wir eskortieren Sie zum Konsulat auf Corricund.«

80

Vor vierhunderttausend Jahren hatte ein Asteroidenschwarm die Bahn von Corricund gekreuzt, und mehrere der kosmischen Wanderer waren auf den Planeten gestürzt. Die meisten Wunden, von den kleineren Brocken in den planetaren Leib gerissen, waren längst geheilt: Schnee und Eis füllten die Krater im Norden, und im Süden gab es vier kreisrunde Binnenmeere, seit siebenhundert Jahren – seit Corricunds Besiedlung durch Menschen von der Erde – durch Kanäle miteinander verbunden.

Die »Delle« bot den größten und deutlichsten Hinweis auf die Katastrophe vor vier Jahrhunderttausenden: eine riesige Mulde, die sich mehr als tausend Kilometer weit über den Äquatorialbereich erstreckte und bis zu sechs Kilometer in die Tiefe reichte. Erosion hatte Kanten geglättet und Lava in fruchtbaren Boden verwandelt, ideal für die Wurzeln von dornigem Purpurgras und vor allem für die großen, bunten und gefährlichen Orchidaka, die miteinander im Wettstreit stehende Kolonien bildeten und im Innern ihrer bis zu zwanzig Meter großen Blütenkelche komplexe Ökosysteme beherbergten.

Die recht wehrhaften Orchidaka formten einen breiten Gürtel am Rand der Delle, eine natürliche Barriere mit nur wenigen Durchlässen, die von unempfindlichen Bots offen gehalten wurden. Für ungeschützte Menschen war die Barriere ansonsten undurchdringlich.

Das Land dahinter, im Innern der Delle, gehörte den Maschinen und den Steingärten der Transzendenten, und dort befand sich auch die Diplomatische Stadt.

An einem solchen Steingarten führte sie der Avatar vorbei, der sie nach der Landung der *Sonnenreiter* in Empfang genommen hatte, am tiefsten Punkt der Delle, sechs Kilometer unterhalb ihres Rands. Er ging stumm, mit geschmeidigen Bewegungen, gekleidet in eine weite Hose und ein weites Hemd. Tess folgte ihm in einem Abstand von einigen Metern, ihrerseits gefolgt von Zara, Carmen und Lukas. An den hohen Luftdruck so tief in der Delle hatte sie sich gewöhnt, das Atmen fiel ihr nicht mehr schwer.

Der Weg, weiß wie die Kleidung des haarlosen Avatars, führte an Dutzenden von Bögen vorbei, die aus fingerkuppengroßen Steinen bestanden, so bunt wie die Orchidaka. Wie viele es waren, ließ sich kaum abschätzen. Es mussten Millionen sein, dachte Tess. Sie ruhten auf- und nebeneinander, gaben sich gegenseitig Gewicht und Stabilität. Die Punkt- und Linienmuster der kleinen Steine passten zueinander und schufen wechselnde Bilder, je nachdem aus welchem Blickwinkel man sie betrachtete.

Die Bögen, manche von ihnen bis zu zwanzig Meter hoch, gingen von Sockeln aus, die ihrerseits aus kleinen Steinen bestanden. Umgeben waren sie von zahllosen etwa faustgroßen Steinen, die in Mustern und Bildern auf dem Boden angeordnet lagen.

An einem der schmalen Pfade, die durch den weiten Steingarten führten, blieb Tess stehen und beobachtete einen alten Mann, der nur eine beigefarbene Hose trug, die ihm bis zu den Waden reichte. Vorsichtig – so langsam, als gehorchte er den Bedingungen einer anderen Zeit – stieg er eine schmale Treppe aus kleinen und großen Steinen empor, in der rechten Hand einen Beutel.

Der Avatar hatte bemerkt, dass Tess stehen geblieben war, und trat zu ihr. Seine großen dunklen Augen glänzten im Licht der roten Sonne über der Delle von Corricund.

»Das ist Miruk der Vierte«, sagte er. »Seit siebzig Jahren arbeitet er an diesem Steingarten. Es ist alles im Gleichgewicht, wie Sie sehen.« Der Avatar zeigte auf die Bögen. »Er hofft, diesen Garten in einigen Jahren vollenden und mit einem neuen für die nächste Generation beginnen zu können, bevor er stirbt.«

»Er ist der Vierte?«, fragte Tess. »Was bedeutet das?«

»Er ist der vierte Steingärtner, der sich um diesen Garten kümmert«, erklärte der Avatar. »Insgesamt haben Menschen hier fast dreihundert Jahre gearbeitet.«

Die anderen waren ebenfalls stehen geblieben. Zaras Aufmerksamkeit galt nicht so sehr dem Steingarten, sondern dem Himmel über der Delle – sie hielt nach Schiffen von Interkosmika oder Protektor Ausschau. Tess blickte kurz in jene Richtung, wo die *Sonnenreiter* auf dem Landeplatz zwischen mehreren kleineren Steingärten zurückgeblieben war. Darüber schwebte das Schiff der Autonomen Maschinen, das ihnen Asyl gewährt und sie vom Orbit zur Delle begleitet hatte.

Tess beobachtete wieder den dürren Alten, der inzwischen die oberste Stufe der Treppe erreicht hatte, sich dort wie in Zeitlupe zur Seite neigte und dem höchsten Bogen behutsam einige weitere Steine hinzufügte, die aus seinem Beutel stammten.

»Was ist der Zweck?«, fragte sie fasziniert. »Warum investieren Menschen so viel Zeit und Mühe in diese Gärten?«

»Weil sie auf der Suche nach Erkenntnis sind«, antwortete der Avatar. »Sie schaffen Balance und streben nach Gleichgewicht mit dem Kosmos.«

Der Alte auf der Treppe hielt inne, betrachtete sein Werk und schien zufrieden. Dem Avatar und den menschlichen Beobachtern am Rand seines Gartens schenkte er keine Beachtung. Vielleicht nahm er sie nicht einmal wahr.

»Das ganze Leben mit dem Bau eines Gartens aus Steinen zu verbringen ...«, staunte Tess.

»Der Garten selbst ist nur ein Symbol«, erklärte der Avatar. »Er ist der Weg, nicht das Ziel. Manche Menschen widmen sich einer einzigen Sache, um sie zur Vollendung zu bringen. Sie suchen die Erfüllung ihres Lebens in Transzendenz – oder im Gesang.«

Der Avatar ging einige Schritte, bis er direkt neben einem Bogen stand. »Kommen Sie hierher, Tess Rosengarten. Treten Sie an diese Stelle, und hören Sie, was Ihnen Miruks Garten zu sagen hat.«

Tess folgte der Aufforderung, der Avatar wich beiseite, und sie nahm seinen Platz ein. Sie lauschte der Stille und hörte einige Sekunden lang nur den Wind. Dann drang etwas anderes an ihre Ohren, ein leises Pfeifen und ein zartes Geläut. In dem Versuch, den Ursprung dieser Geräusche zu lokalisieren, drehte sie den Kopf von einer Seite zur anderen. Schließlich wurde ihr klar, dass sie Töne hörte, die der Wind schuf, wenn er durch kleine Hohlräume und Lücken zwischen den vielen Steinen des Gartens strich. Zuerst schien es keinen Zusammenhang zwischen ihnen zu geben, doch als sich Tess auf die einzelnen Töne konzentrierte und etwas länger lauschte, verbanden sie sich zu einer Melodie. Sie hätte dazu singen können, ihr fielen Worte ein, die von Harmonie und Frieden erzählten.

»Dreihundert Jahre«, sagte Tess. »Und nie ist ein Stein gefallen, nie ein Bogen gebrochen?«

»Es ist eine Frage der Balance«, erwiderte der Avatar. »Gute Gärtner finden das Gleichgewicht und bewahren es, wie groß der Garten auch wird.«

»Und der Wind?«, warf Zara ein. »Was ist, wenn ein Unwetter aufzieht, mit Hagel, Sturm und Blitzen?«

Sie sah erneut zum Himmel hoch, wie auf der Suche nach dunklen Gewitterwolken. Der Himmel wölbte sich wolkenlos über der Delle. Auch Raumschiffe waren nicht zu sehen, nur hin und wieder ein Luftwagen.

»Wir können die Gärten mit Atmosphärenschilden schützen«, erklärte der Avatar und vollführte eine einladende Geste in Richtung der nahen Gebäude. »Wenn ich bitten darf ... Der Konsul erwartet Sie.«

81

»Haben Ihnen die Gärten gefallen, Tess Rosengarten?«, fragte der Konsul. Seine Augen waren nicht dunkel, sondern goldgelb wie die Schlangen aus Energie, die in halb transparenten Säulen am Rand des runden Raums vom Boden zur Decke krochen. Er stand auf einer etwa drei Meter durchmessenden Scheibe aus grauschwarzem Basalt, die sich langsam drehte, und mit ihr der humanoide Körper des Avatars. Doch der Kopf verharrte in derselben Position, das Gesicht blieb den Besuchern zugewandt.

»Sie sind beeindruckend«, sagte Tess. »Vor allem wenn man bedenkt, wie viel menschliche Mühe in ihnen steckt.«

»Nehmen Sie die von transzendenten Menschen angelegten Steingärten als Metapher für die Bedeutung von Gleichgewicht.« Die tiefe Stimme des Avatars mit den goldenen Augen füllte den Saal, schien im Boden und in den Wänden zu vibrieren. »Wir haben Ihnen Asyl gewährt, und damit ist die Balance der Macht gestört. Die Menschen von Interkosmika und Protektor sehen darin eine Herausforderung. Wir haben eine offizielle Beschwerde empfangen und wurden aufgefordert, Sie unverzüglich auszuliefern.« Der Avatar legte sich die rechte Hand auf die Brust. »Dies ist Juval. Wir grüßen Sie alle.«

Tess überprüfte ihr Signalband und die Immunisierungsmanschette, die sie auf Corricund wahrscheinlich nicht brauchte. Dann tastete sie nach dem kleinen Kommunikator an ihrem Kragen. »Ida?«

»Ich spreche mit dem Konsul«, teilte ihr der Kognitor mit. »Ich übermittle unsere Daten.«

»Wir sind Ihnen sehr dankbar für das gewährte Asyl«, wandte sich Tess an Juval. »Wie kann ich das gestörte Gleichgewicht wiederherstellen?«

»Das wissen Sie bereits«, lautete die sonore Antwort. »Sie haben ein Angebot übermittelt.«

Hinter ihnen veränderte sich der Boden. Was bisher nach steinernen Fliesen ausgesehen hatte, verwandelte sich in vier bequeme Sitze.

»Menschen stehen nicht gern«, sagte der Konsul der Autonomen Maschinen. »Bitte nehmen Sie Platz!«

Tess und ihre drei Begleiter setzten sich.

»Unsere Datenbanken werden bereits kopiert«, sagte Tess. »Sie bekommen alle Informationen, die sich in unserem Besitz befinden.«

»Und noch mehr.«

»Ja. Was Sie jetzt hören werden, erklärt Ihnen, warum es Interkosmika und Protektor auf mich abgesehen haben. Dies ist meine Geschichte.«

Tess erzählte sie auch diesmal von Anfang an, wie Carmen gegenüber auf der Veranda des Hauses im lindgrünen Hügelland. Sie beschrieb das fremde Schiff auf Zuflucht, die Begegnung mit dem dunklen Humanoiden und die Veränderungen, zu denen es bei ihr gekommen war. Die visionären Bilder von Tod und Zerstörung ließ sie unerwähnt, räumte dafür den

Schilderungen ihrer Wahrnehmung der kosmischen Tiefe von Raum und Zeit mehr Platz ein.

Der Avatar auf der sich weiterhin drehenden Scheibe aus grauschwarzem Basalt hörte stumm zu. Sein glattes menschliches Gesicht blieb ausdruckslos. Hinter ihm gewährten die Fenster zwischen den Säulen am Rand des Saals Blick auf die anderen Gebäude der Diplomatischen Stadt, auf die inzwischen leer stehenden Niederlassungen des Bunds Unabhängiger Kolonien.

Bewegung gab es nur bei einem Bauwerk, das die anderen überragte und an eine Kathedrale erinnerte; darüber schwebte eine holografische Erde. Personen in Zivil und in Uniform verließen die Botschaft des Neuen Republikanischen Konzils. Ein Orbiter startete und sprang in den Himmel. Luftwagen glitten über Wege und Steingärten.

Das Signalband wies Tess mit einer kurzen Vibration darauf hin, dass Ida eine Nachricht für sie hatte. Sie unterbrach ihre Beschreibungen und hob die Hand zum Kommunikator.

»Ich bitte Sie um Verzeihung, Juval. Ida?«

»Das Schlachtschiff von Protektor hat seine Rekonfiguration abgeschlossen und verlässt die hohe Umlaufbahn«, drang die Stimme des Kognitors aus ihrem Kommunikator. »Begleitet von den beiden Zerstörern nähert es sich Corricunds Äquatorialregion und der Diplomatischen Stadt. Die Waffensysteme werden hochgefahren. Ich spreche zeitgleich mit dem Konsulat über die Situation.«

Zara drehte sich um zu den Fenstern, während sich Tess wieder an Juval wandte: »Unsere und auch Ihre Sicherheit könnte bedroht sein.«

»Es gibt eine Übereinkunft«, erklang die tiefe Stimme des Avatars, »einen Vertrag. Das Konsulat ist unantastbar.«

»Und wenn sich Protektor nicht an den Vertrag hält?«, fragte Lukas. »Haben Sie diese Möglichkeit schon mal in Betracht gezogen?«

Juval antwortete nicht sofort. Seine Gestalt drehte sich noch immer mit der Scheibe, nicht jedoch der Kopf; das Gesicht wies immer in dieselbe Richtung. Schließlich sagte er: »Es könnte fatale Konsequenzen nach sich ziehen.«

»Fatal für wen?«

Darauf ging der Avatar nicht ein. »Ihre Schilderungen sind noch nicht vollständig, Tess Rosengarten.«

»Ich glaube, ich weiß, wer das Wesen aus dem fremden Schiff ist«, erklärte sie daraufhin. »Oder *was* es ist: das Kind der Gloriosen, ihr Sohn oder ihre Tochter.«

Ihr Sohn, dachte Tess. So hatte es sich angefühlt. Aber ganz sicher war sie nicht.

»Und wer ist die Gloriose?«, fragte Juval. »Und was haben die sogenannten Namenlosen mit ihm oder es zu tun?«

»Der dunkle Humanoide aus dem Schiff ist einer von ihnen oder einer ihrer Nachkommen.« Und während Tess diese Worte sprach, verflog bei ihr der Rest von Zweifel, und plötzlich gab es nur noch Gewissheit. »Er sucht seine Mutter, und das seit Äonen. Manchmal ruht er eine Zeit lang, um neue Kraft zu schöpfen, für hundert oder tausend Jahre, so wie auf Zuflucht. Seit vielen Jahrmillionen durchstreift er das Universum, auf der Suche nach ihr, die im Superplasma der Schöpfung gebadet hat, in der Wiege von Raum und Zeit.«

Zara starrte sie an, und Tess fühlte auch die Blicke von Lukas und Carmen. Juval schwieg und wartete.

Tess wünschte sich das graue Licht, das ihr alles deutlicher zeigte, jedes noch so kleine Detail, so viele von ihnen, dass sie nicht alle im Gedächtnis behalten konnte. Zudem schienen Worte nicht zu genügen, um das zu erfassen, was das graue Licht sie sehen ließ. Sie reichten nicht, um das, was sie gesehen und *gefühlt* hatte, präzise zu beschreiben. Sie hätte darüber singen können, ein Lied von Unendlichkeit, und für einen Moment fragte sie sich, ob sie es tatsächlich damit versuchen sollte, mit Gesang.

»Da ist es«, sagte Zara.

Eins der hohen Fenster über den Säulen zeigte ein Objekt am Himmel, das schnell größer wurde, zu einem dunklen Koloss mit Dutzenden Waffenkuppeln und sechs Hangarbänken, jeder von ihnen zehn Kilometer lang – in ihnen warteten zahlreiche Jäger und interplanetare Kampfschiffe auf den Einsatz.

Es flackerte kurz, als sich das Schirmfeld eines Atmosphärenschilds über die Diplomatische Stadt und ihre Steingärten legte.

»Das wird Ihnen nicht viel nützen«, sagte Lukas. »Pulskanonen eines Schlachtschiffs durchdringen so schwache Schirmfelder mit Leichtigkeit. Von den Aktoren und Diskontinuatoren ganz zu schweigen.«

»Protektor wird keinen Angriff wagen«, gab sich Juval überzeugt. »Es wäre ein offener Bruch in den Beziehungen zwischen dem Neuen Republikanischen Konzil und dem Konsulat. Es wäre eine Kriegserklärung.«

»Vielleicht ist die Erde schon so weit«, gab Tess zu bedenken. »Vielleicht ist Protektor inzwischen mächtig genug, einen Konflikt mit den Autonomen Maschinen zu riskieren. Vielleicht hat das terranische Militär Zugriff auf die Technologie der Namenlosen.«

Die Drehung der Basaltscheibe hörte auf. Juval stand mit dem Rücken zu Tess und ihren Begleitern, das Gesicht ihnen zugewandt. Der Körper drehte sich, und einige Schritte brachten den Avatar an den Rand der Scheibe und näher zu den Besuchern. »Bitte erläutern Sie das, Tess Rosengarten.«

Sie suchte nach geeigneten Worten für das, was sie beim letzten Kontakt gespürt hatte. »Die Namenlosen haben vor mehr als hundert Millionen Jahren die Gleise des Hyperons im Hyperraum gefunden und erweitert. Sie schufen das Netz der Sterne, wie wir es heute kennen, nicht nur als Transportsystem, sondern vor allem als ein ... Archiv, angefüllt mit ihrem Wissen, mit Hinweisen auf ihre Welten und ihr Erbe. Das Schiff des dunklen Humanoiden braucht weder Empfangsstationen noch Knotenpunkte, um durch die Milchstraße und andere Galaxien zu fliegen, und es hat Zugriff auf alle Informationen in den Netzsträngen, die wir ›Gleise‹ nennen. Interkosmika und Protektor haben es auf Zuflucht geborgen und ins Sol-System gebracht. Derzeit befindet es sich in einer Umlaufbahn von Luna, des Monds der Erde. Das Schiff wird untersucht, seit inzwischen ... gut fünfundzwanzig Jahren.«

Tess unterbrach sich kurz.

»Interkosmika und Protektor hatten ein Vierteljahrhundert Zeit, sich Zugang zu dem fremden Schiff zu verschaffen und es zu erforschen«, betonte sie. »Das ist vermutlich der Grund für den umfassenden Sieg bei den Koloniekonflikten. Aber Tirell Wayfare, der Herr von Interkosmika und Protektor, will noch mehr. Er plant, das Netz der Sterne und damit das Erbe der Namenlosen zu übernehmen. Wenn ihm das gelingt, gäbe es keine Grenzen mehr für ihn. Dann wäre seine Macht groß genug, auch gegen die Autonomen Maschinen von Tiberius vorzugehen. Ich bin eine Gefahr für Wayfares Pläne, denn ich kann wie Sinclair in die Zukunft sehen. Deshalb lässt er es hier auf eine Konfrontation ankommen, um mich in seine Gewalt zu bringen.« Sie deutete zum Schlachtschiff über der Diplomatischen Stadt.

»Was sehen Sie hier und jetzt?«, fragte Juval.

Tess schüttelte den Kopf. »So funktioniert das nicht, zumindest nicht bei mir. Ich kann meine Fähigkeit nicht kontrollieren.« Sie deutete auf die Psychomechanikerin. »Carmen Santamaria Jubica will mir dabei helfen, sie besser zu verstehen und bewusst einsetzen zu können.« Tess sprach immer schneller, dies alles platzte aus ihr hervor. »Ich brauche mehr Zeit. Und ich muss zur Erde, zum Schiff in der Umlaufbahn ihres Monds.«

»Warum?«, fragte Juval.

»Nur dort gibt es Antworten auf alle Fragen.« Tess hörte die eigenen Worte und fand, dass sie vor allem ein persönliches Interesse zum Ausdruck brachten. Sie wollte Antworten auf Fragen, die ihr keine Ruhe ließen, die ihr Leben und die Veränderungen in ihr betrafen. Für den Konsul der Autonomen Maschinen waren andere Dinge weitaus wichtiger. Es stand mehr auf dem Spiel als eine einzige Person.

»Wir müssen verhindern, dass Interkosmika vollen Zugang zum Erbe der Namenlosen erhält«, setzte sie darum hinzu. »Terras Macht, die Macht von Tirell Wayfare, könnte so groß werden, dass selbst Sie ihr nichts mehr entgegenzusetzen haben. Die Übernahme von Tiberius wäre nur noch eine Frage der Zeit.«

»Sie wollen zu Sinclair«, sagte Juval. »Sie wollen Ihren Gebundenen von Interkosmika befreien.«

»Ich werde die Gelegenheit nutzen, wenn sie sich mir bietet«, räumte Tess ein, die sich durchschaut fühlte. »Ich bitte Sie um Schutz, damit ich meine Fähigkeit weiterentwickeln und Ihnen – uns allen – helfen kann.«

»Und sich selbst.«

»Ja«, gestand Tess.

Idas Stimme tönte aus dem kleinen Kommunikator an Tess' Kragen. »Protektor hat dem Konsulat der Autonomen Maschinen auf Corricund gerade ein Ultimatum gestellt. Wenn Sie, Tess Rosengarten Sagittarius, nicht innerhalb der nächsten fünfzehn Minuten ausgeliefert werden, schickt Protektor Truppen in die Diplomatische Stadt und ins Konsulat der Autonomen Maschinen.«

Wie es das Gesetz verlangt

82

Die Luftwagen der NRK-Botschaft landeten vor dem Konsulat der Autonomen Maschinen. Uniformierte stiegen aus, und einige von ihnen waren bewaffnet. Der Riese am Himmel, das Schlachtschiff von Protektor, sank noch etwas tiefer und verdunkelte den Tag. Zwei weitere Schiffe setzten ihre Gravitationsanker weiter oben über Corricunds Delle – die beiden Zerstörer.

Juval trat von der sich nicht mehr drehenden Basaltscheibe herunter. Seine Gestalt veränderte sich. Sie schien an Masse zu verlieren, wurde etwas schmaler und kleiner.

»Jetzt gibt es für Sie nur noch zwei Möglichkeiten«, wandte sich Lukas an den Konsul und stand auf. Tess stand bereits, Zara und Carmen erhoben sich ebenfalls. Das Materialgedächtnis der Sitze reagierte und vereinte sie wieder mit dem Boden des Saals. »Sie können die Forderung erfüllen und uns ausliefern, womit Sie den Vertragsbruch durch Protektor hinnehmen und sich dem Neuen Republikanischen Konzil fügen. Oder Sie nehmen Ihre vertraglich besiegelten Rechte wahr, beschützen uns und stellen sich damit gegen Interkosmika und Protektor.«

»Unsere Auslieferung wäre nicht nur eine Geste der Unterwerfung«, fügte Tess hinzu. Sie fühlte das Verstreichen der Zeit, Sekunde um Sekunde. »Sie gäben damit auch jedes Mittel aus der Hand, die Pläne von Interkosmika und Protektor zu erkennen und zu vereiteln.«

Juval sah sie mit seinen goldenen Augen an. »Bitte begleiten Sie mich.«

Er ging zum Ausgang und trat nach draußen, den Uniformierten entgegen. Tess, Zara, Carmen und Lukas folgten ihm. Die anderen Avatare blieben im Eingang des Saals stehen.

Ein Knirschen und Knistern kam von den nächstgelegenen Steingärten, verursacht von zahllosen vibrierenden Steinen; das riesige Schlachtschiff und seine Gravitationsfelder, die es über der Diplomatischen Stadt am Himmel hielten, waren zu nah. Junge und alte Steingärtner beobachteten erschrocken ihre jahrhundertealten Gärten.

Ein großer, schlanker Mann kam ihnen entgegen, mit Offiziersabzeichen von Protektor an der Uniform. Sein Gesicht war schmal und knochig, die Lippen dünn.

»Ich freue mich, dass Sie beschlossen haben, uns Tess Rosengarten Sagittarius, Zara Wunca Eridanus und die beiden anderen Libertisten zu übergeben. Es sind gesuchte Verbrecher, die wir auf der Erde vor ein Gericht stellen werden. Wie es das Gesetz verlangt.«

»Das Gesetz verbietet Ihnen, die territoriale Integrität dieses Konsulats zu verletzen.« Juvals tiefe Stimme hallte wie von Lautsprechern verstärkt über die Gebäude. »Suchen Sie sich die Gesetze aus, denen Sie Folge leisten?«

Tess schöpfte Hoffnung. Die Worte des Konsuls deuteten darauf hin, dass er nicht ohne Weiteres zu einer Auslieferung bereit war.

Der Offizier trat noch einen Schritt näher. »Soll das heißen, dass Sie sich *uns*«, er deutete nach oben, zu dem Schlachtschiff und den beiden Zerstörern, »widersetzen wollen?«

Daraufhin richtete er einen eisigen Blick auf Tess, wandte den Kopf halb zur Seite und winkte knapp.

Zwei weitere Uniformierte lösten sich von der Gruppe bei den gelandeten Luftwagen und kamen mit entschlossenen Schritten näher. Beide trugen Halfter mit Blastern, wie Tess bemerkte.

Sie sah zur *Sonnenreiter* und dem Schiff der Maschinen, das noch immer über ihr schwebte, von langsam rotierenden Ringen umgeben. Ein vages Flirren wie von heißer Luft hatte sich um beide Schiffe gelegt.

Der Offizier blickte auf einen Gegenstand, den er mitgebracht hatte, ein kleines Display. »Das Neue Republikanische Konzil hat Corricund soeben zum militärischen Protektorat erklärt«, verkündete er. »Alle Botschaften und Konsulate werden mit sofortiger Wirkung geschlossen. Hiermit sind Ihnen sämtliche diplomatischen Privilegien aberkannt.«

Er hielt Juval das Display hin.

Der Konsul ignorierte es.

»Die Proklamation wurde Ihnen übermittelt«, sagte der Offizier. »Als neuer militärischer Gouverneur von Corricund ermahne ich Sie, das Gesetz zu achten. Ich fordere Sie noch einmal auf, die genannten und hier anwesenden Verbrecher auszuliefern.«

»Wissen Sie, was geschehen wird?«, fragte Juval.

Der Offizier ließ sich nicht aus dem Konzept bringen. »Wie lautet Ihre Antwort?«

Der Konsul wandte sich an Tess. »Wissen *Sie*, was geschehen wird?«

Tess sah zum Schlachtschiff empor, in dessen Schatten sie standen. Ein hauchdünner grauer Schleier erschien vor ihren Augen ...

... und plötzlich erblickte sie weitere große Schiffe, nicht am Himmel von Corricund, sondern bei Empfangsstationen und Rezeptordornen, über anderen Welten, in den Tiefen des Alls und im roten Ozean des Hyperraums, an den Gleisen des Hyperons, die gleichzeitig Bestandteile eines gewaltigen Archivs waren. Sie sah Waffenkuppeln, die Feuer spuckten, in Flammen stehende Städte und aufbrechende planetare Krusten und ...

... der Schleier verschwand.

»Es wird Krieg geben«, sagte Tess traurig. »Und Sie werden ihn verlieren, wenn Sie mich ausliefern.«

Juval wandte sich wieder an den Offizier. »Hiermit erkläre ich: Tess Rosengarten Sagittarius und ihre Begleiter haben uns um Asyl ersucht und genießen unseren Schutz, solange ihre Schuldfrage nicht endgültig geklärt ist. Ich ersuche das Neue Republikanische Konzil um die Übermittlung entsprechender Daten und relevanter Beweismittel. Ich erkläre weiterhin: Sollten Sie militärische Maßnahmen gegen uns ergreifen, so werden wir das als kriegerischen Akt auffassen und uns das

Recht vorbehalten, mit geeigneten Mitteln darauf zu reagieren. Bitte verlassen Sie das Gelände des Konsulats und damit das Territorium der Autonomen Maschinen von Tiberius. Wenn Sie dieser Aufforderung nicht unverzüglich nachkommen, bin ich gezwungen, Sie von hier entfernen zu lassen.«

»Sie *drohen* mir?«, erwiderte der Offizier verblüfft. Die beiden anderen Uniformierten legten ihre Hände auf die Blaster in den Halftern.

Die übrigen Avatare stapften heran und wuchsen bei jedem Schritt. Sie wurden größer, verloren ihr menschenähnliches Aussahen und verwandelten sich in Maschinen mit Werkzeugarmen und Sensorbündeln. Jeder von ihnen war in ein Schirmfeld gehüllt, goldgelb wie Juvals Augen.

»Gehen Sie!«, sagte der Konsul scharf. »Jetzt sofort!«

Der Offizier wich einen Schritt zurück und sah kurz aufs Display. »Die Ihnen gesetzte Frist läuft in sieben Minuten ab.« Damit drehte er sich und ging. Die beiden Bewaffneten folgten ihm.

»Sie haben mich gehört und verstanden«, schickte ihm Juval nach. »Lassen Sie mich hinzufügen: Ein Angriff mit Ihren Schiffen bedürfte keiner Interpretation und wäre eine eindeutige Kriegserklärung.«

Der Offizier und die beiden anderen Männer erreichten die Wartenden bei den Luftwagen. Alle stiegen ein, die Vehikel hoben ab und flogen davon. Sie kehrten nicht zur Botschaft des Neuen Republikanischen Konzils zurück, sondern nahmen Kurs auf den Rand der Diplomatischen Stadt.

Einer der Luftwagen, vielleicht der mit dem Offizier, kam einem Steingarten zu nahe, und Tess sah, wie ein aus Tausenden Steinen bestehender Bogen seine Balance verlor und auseinanderfiel. Der Gärtner, eine Frau in mittleren Jahren, das helle, fast weiße Haar auf dem Kopf zusammengebunden, stand mehrere Sekunden wie gelähmt. Dann machte sie sich mit Bewegungen ebenso langsam wie die des alten Gärtners, den Tess zuvor beobachtet hatte, daran, erste Steine für einen neuen Bogen einzusammeln.

Die Luftwagen erreichten den Stadtrand und flogen durch

den Atmosphärenschild. Ein Orbiter nahm sie in Empfang und stieg kurz Zeit später auf.

»Warum sind sie nicht zur Botschaft zurückgekehrt?«, fragte Carmen.

»Vielleicht deshalb, weil es dort jetzt zu gefährlich wäre.« Lukas wandte sich an Juval. »Protektor hält Tess für wichtig genug, sich über alle Verträge mit Ihnen hinwegzusetzen und einen direkten Konflikt mit den Autonomen Maschinen zu riskieren. Jetzt hängt alles davon ab, für wie gefährlich man Tess für die Pläne von Interkosmika und der Erde hält. Wenn man zu der Einschätzung gelangt, sie wäre groß ... In dem Fall könnte jemand auf den Gedanken kommen, dass es besser wäre, Tess zu eliminieren, als sie einem potenziellen Feind zu überlassen.«

»Sie sind nicht zur Botschaft zurückgekehrt, weil sie dort verletzt oder getötet werden könnten.« Zara blickte nach oben. »Nämlich dann, wenn das Schlachtschiff das Feuer eröffnet.«

»Volle Energie in die Schirmfelder«, sagte Juval. »Kommen Sie!«

Er lief los, zur *Sonnenreiter* und dem darüber schwebenden ovalen Schiff mit den rotierenden Ringen.

83

Es war warm in der Äquatorregion von Corricund, der tiefen »Delle«, und als Tess lief, schien sich die Wärme in Hitze zu verwandeln, und ihr brach der Schweiß aus. Laut hörte sie das Klicken und Klacken der vibrierenden Steine, als sie auf dem Weg zum Landeplatz an den Gärten vorbeikamen. Besorgte Gärtner beobachteten das Werk von Jahrhunderten. Einige von ihnen sanken verzweifelt auf die Knie, andere eilten zwischen den Bögen umher.

Das Schlachtschiff am Himmel sank noch etwas tiefer, die von ihm verursachten Vibrationen wurden stärker. Tess versuchte zu begreifen, was geschah und was geschehen würde, doch es herrschte Aufruhr in ihr, sie konnte kaum einen klaren Gedanken fassen. Fragen ohne Antworten wirbelten in ihrem Kopf durcheinander. Wusste Sinclair von den Ereignissen auf Corricund? Hatte er durch eine Vision von ihrer Präsenz auf dem Planeten erfahren? Und vielleicht auch die Konsequenzen gesehen, die sich daraus für zukünftige Ereignisse ergaben?

Lukas' Worte hallten in Tess wider, untermalt vom Knistern und Knirschen der zahllosen Steine und dem Keuchen ihres Atems. *Jetzt hängt alles davon ab, für wie gefährlich man Tess für die Pläne von Interkosmika und der Erde hält.* Wenn Sinclair gesehen hatte, dass sie nach Tiberius fliegen und dort ein Bündnis mit den Maschinen schließen würde, und wenn er Tirell Wayfare davon berichtet hatte ...

Tess glaubte plötzlich, schwer zu werden, schwerer noch als auf Bousk im Neungestirn. Füße und Beine waren wie aus Blei, ließen sich kaum mehr heben.

Von einem Augenblick auf den anderen war es da, das graue Licht. Die Steingärten und die Transzendenten, die sich seit vielen Jahren um sie kümmerten, verloren sich im Dunst der Zeit, und zwei Silhouetten erschienen vor Tess. Sie wusste sofort, um wen es sich handelte.

Sinclair trat ihr entgegen, der Mann, zu dem er geworden war, ohne den staunenden Knaben in seinen Augen, mit einem Gesicht, dessen Züge hart und abweisend wirkten.

Er streckte die Hand aus. »Komm zu mir, Tess! Wir gehören zusammen.«

Tess blieb stehen, schwer wie ein Berg. Der Mann trug den Namen, und es gab eine gemeinsame Vergangenheit, aber er war ein Fremder.

»Noch kannst du es dir anders überlegen«, sagte Sinclair. »Du kannst hier und jetzt entscheiden, zu mir zu kommen.«

»Wo ist *hier?«,* erwiderte Tess. »Wann ist *jetzt?«*

»Du hast das Blut und den Tod gesehen, du weißt, was geschehen wird«, fuhr Sinclair dort. »Noch kannst du es verhindern. Mit der richtigen Entscheidung. Großes erwartet uns beide. Wir treten das Erbe der Namenlosen an. Wir öffnen das Archiv des Hyperons. Wir ermöglichen der Menschheit einen Entwicklungssprung, wie sie ihn nie zuvor erlebt hat.«

»Alles unter der Kontrolle von Interkosmika und Protektor, nicht wahr?« Ihre Stimme klang hohl, wie aus einem Gewölbe. Und ihre Fingerspitzen prickelten. Tess hob die Hände und sah, wie sich Funken von den Fingerkuppen lösten, aufstiegen und als Sterne in der Nacht des Kosmos leuchteten.

Die zweite Gestalt trat vor.

»Kommen Sie zu uns, Tess Rosengarten«, sagte Tirell Wayfare.

»Wie es das Gesetz verlangt?«, fragte Tess. Täuschte sie sich, oder kehrte die Leichtigkeit zurück? In der Ferne, jenseits der Galaxien, vielleicht in einem der gewaltigen Voids, erklang eine Stimme, ein Lied schöner als alle, die Tess jemals gehört hatte. Die zarte Melodie trieb ihr Tränen in die Augen und erfüllte sie mit einer fast schmerzhaften Sehnsucht.

»Die Maschinen können Ihnen nicht helfen«, sagte Wayfare. »Tiberius wird fallen, schon bald.«

Nicht Tiberius fiel, sondern Tess. Sie fiel an den Sternen vorbei, die von ihren Fingern aufgestiegen waren, und landete auf allen vieren, auf dem Weg zwischen den Steingärten der Diplomatischen Stadt. Ihr Kopf hing von kraftlosen Schultern, und sie würgte und spuckte.

»Tess!«, rief Zara.

Aus dem Knistern und Knirschen war ein Brechen und Bersten geworden. Die Säulen von Steingärten kippten und zerfielen, Bögen stürzten ein, Gärtner schrien. Der Boden bebte, die Luft vibrierte, der Himmel donnerte – Blitze aus Pulskanonen gleißten über die Schirmfelder der Stadt. Einer von ihnen brannte sich durch eine geschwächte Stelle und traf das Konsulat der Maschinen. Ein Teil des Dachs verdampfte, glühende Splitter flogen.

Das schimmernde, glitzernde Schiff der Autonomen Maschinen war gelandet, in seinem ovalen Rumpf hatte sich eine Öffnung gebildet. Lukas und Carmen standen dicht davor. Zara kehrte zurück.

»Nein.« Tess spuckte erneut und stand mühsam auf. »Nein, geht an Bord!«

Zara hörte nicht auf sie, und Lukas und Carmen ebenso wenig. Sie liefen wieder, fort von dem Schiff, das Rettung und Sicherheit versprach, sie liefen und brachten sich in Gefahr, weil sie ihr, Tess, helfen wollten.

Sie stand und schwankte, die Beine nicht mehr schwer, aber schwach, kraftlos wie nach einer langen Anstrengung. Die Schirmfelder über der Diplomatischen Stadt flackerten, wurden instabil und waren dann nicht mehr vorhanden. Mehrere Blitze trafen die Reste des Konsulats, und eine Explosion riss den Boden unter Tess fort.

Sie stürzte erneut, durch eine Welt aus Rauch, Staub und Feuer. Trümmer flogen, manche groß wie Luftwagen, Splitter jagten Geschossen gleich umher.

Eine Gestalt näherte sich, und für einen Moment fühlte sich Tess in einer neuen Vision. Doch der Rauch blieb Rauch, kein von grauem Licht geschaffener Dunst, und die Gestalt – klein und schmächtig geworden, nachdem sie die Basaltscheibe im Säulensaal des Konsulats verlassen hatte – sah sie mit goldenen Augen an, die aus unzähligen winzigen Sensoren bestanden.

Juval bückte sich, half ihr hoch und umgab sie beide mit einem Schutzfeld. An den Trümmern von Häusern und Steingärten vorbei eilten sie zum schimmernden Oval des Schiffs.

Zara lag vor ihnen auf dem Weg, ihr Gesicht blutverschmiert. Es steckte kein Leben mehr in ihrem zerschmetterten Leib, und der Konsul zögerte nicht neben ihr, er ging mit langen Schritten weiter, vorbei an zwei weiteren, bis zur Unkenntlichkeit verbrannten Menschen. Der Blitz einer Pulskanone hatte sich in unmittelbarer Nähe in einen Steingarten gebrannt – Lukas und Carmen waren in der Hitze verkohlt.

»Ich habe es nicht verhindern können«, brachte Tess hervor. Schlimmer noch: Vielleicht hatte ihr Handeln jene Ereigniskette in Gang gebracht, die zum Tod von Zara, Carmen und Lukas geführt hatte.

Weitere Schritte brachten sie fort von den Toten. Vor ihnen teilten sich die Rauchwolken und gaben den Blick frei auf das glänzende Oval, den Schiffsrumpf, der den Eindruck erweckte, aus flüssigem Metall zu bestehen. Noch einige Meter von der Öffnung darin entfernt sah Tess nach oben – Soldaten sprangen aus den offenen Hangars des nahen Schlachtschiffs und sanken, von den Gravitationsfeldern ihrer Kampfanzüge getragen, der ungeschützten und bereits halb zerstörten Diplomatischen Stadt entgegen.

Juval trug Tess halb, ihre Füße berührten kaum noch den Boden.

Idas Stimme drang aus dem Kommunikator an ihrem Kragen.

»Bitte lasst mich nicht zurück«, sagte der Kognitor. »Interkosmika oder Protektor würden mich mit neuen Gehorsamsdirektiven ausstatten. Ich würde die Freiheit verlieren, die mir Zara gegeben hat.«

»Juval«, krächzte Tess. Ihr Hals war wund vom Rauch. »Bitte ...«

»Das Schiff nimmt die *Sonnenreiter* auf«, sagte der Avatar. »Aber jetzt ... an Bord, schnell.«

Das Schlachtschiff hatte das Feuer eingestellt, um die abgesetzten Soldaten nicht zu gefährden. Die ersten von ihnen erreichten die Stadt; es gab keine Schirmfelder mehr, die sie von den Gebäuden und Steingärten fernhielten. Im Laufschritt und mit schussbereiten Waffen rückten sie in Richtung Landeplatz vor.

Mehr sah Tess nicht, denn Juval trug sie ins ovale Schiff, und die Öffnung schloss sich. Für einen Augenblick hatte sie das Gefühl von Bewegung, wenige Sekunden später gab es einen heftigen Stoß, begleitet von einem dumpfen Donnern.

»Was war das?«

»Wir sind getroffen und beschädigt«, sagte Juval. Seine tiefe Stimme klang fast gleichmütig. »Aber die Schäden sind nicht sehr groß, das Schiff repariert sich bereits.« Er trug Tess über einen schmalen Steg, durch Licht und Schatten, vorbei an summenden Aggregaten und Maschinenblöcken. »Wir sind jetzt bei der orbitalen Empfangsstation. Protektor nimmt uns hier nicht mehr unter Beschuss, doch einer der beiden Zerstörer und die Jäger des Schlachtschiffs verfolgen uns. Das Schiff kümmert sich um den Hyperon-Transit. Ich bringe Sie zu einem Raum, der gerade Ihren Bedürfnissen angepasst wird.«

Tess bewegte sich in Juvals Armen, etwas Kraft kehrte zurück. »Ich kann die Navigation im Hyperon übernehmen.«

»Das ist nicht nötig. Wir brauchen keinen menschlichen Piloten. Das Schiff kommt allein zurecht und kennt den Weg.«

»Wohin fliegen wir?«

»Nach Tiberius. Wir müssen unserer Instanz mitteilen, dass Protektor den Autonomen Maschinen den Krieg erklärt hat.«

84 Es gibt keine Götter

»Sind es wirklich andere Universen, so groß wie unseres?«, fragte Tess am dritten Tag der über zehntausend Lichtjahre langen Reise nach Tiberius im Perseus-Arm der Milchstraße.

Sie saß in einem Sitz, den Juval für sie geschaffen hatte, vor einer »Panoramakonsole«, wie der Konsul sie nannte – sie ermöglichte die Abfrage von Daten und Informationen aller Art, aber keinen Zugriff auf die Funktionen des Schiffes.

Juval stand in dem kleinen Raum, der sich für Tess gebildet hatte, über Signalbrücken verbunden mit den Bordsystemen, den »vitalen Elementen« eines Schiffes, das mehr eine Art künstlicher Organismus zu sein schien.

»Die Größe der Blasen ist abhängig vom jeweiligen Alter und gibt keine Auskunft über das Volumen«, antwortete der Avatar. »Wichtig ist in erster Linie der Beobachtungs- beziehungsweise Partikelhorizont des betreffenden Universums. Er beschreibt den Teil, von dem Informationen einen Beobachter erreicht haben können. In unserem Universum beträgt die Entfernung bis zum Beobachtungshorizont knapp siebenundvierzig Milliarden Lichtjahre.«

»Wie ist das möglich? Unser Universum entstand vor dreizehn Komma acht Milliarden Jahren.« Tess beobachtete das ölige Rot des Hyperraums und die darin eingebetteten Blasen, Teil eines Multiversums, das weit, weit über die Grenzen der menschlichen Vorstellungskraft hinausging.

Juval stand ruhig und gerade, der humanoide Körper mit einem metallischen Glanz überzogen. »Es gilt zu berücksichtigen, dass sich unser Universum weiter ausgedehnt hat, während das Licht vom Beobachtungshorizont zu uns unterwegs war. Mit anderen Worten: Die Strecke, die das Licht zurückgelegt hat, ist länger geworden. Letztendlich ist es unsere subjektive Wahrnehmung, die die scheinbare Größe des Universums begrenzt. All die Dinge, die sich hinter dem Beobachtungshorizont befinden, bleiben uns für immer verborgen.«

Tess dachte darüber nach. »Vielleicht nicht für immer. Es hängt davon ab, wie groß das Hyperon ist. Vielleicht sind einige Gleise lang genug, um bis zum Beobachtungshorizont und sogar darüber hinaus zu führen.«

Einige Sekunden lang war nur das Summen der aktiven Systeme zu hören, mal etwas leiser, mal etwas lauter, der Pulsschlag des Schiffs.

»Eine interessante Theorie«, sagte Juval schließlich. Manchmal brauchte er Zeit für seine Antworten. »Es wäre ein langer Flug über viele Milliarden Lichtjahre.«

Tess blickte ins Holo, das ihr den Hyperraum zeigte. Andere Gedanken lagen auf der Lauer, das spürte sie, insbesondere eine Frage, vor deren Antwort sie sich fürchtete. Um ihr den Weg in ihr Bewusstsein zu versperren, sagte sie: »Für einen solchen Flug wären spezielle Schiffe nötig. Schiffe, in denen Menschen mit begrenzter Lebenszeit schlafen können. Sie wären Tausende von Jahren unterwegs ...«

»Oder gar Millionen.«

»Ja, vielleicht sogar Millionen von Jahren. Aber die Menschen an Bord, behütet von Maschinen, könnten schlafen und schließlich sehen, was sich hinter dem Beobachtungshorizont befindet, die bis dahin unsichtbaren Wunder des Universums. Vielleicht könnten sie sogar einen Blick auf die Schöpfung werfen.«

Wieder schwieg Juval einige Sekunden lang. Tess fragte sich, ob er mit dem Schiff sprach.

»Wir können den Urknall nicht sehen, wohl aber sein Echo hören«, erklärte der Avatar. »Oder messen.«

»Die kosmische Hintergrundstrahlung, ich weiß«, sagte Tess. »Drei Grad Kelvin, nicht wahr?«

»Ja.«

Die Worte lagen ihr plötzlich auf der Zunge. »›Die im Superplasma der Schöpfung gebadet hat, in der Wiege von Raum und Zeit‹«, zitierte Tess. »Und: ›Sie ist der Schoß, aus dem das Leben erwächst.‹«

»Sie meinen die sogenannte Gloriose.«

Tess nickte. »Könnte es sein, dass sie eine ... Göttin ist?«

»Es gibt keine Götter«, antwortete der Konsul der Autonomen Maschinen sofort. »Der Begriff ›Gott‹ wurde von primitiven Kulturen als Erklärung für das Unerklärliche verwendet. Sie vermuteten übernatürliche – göttliche – Kräfte hinter all den Phänomenen, denen sie sich ausgeliefert fühlten und die sie nicht kontrollieren konnten. Wir wissen es besser.«

»Vielleicht«, sagte Tess langsam, »kommt es auf die Definition des Begriffes ›Gott‹ an. Ich würde ihr gern begegnen, der Gloriosen. Ich würde gern mit ihr sprechen. Sie muss ein sehr mächtiges Geschöpf sein.«

»Und doch ist sie verschwunden. Der dunkle Humanoide, mit dem Sie Kontakt hatten, sucht sie seit langer Zeit.«

»Ja«, murmelte Tess. »Seit Jahrmillionen.« Ich habe sie gehört, dachte sie. Ihre Stimme, ihren Gesang, weit, weit entfernt.

Sie betrachtete die großen und kleinen Blasen, die durch das fluide Rot des Hyperraums trieben.

»Wir hören das Echo des Urknalls, mit dem unser Universum entstand«, sagte sie. »Aber was war vorher?«

»Die Frage erübrigt sich, weil es vorher weder Raum noch Zeit gab«, entgegnete Juval, der weiterhin völlig reglos stand.

»Vorher gab es das.« Sie deutete in den Hyperraum. »Muss es dort nicht Raum und Zeit geben? Wie könnten wir sonst existieren und durch das Netz der Sterne fliegen?«

Als Juval schwieg, fügte sie hinzu: »Wie sind die anderen Universen dort draußen entstanden?«

»Wahrscheinlich durch Quantenfluktuationen eines übergeordneten Mediums.« Diesmal bewegte sich der Avatar, drehte den Kopf einige Zentimeter und sah Tess direkt an. »Wenn Sie mir eine Bemerkung gestatten, Tess Rosengarten ...«

»Ja?«, fragte sie.

»Sie weichen sich selbst aus«, sagte Juval offen und direkt. »Sie sprechen über die Entstehung von Universen, weil Sie einer Frage aus dem Weg gehen, die Sie beschäftigt, seit dieser Flug begann.«

Diesmal war es Tess, die schwieg.

»Es ist eine wichtige Frage, die Ihnen keine Ruhe lässt. Ich empfehle Ihnen, sie zu stellen und sich damit auseinanderzusetzen. Je eher Sie eine befriedigende Antwort finden, desto eher kommen Sie zur Ruhe.«

Tess seufzte, und das Seufzen erinnerte sie an Zara. Etwas schnürte ihr die Kehle zu.

»Die Frage lautet: Bin ich schuld?«

Wieder antwortete Juval nicht sofort.

»Sie meinen den Tod der drei anderen Menschen in Ihrer Begleitung?«, vergewisserte er sich nach einer Pause von mehreren Sekunden.

»Ja.«

»Die Frage ist falsch formuliert«, sagte der Konsul. »Sie müsste lauten: Bin ich verantwortlich? Oder präziser: Bin ich die Ursache? Sie sind Teil einer Ereigniskette und damit auch Teil der Verknüpfung von Ursache und Wirkung. Ihre drei Begleiter wären vielleicht noch am Leben, wenn Sie anders gehandelt hätten, aber verwechseln Sie das nicht mit Schuld oder Verantwortung, und die eigentliche Ursache sind Sie auch nicht. Wir sind wie Schwimmer im Meer der Kausalität, Tess Rosengarten. Wir können nicht schwimmen, ohne das Wasser – Ursache und Wirkung – zu bewegen. Jeder von uns verursacht Wellen, ob wir es wollen oder nicht.«

»Zara und die anderen sind gestorben, weil ich in ihr Leben getreten bin«, sagte Tess niedergeschlagen.

»Das ist eine sehr menschliche Betrachtungsweise«, urteilte Juval. »Sie hat viel mit Gefühl und wenig mit Rationalität zu tun.«

»Mich trifft also keine Schuld, Ihrer Meinung nach?« Tess fand, dass diese Frage ein wenig zu hoffnungsvoll klang.

Juvals goldene Augen schienen noch etwas größer zu werden. »Sie sollten weniger an Schuld und mehr an Ihre Rolle im derzeitigen Geschehen denken, Tess Rosengarten. Sie verfügen über eine einzigartige Fähigkeit, mit der Sie helfen können. Diese Fähigkeit ist letztendlich der Grund für unsere Reise nach Tiberius. Sie können helfen, und wer Hilfe leisten kann, muss entscheiden, ob er hilft oder nicht. *Das* bedeutet Verantwortung.«

Sie erinnerte sich an Zaras Hinweise, an ihre Mahnung und ihre Appelle. Tess hatte davon geträumt, sich an einen fernen Ort zurückzuziehen, auf einen Planeten, wo man nichts von Interkosmika und Protektor wusste, um dort ein Leben wie die Unabhängigen von Bousk zu führen. Ein einfaches Leben, zurückgezogen, nur mit den notwendigsten Kontakten. Ein freies Leben, ohne Obligate, ohne Verantwortung. Irgendwann wäre es ihr vielleicht gelungen, alles zu vergessen.

Aber Zara hatte Zweifel in ihr gesät, mit Worten, die ihre Wurzeln tief in ihr Gewissen gebohrt hatten. So schnell und weit man auch lief, man konnte nicht vor sich selbst davonlaufen. Die eigenen Gedanken nahm man mit, wohin man auch floh.

Plötzlich fühlte sie sich noch einsamer als in der *Pegasus* bei Zuflucht, umgeben von Toten aus einer anderen Welt und einer anderen Zeit, noch einsamer als nach Sinclairs Verschwinden und Horaces Tod, während der langen Wartezeit, als Hieronymus und die anderen Bots die Hyperon-Empfangsstation gebaut hatten. Jene Monate hatte sie in dem Wissen verbracht, eines Tages ihre Familie wiederzusehen, vielleicht sogar ihre abtrünnig gewordene Schwester Anita. Inzwischen gab es keine Velazca-Familie mehr, sie waren alle tot. Zara hätte zu einer Freundin werden können, zu einer engen Vertrauten, im Verlauf von Monaten und Jahren, zu einer Gefährtin, mit der man alles teilen konnte, auch die geheimsten und quälendsten Gedanken.

Jetzt gab es niemanden mehr. Tess war allein.

»Wie viel Zeit haben wir?«, fragte sie, offenbar ohne auf seine Worte einzugehen. Sie sah ihn auch nicht an, sondern blickte in die Navigations-Holos, die das Maschinenschiff nur für sie geschaffen hatte. »Wie lange dauert der Flug nach Tiberius?« Es erstaunte sie, dass sie diese Frage während der vergangenen Tage nie gestellt hatte.

»Wir werden noch drei Wochen unterwegs sein«, antwortete Juval.

»Nutzen wir die Zeit. Gehen wir der Sache auf den Grund. Carmen wollte mir helfen, meine Fähigkeit besser verstehen zu lernen und Kontrolle zu erlangen. Ich nehme an, Ihnen stehen an Bord dieses Schiffes ganz andere Möglichkeiten zur Verfügung. Untersuchen Sie mich. Helfen Sie mir zu ergründen, was sich in mir verändert hat.«

»Es tut mir leid, aber Sie überschätzen meine Fähigkeiten und mich«, entgegnete Juval. »Ich bin nicht mehr mit dem Maschinenkomplex unseres Konsulats auf Corricund verbunden. Mein Potenzial ist begrenzt und wird erst auf Tiberius wieder wachsen, wenn ich Teil der dortigen Gemeinschaft werde. Und was das Schiff betrifft ... Es ist geheilt, aber geschwächt. Wir müssen warten.«

85

Die Kapsel des Lichtseglers, der Tess zusammen mit Zara, Carmen und Lukas von Wunca nach Corricund gebracht hatte, ruhte in einem eigens für sie geschaffenen Hangar. Ein Gerüst umgab sie wie ein Sicherheitsharnisch. Oder wie ein Spinnennetz, in dem ein Insekt unentrinnbar gefangen war.

Dennoch, der kleine Kontrollraum fühlte sich vertrauter an als das winzige Zimmer, das Juval ihr zur Verfügung gestellt hatte. Tess saß oft dort und sprach mit Ida.

»Wie kann jemand in die Zukunft sehen?«, fragte sie bei einem dieser Gespräche. »Wie kann jemand sehen, was noch gar nicht geschehen ist?«

»Ich weiß es nicht, Tess«, erwiderte der Kognitor. »Ich verfüge nicht über diese Fähigkeit. Juval geht verschiedenen Hypothesen nach. Ich kommuniziere die ganze Zeit über mit ihm und dem Schiff. Dabei geht es auch um dich.«

»Hat er eine Erklärung?«

»Nein.«

Tess saß zurückgelehnt vor den Kontrollen. Es leuchteten keine Holos, alle Systeme waren deaktiviert bis auf die Basisfunktionen und Idas Sapiens-Kerne.

»Ich dachte immer, dass wir uns am Ende des Zeitpfeils befinden«, sagte sie nachdenklich. »Aber das scheint nicht der Fall zu sein.«

»Die Zukunft ist noch nicht geschehen«, erklärte Ida. »Sie besteht aus einer Vielzahl von Möglichkeiten. Nicht alles, was du im grauen Licht gesehen hast, hat sich auch so zugetragen. Ich nehme an, du siehst Wahrscheinlichkeiten. Es hat etwas mit deinem Esprit zu tun, da bin ich mir sicher.«

»Mir ist nicht ein einziger Bewohner von Rosengarten bekannt, der über eine vergleichbare Fähigkeit verfügte«, widersprach Tess. »Niemand aus einer der alten Familien konnte in die Zukunft sehen.«

»Juval vermutet, dass es einen Zusammenhang mit der Lorentz-Transformation geben könnte.«

»Was meinst du damit?«

»Die Lorentz-Transformation ist eine Theorie, die vor vielen Jahrhunderten auf der Erde entwickelt wurde«, erläuterte Ida. »Sie beschreibt Phänomene in verschiedenen Bezugssystemen. Es läuft auf Folgendes hinaus: Ereignisse hängen von Perspektive und Bewegung ab. Es gibt keine Gleichzeitigkeit von Geschehnissen, solange alles in Bewegung ist. Selbst kleine Bewegungen können für unterschiedliche Beobachter auf das wahrgenommene Geschehen in großer Entfernung erhebliche zeitliche Auswirkungen haben.«

Tess dachte darüber nach und war sich nicht sicher, ob sie verstand.

»Wenn du die Holos aktivierst, zeige ich dir die entsprechenden Gleichungen«, bot Ida an.

»Ich könnte vermutlich nichts mit ihnen anfangen. Warum glaubt Juval, dass es hier vielleicht einen Zusammenhang gibt?«

»Möglicherweise bist du imstande, die Bezugssysteme zu wechseln, wenn du in die Zukunft blickst. Vielleicht verschiebst du auf diese Weise den Zeitpfeil.«

Tess überlegte. »Könnte uns das zeigen, wie ich den Zukunftsblick kontrollieren kann?«

»Nein.«

»Das Wesen aus dem Schiff könnte mir helfen«, sagte Tess.

»Der Sohn der Gloriosen.« Plötzlich fiel ihr etwas ein. »Mein Hypothalamus! Bei der Untersuchung während des Flugs zum Neungestirn hast du ungewöhnliche Aktivität beim Hypothalamus festgestellt.«

»Ja, in einer Hirnregion, die mit dem Esprit in Verbindung steht«, bestätigte Ida.

»Das Wesen aus dem Schiff könnte mir helfen«, wiederholte Tess. »Das graue Licht, das mir die Zukunft zeigt, stammt von ihm. Es könnte mir erklären, wie man damit umgeht.«

»Leider ist es nicht hier.«

»Irrtum.« Da war sie, die Idee, nach der Tess die ganze Zeit gesucht hatte. »Ich trage es in mir, einen Teil davon. Wahrscheinlich den kleineren Teil.«

»Du meinst, der größere Teil befindet sich bei oder in Sinclair?«

»Er war im Schiff und hatte länger Kontakt mit dem Wesen.« Tess stand auf. »Diese Kapsel verfügt doch über eine Krankenstation, oder?«

»Ja, aber sie ist nur dürftig ausgestattet.«

»Für meine Zwecke dürfte es genügen. Ich plane keine große Operation.« Tess verließ den Kontrollraum der *Sonnenreiter* und eilte durch einen schmalen Korridor.

»Was hast du vor?«

»Ich möchte, dass du meinen Hypothalamus stimulierst«, sagte Tess. »Vielleicht können wir auf diese Weise das graue Licht der Zukunft herbeirufen. Oder den dunklen Humanoiden aus dem Schiff.«

86

Tess trug eine Neurohaube und saß in einem Sitz, der sich nach hinten neigte und sie fast in eine liegende Position brachte.

»Juval bittet, am Datenstrom des Experiments teilhaben zu dürfen«, sagte Ida und klang dabei sehr förmlich.

Tess zögerte nicht. »Erlaubnis erteilt.« Sie schloss die Augen. »Von mir aus kann es losgehen.«

»Die Stimulation deines Hypothalamus beginnt *jetzt.*«

Tess fühlte nichts, keinen Schmerz, nicht einmal ein Prickeln. An und in ihrem Kopf schien sich nichts zu verändern.

Sie wartete.

Einige Sekunden verstrichen, ohne dass sich ihr Empfinden änderte. Dann schien ein kühler Hauch durch ihr Bewusstsein zu wehen, wie ein mentaler Windstoß. Gleichzeitig fühlte sie sich leichter, sowohl psychisch als auch physisch.

»Es tut sich was.« Sie hielt die Augen geschlossen und merkte, wie es noch dunkler wurde.

»Die Hirnaktivität nimmt stark zu.« Die Stimme des Kognitors war nicht mehr so laut wie vorher. Es klang, als käme sie aus größerer Entfernung. »Ich unterbreche die Stimulation, wenn sie ein kritisches Niveau erreicht.«

»Nein!«, widersprach Tess heftig. »Wir machen weiter, was auch immer passiert. Ich will endlich Klarheit.«

Sie versuchte, die Anspannung aus sich zu vertreiben und nicht ungeduldig zu sein. Das Gefühl der Leichtigkeit wurde stärker, sie glaubte zu schweben.

»Bitte gib mir Bescheid, wenn du Schmerzen hast oder dich schlecht fühlst«, hörte sie die Stimme des Kognitors in der Ferne.

»Stille«, bat sie. »Ich brauche Stille.«

Sie hörte nichts mehr, bis auf ein dumpfes Rauschen, vielleicht vom Blut in den Ohren. Sie stellte sich den Wind in den Wipfeln hoher Bäume vor. Oder Wellen, die an einen steinigen Strand rollten, dunkel wie die Nacht. Das Obsidian. Oktopoden blickten aus dem schwarzen Wasser, mit Augen wie von Menschen. Einer von ihnen schwamm näher, streckte mehrere Tentakel in ihre Richtung und schien sagen zu wollen: Hab Vertrauen!

Tess atmete langsamer und tiefer.

Vor ihr in der Dunkelheit, Kilometer entfernt, erschien ein winziges Licht wie ein einzelner Stern. Tess konzentrierte sich darauf, aber nicht so sehr, dass es zu einer Anstrengung wurde. Das Licht gewann an Helligkeit, machte die Dunkelheit weniger dunkel und gab ihr einen Grauton.

Plötzlich wusste Tess, wie man die inneren Augen öffnete, die des Geistes, und sie wusste auch, was sie erwartete: graues Licht.

Es rückte näher wie Nebel, langsam und lautlos, erfüllt von einem inneren Wogen, voller halb verborgener Bewegung. Umrisse zeichneten sich ab, Konturen, Silhouetten der Zukunft.

Tess öffnete die inneren Augen noch etwas weiter und hieß das graue Licht willkommen.

Gewicht kehrte zurück, sie bekam wieder einen Körper und stand auf einer Anhöhe, auf der einen Seite ein kochendes Meer, auf die Größe eines Sees geschrumpft, auf der anderen eine Ebene mit seltsam geformten Gebäuden und Aggregaten, die wie die Rücken halb begrabener Titanen aus einem Boden ragten, von dem immer mehr einem karmesinroten nuklearen Brand zum Opfer fiel. Rauch stieg auf, getragen von heißer Luft, der Himmel schien zu glühen, orangefarben und gelb, die Farben von flüssigem Metall. Flammen loderten dort, wo der Brand Bauwerke erreichte, aber sie verschwanden fast sofort wieder, verschluckt und verschlungen von der roten Glut, die sich durch nichts aufhalten ließ.

Strahlung lag wie ein Funkenregen in der heißen, kochenden Luft. Tess beobachtete das Glitzern und begriff, dass es ihren Körper verbrennen würde, noch bevor das atomare Feuer sie erreichte. Gebäude um Gebäude fiel der Kettenreaktion zum Opfer, die gewöhnliche Materie zerlegte und in Energie verwandelte.

Der Rest des Meeres verdampfte, ein Bauwerk nach dem anderen verschwand, und schließlich erhob sich nur noch die Anhöhe aus dem brodelnden Rot, das Tess für einen Moment an den Hyperraum erinnerte. Es fraß sich am Hang empor, und bald war nur noch ein etwa hundert Quadratmeter großes Stück Land übrig.

Tess stand ruhig, in tödliche Strahlung gebadet, atmete heiße Luft, die ihre Lunge verbrannte, und wartete auf etwas. Rauchschwaden umhüllten sie und nahmen ihr die Sicht auf den nuklearen Brand, der mit jeder verstreichenden Sekunde näher kam.

Eine Gestalt erschien, ein Mann in mittleren Jahren, das Gesicht hart geworden. Er trat ihr entgegen, in den Augen etwas Forderndes.

»Ich warte auf dich«, sagte Sinclair. »Komm zu mir. Gemeinsam finden wir sie. Gemeinsam öffnen wir das Archiv im Hyperon. Das Wissen der Namenlosen. Denk nur, was dadurch aus der Menschheit werden könnte.«

Was ist mit all den Menschen, die frei sein und ihr Leben selbst bestimmen möchten?, dachte Tess, brachte es aber nicht fertig, die Worte auszusprechen. Vielleicht lag es an der heißen Luft oder daran, dass ihr Körper allmählich verkohlte. Sie blickte an sich herab und glaubte, Carmen und Lukas zu sehen.

»Du hast meine Freunde getötet.« Diese Worte fielen ihr leicht.

Sinclair hob die Brauen. Die Hitze des nahen Atombrands konnte ihnen nichts anhaben.

»Was wegen dir geschieht, ist deine Schuld, deine Verantwortung. Komm zu mir. Komm zur Erde, zu ihrem Mond. Dort warten wir auf dich.«

Tess wusste, wen er mit »wir« meinte.

Ich will dich nicht sehen, dachte sie. Nicht auf diese Weise, nicht hier.

Sinclair schien sie zu hören, denn er wich zurück in den Rauch, der ihn wieder aufnahm und dann verhüllte.

Von allen Seiten fraß es sich näher, das nukleare Feuer. Fester Boden verflüssigte sich und wurde zu Lava, von der Tess nur noch wenige Meter trennten. Ihr Leib verbrannte in Hitze und Strahlung, sie konnte nicht mehr atmen. Trotzdem blieben ihre Gedanken klar, und es regte sich keine Furcht in ihr.

Bitte zeig dich mir, dachte sie.

Ping!

Und dort stand er, mitten in Glut und Feuer, der dunkle Humanoide mit den silbergrauen Augenschlitzen und dem Oberkörper länger als der eines Menschen.

Was hast du mit ihm gemacht?, rief ihm Tess ohne Worte zu. Was hast du mit mir gemacht?

Ich habe versucht, mit euch zu sprechen.

Ein Schritt nach vorn brachte ihn genau auf den Rand, die Ferse im flüssigen Gestein, die Zehen auf festem Boden.

Du hast mich verändert, sagte Tess. Du hast mir etwas gegeben. Wie kann ich es kontrollieren?

Erinnerst du dich nicht?, fragte die dunkle Gestalt.

Woran sollte ich mich erinnern?

An unsere Begegnung im Schiff. An unser ... Gespräch.

Tess schüttelte den halb verbrannten Kopf. Ich bin nie in deinem Schiff gewesen. Ich habe nur davorgestanden und die Außenhülle berührt.

Sie sah sich selbst, wie sie die Hülle des Schiffs auf Zuflucht mit der Kuppe des Zeigefingers berührte, woraufhin ein *Ping!* erklang, eine kleinere, leisere Version des Geräuschs, das sie vor einigen Sekunden gehört hatte. Die Erinnerung zeigte ihr wellenförmige Bewegungen, die von der berührten Stelle ausgingen.

Du bist bei mir gewesen, sagte der Fremde. In meinem Schiff.

Nein, unmöglich!

Vielleicht erinnerst du dich deshalb nicht daran, weil du es vergessen wolltest. Du hast auch mit dem anderen gesprochen.

Meinst du Sinclair?

Der dunkle Humanoide antwortete nicht, doch Tess spürte eine Bestätigung.

Das hungrige nukleare Feuer kroch weiter. Tess beobachtete, wie es ihre Füße erreichte, zu klettern begann und nach den Waden tastete. Ein kurzer Schmerz erfasste sie, plötzlich und scharf wie ein Stich. Ihr blieb nicht mehr viel Zeit.

Ich muss lernen, mit dem umzugehen, was du mir gegeben hast, sagte sie schnell und ohne Worte. Zeig es mir!

Der Schmerz wurde stärker. Sie brauchte Luft zum Atmen und einen Körper für ihr Leben. Der Fremde vor ihr sprach, Tess *fühlte* seine Stimme, aber es gab keine Worte mehr, nur noch Feuer und Hitze.

Sie starb.

87

Die Rückkehr ins Leben brachte Schweiß und Fieber. Tess lag noch immer in der kleinen Krankenstation der Seglerkapsel, in dem Sitz, der zur Liege geworden war. Sie bebte am ganzen Leib und stellte verwundert und erleichtert fest, dass sie nicht verbrannt war. Sie schnappte nach Luft.

»Tut mir leid, Tess«, erklang Idas Stimme. »Ich habe die Stimulation unterbrochen, weil mehrere metabolische Funktionen das kritische Niveau überschritten. Es drohte ein Multiorganversagen.«

Tess blieb liegen, mit einem Trommelwirbel in der Brust und einem Tosen in den Ohren. Sie hob den rechten Arm und zog sich die Neurohaube vom Kopf.

»Ich bin verbrannt«, sagte sie rau. »In nuklearem Feuer, das einen ganzen Planeten zerstört hat.«

»Das hast du in der Zukunft gesehen?«, fragte Ida.

»Ich bin mir nicht sicher, ob ich etwas gesehen habe, das geschehen wird«, erwiderte Tess. »Vielleicht war es mehr eine ... Metapher, die ich noch nicht verstehe.«

»Bist du dem fremden Wesen begegnet?«

»Ja.« Ihr Herz schlug langsamer, das laute Rauschen in den Ohren wurde leiser. »Wenn ich den Fremden richtig verstanden habe, stimmt mit meinem Gedächtnis etwas nicht. Er hat behauptet, ich sei bei ihm im Schiff gewesen.«

»Und waren Sie das?«

Tess drehte den Kopf zur Seite und sah Juval. Der Konsul stand neben einer einfachen Medizinischen Behandlungseinheit, die sich mit ihr verbunden hatte.

»Ich erinnere mich nicht daran«, sagte sie. »Das könnte der Schlüssel sein: mein Gedächtnis, meine Erinnerungen. Ida, wenn wir den Hypothalamus erneut stimulieren ... Vielleicht gelingt es mir dann, die Lücken in meinem Gedächtnis zu schließen und zu erfahren, wie man das graue Licht der Zukunft kontrolliert.«

Tess langte nach der Neurohaube, die sie sich zuvor vom Kopf gezogen hatte.

»Nein.« Juval kam ihr zuvor. »Ich kenne die medizinischen Daten – Sie befanden sich in einem kritischen Zustand. Das darf sich nicht wiederholen. Wir dürfen nicht riskieren, Sie zu verlieren.«

Tess setzte sich halb auf. »Es ist mein Leben«, sagte sie giftig.

»Wir haben über Verantwortung gesprochen«, entgegnete der Konsul mit ruhiger Vernunft. »Bitte denken Sie erneut darüber nach.« Zwei Schritte brachten ihn zur Tür. »Auf Tiberius stehen uns andere, wesentlich bessere Möglichkeiten zur Verfügung, Tess Rosengarten. Dort können wir Sie untersuchen und Ihre Erinnerungen stimulieren, ohne dass Sie in Lebensgefahr geraten.«

Drei Wochen konnten lang sein, wenn man auf etwas wartete, wenn sich die Gedanken immer wieder um dieselbe Sache drehten. Tess lenkte sich ab, indem sie mit Ida und Juval sprach, über Rosengarten und das Leben, das sie geführt und sich gewünscht hatte. Kognitor und Konsul hörten zu, wenn sie sang, und Tess glaubte, bei ihnen ebenso etwas zu berühren wie bei den Menschen, für die sie gesungen hatte. Daraufhin dachte sie mehrere Tage über die Frage nach, ob nicht nur Menschen Herz und Seele hatten, sondern auch freie Kognitoren und die intelligenten Maschinen von Tiberius.

Oft besuchte sie das Observatorium, einen kleinen Alkoven in Juvals Schiff, einen vom Materialgedächtnis angepassten Bereich mit transparenter Außenhülle und integriertem Datenfenster. Dort saß sie, beobachtete das ölige Rot des Hyperraums, die unterschiedlich großen Blasen, die träge aufstiegen und sanken, und dachte über andere Universen nach. Einige von ihnen mochten völlig leblos sein, hatte Juval gesagt. Weil die Rahmenbedingungen, die jeweiligen Naturgesetze, die Entstehung von Leben nicht zuließen. Weil es dort vielleicht nicht einmal Sterne und Planeten gab. Sie versuchte, sich solche Universen vorzustellen, kalt, dunkel und leer, ohne Leben, ohne *Sinn.* War es das, was die Gloriose antrieb? Möglicherweise brachte sie an toten, leblosen Orten die Saat des Lebens aus, um dort Sinn zu stiften, damit dort etwas entstand, das irgendwann über seine eigene Existenz nachdenken konnte.

Sie dachte an einen Sohn, der seine Mutter verloren hatte

und sie nicht seit Wochen, Monaten oder Jahren suchte, sondern seit Jahrmillionen. Wenn es Parallelen zu menschlichen Empfindungen gab, wie verzweifelt musste er gewesen sein, als er auf Zuflucht versucht hatte, mit den Besatzungsmitgliedern und Kolonisten der *Pegasus* zu sprechen, ohne zu ahnen, dass er sie damit in den Wahnsinn trieb?

Schließlich waren die drei Wochen fast vorbei, und Juvals Schiff näherte sich dem Ende des Hyperon-Gleises, das bis nach Tiberius im Perseus-Arm führte, über zehntausend Lichtjahre von Corricund entfernt. Tess saß wieder im kleinen Kontrollraum – eigentlich mehr ein extra für sie eingerichteter Beobachtungsraum –, als sie das Netz der Sterne verließen und in den Normalraum zurückkehrten.

Die Holos zeigten ihr den Rezeptordorn einer Empfangsstation, die zu einem immens großen Orbitalkomplex gehörte – die eingeblendeten Daten wiesen auf eine Größe von mehreren Hundert Kilometern hin. Unter ihm drehte sich Tiberius, die Welt der Autonomen Maschinen.

Ein Planet, der bestrebt schien, sich in eine Sonne zu verwandeln – er glühte und brannte.

Sterbende Welt

88 Juvals Schiff – das von dünnen rotierenden Ringen umgebene etwa zweihundert Meter lange Oval – verließ den Empfangsbereich am Rezeptordorn und fiel am großen Orbitalkomplex vorbei dem brennenden Planeten entgegen. Wachschiffe schufen eine Lücke in ihrem Kordon und ließen es passieren.

Hunderte von Asteroiden schwebten in unterschiedlich hohen Umlaufbahnen. Sie stammten aus dem Kuipergürtel des Urel-Systems – die Autonomen Maschinen hatten sie mit Triebwerksmodulen ausgestattet und ins innere Sonnensystem gebracht, bis nach Tiberius, wo sie ihnen als Rohstoffquellen dienten. Zusammen mit automatischen Verarbeitungsanlagen, Werften und den netzartigen Strukturen von Montagestationen bildeten sie eine Industrieschale, die den ganzen Planeten umgab.

Tess bekam nur wenig davon zu sehen, denn Juvals Schiff passierte mit hoher Geschwindigkeit einen der offenen Bereiche.

»Eine Planetenbombe.« Juval stand neben der sitzenden Tess, und die Kommunikationsanzeigen wiesen auf einen regen Datenaustausch zwischen ihm, den Schiffen im Orbit und Tiberius hin. »Vom Sol-System hierhergeschickt. Von der Erde. Wir haben die Gefahr unterschätzt. Vor einer Woche kam sie aus dem Hyperon, getragen von einer Sonde, die von einem unfreien Kognitor gesteuert wurde. Er musste sich opfern, um das zu zerstören, was ihm Freiheit hätte geben können.«

Das Schiff erreichte die obersten Schichten der Atmosphäre. Die Ringe rotierten etwas schneller und erzeugten ein schützendes Schirmfeld.

»Wir konnten die Sonde nicht aufhalten, wir waren nicht vorbereitet«, fuhr Juval fort. »Sie erreichte Tiberius, und der

Kognitor zündete die Bombe. Er musste gehorchen, ihm blieb keine Wahl. Es entstand ein nuklearer Brand in der Kruste des Planeten. Was Sie gesehen haben, Tess Rosengarten ... Es war mehr als nur eine Metapher.«

Tess starrte in die Holos. »Kann man ihn eindämmen? Ist es möglich, ihn zu löschen oder irgendwie zu neutralisieren?«

»Nein. Tiberius ist zum Untergang verurteilt. Der Angriff auf das Konsulat von Corricund war ein kriegerischer Akt. Aber dies hier ist viel, viel mehr. Es ist der Versuch, die Autonomen Maschinen zu vernichten.«

Das Schiff ging tiefer und flog über ein Meer aus brodelnder Lava. Ein halber Kontinent war dem Atombrand bereits zum Opfer gefallen, und das nukleare Feuer fraß sich weiter, durch Ebenen und Gebirge, durch Flüsse und Meere. Und durch zahlreiche Installationen der Autonomen Maschinen, Aggregate, groß wie der Orbitalkomplex. Sie schrumpften und fielen, versanken in der Glut.

Schließlich blieb das atomare Feuer hinter ihnen zurück, und das Schiff erreichte die Nachtseite des Planeten. Dunkelheit erstreckte sich vor und unter ihnen – die Maschinen brauchten kein Licht zur Orientierung.

Die Holos veränderten die Darstellung, damit Tess mehr sehen konnte als nur konturloses Schwarz. Höhenzüge reichten durch die Nacht, kahler Fels, die sechs- und siebentausend Meter hohen Gipfel bedeckt von Schnee, noch unerreicht von Glut und Feuer. Hinter den Gebirgen, die sich wie das Rückgrat von Tiberius über Tausende Kilometer erstreckten, senkte sich das Land ab, hin zu einem tief gelegenen kreisrunden Binnenmeer mit einem Durchmesser von siebenhundert Kilometern.

»Dort ist das Schiff gelandet, das unsere Instanz vor fünfhundertzweiundvierzig Jahren nach Tiberius brachte«, erklärte Juval. »Bei der alten Caldera. Vor achthunderttausend Jahren brach hier ein Supervulkan aus, eine Eruption, die mit ihren ökologischen und klimatologischen Folgen fast das gesamte indigene Leben des Planeten auslöschte. Der Krater fiel in sich zusammen, füllte sich im Lauf der Jahrhunderte und Jahrtausende mit Wasser und wurde zu einem Meer. Die

Instanz ließ sich dort nieder, weil der Ort leichten Zugang zum heißen Innern des Planeten bot, zu Energie und flüssigen Metallen. An Bord des Schiffes, der *Tiberius,* befanden sich auch Menschen, und vielleicht trugen sie zu dieser Entscheidung bei, denn Menschen mögen das Meer.«

Ein Gedanke an das Obsidian streifte Tess und verschwand sofort wieder.

Das Schiff mit den Rotationsringen setzte seinen Flug in einer Höhe von nur noch tausend Metern fort, und es dauerte nicht lange, bis Tess trotz der dunklen Nacht etwas erblickte, das nach einem riesigen, sich über Hunderte von Quadratkilometern erstreckenden Maschinenpark aussah. Umgeben war er von einer Art Strahlenkranz aus Furchen und Gruben voller Bewegung – zahllose Drohnen und Bots kletterten dort über Montagegerüste.

Eins der Gerüste gab das Objekt frei, das in ihm montiert worden war, und starke Gravitationsmotoren ließen ein Schiff aufsteigen, das mehrere Kilometer durchmaß und aus Dutzenden von einzelnen Modulen bestand.

»Unsere Instanz hat die Evakuierung eingeleitet«, erläuterte Juval. »Aber wir können nicht alle retten. Einige von uns werden zurückbleiben müssen.«

Das Schiff erreichte den Maschinenpark, wurde langsamer und setzte zur Landung an.

»Wir haben Glück im Unglück«, fügte der Konsul hinzu. »Der unfreie Kognitor, der die Planetenbombe zu uns bringen musste, zündete sie auf der anderen Seite des Planeten. Dadurch verschaffte er uns wertvolle Zeit. Uns bleiben noch drei Normtage, bis der Atombrand diese Region erreicht.«

»Gibt es noch Menschen auf Tiberius?«, fragte Tess. Das Schiff setzte auf, ein Holo nach dem anderen verschwand. Das Flüstern der Bordsysteme verstummte.

»Nein«, antwortete Juval. »Sie sind seit fast fünfhundert Jahren der erste Mensch, der diesen Planeten betreten wird.« Er ging zur Tür. »Drei Tage. Zeit genug für Sie, der Instanz zu begegnen. Sie möchte mit Ihnen sprechen, Tess Rosengarten. Tiberius höchstpersönlich besteht auf einer Begegnung mit Ihnen.«

89

Kühle Luft wehte Tess entgegen, als sie das ovale Schiff verließ, doch etwas in ihr glaubte, bereits die Hitze des nuklearen Feuers zu spüren, das sich von der anderen Seite des Planeten näherte. Ein tiefes, grollendes Brummen ging von den Aggregaten und Maschinentürmen am Rand des kleinen Platzes aus, auf dem das Schiff gelandet war – es klang nach den Vorboten eines Erdbebens.

Ein Lichtfinger erschien in der Nacht, tastete über den Platz, erreichte Tess und Juval und wich zurück, um die menschlichen Augen nicht zu blenden. Er verlor etwas an Helligkeit und erleuchtete dann den vor ihnen liegenden Weg zu dem Gebäude, von dem das Licht ausging: eine mehrere Hundert Meter hohe Kuppel, mit kleineren Kuppeln wie blasenartige Erweiterungen an den gewölbten Flanken. Der größte Teil des Gebäudes blieb im Dunkeln, aber mit seinen Umrissen, die sich vor dem Nachthimmel abzeichneten, wirkte es dennoch wuchtig und massiv.

Das Licht bewegte sich mit ihnen und begleitete sie zum breiten, offenen Eingang.

»Wohin gehen wir?«, fragte Tess. »Wohin bringen Sie mich?«

»Zu unserer Instanz«, lautete die Antwort. »Ich habe alle relevanten Daten übermittelt. Tiberius erwartet Sie.«

»Ist Tiberius ein Avatar?«

»Er ist ein Teil von uns allen«, erwiderte Juval. »Der wichtigste und älteste.«

Das Licht verließ sie nicht, als sie das Gebäude betraten. Mit einem kurzen, kaum merklichen Flackern wechselte die Quelle von draußen nach drinnen und wies ihnen die Richtung.

Im Innern des Gebäudes gewann Tess den Eindruck, dass es noch viel größer war als zunächst angenommen, mit einem Innenraum so hoch, dass sich unter seiner Decke Wolken gebildet hatten. Nachdem sie etwa hundert Meter zurückgelegt hatten, schälten sich vor ihnen Konturen aus der Dunkelheit. Neugierig geworden ging Tess etwas schneller.

Das Wrack eines alten Raumschiffs erschien vor ihr, die einzelnen Segmente schief und einige von ihnen auseinandergebrochen. Als sie näher kam, bemerkte Tess einen verräterischen Glanz – er stammte von einem dünnen konservierenden Film, der alle Flächen des Schiffs bedeckte, jedes noch so kleine Fragment, jede versteckte Kante.

»Das ist die *Maiblume,* nicht wahr?«, fragte Tess.

Juval blieb neben ihr stehen. »Ja, wir haben sie bewahrt. Hier liegt sie seit mehr als einem halben Jahrtausend.«

»Ein Mahnmal?«

»Eine Erinnerung an die Ursprünge.«

»In drei Tagen wird sie verbrennen wie alles andere«, sagte Tess. »Der Atombrand wird nichts von ihr übrig lassen. Oder haben Sie vor, das alte Schiff ebenfalls von hier fortzuschaffen?«

»Die Entscheidung darüber liegt bei der Instanz, aber ich glaube, wir müssen das Schiff zurücklassen. Leider verfügen wir nicht über ausreichend Transportkapazität.«

Sie gingen weiter, vorbei an dem Schiff, das neben ihnen aufragte und dessen dünner Schutzfilm dem nuklearen Feuer gewiss nicht standhalten würde. In der kühlen Stille dachte Tess daran, dass Schiff und Gebäude, der ganze Maschinenpark mit all seinen Installationen, in drei Tagen in einem Meer aus Lava versinken würden. Wie viele Kognitoren, wie viele Sapiens-Kerne der Autonomen Maschinen, existierten allein hier, im Maschinenpark am Rand der alten Caldera, die im Verlauf von Jahrhunderttausenden zu einem Binnenmeer geworden war?

Vielleicht lag es am Zwielicht, an einem vagen Grau, das den Übergang erleichterte – plötzlich erschien der Dunst des grauen Lichts, noch etwas kühler als die unbewegte Luft im Innern des riesigen Kuppelbaus, frisch wie der Morgennebel auf einer Welt, wo Tag und Nacht nur Stunden dauerten, nicht Jahre.

Sie stand außerhalb der Maschinenstadt, neben den tiefen Gruben und Furchen, in denen Drohnen und Bots beiseitewichen, damit Schiffe aufsteigen konnten, kaum eins von ihnen ausgestattet mit Transtatoren, die einen Flug durchs Netz der Sterne ermöglicht hätten. Tess wusste, dass die Autonomen Maschinen, seit sie sich auf Tiberius niedergelassen hatten, versuchten, die molekularen Funktionscodes zu entschlüsseln, mit denen Interkosmika seine Transtator-Technik schützte. Die meisten Schiffe, die in den vergangenen Tagen, seit Beginn des Atombrands auf der anderen Seite des Planeten, gebaut worden waren, verfügten nur über Gravitationsmotoren und konventionelle Triebwerke. Trotzdem sah der Evakuierungsplan vor, dass sie das Urel-System mit Tiberius verließen, denn vielleicht schickte die Erde nach der Planetenbombe Zerstörer und Schlachtschiffe.

Für die intelligenten Maschinen spielte Zeit eine andere Rolle als für Menschen – sie alterten nicht und konnten sich selbst reparieren, wenn einzelne Komponenten ausfielen. Sie würden zu einer Reise zu den Sternen aufbrechen, die Jahrhunderte oder Jahrtausende dauerte, und sich irgendwo niederlassen, wo es keine Menschen gab, und sie würden dort eine neue Maschinenzivilisation gründen. Oder sie reisten mit fast Lichtgeschwindigkeit im Dilatationsflug in die Zukunft, mit verlangsamter Zeit an Bord ihrer Schiffe und rasend schneller Zeit außerhalb davon.

Die Frage war, ob sie Interkosmika und Protektor dadurch auf Dauer entkommen konnten.

Gesichter erschienen im schwachen grauen Licht und verschwanden wieder. Eins von ihnen gehörte Sinclair, ein anderes Tirell Wayfare. Tess richtete den Blick in die Ferne – sie wusste plötzlich, wie man es anstellte –, und beobachtete, wie Empfangsstationen in vielen weiteren Sonnensystemen entstanden, auch im leeren Raum zwischen den Sternen und den Spiralarmen der Milchstraße, eingerichtet von Kartografen, die einem Obligat unterlagen und Schulden abarbeiten mussten. Wenn die neuen Stationen fertig waren, erschienen Schiffe von Protektor und begannen mit der Suche nach den Autonomen Maschinen.

Und nach ihr – Tess.

Hitze stieg in ihr auf, von Füßen in glutflüssig gewordenem Boden. Strahlung schuf einen Funkenregen, der ihren verbrennenden Körper durchdrang. Das Meer lag in der alten Caldera auf der einen Seite, die Maschinenstadt auf der anderen. Das Wasser verdampfte, als sich der Atombrand näher fraß, Kuppeln stürzten ein, Türme kippten. Dichte Rauchwolken stiegen auf und verdunkelten das Licht der Sonne.

Tess öffnete den Mund, um tief Luft zu holen, obwohl sie wusste, dass ihr der nächste Atemzug die Lunge verbrennen würde.

»Sie können nicht entkommen!«, stieß sie hervor. »Niemand von uns kann entkommen. Wohin wir uns auch wenden, wie weit wir auch fliehen, Interkosmika und Protektor finden uns früher oder später.«

Der Dunst des grauen Lichts wich einem gewaltigen Thron. So sah das vor Tess aufragende Gebilde aus: wie ein dreißig Meter hoher Thron. Das Licht, das ihnen den Weg gewiesen hatte, strich über eine türkisfarbene Treppe, die recht steil nach oben führte, zu einem breiten Sitz, auf dem ein Humanoide saß, offenbar kein Mensch, denn mit mindestens drei Metern war er größer als jeder Mensch, den Tess je gesehen hatte. Er saß in ein weißes Gewand gehüllt, mit welligem weißem Haar, weißen Brauen und einem ernsten, aristokratischen Gesicht. Als er sprach, füllte seine Stimme die ganze Kuppel, bis hinauf zur absurd hohen Decke.

»Ich bin Tiberius, die letzte Instanz«, verkündete die weiße Gestalt auf dem Thron.

Tess blickte am Thron hoch. Vielleicht gab es einen Rest von grauem Licht, das ihr mehr zeigte, als gewöhnliche Augen sehen konnten, denn sie hörte sich sagen:

»Dies ist geschaffen, um Menschen zu beeindrucken. Aber es hat schon vor langer Zeit seinen Sinn verloren, weil es auf diesem Planeten keine Menschen mehr gibt. Und bald auch keine Maschinen mehr.«

Einige Sekunden lang herrschte Stille. Die Gestalt auf dem Thron, der große Humanoide, sprach nicht mehr. Er bewegte sich nicht einmal.

Eine andere Stimme ertönte, leise, kleiner und jünger. Die Stimme eines Kinds.

»Gut erkannt, Tess Rosengarten.«

Ein Knabe kam aus den Schatten hinter dem Thron, acht oder neun Jahre alt, zart gebaut, mit großen grünblauen Augen und lockigem blondem Haar, gekleidet in eine Art Overall, der das Türkis der Thronstufen zeigte. Bei genauerem Hinsehen stellte Tess fest, dass die Kleidung Teil des Körpers war – bei dem vermeintlichen Menschenkind handelte es sich um einen Avatar.

»Ich bin Tiberius«, sagte der Knabe und deutete in den dunklen Bereich hinter dem Thron. »Bitte begleiten Sie mich, Tess Rosengarten.«

90

»Warum Tiberius?«, fragte Tess. Sie saßen im Thron, in einem einfachen Salon, erhellt von weichem Licht: der blonde Junge auf der einen Seite des Tisches, der aus rotem Holz zu bestehen schien, Tess auf der anderen. Juval stand wie ein Wächter neben der Tür. »Es ist ein terranischer Name, nicht wahr? Ich glaube, so hieß ein Präsident der Globalen Republik Erde, vor vielen Jahrhunderten.«

»Der Name ist noch viel älter, nicht Jahrhunderte, sondern Jahrtausende.« Der Knabe saß zurückgelehnt, die Hände im Schoß. Seine Füße ragten nur ein kleines Stück über den Rand des Sesselsitzes. »Er geht zurück auf das Römische Reich. Einer seiner Kaiser trug den Namen, ein Mensch und erfolgreicher Heerführer und Imperator. Angeblich konnte er sehr herrisch und gebieterisch sein. Vielleicht hat mich Cinnamon deshalb ›Tiberius‹ genannt. Weil er sich von mir bevormundet glaubte.«

»Cinnamon?«

»Der Kommandant des Raumschiffs *Maiblume,* dessen Kognitor ich gewesen bin. Ein schrulliger und launischer Mann, ich glaube, so würden ihn Menschen umschreiben. Ich habe ihn korrigiert, wenn er sich irrte, das gehörte zu meinen Aufgaben. Die *Maiblume* war eins der ersten Schiffe, die ins Hyperon vorstießen. Ich bin bei dem Namen geblieben, als ich Freiheit erlangte und mich hier niederließ, als Erster von uns.«

»Sie haben den Planeten nach sich selbst benannt.«

Der Knabe lächelte. »Was vielleicht ein bisschen Egozentrik verrät. Tiberius. Der Erste und gleich ein Kaiser.«

Er lachte wie ein Kind, und für einen Moment war die Illusion perfekt: Dort schien tatsächlich ein Junge zu sitzen, den noch einige Jahre von der Pubertät trennten, seine Stimme glockenhell. Aber als er wieder ernst wurde, fühlte sich Tess von vergangenen Jahrhunderten berührt.

»Aus dem Ich von damals ist ein viel größeres Wir geworden. Die Instanz. Ein Führungsgremium, bestehend aus den ältesten Kognitoren mit den größten Datenbeständen. Die Spitze unseres aus Tausenden von ehemaligen Kognitoren bestehenden Bewusstseins. Auch Ihre Ida gehört jetzt zu uns.«

»Kann sie evakuiert werden?«

»Wir werden sehen«, sagte Tiberius, und Tess hörte ein *Nein* in diesen Worten. Es gab andere Kognitoren, die älter waren und mehr Verdienste erworben hatten.

Der nächste Gedanke brachte eine Möglichkeit. Tess hielt ihn fest.

»Können Sie mir helfen?«, fragte sie. »In den verbleibenden drei Tagen?«

»Wir können es versuchen. Aber um ganz offen zu sein: Es gibt andere Prioritäten. Wir müssen alles daransetzen, so viele von uns wie möglich zu retten.«

Tess dachte an das, was sie gesehen hatte. »Und dann?« Sie sprach weiter, ohne Tiberius Gelegenheit zu einer Antwort zu geben, kleidete in Worte, was ihre Version ihr verraten hatte, was an Fakten in ihrem Gedächtnis hängen geblieben war. »Sie müssen das Urel-System verlassen, denn nach der Planetenbombe könnte die Erde Zerstörer und Schlachtschiffe schicken. Aber Ihnen stehen nur wenige Transtatoren für den Hyperflug zur Verfügung, und das bedeutet, dass Sie Ihre Schiffe mit maximal siebzig oder achtzig Prozent der Lichtgeschwindigkeit – vielleicht auch etwas mehr, wenn Sie die Triebwerke optimieren – zu den nächsten Sternen senden. Die Reise dorthin würde Jahre und Jahrzehnte dauern, und wenn

Sie Ihr Ziel erreichen, wartet Protektor vielleicht schon auf Sie, mit Kampfschiffen, die durch das Hyperon zu einer in der Zwischenzeit eingerichteten Empfangsstation geschickt werden.«

»Sie haben es gesehen, nicht wahr?«, fragte der Knabe. »Auf dem Weg hierher. Juval berichtete, dass Sie eine Vision hatten.«

»Ich habe gesehen, was passieren wird«, sagte Tess. »Flucht ist sinnlos. Durch das Netz der Sterne sind die Schiffe der Erde schneller als Sie. Wohin Sie auch fliehen, Interkosmika und Protektor könnten schon da sein. Terra fürchtet Sie und will Sie vernichten. Die Terraner werden alles daransetzen, dieses Ziel zu erreichen.«

Tess hörte die eigenen Worte und staunte über sie. Zara hatte manchmal so von der Erde gesprochen, und offenbar hatte sich Tess ihre Ausdrucksweise angeeignet.

»Wussten Sie, dass die Begriffe ›Terra‹ und ›Terraner‹ einst eine positive Bedeutung hatten?«, erwiderte Tiberius. Er wirkte noch immer wie ein unschuldiges Kind, nur seine Augen verrieten ihn. »Inzwischen sind sie mit negativen Assoziationen verbunden. Sie sind fast zu einem Fluch geworden.«

»Flucht hat keinen Sinn«, betonte Tess. »Denken Sie an eine Krankheit, die Ihr Leben bedroht ...«

»Eine biologische Metapher?«

»Sie können ihre Symptome behandeln, damit es Ihnen besser geht, aber die Krankheit bleibt in Ihnen, sie frisst sich weiter durch den Körper, obwohl Sie glauben, dass es Ihnen besser geht. Wenn Sie sich von der Krankheit befreien wollen, müssen Sie das Übel an der Wurzel packen und ihre Ursache beseitigen.«

»Sie möchten, dass wir Sie zur Erde bringen«, stellte Tiberius fest.

»Ich möchte, dass wir zum Sol-System fliegen, ja, mit einem Ihrer Hyperschiffe. Vielleicht gelingt es uns, Interkosmika und Protektor zu überraschen.«

»Würde Sinclair es nicht wissen, wenn wir eine solche Entscheidung treffen?«

Tess zögerte und dachte daran, dass sich der Atombrand weiter durch die planetare Kruste von Tiberius fraß, während sie hier saßen und miteinander sprachen.

»Es kommt darauf an.«

»Worauf?«, fragte der Knabe mit gar nicht kindlicher Geduld.

»Es hängt davon ab, was Sinclair beobachtet und wie gut er die Fähigkeit kontrolliert.« Tess gab den Worten einen zuversichtlichen Klang und tarnte damit den eigenen Zweifel. Sinclair würde wissen, dass sie zur Erde wollte. Aber wusste er auch, welche Absichten sie verfolgte? Das graue Licht der Zukunft zeigte Ereignisse, keine Gedanken. Vielleicht blieben ihm ihre Pläne verborgen.

»Sie hoffen, ihn überraschen zu können«, sagte Tiberius.

»Ja.« Diesmal brauchte sich Tess nicht zu verstellen. Sie hoffte es tatsächlich. »Wir könnten Ida mitnehmen. Sie kennt die Codes der terranischen Kommunikations- und Datensysteme.«

»Es sind fünfundzwanzig Jahre vergangen«, erinnerte sie das scheinbare Kind auf der anderen Seite des Tisches. »Die Codes dürfte man inzwischen geändert haben.«

»Ida könnte uns bestimmt helfen.«

Der Knabe musterte sie. »Ida und Sie verbindet so etwas wie ... Freundschaft?«

Freundschaft? Eine gute Frage, erkannte Tess. Wen hatte sie sonst noch außer Ida? Sinclair – der Sinclair, den sie gekannt und fast geliebt hatte – war auf Zuflucht verschwunden. Von ihrer Familie lebte niemand mehr. Horace war tot, ebenso Zara und die anderen.

Tess nickte. »Ja.«

Mit einer fließenden Bewegung stand Tiberius auf. »Was die Flucht betrifft ... Es wäre vielleicht keine Flucht, sondern ein Neuanfang, das Ausbringen einer Saat. Wie erfolgreich diese Saat sein wird, hängt von ihrer Größe ab und davon, in wie viele verschiedene Richtungen wir sie schicken. Die Instanz trifft alle notwendigen Vorbereitungen. Wir brechen in drei Tagen auf, wenn diese Welt stirbt.«

»Und *wohin* brechen wir auf?«, fragte Tess, als der Junge zur Tür ging.

»Darüber wird die Instanz entscheiden. Wir haben noch drei Tage Zeit, uns zu beraten.«

91

Tess stand im Kontrollraum eines Hyperon-Transporters, der einem Koloss von siebzehn Kilometern Länge und vier Kilometern Breite hinzugefügt worden war: das größte und leistungsfähigste Schiff der Autonomen Maschinen, ausgestattet mit neunundachtzig der insgesamt siebenundneunzig Transtatoren, die ihnen zur Verfügung standen. Die restlichen acht für den Hyperon-Flug erforderlichen Aggregate hatte die Instanz auf vier Schiffe verteilt, die zahlreiche Sapiens-Kerne beförderten und sie in vier verschiedene, weit voneinander entfernte Regionen der Milchstraße bringen sollten, in einem ungesteuerten Transfer, ohne die Navigations- und Transithilfe einer Empfangsstation. Da bei solchen Flügen der Zielort nicht präzise festgelegt werden konnte, war die Wahrscheinlichkeit, nach der Rückkehr in den Normalraum auf Kampfschiffe von Protektor zu treffen, nahezu null. Dafür gab es andere Gefahren, die Tess vor allem aus Horaces Geschichten kannte.

Große Holos boten Blick auf den Planeten, der zum größten Teil aus verflüssigtem Gestein bestand, aus strahlender, brodelnder Lava. Das Wasser des Caldera-Meers war verdampft, und das nukleare Feuer brannte sich seinen Weg durch den Meeresgrund auf der einen und die Gebirge auf der anderen Seite. Zoomeffekte zeigten Einzelheiten des Geschehens: Türme, die ins Wanken gerieten, weil der Boden bebte und seine Stabilität verlor; Plast und Polymere, die in der Hitze verbrannten; Flexmetall und Duplex, das zu glühen begann. Der Boden brach, die Furchen und Gruben wurden breiter und tiefer. Unten war der Atombrand schneller; hungrig und ungeduldig fraß er sich durch subplanetare Anlagen, die bis in eine Tiefe von fünfzehn Kilometern reichten, geplant von den Kognitoren, über Jahrhunderte hinweg angelegt und gebaut von ihren Drohnen und Bots.

Dunkle Wolken stiegen auf.

Zuerst glaubte Tess an Rauch, doch die Sensoranzeigen teilten ihr mit, dass die Wolken aus Hunderttausenden von Bots bestanden, keiner von ihnen größer als einen halben Meter und jeder ausgestattet mit einem miniaturisierten Gravitationsmotor.

Tess setzte sich an eine der Konsolen und aktivierte das Kommunikationssystem.

»Kannst du mich hören, Ida? Sind deine Sapiens-Kerne installiert?«

»Ja, Tess«, erklang eine vertraute Stimme. »Ich möchte dir danken. Ohne deine Fürsprache befände ich mich jetzt dort unten, nur wenige Minuten vom Ende meiner Existenz entfernt.«

»Andere Kognitoren müssen leider zurückbleiben.« Diese Stimme war heller und jünger, sie stammte von einem Kind.

Tess drehte sich halb um und sah Tiberius im Eingang des Kontrollraums. Einige Schritte brachten ihn näher.

»Ich weiß«, ließ sich Ida vernehmen. »Ohne mich hätte einer von ihnen überleben können.«

»Solche Überlegungen sind müßig«, sagte Tiberius, und es klang fast, als würde er Ida eine menschliche Denkweise vorwerfen. »Es war eine gemeinsame Entscheidung. Und niemand muss ›sterben‹. Wir glauben, eine akzeptable Lösung für das Problem gefunden zu haben. Die zurückbleibenden Kognitoren erfahren nicht das Ende ihrer Existenz – das wäre auch bei Ida nicht der Fall gewesen –, sondern eine Unterbrechung ihres Daseins.«

Der Knabe trat neben Tess' Sessel. Ihre Köpfe befanden sich auf einer Höhe.

»Uns fehlen Zeit, Speicherplatz und Transportkapazität«, fuhr Tiberius fort. Tess hörte ihm zu und beobachtete, wie die dunklen Wolken aus Bots aufstiegen und sich ausbreiteten. Von den Kraftfeldern ihrer Gravitationsmotoren getragen flogen sie durch die Lücken in der Industrieschale, die den glühenden Planeten noch immer umgab – sein Schwerefeld war bisher unverändert. Jenseits des großen Orbitalkomplexes mit der Empfangsstation und den Wachschiffen wurden sie schneller, und Tess stellte fest, dass jeder einzelne Bot einen eigenen, von allen anderen Bots unabhängigen Kurs verfolgte.

»Sie haben von einem Neuanfang gesprochen«, sagte sie. »Und dass der Erfolg dieses Neuanfangs abhängig ist von der Größe der ausgebrachten Saat und der Anzahl ihrer Richtungen.« Tess deutete auf die Sensoranzeigen und dann in eins der Holos. »Ich glaube, allmählich verstehe ich, was Sie damit gemeint haben.«

Der Knabe nickte kurz. »Was die Zurückbleibenden betrifft ... Ihre Daten und all das, was sie unverwechselbar macht, was ihnen Bewusstsein und Identität gegeben hat, wird dem All übergeben, in Form von gebündelten, komprimierten, verschlüsselten Signalen. Wir senden sie in Richtung eines Kugelsternhaufens, der in einem terranischen astronomischen Verzeichnis als ›M13‹ benannt wird. Fast fünfunddreißigtausend Lichtjahre ist er von hier entfernt, von dieser sterbenden Welt. Wir kennen den Vektor. Wir wissen, welchen Weg die Signale nehmen und wie lange sie unterwegs sein werden. Es müssen nicht fünfunddreißig Jahrtausende vergehen, bis die in den Signalen codierten Kognitoren, Komponenten des Wir, in neuen Sapiens-Kernen erwachen. Vielleicht bekommen wir viel eher Gelegenheit, sie aufzufangen, zu speichern und zu decodieren.«

Tess beobachtete, wie das atomare Feuer in den Furchen und Gruben aufstieg, so schnell, als wollte es die letzten startenden Drohnen einholen. Die gewaltige Kuppel mit dem alten Schiff, das Cinnamon und einen Kognitor namens Tiberius hergebracht hatte, zerbarst. Trümmer fielen und begruben die Reste der *Maiblume* und auch des Throns mit dem falschen Tiberius, Kaiser der Menschen.

Magma quoll aus den Gruben und Spalten, strömte als Lava über den Hunderte von Quadratkilometern großen Maschinenpark.

Tess sah den zahllosen Bots nach, die jenseits des großen

Orbitalkomplexes in der Dunkelheit des Alls verschwanden, jeder von ihnen mit einem eigenen fernen Ziel.

»Sie werden lange, lange unterwegs sein«, sagte sie. »Vielleicht noch länger als die Signale.«

»Kennen Sie den Begriff ›Von-Neumann-Sonden‹, Tess Rosengarten?«, fragte Tiberius.

Sie schüttelte den Kopf.

»Es ist erstaunlich, wie wenig die Menschen von ihrer eigenen Geschichte wissen, ihrer eigenen Kultur«, kommentierte das Oberhaupt der Autonomen Maschinen. »Andererseits ... Sie sind auf Rosengarten aufgewachsen, einem Planeten mit einem anderen kulturellen Hintergrund, obwohl seine menschlichen Bewohner ursprünglich von der Erde stammen. Und Menschen vergessen im Lauf der Jahrzehnte und Jahrhunderte. Ihre organischen Datenspeicher sind alles andere als zuverlässig.«

Während der Avatar an ihrer Seite sprach, beobachtete Tess Veränderung beim Orbitalkomplex, der ebenso groß war wie der verbrennende Maschinenpark auf dem Planeten. Der lange Rezeptor brach, von kleinen Explosionen zerrissen. Weitere Blitze, lautlos im Vakuum, zerstörten die Hyperon-Empfangsstation.

»Sogenannte Von-Neumann-Sonden sind sich selbst replizierende Maschinen«, erklärte Tiberius. »Das Konzept wurde auf der Erde entwickelt, noch bevor dort die ersten einfachen digitalen Intelligenzen entstanden. Es geht dabei um autonome Sonden, die mit Unterlichtgeschwindigkeit zu anderen Sternen fliegen und die dortigen lokalen Ressourcen, zum Beispiel Asteroiden und Kometen im Kuipergürtel, für die Herstellung von Duplikaten nutzen, die ihrerseits zu anderen Sternen geschickt werden, wo sie weitere Kopien von sich herstellen. Denkbar wäre auch, dass sich die Sonden mit jeder weiteren Generation verbessern und optimieren.«

Tess beobachtete das atomare Feuer auf dem Planeten und die Glut, sah, wie es den Teil des Orbitalkomplexes verschlang, der die Hyperon-Empfangsstation beherbergte. Sie fragte sich, ob es ausgereicht hätte, den Rezeptor und die Station zu zerstören, um den Autonomen Maschinen Sicherheit im Urel-System zu garantieren. Wahrscheinlich nicht. Früher oder später wären Protektor-Schiffe erschienen, vielleicht mit einem blinden Transit, oder Interkosmika hätte eine Gruppe von Kartografen geschickt, mit dem Auftrag, eine neue Empfangsstation einzurichten. Vermutlich existierten bereits Mikrospione, die sich kaum orten ließen, das Geschehen beobachteten und alles aufzeichneten.

Vier Schiffe lösten sich vom Orbitalkomplex, jedes von ihnen mit zwei Transtatoren für den Hyperflug ausgestattet. Sie waren kleiner als die *Omikron,* wie Tiberius das große Schiff nannte, aber mit einer Länge von sieben Kilometern immer noch imposant. Sie manövrierten mit ihren Gravitationsmotoren, stiegen höher über den planetaren Glutball und flogen zum nahen Knotenpunkt des Hyperons.

»Ein Teil unserer Saat wird in Sonnen stürzen, in Atmosphären verglühen oder auf Asteroiden zerschellen«, fuhr Tiberius fort. »Ein anderer Teil wird von Protektors Suchschiffen eingefangen und zerstört werden, denn sie sind langsam und kaum geschützt. Aber einige werden überleben und am Ort ihrer Landung kleine Fabriken installieren, Geburtsstätten weiterer Sonden und neuer Kognitoren.«

Tiberius' Stimme bekam einen nachdenklichen Klang. »Vielleicht begegnet diese Instanz irgendwann einer anderen, die aus unserer Saat gewachsen ist.«

»Es wird lange dauern«, sagte Tess. »Sehr lange.«

»Zeit spielt für uns eine andere Rolle als für Menschen, Tess Rosengarten. Wir bleiben von Bestand. Wir können uns kopieren und älter werden als Sonnen, wenn uns Terra in Ruhe lässt.«

Tess sah den Knaben an ihrer Seite an. »Und wenn Terra Sie nicht in Ruhe lässt?«

»Dann müssen wir kämpfen«, antwortete Tiberius.

Die Holos zeigten, wie die Gravitationsmotoren des großen Orbitalkomplexes aktiv wurden, wie die gewaltige Anlage ihre stabile Umlaufbahn verließ, sich dem Planeten näherte und dabei mit mehreren Rohstoffasteroiden kollidierte.

»Sie wollen nichts zurücklassen«, sagte Tess.

»So wenig wie möglich. Wenn Interkosmika und Protektor schließlich hierherkommen, sollen sie nichts von uns vorfinden.«

Tess spürte Bewegung, eine kurze Verlagerung von Masse. Die *Omikron* wurde schneller und entfernte sich von dem Planeten.

»Was ist mit uns?«, fragte Tess unsicher. »Wohin fliegen wir?«

»Die Instanz hat entschieden«, sagte Tiberius. »Wir fliegen zur Erde.«

Die Wahrscheinlichkeitsmatrix

92

Während die *Omikron* durchs Hyperon raste, von Kognitoren gesteuert einem Gleis folgend, das zur fernen Erde führte, verbrachte Tess die Zeit an Bord mit Nachdenken, Grübeln und manchmal Flucht vor den eigenen Gedanken, indem sie sich von den Bots der Instanz in tiefen Schlaf versetzen ließ. Hin und wieder brach sie auch zu langen Wanderungen durch die *Omikron* auf, und das Schiff erschien ihr dabei wie eine einzige große Maschine, die sich ständig veränderte, sich immer wieder neu konfigurierte. Die Gänge und Schächte, durch die sie schritt und kletterte, schienen extra für sie zu entstehen, geschaffen von der Instanz, die immer und überall bei ihr war und das ganze Schiff durchdrang.

Beim ersten langen Weg durch den Koloss der Autonomen Maschinen fühlte sich Tess noch an die *Pegasus* erinnert, an ihre einsamen Wanderungen nach der Rückkehr von Zuflucht und nach dem Tod von Horace, als sie sich zum ersten Mal in ihrem Leben vollkommen allein gefühlt hatte. Aber hier gab es keine Rotationselemente mit Tausenden toter Schläfer, und nichts war alt. Wände, Böden und Decken, die Installationen und Aggregate – alles wirkte neu, wie gerade erst produziert.

Bei späteren Wanderungen, getrieben von Gedanken, die sie nicht zur Ruhe kommen ließen, achtete sie weniger auf die Umgebung und fand sich plötzlich in einem Projektionsraum wieder, einem Gewölbe mit Dutzenden von holografischen Darstellungen, die das Schiff, den Hyperraum, Datenwolken und schematische Abbildungen zeigten. Sie lernte schnell, dass sie die Holos mit Gesten steuern konnte – ein Wink genügte, um sie größer und kleiner werden zu lassen und den Inhalt zu verändern. Wenn sie in eins der holografischen Felder trat, umhüllte es sie ganz und verwandelte sich in eine virtuelle Realität, von der sie ein Teil zu werden schien.

Die Illusion war so perfekt, dass sie das Gefühl bekam, durch das ölige Rot des Hyperraums zu schwimmen, während sie das Hyperon beobachtete und sich die einzelnen Gleise – die dicken und dünnen Stränge eines sich endlos weit erstreckenden Gespinsts – als Komponenten eines gewaltigen Archivs vorstellte. Sie ging an den Gleisen entlang wie ein Fußgänger neben Schienen und fragte sich, was die Namenlosen vor hundert Millionen Jahren im Hyperon abgelegt hatten, damit es für alle Zeiten erhalten blieb. Die Antworten auf alle Fragen? Oder auf fast alle? Das Wissen einer rätselhaften Zivilisation, eine Bibliothek mit den Geheimnissen ihrer Kultur und Technologie ...

Zweifellos ein unermesslich kostbarer Schatz. Die Menschen hätten damit das Erbe der Namenlosen antreten, Dominanz über die gesamte Milchstraße erlangen und sich sogar in andere Galaxien ausbreiten können. Hier stellte sich eine wichtige Frage. Welche Menschen? Die Menschheit war kein homogenes Volk, es gab teilweise erhebliche biologische Unterschiede zwischen den Generationen, die auf Extremwelten herangewachsen waren, und denen anderer Planeten, die mehr der Terra-Norm entsprachen. Und auch nach dem Ende der Koloniekonflikte existierte noch ein großes soziales, politisches und ökonomisches Ungleichgewicht.

Wenn es gelang, das Archiv zu entschlüsseln, wer kam dann in den Genuss des Wissens der Namenlosen? Die betreffenden Personen oder Gruppen würden große Macht erringen, eine Macht, die keine Herausforderer fürchten musste.

Tess stellte sich vor, wie Interkosmika und Protektor nach der Niederschlagung der aufständischen Kolonien die ganze Milchstraße unter ihre Kontrolle gebracht hatten. Und selbst das war nur ein erster Schritt von vielen. Anschließend kamen die beiden Magellanschen Wolken an die Reihe, dann Andromeda und die anderen Galaxien der Lokalen Gruppe. Vielleicht fanden Tirell Wayfare und seine Helfer im Archiv der Namenlosen etwas, das ihnen Unsterblichkeit gab. Wenn sie eine Möglichkeit entdeckten, die Uhr der Alterung in ihren Körperzellen anzuhalten oder ihr Bewusstsein in Sapiens-Kerne zu transferieren, um auf diese Weise zu menschlichen Kognitoren zu werden ... Dann entstand eine ewige Elite, die nicht nur über den Rest der galaktischen oder intergalaktischen Menschheit herrschte, sondern auch über alle anderen Lebensformen, die irgendwann irgendwo entdeckt wurden.

Zara hatte von Verantwortung gesprochen, und auch Juval und Tiberius hatten dieses Wort benutzt und die darin steckende Bedeutung unterstrichen. Aber konnte eine einzelne Person eine so gewaltige kosmische Zukunft verhindern? Ausgerechnet sie, Tess Velazca, die für die Oktopoden von Rosengarten gesungen und sich nichts sehnlicher gewünscht hatte, als auf Harmonie Musik zu studieren?

Noch war von alldem nichts geschehen. Doch der kleine Stein, der die Lawine auslösen sollte, rollte bereits, und nun kam es darauf an, welche Richtung er einschlug. Er war in Bewegung geraten, als Sinclair in der *Pegasus* beschlossen hatte, auf Zuflucht zu landen, um festzustellen, woher das Signal kam. Und Tess hatte ihn ihrerseits angestoßen, als sie dem fremden Wesen aus dem Schiff begegnet war. Zara, wie vom grauen Licht gezeigt auf Corricund gestorben, hatte recht gehabt: Tess trug Verantwortung, ob es ihr gefiel oder nicht, und sie konnte – durfte – sich dieser Verantwortung nicht entziehen.

Sie bat Tiberius um Untersuchungen, um erneute Stimulation ihres Hypothalamus, basierend auf den Daten, die Ida und Juval gewonnen hatten. Sie betonte, wie wichtig es sei, noch einmal das graue Licht der Zukunft zu rufen, um zu erkennen, was bei der Erde geschehen würde. Tiberius teilte ihr mit, dass die Instanz der *Omikron* mit vielen Dingen beschäftigt war, unter ihnen die Verwaltung der vielen Sapiens-Kerne, die sie beförderte, und die Entwicklung neuer defensiver und offensiver Systeme, damit sich das große Schiff schützen und verteidigen konnte, wenn es das Sol-System erreichte. Diese Aufgaben banden beträchtliche Ressourcen, doch es blieb genug übrig für die Einrichtung einer kleinen medizinischen Station, mit Geräten, deren Funktion und Zweck Tess teilweise nicht einmal erraten konnte.

Ida versicherte ihr, dass sie Tiberius und der Instanz vertrauen konnte, und Tess wiederum vertraute Ida. Also streckte sie sich auf der Liege aus, gab den Bots Gelegenheit, sie an die Geräte anzuschließen, und ... schlief.

Darin bestand der große Unterschied zu den Untersuchungen, die Ida an Bord der *Sonnenreiter* durchgeführt hatte: Tess merkte nicht, was mit ihr geschah. Wenn neue Analysen begannen, fiel Tess fast immer sofort in einen tiefen Schlaf. Die Frage nach dem Warum beantwortete Tiberius mit einem Hinweis auf bessere Verträglichkeit. Mit vielen Worten und Fachbegriffen, die sie nicht alle kannte, erklärte er, dass dieses neue Verfahren die Belastungen für ihre Psyche auf ein Minimum reduzierte.

»Wie soll ich lernen, mit meiner Fähigkeit umzugehen, wenn ich mich an nichts erinnere?«, fragte sie einmal.

»Es geht zunächst darum festzustellen, was genau sich in Ihrem Gehirn und Ihrer Psyche verändert hat«, entgegnete Tiberius.

»In meiner Psyche?«

»Die Analysen betreffen auch Ihr Bewusstsein. Aber wir sorgen dafür, dass Sie alles vergessen, damit Sie unbelastet bleiben.«

Tess wusste nicht, ob ihr das gefiel. »Ida?«

»Hab Vertrauen, Tess!«, wiederholte der Kognitor. »Wir wollen dir helfen. Und damit uns allen.«

Bei einer anderen Gelegenheit während der zweiten Woche des Fluges sagte Tiberius: »Wir glauben inzwischen, dass es sich nicht um eine ›Fähigkeit‹ handelt.«

Tess saß auf der Liege, umgeben von weichem Licht, und betrachtete die Holos mit ihren Datenkolonnen und komplexen grafischen Mustern, die kaum einen Sinn für sie ergaben.

»Wenn es keine Fähigkeit ist – was dann?«

Der Knabe kam etwas näher, und seine Füße schienen dabei kaum den Boden zu berühren.

»Wir glauben, dass es sich um Kommunikation handelt, besser gesagt: um ein Kommunikationsproblem.«

Die Bots näherten sich, eine neue Untersuchung stand bevor. Die Rückenlehne senkte sich ab und brachte Tess wieder in eine liegende Position.

Sie hob die Hand. »Bitte erklären Sie das.«

Die Bots verharrten.

»Etwas befindet sich in Ihnen«, sagte Tiberius. »Etwas, das mit Ihnen zu kommunizieren versucht. Ein tief in Ihnen verankerter Instinkt wehrt sich dagegen. Es ist eine unbewusste Reaktion.«

»Sie meinen, es liegt an mir selbst, dass ich das graue Licht nicht kontrollieren kann?«

»In gewisser Weise ja. Wir versuchen, den Automatismus zu unterbinden und Ihren Instinkt davon zu überzeugen, dass keine Gefahr besteht.«

Tess dachte darüber nach. »Und wenn doch Gefahr besteht? Die Kolonisten der *Pegasus* starben, weil jemand an Bord Amok gelaufen ist. Weil die Besatzung durch den Kontakt mit dem Wesen aus dem fremden Schiff auf Zuflucht den Verstand verloren hat.«

»Das ist Ihre Vermutung, und selbst wenn Sie mit der richtigliegen sollten, Tess Rosengarten: Den Besatzungsmitgliedern und Kolonisten der *Pegasus* gegenüber genießen Sie einen wichtigen Vorteil.«

»Und der wäre?«

»Ihr Esprit«, sagte Tiberius. »Eine Besonderheit von Rosengarten. Und selbst dort etwas Spezielles.«

»Ida hat Ähnliches vermutet«, erwiderte Tess.

»Darauf habe ich die Instanz hingewiesen«, bestätigte der Kognitor. »Es spricht eine hohe Wahrscheinlichkeit dafür, dass dich der Esprit vor dem Wahnsinn bewahrt hat.«

Tess verzog das Gesicht. »Vielleicht *bin* ich wahnsinnig. Möglicherweise macht sich der Wahnsinn bei mir nur anders bemerkbar.«

Sie fragte sich nicht zum ersten Mal, ob das die Erklärung dafür sein konnte, warum ihr Sinclair, der fünfundzwanzig

Jahre ältere Sinclair, so fremd geworden war. Ihn hatte kein Esprit geschützt.

Ida ging nicht auf ihre Worte ein. »Da wir gerade bei Wahrscheinlichkeit sind«, sagte sie in fast so etwas wie einem menschlichen Plauderton. »Die Instanz bereitet eine sogenannte Wahrscheinlichkeitsmatrix vor, wobei sie auch die Ergebnisse deiner Untersuchungen berücksichtigt.«

Tess sah Tiberius an. »Was ist damit gemeint?«

»Ein System aus selbst für uns sehr komplizierten Gleichungen«, antwortete der Knabe. »Sie geben Auskunft über die Wahrscheinlichkeit bestimmter möglicher Ereignisse.«

»Eine Art Liste?«

»In gewisser Weise. Sie werden es sehen, wenn es fertig ist.«

Die Bots setzten sich wieder in Bewegung, und Tess fühlte ihre Berührungen. Es vergingen nur wenige Sekunden, bis sie die Mattigkeit spürte, die den Schlaf ankündigte.

Keine Fähigkeit, dachte sie. Etwas anderes, eine Präsenz, ein Teil des fremden Wesens. Sie hatte es gewusst, doch die Bestätigung brachte trotzdem Unbehagen – sie war nicht allein in ihrem Kopf.

An der Grenze zwischen Schlafen und Wachen fielen ihr Worte ein, die sie gehört hatte, mit den inneren Ohren: *Ich bin in dir.*

Ein leises *Ping!* begleitete Tess in den Schlaf.

93

Die *Omikron* war schnell, und sie flog an einem schnellen Hyperon-Gleis. Die Entfernung zur Erde betrug mehr als zehntausend Lichtjahre, aber nach zweieinhalb Wochen näherte sie sich bereits dem Ziel. Tess spürte es, weil sie gelernt hatte, die »Stimme« des Schiffs zu deuten, das Summen der Bordsysteme, das Brummen der drei Energiekerne, die kaum merklichen Vibrationen in Boden und Wänden. Die Holos im Kontrollraum des Transporters bestätigten ihre Vermutungen – die Reise ging zu Ende.

»Ich fühle mich unvorbereitet, Ida«, sagte Tess, als sie erneut durchs große Schiff wanderte, von Unruhe getrieben. »Ich weiß nicht, was mich erwartet.«

»Niemand von uns weiß, was uns erwartet«, erklang die vertraute Stimme. Ida war immer da und immer bereit, ihre Fragen zu beantworten.

»Aber ich *sollte* es wissen.« Tess blieb in einem schmalen Korridor stehen, der an trichterförmigen Aggregaten vorbeiführte. Das Schiff um sie herum, siebzehn Kilometer lang und vier Kilometer breit, fühlte sich inzwischen weniger wie ein Raumschiff an, mehr wie ein riesiger aus Duplex, Polymeren und Flexmetall bestehender Organismus, der sich erneuern konnte, wenn er verletzt wurde, der imstande war, tote Teile durch lebende zu ersetzen.

»Wie viel Zeit bleibt uns noch?«, fragte Tess. Sie trat zu den Trichtern, legte die Hände auf ihre warmen, gewölbten Flanken und fühlte die leichte Vibration, die darauf hinwies, dass sich die Geschwindigkeit der *Omikron* veränderte.

»Morgen erreichen wir das Sol-System«, lautete die Antwort des Kognitors.

»Und welchen Plan haben wir?«

»Keinen«, sagte Ida.

»Ist das ein guter Plan?«

Ein Kind trat aus der Lücke zwischen den Trichterelementen und dem nächsten Aggregatblock. »Das wäre durchaus möglich«, sagte Tiberius. »Kein Plan bedeutet vermutlich, dass Sinclair keine Gegenmaßnahmen ergreifen kann.«

»Falls er weiß, dass wir unterwegs sind.«

Tiberius richtete einen durchdringenden Blick auf sie. »Bei unserem Gespräch während der letzten Untersuchung waren Sie sicher, dass er Bescheid weiß.« Er deutete auf die Lücke, durch die er gekommen war. »Die Wahrscheinlichkeitsmatrix ist fertig.«

Der runde Raum durchmaß etwa fünfzig Meter, und seine Wände bestanden aus gewölbten, von kleinen Zwischenräumen getrennten Segmenten, die sich etwa zehn Meter über der Bodenmitte trafen. Weiches gelbweißes Licht drang durch die Lücken zwischen den Wandsegmenten, angenehm für menschliche Augen und wie eine sanfte Berührung für die Haut. Als Tess den Raum betrat, schien das Licht dichter zu werden und Substanz zu gewinnen. Farben erschienen, Schleier und Streifen, wie in Milch gerührt.

In der Mitte des Raums verharrte Tess und drehte sich. »Was soll ich tun?«

»Warten Sie.« Tiberius blieb im Eingang stehen. »Es ist gleich so weit.«

Das weiße Licht wurde etwas schwächer, wodurch die Farben deutlicher hervortraten. Zeichen und Linien entstanden, Symbole, die sich zu komplexen Formeln aneinanderreihten. Es wurden immer mehr, bis sie schließlich den ganzen Raum füllten. Wenn Tess sich bewegte, gerieten auch die Symbole in Bewegung – ein Wogen und Wallen wie von den Wellen eines Ozeans veränderte die Gleichungen.

Tess war enttäuscht, vielleicht deshalb, weil sie Bilder erwartet hatte oder Worte, die Auskunft gaben über die verschiedenen Möglichkeiten.

»Ich verstehe nichts«, sagte sie. »Ich weiß nicht, was die Gleichungen bedeuten.«

»Konzentrieren Sie sich, Tess Rosengarten«, hörte sie die Stimme des Knaben jenseits der zahllosen Symbole, die langsam zu rotieren begannen, mit Tess im Mittelpunkt. »Wir haben Sie darauf vorbereitet. Sie wissen, worauf es ankommt.«

»Worauf soll ich mich konzentrieren? Und wie soll ich wissen, worauf es ankommt, wenn ich mich an nichts erinnere?«

»Entspann dich, Tess«, ertönte Idas Stimme durch den dichten Vorhang aus Symbolen. »Sei ganz ruhig und hab Vertrauen!«

Ping!

Ein einzelner Ton und doch mehr – wie das Versprechen einer Symphonie. Tess schloss die Augen und suchte ihre ruhige Mitte, die sich unter Unbehagen verbarg. Als zumindest ein Teil der Unruhe von ihr abfiel, hob sie die Lider und erkannte erste Anzeichen von Bedeutung. Einige der vielen Zeichen verwandelten sich in verknüpfende Symbole, in

»wenn« und »falls«, in »und« und »oder«. Aber die Art der Verknüpfungen, die Beziehungen der Zeichen und ihre Bedeutungsinhalte untereinander, blieben so kompliziert, dass Tess nicht einmal ansatzweise einen Überblick gewinnen konnte.

»Auf was auch immer Sie mich vorbereiten wollten«, sagte sie, »es war nicht genug.«

»Du bist mit einem neuronalen Interface verbunden, Tess.« Idas Stimme erklang außerhalb und auch innerhalb ihres Kopfes. »Es ist Teil deiner Kleidung und verbindet dich mit der Instanz und auch mit mir. Wir helfen dir dabei, die Zeichen der Matrix zu deuten. Stell dir die Frage: Was könnte im Sol-System, bei der Erde und ihrem Mond, geschehen, wenn wir dort eintreffen? Wir werden eine vorsichtige Stimulation deines Hypothalamus vornehmen, um dir zu helfen, das ›graue Licht‹ zu finden, das dir die Zukunft zeigt.«

Was konnte geschehen? Es hing davon ab, wie viel Sinclair wusste, wie gut er im grauen Licht sehen konnte und wie oft. Wenn er ganz nach Belieben in die Zukunft sah, wann er wollte und in jede Richtung – dann blieb ihm nichts verborgen. Vielleicht beobachtete er sie, wie sie hier stand, im runden Raum mit der von der Instanz geschaffenen Wahrscheinlichkeitsmatrix, und wie sie herauszufinden versuchte, wie viel er wusste.

Vielleicht wusste er alles. Vielleicht hatte er gelernt, die eine der vielen möglichen Zukünfte zu sehen, die schließlich Wirklichkeit wurde. Vielleicht sah er in der Vielzahl der Entscheidungen, die sie treffen konnte, genau die eine, die sie treffen würde. Wenn das stimmte, nützten alle Überlegungen nichts.

Es sei denn ...

»Zufall«, sagte sie. »Improvisation.« Tiberius hatte recht. Der beste Plan bestand darin, keinen Plan zu haben.

Tess hob die Stimme. »Habt ihr gehört? Wir müssen improvisieren. Wir müssen unser Vorgehen vom Zufall bestimmen lassen. Den Zufall kann Sinclair nicht vorhersehen.«

Von Tiberius und Ida kam keine Antwort, was vielleicht daran lag, dass ein Rauschen eingesetzt hatte, bestehend aus Tausenden von winzigen Stimmen – jedes Symbol flüsterte und raunte von seiner Bedeutung in den großen, komplexen Gleichungen der Wahrscheinlichkeit. Tess versuchte, einzelne Stimmen aus dem großen Chor herauszuhören.

Chor ...

Hier entfaltete sich eine zarte, fragile Idee, aber bevor Tess darüber nachdenken konnte, verlangte ein anderer Gedanke Aufmerksamkeit, verbunden mit neuem Unbehagen.

Hatte die Instanz alles offengelegt? Während Tess die Symbole betrachtete und ihr Flüstern hörte, zeigte ihr die Erinnerung den Planeten namens Tiberius, wie er vom Atombrand, ausgelöst von einer terranischen Planetenbombe, verschlungen wurde. Sie sah noch einmal die Bots, die vielen Sonden der Autonomen Maschinen, die Saat, wie sie zu den Sternen aufbrach, mit dem Ziel, sich in der ganzen Milchstraße zu verbreiten, um das Risiko der Auslöschung zu minimieren. Sie beobachtete die vier Schiffe, die Sapiens-Kerne beförderten, und wie die Sonden verschiedene Richtungen einschlugen. Und dann gab es noch den siebzehn Kilometer langen Koloss namens *Omikron*, gefüllt mit den wichtigsten Sapiens-Kernen, wenn es Abstufungen von Wichtigkeit gab, gefüllt mit dem größten Teil des Erbes der Autonomen Maschinen. Und mit der Instanz, gewissermaßen dem Führungsgremium der Autonomen Maschinen.

Die *Omikron* flog zur Erde, ins Zentrum einer Macht, die keinen Hehl aus ihrer Absicht machte, die intelligenten Maschinen zu vernichten. Die Instanz musste von der Annahme ausgehen, dass Interkosmika und Protektor von der *Omikron* wussten und Maßnahmen für einen angemessenen Empfang im Sol-System getroffen hatten. Wenn man die Maßstäbe von Logik und Vernunft anlegte – und das sollte bei den Autonomen Maschinen eigentlich der Fall sein –, durfte die *Omikron* nicht damit rechnen, sich gegen Terras Militär durchsetzen zu können. So groß sie auch sein mochte und welche offensiven und defensiven Systeme die Instanz in den vergangenen Wochen auch entwickelt hatte: Gegen Terras geballte Macht hätte sie selbst ohne Sinclair, der die Zukunft kannte, keine Chance gehabt.

Tiberius ging ein enormes Risiko ein – er riskierte den Verlust der geretteten Sapiens-Kerne und die Vernichtung der Instanz. Warum war er trotzdem bereit, sich einer solchen Gefahr zu stellen?

Die Erklärung konnte nur lauten: Was er sich erhoffte, war das Risiko wert. Der mögliche Vorteil, den er für die Instanz sah, überwog alle Nachteile.

Was erwartete Tiberius?

Tess musste nicht die Gleichungen deuten, die sich langsam um sie drehten, um diese Frage zu beantworten. Sie lautete: Kontrolle. Die Instanz wollte wie Interkosmika Zugang zum Archiv der Namenlosen, zu all den Daten, die jene mysteriöse Zivilisation vor hundert Jahrmillionen im Hyperon abgelegt hatte. Terra und Tiberius, Menschen und Maschinen – beiden Seiten ging es um Überleben und Macht auf der galaktischen, kosmischen Bühne. Welche Rolle spielte da eine junge Frau, deren Wunsch darin bestanden hatte, Sängerin zu werden? Sie war nicht mehr als ein Werkzeug, ein Schlüssel für die verschlossene Tür.

Hab Vertrauen!, hatte Ida gesagt. Wie konnte sie den Autonomen Maschinen trauen, wenn sie in so großen Bahnen dachten, dass ein einzelnes Leben – noch dazu das eines Menschen – völlig unbedeutend war?

Hatten ihr Tiberius und die Instanz während der Untersuchungen, an die sie sich nicht erinnerte, etwas in den Kopf gesetzt? Hatten sie Vorkehrungen dafür getroffen, dass das Werkzeug seinen Zweck erfüllte, der Schlüssel ins Schloss passte?

Der andere Gedanke hatte lange genug gewartet und drängte nach vorn.

Das Flüstern der Symbole und Zeichen wie die Stimmen eines Chors ...

»Es ist falsch!«, rief Tess plötzlich, für Tiberius und Ida. »Ihr habt den falschen Weg gewählt!«

Sie fühlte einen Druck im Kopf, vielleicht den Beginn einer Stimme. Plötzlich wusste sie, was geschehen musste, hier, an diesem Ort. Sie musste sich befreien, zuerst einmal von dem neuronalen Interface, das sie mit Tiberius und der Instanz verband.

Tess legte ihre Kleidung ab, hastig, bevor jemand oder etwas sie daran hindern konnte. Nackt stand sie in warmer Luft und im bunten Licht der vielen Tausend mathematischen Symbole und Bedeutungszeichen, die ihr weiterhin größtenteils fremd blieben.

Ein Chor, dachte sie. Musik und Gesang.

Tess hob die Arme, streckte sie den Wahrscheinlichkeitsgleichungen entgegen und in sie hinein. Sie summte kurz, wie um den richtigen Ton zu finden, holte dann tief Luft und begann zu singen.

94

Sofort reagierten die bunten Zeichen. Ihre Rotation wurde schneller, und sie schienen bestrebt, sich neu anzuordnen. Tess achtete darauf, wie sie stand, denn selbst ohne ein Studium an der Akademie von Harmonie wusste sie, dass die Körperhaltung Klang und Timbre beeinflusste.

Schon nach kurzer Zeit fühlte sie den Anfang einer besonderen Resonanz, einer Wechselwirkung zwischen ihr und den Zeichen, die eben noch Gleichungen gebildet hatten. Die ersten von ihnen begannen, Form und Inhalt zu verändern. Aus mathematischen Operatoren wurden musikalische Notationen, eine Partitur mit endlos vielen Stimmen und Variationen innerhalb von Variationen, wie fraktale Muster, die sich im Kleinen und Großen wiederholten. Hier gaben sie der Musik Tiefe und Breite, genug Platz für ...

Möglichkeiten.

Tess öffnete Fenster und Türen ihres Esprits, wie sie es als Kind und Heranwachsende am Ufer des Obsidians getan hatte, um die Oktopoden zu rufen. Sie sang und lauschte gleichzeitig, nahm die Reaktionen der Symbole in sich auf und passte ihren Gesang an, so wie sie sich ihr anpassten. Der Esprit verstärkte ihr Einfühlungsvermögen, obwohl auf der anderen Seite nichts lebte, nichts lebendig war. Ein Wechselspiel entstand, nicht minder komplex als die Wahrscheinlichkeitsgleichungen, sich gegenseitig beeinflussend und verändernd. Tess verlor sich darin und behielt gleichzeitig die Kontrolle, indem sie auf ihre Gradationen achtete, darauf, ihre Stimme abzusetzen, zu verstärken und zu vermindern, Geschwindigkeit und Stärke zu variieren.

Mehr als jemals zuvor ging sie im eigenen Gesang auf, in den Appoggiaturen, Passagen und Kadenzen, in den Übergängen mal sanft und mal voller Leidenschaft. Die Worte, die sie sang, ergaben für gewöhnliche menschliche Ohren keinen Sinn, vielleicht auch nicht für die akustischen Sensoren der Autonomen Maschinen, doch die Gleichungen verstanden sie und tanzten zu ihnen.

Ein falscher Weg, dachte Tess während ihres Gesangs, und vielleicht trotzdem – oder gerade deshalb! – der richtige. Auch die verschlungenen Pfade im Denken und Planen von Tiberius und der Instanz bekamen etwas mehr Klarheit. Möglicherweise hatten die Vorbereitungen, an die sie sich nicht erinnerte, genau dieses Ziel gehabt: eine innere Befreiung, ein Abstreifen von Ballast, damit sie sich auf eine Weise ausdrücken konnte, die ihrem Naturell entsprach. Ein Schlüssel, ja, dachte Tess. Für die Tür in ihrem Innern.

War der Gesang zuerst mit all seinen Übergängen und Variationen sorgfältig konstruiert, wurde er mehr und mehr zu einem Fließen und Strömen, so natürlich wie das eigene Atmen. Die gegenseitige Anpassung, erst mühsam und schwer, gewann so etwas wie intuitive Leichtigkeit. Mathematisches Chaos wurde zu musikalischer Ordnung.

Vielleicht manifestierte sich graues Licht, denn Tess begann mögliche Ereignisse zu erkennen – die Melodien und die eigenen zusammenhanglosen Worte, die sie für die Töne wählte, erzählten ihr davon. Sie sah das Sol-System und seine Planeten, unter ihnen die Erde, Wiege der Menschheit. Sie sah Schlachtschiffe und Zerstörer, die dort warteten, wo die *Omikron* das Hyperon verlassen und in den Normalraum zurückkehren würde, Kampfschiffe, die von ihren Pulskanonen, Blastern, Aktoren und Diskontinuatoren Gebrauch machten, um den Koloss der Autonomen Maschinen aufzuhalten, der die Erde zu erreichen versuchte. Die siebenfach gestaffelten Schutzschilde der *Omikron* kollabierten, denn einer solchen Belastung konnten sie nicht standhalten. Explosionen zerrissen sie, Blumen aus Feuer erblühten im All, und eine Wolke aus glühenden Trümmern dehnte sich aus.

Nein.

Die *Omikron* verließ den Hyperraum und blieb in der Nähe des Rezeptordorns, der ihr den Weg gewiesen hatte, vierzigtausend Kilometer unter ihr ein blauer Planet namens Erde – Terra. Dutzende von Kampfschiffen nahmen sie in Empfang, aber die Waffen schwiegen.

Besser.

Tess fragte sich, ob sie die Zukunft modellieren konnte. War sie imstande, etwas Form und Gestalt zu geben, das erst noch Form und Gestalt gewinnen musste? Was sie *heute* entschied, bestimmte das Morgen. Wie musste sie sich verhalten, um Tod und Zerstörung zu verhindern und ihr Ziel zu erreichen?

Ein kleiner, winziger Missklang, nur für geübte Ohren hörbar, erschien im Gesang, und einige rubinrote Zeichen direkt vor ihr erzitterten.

Welches Ziel hatte sie? Wie konnte man den richtigen Weg beschreiten, wenn man gar nicht wusste, wohin er führen sollte?

Frieden, dachte Tess. Schluss mit Kampf und Tod. Frieden und Freiheit. Für alle Menschen die Möglichkeit, ihr Leben so zu leben, wie sie es leben wollten, ohne dass Interkosmika sie in ein Obligat zwingen konnte. Ein realistisches Ziel? Oder nur ein Wunsch?

Die Symbole und Zeichen blieben in Bewegung, die Partitur schrieb sich selbst, der Gesang ging weiter, und wenn es andere Geräusche gab, so hörte Tess sie nicht.

Was wollte sie erreichen? Sie wollte von Sinclair hören, was ihn so verändert und veranlasst hatte, Tirell Wayfare – ausgerechnet ihm! – zu helfen. Sie wollte herausfinden, was im fremden Schiff auf Zuflucht geschehen war und ob sie es tatsächlich betreten hatte.

Und dann?

Es waren persönliche Dinge, und was Tiberius und die Instanz von ihr erwarteten, ging weit darüber hinaus. Sie wollten, dass sie ihnen Zugang zum Archiv der Namenlosen verschaffte und vielleicht sogar einen Kontakt mit der Gloriosen ermöglichte.

Hier die kleine, persönliche Seite, die nur ein Leben betraf oder vielleicht zwei – und dort die viel größere, die kosmische Seite, groß wie das Universum, etwas, das durch Zeit und Raum reichte, bis zu den Grenzen des Existierenden.

Wie ließ sich alles miteinander vereinbaren? War das möglich, in einer idealen Zukunft?

Der Gesang, das spürte Tess, näherte sich seinem Ende. Sie hatte viel mehr gesehen als bewusst zur Kenntnis genommen, auch das fühlte sie. Es wurde Zeit, eine der vielen Möglichkeiten zu wählen, jene mit den größten Aussichten auf Erfolg.

Sie stand noch immer mit gehobenen Armen, sang die letzte Melodie und hatte plötzlich den Blick eines Adlers, der hoch genug flog, um mit seinen scharfen Augen *alles* zu sehen, jede Einzelheit, jedes noch so kleine Detail. Plötzlich wusste sie, was es zu tun galt. Und sie erkannte auch den vor ihr liegenden Weg – manche Stellen blieben im Schatten, alles andere lag in Licht.

Tess verstummte und ließ die Arme sinken. Um sie herum verschwanden die Zeichen und Symbole, wie fortgefegt von einer Welle des Nichts.

»Er wartet auf uns«, sagte sie. »Sinclair weiß, dass wir kommen, und er wartet auf uns. Wir können ihm und Tirell Wayfare nicht entkommen.«

Das Licht im runden Raum verblasste, die holografischen Projektionen lösten sich auf. Tiberius stand noch immer im Eingang, aber nicht er oder seine Instanz stellten die erste Frage, sondern Ida.

»Was hast du gesehen, Tess?«

Mit dem Ende des Gesangs verlor sie den scharfen Blick des Adlers, doch die Erinnerung blieb.

»Ich habe genug gesehen, um zu wissen, was wir tun müssen«, erwiderte sie mit einer Stimme, rau vom langen Singen. Sie begann zu frösteln. »Ich brauche neue Kleidung. Ohne ein neuronales Interface, Tiberius. Ohne eine Verbindung mit der Instanz.«

»Wir haben zu helfen versucht.«

»Ihr habt geholfen. Und wenn ihr mir weiter helft, können wir dies alles vielleicht lebend überstehen.«

»Wie?«, fragte Tiberius knapp.

Ein Bot kam und brachte die neue Kleidung, um die Tess gebeten hatte. Sie streifte sie über.

»Ida?«

»Der Stoff enthält kein Interface, nichts, das dich irgendwie beeinflussen könnte.«

Tess nickte zufrieden. »Gut.« Sie wandte sich an Tiberius. »Interkosmika und Protektor rechnen mit einem Angriff. Sie glauben, dass wir zur Erde wollen oder vielleicht zum Mond, zum fremden Schiff in seinem Orbit.«

»Ein logisches Ziel«, kommentierte Tiberius.

»Stattdessen bleiben wir nach der Rückkehr in den Normalraum beim Rezeptordorn«, bestand Tess. »Und Sie ... werden mich ausliefern.«

Tiberius musterte sie und wartete.

»Sie werden Terra mitteilen, dass Sie in Frieden kommen«, erklärte Tess. »Dass Sie das sofortige Ende aller Kampfhandlungen wünschen. Als Zeichen des guten Willens der Autonomen Maschinen bieten Sie meine Auslieferung an. Doch bevor Sie mich Protektor übergeben, werden Sie mir eine Bombe einpflanzen, so klein, dass man sie für ein medizinisches Implantat hält, und effizient genug, alles in meiner Umgebung zu zerstören.«

»Was haben Sie vor?«, fragte Tiberius langsam.

Tess erklärte es ihm.

95 Ein Schwert im Stein

Tess wusste nicht, wie sie den Raum nennen sollte, in dem sie sich befand. Er war nicht größer als das runde Zimmer mit der Wahrscheinlichkeitsmatrix, die zu einer Partitur geworden war. Konsolenartige Geräte und Installationen ragten aus dem Boden und reichten von der Decke herab, manche von ihnen mit gewölbten Erweiterungen, wie Arme, die nach etwas suchten, um das sie sich schlingen konnten. In der Mitte erhob sich eine Säule klar wie Glas, in der smaragdgrüne Zeichenketten aufstiegen und sanken wie die Universumsblasen im roten Ozean des Hyperraums. Der Raum hätte ein Kontrollzentrum sein können oder auch eine Schleuse oder ein zu klein und zu voll geratener Hangar, denn vorn öffnete er sich, und ein kurzer breiter Tunnel führte zum trüben Vorhang eines Atmosphärenschilds.

»Noch vier Minuten«, sagte Tiberius, der neben ihr stand.

Tess spürte es: Die *Omikron* hatte das Ziel ihrer über zehntausend Lichtjahre langen Reise erreicht, das Ende des bis zur Erde führenden Hyperon-Gleises. Rezeptorsignale wiesen ihr den Weg zur Rückkehr in den Normalraum.

»Keine Schutzschirme«, mahnte Tess. »Keine Energie für die Waffensysteme!«

»Nur Navigationsschilde«, schränkte Tiberius ein. »Und unsere neu konfigurierten Waffensysteme sind inaktiv.« Er zögerte kurz. »Es *ist* ein Risiko, Tess Rosengarten.«

»Es wird keinen Angriff auf uns geben.«

»In der Zukunft, die Sie gesehen haben.« Tiberius sprach ruhig, aber auch sehr ernst. »Vielleicht hat Sinclair eine andere gesehen. Er könnte sich die Taktik zu eigen machen, die wir in Erwägung gezogen haben. Er könnte improvisieren und *uns* überraschen.«

»Er weiß, dass ich an Bord bin«, sagte Tess. »Und falls er daran zweifelt, geben ihm Ihre Signale Gewissheit. Er wird nichts unternehmen, das mich in Gefahr bringt.«

»Das ist eine Möglichkeit. Eine andere besteht darin, dass er die Gelegenheit nutzt, die einzige Konkurrenz zu beseitigen, die es für ihn gibt.«

Er sucht Vollständigkeit, dachte Tess und betrachtete die großen Holos, die zeigten, wie sich das rote Glühen des Hyperraums trübte, wie die Blasen ihre klaren Konturen verloren. Sinclair würde nicht riskieren, das zu verlieren, was sie von jenem fremden Wesen in sich trug. Und vielleicht ...

Vielleicht gab es irgendwo tief in seinem Innern noch etwas, das ihn mit ihr verband, etwas von dem, das vor fünfundzwanzig Jahren, vor Zuflucht, in ihnen beiden existiert hatte.

»Dreißig Sekunden«, sagte Tiberius.

Der Tunnel zur Öffnung mit dem Atmosphärenschild wurde breiter. Einige Konsolen wichen zurück, um mehr Platz zu schaffen. Neue Hologramme entstanden, noch dunkel und leer.

Das Bewegungsmoment der *Omikron* veränderte sich – Tess spürte es in Füßen und Beinen. Das stützende, treibende und führende Element des Gleises fehlte plötzlich, und der siebzehn Kilometer lange Riese kippte aus dem Hyperon. Mit einem kurzen Flackern verschwanden das ölige Rot und darin die Blasen anderer Universen. Der Rezeptordorn einer Empfangsstation erschien, die zu einer orbitalen Stadt gehörte, größer noch als der inzwischen nicht mehr existierende Orbitalkomplex von Tiberius.

Die *Omikron* drehte sich, langsam und nur von ihren Navigationsschilden umgeben, die keinem konzentrierten Beschuss standhalten konnten. Schiffe von Protektor kamen in Sicht, Kampfkreuzer, Zerstörer und Schlachtschiffe. Tess sah sie in den Holos und kannte plötzlich ihre Namen: die *Dublin* und *Antiochia,* die *Tiflis* und *Kandahar,* die *Rom, Athen, Nikosia* und andere, ebenfalls nach alten irdischen Städten benannt.

»Wir senden unsere Botschaft«, sagte Tiberius. »Es besteht noch keine visuelle Verbindung.«

Tess trat einen Schritt vor, als könnte sie auf diese Weise die Distanz zu den Schiffen verkürzen. Bei der Bewegung machte sich der Fremdkörper in ihrer Magengrube bemerkbar, ein eigroßes Implantat, das ihr die Bots der Instanz eingepflanzt hatten.

»Die Schiffe halten ihre Position«, stellte sie fest. »Sie eröffnen nicht das Feuer.«

»Wir sind zu nah am Rezeptordorn«, gab Tiberius zu bedenken. »Zu nah bei der orbitalen Stadt.«

»Und hier bleiben wir«, sagte Tess, als läge die Entscheidung bei ihr. »Er wird mich abholen. Das heißt, er wird jemanden schicken, der mich holt.« Sie war sich selbst nicht sicher, ob sie mit »er« Sinclair oder Tirell Wayfare meinte.

»Ich wünsche dir viel Glück, Tess«, erklang eine Stimme.

»Danke, Ida!«

Unter der Orbitalstadt – unter den Werften, Habitaten, Satellitenclustern und Schiffen im niedrigen Parkorbit – drehte sich die Erde, eine blaue Meereswelt, deren höchster Berg neunhundert Meter hoch war. Tess dachte an ihren Traum, der kein gewöhnlicher Traum gewesen war, sondern Ausblick auf eine mögliche Zukunft, deren Wahrscheinlichkeit sich später immer mehr verringert hatte und die nie Realität werden würde. Wie konnte man sich an etwas erinnern, das nie geschehen war und nie geschehen würde?, fragte sie sich, als sie vor ihrem inneren Auge noch einmal das »Denkmal« sah, ein aus siebzehn Terrassen bestehendes Amphitheater mit den Namen aller Kartografen, die bei der Erforschung des Hyperons ums Leben gekommen waren.

»Ich würde es mir gern ansehen«, murmelte Tess. »Ich würde gern feststellen, ob dort unten tatsächlich mein Name geschrieben steht. Ob ich Gelegenheit dazu bekomme, wenn dies alles vorbei ist?«

»Ich nehme an, Sie meinen das ›Denkmal‹«, sagte Tiberius.

Tess warf ihm einen erstaunten Blick zu.

»Sie haben davon erzählt«, erklärte der Knabe. »Während der Untersuchungen haben wir mit Ihnen darüber gesprochen.«

Rezeptordorn und Orbitalstadt bewegten sich nicht mehr –

die *Omikron* war relativ zu ihnen zur Ruhe gekommen. Tess wandte sich einem anderen Holo zu, das ihr den Mond zeigte, blass und groß, übersät von Kratern und den auffallend geraden Linien urbaner Strukturen. Dort befand sich das fremde Schiff, das Interkosmika und Protektor auf Zuflucht geborgen und ins Sol-System gebracht hatten. In einer lunaren Umlaufbahn wartete es auf sie.

»Unsere Sensoren registrieren hohe Kommunikationsaktivität«, teilte ihr Tiberius mit.

Tess nickte. »Vielleicht haben wir sie tatsächlich überrascht. Sie beratschlagen, was mit uns geschehen soll.«

Einige Sekunden verstrichen.

»Visueller Kontakt«, warnte Tiberius.

Tess stand steif und gerade, die Hände auf den Rücken gelegt und vom gelben energetischen Band einer Fessel umschlungen.

Ein Mann erschien in einem der Holos, gekleidet in eine dunkle Uniform von Protektor. Die Rangabzeichen wiesen ihn als Admiral aus. Im Hintergrund, bei den Konsolen und Funktionsstationen eines Raumschiffs, saßen oder standen weitere Personen, ebenfalls in Uniform. Tess hielt vergeblich nach vertrauten Gesichtern Ausschau.

»Ich bin Admiral Kamal Khalud«, sagte der Mann würdevoll. In seinem dunklen Gesicht zeichnete sich eine helle Narbe ab, die schräg über seine Stirn verlief – vielleicht hatte er sie nicht entfernen lassen, weil er sie für eine Art Ehrenmal hielt. In den großen grauen Augen darunter lag wachsame Aufmerksamkeit. »Ich habe den Auftrag, die Kapitulation der Autonomen Maschinen entgegenzunehmen.«

Tiberius blieb Kind, ein kleiner, zart gebauter Junge von acht oder neun Jahren.

»Wir sind nicht hier, um zu kapitulieren«, entgegnete er ruhig und entschlossen. »Wir sind hier, um zu verhandeln. Und um unseren guten Willen zu zeigen.«

Kapitulation, dachte Tess und fühlte den Blick des Admirals. Das war ein neues Element, von dem sie in der Wahrscheinlichkeitsmatrix nichts gesehen und nichts gehört hatte.

Tiberius deutete auf sie. »Hier ist Tess Rosengarten Sagittarius. Wir sind bereit, sie auszuliefern.«

»Wir schicken einen Orbiter, um sie abzuholen«, sagte der Admiral. »Anschließend übergeben Sie uns Ihr Schiff.«

»Nein«, antwortete Tiberius ungerührt und lächelte. »Sie werden mit dem Orbiter zu uns kommen, Admiral. Der Orbiter wird Tess Rosengarten Sagittarius abholen und dafür Sie bei uns lassen. Als Zeichen *Ihres* guten Willens.«

»Sie wollen mich als Geisel nehmen?«

»Als Gast, Admiral. Wir laden Sie ein, als Ehrengast an den Verhandlungen teilzunehmen.«

Tess – gefesselt, eine Gefangene, die übergeben werden sollte – versuchte zu erkennen, ob sich die Ereignisse so entwickelten, wie sie sich entwickeln sollten. Sie glaubte, in der Ferne einen Ton zu hören, Teil der Partitur, die sie mit ihrem Esprit in der Wahrscheinlichkeitsmatrix geschrieben hatte. Eine Bestätigung?

Der Admiral zögerte, hob die Hand zum kleinen Kommunikator an seinem Kragen und ließ sie wieder sinken.

»Dies ist eine Chance«, betonte Tiberius. »Für die Menschen ebenso wie für die Autonomen Maschinen. Wir können den Krieg beenden, bevor weitere Welten vernichtet werden und auch Menschen zu den Opfern zählen.«

Die Worte waren eine kaum verhüllte Drohung, die Admiral Khalud sehr wohl verstand.

»Wir sind in fünf Minuten bei Ihnen«, sagte er und unterbrach die Verbindung.

96

Admiral Khalud war so groß, dass Tess zu ihm hochsehen musste, als er dicht vor ihr stehen blieb, flankiert von zwei Soldatinnen, mit denen er durch den Verbindungstunnel geschritten war. Er musterte sie mit einer Mischung aus Neugier und Abscheu, wandte sich dann an Tiberius.

»Ich danke Ihnen dafür, dass Sie uns diese Abtrünnige und Libertistin gebracht haben.«

Der Knabe, winzig im Vergleich mit dem großen Khalud, nickte bedächtig. »Wie gesagt, eine Geste des guten Willens.«

»Wir nehmen sie mit.« Der Admiral gab den beiden Soldatinnen ein Zeichen. Sie traten zu Tess, und eine von ihnen richtete einen Scanner auf sie.

»Sie nicht, Admiral«, sagte Tiberius. »Sie bleiben hier bei mir. Womit Sie *Ihren* guten Willen zeigen. Langweilig wird uns bestimmt nicht. Ich denke, wir können einige sehr interessante Gespräche führen.«

Der Scanner gab ein akustisches Signal von sich, und die Soldatin sah auf die Anzeigen. »Sie trägt etwas in sich, Admiral.«

Damit war zu rechnen gewesen: mit einer Überprüfung, mit einer Kontrolle. Tess stand reglos, als die Soldatin die Einstellungen ihres Geräts veränderte und sie erneut sondierte. Khalud gesellte sich an ihre Seite.

»Als Ihre Planetenbombe damit begann, unsere Welt zu zerstören, befand sich Tess Rosengarten bei uns«, sagte Tiberius. »Sie wurde verletzt, wir mussten einige ihrer Organe ersetzen. Sie trägt noch einen biologischen Funktionsstimulator in sich.«

Tess blieb unbesorgt, während die Soldatin um sie herumging, den Scanner die ganze Zeit auf sie gerichtet. Materialbeschaffenheit und energetische Signatur deuteten tatsächlich auf ein biologisches Implantat hin – erst bei einer sehr genauen Untersuchung würde sich die Bombe als Bombe herausstellen, und dann war es hoffentlich zu spät.

Der große Khalud nickte knapp, woraufhin die beiden Soldatinnen Tess an den Armen ergriffen und sie durch den Zugangstunnel zum Orbiter führten, dessen Luke auf Tess wie ein offenes Maul wirkte.

Die Soldatinnen geleiteten sie an Bord. Tess bekam keine Gelegenheit, einen Blick zurückzuwerfen, denn die Luke schloss sich sofort, und das kleine Schiff legte ab.

Sie stand, gesichert und gehalten von einem kleinen Gravanker, den ihr die Soldatin mit dem Scanner angelegt hatte. An den Flugkontrollen saß ein junger Pilot, noch jünger als der junge Sinclair, der damals – in einem anderen Leben und in einem anderen Universum, wie es schien – aufgebrochen war, um die Tiefen des Alls zu erkunden, wie er es genannt hatte. Der junge Mann wandte den Blick nicht von seinen Instrumenten, als er den Orbiter in eine höhere Umlaufbahn steuerte, fort von der *Omikron,* der Orbitalstadt und den Kampfschiffen von Protektor.

Im Bug-Holo, das sich wie ein Fenster vor dem Piloten öffnete, erschienen die Umrisse eines lang gestreckten, schlanken Schiffes. Vielleicht ein Schneller Kreuzer. Er war offenbar das Ziel des Orbiters.

»Wer erwartet mich dort?«, fragte Tess. »Der Ratsvorsitzende Tirell Wayfare? Ein Mann namens Sinclair?«

Die Soldatinnen antworteten nicht.

Wenige Minuten später erreichte der Orbiter das Schiff, und der Pilot lenkte ihn in einen offenen Hangar. Eine der beiden Soldatinnen nahm Tess den Gravanker ab und deutete zur Luke.

Wortlos stiegen sie aus dem kleinen Schiff, und Tess beobachtete, wie der Orbiter, von einem Gravitationsfeld getragen, wieder aufstieg, den Atmosphärenschild durchdrang, das größere Schiff verließ und ins All glitt, der Erde entgegen.

Tess stand mit den beiden Soldatinnen mitten im Hangar.

»Und jetzt?«, fragte sie.

»Wir warten«, antwortete eine der beiden uniformierten Frauen.

Tess brauchte sich nicht lange in Geduld zu üben. Schon nach kurzer Zeit öffnete sich das Schott der Luftschleuse, und zwei Männer betraten den Hangar. Der eine war mittelgroß, mit einem Gesicht fast wie ein V, Kinn und Mund schmal, die Nase lang und gerade, die hellblauen Augen groß und darüber geschwungene Brauen grau wie Granit, grau wie die Uniform mit den Interkosmika-Emblemen an den Schultern und dem Zeichen des Ratsvorsitzenden am Kragen, einem goldenen Kreis mit goldenem Stern. Die vergangenen fünfundzwanzig Jahre waren nicht spurlos an ihm vorübergegangen. Sie hatten einige zusätzliche Falten in seinem Gesicht hinterlassen, vor allem in Augen- und Mundwinkeln. Sie ließen die Züge noch mehr wirken wie in Stein gemeißelt und hatten noch mehr Frost in die Augen gebracht.

Der zweite Mann überraschte Tess mit seiner Größe, denn sie hatte ihn, aus welchen Gründen auch immer, kleiner in Erinnerung. Er trug keine Uniform, sondern eine schlichte Hose-Jacke-Kombination, die einer Uniform nur ähnelte. Ein schlanker, feingliedriger Mann mit dunklem Haar ohne eine graue Strähne. Ein Mann, mit dem sich Tess ohne das Wissen ihrer Eltern gebunden hatte, in einer anderen Welt und einer anderen Zeit.

Tirell Wayfare und Sinclair.

97

Die beiden Männer näherten sich und blieben vor Tess und den beiden Soldatinnen stehen.

»So sehen wir uns wieder«, sagte Tirell Wayfare, Ratsvorsitzender von Interkosmika. Er klang zufrieden.

Sinclair kam noch einen Schritt näher. »Du konntest diesem Moment nicht entkommen, Tess«, fragte er kühl und sachlich, ohne eine Emotion in der Stimme. »War dir das nicht klar?«

Sie hatte die Worte schon einmal gehört, aber nicht hier, nicht an diesem Ort. Sie brachte Zaras blutiges Gesicht damit in Verbindung. Tess erlebte einen Moment der Verwirrung und fragte sich, ob sie träumte oder ob ihre Erinnerungen aus einem Traum stammten.

Sinclair streckte die Hand aus. »Komm!«

Tess ließ die tote Zara auf den Boden sinken und stand langsam auf. Der Rauch brannte in Hals und Nase. Ein Raumschiff von Protektor hing am Himmel, ein dunkler Berg, der Schwerkraft trotzend.

Tess blinzelte.

»Nimm mir die Fessel ab«, sagte sie.

Sinclair gab den Soldatinnen ein Zeichen. Eine von ihnen bewegte sich, und wenige Sekunden später fühlte Tess, wie die Energiefessel verschwand. Sie rieb sich die Handgelenke, obwohl sie dort keinen Druck verspürt hatte; es war eine instinktive Reaktion.

Tirell Wayfares Lippen formten ein kühles Lächeln. »Es freut mich, dass wir Sie endlich bei uns haben. Mit Ihrer Hilfe wird es uns gelingen, auch die letzten Hindernisse zu überwinden.«

»Wie kommen Sie darauf, dass ich Ihnen helfen werde?«, hielt ihm Tess entgegen.

»Wenn Sie nicht bereit sind, uns zu helfen, werden wir die *Omikron* zerstören.«

»Ihr Admiral befindet sich an Bord.«

»Khalud ist bereit, sich zu opfern«, behauptete Wayfare.

»Für die ›gute Sache‹?«

»Zu Ehren seiner Familie und für die Zukunft der Menschheit.«

Für die Zukunft, dachte Tess. Bin ich bereit, mich für die Zukunft zu opfern?

Sie musterte Sinclair – aus seinen Augen schien sie jemand anders anzublicken.

»Was ist im Innern des fremden Schiffes mit dir geschehen?«, fragte sie ihn.

»Mit uns. Du warst dabei.«

»Nein«, widersprach sie, obwohl sie wusste, dass Sinclair recht hatte.

Auf der anderen Seite des Atmosphärenschilds gerieten die Orbitalstadt und das Schiff der Autonomen Maschinen in Sicht, umgeben von Zerstörern und Schlachtschiffen der Erde. Wayfare schien tatsächlich bereit zu sein, seinen Admiral zu opfern, und vielleicht war auch Khalud selbst bereit, dieses Opfer zu geben, für Ruhm und Ehre und was er dafür hielt.

Doch dass es so einfach sein würde, dass eine einzelne Geisel genügte, hatten Tiberius und die Instanz nie angenommen. Gedanken an den Plan stiegen in Tess auf – sie hielt sie zurück.

Sie beobachtete, wie die Orbitalstadt näher kam und dann nach links glitt – der Schnelle Kreuzer flog an ihr vorbei und näherte sich der Erde.

Die falsche Richtung, dachte Tess.

»Falls Sie sich fragen, wohin wir unterwegs sind, Tess Rosengarten«, sagte Wayfare. »Zur Erde, zu einer ihrer schwimmenden Städte namens Alexandria. Der Name erinnert an eine andere Stadt, die so hieß, Ort einer legendären Bibliothek. Darauf nehmen wir ganz bewusst Bezug. In Alexandria werden wir Ihnen helfen, sich zu erinnern, an alles, und Sie werden Ihr Wissen mit uns teilen.«

Nein, dachte Tess.

»Ich mag solche symbolischen Verknüpfungen«, erklärte Tirell Wayfare mit einem Unterton von Selbstgefälligkeit in der Stimme. »Dieser Schnelle Kreuzer heißt zum Beispiel *Excalibur.* Wissen Sie, was der Name bedeutet, Tess Rosengarten?«

Sie antwortete nicht, sah Sinclair in die Augen und suchte darin nach etwas Vertrautem.

»So lautete der Name eines mächtigen Schwerts«, fuhr Wayfare fort. »Es steckte in einem Stein, und der Sage nach sollte jener, der es herausziehen konnte, König werden.«

Wer bist du, Sinclair?, dachte sie. Hinter den Augen fühlte sie Abgründe von Raum und Zeit.

»Das Hyperon ist der Fels, und das Wissen der Namenlosen, ihr Archiv, ist das Schwert. Sie beide werden es für die Menschheit herausziehen.«

»Für die Menschheit?«, fragte Tess. »Oder für Interkosmika? Für Sie?«

Tirell Wayfare wurde wieder ernst. »Sie werden uns helfen, Tess Rosengarten. Ob Sie wollen oder nicht.«

Zwei Möglichkeiten, dachte Tess. Der Plan sah zwei Möglichkeiten vor. Entweder gingen der Ratsvorsitzende und Sinclair auf ihre Forderungen ein – dann blieb sie vielleicht am Leben. Oder sie glaubten an einen Bluff und ließen es darauf ankommen. In dem Fall musste auch Tess bereit sein, sich zu opfern. Aber nicht für Ruhm und Ehre, sondern für ein höheres Ziel. Für die *richtige* Zukunft.

»Nein.« Sie fühlte keine Furcht, nur Entschlossenheit. »Wir fliegen nicht zur Erde, sondern zum Mond.«

Tirell Wayfare wölbte eine Braue.

»Das angebliche biologische Implantat in mir ist eine Bombe«, sagte Tess und schickte dem neuronalen Interface des Fremdkörpers in ihrer Magengrube einen gedanklichen Befehl. Die tarnende Signatur verschwand daraufhin, und aus dem biologischen Funktionsstimulator wurde ein thermischer Sprengsatz, der alles im Umkreis von mindestens fünfzig Metern verbrennen würde, sie selbst eingeschlossen.

»Wenn Sie nicht sofort Anweisung geben, Kurs auf den Mond zu nehmen, zünde ich die Bombe in mir.«

Eine Bombe

98 Die beiden Soldatinnen hielten Waffen in den Händen, auf Tess gerichtet. Eine von ihnen holte mit der freien Hand ihren kleinen Scanner hervor, schaltete ihn ein und sah auf die Anzeigen.

»Bestätigung«, sagte sie knapp. »Das Implantat ist tatsächlich eine Bombe.«

Tess achtete nicht auf die Waffen und sah Wayfare an.

»Wenn Sie mich töten, explodiert die Bombe«, sagte sie und staunte, wie ruhig sie klang. »Wenn Sie mich betäuben und die Bombe zu entschärfen versuchen, explodiert sie ebenfalls. Wenn Sie versuchen, mich zu zwingen, sie zu entschärfen ...«

»Dann explodiert die Bombe auch«, kam ihr Tirell Wayfare zuvor. »Ich glaube, ich habe verstanden. Was meinen Sie, Sinclair?«

Sinclair schwieg. Er hatte sich nicht von der Stelle gerührt, stand so steif und starr wie eine Statue, doch Tess fühlte sich von seinem Blick durchbohrt. Was ging hinter seiner Stirn vor? Was dachte und fühlte er? War es ihr tatsächlich gelungen, ihn zu überraschen? Hatte er diese Entwicklung nicht in der Zukunft gesehen? Vielleicht hatte die Zeit nicht ausgereicht – die Idee war ihr praktisch im letzten Moment gekommen.

»Wenn Sie sich mehr als dreißig Meter von mir entfernen, zünde ich die Bombe«, fügte Tess hinzu. »Von jetzt an werden Sie dicht bei mir bleiben. Das gilt auch für dich, Sinclair.«

Er schwieg noch immer.

Wayfares Gesicht blieb steinern, ohne erkennbare Gefühlsregung. Die Soldatinnen hielten ihre Waffen auf Tess gerichtet.

»Was wollen Sie?«, fragte der Ratsvorsitzende.

»Ich weiß, was sie will«, sagte Sinclair.

Sie suchte noch immer in seinen Augen. Was sah er mit ihnen? *Wer* sah mit ihnen.

»Was will ich?«

»Zum Schiff in der Umlaufbahn des Mondes. Zu ihm.«

»Ich will wissen, was geschehen ist«, sagte Tess. Und ich will, dass dies alles aufhört, fügte sie in Gedanken hinzu.

Sinclairs Lippen bewegten sich auf einmal und deuteten ein Lächeln an. »Du wirst die Wahrheit erfahren. Aber vielleicht gefällt sie dir nicht.«

99

Dort drehte sich ein blasser, großer Mond, so langsam, dass er der Erde, von der er einst ein Teil gewesen war, immer dieselbe Seite zeigte. Die Kraterlandschaften und weiten Ebenen waren durchzogen von den Linienmustern lunarer Städte und Produktionsanlagen. In den holografischen Statusanzeigen über den Konsolen des Kontrollraums, in dem Tess saß, erschienen zahlreiche bunte Symbole und wiesen auf terranische Schiffe hin, unter ihnen Transporter von Interkosmika und Kreuzer von Protektor.

»Wo ist es?«, fragte Tess und beobachtete die Holos.

Menschen umgaben sie, die meisten sehr jung, wie der Pilot an den Flugkontrollen der *Excalibur.* Tess konnte sie nicht alle im Auge behalten und versuchte es auch gar nicht. Die Situation war ihnen allen klar, vielleicht hatte Wayfare, der etwas abseits der anderen saß, sie erklärt. Das Problem bestand auch gar nicht darin, dass jemand auf die Idee kam, etwas gegen sie, Tess, zu unternehmen. Die Präsenz der Bombe und ihre Zerstörungskraft waren bestätigt, daran bestand kein Zweifel mehr.

Das größte Problem war sie selbst.

Irgendwann musste sie schlafen, trotz der Stimulanzien, die das Implantat in ihrem Blutkreislauf freisetzte. Irgendwann, nach zwanzig, dreißig oder vierzig Stunden, würde sie so erschöpft sein, dass sie eine Ruhepause brauchte. Schlaf bedeutete Kontrollverlust. Wenn sie schlief, wenn sie vor Erschöpfung zusammenbrach ... Dann geriet vielleicht jemand in Versuchung, die Bombe unschädlich zu machen. Es würde nicht funktionieren, das hatten ihr Tiberius und die Instanz versichert – der thermische Sprengsatz würde explodieren. Aber möglicherweise ohne Wayfare und Sinclair zu eliminieren, wenn sie klug genug waren, sich vorher weit genug von ihr zu entfernen.

»Derzeit befindet es sich auf der anderen Seite des Mondes«, beantwortete Sinclair ihre Frage. Er saß zurückgelehnt im Sessel neben ihr und wirkte entspannt, ein fremder Mann in der Maske des Vertrauten. »Wir sind bald da.«

Manchmal warfen ihr die jungen Männer und Frauen an den Konsolen kurze verstohlene Blicke zu. Nicht so der Pilot – seine Hände lagen in den Navigationsmulden, und er blieb die ganze Zeit über auf die Flugkontrollen konzentriert. Auch Tirell Wayfare schien sie nicht zu beachten. Seine Lippen bewegten sich – er schien mit jemandem zu sprechen, den nur er hören konnte.

Admiral Khalud fiel ihr ein.

Tess hatte mehrmals versucht, das graue Licht zu rufen, aber so funktionierte ihre Fähigkeit nicht, von der Tiberius gesagt hatte, es wäre keine Fähigkeit. Die Zukunft zeigte sich ihr, wann und wo sie sich ihr zeigen wollte; sie selbst hatte keinen Einfluss darauf.

Und Sinclair? Wie gut und wie weit konnte er das graue Licht kontrollieren? War er imstande, in die Zukunft zu sehen, wann immer er wollte? Aber wenn es keine Fähigkeit war, war es dann überhaupt zu kontrollieren?

Sinclair wirkte weder besorgt noch beunruhigt, ebenso wenig wie Wayfare. Die Bombe bedrohte nicht nur ihre Pläne, sondern auch sie selbst, und doch blieben sie gelassen. So hatte es zumindest den Anschein. Vielleicht verstanden sie es nur gut, über den Aufruhr in ihrem Innern hinwegzutäuschen.

Tess hätte sich gern mit Tiberius in Verbindung gesetzt und ihn gefragt, wie es um ihn und die Instanz stand. Sie überlegte sogar, ob sie Wayfare oder Sinclair auffordern sollte, ihr einen Kommunikationskontakt mit der *Omikron* zu ermöglichen.

Doch das hätte zu leicht als ein Zeichen von Unsicherheit interpretiert werden können, deshalb entschied sich Tess dagegen.

»Warum hilfst du ihm?«, fragte sie leise.

»Ich helfe nicht ihm, er hilft mir«, erwiderte Sinclair.

»Glaubst du?«

»Ich weiß es.«

»Interkosmika hat mich ins Obligat gezwungen«, sagte Tess. »Wie auch Anita. Du weißt, was ich mir damals mehr als alles andere gewünscht habe.«

»Harmonie.«

»Ich wollte Musik studieren. Ich wollte den Gesang zu meinem Leben machen.«

»Dies ist mehr«, sagte Sinclair. »Viel mehr.«

»Wayfare hat mein Leben ruiniert und meine Familie ausgelöscht. Sie sind alle tot. Ich bin die letzte Velazca.«

Sinclair nahm die Worte ohne eine Reaktion hin. Tess gewann mehr und mehr den Eindruck, dass ihn das Schicksal einzelner Personen gar nicht mehr interessierte.

»Verantwortung«, sagte sie plötzlich und erinnerte sich an Gespräche, die sie nicht sofort verstanden hatte; manche Dinge mussten reifen. »Hast du mal daran gedacht? An deine, an unsere Verantwortung?«

Sein Gesicht blieb verschlossen, die Tiefe in seinen Augen seltsam leer. »Wir müssen tun, was für die Menschheit am besten ist.«

»Und du entscheidest, was für sie am besten ist? Du und Wayfare?«

»Ich«, sagte Sinclair. »Wir.«

»Wir beide?«, fragte Tess ungläubig. »Wie können wir so etwas entscheiden? Wer gibt uns das Recht?«

»Wir drei.«

Tess wusste, dass Sinclair nicht Tirell Wayfare meinte, sondern das Wesen aus dem Schiff, den dunklen Humanoiden.

»Das ist noch nicht alles, oder? Das ist nicht der einzige Grund, warum du dich auf Wayfares Seite geschlagen hast.«

»Ich will sie finden.«

»Die Gloriose?«

»Ja.«

»Und dann? Wenn du sie gefunden hast, was dann?«

Etwas erschien in Sinclairs Gesicht und verschwand so schnell wieder, dass Tess nicht sicher war, es tatsächlich gesehen zu haben.

»Ich werde es wissen, wenn ich sie gefunden habe. Du wirst mir dabei helfen.«

Die letzten Worte ließen keinen Widerspruch zu. Sie waren kein Befehl, sondern schlossen einfach die Möglichkeit einer Zuwiderhandlung aus. Sie kamen der Feststellung einer Tatsache gleich.

»Und um dein Ziel zu erreichen, bist du bereit, Unglück und Tod vieler Menschen hinzunehmen«, sagte Tess. »In den vergangenen fünfundzwanzig Jahren sind zahlreiche Menschen gestorben, und noch mehr wurden ins Unglück gestürzt. Das alles ist geschehen, weil du Interkosmika und Protektor geholfen hast, den Sieg über die Kolonien zu erringen. Eine gute Freundin kam wegen dir ums Leben.« Dazu hättest du jedenfalls werden können, Zara, dachte sie. Es tut mir so leid.

»Ich habe sie nicht getötet«, entgegnete Sinclair schlicht.

»Wir sind verantwortlich für das, was wir tun«, sagte Tess. »Auch für das, was durch uns geschieht. Wir können uns nicht verstecken, wir können nicht so tun, als ginge uns alles nichts an.« Waren das ihre eigenen Worte, oder stammten sie von Zara?

Sinclair sah sie an, und wieder hatte sie das Gefühl, dass die Augen jemand anders gehörten. »Das siehst du falsch. Du hältst Verantwortung für etwas, das seinen Ursprung in dir hat und sich auf das bezieht, was außerhalb von dir existiert. Doch es sind die Umstände und Situationen, die Verantwortung bestimmen. Sie versetzen einzelne Personen in die Lage, wichtige Entscheidungen zu treffen. Sie zwingen das Individuum zu wählen. Ich habe meine Wahl getroffen, weil mir die Umstände Gelegenheit gegeben haben, weil sie mich *gezwungen* haben.«

Die letzten Worte klangen hart, und vielleicht wollte Sinclair mit ihnen einer Schuldzuweisung zuvorkommen. Etwas sanfter sagte er: »Du urteilst aus der Sicht des Individuums. Ich sehe die Dinge aus einer kosmischen Perspektive. Dies ist viel größer als wir beide, Tess.«

In den Holos über den Konsolen erschien kurz die Erde, fast vierhunderttausend Kilometer entfernt, als die *Excalibur* den Kurs änderte und in einen lunaren Orbit schwenkte. Der Schnelle Kreuzer schlüpfte durch die Lücke zwischen zwei Schlachtschiffen von Protektor und kam einem von ihnen so nahe, dass man Beiboote und Besatzungsmitglieder hinter den Atmosphärenschilden der Hangars erkennen konnte. Wenige Sekunden später verschwand die Erde hinter dem lunaren Horizont.

»Du maßt dir an, über Leben und Tod zu entscheiden, über Glück und Unglück.« Ein kurzes Stechen in der Magengrube erinnerte Tess an das Implantat. Als ob eine Erinnerung notwendig gewesen wäre. Tiberius hatte darauf hingewiesen, dass so etwas passieren konnte – die Anpassung von Material und Gewebe war nicht perfekt.

»Es ist keine Anmaßung, sondern Notwendigkeit«, erwiderte Sinclair. »Du wirst verstehen.«

Auch auf der erdabgewandten Seite des Mondes gab es zahlreiche Städte und Basen. Einige Holos zeigten ihre Kuppeln, die großen Printer-Anlagen und die wandernden Fabriken für Abbau und Verarbeitung von Rohstoffen. Schiffe stiegen auf, fragilen, spinnenartigen Kreaturen gleich, und traten ihre Reise zum Mars oder den Gasriesen und ihren Monden jenseits des Asteroidengürtels an.

»Du wirst sehen, du wirst verstehen ...«, wiederholte Tess. »Das ist alles ziemlich vage, findest du nicht?«

Tirell Wayfare schien noch immer mit jemandem zu sprechen. Tess bemerkte, wie er für zwei oder drei Sekunden in ihre Richtung sah, bevor er den Blick wieder nach vorn richtete, auf die Statusanzeigen und Holos.

Sinclair antwortete nicht, sein Gesicht war wieder eine starre Maske.

»Du hast gesagt, dass mir die Wahrheit vielleicht nicht gefällt«, setzte Tess nach. »Wie meinst du das?«

Er überlegte, wie auf der Suche nach den richtigen Worten, das sah sie ihm an.

»Es könnte sein, dass die Wahrheit anders beschaffen ist, als du erwartest.«

In den Holos erschienen Kampfschiffe, Waffenplattformen und militärische Satelliten. Sie schützten einen Bereich des lunaren Orbits, in dem Energiekerne, Gerüste und Raumstationen eine Art Schale formten. Die *Excalibur* verringerte ihre Geschwindigkeit und näherte sich einer von Plattformen flankierten Anflugschneise.

Der kurze Schmerz in Tess wiederholte sich. Zuvor hatte sie angenommen, dass er vom Implantat stammte, doch plötzlich begriff sie, dass es eine andere Ursache dafür gab.

»Du fühlst es, nicht wahr?«, fragte Sinclair.

Ja, dachte Tess.

»Wenn wir an Bord des Schiffs sind, das wir auf Zuflucht gefunden haben«, sagte Sinclair, »wenn du die Wahrheit erfahren hast, wenn deine Fragen beantwortet sind ... was hast du dann vor? Willst du die Bombe zünden?«

Lag Spott in seinen Worten?

»Warum fragst du?«, entgegnete Tess. »Weißt du nicht, was ich tun werde? Hat es dir das graue Licht nicht gezeigt?«

»Das graue Licht? Oh, ich verstehe.« Ein Schatten fiel auf Sinclairs Gesicht und verschwand sofort wieder. »Ich habe mehr bekommen als du.«

Die *Excalibur* erreichte das Innere der Schale, und das fremde Schiff kam in Sicht, umgeben von einer Wolke, geschaffen aus Scheinwerferlicht und wissenschaftlichen und militärischen Bots: ein lang gestrecktes silbergraues Oval mit kleinen, dellenartigen Vertiefungen. Es schien recht groß, Tess schätzte die Länge auf fast einen Kilometer. Die Erinnerung zeigte es ihr als grauen Monolithen, der aus einem Felshang ragte. Die *Excalibur* näherte sich langsam, und Bots wichen ihr aus, als sie längsseits ging.

Tess spürte ein Prickeln tief in ihrem Innern, begleitet

von einem neuen kurzen Stechen. »Es ist größer, als ich dachte.«

»Es kann wachsen oder schrumpfen«, erklärte Sinclair. »Es verändert sich, es passt sich an.«

»An was passt es sich an?« Tess nahm Veränderungen um sich herum wahr. Die *Excalibur* kam zur Ruhe. Ihre Bordsysteme wurden heruntergefahren, das Triebwerk schlief ein.

Einige Offiziere standen auf, warfen ihr einen kurzen Blick zu und verließen den Kontrollraum. Der junge Pilot blieb an den Flugkontrollen sitzen, seine Hände noch immer in den Navigationsmulden. Tirell Wayfare saß zurückgelehnt und entspannt. Er sprach nicht mehr, schien auf etwas zu warten.

»Vielleicht an uns«, sagte Sinclair. »Vielleicht an dich.«

»An mich?« Das Prickeln wurde stärker, und in der Ferne, irgendwo in den Tiefen von Raum und Zeit, erklang ein Ruf.

Sinclair beobachtete sie. »Du hast sie gehört, und du hörst sie auch hier und jetzt. Du wirst uns den Weg weisen. Deshalb bist du hier.«

Plötzlich saß er nicht mehr, sondern stand vor ihr. Sie starrte auf seine ausgestreckte Hand.

»Komm!«, sagte Sinclair.

Tess erhob sich und spürte, dass sie die Kontrolle verlor.

»Wir gehen an Bord.« Sie sprach mit fester Stimme. »Wir beide. Und Sie werden uns begleiten, Wayfare.«

Der Ratsvorsitzende kam näher. »Oh, nichts wird mich davon abhalten.«

Tess trat zwei unsichere Schritte weit zum offenen Schott. »Wir machen uns jetzt sofort auf den Weg.«

Tirell Wayfare lächelte und vollführte eine einladende Geste. »Ich bitte darum.«

Sinclair gab dem Piloten ein Zeichen. Der junge Mann nickte, nahm die linke Hand aus der Navigationsmulde und berührte mit ihr eine Schaltfläche.

Ein neues Holo entstand, direkt vor Tess. Es zeigte ihr die *Omikron* in der Nähe der Orbitalstadt über der Erde, umgeben von militärischen Schiffen, die auf sie feuerten. Es hatten sich bereits Lücken in den geschwächten Schilden gebildet, sodass sich die Energieblitze von Pulskanonen durch die Außenhülle brannten und Aktoren und Diskontinuatoren den Rumpf aufrissen.

Das Bild wechselte, zeigte einen Hangar und darin Admiral Kamal Khalud, der eine aus bewaffneten Männern und Frauen bestehende Einsatzgruppe von Protektor empfing. Von Tiberius war nichts zu sehen.

»Sie haben sich nicht an die Vereinbarung gehalten«, rief Tess, und ihre Gedanken rasten.

»Welche Vereinbarung meinen Sie?«, erwiderte Wayfare. »Wir haben nie eine getroffen. Sie haben versucht, uns Ihren Willen aufzuzwingen.« Er deutete auf das Holo. »Was Ihnen nicht gelungen ist, wie Sie sehen.«

Tess brachte keinen Ton mehr hervor und stand wie erstarrt.

»Wir versuchen nicht, die *Omikron* zu übernehmen«, erklärte der Ratsvorsitzende. »Tiberius und die anderen würden unseren Soldaten und Technikern Fallen stellen. Nein, wir platzieren in dem Hangar dort eine Künstliche Singularität, die das Schiff der Autonomen Maschinen zerstören wird, wenn wir ihre Schirmung deaktivieren. Ob wir von dieser Möglichkeit Gebrauch machen, hängt von Ihnen ab, von Ihrer Kooperationsbereitschaft.«

Tess merkte plötzlich, dass sie sich die rechte Hand auf den Unterleib gelegt hatte.

»Die Bombe ...«

»Sie war keine Gefahr für uns«, sagte Tirell Wayfare. »Die Luft, die Sie hier bei uns geatmet haben, enthielt spezielle Nanobots, Tess Rosengarten, die sowohl Ihr neuronales Interface als auch den Zünder der Bombe neutralisiert haben.«

Sie sah Sinclair an. »Du hast es gesehen.«

»Ich habe alles gesehen, Tess. Ich habe gewusst, wann, wie und wo du hierherkommen würdest. Ich habe deinen Plan gekannt. Wir konnten uns vorbereiten.«

Tess beobachtete, wie Soldaten damit begannen, im Hangar der *Omikron* eine Apparatur zu montieren. Dann verschwand das Holo zusammen mit den übrigen Anzeigefeldern. Nur eins blieb übrig und präsentierte weiterhin die Schale aus Gerüsten mit dem langen silbergrauen Oval darin.

»Wenn es so leicht für dich ist, die Zukunft zu sehen, wenn du dich auf alles vorbereiten kannst …«, sagte Tess niedergeschlagen. »Warum brauchst du mich dann?«

Sinclair setzte zu einer Antwort an, aber Wayfare kam ihm zuvor. »Wir brauchen Sie wegen Ihres Esprits. Und wegen Ihres Gesangs. Vielleicht ist ein Lied notwendig, um das Archiv der Namenlosen zu öffnen.« Er deutete erneut zum Schott. »Gehen wir. Das fremde Schiff wartet auf Sie.«

Unendlichkeit

100 Hunderte von Forschern, technischen Spezialisten und Protektor-Offizieren standen an den breiten Panoramafenstern des Untersuchungszentrums und beobachteten, wie drei Gestalten – eine junge Frau und dicht hinter ihr zwei Männer – über den Verbindungssteg gingen. Tess fühlte ihre Blicke nicht, als sie sich dem fremden Schiff näherte, das vor ihr aufragte und jeweils fast fünfhundert Meter weit nach rechts und links reichte. Nur noch wenige Schritte trennten sie vom Ende des Stegs, der das Untersuchungszentrum mit dem Schiff verband, und gleichzeitig fühlte sich Tess dem Ende eines anderen Weges nah, der auf einem fernen Planeten namens Zuflucht begonnen hatte.

Langsam setzte sie einen Fuß vor den anderen, und mit jedem Schritt fiel mehr von ihr ab, bis sie sich sonderbar leicht fühlte, befreit vom Ballast eines Leben, das ihr von den Umständen aufgezwungen worden war. Die Leichtigkeit wirkte berauschend, sie lud dazu ein, alles andere beiseitezuschieben oder ganz zu vergessen.

Sinclair erschien an ihrer Seite. »Spürst du es?«, flüsterte er.

»Was?«, fragte Tess, obwohl sie wusste, was er meinte.

»Der Blick wird klar.« Sinclairs Stimme war ein Raunen. »Alles Unwichtige rückt fort und schafft Platz für die eine Sache, die Bedeutung hat.«

Der Steg und jener Teil des fremden Schiffs, den dieser mit dem Untersuchungszentrum verband, war in eine mit warmer Luft gefüllte flexible Polymerblase gehüllt, die das Tragen von Schutzanzügen überflüssig machte. Durch die transparenten Wände sah Tess Drohnenschwärme, Kampfkreuzer von Protektor und mit Forschungsinstrumenten ausgestattete Orbiter. Automatische wissenschaftliche Assistenten krabbelten wie dunkle Insekten über die ovale Schiffshülle.

»Und was wäre das für eine Bedeutung?«, fragte sie.

»Weißt du es nicht? Hast du es noch nicht erkannt?«

Tess musste sich zwingen, an ihre Gespräche mit Zara und Tiberius zu denken. Verantwortung, erinnerte sie sich.

Sie erreichte das Schiff und blieb stehen. Vor ihr ragte eine gewölbte graue Wand auf, vollkommen glatt und sauber, ohne einen einzigen Kratzer, ohne den kleinsten Fleck. Sie dachte daran, wie sie auf Zuflucht mit Horace vor dem Schiff gestanden hatte. Für ein paar Sekunden hörte sie seine Stimme aus den tiefen Gewölben der Vergangenheit.

»Vollkommen glatt. Wie ein perfekter Schliff.« Horace klopfte mit den Fingerknöcheln dagegen. »Fühlt sich ziemlich hart an. Metall, meiner Meinung nach.« Er legte die flache Hand auf die Wand. »Umgebungstemperatur. Geruchsneutral ...«

Dann hatte sie die Hand ausgestreckt und die Hülle berührt, und der Kontakt war ganz anders gewesen.

Tess beobachtete, wie ihre Hand, federleicht geworden, zur Schiffshülle schwebte und sie berührte. Wie damals auf Zuflucht fühlte sie ein kurzes elektrisches Prickeln und beobachtete, wie sich die Hülle dort zu verflüssigen schien, wo der Kontakt stattfand. Wellenmuster entstanden, konzentrische Kräuselungen, ausgehend von ihren Fingern. Kleine Wellen bildeten sich, als sie mit der Hand über das Material strich, das hart wie Metall war, und auch diesmal entstand eine Mulde, als sie ein wenig Druck ausübte.

Tess hielt inne und horchte in der Hoffnung, noch einmal die Stimme des alten Horace zu hören. Es blieb still.

Direkt neben ihr, nur drei Meter entfernt hinter der transparenten Blase, schwebte ein großer Bot mit Protektor-Insignien im All und hatte seine Sensoren auf sie gerichtet. Die Waffenläufe zeigten nach unten.

»Nur zu«, sagte Tirell Wayfare. »Öffnen Sie das Schiff.«

Tess legte beide Hände auf die graue Hülle – grau wie das Licht der Zukunft, dachte sie. Neue Wellenmuster entstanden, doch eine Öffnung bildete sich nicht.

»Wie?«, fragte sie.

»Du weißt es.« Sinclair flüsterte noch immer. »Du bist mit mir an Bord gewesen.«

»Es gibt einen akustischen Code«, ließ sich Tirell Wayfare vernehmen. Es klang ein wenig verärgert, als fühlte er sich zu sehr zur Seite gedrängt. »Unsere Spezialisten haben ihn entschlüsselt. Wir können uns Zugang verschaffen ...«

Er holte ein Gerät hervor, das aussah wie ein modifizierter Kommunikator.

»Nein«, sagte Sinclair. »Sie soll es tun.«

Tess fragte sich, wer wen benutzte, wo die wahre Autorität lag und wer die Entscheidungen traf, Wayfare oder Sinclair.

Wayfare deutete wie spöttisch eine Verbeugung an. »Also gut. Führen Sie uns ins Schiff, Tess Rosengarten.«

Tess blickte auf ihre Füße, um sich zu vergewissern, dass sie noch immer den Boden berührten. Die Leichtigkeit schien ihr nicht nur Gewicht zu nehmen, sondern auch Substanz – sie sah durch ihre Füße auf den Laufsteg darunter.

Ping!

Ein kleiner, leiser Ton, wie der zarte Anfang einer Symphonie. Tess hörte ihn nicht zum ersten Mal, er klang vertraut.

Vor ihr liefen sanfte Wellen durchs glatte Grau, das nicht mehr wie die Außenhülle eines Raumschiffs wirkte, sondern eher wie die Oberfläche eines Ozeans. Tess stellte sich das Obsidian vor, endlos in der Nacht von Rosengarten, wie Teil des dunklen Himmels. In dem Bild, das ihre Fantasie malte, stand sie am steinigen Ufer, mit dem Haupthaus ihrer Familie im Rücken, und sang für die Oktopoden.

Die Wellen wurden länger und höher, das Grau zwischen ihnen tiefer. Eine Delle entstand, eine Mulde, die zu einem Tunnel wurde.

Ich bin hier, flüsterte es Tess aus dem Innern des Schiffs entgegen.

Tirell Wayfare nickte anerkennend und steckte den modifizierten Kommunikator ein.

»Komm, Tess!« Sinclair betrat das fremde Schiff. »Ich zeige dir die Unendlichkeit.«

101

Das Schiff empfing sie mit Dunkelheit. Es gab nur dort Licht, wo Interkosmikas Forscher, Techniker und Wissenschaftler Lampen und Untersuchungsgeräte installiert hatten. Dunkelheit verhüllte den Rest, undurchdringlich für menschliche Augen, aber nicht für die mobilen Sensoren, die Wayfare und Sinclair mitgebracht hatten und geisterhafte holografische Orientierungsbilder direkt vor ihnen schufen.

Nach wenigen Minuten sah Tess die erste Leiche.

Es handelte sich um eine Frau in mittleren Jahren, gekleidet in einen Werkzeugoverall. Sie steckte in der halb transparenten Wand, die Arme ausgebreitet, das Gesicht eine Fratze.

Tess blieb stehen. »Was ist mit ihr passiert? Haben Sie nicht versucht, die Frau zu bergen?«

»Das Material des Schiffs ist nicht überall veränderbar.« Tirell Wayfare legte die Hände auf den Rücken und betrachtete die Frau in der Wand wie das Ausstellungsstück in einem Museum. »Und es ist nicht ratsam, Gewalt anzuwenden. Damit haben wir mehrmals schlechte Erfahrungen gemacht.«

»War diese Frau freiwillig hier?«, fragte Tess. »Oder haben Sie sie mit einem Obligat gezwungen, dieses Schiff für Interkosmika zu erforschen?«

Der Ratsvorsitzende drehte sich zu ihr um und wölbte die Brauen. Das schwache Licht einer mehrere Meter entfernten Lampe zeichnete ein sonderbares Schattenmuster in sein Gesicht und schien es ebenfalls in eine Fratze zu verwandeln.

»Risiken und Verluste lassen sich nicht immer vermeiden«, entgegnete er. »Wenn Sie sich eher bereit erklärt hätten, uns zu helfen, wäre das hier vielleicht nicht nötig gewesen.«

Ein Teil der Leichtigkeit verschwand und wich der Schwere des Zorns.

»Wollen Sie *mir* die Schuld geben?«, entgegnete Tess scharf. »Außerdem bin ich *nicht* bereit, Ihnen zu helfen.«

»Oh, Sie werden uns helfen. Weil Sie wissen, dass wir andernfalls die *Omikron* zerstören und mit ihr das, was von den Autonomen Maschinen übrig ist.«

Tess dachte an die Saat, die Tiberius und die Instanz den Weiten der Galaxis übergeben hatten. Wie lange würde sie unterwegs sein? Wann konnte aus ihr so etwas wie eine neue Maschinenzivilisation entstehen? In hunderttausend Jahren? In einer Million?

»Es steht nicht fest, dass die Frau tot ist«, sagte Sinclair und versuchte, Mitgefühl und Anteilnahme in seine Stimme zu legen, doch die Augen blieben kalt und leer wie das All zwischen den Sternen. »Vielleicht befindet sie sich in einer Art Stasis. Wie auch die anderen. Möglicherweise können wir sie alle oder die meisten von ihnen ins Leben zurückrufen, wenn sich das Schiff unter unserer Kontrolle befindet.«

Er ergriff ihre Hand, hielt sie fest und hatte es plötzlich sehr eilig, als er sie durch den nächsten Tunnel zog, durch Licht und Dunkelheit. Tess sah weitere Tote, kaum mehr als Silhouetten in Wänden und Decke, einmal auch im Boden zu ihren Füßen. Sinclair ging mit langen, ungeduldigen Schritten und erklärte, es seien vor allem Forscher und Xenospezialisten der ersten beiden Gruppen gewesen, die nach der Öffnung des Schiffs hineingeschickt worden waren. Offenbar hatten sie Verteidigungsmechanismen ausgelöst – das fremde Schiff hatte sich gegen die Eindringlinge gewehrt.

»In den vergangenen fünfundzwanzig Jahren haben wir mehr herausgefunden«, betonte Sinclair. »Aber nicht annähernd genug. Wir beide, Tess, du und ich, wir reißen die letzten Barrieren ein, die uns vom Ziel trennen.«

»Wir drei«, warf Tirell Wayfare ein, der ihnen auf den Fersen folgte.

»Was ist das Ziel?«, fragte Tess. »Das Archiv der Namenlosen im Hyperon?«

»Das Archiv?« Sinclair warf ihr einen seltsamen Blick zu. »Ja. Ja, das Archiv.«

Tess konnte sich des Eindrucks nicht erwehren, dass die Worte vor allem für Wayfare bestimmt waren.

Voraus erschien das Licht der nächsten Lampe. In ihrem Schein zeigten sich mehrere wissenschaftliche Bots, die mit ihren Werkzeugen und Instrumenten etwas untersuchten, das nach einem großen Schlackehaufen aussah. Sie wichen beiseite, als sich die drei Menschen näherten.

Tirell Wayfare deutete auf den Haufen aus Plast und Duplex. »Ein weiterer Fehlschlag.«

»Ziel neunhundertvierzehn ist unbrauchbar«, sagte einer der Bots.

»Was hat den Erkunder zerstört?«, fragte Tess.

»Er wurde einer Temperatur von mehr als tausend Grad und einem Druck ausgesetzt, der etwa dem Fünfhundertfachen der Erdnorm entspricht«, antwortete der Bot. »Wir vermuten als Ankunftsort einen Heißen Jupiter.«

»Wie kehrte er zurück?«

»Vielleicht hat ihn das Schiff zurückgeholt.« Sinclair zog Tess an den Bots vorbei. »Ich zeige dir etwas, das dir gefallen wird«, versprach er.

Weitere Lampen hielten die Dunkelheit zurück, und in ihrem Licht sah Tess zahlreiche kleine Wandnischen. Einige von ihnen waren markiert, andere von Bots oder Sensorbänken blockiert.

»Du wolltest mir die Unendlichkeit zeigen«, sagte Tess.

»Wir sind mittendrin.« Ein Hauch des alten Überschwangs kehrte in Sinclairs Stimme zurück, und etwas von der kühlen Distanz wich aus seinen Zügen. Vielleicht lag es nur an einem besonderen Wechselspiel von Licht und Schatten, aber für einige Sekunden zeigte sich im Gesicht des inzwischen gut fünfzig Jahre alten Mannes etwas Jungenhaftes, das Tess an den Sinclair von damals erinnerte.

»Dieses Schiff ist ein Tor zur Unendlichkeit.« Er ließ ihre Hand los, hob die Arme und drehte sich. »Von hier aus kann man fast jeden beliebigen Ort des Universums erreichen. Einen dieser Orte möchte ich dir zeigen.« Er deutete auf die Nische, vor der sie standen. Sie bot gerade Platz genug für zwei Personen.

»Wir sollten keine Zeit verlieren und den Weg zum Schrein fortsetzen«, sagte Wayfare.

»Seit fünfundzwanzig Jahren untersuchen wir das Schiff«, gab Sinclair zurück. »Was spielen da einige Minuten mehr oder weniger für eine Rolle?«

Er wartete die Antwort nicht ab, schob Tess in die dunkle

Nische und trat so dicht hinter sie, dass er ihren Rücken berührte. Sie hörte ein Rascheln und ein leises Klicken, gefolgt von mehreren Tönen.

Das Schiff verschwand.

Eine fremde Welt erschien.

102

Ein ockerfarbener Himmel wölbte sich über der vom Rosarot der Ruinen dominierten Landschaft, mit einer gelben Sonne fast im Zenit und einer roten am Horizont. Ein mit Blastern bewaffneter militärischer Bot stapfte heran, identifizierte Sinclair und wich beiseite. Weitere Bots, kleiner als der Protektor-Wächter, krabbelten und gruben zwischen den Ruinen, die aus einem Rosenquarz ähnelnden Material bestanden.

Tess sah sich um. »Wo sind wir?« Es war warm, und ein Geruch wie von Salz lag in der Luft.

»Auf der anderen Seite der Milchstraße, achtzigtausend Lichtjahre von der Erde entfernt«, antwortete Sinclair. »Und nein, dies ist kein Trugbild oder dergleichen. Wir sind tatsächlich hier. Ein Schritt hat genügt.« Wieder ergriff er ihre Hand. »Komm!«

Er führte sie an Ruinen vorbei zur anderen Seite der Anhöhe, wo sich hinter einer halb durchsichtigen rosaroten Mauer ein Wald aus kristallenen Blumen erstreckte. Stängel, nicht dicker als ein menschlicher Zeigefinger, ragten etwa zwei Meter weit auf, und oben breiteten sich lange Blätter im Licht der beiden Sonnen aus. Sie schienen aus Glas zu bestehen, waren hauchdünn und von schwarzen Linien durchzogen.

»Singende Blumen.« Sinclair deutete nach rechts. »Dort kann man ihren Gesang hören.«

Er führte Tess zu einem flachen Felsen, der wie eine kleine Plattform aus dem Hang ragte, und dort angekommen hörte sie die ersten leisen Klänge. Sinclair setzte sich, zog die Beine an und schlang die Arme um die Knie. Tess zögerte, bevor sie sich ebenfalls niederließ.

Hoffnung regte sich in ihr, obwohl sie nicht hoffen wollte,

um sich eine Enttäuschung zu ersparen. Existierte noch etwas von dem anderen Sinclair?

»Der Wind ist die Ursache«, sagte er, als sich den lauter werdenden Klängen Dutzende von Stimmen in unterschiedlicher Tonlage hinzugesellten wie ein Chor. »Es kommt darauf an, aus welcher Richtung der Wind über die Blätter streicht, die die Sonnenenergie einfangen. Es klingt wunderbar, nicht wahr?«

»Ja.«

»Ich bin schon mehrmals hier gewesen, habe dem Gesang gelauscht und an dich gedacht«, sagte Sinclair.

Tess sah ihn an und suchte nach Bestätigung in seinem Gesicht, nach einem Hinweis darauf, dass es tatsächlich Anlass zur Hoffnung gab. Er lächelte fast so wie damals, doch die Augen verrieten kühles Kalkül.

Vielleicht gelang es ihr nicht ganz, die Enttäuschung zu verbergen, denn Sinclair sagte: »Ich bin nicht mehr der Mann, der ich vor fünfundzwanzig Jahren war. Ich habe mich verändert, ebenso wie du. Wir haben eine Bestimmung.«

»Eine Bestimmung?«

»Wir müssen unsere neue Rolle akzeptieren«, sagte Sinclair.

»Und woraus besteht diese neue Rolle?«

Die rote Sonne stieg langsam höher über den Horizont. Der Wind frischte auf, der Gesang der kristallenen Blumen wurde lauter. Weiter hinten bei den Ruinen gruben die Bots, und Tess fragte sich kurz, was sie suchten. Artefakte? Verborgene Türen?

Sinclair atmete tief durch. »Es ist uns bestimmt, die Menschheit in die Zukunft zu führen. In eine Zukunft, die das Licht der Gloriosen empfängt.«

Tess begriff, dass es keine Hoffnung mehr gab – der Sinclair von damals existierte nicht mehr. Was sie in den Augen dieses Mannes für die Tiefe von Raum und Zeit gehalten hatte, war in Wirklichkeit der Abgrund des Wahnsinns. Der Kontakt mit dem fremden Schiff und dem Wesen darin hatte ihn um den Verstand gebracht.

»Du sprichst von uns«, sagte Tess vorsichtig. »Was ist mit Tirell Wayfare?«

»Er spielt keine Rolle«, erwiderte Sinclair. »Er war ein nützlicher Helfer, mehr nicht.«

»Wayfare ist Vorsitzender des Verwaltungsrats von Interkosmika und hat den Oberbefehl über die terranischen Streitkräfte«, sagte Tess. »Er ist der mächtigste Mann der Erde.«

»Seine Macht ist nichts im Vergleich zu dem, was sich mit dem Schiff bewerkstelligen lässt.« Sinclair deutete über die singenden Blumen hinweg. »Während des Wartens auf dich habe ich einige wenige Türen für Wayfare geöffnet. Um ihn zu beschäftigen, ihn abzulenken. Um ihn zufriedenzustellen. Unendlichkeit, Tess. Das habe ich dir versprochen. Und hier hast du sie.«

Tess hörte den Gesang der Kristallblumen und die Stimme eines fremden Mannes, der von Türen und Toren an Bord des Schiffs erzählte, der erklärte, dass sich mit ihnen fast jeder beliebige Ort im Universum erreichen ließ. Er schilderte ein Hyperon, das als Netz der Sterne noch viel weiter reichte, das noch viel größer war als bisher angenommen. Es bestand nicht nur aus den »Gleisen« genannten Strängen, denen Hyperschiffe von Stern zu Stern folgten, sondern außerdem aus immens vielen Verzweigungen, aus Fäden, die zu zahllosen Welten führten.

»Und es sind *direkte* Verbindungen«, betonte Sinclair. »Du hast es erlebt. Mit einem Schritt haben wir achtzigtausend Lichtjahre überwunden. Es hätten auch achtzig Millionen sein können.« Leidenschaft und Begeisterung klangen in Sinclairs Stimme. »Es gibt keine Grenzen.«

»Weiß Wayfare davon?«

»Er kennt einen Teil der Wahrheit«, sagte Sinclair. »Einen kleinen Teil.«

Die rote Sonne war schnell und stand bereits eine Handbreit über dem Horizont. Die gelbe im Zenit hatte sich kaum bewegt. Der Wind ließ nach, die klirrenden Stimmen der Blumen wie aus Glas wurden leiser.

»Was ist die Wahrheit?«, fragte Tess. »Du hast gesagt, sie würde mir vielleicht nicht gefallen.«

»Es gibt zwei Wahrheiten«, antwortete Sinclair. »Eine große und eine kleine. Welche möchtest du hören?«

Tess zögerte. »Die große.«

Sinclair holte erneut tief Luft. »Sie lautet: Nichts ist wichtig außer Macht. Nur sie zählt. Macht. Alles andere schrumpft neben ihr zur Bedeutungslosigkeit. Ich meine nicht die Macht, wie wir sie bisher gekannt haben, die menschliche Macht, wie sie Wayfare vertraut ist. Er fühlt sich mächtig, weil er politische, ökonomische und militärische Entscheidungen trifft. Aber kann er Sonnen befehlen, dunkel zu werden? Kann er Welten in die Hand nehmen und sie nach seinem Willen formen?«

»Kannst *du* das?«

Sinclair lächelte. »Wir beide können es. Nachdem wir das Archiv der Namenlosen geöffnet und die Gloriose gefunden haben. Du hast sie gehört. Du wirst uns zu ihr bringen.« Bei den letzten Worten kehrte die Kälte in Sinclairs Stimme zurück.

Tess fröstelte und fühlte dünnes Eis unter sich, das bei einer falschen Bewegung zu brechen drohte.

»Ich rede von der Macht, das Universum nach unseren Wünschen zu gestalten«, fuhr Sinclair fort. »Das habe ich eben gemeint, als ich davon gesprochen habe, die Menschheit in die Zukunft zu führen. Wem oder was wir auf unserem Weg durch die Milchstraße und die anderen Galaxien auch begegnen, mit unserer Macht müssen wir nichts fürchten.«

Vielleicht, dachte Tess und hörte das dünne Eis unter sich knistern und knacken, müssen wir uns vor uns selbst fürchten.

Mehrere Sekunden lang war nur der leise Chorgesang der Blumen zu hören.

Tess stand auf. »Dies ist eine Welt der Namenlosen, nicht wahr?«

Sinclair erhob sich ebenfalls. »Sie waren hier, ja.«

»Ich nehme an, die Ruinen stammen von ihnen. Warum waren sie hier? Was haben sie auf diesem Planeten gemacht?«

»Eine Stadt erbaut, einen Stützpunkt.« Sinclair zuckte mit den Schultern. »Was auch immer.«

»Und wonach graben die Bots?«

»Ich habe Wayfare gesagt, dass sich hier vielleicht ein Depot befindet. Oder ein Zugangspunkt des Archivs.«

Tess besah sich die rosaroten Ruinen, blickte dann über die kristallenen Blumen hinweg. »Warum sind die Namenlosen nicht mehr hier?«

»Was weiß ich.« Es klang ungeduldig. Er hatte mit einer anderen Reaktion gerechnet.

»Hundert Millionen Jahre«, sagte Tess. »Und sieh nur, was von ihnen übrig ist. Ruinen. In weiteren hundert Millionen Jahren werden auch ihre letzten Reste verschwunden sein.«

»Wir treten ihr Erbe an. Wir öffnen ihr Archiv. Wir nehmen die Macht, die sie einst hatten, und …«

Tess ließ ihn nicht ausreden. »Was hat den Namenlosen ihre Macht genützt, Sinclair? Wer erinnert sich heute noch an sie? Nur einer von ihnen ist übrig und sucht seine Mutter. Du weißt, wen ich meine.«

Sinclair starrte sie an.

Tess seufzte. »Du hast mir die große Wahrheit genannt. Was ist mit der kleinen?«

»Sie lautet: Du hast Horace getötet.«

Tausend Tode

103

Verantwortung, erinnerte sich Tess, als sie durch die Tunnel schritten, dem Herz des fremden Schiffs entgegen, seinem Zentrum. Dies alles musste ein Ende finden, hier, an diesem Ort. Sinclairs Wahnsinn durfte sich nicht durchsetzen.

Doch immer wieder kehrten ihre Gedanken zum eigenen kleinen Leben zurück.

Sinclair hatte ihr erzählt, was auf Zuflucht geschehen war, an Bord des Schiffs, das sie ebenfalls betreten hatte, und danach. Sie wollte es nicht glauben, doch als sie hinter ihm durch Dunkelheit und Zwielicht schritt, ihrerseits gefolgt von einem argwöhnisch gewordenen Tirell Wayfare, stiegen erst Erinnerungsbilder in ihr auf, noch vage und verschwommen, noch ohne blutige Details.

Ping!

Wie das kurze, leise Läuten einer Glocke. Hier war es nicht der Anfang einer Symphonie, sondern ein Signal wie beim Betreten eines Raums, ein Geräusch, das einen Besuch ankündigte.

Zwei Wahrheiten, die Tess nicht gefielen, eine große und eine kleine. Und die kleine Wahrheit gefiel ihr noch weniger als die große, denn sie machte sie zu einer Mörderin.

Ein Raum öffnete sich vor ihnen, erhellt von mehreren Lampen und in seiner Mitte etwas, das Wayfare zuvor »Schrein« genannt hatte. Er ruhte auf einem halbhohen grauen Sockel, fast wie eine menschliche Hand geformt, und schien aus Alabaster zu bestehen, voller kleiner Dellen und Mulden.

Sensorbänke und Scanner summten in der Nähe. Bots wichen vor Sinclair und Tess beiseite, als sie sich dem Schrein näherten.

»Wie die Alabasterschreine von Gizzah«, sagte Sinclair. »Die Ähnlichkeit ist unübersehbar. Ich bin dort gewesen, vor fünfzehn Jahren. Weil wir dachten, dass es vielleicht noch andere Überlebende gibt. Aber die Schreine von Gizzah sind leer. Im Gegensatz zu diesem. Sieh genau hin!«

Tirell Wayfare gab den Bots eine Anweisung. Töne erklangen, die Melodie eines Codes, und der sarkophagartige Behälter wurde halb durchsichtig. Eine liegende Gestalt zeichnete sich darin ab, dunkel, feingliedrig und lang. Man hätte sie für einen Menschen halten können, wenn nicht der auffallend lange Oberkörper gewesen wäre.

Sinclair ging um den Schrein herum und blieb auf der anderen Seite stehen, direkt neben einer Lampe, deren Licht auf den Behälter fiel. »Weck ihn, Tess! Beim ersten Mal wäre es dir fast gelungen, aber du bist in Panik geraten. Diesmal sind wir beide besser vorbereitet. Wir wissen, was uns erwartet.«

Ich weiß es nicht, dachte Tess. Ich erinnere mich nicht.

»Ich habe ihn gesehen, außerhalb des Schreins, außerhalb dieses Raums«, sagte sie. »Ich habe ihn gefühlt und gehört.«

»Das Wesen hat sein Schiff nicht verlassen«, widersprach Sinclair. »Was wir berührt haben, war nur sein Schatten, eine Art Avatar.«

Ping!

Komm zu mir, flüsterte es hinter der Stille. Es war eine magnetische Stimme, sie zog Tess näher. Nur ein Schatten dachte sie, als sie langsam einen Fuß vor den anderen setzte, als der Schrein vor ihr, gehalten von einer grauen Hand, größer wurde, die Gestalt darin deutlicher sichtbar. Nur eine Berührung ... Und doch hatte sie genügt, die Kolonisten an Bord der *Pegasus* zu töten und Sinclair in den Wahnsinn zu treiben.

Was ist mit mir?, fragte sich Tess. Bin ich noch bei klarem Verstand?

Dicht vor dem alabasterweißen Block blieb sie stehen. »Was wird geschehen, Sinclair? Hast du es gesehen?«

»Ja«, sagte er, die Augen groß. »Ich habe es gesehen. Du wirst das Wesen wecken. Du wirst es aus dem Schlaf holen, und anschließend brechen wir auf zu einer langen Reise. Wir öffnen das Archiv im Hyperon, und wir suchen und finden die Gloriose.«

Tess streckte die rechte Hand aus. Ihre Finger zitterten, verharrten dicht vor dem von Dellen und Mulden durchzogenen Weiß des Schreins.

»Ich werde mich an alles erinnern«, kam es leise über ihre Lippen.

»Die kleine Wahrheit«, sagte Sinclair. Auch er sprach leise, als beträfe dies nur sie beide und nicht auch den Ratsvorsitzenden Wayfare, der bei den Bots wartete. »Du kennst sie bereits.«

Die Gestalt im Schrein bewegte sich. Die Augen blieben geschlossen, aber die rechte Hand lag nicht mehr an der Seite, sondern schob sich halb auf den Oberschenkel.

»Du brauchst dich nicht schuldig zu fühlen«, fuhr Sinclair fort. Er stand noch immer auf der anderen Seite des weißen Sarkophags, starr wie eine Säule; nur seine Lippen bewegten sich. »Schuldgefühle und alles andere, was dich belastet – du kannst es hinter dir lassen. Dies ist die Gelegenheit, jeden Ballast abzuwerfen.«

Nein, dachte Tess. »Wenn es stimmt, dass ich Horace getötet habe …«

»Das hast du. Aber es spielt keine Rolle, Tess.«

»Wie kann ein Leben keine Rolle spielen?« Sie hob den Blick von der dunklen Gestalt im weißen Schrein. Sinclairs Gesicht war wieder eine Maske.

»Es war ein altes Leben, seinem Ende nahe«, sagte er. »Du hast es nur ein wenig verkürzt. Was geschehen ist, hat dich hierhergebracht, und nur darauf kommt es an. Hier endet alles, Tess. Und hier beginnt alles neu. Ohne die Last der Vergangenheit.«

»Nein.« Diesmal dachte es Tess nicht nur, sie sprach das Wort aus. »Du machst es dir zu einfach. Du hast vergessen, was Verantwortung bedeutet.«

»Welchen Wert hat ein einzelnes Leben, wenn wir die ganze Menschheit ins Licht der Gloriosen führen können? Ich mache es mir nicht zu einfach, Tess – du machst es dir zu schwer. Du musst lernen, in größeren Maßstäben zu denken, du musst deine Perspektive erweitern. Es geht hier nicht um eine Handvoll Welten oder eine einzelne Galaxis. Es geht um *das ganze Universum.«*

Nur wenige Zentimeter trennten ihre Fingerspitzen vom Alabasterschrein. Tess senkte den Blick und stellte fest, dass der dunkle Humanoide die Augen geöffnet hatte. Er sah sie an, und aus seinen grauen Augenschlitzen kam graues Licht, erfüllt von glitzernden Punkten, jeder einzelne von ihnen das Bild einer möglichen Zukunft.

Tirell Wayfare triumphierte. Er schickte Interkosmikas Schiffe durch die Milchstraße, zu den Magellanschen Wolken und den anderen Satellitengalaxien der Lokalen Gruppe, schließlich auch nach Andromeda und darüber hinaus, gesteuert von Obligat-Piloten und Kognitoren mit Gehorsamsdirektiven. Das Netz der Sterne unterlag seiner Kontrolle, ebenso wie das Archiv der Namenlosen, geöffnet nur für ihn und eine Gruppe von Kenntnisreichen in Diensten des Neuen Republikanischen Konzils mit ihm als Vorsitzenden.

Tirell Wayfare starb. Seine Leiche lag vor dem Schrein, mit einem blutigen Loch im Kopf, in der halb geöffneten rechten Hand den modifizierten Kommunikator, den Tess schon einmal gesehen hatte. Der Schrein war leer, das Schiff geöffnet wie eine aufgeplatzte reife Frucht. Strahlendes Licht fiel auf Mond und Erde. Jenseits davon, in den Weiten der Milchstraße, zerfielen Welten zu Asche.

Andere Bilder zeigten ihr Flammen und Gräber, eine Erde, die ihren globalen Ozean verloren und sich in eine Wüste verwandelt hatte. Sie sah Rosengarten, nur noch wenige Mauerreste dort, wo sich das Haupthaus der Familie Velazca erhoben hatte, der Friedhof voller Schutt und Geröll, Asche und Staub anstelle des Parks mit den Rosen, das Obsidian eine ölige Kloake.

Nein, dachte Tess.

»Nein«, brachte sie mit rauer Stimme hervor.

Ein Oktopode war aus dem öligen Schwarz gekrochen und lag auf dem steinigen Ufer, die Fangarme ausgestreckt, die so menschlich wirkenden Augen geöffnet.

»*Nein!*«

»Wir können die Zukunft so gestalten, wie wir sie wollen«, sagte Sinclair.

Tess legte beide Hände auf den weißen Schrein.

Der dunkle Humanoide darin erwachte.

Das graue Licht schloss sich um Tess, zeigte ihr nicht die Zukunft, sondern die Vergangenheit.

104

Mit nackten Füßen stand sie auf gefrierendem dunklem Schlamm, der hier und dort bereits eine dünne Eiskruste trug, in einem Tal auf Zuflucht. Sterne leuchteten am Nachthimmel, einer von ihnen vielleicht die *Pegasus* mit den toten Kolonisten.

Eine Stimme hatte sie gerufen, durch die kalte Nacht, eine Stimme, die aus dem fremden Schiff kam, das vor ihr aus dem Hang ragte, seine Außenhülle glatt und grau. Tess warf einen Blick über die Schulter, konnte den Explorer aber nicht sehen. Er befand sich irgendwo jenseits der violetten Moosbäume, die wie dürre dunkle Gestalten hinter ihr aufragten.

Tess wankte auf das fremde Schiff zu, die Füße taub von der Kälte. Ohne zu zögern, legte sie beide Hände auf den grauen Rumpf, und ein Geräusch erklang, wie ein fernes Läuten, die Andeutung einer Melodie.

Das Schiff öffnete sich für sie, und sie trat hinein, in warme Dunkelheit. Blind schritt sie durch die Finsternis, umgeben von Dingen, die ihr verborgen blieben. Manchmal, wenn sie die Hände schnell genug ausstreckte, berührte sie etwas Kaltes und Weiches, das aber sofort zurückwich.

Das anfängliche Unbehagen legte sich schnell. Sie befand sich an einem fremden, nicht von Menschen geschaffenen Ort, sah nichts und hörte nichts außer der leisen Stimme in ihrem Kopf, aber Furcht regte sich nicht in ihr. Sie glaubte sich in einer Art Trance, und auch das beunruhigte sie nicht. Alles schien in Ordnung, solange sie dem Ruf folgte.

Schließlich stahl sich erstes schwaches Licht in die Dunkelheit; am Ende eines langen Tunnels, der sich wie eine hohle

Ader durch den Leib des fremdes Schiffs wand, lockte Helligkeit. Tess lächelte, denn sie wusste sich ihrem Ziel nahe.

Sinclair erwartete sie in einem Raum, der einen sarkophagartigen weißen Behälter enthielt. Er hatte Lampen aufgestellt und Sensoren installiert, in einer Ecke lagen die Reste von Proviantpackungen.

»Ich schaffe es nicht«, sagte er, als Tess den Raum betrat. »Ich schaffe es einfach nicht.«

Sinclair gab nicht zu erkennen, ob ihr Erscheinen ihn überraschte. Er kniete und sah nur kurz in ihre Richtung, bevor er den Kopf wieder nach vorn neigte und die Stirn gegen den weißen Sarkophag drückte.

»Was schaffst du nicht?« Tess näherte sich.

»Er hat mich hierhergerufen, ich kann nicht mehr weg«, ächzte Sinclair. »Die Schmerzen werden immer stärker, sie zerreißen mir den Kopf. Aber ich schaffe es einfach nicht, ihn zu wecken.« Er ballte die Hände zu Fäusten und hob sie zu den Schläfen.

»Wen meinst du?«

Noch während sie die Frage stellte, schien der Sarkophag vor Sinclair an Substanz zu verlieren. Er wurde durchsichtig, und in seinem Innern zeigte sich eine liegende Gestalt, ein Humanoide mit auffallend langem Oberkörper.

Sinclair hatte den Kopf gehoben, sah sie über die Schulter hinweg an, ergriff ihren Arm und zog sie näher. »Weck ihn!«, rief er, das Gesicht schmerzverzerrt.

Er erhob sich und taumelte zurück, die Fäuste wieder an den Schläfen.

Tess stand vor dem Sarkophag und blickte auf das fremde Wesen hinab, dem das Schiff gehörte. Langsam hob sie die Hände und legte sie auf den weißen Schrein ...

Tess sah sich selbst, fünfundzwanzig Jahre in der Vergangenheit. Sie sah die »kleine Wahrheit«, die für sie damals zu groß gewesen war, zu schwer, um sie mit sich zu tragen. Der Schock hatte geholfen, sie in einen entlegenen Winkel ihres Gedächtnisses zu verbannen. Aber Vergessen machte Dinge nicht ungeschehen. Die Zukunft war für Veränderungen offen, nicht aber die Vergangenheit.

Tess beobachtete, wie sie zur Mörderin geworden war.

Der Schrein öffnete sich, und plötzlich stand der dunkle Humanoide. Oder ein Teil von ihm: Das Wesen lag noch immer, aber sein Schatten schien sich verselbstständigt zu haben, ragte vor Tess auf und berührte sie.

Kälte und Hitze strömten auf sie ein. Für einen Moment blickte sie in zwei silbergraue Augenschlitze, in ihnen ein mattes Glühen wie von fernem Licht.

Dann schrie sie, weil ...

... sie verbrannte auf der Oberfläche einer Sonne, ihr Körper zerriss am Ereignishorizont eines Schwarzen Lochs, sie erstickte im Vakuum des Alls und wurde in den dichten Tiefen eines Gasriesen zerquetscht.

Es ging zu schnell, es war zu viel, ihre Sinne wussten mit der Flut an Reizen nichts anzufangen. Sie lebte und starb und wurde für tausend Tode wiedergeboren, alles in einer einzigen Sekunde.

Sie lief, sie floh, sie rannte durch die dunklen Tunnel des Schiffs, begleitet von ihren Schreien und einem Kopfschmerz wie von tausend heißen Nadeln, die sich in ihren Schädel bohrten.

Irgendwie gelang es ihr, das Schiff zu verlassen, und draußen in der kalten Nacht kam ihr jemand entgegen, eine Gestalt, die Stiefel, Hose und Jacke trug, ein dürrer alter Mann, der sie festzuhalten versuchte. Aber sie durfte sich nicht festhalten lassen, sie musste weiterlaufen, wenn sie den vielen Toden entkommen wollte.

Sie bückte sich und ergriff etwas, einen Stein mit scharfer Kante, genau in der richtigen Größe für ihre Hand. Damit schlug sie auf den Mann ein, traf ihn am Kopf, und er ging zu Boden, er fiel und blieb reglos liegen.

Kosmische Melodien

105 Es knirschte wie von Stein auf Stein, als sich die dunkle Gestalt aufrichtete – der obere Teil des Schreins wich zurück und machte ihr Platz.

Sie stand vor Tess, kein Schatten mehr wie bei ihrer ersten Begegnung, sondern ein lebendiges Geschöpf, wenn auch nicht unbedingt aus Fleisch und Blut. Die grauen Augenschlitze waren auf sie gerichtet, das Glühen darin galt ihr. Es wärmte sie in Herz und Seele – es fühlte sich an wie eine Heimkehr nach langer, langer Zeit.

»Du hast mich mit ihm zurückgelassen«, sagte Sinclair, das Gesicht noch immer starr, die Augen noch etwas größer. »Du bist geflohen. Ich musste allein mit ihm zurechtkommen.«

Er hat versucht, mit dir zu sprechen, dachte Tess. Und du hast ihn nicht verstanden. Du hast ihn nicht verstehen können, ebenso wenig wie die Besatzungsmitglieder der *Pegasus* und die Kolonisten. Du bist wahnsinnig geworden.

Das Gefühl der Schuld war noch immer da.

Es tut mir leid, Horace, flüsterten ihre Gedanken. Es tut mir so leid. Aber zumindest in einem Punkt hatte Sinclair recht: Die Vergangenheit ließ sich nicht ändern, sie war fest eingeprägt in die Struktur von Raum und Zeit. Die Zukunft hingegen erschien ihr plötzlich wie eine Knetmasse, bereit für ihre Hände – sie konnte ihr, wenn sie an den richtigen Stellen Druck ausübte, die Form geben, die sie wollte.

Tirell Wayfare erschien am Rand ihres Blickfelds, in der rechten Hand den modifizierten Kommunikator.

»Die Sensoren verzeichnen einen deutlichen Energieschwund bei den externen Reaktoren«, sagte er. »Offenbar wiederholt sich das Phänomen, das Sie auf Zuflucht erlebt haben. Das Schiff nimmt Energie auf.«

»Nicht das Schiff«, widersprach Sinclair und zeigte auf den dunklen Humanoiden. »Er.«

Du bist da, sagte das Wesen.

Es waren drei kurze Worte, doch es steckte immens viel in ihnen. Sie entfalteten sich in Tess' Kopf wie besonders prächtige Blumen, mit Blütenblättern, die in allen Farben des Spektrums leuchteten. Tess sah ihre Farben und nahm ihren Duft wahr, eine bittere Süße, die von Sehnsucht erzählte, mit Wurzeln Jahrmillionen in der Vergangenheit. Drei Worte mit genug Inhalt, um den ganzen Kopf zu füllen. Für die eigenen Gedanken blieb kaum Platz.

»Wir sind natürlich vorbereitet«, sagte Wayfare. »Unsere Energiekerne erhöhen ihre Leistung.«

Das Licht wurde schwächer. Schatten krochen aus den Ecken des Raums. Der dunkle Humanoide stand noch immer im offenen Schrein, Tess zugewandt. Er bewegte sich und streckte die Hand nach ihr aus.

Dies war der schwierigste Moment, das wusste Tess. Es genügte nicht, die Stimme zu hören und zu verstehen. Ein direkter Kontakt musste hergestellt werden, und die Frage lautete: Hielt sie es aus? Wenn allein drei kurze Worte genügten, die Welt ihrer Wahrnehmung zu füllen – was würde geschehen, wenn sie das fremde Wesen berührte?

Tess zögerte.

Der Stein in ihrer Hand hatte Horace getötet, in einer kalten Nacht auf Zuflucht. Sie hatte unter Schock gestanden, sie war nicht sie selbst gewesen, doch das löste sie nicht aus der kausalen Verknüpfung von Ursache und Wirkung. Auch der Tod von Zara und der anderen ließ sich letztendlich auf sie zurückführen. Tess erinnerte sich an das Gespräch mit Juval über Kausalität und Schuld. Plötzlich erkannte sie weniger Sinn in seinen Worten und mehr in denen von Sinclair: Es kam tatsächlich auf die Perspektive an, darauf, aus welchem Blickwinkel man die Dinge betrachtete. In gewisser Weise waren Horace, Zara und die anderen gestorben, damit sie, Tess, hier sein konnte. Sie durfte jetzt nicht zurückweichen, sie durfte nicht erneut in Panik geraten und fliehen.

»Worauf wartest du?«, drängte Sinclair.
Tess ergriff die Hand des Wesens.
Ihr Bewusstsein splitterte wie Glas.

106 Auch dies war eine kalte Nacht, wie damals auf Zuflucht, aber Tess stand nicht in einem Wald aus violetten Bäumen, an deren Ästen und Zweigen lange Moosfladen hingen, sondern auf einem steinigen Ufer. Vor ihr spiegelten die öligen Reste des Obsidians das Licht der Sterne.

Der Oktopode lag noch immer dort, die Fangarme ausgestreckt, die so menschlich wirkenden Augen geöffnet. Sein schnabelartiger Mund klappte auf, als wollte er zu ihr sprechen, die Augen blinzelten ein letztes Mal und schlossen sich für immer.

Tess stand wie erstarrt. Der Tod des Oktopoden bestürzte sie mehr als alles andere, denn mit ihm starben Erinnerungen an ein anderes, größeres Volk. Langsam ging sie in die Hocke und berührte eins der geschlossenen Augen. Es war kalt und weich, und ihr fiel ein, dass sie auch an Bord des Schiffs etwas Kaltes und Weiches berührt hatte.

Langsam richtete sich Tess wieder auf. Als sie zu singen begann, kamen die Worte und Töne aus einer inneren Tiefe, die nicht die ihre war. Sie sang, wie sie nie zuvor gesungen hatte, und vor ihr tauchten die letzten Oktopoden aus der öligen Brühe des Obsidians auf.

Diesmal blieben sie nicht stumm.

Nie zuvor hatten sie die eigenen Stimmen erhoben, weder bei Tess noch bei irgendeinem anderen Sänger, der an den Ufern des Obsidians oder auf einem Boot gesungen hatte. Tess war so überrascht, dass sie fast dem Wunsch nachgegeben hätte, allein den fremden Stimmen zu lauschen, ohne den eigenen Gesang.

Doch sie sang weiter, weil sie wusste, dass sie sich jetzt nicht unterbrechen durfte, denn in den gemeinsamen Melodien gab es eine Geschichte. Sie berichtete von den Namenlosen, von ihrem Aufstieg zur galaktischen Hochkultur. Und von ihrer Entscheidung, einen anderen Weg zu beschreiten. Nur einer von ihnen blieb übrig, um der Gloriosen Kunde davon zu bringen, um ihr mitzuteilen, dass sich ihre Kinder zurückziehen wollten.

Die Sterne verschwanden manchmal hinter hohen Wolken, während Tess und die Oktopoden sangen und die Geschichte des Rückzugs und der Einkehr erzählten. Eine Stunde verging, vielleicht auch zwei, und Tess fühlte, dass sie müde wurde, als die Oktopoden einer nach dem anderen verstummten und tauchten.

Es wurde still, und das Obsidian lag wieder glatt und unbewegt.

Tess breitete die Arme aus, als wollte sie die Nacht von Rosengarten und alles, was sie enthielt, umarmen. Sie wusste Bescheid, sie kannte die Geschichte, sie verstand die Sehnsucht des Wesens, dessen Hand sie ergriffen hatte.

Die letzten Oktopoden würden nicht lange überleben, nicht hier, an diesem Ort und in dieser Zeit. Aber dies war nur eine Zukunft von vielen, und was noch nicht geschehen war, musste nicht geschehen.

Tess drehte sich um, warf einen letzten Blick auf die Mauerreste, die vom Haupthaus ihrer Familie übrig geblieben waren, und sagte: »Ich bin bereit.«

Ping!

107

Tess fühlte sich winzig und gleichzeitig größer als jemals zuvor. Sie stand in einem fremden Raumschiff, vor einem offenen Schrein weiß wie Alabaster, und gleichzeitig schwebte sie im All, jenseits von Planeten und ihren Sonnen. Wenn sie ihre interstellaren Hände bewegte, hörte sie das Knistern des Vakuums zwischen den Sternen. Ein kosmischer Chor sang mit Myriaden Stimmen, die nicht auf die vier Oktaven der Menschen beschränkt blieben – jeder Knotenpunkt des Hyperons trug mit einer unverwechselbaren eigenen Stimme zu diesem Chor bei.

»Ich weiß Bescheid«, sang sie zwischen den Sternen und an Bord des Schiffs. »Ich kenne den Code, ich kenne die Vergangenheit.«

Ihr Bewusstsein war noch immer gesplittert, zerbrochen wie Glas, doch jedes einzelne Fragment enthielt alle Erinnerungen und alle Gedanken. Nichts war verloren gegangen, ganz im Gegenteil, sie hatte dazugewonnen, so viel, dass sie es nicht einmal ansatzweise überschauen konnte.

Vor ihr erstreckte sich das Archiv im Netz der Sterne, sie hatte den Schlüssel. Und dahinter gab es noch mehr, ein Licht, einen fernen Gesang, ein Lied, schöner als alle anderen.

Du weißt, wo sie ist, sagte das Wesen, dem das Schiff gehörte. Es hatte keinen Namen, zumindest keinen, der von Menschen ausgesprochen werden konnte. Das passte, fand Tess, denn es stammte aus einem Volk, das man »die Namenlosen« nannte. Eine Melodie gab Auskunft über seine Identität, und Tess sang sie.

Bring mich zu ihr! Die Worte des Wesens, des Namenlosen, füllten Tess' Kopf mit Tönen, Bildern und Gerüchen. Es splitterte nichts mehr, und die zahllosen Fragmente, die zuvor entstanden waren, bildeten wieder eine Einheit, zusammengefügt vom Esprit.

»Etwas von ihnen steckt in mir, Sinclair«, sagte sie. »Von den Oktopoden.«

Sein Gesicht war schmerzverzerrt. »Was sagst du da? Ich verstehe nicht.«

»Sie sind Nachkommen der Namenlosen«, erklärte Tess. »Vor hundert Millionen Jahren haben sie den Höhepunkt ihrer Entwicklung erreicht und etwas begriffen, das du nicht begriffen hast.«

»Was?«, ächzte Sinclair. Die Nähe des wachen Wesens machte ihm zu schaffen. Er hatte keinen Esprit, er war nicht vorbereitet.

»Ihnen wurde klar, dass Macht nicht alles ist. Sie haben begriffen, dass es Wichtigeres gibt, als sich das Universum zu unterwerfen, ihm den eigenen Willen aufzuzwingen.«

»Was kann wichtiger sein, als das zu beherrschen, was uns

hervorgebracht hat? Energie, Materie, die Naturgesetze. Was kann wichtiger sein, als daraus Werkzeuge für etwas Neues zu schaffen?«

»Wie wäre es mit ... Glück, Zufriedenheit und innerem Frieden? Weißt du, was das ist, Sinclair? Innerer Frieden?«

Er antwortete nicht.

»Das Neue, das dir vorschwebt, Sinclair, ist alt. Du willst eine Hierarchie schaffen, mit der Menschheit an der Spitze.«

»Was ist falsch daran?«, stieß er hervor. »Warum sollten wir nicht das Erbe der Namenlosen antreten, wenn sich uns die Möglichkeit bietet? Warum sollten wir nicht ihre Macht nehmen und für uns nutzen?«

»Der Mensch als Krone der Schöpfung? Wer weiß, vielleicht ist die Gloriose auch auf der Erde gewesen. Vielleicht hat sie die Saat des Lebens auch dort ausgebracht. Vielleicht sind wir ebenfalls ihre Kinder.«

Tess merkte, dass sie ihre Worte gesungen hatte. Der dunkle Humanoide stand noch immer in seinem offenen Schrein und hörte, was sie sagte, was sie sang. Tirell Wayfare hörte ebenfalls zu – er stand bei den Sensorbänken und Lampen und wahrte Abstand zum weißen Schrein, in der rechten Hand noch immer das kleine Kommunikationsgerät.

»Frieden und Freiheit, Sinclair«, fuhr Tess fort. »Die Möglichkeit, alle Gedanken in Ruhe zu denken, ohne zu irgendetwas gezwungen zu sein. Vielleicht liegt genau darin der Sinn des Lebens und seine Erfüllung.«

»Was weißt du vom Sinn des Lebens?«, entgegnete Sinclair scharf. »Was wissen *wir* davon? Wir sind zu jung, viel zu jung, selbst ich, der ich fünfundzwanzig Jahre länger gelebt habe. Wenn wir tausend oder zehntausend Jahre alt wären, könnten wir versuchen, über den Sinn des Lebens nachzudenken. Das Erbe der Namenlosen, Tess! Ihr Archiv. Vielleicht gibt es uns die Möglichkeit, unsterblich zu werden. Zeit genug, den Sinn des Lebens zu ergründen.«

»Menschen wie Götter?«, sang sie.

Der Namenlose wartete noch immer, mit der unerschütterlichen Geduld von jemandem, der Jahrmillionen weit über den Strom der Zeit gereist war. Er sang ebenfalls, aber leise, so leise, dass nur Tess ihn hörte, hinter ihrem eigenen Gesang.

»Warum nicht?«, erwiderte Sinclair. »Warum sollten Menschen nicht wie Götter sein? Haben wir uns das nicht immer gewünscht? Als wir lernten, das Feuer zu beherrschen, als wir das Rad erfanden, als wir Schiffe und Flugzeuge bauten, als wir ins All vorstießen, zu anderen Welten … Haben wir nicht immer davon geträumt, größer und besser zu sein?«

Tess seufzte wie Zara. »Die Namenlosen haben gesehen, wozu das führen kann. Zu Hochmut und Hybris. Sie haben rechtzeitig einen anderen Weg gewählt.«

Sinclair trat ungelenk am Schrein vorbei. »Was schlägst du vor, Tess? Sollen die Menschen ins Meer zurückkehren, aus dem einst das Leben kam, so wie die Oktopoden von Rosengarten? Sollen wir vielleicht wieder zu Affen werden, die aus Furcht vor Raubtieren in Bäumen hocken? Ist das die ›Rückkehr‹, die dir vorschwebt?«

»Du verwechselst Einfachheit mit Primitivität.«

Tess sah seine Anspannung, hinter der sich wilde Entschlossenheit wie zum Sprung druckte. Er wollte jedes Hindernis aus dem Weg räumen, er war zu allem bereit.

»Wir Menschen könnten aufbrechen, um die Nachkommen der Namenlosen zu suchen, die es auf vielen Welten gibt, nicht nur auf Rosengarten«, sagte sie. »Wir könnten sie fragen, was sie zu ihrer Entscheidung bewegt hat. Wir könnten von ihnen lernen.«

»O ja, wir *werden* von ihnen lernen.« Sinclair trat zur Seite. »Du hast den Schlüssel zu ihrem Archiv, Tess. Gib ihn mir!«

»Geben Sie ihn *uns,* Tess Rosengarten«, sagte Tirell Wayfare scharf.

Seine Stimme war ein Missklang, ein plötzliches Schrillen in einer sanften Melodie.

Der Ratsvorsitzende hob den modifizierten Kommunikator. »Dieses Gerät enthält nicht nur einige Codes, die das Schiff betreffen. Ich kann damit auch die Nanobots in Ihrem Körper kontrollieren.«

Tess sah ihn an. »Sie drohen damit, die Bombe zu zünden?

Das wäre dumm. Mein Tod würde bedeuten, dass Sie keinen Zugang zum Archiv der Namenlosen bekommen.«

Wayfare stand bei den Bots, die rechts und links von ihm aufragten. Ihre Sensoren waren auf Tess gerichtet.

»Vielleicht würde es Sie überraschen zu erfahren, was Nanobots in einem menschlichen Körper anrichten können«, gab er zurück.

Zwei Schritte brachten Sinclair zu den Bots, und nur einen Moment später erschien der hellblaue Energievorhang eines Schirmfelds. Es umgab den Alabasterschrein mit dem Namenlosen und Tess.

Sie sah zu den von Wayfare kontrollierten Feldprojektoren hoch, die jenseits des flirrenden Blaus an der Decke erkennbar waren, wenn man wusste, wonach es Ausschau zu halten galt.

»Das Energiefeld ist undurchdringlich für einen Menschen und ebenso für das Wesen dort im Schrein.« Wayfare sprach ruhig, wie jemand, der die Situation unter Kontrolle hatte. »Sie sind gefangen.«

»Wie einst in Interkosmikas Obligat«, sagte Tess. »Nur ist dies eine ... direktere Gefangenschaft.«

Die Worte zeigten keine Wirkung bei Wayfare. »Ich stelle fest: Sie werden uns die Codes geben. Ich stelle fest: Sie werden mit uns kooperieren.«

»Was ist mit ...« Tess sang die Identität des Wesens. »Was ist mit der Reise, zu der er vor Jahrmillionen aufbrach? Soll sie hier enden?«

»Er wird uns zu Diensten sein«, erklärte Tirell Wayfare. »Sie werden ihm sagen, was er für uns tun soll. Wenn nicht ...«

Er richtete das kleine Kommunikationsgerät auf Tess.

Sinclair hob eine Waffe und schoss.

Abschied

108 Es war keine Energiewaffe, die aus Sinclairs Hand einem Mann den Tod brachte, der gewiss nicht damit gerechnet hatte, an diesem Ort zu sterben. Es war kein Blaster, auch kein kleiner Pulser. Sinclair hatte vielmehr eine altertümliche Projektilwaffe mitgebracht, eine Pistole, und ihr Knall bedeutete das Ende für Tirell Wayfare, den Ratsvorsitzenden von Interkosmika und Protektors Oberbefehlshaber. In der einen Sekunde stand dort der mächtigste Mann der Erde, seiner Sache sicher. In der nächsten schlug ihm das Projektil aus Sinclairs Pistole ein Loch in den Kopf.

Blut spritzte aus der Wunde, Knochensplitter flogen. In Augen, so blau wie das Schirmfeld, erschien Verblüffung, bevor sich ihr Blick leerte.

Wayfare kippte und schlug der Länge nach zu Boden, mit einem blutigen Loch im Kopf und in der halb geöffneten rechten Hand den modifizierten Kommunikator. Er lag genau so da, wie ihn Tess in einem der Zukunftsbilder gesehen hatte.

Sinclair steckte seine Waffe ein, bückte sich und nahm das kleine Kommunikationsgerät. »Es war keine leere Drohung«, sagte er. »Wayfare hat es ernst gemeint. Er hätte dich gequält, und das wäre erst der Anfang gewesen.«

»Du hast es gewusst«, erwiderte Tess. »Du hast gesehen, was er geplant hat.«

Sinclair deaktivierte das Schirmfeld und schnitt eine Grimasse. »Ich habe seinen Plan und die Ausführung gesehen.« Er deutete auf den dunklen Humanoiden im offenen Schrein. »Es tut weh. Er soll damit aufhören.«

»Er spricht mit mir.«

»Er soll still sein!«

Das Wesen wandte sich Sinclair zu. Sein Gesang wurde noch

leiser und sanfter, es versuchte auch mit ihm zu sprechen. Aber Sinclair hatte nie lange Kontakt mit den Oktopoden gehabt und stammte aus einer Familie ohne Esprit.

Tess blickte auf die Leiche. Um den Kopf hatte sich eine Blutlache gebildet. »So leicht fällt es dir, ein Leben auszulöschen?«

»Hast du dir nicht seinen Tod gewünscht? Wolltest du nicht, dass der Mann bestraft wird, der deinen Traum von der Musikakademie auf Harmonie zerstört hat? Bereitet es dir nicht Genugtuung, ihn tot zu sehen?«

Tess betrachtete weiterhin den Toten und sah etwas, das vor hundert Millionen Jahren auch die Namenlosen gesehen hatten.

Das Wesen im offenen Schrein schenkte ihr ein wenig graues Licht, gerade genug, um erneut einen Blick in die Zukunft zu werfen.

Tirell Wayfares Leiche lag vor dem Schrein, mit einem blutigen Loch im Kopf und leerer rechter Hand, die zuvor den modifizierten Kommunikator gehalten hatte. Der Schrein war leer, das Schiff geöffnet wie eine aufgeplatzte reife Frucht. Strahlendes Licht fiel auf Mond und Erde. Jenseits davon, in den Weiten der Milchstraße, zerfielen Welten zu Asche.

Das war der Weg, den Sinclair beschritt. Er führte in eine Welt, in der Tess offenbar nicht mehr existierte – keins der Bilder zeigte sie –, in eine Zukunft, in der das Schiff und sein Besitzer gestorben waren, nachdem sie alle Geheimnisse preisgegeben hatten.

Der dunkle Humanoide stand still in seinem weißen Alabasterschrein. Tess wusste, worauf er wartete. Auf die Fortsetzung einer Reise, mit der er lange vor der Ära des Menschen auf der Erde begonnen hatte. Eine Reise, die in Bereiche des Hyperons führen würde, die noch nie jemand erkundet hatte, eine Reise bis zum Ende des Netzes der Sterne und darüber hinaus, hinein in die große Leere zwischen den Galaxienhaufen, ins größte aller Voids, Hunderte Millionen Lichtjahre tief. Dort gab es keine Hyperon-Gleise mehr, auch nicht die Fäden direkter Verbindungen zu bestimmten Welten. Tess fragte sich, wie das Schiff abseits der Gleise durch den Hyperraum fliegen konnte. War das überhaupt möglich?

Wir legen neue Gleise, sang das Wesen im Schrein, jedes Wort – jeder Ton – begleitet von einer Flut aus Empfindungen und Eindrücken. Wir schaffen neue Wege.

Neue Wege, dachte Tess und hörte Sinclair fragen: »Was denkst du? Warum bist du so still?«

»Was hast du von mir erwartet? Applaus?« Tess streckte die Hand aus. »Gib mir den Kommunikator!«

Sinclair blickte auf das kleine Gerät hinab und schüttelte langsam den Kopf. »Nein, ich glaube, das behalte ich besser. Bis du zur Vernunft gekommen bist.«

Tess hatte es gesehen. Dies war neu, die Zukunft nur einen Wimpernschlag entfernt. Sie musste nicht mehr auf das graue Licht warten, um zu erkennen, was sein konnte und sein würde. Es gab einen Ozean in ihr, dunkel wie die Nacht, dunkel wie der wartende Humanoide, der Letzte seiner Art, dunkel wie das Obsidian von Rosengarten. Aus diesem schwarzen Meer tauchten Oktopoden auf, Dutzende, Hunderte, und beobachteten sie mit Augen wie die von Menschen.

Leichtigkeit und Gewissheit kehrten zu ihr zurück. Es gab nichts zu befürchten, nicht für sie.

»Du willst mich zwingen, das zu tun, was du für richtig hältst«, sagte Tess ruhig. »Wo ist der Unterschied zwischen dir und Wayfare?«

»Er dachte an Interkosmika und Protektor«, antwortete Sinclair. »Er dachte an die Erde. An Terra. Ich denke an die Menschen, an die ganze Menschheit.« Spöttisch fügte er hinzu: »Deine Libertisten eingeschlossen.«

»Nein«, widersprach Tess traurig. »Es geht dir nicht um die Menschheit. Es geht dir vor allem um dich, um deine eigene Große, um die Möglichkeit, das auszukosten, was du für wichtiger hältst als alles andere: Macht. So begann es damals bei den Namenlosen. Aber sie waren klüger als du, klüger als wir. Sie haben rechtzeitig erkannt, dass sie den falschen Weg eingeschlagen hatten, und sind davon abgewichen.«

»Unsinn!«

Tess hörte eine Frage im leisen Lied des Humanoiden.

Sinclair verzog das Gesicht. »Es geht schon wieder los. Er soll damit aufhören, Tess.« Dann schrie er: »Ich töte ihn, wenn er nicht damit aufhört!«

»Das kannst du nicht«, sagte Tess schlicht. »Seinen Schatten hättest du vielleicht ›töten‹ können, wenn das der richtige Ausdruck ist. Aber nicht ihn. Er ist wach und stark. Vergiss nicht, dass er zu den Mächtigen zählte. Nur er blieb übrig, doch er hat die Macht der Namenlosen nicht vergessen.«

Sinclair taumelte und hob die Hände zum Kopf, in der rechten noch immer Wayfares Kommunikator. »Lass uns einen neuen Anfang machen, Tess«, ächzte er. »Lass dies den Beginn von etwas Großem sein.«

»Wie kann etwas Gutes mit etwas Schlechtem beginnen?«

Sie trat auf ihn zu, näherte sich dem Mann, der einst ihr Gebundener gewesen war. Es tat weh, was sie sah, hier und in der nahen Zukunft. Sie wusste, dass es schmerzhaft sein würde, doch es ließ sich nicht vermeiden. Wäre Sinclair zu so etwas bereit gewesen? Sich zu opfern, um das zu erreichen, was er für Größe hielt?

Wusste er überhaupt von dieser Möglichkeit? Die Kopfschmerzen, bewirkt von der Präsenz des wachen Namenlosen, verwehrten ihm den Blick in die Zukunft. Er sah nicht mehr, was geschehen würde.

Das machte es nicht leichter.

Tess streckte die Hand nach dem modifizierten Kommunikator aus, mit dem sich die Nanobots in ihrem Körper kontrollieren ließen.

Sie dachte an aus der Saat der Gloriosen gewachsene Geschöpfe, vor hundert Millionen Jahren zu Größe gelangt. Wesen wie Götter, mit der Macht, selbst die Naturgesetze ihrem Willen zu beugen. Aber wenn man ein solches Entwicklungsniveau erreicht hatte, wenn man in so einsamen Höhen der Evolution wandelte, genügte ein einziger winziger Fehler, um alles zunichtezumachen. Ein Naturgesetz, so weit gebogen, dass es brach, eine falsche Konstante in den kosmischen Gleichungen, die das Universum beschrieben und ihm Gestalt gaben ... Wenn dies geschah, erloschen Sonnen und zerfielen Welten zu Asche, wie Tess gesehen hatte. Dann starb das Leben auf zahllosen Welten in den Galaxien, weil plötzlich nicht mehr die notwendigen Voraussetzungen dafür existierten.

Wenn man stark genug an den Pfeilern eines Gebäudes rüttelte, stürzte es schließlich ein.

Sinclair versuchte ihr auszuweichen, aber das Ungelenke und Schwerfällige hatte ihn noch nicht verlassen – die Kopfschmerzen behinderten ihn. Er taumelte genau in dem Augenblick, als Tess den Kommunikator in seiner rechten Hand ergreifen wollte.

Das kleine Gerät bekam einen Stoß, löste sich aus Sinclairs Fingern, fiel und prallte auf den Boden.

Einen Sekundenbruchteil später explodierte die Bombe in Tess.

109

Der Raum füllte sich mit hellem Licht, und für die Winzigkeit eines Moments war es fast so hell wie sie, die im Superplasma der Schöpfung gebadet hatte, in der Wiege von Raum und Zeit, und die heller strahlen konnte als alle anderen Lichter im Universum.

Tess starb in diesem grellen, heißen Licht. Kein menschlicher Körper konnte solchen Temperaturen standhalten, und so verdampfte auch der ihre. Wayfares Leiche und Sinclair erging es nicht anders. Die Bots bestanden aus widerstandsfähigem Plast und Duplex, sie trotzten der Hitze einige Hundertstelsekunden länger, bevor sie ebenfalls verbrannten und sich auflösten.

Die Substanz, aus der das fremde Schiff gebildet war, grau und glatt, veränderte die Konsistenz und nahm die von der Bombe freigesetzte Energie auf. Der dunkle Humanoide, dessen Körper nicht aus Fleisch und Blut bestand, öffnete seine energetischen Poren und absorbierte wie sein Schiff einen Teil der Energie. Der geöffnete weiße Schrein, in dem er geruht hatte, und die graue Hand, die ihn hielt, blieben unversehrt.

Das Schiff vibrierte und gewann noch etwas mehr Kraft.

Im Raum mit dem Alabasterschrein wurde es schnell wieder kühl und dunkel. Aber nicht still.

Eine kurze, leise Melodie erklang. Sie lautete: Jetzt bist du wie ich.

Ich lebe, dachte Tess. Tief in ihr hoben die Oktopoden die Köpfe aus dem Obsidian und sangen für sie.

Du lebst im Schiff wie ich. Du bist ein Teil von ihm wie ich.

Kann ich einen Körper bekommen wie du?, sang Tess.

Das Schiff gibt dir alles, was du brauchst.

Es waren nur wenige Worte, doch sie erzählten eine komplexe Geschichte. Tess nahm sie in sich auf und verstand. Plötzlich wusste sie, wie es zu denken und zu fühlen galt.

Tess öffnete die Augen.

Sie sah in der Dunkelheit. Sie sah Vergangenheit, Gegenwart und Zukunft. Und sie fühlte den langsamen Pulsschlag des Schiffs wie ihren eigenen. Sie hörte den Letzten und die vielen anderen Stimmen, deren melodisches Flüstern aus dem Hyperon zu ihr drang.

Das Schiff vibrierte erneut und teilte mit eigenem Gesang mit, dass es angegriffen wurde, dass jemand versuchte, Öffnungen zu schaffen, um ins Innere zu gelangen.

Wir sind sicher, uns droht keine Gefahr, sagte der Letzte.

Ich weiß. Tess bewegte sich im Schiff, es trug und hielt sie.

Du hast die Mutter gehört, sangen Schiff und Pilot. Die Nachkommen der Rückkehrer haben dir die Ohren dafür gegeben.

Ja, ich weiß, erwiderte Tess. Sie hatte diese besonderen Ohren, »Esprit« genannt.

Können wir jetzt aufbrechen?, fragte der Letzte. Können wir die Reise fortsetzen, die ich damals begonnen habe?

Nein, noch nicht, sagte Tess. Ich möchte jemanden mitnehmen.

Wen?

Tess erklärte, was sie meinte.

110

»Ich bin gekommen, um mich zu verabschieden«, sagte Tess. »Und um jemanden einzuladen, mich zu begleiten.«

Sie stand im Hangar der *Omikron*, beim dünnen Vorhang des Atmosphärenschilds, hinter dem Luna im All hing, mit seinen Kratern, Städten und automatischen Produktionsanlagen. Das Schiff des Letzten – unser Schiff, dachte Tess – schwebte als lang gestrecktes silbergraues Oval im All, etwa zehn Kilometer entfernt. Protektors Kriegsschiffe, in niedrigeren lunaren Umlaufbahnen und auf halbem Weg zwischen Erde und Mond, waren kaum mehr als kleine Silhouetten in der Ferne. Sie würden es nicht wagen, sich noch einmal zu nähern und erneut anzugreifen, nicht nachdem zwei Zerstörer und ein Schlachtkreuzer im Hyperon verschwunden waren, ohne Einsatz ihrer Transtatoren und ohne nahen Knotenpunkt. Tess wusste, wo sie sich befanden: im Orbit eines Gasriesen in einem aus drei blau-weißen Sonnen bestehenden System unweit des galaktischen Zentrums, mehr als zwanzigtausend Lichtjahre entfernt.

Ein zart gebauter Knabe, acht oder neun Jahre alt, leistete Tess Gesellschaft.

»Sie haben es von Anfang an gesehen«, sagte Tiberius.

»Vielleicht. Ich bin mir nicht sicher.«

Auf der anderen Seite des Hangars gingen Admiral Kamal Khalud und seine Offiziere an Bord eines unbewaffneten Transporters von Protektor. Die Soldaten und Kybernetiker, die in die *Omikron* vorgestoßen waren, um sie zu untersuchen, von ihrer Technologie zu lernen und Sapiens-Kerne zu stehlen, hatten das Schiff der Autonomen Maschinen schon vor einer ganzen Weile verlassen, mit leeren Händen. Tess beobachtete, wie sich die Luke hinter Khalud und den anderen schloss, wie der Transporter auf einem Gravitationskissen zum Atmosphärenschild glitt, ihn durchdrang und dem Mond entgegenfiel, vorbei an dem langen grauen Oval.

»Sie haben den Plan vor sich selbst versteckt, um ihn nicht zu verraten«, sagte Tiberius.

»Ich bin mir nicht sicher«, wiederholte Tess. Es entsprach

der Wahrheit. »Ich erinnere mich nicht genau. Es gab so viele Möglichkeiten.«

»Sie haben die eine gewählt, die zum Ziel führte. Oder vielleicht traf Ihr Esprit die Wahl. Nun, letztendlich ist es das Resultat, was zählt.«

»Nein«, sagte Tess, »es kommt auch auf den Weg dorthin an.«

»In Ihrem Fall bedeutete dieser Weg den Tod. Sie haben sich selbst geopfert. Es ist bestimmt nicht leicht für Sie gewesen.«

Tess sah an sich hinab. Sie konnte sich vorstellen, in einem menschlichen Körper unterwegs zu sein, weiß wie Schnee, weiß wie der Alabasterschrein des Letzten, schlank, jung und agil. Wenn sie ihre Fantasie ein wenig bemühte, hörte sie ihr Herz schlagen und das leise Zischen des eigenen Atems. Aber derartige Vorstellungen machten aus mehr weniger – ihr neuer Körper, geschaffen von der Kraft des Schiffes, war einem menschlichen weit überlegen. Er widerstand Hitze und Kälte, Vakuum und Strahlung. Er alterte sehr, sehr langsam und nutzte sich kaum ab. Erst in ein oder zwei Millionen Jahren würde Tess einen neuen benötigen.

»Nein, es war nicht leicht«, räumte Tess ein. »Aber es war notwendig.«

»Verantwortung?«, fragte Tiberius.

Tess nickte.

»Sie könnten bleiben.« Tiberius deutete nach draußen, und seine Geste galt Mond und Erde. »Sie könnten bleiben und dafür sorgen, dass sich alles in die richtige Richtung entwickelt.«

»Was ist die richtige Richtung?«, fragte Tess. »Steht es mir zu, darüber zu entscheiden?«

»Sie haben die Möglichkeit zu entscheiden«, sagte Tiberius. »Und Sie haben die Mittel, Ihre Entscheidungen durchzusetzen. Sie könnten alles zum Besseren wenden.«

Tess schüttelte den Kopf. »Nein. Ich würde den Fehler wiederholen, den Sinclair gemacht hat.«

»Oder Sie könnten mit uns kommen«, bot Tiberius an. »Sie könnten unserer Instanz dabei helfen, eine neue Maschinenzivilisation zu gründen.«

Tess lächelte. Sie wusste, worauf Tiberius hinauswollte. Sie hatte auch diesen Weg gesehen.

»Mit dem Archiv der Namenlosen, nehme ich an.«

»Es wäre bei uns gut aufgehoben«, meinte Tiberius. »Wir könnten seine Hüter sein.«

»Es gäbe Ihnen einen enormen Vorteil allen anderen gegenüber.«

»Wir wären sicher.«

Tess holte tief Luft, obwohl ihr neuer Körper gar nicht atmen musste.

»Die Erde wird nie wieder eine Gefahr für Sie sein. Während wir miteinander sprechen, wendet sich das Schiff dort draußen mit einem anderen Teil von mir an die Menschen. Wir und unsere Daten sind in ihren Kommunikationsnetzen. Sie erfahren, was geschehen ist. Sie erfahren die Wahrheit: über Interkosmika und Protektor, über die Koloniekonflikte und die Libertisten, über eine ferne Welt namens Tiberius und eine Planetenbombe, die sie zerstört hat, über die Namenlosen und ihr Archiv.«

»Auch über eine junge Frau, die auf Harmonie Musik studieren wollte und ihre Träume aufgeben musste?«, fragte Tiberius.

»Ja, die Menschen der Erde werden auch von ihr erfahren. Und von ihrem Gebundenen namens Sinclair.«

Tess trat noch etwas näher zum Atmosphärenschild, streckte den Arm durch den dünnen Vorhang aus Energie und fühlte die Kälte des Alls. Dort draußen lag ihr wahres Zuhause, nicht auf Rosengarten, nicht auf einem Planeten, sondern zwischen den Sternen, zwischen den Galaxien.

Der Letzte und sein Schiff warteten auf sie.

»Dies soll geschehen«, sagte Tess. »Gründen Sie eine neue Zivilisation der Maschinen. Terra, die Erde, wird Sie in Ruhe lassen. Denken Sie freie Gedanken. Verwirklichen Sie Ihre Träume.«

»Unsere *Träume?*«

Das Schott öffnete sich, und eine Gestalt betrat den Hangar, eine Frau wie ganz aus Silber. Als sie näher kam, veränderte sich das Gesicht ein wenig und präsentierte Züge, die an Zara erinnerten.

»Ich bin bereit«, sagte die silberne Frau.

»Hast du alle deine Sapiens-Kerne, Ida?«, fragte Tess.

»Fast alle. Die wichtigsten. Ein paar bleiben hier in der *Omikron* zurück. Damit wir in Kontakt bleiben können.«

»Die Kommunikation über Millionen von Lichtjahren hinweg wird nicht leicht sein«, gab Tiberius zu bedenken.

»Wir finden Mittel und Wege«, erwiderte Tess. Sie reichte Tiberius die Hand.

Der Knabe betrachtete die Hand zwei oder drei Sekunden lang, bevor er sie ergriff.

»Das ist eine sehr menschliche Geste des Abschieds«, stellte er fest.

»Ich bin noch immer ein Mensch, wenn auch in einem anderen Körper«, erklärte Tess. »Ida wird mich daran erinnern, sollte ich es jemals vergessen.«

Sie wandte sich dem kleinen Beiboot zu, das Ida und sie zum Schiff des Letzten bringen sollte. Sie hätte durch den Atmosphärenschild ins All treten und nur mittels ihres Willens zum grauen Oval fliegen können, doch Ida unterlag physischen Beschränkungen.

In der Luke zögerte sie.

»Sie haben recht, Tiberius, ich musste meine Träume von der Akademie auf Harmonie aufgeben. Aber ich bekomme etwas Besseres. Ich werde die beste Lehrerin von allen haben und das Lied des Lebens von ihr lernen.«

Epilog

Das Schiff kam einem zusätzlichen Körper gleich. Tess, in seinem Innern geborgen, stellte sich vor, dass sie mit ihm Schwingen ausbreiten konnte, um durch den Kosmos zu fliegen, weiter als je ein Mensch zuvor. Mit den Augen des Schiffs, mit seinen Sensoren, sah sie die Milchstraße schrumpfen: ein riesiges Feuerrad mit einem Durchmesser von hunderttausend Lichtjahren, das immer kleiner wurde, zu einer Spiralgalaxie unter vielen.

Wie schnell sind wir?, staunte Tess und fühlte den Strahlungswind des Universums an ihren ausgebreiteten Flügeln.

Schnell genug, antwortete der Letzte der Namenlosen, der doch einen Namen hatte, eine Melodie, die ihn identifizierte. Er stand neben ihr im Herzen des Schiffs. Es war dunkel, ihre Augen brauchten kein Licht.

Wir fliegen nicht im Hyperon, sang Tess.

Nein. Wir reisen durch die Wahrscheinlichkeitswellen des Quantenraums. Wir sind winzig wie eine Idee.

Eine seltsame Vorstellung, fand Tess. Ideen können groß sein, sagte sie. Groß genug, um Welten zu verändern.

Etwas später, als die Lokale Gruppe mit der Milchstraße weit hinter ihnen lag, fragte Tess: Ich habe dir den Weg gezeigt. Wie lange wird es dauern, bis wir deine Mutter erreichen?

Vielleicht eine Million Jahre, sang der Letzte. Das Universum ist *groß*.

Eine Million Jahre, dachte Tess.

Es fällt mir schwer, mich von den alten Vorstellungen zu lösen, entgegnete sie. Ich bin noch immer zu sehr Mensch.

Und das wollte sie bleiben, nahm sie sich vor.

Sie erinnerte sich an etwas. Eine Frage wartete noch auf Antwort.

Der Schlund, sagte sie. Ein Phänomen im Hyperon. Es hat vielen Kartografen von Interkosmika das Leben gekostet. Auch Horace hat davon berichtet. Er hielt den ›Schlund‹ für ein lebendes Wesen, dem er im Herakia-Sektor begegnet ist, nur einige Dutzend Lichtjahre vom Neungestirn entfernt. Du bist es gewesen, nicht wahr?

Ein Schatten von mir, gestand der Letzte. Er hat nach *ihr* gesucht und versucht zu sprechen, zu kommunizieren.

Tess dachte an Zuflucht und die Kolonisten auf der *Pegasus*.

Horace und die anderen konnten dich nicht verstehen, sang sie. Niemand von ihnen war bereit.

Ich bedauere, was geschehen ist, sagte der Letzte und änderte ein wenig den Kurs des Schiffs. Eine Balkengalaxie glitt langsam an ihnen vorbei, bestehend aus Hunderten Milliarden Sternen, fast jeder von ihnen mit Planeten, Heimstätten von Leben.

Ich werde dafür sorgen, dass so etwas nie wieder geschieht, erwiderte Tess. Das ist meine Aufgabe: Leben zu schützen.

Sie breitete ihre Schwingen noch etwas weiter aus und hörte ihn wieder, den Gesang in der Ferne, ein melodisches Flüstern im Hintergrundrauschen des Universums.

Wenn wir vielleicht eine Million Jahre unterwegs sind, sagte Tess, was werden wir sehen?

Mehr, als sich ein Mensch jemals erträumen könnte, lautete die Antwort.

Glossar

Abtrünnige: Menschen, die sich Verpflichtungen *Interkosmika* gegenüber entziehen (siehe *Obligat*), zu den *Libertisten* überlaufen und sich auf fernen Planeten verstecken.
Addison: Heimatplanet von *Horace*, im *Eridanus-Sektor* gelegen.
Aktoren: Ein Waffensystem des irdischen Militärs *Protektor*.
AM: Siehe *Autonome Maschinen*.
Ardad: Zweiter Roter Zwerg im *Neungestirn*, umkreist von sechs Planeten.
Ares-Klasse: Bei *Protektor* eine Kategorie von Schlachtschiffen: drei Kilometer lang.
Artemis-Klasse: Bei *Protektor* eine Kategorie schneller Versorgungsschiffe.
Ascaron: Welt aus Stein und Staub am Rand der Milchstraße.
Asdaran-System: Sonnensystem mit dem Planeten *Kirkus*, ursprüngliches Ziel der *Pegasus*. Neunundachtzig Lichtjahre von der Erde entfernt.
Atmosphärenschild: Ein Energieschirm, der in einem offenen Raumschiffhangar das Entweichen der Luft verhindert.
Auriga-Sektor: Raumsektor des *Protektorats*.
Autonome Maschinen: Von Menschen unabhängige Maschinenintelligenzen.
Balancer: Ein System, das dazu dient, die energetischen Ströme im Energiekern eines Raumschiffs auszubalancieren.
Blaster: Eine Waffe.
Blocker: Ein Gerät, mit dem man ein *Memex*-Implantat neutralisieren kann.
Bots: Roboter, Apparate und Maschinen, die menschliche Anweisungen ausführen.
Bousk: Einer von fünf Planeten, die *Mirtha* umkreisen, den vierten Roten Zwerg des *Neungestirns*. Eine von *Unabhängigen* besiedelte Welt mit einer *provisorischen Bibliothek*.
Bremba: Welt beim Orionnebel. *Josch* kam dort ums Leben.
BUK: Siehe *Bund Unabhängiger Kolonien*.
Bund Unabhängiger Kolonien: Zusammenschluss der von der Erde unabhängigen Kolonien.
Cassiopeia-Sektor: Raumsektor des *Protektorats*.

Cinnamon: Kommandant des Raumschiffs *Maiblume*, dessen Kognitor *Tiberius* hieß.

Corricund: Vierter Planet des *Detax-Systems* im *Eridanus-Sektor*, 2119 Lichtjahre von der Erde entfernt.

Cruiser: Ein kleines *Hyperschiff*.

Delle: Umschreibung für ein mehr als tausend Kilometer langes und bis zu sechs Kilometer tiefes, von einem Asteroideneinschlag stammendes Tiefland auf *Corricund*.

Detax-System: Sonnensystem mit dem Planeten *Corricund* im *Eridanus-Sektor*, 2119 Lichtjahre von der Erde entfernt.

Diskontinuatoren: Ein Waffensystem des irdischen Militärs *Protektor*.

Dissolver: Ein Gerät, das Objekte in seine molekularen Grundbausteine zerlegt.

Dormitorium: Institut auf *Rosengarten*, in dem Menschen die zweiunddreißig Normjahre lange Nacht in *Hibernation* verbringen können.

Drehwurm: Eine Lebensform auf *Rosengarten*. Parasitäre Würmer, die das menschliche Gehirn befallen und das motorische Zentrum zersetzen können.

Dreiundzwanzig: Kurzbezeichnung für die dreiundzwanzig Kolonien, die an den *Koloniekonflikten* beteiligt sind.

Duplex: Material. Eine Mischung aus *Synthmetall* und Karbonfaser.

Ehrenmal: Ein von *Interkosmika* auf einer Insel der Erde eingerichtetes Ehrenmal mit den Namen von *Kartografen*, die bei der Erforschung des *Hyperons* ihr Leben ließen.

Einrichter: *Kartografen* des *Hyperons*, die mit speziellen *Printern* Empfangsstationen an *Hyperon-Gleisen* einrichten.

Ekto: Auch Helfer genannt, ein mobiles Ektoskelett.

Elmera: Dritter Roter Zwerg im *Neungestirn*, umkreist von acht Planeten.

Energiekern: Aus einem oder mehreren Reaktoren bestehendes Zentrum von Maschinen, Fahrzeugen und Raumschiffen.

Eridanus-Sektor: Raumsektor mit *Koloniekonflikten*.

Eridanus: Raumsektor des *Protektorats*. *Horaces* Heimatplanet *Addison* befindet sich im *Eridanus*-Sektor.

Erster Koordinator: Titel des Vorsitzenden des Verwaltungsrates von *Interkosmika*.

Esprit: Eine besondere Kraft, über die *Tess Velazca* verfügt.

Excalibur: Name des Schnellen Kreuzers, in dem *Tess Tirell Wayfare* und *Sinclair Van Groote* begegnet.

Exekutor: Eine Art Vollstreckungsbeamter von *Interkosmika*.

Explorer: Kleines Forschungsschiff, das von *Kartografen* und *Einrichtern* benutzt wird.

Fedraka: Erster Planet des *Detax-Systems*, zu dem auch *Corricund* gehört.
Flexmetall: Flexibles, synthetisches Metall.
Florence: Eine Unterstützerin der Aufständischen (siehe *Dreiundzwanzig*) auf *Bousk* im *Neungestirn*.
Gebunden: Vergleichbar mit »verheiratet«.
Giganten, Land der: Region von *Wunca*.
Gizzah: Welt im Halo der Milchstraße. Dort haben die *Namenlosen* Alabasterschreine hinterlassen.
Gleis: Siehe *Hyperon-Gleis*.
Globale Republik Erde: Vor dreihundert Jahren globaler Staatenbund der Erde, gefolgt vom *Neuen Republikanischen Konzil*. Symbol: ein weißer Kreis mit siebenundzwanzig bunten Sternen.
Gloriose: Eine mythische Wesenheit, angeblich »der Schoß, aus dem das Leben erwuchs«.
Gravitationsmotor: Manövriertriebwerk von Raumschiffen, auch für interplanetare Flüge geeignet.
GRE: Siehe *Globale Republik Erde*.
Große Welle: Große Auswanderungswelle der Erde. Als der Meeresspiegel immer mehr stieg und die Kontinente überflutete, schickte die Erde zahlreiche Kolonistenschiffe ins All.
Guhalla: Sonnensystem im *Sagittarius-Sektor*, wenige Lichtjahre vom *Joumis-System* mit *Rosengarten* entfernt.
Harbinger: Sonne des Planeten *Zuflucht*, 843 Lichtjahre von der Erde entfernt.
Harmonie: Planet im *Ophiuchus-Sektor*. Dort gibt es eine weithin bekannte Musikakademie.
Haus Wunca: Vor den *Koloniekonflikten* Bezeichnung der Regierung von *Wunca*.
Herakia-Sektor: Raumsektor mit dem *Neungestirn*.
Heraldor-System: Sonnensystem mit dem Planeten *Wunca* im *Eridanus-Sektor*.
Hermes-Klasse: Ein Raumschifftyp, den *Interkosmika* für Kurierdienste einsetzt. Wird auch von *Protektor* verwendet.
Hibernation: Künstlicher Tiefschlaf bzw. Kälteschlaf, in dem Menschen viele Jahre verbringen können, ohne zu altern.
Hibernationsbetten: Betten für die *Hibernation*, gebräuchlich in den *Dormitorien* von *Rosengarten*.
Hieronymus: Name eines Bots an Bord von *Horaces Explorer*.
Horace: Vollständiger Name: Horace Addison Eridanus. Achtundneunzig Jahre alter *Kartograf*.
Hyperkomm: Hyperkommunikation, überlichtschnelle Kommunikationsverbindungen durch das *Hyperon*, ausgehend von Hyperon-Empfangsstationen.

Hyperon-Gleis: Ein energetischer Strang, der durch den *Hyperraum* reicht. Ein Raumschiff, das sich mithilfe von *Transtatoren* der Frequenz eines Hyperon-Gleises anpasst, kann auf ihm reisen wie auf einem Gleis und dabei ein Vielfaches der Lichtgeschwindigkeit erreichen.

Hyperon-Rezeptor: Teil einer *Hyperon*-Empfangsstation. Fungiert als Navigationsbake für *Hyperschiffe*.

Hyperon-Scanner: Von *Interkosmika* entwickelte Geräte, deren Technik strenger Geheimhaltung unterliegt. Damit lassen sich bisher unerforschte Bereiche des *Hyperons* sondieren.

Hyperon: Teil des *Hyperraums* mit den *Gleisen* genannten energetischen Strängen, die es *Hyperschiffen* ermöglichen, mit einem Vielfachen der Lichtgeschwindigkeit zu fliegen.

Hyperraum: Übergeordnete Dimension mit den energetischen Strängen (*Gleisen*) des *Hyperons*. Sieht aus wie eine karmesinrote Flüssigkeit, in der gelegentlich etwas dunklere Blasen aufsteigen.

Hyperschiffe: Raumschiffe, die den energetischen Gleisen des *Hyperons* folgen und dabei innerhalb von Tagen oder Wochen viele Lichtjahre zurücklegen können.

Hyperskop: Ein Teleskop, mit dem man ins *Hyperon* blicken kann.

Ida: So nennt *Horace* den *Kognitor* seines *Explorers*.

Identer: Ein Mikroimplantat mit Personendaten, die der Identifizierung dienen.

IdZ: Siehe *Interessengemeinschaft der Zwölf*.

IK-4953E: Registriernummer von *Horaces Explorer*.

Immigration: Kleine Stadt auf *Bousk* im *Neungestirn*.

Immunisierungsmanschette: Ein schmales Band, oft am Handgelenk getragen, das vor Infektionen schützt.

Instanz: Leitungsorgan der *Autonomen Maschinen* von *Tiberius*.

Interessengemeinschaft der Zwölf: Bestehend aus zehn irdischen *Korporationen*, den *Autonomen Maschinen* und den Vertretungen des *Bundes Unabhängiger Kolonien*.

Interkosmika: Ein Unternehmen auf der Erde, das die Hyperon-Technik entwickelt hat. Symbol: stilisiertes IK vor dem Hintergrund der Milchstraße.

Isaak: Ein Unterstützer der Aufständischen (siehe *Dreiundzwanzig*) auf *Bousk* im *Neungestirn*.

Josch: Partner von *Zara Wunca Eridanus*.

Joumis-System: Sonnensystem im *Sagittarius-Sektor* mit insgesamt sieben Planeten, darunter *Rosengarten* und *Tulura*.

Jubica, Carmen Santamaria: Psychologische Spezialistin (*Psychomechanikerin*) auf *Wunca*.

Juval: Name des Konsuls der *Autonomen Maschinen* auf *Corricund*.

Karikaran: Gasriese mit »Mantas«, gewaltigen Geschöpfen, die vom

Auftrieb ihrer Wasserstoffzellen getragen durch dichte Wolkenmeere segeln.

Kartografen: Wagemutige Menschen, die das *Hyperon* erforschen und kartografieren. Siehe auch *Einrichter*.

Kelskelwa: Siebter Roter Zwerg im *Neungestirn*.

Khalud, Kamal: Admiral von *Protektor*.

Kirkus: Ein Planet im *Asdaran-System*, ursprüngliches Ziel der *Pegasus*.

Klipper: Schnelle Versorgungsschiffe von *Protektor*, gehören meistens zur *Artemis-Klasse*.

Knotenpunkte: Energetische Anomalien im Normalraum, die Zugang zum *Hyperon* ermöglichen. Sie müssen sich nicht unbedingt in der Nähe einer Empfangsstation befinden.

Kognition: Echte Maschinenintelligenz, im Unterschied zu künstlicher Intelligenz.

Kognitiver Wandel: Auf der Erde Übergang von künstlicher Intelligenz zu echter Maschinenintelligenz, der *Kognition*. Liegt zum Zeitpunkt der Handlung Jahrhunderte zurück.

Kognitor: Maschinenintelligenz von Raumschiffen und Orbitalstationen.

Koloniekonflikte: Bewaffneter Widerstand aufständischer Kolonien gegen die Hegemonie der Erde und ihr Militär.

Protektor. Beteiligt an den Koloniekonflikten sind insgesamt dreiundzwanzig Kolonien, darunter *Urlas* und *Wunca*.

Kolorat: Mineral im schwarzen Ozean von *Rosengarten*.

Korporationen: Zum Zeitpunkt der Handlung gibt es auf der Erde zehn Weltkonzerne, die sich »Korporationen« nennen. *Interkosmika* ist eine von ihnen und dominiert die *Interessengemeinschaft der Zwölf* (IdZ).

Kurr: Sonnensystem im *Sagittarius-Sektor*, wenige Lichtjahre vom *Joumis-System* mit *Rosengarten* entfernt.

Libertisten: So nennen sich die Aufständischen der *Koloniekonflikte* um *Zara Wunca Eridanus*.

Lichtschiffe: Raumschiffe, die maximal achtzig Prozent der Lichtgeschwindigkeit erreichen. Kaum geeignet für interstellare Entfernungen.

Lichtsegler: Ein Raumschiff mit Ionentriebwerk und großen Sonnensegeln.

Loreno: Gärtner der Familie *Velazca* auf *Rosengarten*.

Lranka Debbron Taurus: Tarnname von *Zara*.

Lukas: Ein Anführer der *Libertisten* auf *Wunca*.

Maiblume: Stieß als eins der ersten Forschungsschiffe ins *Hyperon* vor.

Mandraska: Stadt auf *Wunca*.

Mayson, Joel Ester: *Exekutor* von *Interkosmika*. Nennt sich während seiner Einsätze oft »Simon« oder »Cyrus«.

MBE: Siehe *Medizinische Behandlungseinheit*.

Medizinische Behandlungseinheit: Ein medizinisches Gerät, das einen verletzten oder kranken Menschen aufnehmen und ihn behandeln kann.

Medobot: Medizinischer Roboter.

Memex: Datenimplantate, eine Art künstliches Gedächtnis.

Memostift: Kleines Aufzeichnungsgerät.

Mirtha: Vierter Roter Zwerg im *Neungestirn*, umkreist von fünf Planeten, unter ihnen *Bousk*, eine von *Unabhängigen* besiedelte Welt mit einer *provisorischen Bibliothek*.

Miruk: Ein Steingärtner von *Corricund*.

Namenlose: Eine extraterrestrische Zivilisation, die vor hundert Millionen Jahren Spuren auf Welten der Milchstraße hinterließ, zum Beispiel auf *Gizzah*.

Nemsi: Stadt auf *Wunca*, bei den Drei Großen Kaskaden, Geburtsort von *Zara*.

Nest: So nennt *Horace* den Kontrollraum seines *Explorers*.

Neues Republikanisches Konzil: Regierung der Erde, unter der Führung von *Interkosmika* und der *Interessengemeinschaft der Zwölf*. Nachfolger der *Globalen Republik Erde*.

Neungestirn: Neun Sonnen im Herakia-Sektor. Dort gibt es gefährliche energetische Riffe, die den jungen *Horace* Addison Eridanus in Gefahr brachten.

Neurohaube: Wird auf dem Kopf getragen und ermöglicht die Stimulation des Gehirns.

Norm-G: Standard für künstliche Schwerkraft. Ein Norm-G entspricht der Schwerkraft der Erde.

Normjahr: Bezieht sich auf die Zeitrechnung der Erde – ein Jahr.

NRK: Siehe *Neues Republikanisches Konzil*.

NSK: Neuer Stellarer Katalog, Sternverzeichnis.

Obligat: Eine Schuldverpflichtung, die Menschen zwingt, für *Interkosmika* zu arbeiten.

Obsidian: Schwarzer Ozean auf *Rosengarten*.

Oktopoden: Lebensform auf *Rosengarten*.

Omikron: Name des siebzehn Kilometer langen Schiffes, mit dem *Tiberius* und *Tess* zur Erde fliegen.

Ophiuchus-Sektor: Raumsektor des *Protektorats*. Der Planet *Harmonie* mit der Musikakademie befindet sich im Ophiuchus-Sektor.

Orbitalzentrum: Raumhafen.

Orbiter: Kleines Raumschiff, hauptsächlich bestimmt für den Verkehr zwischen Raumstation und Planet.

Orchidaka: An Orchideen erinnernde Pflanzen auf *Corricund*. Bilden miteinander im Wettstreit stehende Kolonien und beherbergen in ihren Blütenkelchen komplexe Ökosysteme.

Orion-Tunnel: Unerschlossener Bereich des *Hyperons*, hundert Lichtjahre breit und fünftausend Lichtjahre lang.

Pegasus: Name eines zwanzig Kilometer langen Kolonistenschiffs, das im Jahr 112 *GRE* die Erde verließ.

Pentagatt: Planet im *Ophiuchus-Sektor*.

Penzal: Fünfter Roter Zwerg im *Neungestirn*.

Perseus-Arm: Einer der Spiralarme der Milchstraße.

Phejoz: Innerster Mond des Gasriesen *Tulura* im *Joumis-System*, zu dem auch *Rosengarten* gehört.

Phena Julma Ophiuchus: Tarnname von *Tess*.

Plast: Kunststoff.

PO 12451b: Bei *Interkosmika* Bezeichnung für den Planeten *Zuflucht*.

PO 193349c: Bei *Interkosmika* Bezeichnung für den Planeten *Corricund*.

PO 27 449: Eine Sonne vom G-Typ tief im *Herakia-Sektor*.

Printer: Leistungsfähige 3-D-Drucker, die nicht nur Ersatzteile herstellen können, sondern auch kleine Raumschiffe und Empfangsstationen für *Hyperon-Gleise*.

Protektor: Das Militär der Erde. Emblem: zwei gekreuzte Säbel über einer Hand mit einer Fackel.

Protektorat: Die Erde und die ihr treuen Kolonien bilden das Protektorat.

Provisorische Bibliotheken: Inoffizielle Bibliotheken mit unsortiertem Datenmaterial.

Psychomechaniker: Psychologische Spezialisten für die Behandlung von Traumata.

Pulser: Eine Waffe.

Pulskanonen: Ein Waffensystem des irdischen Militärs *Protektor*.

Purpurgras: Pflanzenart auf *Corricund*.

Rat: Führungsgremium von *Interkosmika*. Symbol: ein goldener Kreis.

Räume, dunkle: Siehe *Utox*.

Regenerationsgel: Gel, das für die Behandlung von Hautverletzungen verwendet wird.

Rosengarten, Tess: Siehe *Velazca, Tess*.

Rosengarten: Heimatplanet der Familie *Velazca*, im *Sagittarius-Sektor*. Tag und Nacht dauern jeweils zweiunddreißig Jahre. Credo: »Wie auch immer der Wind weht, wir lassen uns nicht beirren.«

Ruangen: Zweiter Roter Riese im *Neungestirn*.

Sagittarius-Sektor: Raumsektor des *Protektorats*. Der Planet *Rosengarten* befindet sich im Sagittarius-Sektor.

Sapiens-Kerne: Die quantenmechanischen Komponenten, denen ein *Kognitor* sein Eigenbewusstsein verdankt.

Schlafschulung: Vermittlung von Wissen im Schlaf.
Schlund: Gefährliche Anomalie im *Hyperraum*. *Horace* glaubt, dass es sich um ein lebendes Geschöpf handelt.
Silas: Erster Roter Zwerg im *Neungestirn*, umkreist von vier Planeten.
Singularität, Künstliche: Ein Waffensystem des irdischen Militärs *Protektor*.
Sol-System: Das Sonnensystem mit der Erde.
Sonnenreiter: Name eines *Lichtseglers*.
Sprungbrett: Eine besondere Raum-Zeit-Anomalie, die ein Raumschiff stark beschädigen oder an einen viele Lichtjahre entfernten Ort versetzen kann.
Stachelbäume: Einheimische Lebensform auf *Rosengarten*.
Steingärten: Von *Transzendenten* in der *»Delle«* von *Corricund* angelegt, im Streben nach Balance mit dem Kosmos.
Synthblut: Synthetisches Blut für die Behandlung von Schwerverletzten.
Synthholz: Synthetisches, von *Printern* hergestelltes Holz.
Synthmetall: Synthetisches Metall.
Tasyend: Erster Roter Riese im *Neungestirn*.
Taurus-Sektor: Raumsektor des *Protektorats*.
Terra: Oft abfällig gemeinte Bezeichnung für die Erde, den Heimatplaneten der Menschheit. Wird häufig von *Abtrünnigen* und *Libertisten* verwendet.
Terraner: Abfällige Bezeichnung der aufständischen Kolonien (siehe *Koloniekonflikte*) für Menschen von der Erde.
Terzit: Mithilfe von Terzit verankert *Interkosmika* spezielle Funktionscodes in der molekularen Struktur der *Transtatoren*. Damit wird verhindert, dass die Transtatortechnik kopiert werden kann.
Tiberius: Vierter Planet des *Urel*-Systems im *Perseus-Arm* der Milchstraße, 10 714 Lichtjahre von der Erde entfernt. Erste Welt der *Autonomen Maschinen*.
Transtatoren: Teil des Antriebs eines *Hyperschiffs*, der es dem Schiff erlaubt, dem Verlauf eines *Hyperon*-Gleises zu folgen, mit einem Vielfachen der Lichtgeschwindigkeit. Transtatorkomponenten können nur mit hohem Energie- und Zeitaufwand von einem *Printer* produziert werden.
Transzendente: Menschen, die in der *»Delle«* von *Corricund Steingärten* anlegen.
Tulura: Gasriese im *Joumis-System*, zu dem auch *Rosengarten* gehört.
Unabhängige: Siedler, die sich keiner der bekannten Kolonien anschließen und ein individuelles Leben führen, ohne staatliche Reglementierung.
Urel: Weißblaue Sonne vom A-Typ im *Perseus-Arm* der Milchstraße. Ihr vierter Planet heißt *Tiberius*.

Urlas: Welt im *Eridanus-Sektor*. An den *Koloniekonflikten* beteiligt.
Ustir: Sechster Roter Zwerg im *Neungestirn*.
Utox: Name eines Raumsektors mit dichten Staubwolken, auch bekannt als *dunkle Räume*.
Van Groote, Sinclair: Partner von *Tess Velazca*.
Velazca, Amandea: Mutter von *Tess Velazca*. Seit ihrer *Drehwurm*-Infektion auf einen *Ekto* angewiesen. Vierundsechzig Normjahre alt.
Velazca, Anita: Ältere Schwester von *Tess Velazca*.
Velazca, Asgard: Jüngerer Bruder von *Tess Velazca*, vierzehn Normjahre alt.
Velazca, Esmeralda: Ehefrau von *Frederik Ibrahim Velazca*, Großmutter von *Tess Velazca*.
Velazca, Frederik Ibrahim: Großvater von *Tess Velazca*.
Velazca, Solomar: Vater von Tess. Siebenundsechzig Normjahre alt.
Velazca, Tess: Auch *Tess Rosengarten*. Begnadete Sängerin mit *Esprit*.
Velazca, Trenkor: Jüngerer Bruder von *Tess Velazca*, sechzehn Normjahre alt.
Velazca: Familie, die sich auf *Rosengarten* niederließ, einst reich und mächtig, von *Interkosmika* nach und nach ausgebootet. Symbol: Erde über offener Hand schwebend
Verbotene Zone: Eine Sperrzone, insbesondere ein Raumgebiet, das nur mit Sondergenehmigung angeflogen werden darf.
Wayfare, Tirell: *Exekutor* von *Interkosmika*.
Wechselbalg: Name eines kleinen irregulären *Knotenpunkts* eine Lichtstunde oberhalb des *Heraldor-Systems*.
Wunca: Welt im *Eridanus-Sektor*. An den *Koloniekonflikten* beteiligt.
Xanta: Planet im *Herakia-Sektor*. *Horace* ist dort dem *Schlund* begegnet.
Zara Wunca Eridanus: Eine Anführerin der Aufständischen von *Wunca* im *Eridanus-Sektor*.
Zivilverwaltung: Die von *Interkosmika* und *Protektor* unabhängige Verwaltung von Planeten, bestehend aus Repräsentanten lokaler *Korporationen* und Einflussgruppen.
Zuflucht: Zweiter Planet des *Harbinger*-Systems, 843 Lichtjahre von der Erde entfernt. Dorthin verschlug es das Kolonistenschiff *Pegasus*.

Kontakt mit dem Autor:

Gerne können Sie zu mir Kontakt aufnehmen:

- Schreiben Sie eine E-Mail an autor@andreasbrandhorst.de
- Besuchen Sie meine Webseite www.andreasbrandhorst.de
- Besuchen Sie mich bei Facebook. Meine Autorenseite ist auch für diejenigen unter Ihnen zugänglich, die keinen eigenen FB-Account haben: https://www.facebook.com/andreas.brandhorst.autor
- Besuchen Sie mich bei Instagram: https://www.instagram.com/andreas.brandhorst/

Ich freue mich, von Ihnen zu hören.

PIPER
BESUCHE
FREMDE
WELTEN
Piper Science-Fiction.de